MINGUO TONGSU XIAOSHUO
DIANCANG WENKU

民国通俗小说典藏文库·张恨水卷

秘密谷·玉交枝

张恨水 ◎ 著

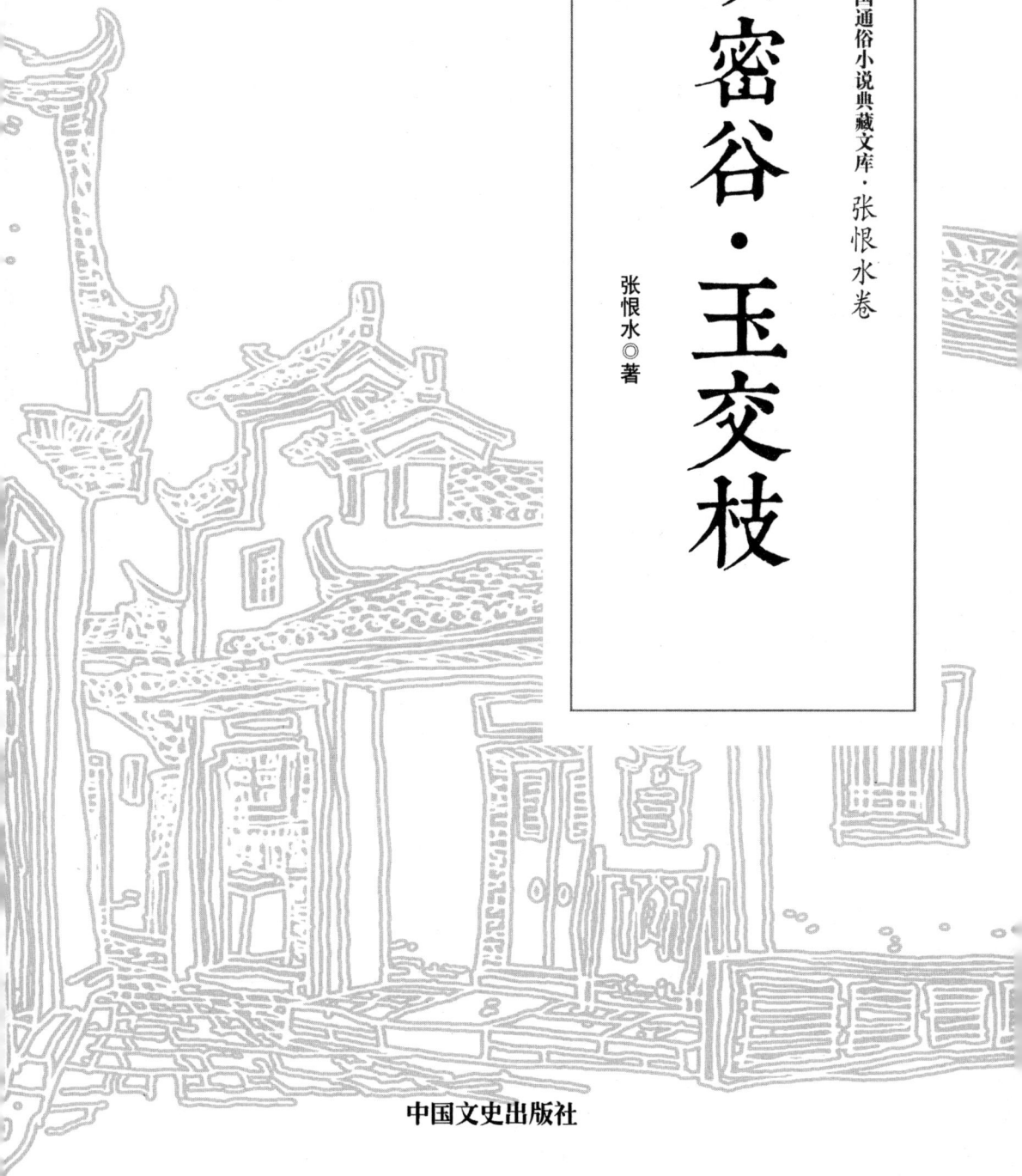

中国文史出版社

小说大家张恨水（代序）

张赣生

　　民国通俗小说家中最享盛名者就是张恨水。在抗日战争前后的二十多年间，他的名字真是家喻户晓、妇孺皆知，即使不识字、没读过他的作品的人，也大都知道有位张恨水，就像从来不看戏的人也知道有位梅兰芳一样。

　　张恨水（1895—1967），本名心远，安徽潜山人。他的祖、父两辈均为清代武官。其父光绪年间供职江西，张恨水便是诞生于江西广信。他七岁入塾读书，十一岁时随父由南昌赴新城，在船上发现了一本《残唐演义》，感到很有趣，由此开始读小说，同时又对《千家诗》十分喜爱，读得"莫名其妙的有味"。十三岁时在江西新淦，恰逢塾师赴省城考拔贡，临行给学生们出了十个论文题，张氏后来回忆起这件事时说："我用小铜炉焚好一炉香，就做起斗方小名士来。这个毒是《聊斋》和《红楼梦》给我的。《野叟曝言》也给了我一些影响。那时，我桌上就有一本残本《聊斋》，是套色木版精印的，批注很多。我在这批注上懂了许多典故，又懂了许多形容笔法。例如形容一个很健美的女子，我知道'荷粉露垂，杏花烟润'是绝好的笔法。我那书桌上，除了这部残本《聊斋》外，还有《唐诗别裁》《袁王纲鉴》《东莱博议》。上两部是我自选的，下两部是父亲要我看的。这几部书，看起来很简单，现在我仔细一想，简直就代表了我所取的文学路径。"

　　宣统年间，张恨水转入学堂，接受新式教育，并从上海出版的报纸上获得了一些新知识，开阔了眼界。随后又转入甲种农业学校，除了学习英文、数、理、化之外，他在假期又读了许多林琴南译的小说，懂得了不少描写手法，特别是西方小说的那种心理描写。民国元年，张氏的父亲患急症去世，家庭经济状况随之陷入困境，转年他在亲友资助下考入陈其美主持的蒙藏垦殖学校，到苏州就读。民国二年，讨袁失败，垦殖学校解散，张恨水又返回原籍。当时一般乡间人功利心重，对这样一个无所成就的青年很看不起，甚至当面嘲讽，这对他的自尊心是很大的刺激。因之，张氏在二十岁时又离家外出投奔亲友，先到南昌，不久又到汉口投奔一位搞文明戏的族兄，并开始为一个本家办的小报义务写些小稿，就在此时他取了"恨水"为笔名。过了几个月，经他的族兄介绍加入文明进化团。初始不会演戏，帮着写写说明书之类，后随剧团到各处巡回演出，日久自通，居然也能演小生，还演过《卖油郎独占花魁》的主角。剧团的工作不足以维持生活，脱离剧团后又经几度坎坷，经朋友介绍去芜湖担任《皖江报》总编辑。那年他二十四岁，正是雄心勃勃的年纪，一面自撰长篇《南国相思谱》在《皖江报》连载，一面又为上海的《民国日报》撰中篇章回小说《小说迷魂游地府记》，后为姚民哀收入《小说之霸王》。

1919 年，五四运动吸引了张恨水。他按捺不住"野马尘埃的心"，终于辞去《皖江报》的职务，变卖了行李，又借了十元钱，动身赴京。初到北京，帮一位驻京记者处理新闻稿，赚些钱维持生活，后又到《益世报》当助理编辑。待到 1923 年，局面渐渐打开，除担任"世界通讯社"总编辑外，还为上海的《申报》和《新闻报》写北京通讯。1924年，张氏应成舍我之邀加入《世界晚报》，并撰写长篇连载小说《春明外史》。这部小说博得了读者的欢迎，张氏也由此成名。1926 年，张氏又发表了他的另一部更重要的作品《金粉世家》，从而进一步扩大了他的影响。但真正把张氏声望推至高峰的是《啼笑因缘》。1929 年，上海的新闻记者团到北京访问，经钱芥尘介绍，张恨水得与严独鹤相识，严即约张撰写长篇小说。后来张氏回忆这件事的过程时说："友人钱芥尘先生，介绍我认识《新闻报》的严独鹤先生，他并在独鹤先生面前极力推许我的小说。那时，《上海画报》（三日刊）曾转载了我的《天上人间》，独鹤先生若对我有认识，也就是这篇小说而已。他倒是没有什么考虑，就约我写一篇，而且愿意带一部分稿子走。……在那几年间，上海洋场章回小说走着两条路子，一条是肉感的，一条是武侠而神怪的。《啼笑因缘》完全和这两种不同。又除了新文艺外，那些长篇运用的对话并不是纯粹白话。而《啼笑因缘》是以国语姿态出现的，这也不同。在这小说发表起初的几天，有人看了很觉眼生，也有人觉得描写过于琐碎，但并没有人主张不向下看。载过两回之后，所有读《新闻报》的人都感到了兴趣。独鹤先生特意写信告诉我，请我加油。不过报社方面根据一贯的作风，怕我这里面没有豪侠人物，会对读者减少吸引力，再三请我写两位侠客。我对于技击这类事本来也有祖传的家话（我祖父和父亲，都有极高的技击能力），但我自己不懂，而且也觉得是当时的一种滥调，我只是勉强地将关寿峰、关秀姑两人写了一些近乎传说的武侠行动……对于该书的批评，有的认为还是章回旧套，还是加以否定。有的认为章回小说到这里有些变了，还可以注意。大致地说，主张文艺革新的人，对此还认为不值一笑。温和一点的人，对该书只是就文论文，褒贬都有。至于爱好章回小说的人，自是予以同情的多。但不管怎样，这书惹起了文坛上很大的注意，那却是事实。并有人说，如果《啼笑因缘》可以存在，那是被扬弃了的章回小说又要返魂。我真没有料到这书会引起这样大的反应……不过这些批评无论好坏，全给该书做了义务广告。《啼笑因缘》的销数，直到现在，还超过我其他作品的销数。除了国内、南洋各处私人盗印翻版的不算，我所能估计的，该书前后已超过二十版。第一版是一万部，第二版是一万五千部。以后各版有四五千部的，也有两三千部的。因为书销得这样多，所以人家说起张恨水，就联想到《啼笑因缘》。"

不论张氏本人怎样看，《啼笑因缘》是他最有影响的作品，这一点毫无疑问，可以随便举出几件事来证明。《啼笑因缘》发表后，被上海明星公司拍成六集影片，由当时最著名的电影明星胡蝶主演，同时还被改编为戏剧和曲艺，在各地广泛流传；再有《啼笑因缘》被许多人续写，迫使张氏不得不改变初衷，于1933年又续写了十回，张氏在《我的写作生涯》中说："在我结束该书的时候，主角虽都没有大团圆，也没有完全告诉戏已终场，但在文字上是看得出来的。我写着每个人都让读者有点儿有余不尽之意，这正是一个处理适当的办法，我绝没有续写下去的意思。可是上海方面，出版商人讲生意经，已经有好几种《啼笑因缘》的尾巴出现，尤其是一种《反啼笑因缘》，自始至终，将我那故事整个地翻案。执笔的又全是南方人，根本没过过黄河。写出的北平社会真是也让人又啼又笑。许多朋友看不下去，而原来出版的书社，见大批后半截买卖被别人抢了去，也分外眼红。无论如何，非让我写一篇续集不可。"这种由别人代庖的续作，出书者至少有四种：惜红馆主《续啼笑因缘》、青萍室主《啼笑因缘三集》、康尊容《新啼笑因缘》和徐哲身《反啼笑因缘》。虽然远不如《红楼梦》续作之多，但在民国通俗小说中已经是首屈一指了。张氏在《我的小说过程》一文中还说："我这次南来，上至党国名流，下至风尘少女，一见着面便问《啼笑因缘》。这不能不使我受宠若惊了。"

《啼笑因缘》使张氏名声大振，约他写稿的报刊和出版家蜂拥而至，有的小报甚至谣传张氏在十几分钟内收到几万元稿费，并用这笔钱在北平买下了一所王府，自备一部汽车。这自然不是事实，但张氏当时收到的稿酬也有六七千元，的确不能算少。这样，他就可以去搜集一些古旧木版小说，想要作一部《中国小说史》。就在此时，日寇侵华的"九一八事变"爆发，张氏的希望随之化为泡影。作为一位爱国的作家，在国难当头的状况下自不会沉默，张恨水在1931至1937的几年间，先后写了《热血之花》《弯弓集》《水浒别传》《东北四连长》《啼笑因缘续集》《风之夜》等涉及抗敌御侮内容的作品。

1934年，张恨水到陕西和甘肃走了一遭，此行使他的思想发生了很大的变化。张氏在《我的写作生涯》中说："陕甘人的苦不是华南人

4

所能想象，也不是华北、东北人所能想象。更切实一点地说，我所经过的那条路，可说大部分的同胞还不够人类起码的生活。……人总是有人性的，这一些事实，引着我的思想起了极大的变迁。文字是生活和思想的反映，所以在西北之行以后，我不讳言我的思想完全变了，文字自然也变了。"此后，他写了《燕归来》，以描写西北人民生活的惨状。

抗日战争全面爆发后，张恨水取道汉口，转赴重庆，于1938年初抵达，即应邀在《新民报》任职。抗战八年间，他除去写了一些战争题材的小说外，还有两种较重要的作品，即《八十一梦》和《魍魉世界》（原名《牛马走》），均先于《新民报》连载，后出单行本。抗战胜利，张氏重返北平，担任《新民报》经理，此后几年他写了《五子登科》等十来部小说，但均未产生重大影响。1948年底，张氏辞去《新民报》职务。1949年夏，他患脑溢血，经过几年调治，病情好转，张氏便又到江南和西北去旅行。1959年，张氏病情转重，至1967年初于北京去世，终年七十三岁。

张恨水一生写了九十多部小说，印成单行本的也在五十种左右。说到张氏作品的总特色，一般常感到不易把握，因为他总在不断地变。其实，这"变"就正是张恨水作品最鲜明的总特色。

张恨水是一个不甘心墨守成规的人，他好动不好静，敢于否定自己，这正是作为开创者必须具备的素质。读一读张氏的《我的写作生涯》，就会发现他总是在讲自己的变，那变的频繁、动因的多样，在民国通俗小说作家中实属仅见。……待到《金粉世家》《啼笑因缘》相继问世，张恨水的名声已如日中天，他在思想上的求新仍未稍解，他说："我又不能光写而不加油，因之，登床以后，我又必拥被看一两点钟书。看的书很拉杂，文艺的、哲学的、社会科学的，我都翻翻。还有几本长期订的杂志，也都看看。我所以不被时代抛得太远，就是这点儿加油的工作不错。"

追求入时，可说是张恨水的一贯作风，不仅小说的内容、思想随时而变，在文字风格上也不断应时变化。仅就内容、思想方面的变化而言，在民国通俗小说作家中也很常见，说不上是张氏独具的特色，但在文字风格上也不断变化，就不同于一般了。张氏在《我的写作生涯》中经常提到这方面的事例，譬如他曾提及回目格式的变化，他说："《春明外史》除了材料为人所注意而外，另有一件事为人所喜于讨论的，就是小说回目的构制。因为我自小就是个弄辞章的人，对中国许多旧小说回目的随便安顿向来就不同意。即到了我自己写小说，我一定要把它写得美善工整些。所以每回的回目都很经一番研究。我自己削足适履地定了好几个原则。一、两个回目，要能包括本回小说的最高潮。二、尽量地求其辞藻华丽。三、取的字句和典故一定要是浑成的，如以'夕阳无限好'，对'高处不胜寒'之类。四、每回的回目，字数一样多，求其一律。五、下联必定以平声落韵。这样，每个回目的写出，倒是能博得读者推敲的。可是我自己就人苦了……这完全是'包二寸金莲求好看'的念头，后来很不愿意向下做。不过创格在前，一时又收不回来。……在我放弃回目制以后，很多朋友反对，我解释我吃力不讨好的缘故，朋友也就笑而释之，谓不讨好云者，这种藻丽的回目，成为礼拜六派的口实。其实礼拜六派多是散体文言小说，堆砌的辞藻见于文内而不在回目内。礼拜六派也有作章回小说的，但他们的回目也很随便。"再譬如他在谈及《金粉世家》时说："以我的生活环境不同和我思想的变迁，加上笔路的修检，以后大概不会再写这样一部书。"诸如此类的变化不胜列举。

张氏的多变还体现在题材的多样化。他说："当年我写小说写得高兴的时候，哪一类的题材我都愿意试试。类似伶人反串的行为，我写过几篇侦探小说，在《世界日报》的旬刊上发表，我是一时兴到之作，现在是连题目都忘记了。其次是我写过两篇武侠小说，最先一篇叫《剑胆琴心》，在北平的《新晨报》上发表的，后来《南京晚报》转载，改名《世外群龙传》。最后上海《金刚钻小报》拿去出版，又叫《剑胆琴心》了。"第二篇叫《中原豪侠传》，是张氏自办《南京人报》时所作。此外，张氏还写过仿古的《水浒别传》和《水浒新传》，他说："《水浒别传》这书是我研究《水浒》后一时高兴之作，写的是打渔杀家那段故事。文字也学《水浒》口气。这原是试试的性质，终于这篇《水浒别传》有点儿成就，引着我在抗战期间写了一篇六七十万字的《水浒新传》。"《水浒新传》当时在上海很叫座。……书里写着水浒人物受了招安，跟随张叔夜和金人打仗。汴梁的陷落，他们一百零八人大多数是战死了。尤其是时迁这路小兄弟，我着力地去写。我的意思，是以愧士大夫阶级。汪精卫和日本人对此书都非常地不满，但说的是宋代故事，他们也无可奈何。这书里的官职地名，我都有相当的考据。文字我也极力模仿老《水浒》，以免看过《水浒》的人说是不像。"再有就是张氏还仿照《斩鬼传》写过一篇讽刺小说《新斩鬼传》。张恨水的一生都在不停地尝试，探寻着各色各样的内容及表达方式，他甚至也写过完全以实事为根据、类似报告文学的《虎贲万岁》，也写过全属虚幻的、抽象的或象征性的小说《秘密谷》，他的作风颇有些像那位既不愿重复前人也不愿重复自己的现代大画家毕加索。

张恨水写过一篇《我的小说过程》，的确，我们也只有称他的小说为"过程"才最名副其实。从一般意义上讲，任何人由始至终做的事都是一个过程，但有些始终一个模子印出来的过程是乏味的过程，而张氏的小说过程却是千变万化、丰富多彩的过程。有的评论者说张氏"鄙视自己的创作"，我认为这是误解了张氏的所为。张恨水对这一问题的态度，又和白羽、郑证因等人有所不同。张氏说："一面工作，一面也就是学习。世间什么事都是这样。"他对自己作品的批评，是为了写得越来越完善，而不是为了表示鄙视自己的创作道路。张氏对自己所从事的通俗小说创作是颇引以自豪的，并不认为自己低人一等。他说："众所周知，我一贯主张，写章回小说，向通俗路上走，绝不写人家看不懂的文字。"又说："中国的小说，还很难脱掉消闲的作用。对于此，作小说的人，如能有所领悟，他就利用这个机会，以尽他应尽的天职。"这段话不仅是对通俗小说而言，实际也是对新文艺作家们说的。读者看小说，本来就有一层消遣的意思，用一个更适当的说法，是或者要寻求审美愉悦，看通俗小说和看新文艺小说都一样。张氏的意思不是很明显吗？这便是他的态度！张氏是很清醒、很明智的，他一方面承认自己的作品有消闲作用，并不因此灰心，另一方面又不满足于仅供人消遣，而力求把消遣和更重大的社会使命统一起来，以尽其应尽的天职。他能以面对现实、实事求是的态度对待自己的工作，在局限中努力求施展，在必然中努力争自由，这正是他见识高人一筹之处，也正是最明智的选择。当然，我不是说除张氏之外别人都没有做到这一步，事实上民国最杰出的几位通俗小说名家大都能收到这样的效果，但他们往往不像张氏这样表现出鲜明的理论上的自觉。

张恨水在民国通俗小说史上是一位名副其实的大作家，他不仅留下了许多优秀的作品，他一生的探索也为后人留下了许多可贵的经验。

目　录

秘 密 谷

2

玉 交 枝

秘密谷

第一回

艳丽妬情侜眼前伴客
神奇谈秘谷天半疑仙

在南京建都十年以后的一个春天，天气依然像年年三月那样阴暗，虽然人口的增加，和政治机关的添设置了个正比例，然而市政的建设也依然不曾达到顶端。一部分的旧式街道还保存着。在阴雨之后，那坎坷不平的石板身上，随处都是一洼一片的泥糊。旧式的街巷里，自然也就是旧式的房屋。这江南的旧式房子，都是四围黑暗的瓦屋，中间挖一个长宽不及一丈的天井，接受着光线与流通空气。在阴雨的时间，屋子里的居人，便感到异样的烦闷。到了晚上，工作回来，而又疲倦了的人，除了在屋子里看书而外，是无可排闷。因为出了自己的屋子，便是别人的屋子。天井下的屋檐，又是让那檐溜水洒得一片潮湿，立脚不得。

这样受环境苦闷的人，当然是不少，而康百川先生便是其中一个。他闭了半做书房、又半做卧室的朝外窗户，在一盏不甚明亮的电灯光下，摊书在桌上看。他无精打采地揭开了一页书，却在书页里摔出一张二寸相片来。相片上有个二十附近的少女半身相，鹅蛋脸儿，斜梳着那歪桃式的分发，长长的睫毛，水汪汪的眼珠，牙齿半露地微笑着。

这是康百川在部里一个同事的女职员。她到部里去服务是康百川荐引的。康百川和她有婚约，而且都贫寒，所以一同服务，预备奋斗着挣些钱来结婚。可是她奋斗的结果，却是把爱情淡下来，把婚期延误下来。康百川也只增加了一些疑虑和悲愤。这天，他曾约了她散会以后一同去看电影，然而她却派人送了一封信来，那信上说：

3

百川先生：

　　你今天晚上电影院的约会我本当去，但是我今天多办了一件公文，身体疲倦极了，似乎有些烧热，实在不能在阴雨天出门了。明天会。

　　　　　　　　　　　　　　　　　　　　　妹李士贞上

　　百川看了那相片之后，不觉地在抽屉里又把那封信拿出来再看了一遍，就对了那相片叹了一口气道："现在你对于我总是这样冷淡的了。"就毕，扔下了相片和信，自己站起身来，就在屋子里来回踱着步子。这样地走了若干遍，他想起了，她不来，那就算了，我一样地可以去看电影。于是把一件七成旧的雨衣穿将起来，两手插在雨衣的假口袋里，就这样走到电影院来。

　　这电影院门口的道路，照实说起来，差不多和他家门口的道路要相隔到一世纪。这里电光灿烂，柏油路光滑干净，一对对的男女彼此都手臂相挽着，笑嘻嘻地走了进去。百川的这两只手无人可挽，也无人挽他，依然插在雨衣的袋里，就这样地走了向前。当他走到票房窗户外来买票的时候，偶然回头，却看到一辆油漆光亮的汽车停在门口。这是认着熟透了的，乃是部里的公用汽车，常是被项司长坐着的，一定是项司长也来看电影。自己是极不愿和上司见面，去守那规矩的。现在见了面，是毕恭毕敬地行礼，还是不理会呢？他正在这样踌躇时，见汽车门开了，果然是项司长下来了，而跟着下来的，却是一个摩登少女。

　　这个日子，夹衣还不足以御寒，那少女所穿的是一件粉红色的单长旗衫，不过外面罩了一件丝绒大衣，这是在大衣下摆露出来的一截。她正伸了一只纤纤玉手，扶着项司长下来，那只手上戴了一只钻石戒指，在电光下，那钻石耀着人的眼睛，射出一道光芒来。"啊，项司长又娶了这样漂亮的一位姨太太！"他正如此想着，那个少女却向司长身后藏了起来。这一来，他看清楚了，那正是未婚妻李士贞女士。好，她和司长一路坐汽车来看电影，怪不得这样子阔绰漂亮。那司长似乎也看到了康百川，然而他却板了面孔，掉头望着别处，将这位少女紧紧地引着，就走进去了。他身后有个听差，已经买了票，在入座的门口等着，代为递过票去了。

康百川站在票房门口，只望了那门发呆，心想：她说疲倦得要害病，不能陪我，原来却是这样一段缘故。她是我的未婚妻，怎么可以瞒着我来陪司长看电影？我若喊叫起来，让大家都没有脸。不过真这样地做起来，恐怕冒昧一点儿，也许她是不得已而敷衍司长的。我暂且不能发怒，应当问个青红皂白。他想定了之后，也不买票了，就到公事房里，让账房去打一块玻璃板，上写：请李女士外面谈话，百川。他这样办了，便在入场门外，静静地站着等候，心里自是这样地想：她一定是装着马虎，不肯出来的。当然，一个贫寒出身的姑娘，哪里禁得住上司的势迫利诱？得了一个机会，我慢慢地劝导她也就是了。

一个人这样地琢磨着，约有五分钟之久，李女士果然出来了。她一见百川，板住了脸，首先瞪了眼问他："你为什么打玻璃板，找我出来问话？是不是因为我和项司长一路来看电影，你心里有些不服？"百川不料她竟先取了质问的态度，这也就有气了，便道："这是公众娱乐场合，我不愿和你吵闹，可是你自己也得想想，你这种行为是对的吗？"士贞道："有什么不对？交朋友是我个人的自由，我愿意和什么人交朋友，就和什么人交朋友，你没有权能干涉我！"说毕，她扭转身躯又进场看电影去了。

百川受了这一个重大的刺激，真恨无地缝可钻，呆站了一会子，冷笑了一声，就走开了这电影院。走路的时候，心里也就想着：这是我自取其辱，我一个穿破旧雨衣的人，如何可以和坐汽车送钻石戒指的人打比？这只有让开他与她得了。恋爱不是可以强迫的，强迫来了，也没有什么趣味。他自己自宽自解地走着路，好像是十分解脱，然而他走不了几步路，就要把脚顿上一顿，而且捏了拳头，也只是捶了另一只手的手心。自己莫知所之地走了一阵，心里便又想着：我就这样很无聊地回去吗？我若是回去，雨夜凄凉，更会感到无聊。有了，不如到俱乐部去坐坐吧，虽然那里不过是打台球下棋两件事可以消遣，但是找几个朋友在一处谈天，便可以混去几个钟头的时间。谈天谈得疲乏了，再回去睡觉，当然是一倒上床去就睡着了。他觉得这个办法是非常妥当，于是直向清心俱乐部来。

这个清心俱乐部，是南京一部分知识阶级分子组织的，其间自不免也有一些政界的人物在内。康百川他虽是个小官吏，可是他离开学校不久，依然喜欢和知识分子来往，所以他也就时常到清心俱乐部来消遣。这天晚上，他到俱乐部来时，因为天雨之夜，里面的人也非常地少。四周静悄悄的，听到不一些声响。走过两进屋子，还看不到什么人，只两旁的屋子偶然有一两盏残余未灭的电灯，发出那欲亮不亮的灯光，隔了玻璃，映射到窗子外面来。他看这样子，都不像有人。转过一个长院，却才有一阵哈哈之声，由一带走廊子下传布了出来。

那里是个平常的休息室，并没有什么娱乐品，平常只几个大学教授喜欢在那里掉书袋。这除了那些气味相投的先生们，是不肯光降的。百川自顾是个后学，虽是认得这几位先生们，却谈得不大入调，所以也不大加入这个组织。然而今天晚上，既然来了，又没有别的地方可以去排闷，姑且走进屋子去看看这些老先生说些什么。于是顺了走廊，拉开了那房门，伸头进去探望。

只见靠墙的三张安乐椅上坐着三位先生，其中倒有两个衔着烟斗。第一个是余侃然博士，他是个生物学家，他穿了博大的学生服，衣袋都盛了东西而下垂，那蓬松而枯燥的头发中间略带了几根白色的在内，这其间表示着余博士渐入老境了。然而他的精神依然很好，在一张国字脸上配上了一部虬髯，这很像是旧小说上所描写的一位山寨大王。

第二个是欧阳朴博士，他是一位地质学家。他穿了一套深青色的西服，领子是半歪着，一条深蓝色的领带和领子只是虚奔着，犹如一条带穗子的项圈，将前面黄光灿然的领扣都露了出来。他只是在鼻子下留了一小撮胡子，他那个有皱纹的瓜子脸也配上一头乱发。余博士常是这样地讥笑他，说他是魔术班的小丑。

第三位是徐彬如先生，他是个诗家。他总是穿了长袍马褂，垂着到后脑下的长发。在他的椭圆形脸上架着一副玳瑁大框眼镜，这更增加了他的幽默。

　　两位博士都架了腿，斜衔了烟斗，望着徐先生的面孔，徐彬如笑道："大王，假使你能卖老命的话，我是愿意奉陪的。"余博士在接到大王尊称之后，他照例是回他一句外号的，便笑道："Beautiful，假使你舍得离开了你的太太时，我就舍得我这条老命。"欧阳博士笑道。"山贼的话，也很幽默。"余博士道："小丑，你以后少叫我山贼，不然，我就说你是扒手。"徐先生笑道："其实大王也只是名义好听。"

　　他三人正这样开玩笑时，百川站在门口完全听到，觉得老先生谈话也不一定就是速度加时间等于距离的那样枯燥，便走近了一步，一一地叫着"先生"。因为余博士和徐诗家都是他的老师，尤其是徐老师，他们是很接近的。彬如道："你怎么有工夫到俱乐部来？"百川在他下首一张椅子上坐了，身子向后靠着，似乎是表示那样舒适的样子，便道："我是个闲人，怎么没有工夫？"彬如道："在南京自然有不少的地方可以让你去度夜生活，自然是闲人更没有工夫的了。"百川道："这样解释，那我就无可说了。刚才徐先生说什么舍命卖命，我倒不懂，徐先生还不曾加以答复。"余博士手握了烟斗，却将烟斗的嘴子向他指点着道："你也能拼命舍命吗？"

　　欧阳朴道："如果康百川兄愿意加入，我们倒是二十四分地欢迎。他是安徽人，或者可给我们做一种向导。"百川听了这话，却是茫然。彬如微笑道："百川，你贵省不是有个天柱山吗？据人说，这天柱山的极高峰之下，有个神秘区域，和这个世界是隔绝的。但是那里面有生物，也许有人类，只是经过千百年之久没有人进去过，就越来越神秘了。有人说，那山的一方有个千百丈的削壁，削壁之下，是条大河，这河里曾发现过人的衣服和帽子，这是那山上落下来的。乡下人便以为是仙物。又有人说那山上有人骨头落下来，说是山里有妖魔，把山下的人捉去吃了，吐出骨头来。这都是些不经之谈，我不能相信。据欧阳博士的揣想，那也不过是个较险的山谷，被草木把路塞了，所以没有人去。可是去年有飞机由那里经过，发现下面有人类，那些人穿了古代的衣冠，今年上一个月，又有飞机经过，更看到里面庐舍田园，与外边无二。这却引起了我们的疑问，他们为什么不和外间交通？若是野蛮人，这个里边不会有生番的，因为在过去的地志或历史上，绝没有人提到这一件事。由疑问便又引起了我们的兴趣，我们打算亲自去看上一看，到底是些什么人物？"

百川笑着一拍手，站了起来道："问别的什么话我不知道，若问到这个话，那就谈到我家门口去了。天柱山在潜山境内，我就是潜山人。"这一说，三位先生们一齐高兴起来。余侃然首先问道："你当然知道那山上有没有生物的了。据我揣想，哺乳动物是不多的，爬虫类或者蔓延。"欧阳朴道："那是很显然的，它是大别山脉，它是一个断块山，在地质学上……"彬如笑道："我们现在还不必做学理上的讨论，与其说是在地质学上，不如说是在烟斗上。卓别林先生，你那斗烟没有火气在三十分钟以上了，不该换了吗？"欧阳朴笑着换了那斗烟，吸着烟向百川道："康君，你可以把你所知道的告诉我们一些。"

百川笑道："若是要像欧阳先生那样说着，先要在什么学上去找，我可没法子去找。"余侃然道："当然只要你报告事实。"百川笑道："据我们乡人传说，那是块仙地，在周围几十里的树林子里，有一个四面削壁的高峰，这削壁上，差不多连草也不长一根……"欧阳朴道："由地质学上推测，这当然是长石，其面极平滑而……"彬如皱了眉道："卓别林先生，我们现在并不上地质学这一堂课，可不可以等康君报告完了，你再做学理上的检讨。"欧阳朴于是躺在安乐椅上，含笑吸着烟，看了百川，且不说话。

百川道："这一片石岩，虽然不长草木，但是在这上面却有一个小平原，有十几亩地大，可以种水田。这种话，当然是没有理由的，在山的顶端，何从得水？没有水，当然是不能有田了。但是在高峰的半山腰，小峰围绕，那里的确有个深谷，乡下人的土话，叫作山崖。那个崖里头，常是冒出烟来，据土人说，那是仙家炼丹的烟。那是不能成立的一句话，但是这烟却是事实，许多人看见过的。假使这些谷里面没有人类，这烟从何而来？"余侃然道："对了，动物是不会利用火的。"彬如笑道："这又该搬上生物学了。据我看，这用不着到书本子上去找证据，乃是一件很平常的事，用平常的情理去推测就行了。"百川道："若用平常的情理去推测，那是不通的。那里无人，何以现出许多有人的形迹？那里有人，何以愿在深山大谷里藏着永不和外人往来？"

欧阳朴道："这是很容易解决的一个问题，百闻不如一见，就该我们自己实地考察去了。我们为这事讨论了好几次，今天决定了，我们三个人是基本队员，再找三四个粗人，我们就组织一个探险队。那个地方，我们也取了个名字，叫作秘密谷。我们就算是秘密谷探险队。康君是潜山人，那就好极了，请你写几封信回家乡去，介绍几个人给我们，做我们的向导。"百川微偏着头，想了一想，问道："三位先生决定了去一趟吗？"

余侃然道："当然的。我们并不是三岁两岁的小孩子，岂能自己和自己开玩笑？这里还有一个待决的问题，就是这位大诗家的夫人。"欧阳朴衔了烟斗斜看了徐彬如笑道："什么待决的问题，却是徐夫人。"侃然道："小丑，你怎么总忘不了丑角的口吻，我的话不过是这样说，意思是徐先生去是想去的，然而他的夫人带去是不可能的。丢了夫人在南京，又有些舍不得，所以成了问题。"彬如对他二人的嘲笑，只是微笑着，他们二人都不说了，他才道："二位老先生的夫人都不曾在南京，假使二位老先生觉得这并不算什么稀奇的话，那么，我也就可以和二位一同去探险了。"侃然搔着他的虬髯，点了头笑道："这两句话，你很不失掉你那种幽默。"

百川听了，心里真觉得有些着急，刚才把这个问题说得有些接近了，老先生又掉起书袋来，把这问题揭了开去，只得站起来道："假使三位先生决定了去，又需要一个向导，那么，我就毛遂自荐，愿来干这一件差事。"余侃然也站起来道："老弟台你这话是真吗？"百川道：

"绝对的真。"侃然笑道:"你不是也看过爱因斯坦的学说吗?其实应该说相对的真。"这一说,大家全笑了。侃然道:"百川,我猜你一定没有结婚。"百川笑着点了一点头。他又道:"我猜你也没订婚。"百川又点头。侃然道:"不但是没有订婚,而且没有爱人。"彬如笑道:"你不要像江湖卖卦先生一样看风转舵,听了人家的话音,只管追了上前去下那肯定语,你要知道……"

百川道:"不管怎样,我是愿去探这一回险的。我在乡居时,我家的大门在五十里之外正对了天柱山尖。我一出大门便想着,眼面前就是一个神秘的所在,我哪一天得了机会,非一探这神秘谷不可。这个心愿我立下了多少年了,今天相遇我岂肯平白地放过?"侃然道:"那么,你衙门里的职务呢?"百川道:"我决定请假,如是请不动假,我就辞职。总而言之,我决定了去。我不但是当个平常的向导,在那山上我还有亲戚,可以找了他们来帮我们的忙。"欧阳朴走上前来,握了他的手,紧紧摇撼了一阵,笑道:"我们热烈地欢迎这位新同志加入。"

百川受了老先生这样的欢迎,自然也是十分高兴,于是在这一握手之间,他就在他这一生的过程中,把最烂漫的一页开始记录了。

第二回

渡水回车崎岖尝险道
凿墙燃灯辛苦话山家

康百川这晚在俱乐部里谈得很高兴。几位要去探险的先生经过他对家乡一番详细的报告，知道要预备什么东西，也很高兴。又约了他，次日仍在这里会议，决定探险队的组织，并筹划探险队的费用，谈到夜深，方始散去。

百川有了这样一件可以兴奋的事情来做，对于电影院那一幕伤心的影子，便不放在心上。次日还照常地到部里去办事，晚上到俱乐部来会议时，三位先生都在座了，徐彬如坐在那沙发椅上，手上捧了一张纸沉吟着，表示出他那满纸上都是计划。欧阳、余两位博士，在两边椅子上坐，都极力地吸那烟斗，虽然烟斗上烧出来的烟有些熏眼睛，然而他们都不注意，全把眼光射在那纸上，直至百川进来才把这三个人坐定了的形势打破了。

徐彬如指着对面的椅子，让他坐下，笑道："我昨晚一夜没睡，拟了一个计划书，刚才经二位一番斟酌，都通过了。现在交给你看看，有什么可以斟酌的地方没有？"于是将那张纸交给了百川。

百川接着，坐下细看一番，计划订得很周密，大纲就是欧阳博士做队长，指挥全队，余博士管理庶务，徐先生管理文书，康先生担任交际。经费是一千元，由本俱乐部赠送。在南京只带两个工人，其余的工人，就地雇用。路线是由南京乘轮船到安庆，由安庆雇小车送行李到山脚，由山脚再改挑夫。枪械、药品、食物、用物，归余博士办。宣传请护照由徐先生办。领钱雇人归欧阳博士办。在南京无所谓交际，百川倒成了一个闲人。他将这计划书看过了，也十分同意，就问大家哪一天起程。

欧阳朴道："我们都是要急于知道这秘密谷的人，当然是越快越好，我们决定再有三天的预备就可以动身了。我们这两位老先生，带了这两个烟斗，就没有可挂累的了。你呢，不也是一个人吗？"百川微微笑着点了一点头。欧阳朴笑道："所剩下的，就是我们这位诗家，不知道他的唱别诗作成功了没有。"彬如笑道："不用多说，到了那天动身的时候，我们还在这里齐集，看看是哪个先到吧。"余侃然笑道："诗家的生活，他是不喜欢太平淡的，要有些悲欢离合，才可以增长他的诗兴，所以彬如为了陶冶他的文学起见，他应该和他夫人在甜蜜的反面做些功夫。"

彬如笑道："我们也是老夫老妻了，有什么甜蜜不甜蜜？"侃然道："不过诗家是要女人点缀的。"彬如笑道："其实世界上的事，都少不得有女人点缀的。"侃然突然站了起来，将烟斗拿在手上，指着彬如道："我反抗你这个定论，我拿事实来证明，譬如我们这回探险的事，就没有什么女人的缘故在这边点缀着。我们四个人，可以取决多数，这话是对不对呢？"百川听说，脸上现出了一片苦笑，好在彬如对于这种反抗，却也没有什么议论发生，大家就笑了一阵，也就过去了。

三天的期限是很容易的，在三天的时间，百川也只草草地把各事料理就绪。这天的报纸上，已经把他们到秘密谷去探险的事整个地披露出来，而且载明了他们是于这日上午八时，在清心俱乐部出发。这个时候的南京市民，除了谋做官而外，也有些人感到科学趣味的，所以在南京的市民，增加到一百万以上，这天到清心俱乐部来和探险队送别的，也有一百人上下。

这一百人，在大厅里开了个临时的欢送会，后来由欧阳博士作答词。他看了全场并没有女人，先说了几句对于秘密谷感想的话，然后又笑道："在本问题以外，我们四个人曾发生了一个不甚重要的兴趣问题，就是徐彬如先生说，现代的事物一切离不开女人，但是我们不相信，现在我们看看今天的事，是不是离开了女人呢？"于是全场人笑着鼓掌，这掌声不是赞成欧阳博士的话，原来是徐彬如夫人来了。

欧阳博士举了他的帽子，在空中摇撼着道："诸位，你不要说我说错了，这是徐彬如先生他有心要驳倒我的话，所以把事实来攻击我。诸位，你想，徐夫人有不给徐先生挣面子的吗？假使我的夫人在南京，今天她一定阻止徐夫人前来。"徐彬如在人丛里很从容地站起来，微笑着答道："那么这件事情由一个女人增加到两个女人了，现代的事物是能离开女人的吗？"

欧阳博士真窘了，用手去搔他的虬髯，在一分钟之间，他忽然得了一个妙策，就用偏师去反攻徐先生，他说："我们想秘密谷里面，也许是部落时代，那里头有国王，自然也就有公主。徐先生主张一切离不开女人，让他到那里去招赘做驸马吧。那么，我的理论虽然失败了，然而老友与有荣焉啦。"徐彬如笑着坐下去了，于是全场鼓掌，给欧阳博士一个满堂彩。

在这说笑的声中，探险队的行李由两个工人押解着，先运去了下关。随后四个队员也就到下关来，当日上午十点钟，他们搭上了水轮船，向安庆而去。次日到了安庆，无所谓勾留的，休息大半天，雇了三辆人力小车，推运行李，就向潜山出发。他们四个队员，两个工人，三个车夫，顺着大路，步行前进。由这里到潜山县城，插上当年解饷银的驿道，车子很是好走。

由安庆向东北走七十里，转过一带小山，已经看到对面白云堆里青隐隐地露出一片高山。由这里看去，那山的下半截斜斜地伸着，上半截有时让白云完全掩藏了，有时在白云里伸出一个尖角来，这个山尖真不同其他的山尖，仿佛像人并伸出小指无名指中指三个指头的样子。

百川指着白云堆里道："诸位看看，我们所要寻访的秘密谷，就在那山尖的后面。"彬如笑道："这真是上青天了，虽然看去很高，可是我想着，一定是富有趣味的。"一说之后大家走着路，都向了山尖看去。在路上歇了一日，经过潜山县城，那山尖就慢慢地变了圆形，变了扁形，面前是一带大山拥起。由了康百川的引导，渐渐地走到大山的脚下了。

顺着大山的脚，有一条干河，河里一望无际，全是大小鹅卵石，浅浅的清水由石滩上流过，只管哗啦作响。河堤上有一个小庙，庙边搭了两间茅屋，全坍倒了，并没有人。看看那庙的横额乃是"河神庙"三个字。百川笑道："糊里糊涂地走到了目的地了。"欧阳朴道："什么，这是秘密谷吗？"百川笑道："我是说我们的车子到了终点了。河那边还有几家乡店，是做山上人生意的，我们应当过了河，再卸下车子。"于是大家坐在河堤草皮上，脱了鞋袜，扶了三辆人力车子，在鹅卵石上半推半抬，渡过水去。

过河之后，有一里路的滩河，就上岸了。一丛深深的绿竹林子里，汪汪地发出几声狗叫。大家顺了小道前进，露出一排背山面水的人家。一家门口放了几个挂面架子，一家门口堆了一些篾编的竹器，都半掩了门。

其中一个店面的人家，虽然是关了门窗，看那架格上空空的只放了一些火柴佛香和纸锭，柜台上有一个大瓦钵子装了盐，柜台顶梁上垂了几绺麻捆，在柜壁上有一张成了灰色的红纸，写着"端木遗风，百货俱全"八个字。彬如看到，首先笑了，他向大家道："写这字条的人，意思很幽默。"百川笑道："不然，在山上人看来，他们所需要的，这里都有了，也许是百货俱全了。"大家说笑着，就进了这店堂。

这店堂里放了一张桌子，可没有板凳，里面一土砖门下有个老头子跨了一条板凳，在墙边打草鞋。他张望了许久，不敢过来。百川操了家乡话，告诉他是来逛万山的，要在这里借住一宿，请他代找几个挑夫。老人这才放大了胆，四处找出了几条板凳给他们坐。在门外捧了一大捆干茅草，送到旁边一个灶里去，掀开灶上的锅盖，用一个大葫芦瓢，在水缸里舀了几瓢水进锅去，接着就盖了锅，向灶里点着一把火。不多会儿，水沸了。他在灶头上取下一个竹筒子，由里面抓了一撮灰也似的东西撒到锅里，于是提了一把大瓦壶来，将瓢在水里摆荡几下，就舀水向壶里灌。接着，他便带了三只粗饭碗和那壶一齐送到桌上，原来这是敬客的茶呢。

徐彬如看了，真觉这种生活别有风趣，只是笑。因为他们都如此赏鉴那些小动作，所以事事有味，就也忘了辛苦，当天就在这里歇了。次日，由店里代雇了五名挑夫，代挑着车上的行李物件，三辆小车自回去了，因为这屋后便是山。大家换了短衣，换上布底鞋，结束一番，预备登山。在开步之前，百川找了六根细棍子来，南京来的人一个人分得一根。欧阳朴拿了棍子问道："这是什么意思呢？"百川笑道，"暂且不说，将来自有用处。"于是一行十一个人，就开始上山了。

前面是百川一人先行，后面跟了五个挑子。这五个挑子里，粗笨的帐篷，精巧的照相匣子，一切都有。两个工人、三位教授在后相随。因为这依然是大路，大家并没有什么戒备。余侃然博士挂了一个采集标本的箱子在身上，手上拿了根棍子，东指西搠，很是高兴。百川在前面回转头来看到，便笑道："余先生不要太高兴了，回头会走不动的，不信，请你看前面。"大家向前看时，两道斜岩环把中间伸出一个大山峰，那山峰边有个缺口，似乎人行路在那里。百川道："我们非过了那个山峰，不能歇腿。"侃然道："这也不远呀，有什么困难呢？"于是大家继续地向前走。

走了一个小小的山峰，侃然有些喘气，棍子不能东打西搠了。这里所经的路，是在半山腰顺着山的形势砌成的阶级，始终左是高峰，右是悬崖。看到前面有个高坡，可以不久跨上去，然而偏是山形一转，要绕了半个圈子过去。或者到了高坡边，不能向上，反要下降，下降之后，才登那个高坡。在高坡这边，看到那边是一层一层的石阶路，然而翻过石阶时，又有一个高坡在面前顶着。这石阶也不过是个名，其实就是在斜坡的石面分了一些层次，那石面就崎岖不平。有些石板太光滑了，或者石板上又有碎石，简直站不住脚。

余博士不知不觉地用那根棍子当了老人的拐杖使着，走一步，用棍子拄着地上一步。看看同行的人，除了那五个挑夫而外，不都成了老人了吗？百川走在众人的前面，有时跨上那二尺高的石阶时，还能借着棍子支持的力量跳上一跳，然而其余的人差不多是爬了。这山上都零落地长了一片一片的草皮，疏疏落落的。也有些松树，有那不大高的松秧长在路边，常是借它一把力，把人带上石阶去。大家要争一口气，非过那山峰不歇腿，累得上气不接下气，一阵阵的汗从背上透出。好容易转过那山缺口，呵呵，何尝是山峰，不过是一个山峰下的起点罢了。

欧阳朴博士见余侃然两脸通红，笑道："你采集了多少标本了？老实对你说，这山上的人，过一十年后，也许不知道标本箱子是博士的招牌，你挂那幌子做什么？"余侃然喘了气道："我不和你说。"他放下了标本箱，在石头下的草皮上躺着了。行路的人是不能休歇的，一休歇之后，犹如新婚的男子爱新房一般，总很依恋地舍不得那一片休息之地。好在大家的游历期是没有限制的，多休息一会儿也不算什么，歇了两小时之久方始开步。这样走一小时歇两小时地走着，当天只在山上走了二十多里路。遇到一个较为整齐些的山村，不等太阳落山，大家便安歇了。

这山村的所在，是在两片小峰之下、凹下去一片平地中，盖了七八户人家的屋子，屋子后面还靠着山呢。这里有一家是挑夫的亲戚，托挑夫去说明了，这人家借了一间堂屋、一间卧室，做了他们休息的地方。这主人翁是个五十多岁的汉子，他间日在山上送一回竹器下山去卖，常和乡镇上的人见面，他在这里已经算是文明分子了。他看到先生们是斯文一流，引到堂屋里坐下，依样地提出一把瓦壶来。这瓦壶口上盖了一个瓦碟子，碟子上盛了不少的稻草灰，那茶碗的质料也进了一步，是瓦质的不是粗瓷的了。带来的行李物件，主人对之十二分地小心，都让人搬进到卧室里去。他不敢直接地向来宾说话，只是当了来宾的面和挑夫们说话。

山上的太阳落得快，纷乱一阵，天色已经昏黑了。主人翁于是搬了一个破瓦钵子放在堂屋中间，捧了一堆竹子篓破碎了的粗篾片放在钵子边，然后点了火，零碎地向钵子里添着燃烧。挑夫们坐在阶沿石上吸旱

16

烟，抽出那燃烧的竹棍来点火。主人翁又捧了一捆长可五尺长篾来，他抽出两根，在钵子里点着了一端，将另一端插在黄土墙眼里。这黄土墙上正有不少的墙眼，两根长篾插在堂屋的东西两壁，那火焰放出来一二寸长，居然照着堂屋里有些光辉，原来这是当灯亮用的。

四个探险队员，各据了一条木凳，围了桌子坐着。桌上是一把瓦壶、两个瓦碗，那壶里的茶倒到碗里看时，正好似两碗黄黑色的颜料水，满碗飞着茶叶末子，不必喝，只闻到鼻子里就有一股子刺鼻子气味。徐彬如坐在上方皱了眉道："我看这屋后有一道清泉，那水想是好的，可惜只对付这种茶叶。"

百川解得这位诗家的意思，便向主人翁攀谈。他说姓褚，都叫他老三。百川便向前笑道："三哥，我们走路辛苦的人，别的罢了，只想一口好茶喝，我们自己带有茶叶，请你不要用锅烧水，就把这瓦壶刷干净了，烧一壶开水来，我们自己来泡茶。诸事有劳，明天我们多算火钱。"老三道："不打紧，水火我们这里是两便的。"于是他提着水壶去了。

彬如笑道："交际的事完了，这该庶务了，可以到网篮子里去，把茶壶、茶杯、茶叶拿出来。"余博士两手伏在桌子上，摇了头微笑道："假使叫我马上得着科学奖金会的奖金，叫我离开这凳子，我也是要谢绝的，我真觉得这舒服极了。黄得全、李炳南，你们去办一办。"

这就是他们南京带来的工友，他们在南京，也到过中山陵，也上过清凉山，以为游山值不得说一个难字的事，所以欣然应命地担任了这一次工作。现在走了一天，都后悔着不该来，这时一人得了一张矮凳，靠了黄土墙坐着，也感到无限的甜蜜，听说叫他起来，真是无限的懊恼。

百川笑道："我自小还走过两年山路，对付着比你们都好些，还是让我来。"说着他在地上捡起两根篾片点了，插在墙上，接住了先烧的篾片。又点了一根篾片，当了烛用，照着行路，去取东西去了。一会儿工夫，褚老三捏了一把篾片引路，百川提了一篮子东西来，计有桌布、筷子、碗、茶具、烛台、茶筒。侃然笑道："多谢，多谢，你全办了。"百川铺上了桌布，点了一支烛，将烛台放在桌上，立刻这屋子就由原始时代进到了十八世纪。褚老三也就去提了那瓦壶开水来，和他们泡茶。

雪白的桌布上摆着珐琅瓷的茶具。百川又捧一盒饼干来放着，大家都有了精神了。褚老三退后一步，望了他们，觉得他们城里人太过讲究了，喝一杯茶还要费这些事。徐彬如看他有些诧异的神气，便笑道："你以为我们太有排场了吧，我们也觉得山上人太会打算盘，怎么连油灯也不要呢？"褚老三道："我们山上人天一黑就睡，要灯无用。这篾片是家里现成的，不点篾片，倒去买油吗？"彬如道："难道你们不吃晚饭吗？"褚老三道："为了省灯油，不等天黑我们就吃过了。诸位也是要吃饭的了，打多少米，我好去预备。"

百川道："他们挑夫，一个人要一升米；我们这六个人，至多是三升米。你打八升米吧，我们带的有咸菜，你给我们找一两样素菜吃就好，要多少钱，我们照算。"褚老三道："有芥菜和小青菜，只是没有油。用盐煮两碗来吃，好吗？"百川道："我们带了腊猪油，你去预备吧。有嫩笋和我们切两只，我们自己来炒。"褚老三道："诸位也吃这个吗？这是我们辛苦人吃的呀。"这五位南京来的朋友，一齐奇怪起来。南京的红烧冬笋，恐怕要卖到一元二角钱一碗，我们不吃，倒是辛苦人吃的，这也真是一件神秘而又反常的事了。

第三回

山景屡惊人转增旅趣
泉声初到耳更道仙机

这实在也不是一件什么稀奇的事。据这里的主人褚老三说，到了春季，这山上出的竹笋就和萝卜地里的萝卜一样，遍地都是。这山居的人，以养竹子为第一项职业，竹子养得好，便有碗口粗，卖去很值钱。要养成这样粗的竹子，在出笋的时候，就要挑选一番。把细的竹笋拔了，把肥的竹笋留着，因为笋太密了，竹子是不肯长的。所以到了春季，山上人要拔着好些竹笋回来。这竹笋并无别样用法，只有煮了吃。山上人是向来不用油下锅的，只将水来煮着笋片略微加些盐花在内。天天吃这个，餐餐吃这个怎样地不烦腻？大人为了生活问题，只有勉强地吃。小孩子吃不下去，却只有哭了。

两个博士听了这话却还罢了，只有这位诗人徐彬如听着，便发生了一种新的感想，天下无奇珍，物以稀为贵。他心里如此想着，那十个字就脱口而出。欧阳朴道："我看天下最能作伪的，是莫过于文人，尤其是诗人。以先大家爬山的时候，彬如不曾念着什么，'蜀道之难，难于上青天'，这个时候喝过了茶，吃过了饼干，才来一唱三叹。"彬如笑道："爬山的时候，我虽没有诗兴，可是我得了一个新感想，假使有电影家在面前，他可以得了一个极好的镜头。"余侃然将烟斗敲着灰，笑问道："是不是卓别林新寻金记？"欧阳朴笑道："对了，有这样险峻的山景，就更可以衬托出山贼的威风来了。"百川在一边听着，不迭地叫苦，这三位先生有这样的闲情逸致，直到现在大家还饿着肚子。他们又由谈论学理，变到互施笑谑了。因道："山上人是睡得早的，几乎是太阳不见了就要上床，我们要吃什么，让这里的主人翁赶快跟我们做，时间延长了，人家眼睛睁不开，恐怕支持不住。"为了他这样说着，三位先生才决定了还是炒笋吃，而他们围了桌子，还是坐了不肯站起来。百川只好进进出出，料理一切。忙着吃过了晚饭，大家就上床安歇。

山居人家别的没有，竹篾和茅草是极有富余的。竹子架的床，上面叠了一尺来高的茅草。一间草屋里设了两张竹床，让四位先生睡着。大家头落了枕，感觉到睡这件事比任何事情要舒适甜蜜。就以睡觉而论，生平也不曾有过一晚，是像今晚舒服的。大家在厚草上打了两个翻身，都把脚伸得直直的，以便周身的筋肉舒展，更是舒服些。而这位余博士还微微地哎哟了两声，这也就是表示着痛快之至的意思。徐彬如躺着抖文道："自有睡以来，未有甜睡如今晚者也。"大家笑着闹着，又有一小时，方才睡定。

大家正蒙眬睡稳的时候，忽然人声大呼，放出那呜唆呜唆的声音，接着狗吠声、鸡叫声，闹成一片。欧阳朴博士自以为是机警不过，顺手摸了放在床面前的猎枪，走到房门口，就对了外面比着，看看外面。那草堂外的天井，露出一片星光，其余都黑沉沉的。余博士在床上拍着盖被道："电筒！电筒！"徐彬如也坐在床沿上，两脚伸到床下乱涂，找他的鞋子。百川在床上笑道："不相干，这是山上的豺狗到人家偷鸡吃，不关我们的事。大概是这里的主人翁被我们闹昏了，忘了关大门，让豺狗闯进来了。这样的事，山居人家是很多。有时候，老虎乘着大雾跑进人家来拖猪吃，还是白天的事哩。"说时，听到褚老三咒骂着，接着又有关大门声。有人问道："拖了鸡去了吗?"又有人道："我一棍子把畜生打跑了。"大家听了这话，才知道果然是闹豺狗，并非有什么变故。余侃然已经摸到了手电筒，放出光来，见欧阳朴博士还夹了猎枪在胁下，笑道："快睡下吧，躲在房门后放枪打豺狗，让人家笑话。"欧阳朴道："我还夹了枪在房门口等着呢，你只是在床上大叫电筒，若是有什么变故，你这种态度岂不糟糕。"彬如觉得自己的脚底板又黏又湿，大概是踏在地上的缘故，这话说出来了，更是笑话，只好是不作声了。

大家安睡下了，余博士用电筒一照手表，便道："还只是十点钟，这个时候野兽便出来了？"百川道："在山上本也就是半夜了。"余侃然道："豺狗这个名称，大概是山上人叫的，其实这也是狼之一种，它不群居，也没有狼群那样凶猛，这完全是因为环境的关系，将它的生活改变了，远远看去，和瘦小的狗没有什么分别，只是嘴尖，牙利，毛色多棕黄色。"欧阳朴道："我在江西南境考察地质的时候，看到有一种野狗，也许和这种豺狗差不多。中国境内很少发现狼群的，你说这是狼之一种，改变了生活，但是我们知道生物改变生活那不是短时间的事。"余侃然道："这有什么疑问？当然是狼之一种。"百川正想再安稳地睡着，不料这两位博士大谈其狼之种别，大有相持不下之势。便笑道："这个问题很容易解决的，我们在山上设法猎得一头豺狗，拿来解剖一下，这就可以明白了。主人翁被我们闹昏了，半夜里放进豺狗来。若再要闹，恐怕他头脑不清楚，更会放进老虎来。"谈到一个虎字，大家多少有些害怕，果然就把谈锋停止了。

　　大家睡了一觉，醒的时候，却听到许多人说话，仿佛是天亮了。但是睁眼看看屋子里，却又是黑洞洞的。余侃然用电筒照着手表看了，已是六点钟。因道："照说这个时候是该天亮的了，何以屋子里还是这样子黑？"百川笑道："没有山居过的人这又是一种新闻。山上下雾的时候，往往是把白天变作黑夜，不点灯就不能看见。主人翁已起来了，我们都起床吧。"他首先下床点了一支烛，大家陆续地起床。到外面一看，果然是天亮了。只是天空里昏沉沉的，没有太阳，没有星光，也没有下雨，仿佛这山谷里是个蒸笼，半空里不住地冒着蒸气，那蒸气里面，也带有些水分。走到大门外，看看对过的山，都被这蒸气笼罩了，一些看不出来。别的地方，也是这样。欧阳朴博士正在大门口观望，余博士道："你不带猎枪就站到大门口来，也不怕危险吗？昨天百川说了，大雾里面是出老虎的。"欧阳朴知道他是打趣，却也没有理会，依然在门口呆望着。忽然一种奇怪的呼吸声，不知在何方发出，只是哼呼作响。对面山沟里一阵铃铛响，有一样东西向这边直冲过来。这大门外云雾熏蒸着，一二路以外就是昏沉沉的，直等那东西冲到面前来，才看出是两头牛。两位博士神志混乱着，呆了说不出话，直到看清楚了这两头牛，才定了一定神。然而这大门外正横了一棵老树，唏唆一声将树叶冲动着，又吓了人一跳。余侃然笑道："这个样子，简直是草木皆兵啦。"欧阳朴笑道："你这才知道草木皆兵啦，我以先看那些外国的探险小说，说到生番吃人，就毛骨悚然，但希望我们的对象秘密谷，不要有生番才好。"

二人正在门口说着闲话，只听到远远的一阵人语喧哗之声。同时云雾深处有许多火焰，似乎有人擎着火把前来。余侃然笑道："说生番，生番真到了，进去吧。"就到这里，恰是彬如由里面走出来，猛然听到说生番来了，也就转身向里面跑，和出来的一个挑夫撞了一个满怀。两个博士起初以为是大家开开玩笑，后来只见那一大群黑影子，随着大大小小的无数火把，直拥到面前来。他两人吓了一跳，不敢再站在大门口，也向里走去。然而那一群黑影果然不是到别处去的，人声喧哗，一直闹到大门口来。余侃然问百川道："这是怎么回事？他们是些什么人？山上有……"百川笑道："这山上全是和我们一样的良善好百姓，没有生番。"说着话出去一问，回来报告着，大家都笑了，原来这山前山后的居民，传说着山下来了许多洋鬼子，他们邀合了一大班人前来参观。这都是四位先生的衣服和他们的吃东西太让人家注意了。徐彬如笑道："我们虽没有到秘密谷，但是山上这些人情风俗，也就够我们玩味的了。"他有了这种意思，那两位博士也未尝不是如此想着。因之这些山上人在大门外挨挨蹭蹭地看他们，他们也就对那些山民看得出神。

那些山民看了既不敢前来，望了两个博士指指点点，只管交头接耳地说着。后来余侃然在屋子里拿出猎枪来，预备收拾行李登程，那一群人看到了枪，呐一声喊，全跑走了。余侃然对大家道："这样看起来，这山上乃是天字第一号的良善百姓，不会有什么凶恶的集团。"百川笑道："这话难说，这个秘密谷的所在，土人叫作万山尖，提起了万山尖，他们一样地和我们抱着神秘的态度。这里过去三十里，土人叫着道人庵，道人庵的后面，就是钻不进人的杉木矛竹林子，也就是秘密谷和外

22

面分界的所在。我们与这疑怪疑仙的所在只差三十里了。好像并没有神怪的事物，但是你要问这些山民，万山尖究竟是怎样一种情形，他们一定更要说出许多八仙飘海一类的故事来，你就更会觉得神秘了。"大家听了这话，也就是将信将疑。

吃过了早饭，天色慢慢地晴朗。在云雾里面吐出林影山光来。大家督率着挑夫们，又继续地前进。百川觉得扰了人家一晚上，心里过意不去，临别送了一块钱的房火费。褚老三生平未曾见过如此大手面的人，喜欢得眉开眼笑，将他们直送过两个小山头。由这里前进，路上就没有石级可登了，全是在砂地草皮上露出一道较平或光滑些的痕迹，这就算是人行路。昨日所走的山路，不过是吃力，要在什么地方站住，就在什么地方站住。今天所走的，倘若你是站着的话，你的身子得半歪斜着。倘若你是走，就得将身子伸得和斜坡成一平行线。那种难受，尤其是无言语可以形容。因之大家遇到路线平正、可以立足的地方，就要休息一些时候。行了大半天，仅仅翻过一座大山。这山的对面，有一个峰头，恰是像这边一样高。两山对峙，中间凹下一个深谷去。由这边看那边，只见得青隐隐的，树木岩石都分不出来。向下看时，深谷里更是昏黑，只觉烟雾弥漫，深不见底。行走的所在，右边是削壁，左面是悬崖。在上下陡立的山腰，有这样一道可以插脚的路。那悬崖下面，泛出一道白光，轰轰的响声，向耳朵里传来，那正是崖下的涧水声。

初走的时候，大家还不住地说笑着，互相说地方很险，大家要小心。久而久之，大家只有喘气的份儿，寂然无语地手扶了山壁，身子歪着向里，一步一步地向前移挪。大家心惊肉跳地弯过了这一道山腰，才得了一条较平整些的山路，路边有一片平地，草皮烧成焦煳色。百川道："我们在这里休息休息吧，大概前面的路是更不好走了。这里有砍柴采药人烧火打尖的痕迹，就是我们的旅行指南。"大家巴不得这一声，就纷纷地在草皮上坐下了。这路边有这小小的清泉，在山壁的深草流着响下来，到了人进的地方流成一道小沟。百川道："由这里前去，不但是没有茶棚山店，怕是种山地的人家，也很少了。我们可以把烧水壶拿出来，就在这里烧水吃干点心。再过去找水喝，恐怕是不能这样的方便。"于是让挑夫们拔了许多干草，就在地上堆着，地上有人家摆着现成的三块小石头架着水壶，点了草，塞到壶下烧起水来。

大家围着火远远地席地而坐，当大家正静静地坐着，望了火苗，等水开的时候，忽然哗啦一阵很响亮的声音，由半空里传来。欧阳朴道："这是什么声音？"彬如笑道："你这是笑语了，游山的人难道松涛的声音你都没有听说过？"欧阳朴道："松涛的声音我有什么不知道？只要有松树的所在，就可以听见，不用得到这深山里才听到。你听，这声音遥遥而来，若有若无，并不发生在这附近的松树上。"彬如道："那应该是瀑布声了。但是这前前后后，并不看到有多大的瀑布。"百川笑道："这种瀑布声，也就是这山上的一种神秘之物，但当人心静止的时候，这声音就由半空里传了过来，可是游山的人很少看见这瀑布是在什么地方。我们这回来，必定要找到这个瀑布。响声如此之大，这个瀑布必定不小。"欧阳朴道："这是很显然的事。这秘密谷，若是居住有人，没有饮水如何安顿得住？我们不能看见秘密谷自然也就不看见这瀑布了。水在土里，它和土面上一样，是要平均的，绝不会像鼓儿词上的话，半天云里，会安上一个天河。"余侃然笑道："地质学家的话，那是没有错的。我们就决定这瀑布在秘密谷。"欧阳朴道："我身上并没有挂上一个矿物标本采集箱，这不能算是我卖弄。"

余侃然正要用话去驳他，远远地看到两个人，身上累累赘赘背了许多东西。走了小半日的路，并没有看到人，现在看到两个人由前面来，这是可以惊异的事，大家都站了起来看着。这两个人走到近前，却看明白了，乃是两个采药的。长的树枝、短的草茎，扎了一大捆，在背上背着，手上更又提了两个大篮子，里面装着野果子、蛇蜕、草根。欧阳朴忽然拍手大笑起来，向余侃然道："Beautiful，你的同志到了。"大家都笑起来。余侃然道："这无所谓……"说时，用手伸到那连鬓胡子里去搔着。那两个采药的看到这一大班人，带了行李网篮，衣冠不像乡人，也就站着望呆了。徐彬如就问那两人道："请问二位，这里到道人庵还有多少路？"那个人道："还有十几里路。转过这角，就可以看到了。"
彬如道："二位常到这里来的吗？"他二人也放了东西，就地坐下，答
道："我们一年有半年在山上找药材，怎么不来？"彬如道："还有半年
呢？"其中又一个叹了口气道："诸位想想，有法子还有吃这样的苦吗？
还有半年，我们在外面混饭吃，就是做叫花子头。"

徐彬如望了余侃然笑道："他这几句话，续在欧阳博士的话以后，
写了起来，大可以编入幽默文选。"欧阳朴和百川都禁不住大笑，把这
位余博士臊得面红耳赤，不住地搔他的连鬓胡子。这两个采药的倒有些
莫名其妙。徐彬如怕引起这种人的误会也有些不妙，便问道："我们说
家乡话，你不懂。我和你打听一件事，我们在路上走着，一路都听到响
声，轰隆轰隆不断，二位是常到这里来的，一定知道这是什么响声。"
他道："这万山尖后，有个神仙洞，这是神仙洞里的仙乐。"徐彬如笑
道："这是笑话了，仙乐的响声若果是这样的，仙乐也就不过如此了。"
那个采药的正色道："实在的这是仙乐。各位在远方来的，哪会知道山
上的事情？我们终年在山上走，还有什么不明白吗？"彬如笑道："仙
乐自然是仙乐，我们也不否认。但是这仙乐未免不如凡乐好听。"那采
药的又正色道："我们是凡人，凡人的耳朵怎样可以听得懂仙乐？我们
修炼成仙了，自然也就好听了。这并不是仙乐不好听，是我们没有听到
仙乐的福气。"他如此说着，精神很是奋发，猛然地站了起来，眼望了
前面，用手不住地向神仙洞那条路上指着。似乎他这几句话，是可质诸
鬼神无疑的。

彬如道："二位既是常到山上来的，神仙洞里的事当然知道的比别
人多。请问到了道人庵那个老地方，可以看得见神仙洞里什么事情吗？"
他道："看见的。我们若是回不了家，住在道人庵的时候，半夜起来，可
以看到两盏通红的神灯悬上半空。"彬如笑道："我又有点儿疑问了，既
是凡人的耳朵听不到仙乐，何以凡人的眼睛又可以看到神灯呢？"他答复
得更妙了："因为我们是凡眼，只看见两盏红灯。若是仙眼就可以看到神
仙在半天云里来来去去了。"这话在徐诗人又不得不认为是幽默的了。

第四回

谈笑而来歇肩留古庙
鼓舞以上拭藓读残碑

那两个采药的人如此说着，大家听了，不由得哄笑一阵。余侃然道："这个地方有些神秘，我们已经到了面前了，还是传着不经的神话。"欧阳朴用手搔着连鬓胡子道："唯其是这样，所以我们非赶着去揭破这个秘密不可。就要这样，我们这一行才感着趣味。设若只走到这里，便已知道了秘密谷里是一种什么神秘，那就没有趣味了。譬如我们猜谜，一口说破，不费一点儿思索，痛快倒是痛快，可是有什么意思呢？"那两个采药的，看他们这些人行装不同，也不知道说的是些什么，觉得这班人倒有些神秘，可以玩味。只是站在一旁，望了他们出神。欧阳朴道："我们既是赶着要揭破这秘密，赶快就去，不要多耽误了。"经了两个采药的一番渲染之谈，连挑夫仆役们也兴奋起来，大家立刻挑挑抬抬，再向前走。

到了这里，山路当然是更难走。好在那秘密谷的神秘引起了大家的好奇心，因之大家都拼了命，带爬带走地向前走。转过了一个山峰，远远地看到面前一排山顶青隐隐的。余侃然站在一块石头上，用手上的棍子向对面一指道："诸位看，那就是秘密谷的锁钥了，我听人说，在道人庵后面，山路峻险，那还不算奇，最奇的就是有两个山头，密密地生长着树木，没有法子前进，那些青隐隐的就是树木了。我们必定要穿过这些树木，才可以达到我们所期望的秘密谷。"大家听着，都不免望了那青隐隐的山头出神。欧阳朴走到前面，挥了棍子道："我们走哇！有在这里出神的工夫，我们拿来赶路，赶到秘密谷去看一个究竟，那不比这好得多吗？大家走哇！"于是他挥了棍子，口里说着，在前面引队先走。大家经了无数的险道，已经快到游人止步的道人庵。在这里看了面前的山面，已经不长树木，光秃秃地露出一片一片赭色石块来，偶然有一两棵松树，长不过三四尺，横或倒的，长在石崖里。人在崖石下面走着，随处都是坚硬而又不平的崖石，走起来更觉得是受累。那天空上的太阳，这时也变了淡黄色，晒在这光滑的石板山头，好像人到了一种死的境界上。这时，那位喘着气的徐诗人忽然有些兴奋，抬头回顾，问道："欧阳博士，我想月球里的山地，假使没有生物的话，也像这一样吧？"欧阳朴道："不，据我想，月球不能完全死过去，至少还有藓类植物，我们用地球的年龄来比例，地球在三十万年前，已有了藓类植物，月球倒转过去……"余侃然不等他说完，抢着道："无论如何，月球上是没有生物了。我们在望远镜里可以看到月球里面是冰雪世界，整个世纪在冰点以下的温度，怎样能够有生物存在？"在这两位博士忽然在这种赶路最吃紧的时候，却谈到了月球上面去。一个说上面有生物，一个说上面没有生物，在两极端之间，这是没有法子来折中两可的。而且地质学、生物学，都是专家的学问，百川怎好插言？只得望了两位博士微笑。徐彬如却反问百川道："在这种地方开辩论会是最好不过，除了当事人，并没有别人来做左右袒的，我们走吧，等这两位博士去讨论出一个结果来。"还是这种不拦而拦的话，闹得两位博士无话可说，才停止了谈锋，更向前走。

在三个山峰夹峙中，中间有个小小的平谷，远远地便听到一种泠泠不断之声，送进耳鼓来。在山峰脚下弯曲着一道山沟，在这里发现水了。山转弯的所在，突出了一道流泉，那泉水在高低不平的涧石上撞击着，就响了起来。有了水，也就有了生物。石沟上面，山嘴子边，簇拥着一丛野竹子。在竹子里面，露出一只屋角来。大家到了这里，本来都有几分欢喜，以为找着一个地方歇息来烧水喝了。忽又看到竹子里的屋角，大家更是如获至宝，不约而同地欢叫起来，一齐向竹子丛里一拥，便看到一所石头砌墙的矮屋，在迎面墙上挖了两个圆洞，那就算是庙的象征，庙门是没有了，剩了个光门洞，门上也没有匾额，只墙砖石上有焦炭涂的字，"蹈仁庵""道人庵""半山庵""山神庙""药王庙"，大小不等地写了些庙名。走进庙去，里面是佛龛佛案一切都没有，只墙上有个石洞，好像是神位，地上却铺了不少的茅草和火烧的痕迹。欧阳朴站在庙门口向大家摇着手道："我们现在到了内外交界所在了，再进去，就没有了歇脚的所在。我们不要慌乱，就在这安营扎寨，休息半天，明天我们吃过了早饭，先去探路，探一节，算一节。看出有路可走了，我们大队人才继续前去。"大家对于这种话都很同意，就在庙里庙外布置起来。

徐彬如拉了百川先走出庙来观看形势。这庙后便是个削壁，无路可上。在削壁之下，长了几棵颠三倒四的大松树，正掩映着这庙的后墙。石壁左方有一个缺口，石洞是由那里斜着下来。再看两方，便是两道石面大山斜斜地拥抱。远看那石崖，都光滑得像油抹了一样，下面却洼了下去，是这里山脚挡住了。这要向前进，除了削壁上那个缺口，并无别路。回头看看大家的来路时，一叠几个山头，都在面前。山头外却是云霭苍茫和天相接，迎面几阵凉风吹来，真个好像是人在天上了。彬如沉吟着道："不识庐山真面目，只缘身在此山中。"余侃然走了来拍着他的肩膀道："这个时候，大家歇着还没有喘过气来，你倒有工夫吟诗。"徐彬如笑道："在这一队旅行团中，我是管理宣传职务的。"侃然道："到了这种见不着人毛的地方，要你宣传什么？"彬如笑道："是呀，我也是如此说呀。"百川道："徐先生倒并不是吟诗，我们是走出来看看去路来了。"说着就向削壁那方面一指道："你看，那一条沟，就是我们的去路，我们怎样子走得过去呢？"侃然看了一看，点点头道："当然是难走，但是到了这里，好走，我们得上前；不好走，我们也得上前。我们把老朴找来，大家先看一看。"欧阳朴也走来了，他道："不用得讨论，我一到这里就留意了，我想是我们大意了，遇到那两个采药人的时候，我们应当问一声，这里前面是否还有路。既然是不曾问得，现在只有自己去寻找，好在那青隐隐的一片山头，我们已经知道是秘密谷的外层，我们认准了那个山头走去，总没有什么大错。"百川道："错是没有错，倘若削壁那边是个无底的山凹，我们也一直线地飞过去不成？"欧阳朴摸着他那瘦削的脸，沉吟道："这一层我也考虑到了，现在我们揣想着路那边的情形，都是无益，我们从明天起，开始去做探路的工作，到了那树林边，我们还要设计一番，是放火把树林烧了呢，还是砍树开路来……"

欧阳博士对了那石壁，拿着烟斗，指指点点地正在尽他领袖的职务，余博士在山涧那边，忽然拍手大叫起来道："我胜利了，这里不是？"大家听了，以为余博士是找着什么去路了，就都赶了上前。余博士现出他那踌躇得志的神气，口里斜衔着烟斗，搓着两手，在那一丛虬髯里露出笑容来。欧阳朴见他两只眼睛望在水里，知道不是找到了出路，他是在生物方面有了收获了，便道："水里有什么，美男子，你想借水遁到秘密谷去吗？"侃然笑道："你不用说，我这种胜利对于你也许有几分之几，有一次我们曾讨论到蝾螈这样东西，好几个朋友说中国中部没有，你似乎也赞成他们一说，以为中国中部是没有的。但是我说中部有的，只是举不出一个证据来，现在看，那大石下不是两头蝾螈？"百川也挤上前看时，水里面有一种像鳄鱼一类的动物，不到一尺长，小时也看过一次，仿佛土人是叫土龙吧，这也是一件稀松的事，余博士倒这样大惊小怪起来。欧阳朴倒不以为自己失败了，还要去想什么辩论的法子，便对水里出神道："这个地方，居然还有这些东西，我们倒真可以处处留心，它是怎样地遗传下来，我们倒可以研究研究。"

彬如道："两位博士，我现在有一个小小的抗议，就是二位要讨论小的蝾螈，大的月球，这都随便，只有一点，凡是工作加紧的时候，可以不必讨论。譬如说，秘密谷里有了野蛮人，将我们围住了，预备把我们的脑袋去当烤鸭吃，这个时候我们只应当想法子怎样去逃命，不必研究他们是苗族呢，是瑶族呢，或者是猓猓呢？"这几句话驳得余侃然没话说，只是用手去搔连鬓胡子。欧阳朴却重重地吸着烟斗，喷出两口烟来，他笑道："那于你很有益呢，当他们捉住你，要烤着吃的时候，你

29

可以吟两首凄凉动人的绝命诗呀。"于是大家都笑起来。百川心里想着，遇到这样三位洋醋先生，其酸真不亚于老秀才。自己是个后学，有什么法子禁止，也只好由他了。大家站在庙外说笑了一阵，还是欧阳朴记起，他道："他们已经安排好了吃物，我来找你们进去吃喝的，你看，我这请客的人，连自己要吃饭也都忘了。"大家这才喧笑着，拥到庙里去。

这时，三间庙里已草草地打扫干净，屋角上有采药人用石块支的土灶，已经有挑夫架了枯柴，在那里烧水。屋子中间，铺上了草捆，支了行军床，架起了活腿桌子。两个听差已经把铅笔、日记本、望远镜、罗盘种种东西放在桌上。欧阳朴笑道："你看这种布置，倒很像一个旅行团的司令部。"侃然道："本来就是，说什么活像。但是有了这种司令部，我们要做出一点儿成绩来，才对得住人。若是在这里这样铺张一番，一无所得，我们可没有面子回南京去了。"大家说笑之中，有了这样的警告，不免都郑重起来。在这天下午，大家就是这样，喜欢得很兴奋。可是想到了明天这一节路之难走，以及走了过去是否可以达到目的，大家又有点儿忧虑。

天色一黑，在整天的疲倦之余，都安歇了。次日天色一明，大家都立刻起身，四位旅行家就在庙外竹子边一面吃喝着东西，一面计划进行的路线。大家商议一阵，这探路的工作不必大家走一条路，可以分作两组。一组就由这削壁的缺口过去，一组由走来的山路绕了回去，看看可有别路通到旁边的山上去。议决之下，百川和侃然带一个挑夫由削壁缺口进去，欧阳朴和彬如带一个挑夫另去找路，所有其余的人都在庙里等候。收拾了一些应用的东西，就分途进行，百川是个青年，又是本乡人，便首先向削壁方面走去，将一根长绳索捆在腰上。剩下来几丈绳索，将挑夫拴在第二位，侃然拴在最后，各背了行囊，拿了绳子，缓缓地向前走。这个削壁的缺口虽然是很陡，所幸这崖石层层的破裂，成了杂乱不成规矩的阶梯，因之手足并用地简直爬了上去。费了许多的力量，爬过了这石壁这才达到一个山腰。这种地方当然是没有人行路，更也捉摸不定由哪面去有出路。不过百川心里知道，秘密谷是在西方，因之将罗盘架定了方向，转着山腰向西去。这样走着也挑不出平坦些立足的地方，总是一只脚高一只脚低地这样走着，转过了一个高山腰，忽然遇到一个平平的山头，正是随脚可走的所在。大家到了这里，这比买奖券中了奖还要痛快，就拣一块大石头先坐一会儿。在坐着的时候，云雾里的风兜胸吹了过来，让人说不出那一种舒服。侃然道："百川，我想我们所听到那些传言，恐怕都是无稽之谈，第一种，神仙，我们是断定没有了的。第二种，野蛮民族，在中国中部向来没有停留过。这个山上地方究竟不大，哪能容留多少人？第三种，除此以外的人，哪个不避艰险，到这种深山里来住家？这三种人都不是，还有什么人在这里呢？"百川笑道："天地之大，何所不有，我们怎么说这里就没有人经过呢？"正说着，一阵清风吹来，夹着一阵很清爽的香味。百川道："怪了，这高山上哪里来的这种香味呢？"侃然将鼻子耸了两耸，笑道："不错，有一种味气，而且带了兰花味。"百川道："哦，我想起来了，我乡居的时候，常托在天柱山下住家的人带些兰草给我们，这一定是山上的兰草花开了。我们一路谈谈笑笑，心里不静，纵有兰花香，我们也不觉得，现在我们只三个人，这里空气新鲜，不带一点儿杂乱的声音，心思是很幽静的，环境也是很幽静的，所以有这种香气，我们就很容易闻到了。"侃然笑道："也许我们走近了神仙窟，这是仙境里应有的现象呢。"

说着，带了笑又往前走，到了这里，不由得人又奇怪起来。面前一道小谷，沿谷阴好像有暗泉，山地是很潮湿的，在那斜坡上，青苍一片，全是野兰，空气里面香极了。侃然道："这真是空谷幽兰了。"百川道："有我们来赏鉴这兰花也许是有生以来的第一次呢。"三人走下山坡来，不像先前走的山脚是光秃秃的，这里在石崖峰里和平坦些的地方，已经有一丛一丛的青草在极深的荒草里杂生着。这不但是无路可行，而且也无地可走，人只在丛草里钻。因为看不到地面去下脚，走得非常的小心，也移步得非常之慢，把这种丛草杂生的一段小谷走完，人

31

也实在疲倦，面前又是一方斜斜的石壁，百川摇了头道："要我再爬过石壁，我没有这种气力了。这样子看来，由这里向前恐怕是不可能。"侃然手上捧了罗盘，对好了方向，因向百川道："我们看清楚了秘密谷在正西，那就非爬过这石壁不可。你听这风吹木声，不就在这石壁后面吗？"百川道："纵然是在这石壁后面，余先生今天爬了这些山路，还能上去吗？"侃然喘着气道："这个我也没有把握，我们先坐下来吃些东西吧。"于是解下行囊，取出热水壶和饼干，坐在石头块上吃喝。

那个挑夫老丁，他究竟是山上的土产，却不像他们这样的受累，手上捧了一把饼干，站在当地，四围顾盼地咀嚼着。百川问道："老丁，你们上山的人，也有到过这种地方的吗？"老丁摇摇头道："我们山上人，都说庙后是神地，不敢来的。再说庙后一无柴草，二无树木，跑了来也没有什么意思，所以我们总没有人来过。"百川吃了些东西下肚去，精神比较好些，站起来笑道："我鼓着勇气，一个人先爬上去看看。"侃然站起来鼓了掌道："好，好极了，你能够上去，我拼了老命也跟着你上去！"百川道："据我想也并不难上去，不过我们已经爬过了许多山路，再又爬这石壁，未免格外地吃力，设若我们到了这山脚下，先歇上个一半天，然后一鼓作气地往上一拥，一定就上去了。我这且试试。"于是走到石壁下，向上面端详了一会儿。忽然两手一拍道："哎呀，这是惊人的发现！这是惊人的发现！余先生，你来看，这石壁上不是有字迹吗？一个'大'字，非常之明显的。这山上是有人到过的呀！而且所谈到的，并不是采药的这一流。"侃然伸了一个手掌，比齐了眉尖，挡了太阳，向着上面看道："真的有字迹吗？我的目力不大好，看不出来。"百川道："实在有字迹，那字迹还非常之明显。"侃然不由得跳起脚来道："这真是我们一个莫大的发现，假使欧阳他们并没有找出路来的话，我们把这个消息报告他，他还未必相信，以为我们是骗他的呢。努力吧，爬了上去看看，究竟有些什么字迹。"百川虽是十分地疲倦，现在发现了字迹，这也是寻到了秘密谷的一把锁钥，自然也是给予他一种极大的兴奋，立刻就鼓了十二分的勇气，两手扶了石壁，一层一层地向上爬了上去。

在这石壁的裂缝里，也有长出草木来的地方，百川在手攀着崖树的时候，就停止片刻，在石壁四周去摸索，看看可有什么文字。等他摸索到那字边除了一行小些的字看不出来而外，在石壁上看到的那几个字现在看出来了，乃是"大明"两个字在上，"年月"两个字在下，中间有几个字模糊的，却是石壁长的青藓，把字埋没起来了。百川将身上带来的绳索一端缚在崖树上，一端缚在身上，然后慢慢地爬到字边，将青藓剥去了，这一行都剥完了，对有字的地方一看，原来就石壁上刻了一幢假碑的样子，中间大书特书的一行字，乃是"大明崇祯二十年三月封"。百川看毕，不由一拍手叫起来道："这里的秘密我知道了！我知道了！"他这一拍手，身子又晃动着，一个站立不稳，就由石壁上滚将下来，站在石壁下的余侃然只叫得啊哟一声。

第五回

松畔寻途攀绳登绝壁
峰头举火警犬吠深山

当余侃然大声疾呼的时候，康百川由石壁上向下一滚。在余博士料着他这一下损跌，便不摔死也要摔得皮破血出，折腿断臂。然而人是滚下来了，但是经过了很长久的时候，人还不曾落下地来，原来是他身上背的那根绳子却拴在树上，人虽要向地上落，但是绊住了，只悬在半空中。这一下子，吓出了余博士一身冷汗之余，他又哈哈地笑了起来，因道："你这孩子淘气，在这种地方还跟我开这样大的玩笑。"百川也是吓得面如土色，两手一阵乱抓，好容易抓着了石壁上一丛草，这才慢慢地挨着石壁爬了下来。到了石壁下，长绳的那一端还系在树上。他将这头绳子在身上解下了，喘着气，定了一定神，拍着胸脯道："这真不是玩的，原来……"说了这两个字，他又鼓了掌，哈哈一笑道："余先生你猜怎么着，这石壁上的楷书，清清楚楚地刻着，乃是'大明崇祯二十年三月封'，这样看起来，这个地方，在明末的时候一定还有人在这山上来住着。我们对于这个秘密谷的年代问题，首先可以打破了。"余侃然笑道："对了，我想大概的情形是如此。不过这些字刻在石壁上，也许来的人只到这里为止，没有进到石壁那边去。"百川道："那不见得，因为这石壁上刻的字，末了一个，却是一个'封'字，必定是有人常到里边去，或者有人常出来，到了最后也许是里边的人想不出来，把山封了，也许是山外的人，不愿意山里人出来，把山塞死了。于是这石壁上就有了这一行字了。"余侃然点了点头道："这种推测，却是很对的。然而也许是什么官吏到这里来，仿了封禅之法，在这里祭天祭地，那

34

么，这个所谓'封'就不是'封闭'的'封'了。"百川道："这个我们都无讨论之必要，好在我们看了这一行字，我们可以知道在崇祯的时候，这里一定是有人到过的就是了。我想他们二人所得的结果，未必好似我们二人。现在是什么时候，我们可以回去了。"余侃然由身上掏出铁壳表来一看，已经是三点钟了，因道："我们可以回去了，在我们十分疲倦以后，我们就是再去找材料，也不会找到什么比这再好的了。"二人决定了，就督率了挑夫老丁，顺着原路走回道人庵来，直到天色快黑，欧阳朴、徐彬如才喘着气，走一步跌一步地走回家来。

余侃然首先迎着他们道："成绩怎么样？"欧阳朴笑道："成绩很好。假使我们努力进行的话，一定可以回到南京去。"侃然笑道："这样说，你们所寻得的，只有走回去的那一条路了。"欧阳朴道："左右两边我们都寻找了，山势下去得极陡，仿佛这里是个鱼背，我们要到鱼头上去，只有顺了鱼脊梁走，两边可下去不得。"侃然道："顺着脊梁走，就是平坦大道吗？"彬如道："当然，我们没有找着成绩，不能说你们一定要找出成绩来。"侃然用手搔着他的连鬓胡子，瞅了百川微笑着道："果不出他们所料。"欧阳朴将他瘦小的肩膀抬了一抬，然后两手一撒道："这也不算什么，我们为了怕在一路找不出成绩来，所以分着两路进行，你们找着了成绩，那是更好。"百川究竟是个青年，不敢和诸位先生开什么玩笑，只得先向大家报告今日所找得路线的经过。他说着话时，觉得这种惊人的收获很可以自夸一阵，所以说话的时候，脸上笑嘻嘻地带了笑容。彬如先也听得很入神，到了后来，他微笑着连连摇着头道，这话有些靠不住，崇祯一共只有十六年，那石壁上怎么会刻成二十年哩？难道明思宗在景山殉国而后，又跑到这里来做了四年皇帝不成？"欧阳朴听说，得意极了，笑着将手连连拍了两下道："撒谎不带谎架子的人总是不成功，迟早是会露出漏洞来的。"百川一番得意之余，却不料当面让人家说破了是撒谎。自己果然是撒谎，让人家说破，那也罢了，然而这却实实在在的是亲身目睹查出来的事。不料为了一个时间的问题，却会引出误会起来了。自己一时说不出这原因何在，急得只把一张脸涨得通红。余侃然向他连连摇着手道："你不用着急，事实胜于雄辩，我们明天一路再到那石壁下去再探望一回，只要看到了那石壁上真正的大字，是'崇祯二十年三月封'，其余的话我们不必说，纵然是撒谎，好在这谎也不是我们撒的。"说着气愤愤地装了一烟斗烟丝，昂着头坐在一边抽。彬如看了他这番情形，倒也有些相信，就问道："除那一行字之外没有别的吗？"侃然喷了一口烟，摇着手道："什么话都不用说了，应当如何去研究，我们明天一路出发，到了那石壁下再说。"欧阳朴看到他气得连鬓胡子簇拥起来，也不由得笑了。

到了次日清晨，大家商议了一阵，就当着石壁这地方是一条去路，将帐篷行李分作两批，一批带着跟了人走，一批留在庙里，把两个人守住，于是慢慢地向石壁下进发。到了题字的所在，昨天系在树上的绳子依然还在。就公推着彬如缚了那绳子，爬上石壁，再去看那字迹。他看了下来，果然是"大明崇祯二十年三月封"。侃然道："这不是我们撒谎了吧。至于明思宗是不是在这里复活了，可以查问这块石头。"欧阳朴高举了头上的帽子，向他半鞠着躬道："我们中国唯一的美男子，这个问题不必研究，算我们说错了，有了去路，我们应当研究进行的第二步办法才是道理。"彬如道："真的，这一行字，我认为这秘密谷里的人，又在故布疑阵了，他在这石壁上爱刻汉朝年号可以，爱刻清朝年号也可以，为什么却把明朝亡国后四年的年号刻起来？"侃然将烟斗在身边一棵矮松树上敲着烟灰，笑道："我又该说话了，我们现在并不请你大诗家做什么文章考据，这年月都没有什么问题。我认为我们瞎碰瞎撞，已经撞到这秘密谷的大门口了，这一个'封'字，是极有意思的，我这不是理想，多少还有点儿事实的根据。你看这个地方只有一小块松土，这里就长了两棵松树，无疑的这是飞来的松子自己长成的。松子被飞禽衔着走的机会是很少，因为鸟要破开松球来吃松子仁，是不容易，松子仁假使是破裂出来了，鸟便可以吃了，不用得带了走。"彬如笑道："我自然不必从事考据学，不过你大谈其这样幼稚的生物学，与我们探险，又有什么关系？"侃然道："我不是谈学问，是谈一种常识，你想，这松树若是风吹来的种子，它的母亲，就不会十分远，你们静静地听，这石壁之上那松涛已隐隐可以听见，必是这石壁上的山头就是松林了。外面传言，这秘密谷是让树林塞死不能进去的，假使这石壁上是松林开始的所在，那么这石壁上刻着'二十年三月封'的一行字，就大有意思可寻了，这不是明明地说，在这里封闭的山路吗？他可以封闭山路，我们当然可以来打开山路，我们顺了这里前进可以到目的地还有什么疑义？而且有了这一行字，我们就也可以知道秘密谷里，绝没有什么神怪，只是一种山居的汉族，也绝不是什么野蛮人种。"侃然这样说着，大家仔细一想，于理是很讲得通。百川道："既然如此，我们首先一步，就是要看看这石壁上是不是森林了。"侃然道："森林是不必看的了，我们在这里可以猜想到，现在所要知道的，就是这森林之内，是不是还有路可以前进。"百川道："那么，我再上石壁去找路。"侃然抬头看了一看。笑道："难道又是让你一个人上去吗？"百川笑道："这倒无所谓，我一个人上去也是要爬着走，大家上去也是要爬着走。"彬如道："好吧，你就上去吧。你可带一根极长的绳子上去，假使有我们上去的必要，我们借着你的力量，都要上去了。"

百川决定了上去，更不打话，腰上系着绳子的一头，于是缘着石壁，一步一步地就向石壁上爬着。他知道若是回头一望的话，必定下临绝地，会摔了下来的，因之他并不回头看，只管找着有脚可放的所在，一步一步向上面踏着上去。他一口气地爬着，居然很平安地就到了石壁上头，向前一看不由得他不大吃一惊。原来由这里前去，一带微微的峦头，一丛黑黑森森的丛林，全是树木。虽然这树木有高的有矮的，但是高的树棵棵密集，矮的树又是和长的蓬蒿荆棘纠缠着一处，简直看不出平地来，若是要由这里向前走进，却万万是不可能。自己对于这个问题不能解决，于是将绳子绑在一棵树上放下石壁去，向下比作手势大叫道："你们上来，你们快上来，看看吧。"下面的人以为石壁上面有了什么新的发现，应着他的呼声，首先是欧阳朴他那瘦小的身躯，抓着了绳子向腰上一拦，两手扶了石壁，一步一步向上爬。而且百川在上面拉了绳子，也就借这点力量爬上去了。挑夫们看到先生们都如此努力，他们不肯示弱，也都各自爬上石壁来。在总动员之下，除了带来的东西，可以说完全上石壁来了。欧阳朴看了面前这种形势，摇着头道："这个样子的山路，如何可以前进？除非是放一把火，把这山头烧了。"侃然道："放火也不行，这些活草活树，在这种春天不容易烧着，而且我们所要知道的秘密若是在这森林里，我们无端放一把火把它烧掉了，岂不可惜。"彬如道："这话说得对的，你看，这山上几个峰头，草木都是这样丛密，我们纵然放火，也不见得火就给我们烧出了一条路。"百川道："这个我是有经验的。每年冬天，乡下人放火烧山的时候，火势走的路线，极是不规则的，风向哪方面吹，火势向哪里走，有时火势烧得很大，有时只烧着了一小块地方就熄灭了。"彬如道："这个问题，不是三言两语解决得了的，我的意思把东西吊上石壁来，我们就支着帐篷在这里住两天，慢慢儿地再找出路。"欧阳朴一想道："也除非是如此。"于是打发两个挑夫下去，顺理东西。

两个挑夫在石壁上放下绳子，将东西吊起来，忙碌了半天，各事清楚。趁着太阳还倒照着山顶，将篷帐支了起来。于是大家分途去找了些干木干草，堆在三架帐篷外点起火来。天色黑了，只见一钩新月和一些寥落的星斗，都在头上放出光亮来，那远处的星有的就在山头上闪烁着，可以映出山头黑影，周围一看，什么声影都没有，只是那风由丛林里穿过，轰轰作响。待到大家心静了，微微地可以听到帐篷附近草里面有些叽叽喳喳的草虫叫声。在这种空阔寂寥的环境里，人的心里也是一样地觉得空洞寂寥，正如此寂静着，在帐篷里展开铺盖，大家躺下，缓缓地入睡。彬如忽然由地铺上坐了起来，嘿着一声道："你们听，这是什么叫声呀？"这帐篷里睡着三位老夫子，侃然在一张横铺上吃了一惊，问道："有什么声音？"彬如道："好像是野兽叫。你们静心听听。"欧阳朴也坐起来了，他的手已经触着被褥下放的一支猎枪，大家都不作声，沉默着去听。约有两三分钟之久的工夫，欧阳朴笑着打了一个哈哈道："你们不要神经过敏了，这是那边帐篷里挑夫们打呼的声音。"侃然跟着笑起来，隔壁帐篷里百川也笑起来，彬如道："打呼的声音，我还分辨不出来吗？刚才我所听到，实在是一种野兽叫。"两位博士也不再和他辩论，已经躺着睡下去了。过了约有十分钟之久，彬如又叫起来道："你们听这实在是一种野兽的声音。"侃然也在枕上听见了，坐起来偏了头听着道："这实在没有错，真是兽叫，很像一种狼嚎，但是这种地方，不会有狼。"正说着，在帐门缝里，看到那堆火光之外有个黑影子一闪。欧阳朴也看见了，抓着猎枪跳了起来。然而就在这时，帐篷外有人咳嗽了两声，听时，正是百川，一掀帐门，大家笑了起来。百川走进帐篷来道："三位先生听见吗？山那边有了狗叫。"侃然道："是狗叫吗？声音怎么这样地沉着？"百川道："山上的狗，它们在晚上，常提防着大的野兽来袭击，就会发出这种悲惨的声音来。再加上山谷的回响，就会添上这一种沉闷的样子。"彬如笑道："生物学博士，这件事你理想中是不会想到的吧。"侃然道："狗的声音，不在生物学上占什么重要地位的，还是你作一首来纪念它吧。"四人说着话，都走出帐篷外来。

那狗叫的声音，已经越叫越近，而且声音庞杂，绝不是一条狗。彬如道："这狗来了，又是给予我们的一种引导，我们能够找得狗的所在，就可以找着秘密谷的所在了。这是很明显的一个证据，狗是人兽，没有人家，狗是不会有的。"侃然道："我看这狗是对着我们这里喊叫，因为我们这里有了火光，又有了人声，把狗惊动了。"彬如道："那么着，我们索性把火烧得大大的，假使狗要叫到身边来，我们设法捉住一头，就可以利用它，引我们进行了。"侃然道："这话我倒也相当地赞同。"于是将旁边堆好了的干草，向火上堆着烧起来。这时弯月西斜，山头上作昏黄之色，一时烈焰飞腾，火光冲入半空，那草里的杂物被火烧着，霹噗作响，流星四散。果然那狗吠的声音更加厉害。但是狗只叫到一个相当的地点，它就停住了不再进，彬如想捕得一条狗的计划，却是不能实行。大家纷乱半夜，并没有什么结果，只好打断了念头，各各睡觉。

到了次日清晨起来，向狗叫的所在一看，在树林的西北角，只看到岗峦起伏。在森林菁密之中，并没有什么迹象可寻。百川道："据昨夜的狗叫，我以为今天可以有些新的发现，现在依然是找不着什么，未免大失所望。"侃然道："不必失望。我觉得，前昨两日我们所得到的成绩很是不错。至少，我们现在知道应当由这里向西北进行了。"百川道："你看这里向西北走，树木更密，怎样过得去？"侃然道："那是另一个问题了，好在我们总是顺了这个方向走，一天就是走半里路，也不要紧，好在这里到狗叫的地方。不过两三里路，我们有一个星期的奋斗，总可以走到那里的。"大家听了这话，都兴奋起来。于是大家饱餐一顿，又留了两个挑夫，在这里看守帐篷，大家一同地向西北进行。他们并没有路可走，也没有方向可以分辨，只是由前面一个人架好了指南针，在深草里向西北角钻，那草的深广至少也是高过人头。一行人走着，几乎是前后不能相顾，因之用了一根长绳，将一行六人连贯绑着。纵然有一个失足的，有其余五个人拉住，也是不妨。百川带了一支手枪，架了指南针，人在最前方走。第二个是挑夫。三四五是三位先生。最后又是一个挑夫。大家放了胆子，手上拿棍子，分开丛草，探了脚向前走，走了二三十步，彬如叫起来道："慢走，慢走。"大家听说，便又站住了。他道："我们去是好去，回头转来，我们当然转向东南，然而前面两丈路就不见人，一时到哪里找我们的大本营去？"侃然道："这也考虑得是。那么，我们叫那两个守帐篷的挑夫，大大地烧着柴草，我们看见了烟头，我们就知道大本营在什么地方了。"于是大家高声叫着，将两个挑夫叫来，将办法告诉了他们。百川道："我还有个办法。我们将身上带的纸片撕成四五寸见方一块，走几十步路，我们就在草头上插上一片。回来我们顺了纸片走，那就走得更快了。"欧阳朴道："我们行囊里，还有包茶叶点心的红纸，也可以拿来用，遇到有危险的地方，插上一块红纸，我们就更安全了。"大家鼓了掌道："我们这些法子，越想越完美，就是这样办吧。"于是告诉挑夫，取了红纸来，大家朝了西北方再走过去。

大家走了一二里路，却听到水声淙淙，缓缓地由长草里边钻出来一看，却是两峰夹峙，中间一条极深的山涧，因为两岸都是大树连云，映着这山涧里面，青隐隐的，看去山涧里水并不深，但是两岸陡削并没有可以插脚的地方，若是一直向前，要由这里走下山涧，再由山涧里爬上对岸。这种工作，未免太艰难了。于是这一班行人，站在这山涧上面，都愣住了。

第六回

石破天惊又峰峦耸翠
烟消日出有桑柘成村

这一群探险的人，站在由洞的岸上，呆着望了去路，许久许久，没有人可以想出一个渡过山涧的法子来。康百川便喊起来道："我们另找别路吧，难道大家站在这里发呆，就会呆出什么办法来不成？要不然，我们这样站着，是徒然耗费时间。"余侃然博士道："这话却是真的。我的意见，水由上向下，我们沿着岸顺流而下，必然有个较为平坦些的地方，然后就在那里渡过去。"徐彬如在四围顾盼了一周，昂了头微微一笑道："你说的话，那是当然的，顺流而下，或者是皖河两岸，或者扬子江边，甚至顺流回到南京。难道我们还找不出一个渡过对岸的法子吗？"侃然口里衔的烟斗，里面并没有热的烟丝，然而他还是很有味地衔着，向徐彬如微笑着道："这并不是作诗，是那样渺茫的。这一道山涧，绝不能在十里以外，还是这样两岸削陡。我们只要有下脚的地方，就可以走了过去，并不希望像平原一样平，坐着橡皮人力车子过去。有什么找不着？"欧阳朴搔着他那尖瘦的脸现出踌躇的样子来，正色道："可惜这个地方没有茶馆。"百川不会知道他的用意，便问道："这里没有人到，哪来的茶馆？"欧阳朴道："就是如此可惜呀，假使这里有一家茶馆，可以让两位大教授大讲其理，我们都走累了，趁此也可以歇息一番。"大家听着哈哈一笑，到底是依了侃然的话，到下流头去找出路。

约莫找了三五里路，虽然有几处较为平坦的，但是山那边，却依然是很陡，百川道："我以为我们不能再向前走了，那石壁上的字，明明告诉了我们那里是大门，我们只管离开了那路线走，那是背道而行，绝不会找出路来的。"侃然点点头道："这话却也有理，然而那条山涧挡住，并无路可通，你瞧怎么办呢？而且这一带地方，连一个安帐篷的地方都没有，还不许我们在这里持久呢。"百川道："不管了，我们把草弄平了，就在这里架上帐篷，开始慢慢地找出路。一两天之内，能把去路找出，也未可知。"大家若是这样顺流而下地去找路，当真不知道会走到什么地方去，果然就依了百川的主张，在附近的平坦所在拔除了乱草，设起帐篷来。大家把这里做了根据地，就在附近的地方分了许多处向山涧内去找渡水的路。当天是并无所得，次日上午，一个挑夫却在山涧里捡到一把涂满了铁锈的斧头，便是那斧头的木柄，也依然在上面。他不见得这东西有多么重要，带了回来，给先生们看。侃然看到，如获至宝，便鼓了掌道："这是无疑地告诉我们，这里有路径可寻，而且是有人到过这里的了。这个斧头发现的地方很是重要，我们立刻去研究研究。"大家都觉着这话是对的，叫那挑夫引路，在岸上垂下几根粗绳子到山涧里去。大家抓着绳子，走到出涧无水的砂石所在，一步一步地溯流而上，约莫走了一里路，那个挑夫指着地下说："斧头就是在这里捡到的。"侃然看时，乃是在涧岸的一个石槽里面，所以这斧头不会为砂土所埋，却也不会为流水所冲走。当时大家对了这石槽，团团围定，就来加以研究。这里何以会有一把斧头？这斧头是什么时候留下？研究了许久，都没有什么结果。侃然道："我可以断定，斧子落在这里，虽然是偶然的，可是带斧头前来的人，绝不是偶然的。所以根据了这一点，我想在这斧头以外，也许还有别的东西，我们可以找一找。"大家听了这话，都觉得有理，于是大家分头来找。这一找之下，大家又未免神经过敏，有的捡着异样的石头，有的捡着腐朽的木片，都以为是以前的人留下来的，这都毫无用处。后来欧阳在这石槽对过的崖岸下，对了一块石头，仔细检查，突然将头上的帽子取下，向空中连连展招着道："大家快来看呀，秘密谷的大门，我已寻着了！"大家听了这话，一拥围上前来。

原来这里有一道小小的横涧，被土和大石块来塞了下半截，有一种细微的泉水，还在大石上点滴着。最可注意的，大石前方有一排腐朽的木桩，在砂崖浮面还露出有参差不齐的一些桩头。长的有一二尺，短的也有几寸。这分明是为了支住这一块大石头而设下的。侃然拍手道："这实在是我们目标的大关键，据我想，这石头底下，必然是一个洞，这石头放在这里，正好把洞门封了。我们要到秘密谷去，非把这块大石头挖起来不可。要不然，把这块大石头放在这里，用木桩来抓住，这是什么用意呢？"徐彬如站在一边，淡淡地道："慢来慢来，我们不要希望放得太浓厚了。第一，这石头是不是人放在这里的，已经无法证明，就算是有人特意放在这里的，若说是洞外人封闭的，洞里的人未必肯答应。若说是洞里人封闭的，请问封洞的人，他自己又怎样回家去？"这一句话，倒把大家提醒了，又议论起来。欧阳朴道："什么都不说了，我们找些人来，把这石头挖开，大事就可以明白。纵然这石底下不是石洞，然而这里钉了一排木桩，总是有意思的，我们就是这样办，找人来把这石头挖起来就是了。"他这种提议，大家都是赞同。就派人回道人庵去，将所有的东西扫数搬到石壁下。石壁上下，只留两个挑夫看守帐篷，其余的人扫数到这山洞里来挖这石头，四位先生们也是终日在帮着挖掘。只用一天半的工夫，这一块大石头居然挖掘动了，大家用绳子前面拉扯，用木杠在后面扛撬，把那大石移开了两三尺路，却看到大石后面有许多大小石块，互相砌拢，一点儿缝没有，天生的哪有这样混成。一定是人做的。由这一点上，更鼓励着大家的勇气不少，于是大家拿着锹锄斧凿，又继续地来挖掘。这石块虽是砌得结实，然而究竟不像大块石头那样地难搬动，所以大家猛力挖掘一阵，不消半天，已经发现这石块砌的后方空虚着成了一个洞。欧阳朴看到，又是鼓掌跳了起来，笑道："如何？如何？我所料的，现在是完全实现了，这不是一个洞吗？"说着，他走上前来，就打算一脚踏进洞去。徐彬如一伸手在后面拉着他的衣服，笑着叫道："老朴你这回又太不慎重了，这洞刚刚掏出来，知道里面有没有危险，你冒冒失失向洞里一钻，设若出了危险，那可是我们一个大损失。"欧阳朴笑道："我们是来干什么的，不是来探险的吗？

既有险，就当探。"说着，他捞了一把锄子在手，伸到洞口里去，就掘了几下，果然是很空虚的，挑夫们站在洞门口，只伸了锄子，到洞口里去掘碎土，都不肯走进去。欧阳朴道："当然地，这洞既然封塞了，一定有秘密在里面，我决计马上进洞去看看，有哪位愿随我去的。"余侃然道："当然我们都去，假如在洞里出了危险，我们还带着两个听差，他们可以和我们办善后啦。"徐彬如笑道："我们若是在洞里有了危险，那是连殡殓和下葬一次都办了，这是最干净痛快不过的事，还有什么善后要别人来代办的呢?"大家听了，哈哈一笑。

　　他们将带的电筒、指南针、手枪，各在身上装好，欧阳朴首先一个钻进洞去，这洞口斜斜的，约莫有三尺高，平常长度的人，弯了腰正好走了进去。后面侃然、百川、彬如三人，也随在他身后紧跟了进去。四个人一齐放着手电筒，却也照得洞里很是光亮。只见洞壁四周，都是坚硬的石壳，参差不齐，像是始终未经过人类的斧凿，这还保留着原始时代山崖裂缝或泉水冲刷的原来形状。洞是个长而窄的样子，刚好走过人，走了四五十步，只觉层层向上，忽然开阔起来，大家用电筒四处照耀，见石洞壁缝上钉有一块木板，正方约一尺多，平面光滑，彬如首先叫起来道："有人类进来过的了，而且是文明人类。你看，这木板上面隐隐约约有些墨迹，不是文字吗!"同时，侃然也叫起来了，他在脚下发现了一截不上一尺长的火炬。这火炬是竹篾扭成的，与出外面人用的无二。那火炬头上，还有烧煳的痕迹。大家拿着观玩一阵。这可以决定，最近还有人到洞里来过的了。百川道："这样看起来，这洞的那一头，一定是通着山那边的了。我们赶快上前去找。"于是他一个人首先照耀着电筒，摸索而上。这洞时而宽时而窄，大家在洞里走着，也不知摸索了多远，转折了一个小弯，忽然一道白光由头上射了进来，正是一个桌面大的洞口。洞口上略略垂了几条古藤临风摇曳着，却还不挡住这里的光线。一见之下，大家又是欢喜一阵，好在这洞口是斜斜向上的，却不难上去。大家放大了步子，爬着上去，彬如叫道："百川小心一点儿，不知道洞外是什么情形。"然而他这句话已是来不及阻止他的脚步，在这句说完，他已经到了洞口了。三人紧随着后面，走出洞来，睁目看时，大家都啊哟一声，好像大吃一惊。

面前是个向下的小斜坡，这洞眼就在斜坡的中间，迎面峰峦陡起，重重叠叠地长着松杉大竹。这斜坡上虽然也长着很长的杂草，然而已不是那样蓬蓬乱乱的，似乎已经由樵夫收拾过了。大家在草上席地而坐，只见那面前的山头，迤逦向两方围绕而去，似乎包抄着一种什么地方。侃然指着前面道："我们希望到的目的地就在前面了。这里去，大概没有什么困难，就只要穿过这丛密的树林子。"这个时候，各人脸上已没有了惊慌之色，却是笑嘻嘻地望了前面。百川站起来，手上拿了帽子，向前挥着道："我们走呀！"侃然站起来摇着手道："别忙，到了这里，我们不能不加以慎重了。你想，这秘密谷里，我们虽然断定了有一种人类，究竟是哪一类的人，我们不得而知，万一他不以同类的人来看待我们，那是很危险的事，今天已经是两点多钟了，我们是否能穿过那丛密的树林已是不得而知，就让我们穿过了那树林，今天也来不及回帐篷。难道我们就露天席地，睡上一晚吗？"大家商议了一阵子，觉得侃然的话说得很对，就主张由洞里回去。百川听说，一人不能违抗众议，只得勉强随着众人，由原洞回去。

到了山洞里，那些挑夫们一拥上前围着大家抢着相问。有的道："先生，上面有什么？你们看见神仙吗？"侃然笑道："什么也没有。但是里面的山头，比外面清秀得多，真个是另一世界。"挑夫们就道："我们凡人怎样地看得到神仙呢？"侃然一行人笑着到帐篷里去，又开了一次会议，把各事都决定了，就对挑夫们说："我们现在已经找到了山洞里面的地方了，洞外用不着要人守候，在这里的人一律都要进洞去。"挑夫们有愿进去的，也有不愿进去的。侃然就笑着向他们道："你们怕什么，就算你们说得对了，那洞里是神仙，见了神仙，你们也可以做神仙，我们同修个长生不老，那不是很好的事吗？"大家听说，也觉有理。侃然看这些人犹豫的样子，还怕他们去心不坚，就许着大家进洞去以后，每人每日增加一倍的工钱。原来是三角钱一天，到了洞以后，就改为六角钱一天。还是重赏之下，必有勇夫的那一句话是极合道理的，果然这个赏格发出之后，所有的挑夫们都愿意进去。

到了次日清晨，趁着天色拂晓，大家就进洞，向山头上进发。出了洞口，大家为谨慎起见，就把帐篷架在洞口斜坡上，然后留着挑夫听差们，守着帐篷。四位先生们就带了应用的东西，下了山坡向对面峰头进发。这时，山上弥漫着宿雾，那丛树林子只是隐隐约约的，让烟雾笼罩着，树林以外些什么都看不出来。走到那树林子边，发现树木丛密，紧的地方几乎两个人不能并肩而过。树林里面还有一股毒气触鼻，树林本来是阴森森的，不容易看到前面，再加上烟雾一锁，简直成了黑夜一般。所以四人都静悄悄地向前走着，纵然有话说，也把声音极力放低着，以免为人听到。他们走着，又走着，在烟雾里走出树林子。面前隐约中是一片空阔之地，欧阳朴警诫着大家道："我们道路不熟，情形不明，不知道前面是一种什么地方，你看，树杪上已经有了一团红影子，正是太阳快出来了，我们且在这树林边稍微等候，让太阳出来，烟雾散了，看清楚了前面是些什么。"于是四人席地而坐，将带来的干点心就地分派着吃起来。

大家谈谈笑笑，也忘了什么危险。大家将东西吃完，百川回头看着，首先又哎哟了一声，大家同看时，烟雾全散了，一片阳光照着目前，现出了一带平谷。谷里依着小山岗子，重重叠叠的大小田地。种的晚麦，正绿油油的，长有一二尺高，被晨风吹着，掀起了一层层的绿色波浪。在谷口拥出一丛瘦竹子，在竹子里更冒出一道青烟，直上云霄。看那烟的形势，和平原上乡村人家烟囱里出来的烟并无二致。彬如首先搔着头发，表示他那踌躇满志的情形来，因道："这岂不俨然一篇《桃花源记》不用说，那竹林子里面，就有人家。据我看来，这山上一定是驯良百姓，我们前去，不会有一点儿危险的。"说着，他只是笑。欧阳朴且不说话，装了一烟斗烟丝，擦着火柴点着了，深深地吸了两口，背了两手，向那丛竹子，只管出神。侃然耸了双肩笑道："现在你可以发言了，这里有没有生物哩？你在想什么？"欧阳朴笑道："若是这里面

47

有人的话，用得着你做开路先锋，因为你那髯可以引诱他们，因为让他们知道你是一位同志。"侃然手揪了腮上一撮胡子道："你以为这山上人都是山贼?"于是大家都笑了，百川笑道："三位先生是无论到什么严重时候，都能开玩笑的。假使……呵呵，你看，发现了人家。"说着，他手向前一指，大家顺了他手指的所在看去，果然在那丛竹子林里有一只屋角，风吹过来将竹梢子闪动着，便将一只茅草卷的屋角显露得非常清楚。他手指着，两只脚已经下了山坡，向那丛竹子走去。侃然跑下坡来，一把将他拉住，低声道："村屋是发现了，究竟是哪样一种村人，还不知道，我们可以走到对面小岗子上去，先向那个村子看看，若出来的人是一种善类，我们上前答话。如其不然，我们再作计较。"欧阳朴徐彬如也跟了下来，都说我们不知底细，不要和这里的人突然接近。于是四个人绕了这片麦田，走上那山岗子。这山岗上种的竹子，正茂密得一个人的身体不能直穿进去，恰好将四个人身体来掩蔽着。

大家由竹叶缝子里向外一看，东升的太阳高高地照着，迎面几百棵桑树和柘树挡住了一片麦垄，在麦垄和桑林交界的所在，有一二十幢茅屋。与这里竹林的距离，约莫有二里之遥。所以那村子里是何种人，一时却看不出来。不过可以得个证明，这里的居人一定是熟食的，和外面人无二。因为那屋顶上有好几处冒着炊烟，大概是在做饭吃呢。百川低声道："现在我们可以不必顾虑什么，一直前去看看了。只看那茅屋盖得那样整齐，就比我们在山路上见的山农房子还要进步得多。我相信这是和外面文明分开不久的人民。"欧阳朴吸着冷烟斗，踌躇了一会子道："我的意思，最好是让他们首先发现我们。既是大家都忍耐不住，我们可以先到山角边那一所单独的茅屋里去采访一下，万一有什么危险，一所茅屋里不会有多少人，我们总可以抵挡一下。"侃然道："这话却是有理，就是没有什么危险，我们先在那里打听清楚了，再进人家的村子，也免得临时有什么张皇的样子。"他们在竹林子里，开了一个临时会议，就决定了向山角上那一所茅屋进发。

大家走出竹林子，顺了山岗向前走去，到了山岗子头上，已经将竹

48

林下的茅屋看得清楚，接着也就看到了三个人。这三个人，一个有胡子了，一个却是十余岁的青年，都是道家装束，大袖飘然。此外有个妇人，穿了对襟大领上衣，下系长裙，又是一个图画上的古人一样。这莫非像乡下人所说的，这里真有神仙了？

第七回

有古人风衣冠如画里
非君子国男女杂樽前

在大家看到这几个神仙人物的时候，都是大吃一惊。说来却也奇怪，那几个神仙，也是大大地怕人，掉转身躯，就向后跑。只有那个脸上垂着三绺长髯的人，他不像那两个人害怕，向屋子里跑了进去之后，接着发去了第二个感想，好像说，这事已经发现了，跑也无益，于是突然地站住了脚，回头向这边看来。他手扶了门，兀自半隐着身体，只觉进退不得。康百川究竟是个青年，做事不能十分忍耐，远远地就向他们举了一下手道："喂，那位先生，你们是人吗？"他匆匆地说了这句话，倒无所谓，与他同来的三位先生都禁不住要笑了出来。既然叫人作老先生，怎么又好问人是不是人？那个神仙似的老者，听了此话之后却减去了几分惊疑，停了一停，他将身子完全露出，整了一整衣的大领，然后两手捧着大袖，向来人一拱到地地道："各位是从哪里来的？我是此地的居民，此位何以问我是不是人？"大家听他说话，是河南的口音，一切举动与众人无异，而且说话也很有步骤，绝不是个野蛮人的口吻。在这种种方面去观察，他完全是个同种族同文化的人类，不但不是神仙，也不是什么野蛮民族，简直是个与自己一样的人。这大可不必害怕了。于是大家放下手上的枪支，慢慢地走到那人家的家门口。

首先是徐彬如放出笑容来，向那老人一点头道："老人家，我们是南京来的游历团。听说这天柱山里面，有一团人民居住，特地不避艰险，跑到这山的里面来，看一看究竟。"那老者听说，摸了两摸胡子，然后向许多人面上身上都看了一遍，这才问道："诸位都是南京来的？"

50

彬如道："对了，都是南京来的。"老者道："南京现在是什么人驻守？"彬如道："南京现在是国都，并不是什么人驻守的地方。"那老者有一种很吃惊的样子，啊呀了一声问道："南京现在是首都，难道清人现在也在南京建都吗？"彬如想着顿了一顿，才笑着一点头道："是的，你老人家要问我们的话，那可以不必忙，让我来从从容容地答复你。只是我们入境问俗，应当先明白这山里的情形，假如这山里是不能停留的话，我们就不必多犹豫了。"余侃然听他如此说着，心里先吃一惊，怎好和人家说这种话？假使人家说，不错，这里是不能停留的，我们岂不要掉转身就走。于是将眼向彬如望着，彬如一点儿也不理会，依然向那老者道："请问老先生贵姓，何以操河南口音？这山里头和外界不通，有多少年了？这山里面人民的生活如何？"老者道："敝人姓冉，原是河南人，只因崇祯年间，祖先躲避流寇之乱，和许多难民逃避到此。"大家听到这里，不等他说完，不约而同地啊哟了一声，欧阳朴抢上前一步，就向那个老者道："请问老丈台甫。"他笑道："贱字一樵，转问贵姓。"话说到这里，彼此之间就减了不少的误会，说话就更可率直了。

欧阳朴代表大家把姓名简单地说了一说，冉一樵细观各人，并不带着什么恶意，这就向大家一拱手道："诸位既是远道来的，且先请到茅舍小坐，有话慢慢地叙谈。"大家巴不得一声，也不再有什么谦让，跟随着他身后，一路走进屋子来。百川看时，这屋子大致虽也是和外面差不多，然而所用的材料却是不同。现成的树料，并不加以刨砍，就连着树皮，做了直柱和椽子，再用整个的竹筒，搭了屋架，就在上面盖着茅草，这就算是瓦。四壁就是些黄土墙，抹得光光的，却在墙中间挖一个长方的窟窿，用木板子支着，当了房门。挖一个四方的窟窿，用板条子做了直格栏，当是窗户。屋子里虽也放了桌椅板凳，然而都是用原来树枝木料做的，仅仅是平面刨刷光了，便于使用。这虽样样简陋，却另有一种古朴之气。

冉一樵待大家安顿坐下了，然后叫着那个小孩子，拿出瓦器、茶壶、茶碗来，斟茶享客。百川首先是忍不住了，就点头向冉一樵道：

"现在我们可以动问老先生一番这山上到底是怎样的情形吗？"冉一樵道："诸位远来，老汉本当奉告，但是这山上一切大事，都要呈明村正，然后由村正斟酌是否要呈明里正才能奉告。这山上有二百多年未曾有山外的人进来，今天突然有诸位光临，当然是一件极大的事，应当如何款待，老汉做不了主。还容我禀明了村正，等候里正定夺。"余侃然口里衔了烟斗，阵阵的青烟绕着云头子，由他那部虬髯边，慢慢地升了上去，静静地听着，听完了冉一樵所说，就向欧阳朴笑道："你听见没有，这完全是一种封建时代的遗形，我们要看封建时代的民族性究竟是怎么样的，可以到这里来搜寻了。"余侃然连摇着两下头道："不然，他们避乱而来，是在一种特殊的情形之下组织一个新的社会，以经营他们适合环境的共同生活。在这里面，我们可以知道农工……"彬如微笑着，望了这两位博士，欧阳朴首先有些省悟，问话刚问得有些头绪出来，怎好自己先抬杠起来？于是和余侃然一只烟斗朝左，一只烟斗朝右相对着，只管去喷青烟。

冉一樵向四个人望着，也觉得他们的言语行动都有些奇怪。彬如究竟是个学文学的，早知道他纳罕，不让于来探险的同志，便向他拱了两拱手道："老先生既然就是遇事都要先通知村正，我们也不能让你为难，就请你引我们一路去见村正。我们到了这里，既是可以停留的，当然愿意知道一个究竟，迟早总是要烦劳你老人家一趟的。"冉一樵听了这话，只管摸着他的胡子，大袖飘然的，另一只手垂了下去，看去倒真有些画意。彬如心里想着，真不料在现代出世，竟会倒转活过去。可以看到二三百年前的古人，脸上不期突然冒出笑容来。冉一樵又以为是笑他疑心过甚，山中人未免小气，便道："那也好，就请各位随我来。"于是他引了众人出门，顺着大路走。

他们首先看到，所引为奇怪的，就是一棵垂杨树下挂着一头老牛，老牛尾后，又随着一头小牛。山上有了垂杨，已经觉得奇怪。垂杨下又有两头牛，这更奇怪。到山上来的大路，人都要爬着石壁才能够上来，牛这样蠢笨的东西，它怎样能够上来呢？大家正在奇怪着的时候，却看到一只母猪，带了一群小猪，在麦田旁边深草里面钻了出来。这更可见得山上的居民对于农林牧畜，都是有组织的办法，却不可以把这山上的人藐视了。大家随着冉一樵经过了一条山岗上的大道，迎面来了个老者，肩上背着锄子，身后紧牵了一匹长耳驴子，侃然笑道："可惜这个人不骑在驴背上，要不然，岂不是一轴国画？"百川忍不住了，就问着一樵道："老先生，我要问你一句小孩子的话了，由平原到这山顶上来，都是很险要的路径，就是我们人也都不容易上来。请问这笨大的牛和痴肥的猪怎样地倒上来了？而且还传代二百多年来呢？"冉一樵被他如此一问，倒问出许多兴趣来，就笑道："你老兄这一问，却问得很用心，我们祖先喂养这些六畜的时候，很费一番苦心，由驴子到狗，都是在小的时候用绳子吊上山来的。当时，各种牲口都是很少的，传到现在，一代一代地繁殖起来了。"欧阳朴笑道："无论什么事，只要是不常见的，都会觉得奇怪，等到把理由找了出来，总是很平凡的。以前我们没有到过秘密谷以前，以为这里是个奇怪的所在，及至打听出来，原来不过如此。我们初见着山里人，穿了古装，以为真是神仙，及至说明白了，又不过如此。"冉一樵笑道："诸位以为我们是神仙？"百川道："可不是！因为山里头住的人，穿的衣服都和我们不同。"冉一樵道："难道山下人穿的衣服都是诸位身上穿的这种样子吗？"彬如道："大半都是这样。"说着牵了一牵衣襟。

这一群四人，只有彬如一个人是穿了长衣服的。一樵向他看看，然后再向其他三人看看，这才道："何以那三位都是短衣呢？"彬如还不曾答复得这句话，然而他们的学生装与西服已经引起了山上人莫大的注意，迎面山岗下一排茅屋里，早似蜂拥一般，几十名男女迎着拥上前来，小孩子们大喊着："来看呀，来看呀，山外有人来了！"说话之间，那些人拥了上来，就团团将他们围住。这其间有个穿赭色长衣的老人，头上戴着方巾，缓步上前，他还不曾开口，冉一樵已是一揖上前，指着四人道："他们忽然在我家门口出现，我也不知道是由哪里来的，他们问长问短，我既不敢答应他们什么，又不能让他们乱走，所以只好引了他们来见村正。"这个老者听说，拱拱手向四人笑道："难得四位到此，这是百年不遇的机会。且请先到舍下吃杯茶。"又一拱手，在前引路，走进一幢茅屋。

这里面和冉家的屋子并无什么区别，一样是那样的古朴，似乎一个村正和一个村民，不怎样受用。大家坐下，问明了这村正叫朱力田，已经六十八岁了。他们在草堂里说话，由后面跟随来的一群人不敢进来，却只是在门外和窗子外头探头探脑。这一行四人，只有彬如文绉绉的，和山里人似乎有些接近。因之他三人都不作声，只让彬如一人说话。他向朱力田道："我们初和这位冉老先生谈话的时候，他只告诉了你们是由河南避流寇之乱，到这里来的，此外却不肯说。我们由山外而来，不知道山里的历史风俗，恐怕有许多不便之处，所以要来请示村正，然后我们才好自定行止。"朱力田拱手道："山里山外，有二百多年没通过往来，对于外面的情形，我们也是不知道，总怕山外人有一天进来了，我们这里的情形，就要变化。所以我们这个小小山头，成了关门做皇帝的局势，是不求人知的。不过现在人口渐渐繁多起来，有人也计算着要分人口出去了，只是不知道外边是怎样的情形，现在有四位到此，那就很好，我们正可以向诸位打听打听。"欧阳朴到了这里，首先就用一句话去安慰他道："现在外面太平得很，五十年没有兵祸了。"朱力田道："请问，山外现在可是清国?"彬如道："不，现在是民国，清朝早亡了。"朱力田听到这里，啊的一声站了起来道："大明复国了。"冉一樵也站起来拍手道："好教村正得知，而且是像太祖一样，建都在南京。"那个朱力田老者，在大袖子里伸出一只手来，摸了胡子道："得有重见天日的一天，我出山必矣。"

彬如明知道他把民明两个字误会了，但是要在这时去解释一番，又要大费气力，正好借着他兴奋的时候，乘机而入。就向他道："老先生如要出去，一切一切的事情，我们都可以帮忙。"朱力田向各人看了看，却摇摇头道："何以服制都变到这种样子? 满人剃了半边头发，这个是我们知道的，何以现在各位的头发，又完全剪成短的。"彬如道："这话说来也很长，不是三言两语说得完的。若是山里面能容纳我们的话，我愿意在山里头盘桓几天，把二百年来的历史告诉诸位。"朱力田道："这就好极了。让我通知了五位里正，款待诸位。诸位进来，一定是饿了，且先在舍下便饭。"冉一樵站起来拱拱手道："小弟家中有事，就不奉陪了。"说着和朱力田对揖而去。

百川和彬如相坐很近，因低声道："徐先生，我们这到了《镜花缘》所说的那个君子国了。"偏偏这"君子国"三个字，却是让朱力田听见了，他两袖高高一拱道："若说是君子国，那可承担不起。因为我这山里，是女多男少，一切田亩上的事情，不能不让女子也一样地出来做。古人书上，讲到男女之间的男外女内的话，我们这里是行不过去。又因为如此，所以这山上的女子并不裹脚，又书上说的胭脂香粉、钗环首饰，我们这里都用不着，只是在祖先遗留下来的东西上，我们可以看到一些罢了。话说明了，诸位不要笑山上无礼。"说毕，就向里面喊道："把茶拿来。"

只在这一声喊中，出来两个女子，一个约莫十八九岁，一个约莫十二三岁，都是大领上衣之外，扎着长裙。头发左右分挽两个只丫髻，却在脑后垂着一绺长发。她们虽不像现代社会的文明女子，见了男子，要格外现出交际手段来，可是她们也不像旧式女子，羞羞答答。她们很自然地走了出来，小的拿着茶杯，大的拿着茶壶，先都放在桌上，然后站在各人面前，两袖在胸前相掩，道了一个万福。然后大的斟茶，小的分送到各人面前来。她们坦然的，却一点儿含羞的样子也不曾有。别人看到，却也罢了，百川看到，他却受了莫大的冲动。原来这位大的女士，竟有几分像他南京的爱人，尤其是那一双黑白分明的眼睛，并没有第二个样子。那女子看来的一群宾客，唯有他最年少，对于他的周身上下，也不免多看了两下。朱力田道："山外人来了，你们怎么也是这样的孩子气？"于是向大家一拱手道："大的叫着学敏，小的叫着学勤，是我两个孙女儿。"彬如笑道："我倒有一种新的感想，觉得在各人取名字一点上看来，山里头人的志趣，那是完全和山外人不同的。你看男子的名字，不过是樵和田，女子的名字，不过是敏和勤，大概旁人的名字，也不过如此。"朱力田点头道："对了，我们这山上人，用不着荣华富贵，女的也用不着幽娴贞静，大家只要每日做事，每日吃饭，大事就算完了，所以我们不勉励女子做秀宝明珠，也不勉励男子做佐才的干臣。"彬如听说，回转头来，向两位博士道："这可见得这山头上，并不是封建民族的情形。"

他们这里说着话，那两个女子斜靠了桌子站定，只管望了人家，彼此不住地发着微笑。欧阳朴笑道："这山上的人情风俗，不但是可以足让我们做一种历史上的旁证，就是贡献到现代社会上去，也是有益的。"朱力田虽是不懂他们满口的名词，但他们是一种赞美之词，却不会错的。就拱手谦逊着道："不瞒诸位，我们先祖传下来的书籍，也是不少。在书上我们看到那些争城夺地、争名夺利的事真觉得何苦。我们在山上，大家想法子弄吃的，弄穿的，一年也不过忙着雨季，其余就是取乐。"彬如道："既然如此，我听老先生说话，是个读书很多的人。山上大概也就是种田织布，可以终了一生。读书识字，又有什么用？"朱力田道："我们山上人，无论男女，没有一个人不读书的。原来我先教我们子孙读书，还是照着在山外读书一样，四书五经，顺了读来，后来两代，想到有些书无用，只教大家认认字罢了。不过终年闲日子多，借着读书取乐，也是好的。读了书，山外人民的情形，我们就可以在书本子上看了来了。所以上了年岁的人，读书顶多，因为老人无事，拿了书本混日子，自然而然地会读下许多书去了。"侃然搔着连鬓胡子道："我想不到中国会找到这样一个脚踏实地的社会。"欧阳朴道："我看这也是环境使然，逼迫着他们不得不走上这一条路来。"朱力田见大家很欣慰的样子，就向学敏、学勤道："你们快把预备好了的饭茶一齐端了来，请客的事改到明日。先款待这几位客吧。"她姊妹二人毫不踌躇，各卷了大袖，将桌凳擦抹干净了，立刻就由里面屋子陆续地捧出碗筷来。

朱力田向大家一拱手道："敝处的规矩，凡有宴会，免得谦让。不问宾主，向来是老的人坐上，以后挨着次序坐下来。今天诸位由山外来，老仆却不能知道山外的规矩，大家随便坐。"彬如笑道："贵处的办法就很好，我们照着规矩坐就是了，何必费那些事呢？"朱力田笑道："刚才诸位还说我们这里是君子国，现在可以知道我们这里老老实实，一点儿不客气，并不是君子国了。"说着，他就一揖坐下。余侃然手摸了胡子道："这倒用不着客气，我该和主人同坐一方。"当然地，欧阳博士是在上首了。大家轮着岁数坐下，恰好是百川和学敏坐在一方，学勤一人坐在下面，这桌子上放了四只大瓦盘子，盛着鸡肉鱼之类，学勤手上捧了高竹筒子，向各人面前斟着酒，学敏接过来道："你的手短，斟不过来，让我来斟吧。"果然，山上人是不讲礼节的，反转手来，就在百川面前斟起，他们这里一切的用器，非瓦即竹。百川面前，放着一个小些的竹刻酒杯，高约二寸，横了三道竹节，轮廓光圆，四壁薄约一分，上面还刻有四个字："与人同乐"。他正在赏玩这山上人的手工细致，猛不提防的人家已经斟下酒来，立刻站起来道："我不会喝。"学敏却轻轻地一手将他按住了道："你请喝吧，我们这里的酒像甜水一样。"百川被她的手按着，又看了她那灵活的眼珠，不觉心里一动，这一动之下，旧社会里就发生出新问题来了。

第八回

裂土分王仙山非乐国
烹茶享客素女起凡心

康百川无意地让秘密谷女郎朱学敏碰了一下，在他的触觉上便有了一种新感觉，当了许多老先生在座，不免将脸红了，就向她道："谢谢，但是我实在不会喝酒的呢。"学敏已经是把他的杯子斟满了，却不肯把酒壶放到别处去，将壶微微地抱在怀里笑道："这位先生先喝完这一杯吧，我们这里的规矩就是这样，斟的第一杯，客应该喝完了，让主人好去敬第二个客。"百川想着，这话也许是真，因之并未加以考虑，就端起杯子来一饮而尽。学敏笑着，又向他斟下第二杯去。康百川因为她这一套手续已经完了，无须乎客气，也就安然坐下，可是看看学敏给别人斟酒时，也只一顺斟了去，并没有喝过第一杯，再斟第二杯的那种规矩，这就禁不住向学敏问道："朱小姐既是贵处的风俗，应当先喝第一杯的，为什么刚才斟酒，并没有请大家喝第一杯?"学敏笑着，却没有说话，朱力田笑道："康先生上了山里头女孩子的当了，她因为听到说康先生不会喝酒的，她故意这样说着，看你究竟是会喝酒不会喝酒。"彬如向欧阳朴道："天下事都是如此，不问山里山外的。"欧阳朴听他说天下事都是如此，这却有些不解，天下事都是如此? 倒不觉地向他发愣。余侃然却明白了，他说的是男子总要被女子征服着的，于是向彬如点了两点头。

百川一看这情形，简直要把自己当诸位先生一个论题，这就只得把话扯开来，用筷子挑着鱼道："这山上也有鱼，真是什么东西都全备了。"朱力田道："原来山上是没有鱼的，在我们祖先到了这山上来三年之后，才到山下去，带了鱼苗到山上来养着，就传到了现在了。"彬如道："由种种的设备上看去，好像原来到这山上来的人，一上山之后，就不预备再下山的了。"朱力田道："原来到这山上来住的时候，我们祖先也不过打算暂时避乱，所以还常常下山去，后来有两三年，我们山上什么东西都有了，一不纳钱粮杂税，二不抽丁当兵，三不受官吏剥削，四不与讼，五不逃兵灾，天下哪里再寻这样的乐土？因之我们的祖先推出十位年高德重的人，讲定了在山上居住的规章，大家在这山上做一个世外之人，一边要断绝山外人进来，一边也就要断绝山里人到山外去。于是就把山河岸下通这里一个洞口堵死了。"彬如道："前面有座石壁，刻了一行崇祯年月封的字样，那是什么意思？"朱力田道："诸位既然进来了，这话我们也就不妨实说，我们祖先把洞口虽然堵死了，总怕山外的人还会寻了来，所以在山河外边远远地就刻上这一行字，让人家在那里找门，当然是找一百年也找不出来的。这是我们故意布的疑阵，至于那石壁上究竟刻了些什么字，就是我长了这大年纪，我也是不知道。"说着，就连连摸了两下胡子。彬如道："这样说，在这二百多年中，山里山外就是完全消息隔断的了。"朱力田道："在七八年前，这山洞外，来过两个和尚，我们在山崖上树丛里偷看着他，见他向山上磕头拜礼，好像是把我们这里当了神仙洞，以后也就不见再有人来了。"侃然笑道："正是如此，你们山上没有人来，一半是为了这山上实在无路可上，一半也就为了山外人都把这里当了神仙洞，不敢前来冒犯。可是话又说回来了，当神仙也不过是无挂无碍，不愁饥寒，你们也就和神仙无异了。"

朱力田道："我们的祖先样样事都替我们想到了，我们只有享福而已。可是说来说去，他们还有一件事不曾想到，是一件什么事呢？就是这山上的地方有限，我们在山上的人一代传一代，一代多似一代，这无限的人，慢慢地可就有些无法住下来。因为我们这里，穿衣是自己种麻种棉，吃饭是自己种麦种稻，山上气候又凉，不像我们在书本上看来的话，可以种这样种那样，四时不断。现在我们算盘打得很精细，全山没有一寸空地，差不多住家人家的院子里，都种起粮食来。"说着，举起酒杯子来道："这还是去年春天酿的酒，去年下半年就不许酿酒了。我们大家也在这里想着，再过二十年，就是山下人不寻到山上来，我们也免不了要到山下去的。"欧阳朴笑向余侃然道："老余，你瞧，小处可以见大，这山头上也引起了人口过剩的问题，要到山下去寻殖民地了。"侃然道："那么，山外人所崇拜的神仙，一样是帝国主义者。"朱力田对于他们所说的话，却有些不大了解，就笑道："各位以为我们这里的人也不是好人吗？"侃然一想，可难了，要对十八世纪的人物，解释这"帝国主义者"一句话给他听，这可与小学生讲起哲理来一样了。只得笑道："不是那个意思，说就是做了神仙，一样的还是要找饭吃。"

朱力田道："假如神仙都是像我们这种人的话，神仙也同恶鬼差不多。"这一句话，说得全座的客人愕然了，都不免望了朱力田，他用手连摸了几下胡子，才从容地道："我们这山上，由四百个祖先传代，现在五千人了，人一多了，这里面自然也就良莠不齐。我们祖先曾立下了罚规，凡是在山上的人，无论男女，只要犯了这罚规上的罪，轻的关在山洞里，重的驱逐出境。"侃然笑道："这就奇了，驱逐出境，你们这里的境怎样出得去呢？"朱力田道："因为这里的境是出不去的，所以这种刑罚是最重的了。在我们这山前，有一道山河，河里的水虽不大深，可是河身离着山崖，大概有两三里路，我们想着，这一道河水一定是通到山外去的，至于人是不是能跟了水走，这个我们可不知道。因之凡是犯了重罪的人，由我们村正审过了之后，里正再审一道，觉得他真有罪了，就由全山九个里正最后再审一堂，就判定了那个人的罪，用长绳捆了他的腰和脚，把他由山崖上坠下河去，坠下去的时候给他一把刀，让他到了河岸把绳子割断，自寻生路。二三百年以来，也放过上十个人下河去过，没有一个人走了回来，也没有一个人走漏了山上的消息，我想他们一定都是死了。所以驱逐出境，那就是我们在书本上套下来的斩杀大罪了。前年，遇到山上一个荒年，我们全山上的人，大家集议了一回，以为只有两条路走：一条路就是打开下山的洞门，下山去找

60

饭吃；一条路就是把各家的粮食全拿出来存在一个地方，由九个里正来管。算一算怎样地节省可以吃到明年新粮出世。这九个里正，我们叫九老会，九老会的话是没有人敢不遵的。商量了好多次，九老会都说我们这里是世外桃源，书上记载着百姓受苦的事，我们这里全没有，我们能熬一天，就多熬一天，何必为了一时的饥荒，毁掉了我们一世的桃源？于是九老会就决定了走第二条路。不想我们这里有几个强横些的人，不肯把家里的存粮拿出来，就联合了一班有存粮的人和九老会商量，请他们另想别法。九老会以为他们的话说出来没有人奉行，那以后如何办山上的事，就追究那为首几个人，要判他们驱逐出境的罪。他们听了这话，更是害怕，邀合了一百多人，跑到山的西北角上去另立村子。九老会都是老人，管山上各事的，也都是老人，这些强横的汉子，就也没有法子。而况山上向来与人无患，与物无争的，我们这里也并没有什么武器，若是要把这一百多人一齐判他的罪，非全山人动手不可，恐怕是要伤人。二来这一百多人，有亲戚好友牵连着，也不愿意怎样逼迫他们，只得随他去。不料这一容忍就坏了事，那一百多人里几个首领，越来越强横，里面有一个人叫蒲望祖的做了国王，将这里的山地划分一半去了。那一半地隔了一道小山涧，地方大，人却少些。因为那里山地多，不像这边随处可以种粮食，所以耕作的人三停有二停住在这边。这个伪国王占了那边的地方，就划了山涧为界，不许这里人过去。这不用说已经是山上的叛民，我们非把他除掉不可。但是他有一半的土地了，有三停之中一停的人民了，捉他却是不易。因之他那边练起队伍来，我这边也练起队伍来，迟早是要打一仗。我们上了几岁年纪的人，以为我们祖先逃难逃到这里，为了是躲避战争，我们这样一个小小的山头，岂可以同室操戈？但是我们这边的青年，也有了气，一定要把那个伪国王捉到方罢休。我们年老的人，只觉全山上天天都布满了杀气，但不知哪一天要大祸临头。"说到这里，他又深深地叹了一口气。

欧阳朴道："啊呀，原来这神仙洞里还有这样一番大交涉，这真是我们猜想不到的了。但是据我想来，你们这里这件事，并没有什么难

61

办，只要两边的人无论哪一边，退到山外去就是了。"朱力田道："我们年老的人都是这样地想，但是我们退到山外去吗？我们把祖先手创的事业都交给了叛民，我们不甘心；叫叛民下山去吗？他们肯这样，就不造反了。所以我们现在的情形，天天都怕有事故。好在我这边人多，又实在有理，他们那边的人无非是受了伪王蒲望祖的威胁，不得不做山上的叛民，果然有一天我们要扫除叛逆起来，他们或者也许是倒戈相向。所以我们这边的人心还镇定得很。"他这一番话，大家都静耳而听，谁也不曾偶然扶起杯筷来一下子。

这时学敏端起杯子来向大家举着，笑了一笑道："请喝酒吧。"百川听到这位老先生的话，不免深深地感慨着："古人比喻着说，在蜗牛角上建国，也不免打仗。这样看起来，真不会错。有了人类，有了社会，就不免斗争，这倒不必去问地方的大小。"他心中如此沉沉地想着，就忘了现时在做什么，学敏端起酒杯子来喝酒，大家也就举杯相陪，到了百川这里，他一手斜靠了桌子，只管去呆想着。学敏放下自己手上的酒杯，即碰了一碰百川的手臂笑道："这位先生在想什么？喝酒呀。"百川回头看着，哦了一声，连忙举起杯子来。侃然笑道："你在想什么？你觉得到这山上来的成绩还不坏吗？"这一句话，余博士实在是无所指的，不知何故，百川听着脸上就红了起来，端起杯子只管喝酒。欧阳朴在一边冷眼看着，倒有些感觉，知是这个少年，对于同座的女子中情了。

本来这山上的女子，在一个特异的环境之下，并不受旧礼教的拘束，是不嫌接近男子的，加之这位学敏女士天性豪爽，更是显着亲近的态度。一个正在需要异性来安慰的青年，如何经得住女子这样挑拨着？在这上面，可以知道百川局促不安、面红耳赤那究竟为了什么了。欧阳朴这样想着，也就不住地对了百川带着微笑。百川又适用了他那顾左右而言的故技，就向朱力田道："老先生，我们在这山洞外，还有一大批工人，他们都是把这里当神仙府，可不可以让我们引了他们进来？"朱力田手摸了胡子想了一想道："我想这倒也没有什么不可以。不过人来得太多了，这件事我就不能全盘做主，应当让我去问明里正。就是诸位来了，我也应当去告诉了里正再来款待。饭后诸位且请在舍下小坐，我对里正说了，再引诸位到前面大村庄上去。"欧阳朴道："我们到了贵处来，一定守着贵山的规矩，我们一定在这里恭候，不出大门一步。"说时大家吃完了饭，这老人竟自陪着两个孙女收捡碗筷，吩咐两个孙女在此陪客，自己却是拱手而去。

学勤自向厨房里去烧水泡茶，学敏在客堂里陪客。彬如在她下首的一张竹椅上坐着，笑向对面的两位博士操着英语道："据我看来，这不是一个古典美人，乃是一个现代典型女性，你看她的体格，她的知识，她的性情，一切都是合乎她个人的环境的。"侃然也操英语答道："你所说的乃是说她为人，但不知对于恋爱这个问题，是用古典式的，是用现代式的呢？"彬如道："你不听到她的祖父说吗？山上是女多男少，大有阴盛阳衰的趋势，在供过于求的形势之下，我想女子不是山外面那样有男子去追逐之必要吧。"侃然不由得举起手来搔着胡子道："假如是在这里男子要变成被动之一方面的话，我这胡子是否要剃去有考虑的必要。"这一说，大家都笑了。

他们说的都是英语，学敏听了，却有些莫名其妙。她以为他们把话说快了，本来就是这样难懂的，却也不曾加以注意，只是微笑着望了四个男宾作声不得。欧阳朴向彬如操着英语道："我要试试她，是不是懂得恋爱。"说着就掉过脸来向学敏道："小姐，我看你们这山上人无论什么事都是很大方的，但不知男女之间也是一样交朋友吗？"学敏笑道："怎么不能交朋友呢？我们不就是朋友吗？"欧阳朴道："我们这山外来的人，这又是一番情形，但不知在这山上，平常男女交朋友也没有什么分别吗？"学敏道："没有什么分别，谁都可以和谁交朋友。"欧阳朴道："我们在外面的人交朋友，对交情二字可有个厚薄之分，比如我们今天和小姐初见面，已经认识了，这算是朋友；将来相处得久了，我们三个人因为岁数大些，和小姐说不拢来，这位康先生和小姐同在少年时候，意思多半相同，那么，这里头和哪个友谊好些，和哪个友谊平淡些，总要有个分别。"学敏道："这是自然，我对各位先生可是一样款待。"欧阳朴道："我也是这样比方说。"

康百川见这位老先生简直指明了自己来说，这倒很有些不好意思，所幸自己是和学敏并排坐着的，脸上虽然有些害臊，学敏却看不到。他于是也只好用英语向欧阳朴道："这山上的人，脑筋是很旧的，我们说这种话，仔细引起一种什么意外来。"欧阳朴道："当然有意外的事发生，但是我认为可以乐观的，并不是悲观的。"说毕，他倒哈哈一阵笑了。那朱学敏虽然不懂他们说些什么，可是看他们情形，分明是和年轻的一位客人开玩笑，言谈之间，几位先生的眼睛，有时都瞟住了自己，好像和康百川开玩笑，也拉住了自己。这就向彬如问道："你们好像在说一种笑话，你们自己说话和我们说话不同，怎么我一点儿都听不出来呢？"彬如笑道："我们和小姐说的是一种普通话，说出来人人可懂，我们自己说话，说的是一个地方的土语，只有在那一个地方的人懂。"学敏道："为什么不说普通话呢？为的是怕我听了去了吗？"彬如倒不料她一语破的完全猜着了，便笑道："不是，不是，我们说话，这样地说惯了。"学敏听着，就对着全屋子里的人看了一遍，然后用嘴向百川一努道："只有这位先生为人老实。"彬如笑道："你怎么知道他老实呢？"学敏道："我看得出来。"欧阳朴向百川笑道："我不是说了有意外也是乐观的吗？"这话正是说得百川无辞以对，只得笑着站起来，昂头去看天井外的日影。

学敏道："啊哟，让诸位在这里空坐久了，怎么我妹妹还没有把茶烧了出来呢？"说着，她就跑了进去，不一会儿工夫，她和学勤捧了茶壶茶杯出来，斟了一茶杯，两手捧了，就直接送到百川面前来。因为这个时候，百川不曾落座，在屋檐下徘徊着呢。百川也只好两手接了茶，连道："多谢。"她却笑道："你在这里等得有些不耐烦吧？"百川道："不要紧，不要紧，好在我们同路有四个人，在这里谈谈话，有茶可喝……"说到这句，望了那三位先生，人家是并无茶可喝。三位先生呢，却是看着他端了一杯茶，同向着他微笑。百川道："三位先生还没有喝呢，我来……"学敏回转头来，不见妹妹，她道："她怎么不倒茶？"于是抢上前斟了三杯茶，递给了三位先生。彬如又操着英语道："你们看这位姑娘的动作绝不是偶然的，假如这里可算是神仙洞的话，我想是仙女动了凡心了。"侃然摸着连鬓胡子道："这里大概都是女子追逐男子的，好便宜的事，我很可惜，在没有结婚以前，我为什么不来。"欧阳朴道："仙女动了凡心，她是不管人已婚未婚的。这绝不是我撒谎，在鼓儿词上可以找出许多证据来的，我们还不晚。"侃然道："虽然如此，但是我老了，仙女岂能那样不开眼，对周仓这一流人物会动了凡心。"于是大家相向笑了，学敏看看三位先生，又看看百川问道："他们说什么笑话，这样地好笑，你能告诉我吗？"百川道："没有说什么笑话。"学敏道："没有说笑话，怎么会笑呢？还是请你告诉我吧。"百川听着，要实说呢，如何说得；不实说呢，一时又撒不出一个谎来，这倒让他为难了。

第九回

共觉解人颐目挑眉语
忽传逐客令剑拔弩张

这四位探险队员，在秘密谷的女郎面前用英语大开玩笑，人家竟不是个木头，怎能够不看出一些情形来呢？朱学敏一问百川，百川踌躇了许久，才笑道："笑话虽是一桩笑话，不过这笑话里面，包藏了两个故典，要先把这故典说明白了，然后才可以懂得了这个笑话。说起来都是很费事的。"学敏听他如此说了，究竟是听不到这个笑话的所以然，心里是很难受的，这就不住对百川脸上望着，许久才笑道："诸位都不肯告诉我，莫不是就是说着我了吧？"她这样地胡猜一下不要紧，惹得在座的人全哈哈地笑了。

朱学勤由后面走出来，笑道："你这个孩子真有些傻，人家说的话，若是可以让我们听着，自然就不用问。我们既然听不懂，问人家也是枉然。"彬如很怕为了这点小事，引起了她们的误会，便笑道："这大不相干了，我们几个人在一处，成天是说笑开心。若是我们自家说话山里人不懂，从此以后我们全说山里人能懂的话就是了。"欧阳朴也是怕引起了她们误会，立刻正了颜色道："两位小姐，我们这位朋友说的话是真的。其实开玩笑总容易生是非，问多了，那是很不好的事，以后我们真不说笑话了。"学敏看到大家都如此郑重其事地说着，她又想着，大概不是说山里人的笑话，只管问他们，也就现得山里人是不大懂事的了。为了大家都起了一种戒心，于是笑话也就从此中止了。

朱学敏在屋子里坐着，有时身子是正的，有时身子又是斜靠的，有时牵牵衣服，有时又微微地笑着。最后，她就走了出来，在屋檐下站着，望望天上的日影。朱学勤究竟是个小孩子，她就在屋子里不住地盘问四位佳宾，山外的情形现在是怎么样，此外的事她却并不去注意。学敏在外面站着望了一会儿日影，她情不自禁地忽然叹了一口气道："去了这样久，怎么还不回来？"她望了山口上那个去路，对于她的祖父的行动，似乎是有些不耐烦了。学勤在屋子里就插嘴道："哪有那样快？这些客人在这里，就让我一个人陪着？"学敏笑道："我陪着，他们会说笑话的。"学勤道："这话可真怪了，为什么我在这里陪着，他们就不说笑话呢？"欧阳朴笑道："小姐，你请进来坐吧，我们可以慢慢地来谈一谈，绝对不说笑话了。"学敏走进屋来，还在原地方坐着，将来宾的面孔一个个地都端详了一会子。最后，她才向百川的脸上看着，忽然地微微一笑了。百川曾在交际场上经历过，也还尝过那初恋的滋味，只是他所知道的女子对于男子，都保持着一种神秘意味的。这山上的女子虽多少还有些神秘之处，然而她是不嫌在人面前陆续地透露出她的爱慕来。这还是初次见面，而且还有一种隔了一个世界的感想，假使彼此都是山里人，她或者就用不着这样的客气，老老实实地就要来包围男子了。我为了受女子的刺激，离开了繁华的新都，特地到这秘密谷来，意思是唯恐入山不深。却不料一跨过这山头，就遇到这样一个缠人的女子了。而且最妙的，这个女子的相貌，竟是和刺激我的那个人有些相像，这又可说是怪之又怪了。他心里既然是如此想着，对于学敏的脸上，少不得也更为注意一番。学敏却笑道："康先生，你为什么老望着我？"这一句话，在三位老先生面前来问着，这让百川真穷于答复了，就百忙之中不觉说出一句实话来，道："因为你像我一个朋友。"他这句话说出来时，学敏觉得或事诚有之，可是百川的三位先生，他们都愕然了。百川相处日子很长，并不曾听到他说有个女朋友。现在对于山里姑娘忽然地说了出来，倒是有些奇怪，而且还说和这位姑娘有些相像，看他那样冲口而出的神气，绝不是撒谎。于是这三位先生，就不约而同地都望着百川的脸上去了。百川也觉自己失言，可是要挽回来已经有些来不及，便笑道："那不过是个男朋友罢了。"他不这样地赘上一句，也许三位先生想到所说的朋友，大概是男子吧。现在他自己赘上一句是男朋友，这倒不能不让二位先生想着，一定是位女朋友。因为如此，于是乎这三位先生都笑起来了。百川到了此时，只把一张脸臊得通红，却是没有别的话可说。

欧阳朴摇着头道："我们已经声明在先，不许说笑话的，怎么又说起笑话来了呢？"侃然道："这个责任，却是要百川去负。因为百川无缘无故地说起朋友问题来了。"学敏呆望了众人，许久，她才发出奇怪的声音来道："哎，我像这位康先生的朋友，这能算一件笑话吗？"彬如道："那是当然的。因为山里山外的风俗不同。"学敏微微地皱了眉，将各人又打量了一番。最后她还是看到百川的脸上来，微笑道："这里面一定有个缘故，康先生，你能不能告诉我呢？"她如此一问时，大家都哈哈大笑了，窘得百川无话可说，只把脸红了。余侃然用手将虬髯摩擦了一阵，倒是他想起两句好听的话来了，他道："朱小姐，你不用打听，你和我们再熟识些，康先生就会告诉你的。也许不用他告诉你，和他多谈谈别的，你也就明白了。"学敏望了百川道："真的吗？那是什么原因呢？"

欧阳朴这时把视线转移了，向彬如笑道："我们的诗家，你于文学是有研究的，人家都说读了线装书，人是变成古典的，这山里的人学问，当然跳不出这线装书的范围外去，可是看看他们的两性问题，何以……"说到了这里，他也不由得用手指去搔他的胡子。彬如道："你们学科学的人，对于这一点还有什么不知道？人生总是以适合环境来变更他的态度与思想的，在这种……"他不能不夹一句英语了，就用英语话说道："在这山上女多于男的世界里，而且又是一切工作相同的，她们能够装出含羞的样子等待着男子去追逐吗？"学敏笑道："他们又在说这样人家不能懂的怪话了，他们是说我吗？"说着这话，就望了百川，他笑道："你不必多心了，他们是这样说话说惯了的，一不留心，就会把这种话说出来了。"学敏咬了下嘴唇，眼珠向彬如转着，微微地笑道："不是说我的，为什么大家总是对我望着哩？"百川道："这就因为朱小姐为人大方，不像山外的女子，所以大家也不分界限，一样地说笑。"学敏道："这话我倒有些不相信，你们说我的意思，我现在也有些明白了。"她说到这里，又将眉毛向百川一扬。

百川心想，这显然是表示着一分高兴的意思在里面，说不定开玩笑的意思她竟完全明白了。于是向彬如道："我们到这种地方来，应该惹起人家的误会吗？"说时，脸色正了一正道："虽然我们知道山里人都是柔善的同类，可是我们总要处处谨慎为妙。"彬如笑道："你不用着急，以后我们除了这一类的谈话就是了。"他二人没有这一番辩白，学敏还是胡猜着，及至他二人有了这一番辩白以后，学敏却更是明白与己有关，只管微笑着向百川看着。可是大家说笑了一阵，又由学敏姊妹送了一遍茶来喝。

然而那个去向里正做报告的朱力田老先生，去了这样子久始终不曾回来，这可有些令人怀疑了。侃然就问道："朱小姐，这到你们里正那个地方，还有多少路？"学敏不加思索就率口答道："翻过两个小山嘴子就是。"欧阳朴道："那算几里路呢？"学敏笑道："我们山上的路是不论里的。"侃然皱了眉道："总不过这个山头，无论如何也不会跑出十里路去，这样久还不回来，也许于我们有相当的妨碍。但是我们就是如此呆呆地在这里坐着闲谈，把这种良好的时光消磨过去吗？我们何不请这位小姐做向导，先在这村子前后看上一看。"大家都坐得烦腻了，对于这种要求，没有不赞同的，然而这些人还不曾开口，学敏自动地谢绝了，向大家摇着手道："四位不要走开，好歹都等我祖父回来吧。"欧阳朴道："难道朱小姐圈禁我们在这里吗？"学敏笑道："因为我祖父请各位在这里等，我不好引开各位。"侃然站起身来，牵牵衣襟，用手又摸摸头发，表示要走的样子。学敏这就表示着真正的态度了，向余侃然连连摇着手道："这千万不能走，我祖父留下的话，是不能不听的。"欧阳朴向侃然道："那么你就坐下，我们现在是不宜公然反抗她的。"侃然看看她的样子，板住了脸，顿了眼皮，这交涉大概是不大好办，那也就不如不说吧。也伸起手来搔了几搔自己的胡子，于是慢慢地也坐下来。百川也是，站起身来待要走出去的，看到是无法可走了，于是长长地叹了一口气，坐在凳子上，两只手撑住了两条腿，低头望了地面上。

学敏站在百川面前，对他呆望了一阵，然后微笑道："你们打算到什么地方去呢？"百川道："我们坐得实在闷了，想到屋子外头去看看，若是你以为这是不应当去的地方呢，我们就不去。"学敏微笑道："既是如此，让我出去看看我祖父回来了没有。"说时，她便走出口门。不一会儿，她站在门口，向里面招着手道："你们出来吧。"很严重的情形，竟是说变就变了。侃然向欧阳朴望着摸摸胡子，欧阳朴微笑着点点头，手上拿了草帽子向彬如招了两招，让他站起来向外走。彬如道："这样子，我们完全沾的是百川的光。"欧阳朴向他丢了一个眼色，招呼他不要作声，大家联合着向外面走了出来。侃然看到对面有一排小山岗子，因道："我们若是不打算走远的话，就在对面山岗子上站一站。走远了，朱老先生回来了，不看见我们，倒以为我们逃跑了。"

　　大家正四面观望，考虑着他的话是否可以实行。忽然地剥剥剥一阵激烈的梆子响声，震动了山谷。大家都猜不出这是什么意思，面面相觑，看看学敏时，脸上也有些惊疑之色。侃然推着百川道："你问问朱小姐这是做什么。"学敏本来站在当面，当然是听见的。她道："我们山上敲梆，总是捉野兽，招呼村子里的人不要出来，还有……"她说到这里顿住了不说。百川道："还有为什么？是不是捉人？"学敏点头道："是的，山上有人犯了法，里正带了人来捉的时候，也是敲着梆，但是也不像这样敲得急。"言犹未了，那梆子敲打得更急，已经有些震耳了。学敏只哎哟了一声，便见对面山岗子上拥出一群人来，那些人手上都各拿了长短棍棒之类，欧阳朴一手抓住侃然，一手抓住彬如，叫道："我们进屋去，拿着枪，先找出路。"口里说着，回身便走。百川也料得形势险恶，丢了学敏也向屋子里面跑，各人取了枪在手时，那山岗上一群男女，已快跑到村子面前来。侃然将身隐在一棵桑树下，举着手上的猎枪，就对天空放了一枪。轰然一声，面前的那班人抬头望着天空，都呆了。徐彬如跳着脚道："千万不可放枪，若是你害了他们的人，我们更不好作退身之计了。我们还是忍耐着，问明他们这样大队进攻的原因，再作计较。"百川到了紧急的关头也来不及避什么嫌疑了，回头看到学敏还站在场地里发呆，就跑上前，向她道："朱小姐请你上前去问一问，来的这些人是不是和我们这四个人为难？"学敏道："刚才你们同伴躲在树后放出了一样什么东西出来，倒是放得那样的响，真吓人。"百川道："那个东西叫枪，放出去可以打倒百步以外的人。不过我的同伴他并没有害人的意思，刚才放出这一枪去，就为的是让大家知道枪的厉害。"学敏听了他这一番话，也只在将信将疑之列，看看他手上，也拿了一根上细下粗的东西，上端还有一段铁筒子露在外面，看那样子也许是一种发出响声的东西，便觉得百川这个人，也不是理想中那样容易好惹的，望了他也不动脚，也不作声，可是来的那一群人却不肯休息，望了这四个人，没有什么动静，又走上前来。

学敏这才跳了上前，在路口上站住，两手一伸拦住了去路，叫道："你们不要再过来了，山下来的人，他们会放掌心雷。"在许多人闹嚷的地方，野地里正散放了几头羊，学敏一言未了，又是轰的一声响，一阵青烟过去，有两头羊跳了两跳，倒在草地里了。这群人看到，更有些惊慌，都远远地望着这边村子外。学敏见这群人后面，父亲正同着三个里正在那里指指点点，好像是商量怎样走上前来的样子。于是一路摇手，摇到朱力田面前去，口里叫道："去不得，去不得，他们手上有掌心雷，放出来会打伤人的。"朱力田道："我正为了他们会放掌心雷，才要把他们捉住的。我到里正那里去的时候，里正那里早得了信，就偷偷地派人到山口上看。看有什么人在那边没有。我们这里派人去看的时候，果然洞外还留下了一班人，而且也不知道他们手上拿了什么东西，冒出一阵火烟来，又是一下响，把远在几十丈以外的一只大鹰由树上打了下来。我们里正陈老先生一想，以为这不是左道旁门的邪术，就是书上说的一种联珠甯。但是无论说哪一种，都是很厉害的，这样的人，我们山上容留不得，所以就派了队伍来捉他们。他们愿走那是千好万好，他们立刻走。走了之后，我们就把洞门封了起来。他们若是不肯走，那就说不得了，我们非把他们捉住，丢下山去不可。我走了，他们对你还好？并没有怎样伤害吗？"学敏道："他们很和气的呀，为什么要捉住

71

人家?"朱力田道:"里正说,原来也不要捉住他们,只要他们肯离开这山上就行了。"学敏道:"你们这也是打草惊蛇。人家好好地不惹我们什么,倒偏是去招惹人家。人家费了很大的事,才能够到山上来,就肯这样马马虎虎地下山去吗?他们正是请我来问你们,到底为什么这样整大群的人轰了来呢?这倒果然是和人家为难。"她这样说着,依然向自己家门口走去。

这时,探险的四个人都各捏着一把汗,藏在人家一丛野竹林子里。因为一方面怕来的这班人要动手,一方面怕村子里人里应外合。只有这丛竹子背后临着一条向村外的小路,万一抵敌不过,只好由小路上逃走了。由竹林子里张望那群来人时,只见他们长的拿着木棍尖枪,短的拿着大刀长剑。这都罢了,在那班人后面,却隐藏着一批弓箭手,每人张开弓,将箭扣在弦上,箭镞正对了这丛野竹林子。若是彼此的交涉一有不妙,那不用犹豫,所有搭上弦子的那些箭,一齐都要射到竹林子里面来。箭的威力,虽是没有枪弹那样大,但是射到身上来的话,恐怕是一样地令人破皮流血。因此藏在竹林子里的人都将身子蹲着低低的,各借了掩蔽物,减少危险。

可是也只在这一刹那,学敏已经由那群人面前跑到竹林子边来了,口里喊道:"康先生,康先生,你们在哪里?"探险队里有四个人,偏偏只提着百川,不能不挺身而出,而况百川为人,向来又是好胜的,到了这时,自更不能忍耐,他就走出竹林子,要和学敏答话。他的身体刚是露出竹叶以外,便听到飕的一声,一支箭射到竹子尖上,打落下一根竹枝和十几片竹叶。百川觉得走了出来,总是目标太显然了,赶快地将身子一缩,又缩到了竹子里面去。不料他虽是不抵抗,然而却不能减少对方的误会。又在这时,飕飕几声,又是十几支箭射入了竹林子里面。百川看到这种情形,料定了是没有和平的希望,竹林子里恰好有个小小的土堆,于是将身子隐闪在土堆下,对准了那些人的来路,就打算开枪。可是这条路上,正好是朱学敏走向前来,这第一个流血的人岂不就是一见倾心的她呢!

第十回

共突重围穴墙而遁
更临绝地束手被缚

在这个时候，一切的情形都紧张到了万分。百川的枪机一动，朱学敏的情形是不可问，这秘密谷里的人会变态到什么程度也是不可问。因为这样，紧挨着百川，蹲在地上的徐彬如就连连顿了脚道："百川，百川，开不得枪！"说话时，学敏已经走到了百川身边。百川便垂下了枪，用手提着，向后退了两步，望了她道："请你不要走近来。"学敏听说，倒呆了一呆，问道："难道你也疑心我吗？"百川被她反问着，却不好意思了，摇头道："并不是我疑心你，但是你太走近了，两下里打起来，恐怕于你不利。"学敏微微笑了一笑，便道："你不要害怕，我们的人对你们也并无别意，只是看到你们会打掌心雷，怕你们在山上惹祸，所以要请你们下山去，我们好把洞闭封起来，和你们并不要打架。"百川道："我们并不会放掌心雷，就是我们手上，各人有一支枪，也不能无故害人。"说时，那竹林子外的人又鼓噪起来了。

徐彬如将一支猎枪夹在胁下，一面举着手巾，揩那额头上的汗，俯着身子走了过来，就向学敏道："要我们走，也很容易的，我们无非是客，主人不招待，客人看看颜色还不是走吗？又何必这样地大动干戈呢？"学敏道："这是我们这里里正的意思，为什么这样，我也不知道。"彬如道："你们山上人既是要我们走，我们也不能强留在这里，请你对他们说，稍微地向后退一点儿，也让我们自己人商议商议。这个样子，我们总怕你们冲过来，有话也不敢商议了。"学敏看他说话的神气，倒是出于真意，便道："这总好办，我去和他们说，难道你们倒真

73

的打算走吗？"彬如听她如此说，倒不由得笑了，百川道："那就求求朱小姐讲一个情试试看，能够不让我们走，那就更好。我们为什么来了？哪里能够来了就走哩？"学敏对他两人看了一看，很快地跑到外面去，这里远远地看去，只见她指手画脚，和那些人说个不了。结果，那些人为她言语所动，居然向后退出几十步路了。

学敏一路拂着两只大袖，又气愤愤地跑了回来，口里不住地怒骂着道："见神见鬼，他们在山外的人，和我们这里人无冤无仇，他要放个什么掌心雷，我和他们在一处说了许久的话，他们也没有放掌心雷把我打死。"她这样说着，一直地走上前来，倒好像故意说给这四位探险先生来听的样子。百川迎着她道："多谢朱小姐，说得他们果然退后去了一些。他们怎样地说？"学敏道："他们说，让你们商议一下子倒没有什么不可以，但是你们一定要退出去，你们再不走他们就要强来了。"

欧阳朴余侃然也绕了道，走到一处来。余侃然手上举了一根草茎，缓缓地走到欧阳朴面前来，很郑重地道："这个地方也有竹节草，这种茎变形的植物叶子，在热带……"彬如抢了道："余博士，这个时候，我们管不着植物是不是畸形发展，却应该看看我们的环境了。你不看看这有箭在弦上之势吗？"侃然受了他一顿抢白，正有些难为情，现在天与其便，侃如也用了一句文言，这就微笑道："我们怕什么，有你徐诗人在此，走了出去，念两句诗给他们听，就什么大问题也都解决了。"彬如这倒有些惭愧，便笑道："我们都不要做这无谓的争论了，大敌当前，我们还是抵抗呢，还是退走呢？"欧阳朴正色答道："当然是一面抵抗，一面交涉。"他的面孔不带一些笑容，于是同伙三个人都哈哈地笑了。

学敏在一边看到，心里想着，这三个人有什么疯病，到了这样要紧的时候，他们还笑得出来。于是对了这三人也不免是呆呆地望着。欧阳朴道："你们笑什么？我觉得这是真话，我们若不抵抗，仔细让他们抓了去；若不交涉，我们只有宣告失败，退出洞去。可是我们费了多少时候的筹划，费了多少人的力量，刚刚是打破了这山谷的秘密，只看到一些表面，马上就要走，这未免功亏一篑了，我们现在可以推百川做全权代表，去和对手办交涉。"百川见三位老先生依然是这样不大介意，这却有些急了，便正色道："现在这情形，实在是紧急，我认为不可大意。不知三位先生的意思打算怎么样？若叫我去办交涉，我是一定去办的，但是先给我一个限度。"彬如道："正事是正事，笑话是笑话，据我说，你也暂时不要出头，还是把话请这位朱小姐去说。"学敏道："可以的，我很愿意两方都不伤和气。你们有什么为难的地方，我全可以和你们去说说。"彬如道："我们是怎样一类的人，朱小姐和我谈的时候多些，总可以明白。请你去和他们说，我们到这山上来，一点儿没有什么歹意，不过因为这山头是和外面隔绝的，我们心里都好奇，总要看看这里面究竟是什么，其实不想要这里面一点儿什么。你去想想看，我们在山外过的日子，总比这山里面强得多，凭什么我们丢开了城市跑到这山里面来呢？你要知道，我们都有妻室老小……啊。"他说着，自己陡然地吃惊起来，却接着道："不，我们这同路里面，只康先生是没有家室的。"他带了强笑，向学敏解释着。学敏笑道："我又没有问你这些闲话，要你多什么心，这些想得到的话，我都会和你们说，用不着你来教我。你就说，打算怎么样，若是不愿走，就说不愿走的话；若是愿走……哈哈，我想你们都不愿走呢。"侃然点着头道："我们自然不愿走，你们若是怕我们手上拿的这枪，我们收起来不拿着也可以的。"学敏道："好吧，我去和你们再说说看。"她真是热心，说毕掉转身就向那群人的地方去。

这里一班人都看看她的后影遥遥而去，眼睛都不曾眨上一下，以为她纵不能说出什么结果来，当然也不至于坏事。可是他们正在出神，忽然啊哈一阵喧哗，由身后发出来。回头看时，这山头上的人，又是箭上弦刀出鞘的，由屋后面簇拥了出来。这一行四人，都是不曾防备的，临时忽在身后出了乱子，这却不曾去按好出路，大家慌了手脚，倒是目定口呆的，面面相觑。那些山上人连成了一排，一步一步地向身边逼了过来。欧阳朴究竟是个机灵些的人，眼见敌人逼近，若是不谋脱身之计，

75

一定会受敌人的包围。因之向同伙丢了一个眼色，自己先向屋子里走去，其余的三个人看到他这种态度，也是跟着醒悟过来，一律地向屋子里一跑，同时就把大门关上。

大家在门缝子里张望着，侃然低声道："我们为了谨慎几分起见，还是自动地退走。若等他们缴了械，加了缚，全合了他们驱逐出境的条件，也许将我们由山头上扔了下去，那岂不糟糕。"彬如道："这样看起来，我们还是打开了墙壁，由屋后退出去。万一他们追赶我们，我们退到洞口去就是了。至少我们是现代军阀化，保存实力。"大家虽觉得他是一句笑话，可是看到刚才一批山上人，由屋后面拥了出来，他们的态度，是如此不可捉摸，再来一个不可捉摸的包围，大家又都藏在屋子里，那不用说，一定是一网打尽。百川首先叫道："我们走吧，为了有转圈的余地起见，我们不能够在这里有流血的事情发生。"他说着，首先掉转身向屋子后面走，四个人这次不是那样逸趣横生地开玩笑了。各半弯了身，直端了手上的枪，一步一回头地向后走着，到了屋后面。

这里不过是一丛瘦竹子里围着一道高不及丈的黄土墙，那黄土墙上分着内外两行，盖了杉木枝叶。这杉木叶子片片的都是尖刺，在墙头上放着，正可以当了物质文明都市里的电网用。大家本想越墙而去，这已是不可能。同时看到墙外的瘦竹杪子在空中无风自动，这分明是有人藏在竹子下面了。四个人挤到一处，头就头地轻轻说了两句。于是大家高举了枪，正对了那摇撼的竹子杪附近的天空，齐齐地发了一排枪，半空中一时青烟四起，哄通通山谷震应。只听噗达达一阵零乱的脚步声，由近而远奔了去。

百川道："行了，我们冲锋吧。"一时大家放下了枪，四人抬了一根大木头杠子，对土墙中间拼了命撞了过去，就是这一下，把土墙撞了个大窟窿。这由墙的缺口处，早看到一批山上人，向前飞奔。有几个人被野藤绊住了脚，摔倒地上，就提高了嗓子，拼命地叫喊。这四位探险队得了这个机会，哪里肯放松，趁着墙上石飞土滚的时候，大家都提了枪由墙缝里直冲出去，都是如强箭离弦一般，连头也不回，一直向前奔了去。跑了一里之遥，大家才停止了脚步。大家手上倒提了枪，向村屋望着，连连不断地喘着气。

这里正是一个高坡，远远地站着，由高视见村子里人在屋里屋外乱跑，又像是在搜索他们，又像是在那里逃命。这一刻儿工夫，似乎还不能追到这里来。彬如就向大家道："我们现在应该分一分退去的路径。是当走哪一条线，原来的路现在是找不出来了。"彬如道："你这话不然，我们找不出原来的路，就宁可投降，免得逼到无路可走，然后死在人手上。"百川道："这话对了，我们还是找原路走，我先去引路。"他如此说着，估计着方向，就顺了一个山坡向前面走。可是原来走来的时候，好像路并没有多少远，现在在乱草丛中去找出路，却越找越不是路径，始终并没有找到来时的洞口。大家又留心着，总怕由山崖上翻到山底下去，总不肯放开了步子走去，所幸山里人的嘈杂声，走着渐渐地听不到了，却不用得那样很慌张地去找路。这乱草丛所占的面积，并不是怎样的宽大，大家摸索着的时候，常是钻了出来，其先以为总有追兵在后，一看到草丛外的田原，便又钻了进去。这时钻得久了，身后却没有一点儿什么响声，这大家的胆子就大多了，于是索性顺了一片田原中的一条小路，弯曲着向前走去。

沿着小山麓，有一条小山涧，却拦住了去路。看那小山上，也有一条人行路，在绿毯子似的浅草上，画着两条弯曲的赭色粗线。这个样子，分明是两涧之间，常有人来往。如何把来往断绝了，却是不得而知。一行四人，顺了山涧上一条草埂，探索了步子，缓缓地前进。有那很弯曲的地方，在明镜似的山涧水里，一样地有四个人影，在那里飘飘然地挪展着。彬如是最后的一个走着，他看到了这种境界，心里就想着：水中人影如游伴，树上风声似……他自己突然感觉到，以"似"字对"如"字，未免犯了合掌的毛病，于是摇着头，那"不好"两个字却脱口而出。欧阳朴慌了，身前身后一看，并没有林木掩蔽之处，拿了枪就向一群乱草里一伏，百川和侃然先听到一声"不好"，继又看到欧阳朴这样慌里慌张地卧倒预备放，也怕是出了什么问题，跟了他也卧倒下去。彬如见这三个人都卧倒了，也就跟着卧倒下去，可是当大家举了枪要向前瞄准的时候，在自己面前并找不到一些子目标。侃然道："老朴你见鬼了？为什么这样执了警戒的态度？"欧阳朴道："我哪里知道！彬如不是叫着'不好'吗？"于是将脸望了彬如。他本来想直说，却怕会引起了同人的讥笑，他不执枪了，用手钳了面前的长草，一茎一茎地向上扯着。许久，微笑摇了头道："我没有说这话吧？"欧阳朴道："你若是没有说着这话，那就算我真是自画见鬼。"说着话站起身来，扑着身上的草屑，可就向着侃然道："你听见有人这样地说吗？"侃然看这样子，大概是没事，于是也就站立起身来，正色道："我真没有心事再开玩笑，你们可不能这样地胡闹。时间已经是不早了，我们还不应当快想出路吗？"其实大家都也感到环境的迫促，不过大家都觉得出这里人总是带有古风的，虽然咄咄相逼，也不至于有性命之忧，而且大家都极力地要表示镇静，不肯示弱于人，所以性之所好，也故意地谈笑风生。可是侃然这一句话，把大家提醒了。

抬头看看太阳，已是有些西斜。且不问今晚向何处归宿，这一场晚饭，哪里又去找第二个朱力田来做东家？因之同站在这山涧岸上，都有些发呆了。百川将猎枪放在草地上，手扶了枪，挺了身子道："这件事我以为没有什么难于解决，好在这山上人并不追赶我们了，我们可以先定一定神，看准了方向，还是找着来时的路，守住了洞口，和山上人办交涉。这是个万全的法子。"欧阳朴摇摇头道："事情不是那样简单。"他说着，用一个食指头，摸擦了他那鼻尖下的一撮小胡子，表示他那十分犹豫的样子。侃然一顿脚道："对的，他们突然放了我们，并不追赶……啊啊啊，来来了……来了！"他失惊地这样呼了出来。只见身边深的水草里，钻出十几个人来，彼此相距也不过二三十步路。一转身之间，已是来不及开枪。不料脸向右边看着，左边又拥出二三十人来，这些人好像事先已是有组织的，不等他们再回头，五六个人奔一个，不容分说，先把手上的枪打落在地，然后在身上拿出绳索，就把四个人捆住，半拖半抬的，拥过了山涧。在百忙中，这四个俘虏虽不免惊慌着，但是各人脸上依然带着奇怪的神气。这就因为，第一，大家是不会跨河来的，何以这些山里人把大家拥到河那边去？第二，是那四支枪落在草岸上，这些人里面有几个很想向前去拾起来，但是走到枪边，绕着枪走了几个圈子，伸伸手又缩了回来，总不敢去冒那个险。好像他们知道这可拿的，又不知道如何拿着才好。他们这样惊疑的时间，已被这些人抬上了山洞的另一边，抢上山岗子。

向前看时，山岗子那边，依然麦田茅屋，又是一个世界。远远地见一排人家靠山面田，约莫有二三十户，这些人就簇拥着向那里去。欧阳朴就操着英语道："我们怎么这个样子？他们要抛我们下山去，就一点儿抵抗的能力也不会有，只等死吗？"百川答道："不，我们在未死之前，有一秒钟的生命，我们都当尽这一秒钟的智力，去挣扎一下子。"那些捆缚扛抬他们的人，一点儿不顾虑什么，一直就冲到了那人家地方来。这里的情形依然也是紧张，排有一二百人，各执了武器，沿了人家门口，齐齐地站着。这些人将四位先生捉来了，却分配得很匀，在正当中有四棵桑树，每棵桑树前站着一位缚着的先生，然后起到屋子里去报告。

彬如和欧阳朴缚的距离最近，彬如道："据我看，这是另一个组织了。那朱力田告诉我们，这山上不是有了一个叛国吗？我看这情形，完全和我们原来接近的人不同，他们不是这样子蛮横。"欧阳朴道："对了，我们误打误撞，已经走了另一国家，恐怕这又要向他们背上一道履历。"看看对过的侃然和百川也是忧形于色，只在这时，咚咚呛呛一阵锣鸣播鼓的声音，由那正屋响了出来。就有一排执着武器的人，分了两班，向前走来。到了最后，却有一个穿了赭色长衣腰挂长剑的少年，一步一步地开了四方步子走了过来。他头上戴着黄色头巾，在前后两面都涂抹着许多盘绕的龙，在那简陋的装束上，可以看出他那尊贵的气象来。他在许多人中间一站，将那炯炯射人的眼光，在四位先生身上各扫了一扫。只看他那高高的鼻子下露出白牙，微笑了一笑，接着抬了一抬肩膀，又点了点头。只看他一只大袖子下垂，一只手在大袖里伸出来，按了剑柄，自有一番威严，好像他在那里暗示着，你们四个人的生命都握在我掌心里。四个人这都觉得生命到了最后的一瞬，面面相觑，不复有以前那种视死如归谈笑风生的态度了。

第十一回

茅茨土阶亦具王者气
物华天宝足壮客卿观

　　这四个探险队员做了俘虏，而后才知道又到了一个部落。这个有国王气象的人，当然就是朱力田所称为的蒲望祖了。假使这里的酋长，要当异国人看待，那却不消说得都有性命之忧了。大家正是这样地推想着，那酋长站在一排拥护者的当中，对四个人看了一遍。他最注意的却是余侃然，微偏了头，由他的脸上看到他的脚上，由他的脚上又看到他的脸上。大概对于他嘴上这一部兜腮胡子有些奇怪，便向他招了几招手。侃然的心里虽然是在那里抖颤不已，但是他也急于要知道这位山上的无毛大虫将以什么手段来对付。因之也就振作精神挺了胸脯子走近前去。那蒲望祖虽然是那般威风凛凛，恰是也有些怕他，当他走近了的时候，那酋长却向后退了两步。在他退的时候，他自己却也醒悟过来，一个当酋长的人，怎么可以向外来的人这样地表示怯懦？于是也突然地将胸脯子一挺，那握住了剑柄的手，将剑身按上了两下，这才瞪了大眼睛道："你们应该知道，现在生死的权柄，都抓在我手里了。但是你与我近日无冤，远日无仇，我也并不要你们的性命，只要你把那放掌心雷的法子，都告诉给我们，设若我们这里人都会放掌心雷了，不但不和你们为难，我们还要重重地款待你。"

　　侃然听了这话，看看他的颜色，似乎没有什么恶意，便回头向欧阳朴看看，虽然不过是眼色对眼色，然而彼此都是会意的，就是在那里说，这一道黑幕，是不是要揭穿呢？但是这个蒲望祖，正也不是个易与的人。看了他们那种情形，就向侃然微笑道："你的意思，我完全知道

81

了，你不是怕教给了我们，你们的法术就不值钱了吗？但是我告诉你实话，我们就是学得了你的法术，也不会用到山外去的。只要我们事情成功了，你们要什么，那都好说。但是若一定推诿了不肯教人，那就休怪我不讲情面了。"他按住剑柄的那只手，依然是不动，那一只手，他在大袖子里伸了出来，按住了他的胸脯，表示出一种很威严自得的样子出来。侃然便道："先生我怎么称呼你呢？我们山外，现在是以先生二字为最尊敬的称呼了。"蒲望祖左右两三个人同时吆喝着道："你要叫大王，怎么可以胡乱叫先生？"

侃然对面，正站着是徐彬如。他两只手虽然在背后反缚着，但是他一双眼睛，正向这酋长周身上下去打量，好像他在那里咀嚼一首古诗的滋味一样。侃然听了这些人要他叫大王，心里头极是不高兴，但是要表示出来，又怕会吃什么眼前亏。他正在这里目闪闪不定，四面观望着，彬如就插嘴了，他向那些人道："诸位，山外人对于山里的规矩一些不懂，可不要让我们为难，我们山外人也有时叫人大王，但是那是最不好的话。我有一个极显明的证据，却是不敢说了出来。"蒲望祖道："大王这两个字，山外人是不愿意听的吗？"彬如道："山里人把这个当恭维人的话，我们就实实在在地不懂极了。"酋长道："你说这话有些什么凭据吗？"彬如道："怎么没有凭据？我们山外人有两句俗话，乃是'山中无老虎，猴子称大王'，所以我们山外人不叫猴子，都叫它大王。你想，我们怎敢把这种称呼来对先生说呢？至于先生两个字，山外人现在就把来看得很重了，这是把那两个字分开来说，生者，是各人出世的话；先者，比称呼的人出世在先。那就是说，那个人是位老前辈了。"蒲望祖犹豫着道："这话我有点儿不相信了，不见得有权有势的人都是老前辈吧？譬如我，就只有二十多岁，倘然人家都称呼我作老前辈，我却不好意思了。"彬如道："我们山外的风俗，却不是这样。有权位的人，三岁孩子也是老前辈；没有权位的人，那就是灰孙子。譬如这个人，今天有权位，就是老前辈；明天没有权位，就是灰孙子。年岁不年岁，那没有关系。"他说了这话，脸上并不带有一点儿笑容。蒲望祖哦了一声道："山外的风俗，却是这样的。"

侃然站在最近，看了蒲望祖这个样子，又望到彬如那种正正经经把话来说着，心里也就想着：究竟这位幽默的诗人，还能说出这样幽默的话。心里如此想着，脸上便不觉地带出一些笑容来。蒲望祖看到，却不免有些惊异起来。向四个探险队员都观察了一遍，因道："这真有些奇怪，临到这样紧急的时候，你们都是这样笑嘻嘻的，难道知道我不会杀害你吗？你们大概有些未卜先知吧。"侃然看了他那情形，心里就有数了。因微笑道："我们暂时知道先生不会杀害我们，那有什么缘故呢，因为先生正要学我们的掌心雷，假使把我们杀死了，这就找不着人教这个掌心雷了。"蒲望祖笑道："这话却是真的，我就是想你们把掌心雷这个诀窍教了出来，所以才费了这样大的力量把你们找了来。你们不说出来以前，我自然不会把你们杀了。但是你们尽管是不说出来，那我也就忍耐不下去了。你们实说，到底是肯教不肯教呢？"侃然道："我们为什么不肯教？若是有了这种本事，并不教别人，那么我们却是怎样学得来的呢？"蒲望祖道："好，你们既是这样说了，我就应当格外地宽待你们，看你们是怎样地交代出来。"说着，就向他身边站的侍卫丢了一个眼色道："把这四位都松了绑，好好地陪着人家，我在宫里等候他们。"说毕，他回转身，先就走开了。他左右那些文武大臣，得了他们国王的圣旨，这就一阵风似的，前呼后拥地，把这位国王簇拥走了。

这里还剩下十几个国王的子民团团地将四个探险队员包围住了。彬如笑道："诸位放心，我们是不会跑的。我们不但是不会跑，在我们心眼里还没有打算走的时候你想把我们送出山去，我们还不肯走呢！你们的国王不是要在宫里召见我们吗？我们正想看看皇宫呢。"他虽如此说着，但是这些山上人却也不肯放心，依然在身前身后，圈了他们走。约莫有半里之遥，翻过两个小山岗子，便见有一丛松竹拥住了一带茅屋，在一片山麓上参差并列着。在松树枝上叉出两根大旗杆，杆上斜挑了两根竹竿子，飘出两方青黄旗子，旗上仿佛有几个字，因为距离远，却也看不出来是否"替天行道"那种话。大家走到了那茅屋面前，还是先前遇到的那些战士，背着刀矛，分班站立。他们的职务，总也算够劳碌的，国王出巡，他们要随征。国王回宫，他们又要警卫。却不知他们贪图着什么，甘愿如此，这倒是值得去研究的一个问题了。

这四个探险队员被一群人包围着，一直地向前走，这就到了那皇宫前了。这里是山脚下一片广场，沿了山脚，靠斜坡削出九层土阶，高高地顶了两扇白板柴门。柴门上有一块扇面形的横匾，上面有三个黑字，乃是"统天门"。彬如看了，回头向三个朋友看看，大家都没有说什么，就顺了大道前进。在这统天门外，立有两块向前斜伸的石头，仿佛像两尊怪兽，但是这也只看得出来一个头和一个身子，其余的五官四肢都模糊着看不出来了。彬如却忍不住了，就问道："这两块石头，放在这种地方，这是什么意思？"旁边有一个人道："怎么，这个你们会不懂？这就是衙门口是大石狮子呀。山上没有石匠，我们胡乱自己雕刻出来的。"大家听说着，本来要笑，但是他们走进了那柴门，更有一件事，会让他们好笑。就是在大门右首，平地树立了一块白木板子，上面大书特书的有一行黑字，乃是"文官至此下轿，武官至此下马"。彬如又回转身四周看看，他好像是在那里寻着，是有谁坐了轿，有谁骑了马。

由这层门进去，一小片旷地，又是九级土阶。在这九级土阶上，上面有一座高大的茅屋，屋檐下也树立一块直匾，乃是"雪宫"二字。宫的两边，东西有两间小厢房，好像是臣子轮班的朝房了。在这九层土阶上，一层层的守卫战士站立上去，一直站到这宫门为止。他四个人走到了这宫门外的广场上，武士就不让他们向前了，有两个女战士走过来，大声喝着跪下。百川听到这句话，先就动了火，瞪了一双大眼，向宫里看着。这宫里的布置，大概是有些从木刻到木图画上得来。正中摆了一张长方桌子，在上面挂了一块黄布桌围。那个半边山头的国王，就据案而坐。看他的身子是那样舒适，似乎他坐的是一把太师椅。桌子两边，又是四个女官，蓬头短衣，各带了刀矛，瞪了大眼睛站着。到这时，探险的人却有了一种新发现，就是这个国度里，一反了平常国家重男轻女的制度，他们却是重女轻男。这里凡是有权威一点儿的事情都是女子执掌。那么，这些男子情愿听国王的驱使，一点儿没有反抗，不是怕国王，大概是怕女战士吧。

百川在那里生气的时候，其余的三位探险队员都同一个心理在观察女官。所以女官叫跪下的那两个字，他们都是不曾听见。百川见他们不作声，以为他们软化了，于是向前走了两步，昂着头对那国王道："我们山外人不懂得这种礼节，你若是打算叫我们教发掌心雷，就不该怠慢我们。若是叫我们下跪，这不是你求我，倒是我求你了。"说时，将胸脯挺得直直的，等候那国王的回话。侃然正是站东一边，蒲望祖恰由百川的身上，再看到他的身上来，因为他脸上有那样一部兜腮胡子，总疑心他是这一队人里面的领袖，就向他道："这话是真的吗？假使我们要学你们的掌心雷，还得求求你们吗？"侃然道："那是当然，你们山上人既然是抱着古礼过日子的，就一定知道天地君亲师五个字，乃是相连的，既然你们要想学我的掌心雷，就当拜我们为师，我们和先生下跪不要紧，因为山外已经把这种礼节做吊丧用的，我们不过是向别人吊丧。但是要用拜君的大礼来拜师，那就是咒我们，我们是不受的。我们最讲公道，谁也不向谁行礼，两免了。"蒲望祖对这两个人望望，又对其他两个人望望，他的意思好像是在那里说，这话应当是真的吧。当他这样观察众人颜色的时候，众人也并不有什么疑难之色，还是挺了腰躯站着，并不向国王露出什么畏怯的样子。蒲望祖点了头笑道："既然山外的风俗如此，我们就依你们的话办，只是你们有法术的人可不能用谎话来欺骗我们。要不然，我不客气就把牛羊血涂在你们头上，让你们的法术玩不灵。"

欧阳朴进得这雪宫以来，始终是站在观察人的地位，以为在时代的演进上，这种山缝里窃号自尊的人，究竟是一种什么心理。所以主宾之间所对答的话，他都不曾留心去听着。这时听那国王有在头上涂牛羊血的话，有话却不能不说了。因道："先生你听说过刘备三请诸葛亮的故事吗？"蒲望祖道："听过的，难道你们要自比诸葛亮？"欧阳朴道："先生，你的意思，我都知道了。你不是想靠了我们的掌心雷，要把这

85

山上的人民完全征服过来吗？这事太小了，若依了我们的话，这山前山后，周围几百里地方，都可以把他占领过来。好在山外人，两三百年都不曾注意到这山顶上来的。只要你慢慢地招兵买马，这样训练了过去，将来的事，那正是不可限量呢。你还怕什么？"他说着，不免指手画脚。蒲望祖原来是坐了听着的，也就越听越有滋味，两手按了桌沿，站将起来了，问道："这山外是怎么样的情形，我们这里人简直不知道，我们可以带兵出去，占领过来吗？"欧阳朴道："怎么不能？这山外的村庄，都不过是二三十户人家一村，能晓得什么武备，你们山里人要去占领，也用不着什么武力，只是有整群的人开了过去，他们看了来势不善，自然地就屈服了。不过这些事都要我们引导了贵处的人去，以防万一。这样继续地往前走，走到哪里，旗子插在哪里，那就是你的土地了。先生，你想想，这样慢慢地往外发，将来你贵国的土地一定由几百里扩充到几千里，由几千里扩充到几万里，你这个国王就尊严得不得了啦。"蒲望祖听到了这话，仿佛自己已经做了几万里大地的国王一样，立刻笑容满面，离开了他的宝座，走下土阶来，向着这四个人深深地一拱揖道："四卿如此辅助寡人，将来凌烟阁上绘图赏功，一定是高高在上的了。"百川听了他这一套话，居然闹起寡人，真觉得周身都为了他肉麻。这也可以见得关起门来做皇帝，并不是怎样的一件难事了。

在他们这样向他诧异着的时候，他以为人家目灼灼地望了他，乃是尊敬他的威严，格外地表示那自得之状来，就扭转头来，向他的侍臣瞪了一眼道："退朝。"只他这一声，那东厢房里咚咚的有一阵鼓声，同时那西厢房里也有金器声，那声音喤喤然，既不是磬声，可也不是锣声，急促之间，却分别不出是一种什么声音来。百川却是在这厢房门口站着的，他伸了头向里边一看，倒不由得要扑哧一声笑了出来。但是只在这个时候，他立刻想到，若是笑了出来，却是一桩大不敬的事情。这国王所辖的土地虽小，可是手握的生杀之权，却不为小。假使他一翻脸，立刻可以把这几个人置之死地，于是急中生智，趁了这一声笑不曾笑出来，就弯了腰，胡乱地假咳嗽了一阵。

侃然看了他这个样子，很是疑心，抢过来也伸头向里张望了一下，原来是一口极大的铁锅，在锅沿上穿了两个眼，用绳子拴了，挂在一根横梁上，半空里悬着。那锅边站了一个人，手里捏了一个大草槌，对了锅底，半天撞上一下。侃然心里想着，这个国王的俭约，真在大禹茅茨土阶以上，鸣钟擂鼓，却也不过是撞大锅。这样看起来，一个人要做皇帝，并不是一件难事。关起房门来，就是大爷。自己就说自己是玉皇大帝，也不算什么。

　　那国王正在高兴的时候，只管要使出他那国王的威风来。这四位客卿，虽然在这里东张西望，打点他的宫室之美，他也不在乎，大摇大摆地向里走去。这四个探险队员，知道国王是进内宫去，当然不便在身后紧紧地跟着。因之都呆立在宫门口外，倒是那国王关心客卿，已经派人传下御旨来，在宝华殿赐宴。几个女官们，提高了嗓子，由宫门里直嚷到土阶上来，喊道："圣上有旨，四位外臣，在宝华殿赐宴呀！"侃然站在彬如身边，就伸了脚轻轻地敲了他的腿两下，彬如回头看到，也只好咬了下嘴唇皮，极力地忍住了笑。这时就有两个女官，迎到他们面前来，就向他们深深地作了一个揖道："请到宝华殿。"这四个人看了雪宫钟鸣鼓响这种情形，当然也就急于要知道这宝华殿是一种什么规模，也就毫不谦让，跟了两个女官，在东厢房的墙隙缝里，钻了过去。

　　这里有一丛木槿花，塞住了一个小山坡。上得坡来，借着两面山崖作墙，铺了两间草屋。还有两方却是用不曾刨皮的树干，当了圆柱，斜斜地支了四根，在那两堵石崖上，倒悬挂了几轴字画，一是赵玄坛骑虎图，好像是卖年画摊上一类的东西。一是两幅吊屏，上写《赤壁赋》却缺了上下联。三是一张门神。四是人家的一副喜联，雀屏中目，鸿案齐眉。屋子中间，一张白木桌子，缺着下方。围了五把椅子。此外并没有什么物华天宝之处。那柱子上却直悬了一块匾，便是"宝华殿"三个大字。那女官将他们引到，还不敢就叫他们坐下，便有两个人上山坡上，大声叫着："请驾。"不多一会儿工夫，蒲望祖带了几个男女艺士走入殿来。他却并不客气，自在正中那把椅子上坐下了，却横伸了两手，指着两旁四把椅子，对了客人点着头道："请坐，请坐。"这四位探险员虽然觉得主人翁未免自大，可是大家劳碌了许久，实在地肚子也很饿了，大家都想着，国王赐宴，这也是了不得的盛典，御宴上有些什么佳肴，大家也是急于要知道的了。所以也就遵了国王的御旨，分别坐下。

那外面的鼓声，也不知道经哪个的指教，骨隆咚骨隆咚，很单调地敲打起来。经过了这鼓声三通以后，就有女官们在各人座位边设下了竹杯竹箸，看那样子，也和朱力田家的无二。所以这个国王尽管是个尊贵的，但是限于物质，也是枉然。杯箸放妥了，女官们就捧了竹筒子斟酒，接着就端上菜来。第一项菜，乃是一只大瓦盆，里面盛了一只头脚俱全的鸡。那鸡虽然是白色的，不见得有什么作料烹制出得来，但是热气腾腾的，倒也有一股香气，扑进鼻子去，一个饥困交迫的人，随便什么的粗食，都可以吃上一饱，还得这样香气扑鼻的鸡，哪有不看了垂涎之理？可是那国王，并不动箸，只是端起竹杯子来，向大家举着道："众卿请。"百川听了这话，心里不觉有了一种感想，记得有一个时期，国人相见，好以同胞相称，如张同胞、季同胞之类。当时说的人，似乎没有什么感触，听了的人，便觉得周身都是难受的。现在听到这位国王，左一声寡人，右一声众卿，觉得比听到以同胞相称还要难受。那国王蒲望祖倒不曾有什么感想，将杯子连连地举过了三次以后，接着又是两个女官，各捧了一个大瓦盘子，向上供着。看时，一盘子是一大方猪肉，一盘子是一条大鱼，这更让四位饿客忍受不住。那国王却还不曾想到要吃，径向着土阶上的女官们道："传旨起舞。"马上有四个女官，听了这话，就大声传旨下去。

这一下，就热闹起来了。金鼓齐鸣之中，有十几对男女在殿外拉长了一条线，转着圈子。每个人身子东边歪一下，西边歪一下，舞就是这个。乐呢，还是前面那一面鼓，一口大锅。彬如肚子里叽咕作响，偏是主人翁要请看舞蹈。他实在禁不住了，就向蒲望祖道："这是山里的风俗，又和山外不同的了。山外有什么游戏的事情，都在饭后。这原因很容易明白，就是一个人必定要吃饱了，才有游戏的兴致，怎么山里人是饿着肚子来游戏的？"蒲望祖道："哦，这是寡人大意了。寡人以为众卿必贪看舞乐，所以让他们先舞。既是如此，就请吧。"他说着，只将筷子头将盘子里点了两点，大家也就一点儿也不客气，跟着就来。

他们只这样一动箸，这就有两个宫女，各端了盘子，向每个人座位之前，送上一碟黑酱来。大家吃着这三牲，正感到是不甚咸，现在有了这一碟酱，大家都感着兴趣了。于是争着向酱碟子里蘸酱吃，欧阳朴手上捏了一条鸡腿子，在酱里面只这样一咬，刚刚送到嘴里去咀嚼了两下，忽然放下鸡腿，哎的一声道："我想起一个极大的问题来，我们怎么一向都忽略过去了呢？"大家见他说得如此郑重，都不免很惊异地望了他，就是那国王也是圆睁了两只眼睛，呆呆地望了他呢。

第十二回

座上群贤挑灯难划策
山中宰相踏月要寻诗

这位山上的无毛大王，正在宝华殿大宴这探险队四位客卿的时候，欧阳朴手上捏了一只鸡腿大蘸了酱吃。他哎哟一声，忽然想起一件事来，他道："别的东西罢了，都可以生殖繁荣，由工人做了起来。可是无论吃什么熟食，里面少不了要盐。这盐是矿质，不是动物、植物，可以用人工繁殖的。可是我到山上来以后，所吃的东西里面都有咸味，这是盐呢？还是用别的东西来代替的呢？"他这一说，探险队员都恍然大悟了，说是我们怎么样把这样一件大事给忘怀了？譬如吃的这酱，酱里就有咸味，这味由何而来？那国王蒲望祖听了这话，脸上出现了得意之色，手按了桌子，微笑着道："这里面的咸味就是盐。"说着手向酱碟子里面一指，欧阳朴道："这山上也有盐，盐在什么地方呢？"蒲望祖翘起右手一个大拇指，向身后指着道："这山的后面有盐井，就是出盐之所。我们的祖上所以迁到这山上来，也就为了这山外的地方不远的所在，有许多贩私盐的和我们为难，我们祖上也怕他们知道这里有盐，所以把山封了。我们祖上封山，原不光为了怕人抢盐；但是封了山免得抢盐的人，这也是个原因之一。"百川点了两点头道："这不是神话，我们本乡的人，有一大半是吃山里头来的盐。在潜山、阴山交界的地方，叫磨子潭，那是个产盐区，或者这里是和那地方一样，有盐井的。"蒲望祖笑道："这盐井都在我的国境里，现在除了我国的人，是不许在井边挖灶熬盐的。山上那些不服我的人，他们都吃的是陈盐。将来把盐吃完了，料定了他们不能不来抢。那时我就要和他们见个高低了。"大家这又恍然了一个问题，就是他除了尊重女子、去吸收男子而外，另外还有这样一种宝藏，可以驾驭山里人。但是这也不见得就是一件乐观的事，也许因为这个，他倒要激成众怒。不过这是别人未来的事，也不暇去过问。

　　现在这四位探险队员，各人是等了东西下去充饥，抢着把东西吃下去了再说。大家一顿饱啖之后，那国王也看出了几分，知道他们不饿了，又招招手，叫那侍从女官再传乐队跳舞。大家因为肚子都吃饱了，这就有了些兴致。既是国王盛情，一再卖弄他的舞乐，大家也就平心静气，赏鉴一番。可是他们的乐器始终是那样的简单，只是一面大鼓和一口大破锅，远远地互相奏应。这里来舞蹈的，虽然也是女性，不过恰恰和上海跳舞厅里的女人相反，她们把富有肉感的所在一齐都遮盖了，她们摔着那翩翩大袖，在草地上钻来跑去，这令人只有眼光迷乱，感不到兴趣。乱舞了一回之后，锅鼓乱撞了一顿，她们就下去了。这四位客卿，大家以目相视，竟是不能赞一词。那国王两手按了桌子，摆着头道："四卿看了这种舞乐，虽然知道是好，大概也说不出好的所以然来吧？寡人把祖上留下来的书也读了不少，知道古来的帝王都有一种女乐作为自娱之物。寡人虽然国土不大，但是既然历朝帝王都有的，寡人也不可缺少了。因之和我的士臣参酌古书，训练出了这一班女乐，众卿看看如何？"欧阳朴听了他这一篇话，真觉馒头里面酸出了馅子来，便笑道："现在山外一切的东西，都失了古意，这样好的古乐，山外人都是做梦也想不到的。我们对于贵国这种女乐，真是见所未见。"蒲望祖听了，得意之至，摇晃着身体道："假使众卿能助我一臂之力，将来把全山都收复过来了，我一定还要把音乐配全，那时天天可以和众卿取乐了。今天众卿权且就馆，明天我有大事和众卿商议。"他说着，就吩咐了他手下的侍臣，把丞相府前面几间屋子暂时作为客馆，引四位客卿到那里安身。那侍臣恭身答应了，却转身对四个人大声叫"谢恩"，四个人拘了面子，只得和蒲望祖点点头，立刻就走出那半边茅亭的宝华殿。

　　那侍臣将他们引出了皇宫，转了一个弯，只见一座高大些的茅屋，半隐藏在松柏林子里。那大门外，不成章法地堆了一些大小石头，那大概就算是当了迎门的大屏障。两扇的木门上，写了似赭色非赭色、似红色非红色的四个大字，乃是"一品当朝"。走进了大门，大概是这里的丞相，穿着长衣，戴着比旁人高一些的青头巾。头巾两边，有两块硬布，伸出两个翅来，那大概就是丞相之冠了。这位丞相，倒有周公吐握贤明之风，站在台阶上，拱揖相迎，将他们引到一大间屋子里来。这屋子较之朱力田那间农家草堂，也好不了许多。只是那黄土墙上，多开了两圆式的窗眼。在这一点上，似乎不能说是什么富贵气象吧。那位丞相却也慎重其事地将这四位客卿让在板凳上坐了，他就坐在一边，陪说了一些客气话，大家这才知道他叫毛赋如，是这国度里面读书识字最多的一个人。这国里的建国大纲，大一半是他所手订。他也和国王蒲望祖一样，第一个目的就是要借着一种武力，把全山都统一过来。自然，这四位客卿的掌心雷是他企望最殷的。四个人和他谈了一阵，将他敷衍走了。

欧阳朴首先就用英语道："趁着这一线时光，我们要开一个紧急会议了。第一，就是山外面，还有一班人留在那里。现在我们被这里的首领软禁了，就要内外隔绝，我们还有法子照顾那些人吗？他们的目的，只是跟着我们拿几个工资。这秘密谷里出神仙，或者出皇帝，这都与他们无干。这样的我们内外消息不通，只要三五天，他们就不能支持要散伙了。他们若是散了伙，我们一切工作的用具怎样子处置？再说，就算那些都不管了，我们是不是和这位半个山头的皇帝来合作？"他把这一篇说完了之后，大家都沉住着气，想了一想，百川道："据我想，我们只有抛开了一切危险，就在今晚，趁了他们不留心，我们偷出境去。到了山洞口上，我们在那里撑起帐篷，做一个进可以取，退可以守的局面。"侃然道："这个不妥。无如我们人生地不熟，未必逃得出境去；就是我们逃得出境去，在洞口上撑起帐篷来，在那里和山上人对垒，以他们的那些人来为难，只凭我四个人，能够维持永久吗？先死那算不了什么，我们到这里来，就预备下几分牺牲性命的成分了。就是怕我们走

92

马看花的，游历了一番立刻就走了，这样地回到南京去，人家不会疑心我们是和平常人一样，只看看天柱山的山头就走了的吗？"这一篇话，说得大家都没话说了。百川道："虽然如此，可是这里的无毛大王要我们教他的掌心雷呢，我们真把放枪的法子告诉了他，恐怕他会借了这种力量，大大地去残杀山上的同类，那未免太不人道了。若是不告诉他放掌心雷呢，他是不是肯放我们走。"彬如就微笑道："不是那样说，应当说是不是让我们的身体自由呢？"说到这里，才寻着了一个讨论的中心点。但是大家讨论关于要怎样去解决这个中心点，都说不上来。侃然搔着他的虬髯，皱起了眼角上的鱼尾纹，很踌躇地道："我以为最好的一个办法，就是开诚布公地对这里国王说，现在山外的物质文明到了什么程度，不要只住在山上做这个听破锅声音的大王了，可以和山上人言归于好，恢复山内外的交通，我们可以带他到南京去看看。"欧阳朴耸了他的小胡子笑起来道："你以为这是东方的国王，很愿意到欧洲去留学吗？他正在线装书上找他做称孤道寡的迷梦，你不要他这一个小小山头都不能囊括起来，未免太不识相了。我想，不如告诉他实话，枪不是掌心雷，需要子弹，我们带来的子弹不多，不够打一仗的。留我们在这里也是无用。"彬如道："他若知道枪效力是那样的，他拿着了枪立刻残杀起来，那就怎么办？当然，几支枪的效力绝不能统一这山头，他一失败之后，那国的人把这笔账全托在我们身上，我们不但是出不去，恐怕要增加许多危险。"百川道："若要那样仔细推测起来，就是这里国王毫无条件，太太平平地放我们出境。那边的人他们以为我们从敌国而来，又能够放我们过去吗？"讨论到了这里，可以想的法子又穷了。

　　这已是昏黑许久的时候了，这正中的白木桌上，四根竹棍子支架着一截竹筒，筒子里面不知道放了一种什么膏汁，在中间用小竹棍子夹住了一把棉线，点着火焰。这屋子里面，不能说是有光亮，只是些昏黄的颜色，反映着那黄土墙上窟窿窗外的银色月光，倒显着这屋子里面是混茫而无四向的。就是坐在这屋子里的人，也好像是沉落在烟雾中。因为人声都沉寂了，那外面的风卷树枝声，仿佛像江海里的浪涛一样。人呢，也就仿佛是在船上了。可是回头看看门外面，银子铺在地面也似，月色是清明极了。侃然对着门外，忽然发起了幽思，中国语脱口而出了，他道："老朴，地球还充满着羊齿类植物的时候，那个时候没有人类，那月亮照着地面，不知道可也是这种颜色？"欧阳朴道："那是当然的……哈哈，我们不要穷开心，又讨论到地质学和生物学上面去了，我们自己还要研究三十六计的走为上计才好。"余侃然道："这何须说得！自然是走为上计。可是这上计行不通的时候，我们也须不得已而思其次。"彬如笑道："的确的，从来人都说三十六计走为上计，我们只知道这走的一计，其余的三十五计却无从考究。所以现在我们要不得已而思其次，这其次也就无从得知呢。"侃然也笑道："这是个有兴趣的问题。大诗家，你是研究中国通俗文字有心得的，对于这一点，你不能没有一点儿意见吧？"欧阳朴笑道："第三十五计，我倒知道，就是像我们这样的大学教授好发高论，不切实际，误尽苍生，一律都该枪毙。事到于今，我们还在讨论三十六计，你说假如我们做了行政院长，不是误尽苍生吗？而况做大学教授的人，都有在政治上找出路的可能呢！"这又引得大家哈哈大笑了。

他们这种笑声，早把这上房里的毛丞相惊动了。他不知道这四位来宾究竟什么事高兴了，忽然大笑起来，但是过得很高兴，那是可以断言的。于是他就带了两名女官，亲自到这个礼贤馆来拜访。那两个女官，只在屋门口就站定，毛丞相却走上前来，深深地向他们一揖，笑道："老夫闻诸位欢笑之声，必有一件乐事，其故可得闻乎？"欧阳朴坐着和彬如相近，在那昏黄的灯光中，向彬如丢了一个眼色，而且微笑着，彬如低声操着英语道："这个小丑来了，倒是我们说话的一个机会，也不要糊涂错过了。"于是答道："我们都是山外一个穷读书的，不料到了山里，居然做了诸侯上客，所以就哈哈大笑起来了。毛丞相也是个饱读诗书的人，一定知道我们这番高兴不是徒然。"毛丞相手摸了他胸面前的三绺长须，做了一种沉吟的样子，复又笑着点了两点头道："所谓今天下车同轨，书同文，我早就这样想着，我们深藏在山里读书的人，果然有满腹文章，便是走出山去，也一样地大才大用。"彬如正想勾引他谈上本身问题，他在那里卖弄满腹文章，这话要越说越远了，赶紧向他带转来一笔，因道："丞相既是我们同文，当然相信'子不语怪力乱神'那一句话，贵邦人士都说我们有掌心雷，其实这是一种错误，乃是一种武器，名字叫作枪。"毛丞相摆了头道："是始也，吾亦疑之，其连珠炮之类乎？然而果为连珠炮者，发必用药，燃必用引，而审观尊械，均未有是也。且其中有一物，其长不过七八寸，敝处有人随意提之，不料轰然一声，跑出火来，将旁边一只猪打死了。那物现放在野田里，四周用人监视，无人敢近。小小东西，有这样大的威力，故在老夫亦莫测高深矣。"彬如道："那实在没有什么奇怪，也不过是一种最小的枪。这个东西在什么地方，请丞相带了我们去，我可以随便拿着让你来看。"毛丞相皱了眉道："我们也正愁着，既不敢去拿它，又不敢走开，怕它像飞剑一般，闹出事故。既是诸位提到了这件事，那就很好，只是这件事我不能做主，须要奏明国王。"彬如道："宰相燮理阴阳，国家若干大事，都可以径自办理。这样一点儿芝麻大的事情，不分日夜，还要去奏明国王，那么做宰相的，也就太不能做主了。"这几句话未免激动了毛赋如丞相，便笑道："并非这一点儿小事不能做主，只是四位贵客在此，必要把事情奏明了主上，才见得尊重。既是诸位急于要去看看，趁此月华满地，我就奉陪诸位踏月前去。"欧阳朴一时计上心来，怎肯失了这个机会，马上答道："那就很好。今日白天，进得贵山，时间匆忙得很，一切都没有看得清楚。既是丞相肯劳步，我们在月亮地里，少不了看了许多事，可以随便相问，我们走哇！"

说着他就向同伴的人各看了一看，眼虽然在昏暗中，大家看不清他的脸色，然而他的命意所在，大家是很明了的。于是同站起来，向外便走，那毛丞相本来还要尽一些谦让之理，请宾客先行，不料这些宾客，用不着他谦让，已经在先走了。主人翁当然也不便老在屋子里站着，于是也跟了出来。那两个女官也不必吩咐，又跟在他身后，他因为彬如是个穿长衣的，却紧紧地贴了彬如走。这时，那月光照在树叶上和草叶上，犹如抹了一层霜粉，看去很添人的兴致。山上的温度是低于平原的，虽是到了初夏，这山上的草木还是开始的畅茂。野花的香气在半空里酝酿着，送到人鼻子里来，令人添了一种说不出所以然的快感。那位丞相似乎也具有同样之感，他道："我在书上常看到许多赞美园林的诗文，不知道现在山外的园林比敝地这种景致怎样？我觉得这种'花有清香月有阴'的景致，只怕是此地独有的。"侃然抢了道："巧啦，丞相，你要读诗，我们这位徐先生是位诗学大家，你有什么话和他说，他一定可以答复。"毛赋如一拍掌道："此话是真？"彬如笑道："不敢说懂，喜欢此道罢了。"毛赋如搔着胡子根道："这就太好了，诸位有所不知，我们的祖先隐居到这山上来时，原也有些文人，但是他们教给子孙的，不过是认识几个字，能看书就完了。因为在山上，有了那高深的学问，并无用处。只要子孙读书知礼，懂得本身所自来，也就完了。诗古文辞，却无人教授。祖先遗留下来的书很多很多，我们青年时候，在种田之外，各人借着消遣罢了。后来老夫和两三个朋友，却专去看书上的诗，也越读越有味，直到于今不曾间断。只是那两个朋友都亡故了，竟找不到一个同道。"欧阳朴笑道："谈到诗，我们这同伙四个人，多少都知道一些，而且还可以胡编几句。"百川听了，心想，他撒这个谎做什么？我就不会作诗。毛赋如不由得心痒起来，笑道："这样好的月色，各位何不联诗一首？明日老夫奏明圣上，也是一种盛典。"欧阳朴道："待我们取得了那枪，心事安定了，一定献丑。"侃然知道这小胡子向来是能够出些鬼主意的，他既如此说着，且自由他，好在就到时作不出诗来，也可以让彬如一个人去包办，大家就不必怎样地去拦住他了，且看他向后怎办。因为如此，大家也就没有作声。那毛丞相听说要作诗，未免大大地引起了他一番高兴出来，放开了步子，就走到那放弃手枪的所在。

果然这里有七八个人各执兵器，在月光地里兜圈子。圈子中间，就是一块田。他们在月亮下面，看见丞相来了，都齐齐地站在一边。毛赋如问道："那东西放在田中间，没有什么动静吗？"大家都说没有什么动静。欧阳朴也不去和他们说什么话，走到野田里去，掏出身上的手电筒，四处探照了一下，见一把手枪正放在干地上，于是悄悄地捡了起来。那些守候的人见他手上放出光来，又不免惊讶起来，轰的一声向后退去几步。欧阳朴笑道："大家不要害怕，这并不是什么飞剑，可以斩人头的。假如它真的是飞剑的话，你们远远地看守住了它，那是送死。它要是飞起来，你们跑也跑不及。"说着，将手电筒向那些人一照，那些人见电光一闪，哪里听得清楚欧阳朴的话，又是轰的一声，完全跑了。这位丞相究竟要顾些官体，并不曾走开。那两个女官也跑了几步，看到丞相没有走，也就停止住了。

欧阳朴觉得复杂的解释不如简单的事实容易来得证明，于是将手电筒伸到毛赋如面前，让他看着道："这不过是一盏小巧的灯，有什么奇怪，请你按一按，包也就亮了。"毛赋如先是很踌躇地不敢动，后来欧阳朴在他面前试了几试，他也就跟着在机钮上按了两下，果然没有什么奇怪，一按就放出光来，一松亮就没有了。他觉得有趣，于是拿在手上，乱按了一阵。欧阳朴道："丞相觉得这个东西好玩，我就奉送给丞相吧。"毛赋如这一喜非同小可，连连拱手道："这样重惠，老夫何以为报呢？"欧阳朴道："刚才丞相倡议赋诗，我们非常赞同。只是有月有诗，不可无酒，丞相何不命这二位差官回府去取些酒肴来，也好鼓动我们的诗兴。"毛赋如正在高兴的时候，而且他亲眼看到欧阳朴将那手枪捡起，随随便便地就揣到了衣袋里去，这也绝不是什么掌心雷，胆子也就跟着大得多了。便手摸了胡须微笑道："这点小东我一定要做的。"于是就吩咐那两个女官回府去取酒菜来。欧阳朴道："现在月亮还不曾当顶，好在我们也不能马上就把诗作完，丞相赐我们酒菜，只管做好了，慢慢送来，我们自然在这里等候。"两个女官答应着去了，这里就剩一个毛丞相。

彬如等到了这时，心中也就大为明白，就用英语向欧阳朴道："我们实行那三十六计的上计吗？"欧阳朴也用英语答道："你们看我行事就是了。"于是向毛丞相道："这里一直向前走，是什么所在呢？"毛丞相道："一直向前走，那去不得，因为那就是国境了。"欧阳朴道："难道这里的国境终年都有兵把守的吗?"毛丞相道："那倒是没有。但是两边都常有巡查的人巡查边界，所以我们这里人不敢过去，他们也不敢过来。因为巡查的人一捉着敌国的人，那是不放的。"欧阳朴站在一块高石块上，四周看了一看，把四周已经看清楚了，然后跳了下来，正站在这位毛丞相身后，更不答话，对准了他的后脑勺子就是一拳。这一拳是竭尽平生之力打了出去的，这位宰相爷眼前一阵昏黑就倒下地去了。这却把踏月寻诗的雅事，变作高山比武的凶案了。

第十三回

戴月逃生藏身听战铎
隔溪拒敌飞箭射红光

山外这四位客卿，陪着山中丞相，闹了这踏月寻诗的一幕喜剧。结果是那位毛相公，被欧阳朴脑后一击，将他打倒了。侃然跳了起来道："我们走吧，这个祸子可惹得不小。"欧阳朴道："不要慌，我们先站定了，分清了方向，才顺着路走。不要像上次一样，本来是要逃到山外去的，却逃到了山里面来了，闹个二次被擒，那可是笑话。"于是他首先走到一个高坡上，向四周看了一遍。在月光下面看得清楚，原来经过的那一片乡村，隔着一道小山岗子，兀自在树林子里露着两三星灯火，把去路看得仔细了，跳下坡来将手向前连挥着两下道："跟着我走！跟着我走！"他一个人在前，三个人紧紧地在后面跟着，约莫走有半里路，并没有碰到一个人，却到了一条倾斜的山涧边。

月光下看不清水深水浅，只见那涧里的流水映着月光的影子，有许多屈曲的光线，在丰草大石里面乱动。大家半弯曲了身体，慢慢地走下斜坡来。欧阳朴低声道："说一句时髦话，这条山涧是我们的生命线了。这岸边是一国，那岸边又是一国。我们若老是在山涧里面，两边都可以逃命，也许两边都不能逃命……"侃然抢着道："老朴，你听见了吗？"大家都吃一惊，以为岸上有了什么响动了，都静止了，侧耳听着岸上。欧阳朴道："听见什么，没有动静呀。"侃然道："山涧里有一种鸟，窈窕的身材，两只红脚，颈毛上带着翠色，茶褐色的背，有些很像石头。它喜欢在山涧里石头上跑着，又快又轻。它的名字，在科学上叫秧鸡，俗名叫山河鸟。这种标本很少，以至于我们没有详细的研究，刚才我听得咭灵咭灵地叫着。就是这种鸟。"这一篇话，把欧阳朴的兴致勾引起来了。问道："这话是真吗？中央大学生物学系的林先生，曾和我提到过这一件事。"彬如道："两位博士错了，你们错了，这鸟叫等死鸟。"侃然道："没有这样一个鸟名吧？"彬如道："怎么没有，它老在这沟上等着不走。等追兵来了，还不把它宰了吗。"他这一说，惹得大家全笑了。百川道："我觉得我们不必犹豫了，还是到了岸那边再定行止吧。岸那边的人把我们捉住，至多也不过是把我们轰出山去，不至于像这边一样，要把我们软禁了教掌心雷。"彬如笑道："对了，到了那边去你是有把握的。不是有位朱小姐，她爱上你了吗？"百川道："徐先生刚才还说别人不怕死，不到五分钟的工夫，徐先生自己也说起笑话来了。"他口里如此说着，自己就首先踏着水中间突出来的石头，踏到河岸那边去了。由斜坡上慢慢地跨上了岸，那边正是小山岗子的山麓。临着山涧却是密密地长了大凤尾竹子，沿竹林子里都长的是乱草，却没有一条人行路。正打量着，其余三人也跟上来了。百川低声道："我们低声一点儿吧，仔细让人听了去又惹出是非了。现在竹林子挡住了去路，我们还是由竹林子穿过去呢，还是绕了竹林子走呢？穿竹子过去走得快，但是危险性大。若是一家伙由竹林子里钻了出去，被那边捉住了，恐怕会有性命之忧。因为在黑夜里他会把我们当奸细看待的。"大家一想，这话也是不错，站在林子下踌躇了一会儿。

只在这时却听到隔岸一阵梆子响，前后有五六处相应，风起潮落，像大雨点子一般汹涌。同时那面古锅改的景阳钟，做起蒲牢吼来，在月光中嗡嗡地传出声音。接着大小人声四处杂起，远远地就看到树林子里冒出一丛火光，那正是和毛丞相踏月寻诗的所在。侃然道："大诗翁说了，我们是等死鸟。真打算在这里等死吗，你不要以为这是另一国的土地，他们不会过去。要知道他们并没有订什么不侵犯条约，也没有国际公法约束着他，他为什么不杀过岸这边来呢？"百川道："不说笑话，这倒是正经打算。我们必须要把身子隐藏起来，不要让他找到了，活活地把我们来处死。"欧阳朴道："手枪在我这里，让我在前面走吧，有这种东西我总可以先吓倒拦住我们的人。至于前途的生死存亡，现时也顾不了许多，只好走一步是一步了。"他口里说着两手分开了竹竿子，伸了脚就向竹林子里面走去。他们原是架了方向走的，至于走到哪里去，大家可没有考量。这竹林子越走越密，越密却也越深，大家心里正找得着急，想跑出这竹林子外面。偏是不料大家心慌，好像在竹林里钻了几十里地一般。彬如走在最后，他连连地叫着道："呔呔，我们缓走，这样宋公明打祝家庄一般，只管在竹林子里面乱钻。我们打算钻到什么时候为止呢？"欧阳朴站在竹林子中间也就发了呆，沉吟着道："这可成了一个问题了。那边没有响动我们走了出去，那还不要紧，现在那边那梆声钟声一齐乱响，人也跑出来了，看这样子他们是要大动干戈。他们那边有了举动，这边的人绝不会想到寻找我们的。一定要疑心是邻国称兵犯境，他们若是不甘拱手让人，一定会相机抵抗的。两下有了误会，说不定今晚上就打起来。我们固然不应当幸灾乐祸，但是有了这个机会，趁着他们不注意我们，我们才好脱身逃跑。依着我，我们暂时藏在这竹林子里不要走，等天亮了看清了方向再走。好在今天这月光足够一晚用的。我们藏在里边可以看外边的人，有了意外发生，我们再相机应付。诸位以为如何？"百川首先答道："我们乱七八糟钻了半晚，钻得头昏脑晕，实在也倦了，休息休息也好。"于是大家俯了身子用手抚摸着地面上的乱草，觉得那里是平坦一点儿的所在，然后懒着身子坐下去。四个人散乱着在竹子根上坐下，各人唉了一声，表示着一种休息之下得了舒服一点儿的样子。两个博士也就不约而同地，各伸着手到口袋里去掏出烟斗来向嘴里衔着。可是烟叶子没有了，火柴也没有，大家各将手按膝盖默然坐着。

大家极静止的时候，风刮竹叶子飕飕作响都可以听得出来。至于远远的梆声人声，就越来越发地热闹。彬如道："慢来，这梆声何以在我们前面也发生出来了？是那边的人包围过来了呢，还是这边的人为了那边的响声，他们也就集中抵御起来呢？"于是大家也都清静地听着。侃然道："不成问题，是两边要动手了，果然他们两下动起手来，这倒是一场奇观。不用火器的争斗生在二十世纪，是不容易看到的。我们还是忍耐着看这一场争斗呢，还是趁他们没有工夫注意到我们，我们就走？"百川道："当然我们要看这一场热闹。"欧阳朴道："看看也好，山贼，你自己呢？"侃然道："老朴，你不能再叫我这个诨号了，让山里人砍了我的脑袋，你不见得可救了完尸下山。"彬如道："那么你是赞成走的。"侃然道："我服从多数。"彬如道："与其说你是服从多数，不如叫我服从多数吧。他们两个人已经是要看热闹了，你又服从多数，我还走什么。只是夜深了我们又闹了一天，精神恐怕有些不济，依着我的意思，我们四个人轮流地守更，其余三个人各睡眠一会子。与其在这里说风凉话，我觉得还是预备着精神留待后用，这更觉经济一点儿。"欧阳朴道："这话我却也赞成，我们公推你先守更吧。"彬如道："我先守更是可以的，但是这应当定出一个时候来。难道让我三点三刻，你们三位各守五分钟，共凑合起来四小时不成。"欧阳朴道："一个人守三十分钟吧。"侃然道："但是这竹林子里面挡住了月光，看表有问题。"欧阳朴道："可以找个漏月亮光的地方看去。"彬如道："我实在懒动得了，就公推你先守更吧，你去找漏月光的所在去。"三个人如此一研究起来，说话又是没有完结，百川却没有作声。侃然道："小康，你怎么不作声？"百川并不答应，依然默坐在一旁。侃然道："我们正在这里商议，你倒安然地睡觉了。未免不平等吧，醒醒吧。"说着，走近一步，去摇撼他的身体。百川这才笑了起来道："三位先生说是睡觉，可是只管讨论起来，据我看，恐怕讨论到了天亮，这个问题还不能解决。我就不如老老实实地先睡起来吧。"欧阳朴笑道："不用睡了，你看，这竹林子外面，已经发现了一丛丛的火把光，必是前山人已经向国境来布防了。我们且警戒着，若他们真布防到这竹林子里面来了，我们可也要避开。不然，就不容我们作壁上观了。"

大家由竹林子缝里向外看去，果然地，有许多散漫的光焰，在远处来回地徘徊着。虽是隔了竹子看不清楚，约莫也有一二里地远。欧阳朴看了许久，忽然站起来，悄悄地道："了不得，前山大有能人。"其余三人，听了他那一种惊讶的口气，也不免随着吃上一惊，一齐站了起来。欧阳朴道："那河边的梆声，到如今未曾停止，火把倒是照耀得红过半边天。在黑夜行军，这就是把那个老大的目标来告诉人。自然他们由哪里到哪里，前山的人一定是看得很清楚。可是前山人自己呢，把人召集齐了，梆声就停止了，火把也只疏疏落落的几丛，远远地摆着。据我看来，也许这是布的疑阵，根本上就没有什么人在那里。他们的人可是暗暗地向这山涧边布防来了。他那边人来了，这边就会在暗地里先下手为强。所以我们这样地想着，也许在我们身边，已经埋伏下战士了。"大家听着他所说，很是有理，绝对不是笑话。不免同时寂然着怔了一怔，心里都各捏着一把汗。侃然道："这可没法子，我们若是觉得这里不妥当，再去找藏身的地方，也许误打误撞，正撞到旋涡里去。从即刻起我们停止说话，专听消息了。"

百川见情形忽然紧张起来，他第一个是不能忍耐的人。就半蹲了身子分开竹竿，向原来的路钻了回去。彬如一手把他衣服扯住，扯到身边来轻轻地喝道："坐下吧，你非惹出祸事来不休手吗？"百川道："我不声不响的，能惹什么祸事？"彬如道："你虽然不说话，你手上攀住了竹枝响，脚下踏着草皮响。你想，这种声音，能够不引起别人的注意吗？"百川对他所说的这话，也认为有相当的理由，只得靠近了彬如坐下。这时，大家心里头都在那里悬念着，究竟揣想的情形是不是会实现。一面由竹林子缝里向两边张望。

果然，河那边的人，大概已经知道了他们毛丞相，是被四个会放掌心雷的客卿打倒了。这是仅仅亚于国王被刺的一切事情，如何可以轻易放过。所以那边的火光一时拥到东，一时又拥到西，人声嗡嗡地只管嘈杂得分不出话音来。大家坐在草地上，也就竭力地镇定着，要听出一两句话。不久，就听得有人说话了。有人道："他们那边的人，只是纷纷攘攘的，好像自己要办一件什么事倒并不要奔向这里来，这是什么缘故？"又有一个人道："山外头来的那几个人，让他们捉去了的，不要是和他打起来了吧？这四个人有邪声，是不容易对付的。"这说话的声音，非在山涧那边的群众里边，就是在竹林子外边。向山洞去的路上，这是不必去怎样犹疑的，必定是前山的人，已经布置到国境边了。于是四个人慢慢地坐到一处来，彼此握着手轻轻摇撼了，这是大家心照，形势有些严重了。那外面的人又道："他们过来了也好，他做梦也不会想到我们这里埋伏了有人，等他来了，我们射他娘的，不管好歹先让他吃个眼前亏。"另外一个人道："唉，说起来，我们都同是一辈祖宗传下来的，不是一家人也要算一家人，何必这样对拼起来。那蒲望祖也是想不开，在山上做了皇帝，又怎么样，也不过是吃一饱穿一身，为了一个人想过皇帝瘾闹得全山都不安起来了。"这两个人一面说着话，一面向前走。他们的声音也是不大高，渐渐地也就听不到他说的什么了。

侃然将头伸到三个人附近，低低地道："看起来，这一块干净土，今天晚上，是非大大地流血一番不可，我们可是导火线呀。"彬如道："关于这层，我们倒不必抱歉。他们一方面要革新政治，一方面要削平叛逆，早是骑虎之势。我们就是不来，这一场流血也是免不了的。"欧阳朴突然伸出两只手来，分握着彬如和百川，口里便道："来了，来了，快要动手了。"大家向山涧那方看去，果然有一丛火把，在空中拖着一条火龙似的，带了青烟，向这边蜂拥过来。竹林子里看不到人有多少，但是人的喊叫声很是杂乱，决计不是少数的人。这时，四个人心里都有些慌乱，但是明知战局揭开在即，马上就是一场大热闹，大家也急于要看一个究竟，因之四个人不约而同地都半弯了身子。半晌，向前试探着走一步，那一条火龙，这时似乎已降到山坡下面去。空际只有那火焰和青烟，倒映着树林上射出光来。也不知什么地方，猛然发生了一片敲铜铁的声音，接着有人大喝道："对着火光放箭啦！放箭啦！"也不知道这里预备下有多少人放箭，但是就在这附近，已经是唰唰唰，箭的冲破空气声听得很清楚。那火把光下的人，哗然一阵呐喊起来，这就飞奔着跑开去了。他那边跑开，这边就同时听到竹林子周围，有人哄然大笑。

彬如伸着手，拦住了大家向前走，低声道："危险，那边是一班糊涂虫，这边可有预备，若把我们碰到了，又是一件大大的麻烦。依我说，我们是不能观战了，再说这边先射箭，把人家轰跑了，那边也是在天不怕地不怕的时候，又哪里肯放过。他们也有弓箭的，不会射回过来吗，依了我的意思，趁着竹林前面还没有人声的时候，我们由那里走吧。"侃然道："竹林前面没有声音，就认为没有人，那也不见得，依着我，可以在这竹林子里找个有掩蔽的所在，当了战壕，看那边怎样报复。现在夜很深了，他们再来时，天快亮了。我们索性到那个时候再走吧。"其余三人还没有答言呢，竹林子外面有人道："咦，这竹林子里唧唧哝哝，好像有人说话，是山那边的人，藏在这里面了吧。我们打了火把，进这林子里去搜搜看。"四人又听一个人道："这个事情，我们不要胡乱做主，应当去问一问队长。"竹林子里四个人听了，大家正吃一惊，忽然那铜铁器的撞击声，又发生出来。

原来河那边的人簇拥了火把，呐喊着直扑过来。这边就应了呐喊声，敲起铜铁器来。自然，这边的弓箭跟着声音出发，这边的人似乎很有训练，一点儿也不听到嚣张，唰唰唰，那箭声就向隔河岸射了过去。这箭发出去以后，便见对面那火光，是整个一团的，就猛然裂开成三四处。这边的人声和着杂乱的脚步声，在深林乱草里也就分散开来，没有多少时候，那边分散来的火光，在箭声唰唰里面又分散起来。有一部分照着上次一样，向同路跑转去了。他们一跑，这边的人得意之下，又哄然一阵地笑了起来。侃然道："笨贼，这样点着火把让人家来射，焉有不失败之理，怪不得人家要笑了。"他这样说时，那边的人似乎也有些乖觉，所有的火把渐渐稀少，不到十分钟的时候，就完全熄灭了。

刚才那一番紧张情形，立刻消沉下去。就是在竹林子里面藏躲的人，到了这时，紧跳着的心房也跟着宁静下来。月亮下面的晚风，由竹叶丛里吹过，便是飕飕作响。就是那深草里面也叽叽喳喳发现了虫声，大自然露出了本来的面目，恐怖空气完全收拾起来。但是这也只十几分钟的时候，接着一片狂喊声，在对岸发生着。那声音是既愤怒，又惨厉，自然让人听到了刺耳，这战事好像又要发生变化了呢。

第十四回

逃伴停踪似路原非路
少年旧臂无情却有情

狂飙似的夜战声，在一度喧嚣之下停止了。在竹林子里的几位旅客，刚刚把喘息恢复过来。只一刹那之间，那狂喊的声音在山麓下又大叫了起来，而且一阵紧似一阵，把范围扩大起来。就在这时山这边的人，有一大群人喊着杀呀，如潮涌一般，随着那哗啦啦的脚步声，天倒地塌的形势，直趋到竹林边来。这分明是援兵来了，在竹林子里面的人几乎让这种声涛在四周包围了。大家无论是怎样的镇静，也不能不跟着心跳起来，百川首先忍不住了，就走到欧阳朴面前低声问道："我们还在这里坐着等机会吗？恐怕环境不允许吧，万一他们混杀一阵，更冲到竹林子里面来，是谁把我们杀死，我们都不会知道。"欧阳朴在暗中握了他的手，低低地道："你不要作声，让我考虑五分钟。"侃然低声道："我们用不着考虑了，现在这两方面的人，都在山涧边自相残杀，后方必是空虚的，我们向前面村子里走去，不遇到人我们一直回山口；遇到了人，他们在这生死关头，也许来不及管我们的闲事，把我们放了。"彬如道："这个理由不见得是怎样充足，但是闹了这样久天也快亮了，我们决不能永久在这竹林子里住着，迟早是要冒险出去的。我们在这个时候出去，比较还是妥当一点儿，所以我倒赞成走。"欧阳朴一听那援兵的杀声，已经赶到了山涧下去，这正是双方酣战的当儿，于是一拍手道："好吧，我们走。"

说着他首先一个在前方引路，大家因为竹林子外有喊杀声，料着是不会听到这响动的，而且大家已起了逃走的决心，谁也宁静不起来，脚下绊了乱草，手上分了竹枝，唏唏唆唆，大家不辨高低对准了一个朝前的方向，只管飞奔了去。欧阳朴在前，百川紧紧跟着，只有彬如一人落后。当大家赶出了那竹林子，早见前面一带白光，现出了一道平迤的山岗子。同时风吹到身上，好像也又是一种感触，百川道："哈！天亮了，我们要提防一二，现在是很容易让人看见的了。"欧阳朴站定了，四周打量一番，低声道："我们有救了，我看这山岗子分明是我们的来路，误打误撞地走到了这里，这真是幸运。"彬如道："来的时候，我大意了，果然是这里靠近山口吗?"欧阳朴道："那绝不会错，我看到很清楚，只要翻过山岗子去就是活路。"余康二人也和彬如一样，来的时候不曾想到会如此出去，所以也没有留心路程的形势。欧阳朴既说得那样的切实，料着不会错事，也就相信了。

这时，空气里面现出一种银灰的淡光，向地下看着，已经可以看出深草和平地来，但是平地也长有草皮，并不见人行路，平常似乎不见得有人经过的。大家所走的地，是斜斜向下去的一道山坡，在山坡上一层层的都有松树秧子，在黑暗里看着，倒是有些像站着和蹲着的人。欧阳朴抬起一只手，掩了半边嘴低声笑道："我们这就大可以利用松树秧子一下了，我们只管沿着一排排的松树秧子，绕到前面山岗子上去，到了那里，我们就是大爷，什么也不必怕了。"他半蹲了身子，由这棵松树边，跑到那棵松树边。一只手扶了树枝，一只手向前挥着，向大家低声叫着道："来，来，跟着来!"大家顺了这一条生命线都悄悄地向前走着。

可是到了半路，天色已经有些苍白了，草上的露水将各人的裤脚都已打湿。欧阳朴将身子隐藏在一棵松树秧下，蹲起来了，向大家笑道："走到这里，我有些仿佛了，我们进这秘密谷的时候，似乎没有经过这样长一个山坡呀。"百川倒信任这是回去的路了，便道："我认为到了现在，用不着疑心，向前进是要走，不向前进也是要走，我们既假定了这山岗子是去路，我们就到了那里再说。"侃然笑道："百川大概是真急了，按着几何学也就有了假定了，接下去就应该举出证明来。"百川笑道："这也是我跟三位先生学的，因为你们无论到了怎样危险的时候，总不肯失去那研究学说的态度，我把所有的经历都看得很郑重，未免显着胆子太小了。"四个人说着话，这就不觉得一步一步向前移。

天色大亮，在一块红云映照之下，就到了那山岗子上。他们鱼贯而行，第一个人依然是欧阳朴，到了岗子顶上向前望去，啊哟一声，人就向后倒退了几步。百川伸头看时，也是一怔，原来这不但不是去路，山岗子下面，便是一带房屋，在树梢上参差不齐地露出了屋脊和墙头。百川也就向后一退，将身子隐藏在树里，欧阳朴喘着气微笑道："跑来跑去，我们还是跑入了虎口，现在天亮了，我们怎么办？"百川道："据我看，逃走是逃走不了的，好在我们对于山这边的人，是没有得罪过的，我们这就挺身而出，和他们的人相见，就说那边的国王，要我们教放掌心雷，我们并没有答应，总算对得他们住。现在这山里既在打仗，也不是我们游历之所，让他们放我们出去就是了。"侃然道："你这番话，也好像很对，但是这是指着我们在山中明国而言，设若这山下的人家是山中王国，那可了不得，为了我们背约逃走，才惹起昨晚一场大战，他们能够不和我们算这一笔账吗？"百川道："我们过了山涧，逃出了那王国的国境，并没有再渡过山涧去，似乎没有走回来。"彬如道："这话倒难说，他们的国境未见得就是一直线。设若是犬牙相错的，或者是半圆形，我们都有重走进圈子的可能。"如此一说，百川也就不敢保证，绝对脱了危险，望了大家，无话可说。欧阳朴道："且不问这山下的村庄，是属于哪一国的，但是前方的战事未曾终了，村子里的人总应该是惊慌不定的，我们出其不意地冲了出去，未见得又把我们捉了。"侃然笑道："未见得三个字是靠不住的呀，你说未见得又捉住我们，我也可以说，未见得就不捉住我们的呀。"他说时也现出了那充分踌躇的意态，只管伸手搔胡子。欧阳朴道："这次我不驳你了，你说得相当的有理。只是我们决不能站在这山岗子上就可以了事，我们必须讨论一个妥当办法，杀开一条血路。"说着他靠了一只树兜，懒着身子坐了下去，其余三个人也就挨着草皮坐下。

欧阳朴两手高举，打着哈欠，继而又用手摸着嘴唇道："怎么办呢？我不但是人困倦极了，而且肚皮也饿得不得了。"彬如伸了一个懒腰，揉着眼睛道："呵欠过人，我也支持不住了。"百川将胸脯突然敲了起来，两手扯着衣襟道："不成，我们还得把精神振作起来，要不然我们躺在这里，人家一点儿不费事要捉死的。"他这句话，同伴的人并未曾答复，树丛外忽有声音答道："你们就是不躺下，我们也可以捉活的。"大家听了同吃一惊，连忙站起来看时，早有一大班人，各执了武器，由树丛转将出来，团团将四人围住。那班人后面有两个老翁，都是苍白胡子的人，看那样子好像是山这边九老一流的人物，这便不是山中王国了，大家心里如落下了一块大石头。欧阳朴正了颜色，走到这些人前面，板着面孔道："你们这是做什么！这山里头你们愿意我们玩，我们就玩几天。不愿意我们玩，我们马上离开这山上就是了。"这后面一个老翁迎上前来道："你们不是让我们这山上的叛民请去了吗，待你们很好哇，为什么不教给他们放掌心雷，倒要脱逃出来呢？"欧阳朴道："这些事情你怎么会知道？"老翁道："为了你们，我们两方混杀了一夜。在陷坑里，又捉到了十几名叛民，所以知道。嘻！我们自祖先住到这山上以来，都是很和气的，不想在晚夜里开了杀戒，那边叛民昨晚被我们用箭射倒的不少。跑过山溪来的人，又都落在陷坑里，他们算是败了。不过今天下午，他们还要杀过来，报昨晚上的仇。我们现在和你们约法三章。你若是放掌心雷，帮着我们把叛民杀败了，这山上的东西，随你们的意思要，你们要什么，我们送什么，然后恭恭敬敬送你们出山。"欧阳朴看他们并没有伤害之意，胆子就越发地大了。因道："你不要把妖魔鬼怪来看待我们，我们实在不懂什么掌心雷，现在你山里头既然预备着大杀一场，乃是是非之地，我们也就不想游历了，你派人引我到山洞口上去吧。"那两个老翁彼此对看了一眼，一个向欧阳朴道："这里也不是说话之所，请到舍下去从长商议。"欧阳朴就低声操着英语向同伴道："走是走不了的，看他们不像是恶意，我们去一去试试看吧。"同伴也都觉得既没有危险性，跟着去也没关系，就同点了一个头。

欧阳朴道："我们同伴都答应去了，你若说我们没有本领，在山上就可以把我们结果了，用不着引到你家里去。你若说我们有本领，那就是我到你们家里去了，一样地可以放掌心雷打你。你们请只管请我去，若是内藏奸诈，到那时候可就休怪我反脸无情。"老翁立刻对那些执着武器相围的人，连连挥了几下手道："你们散开，用不着你们了，若是这四位先生要使出他们的本领来，漫说这几个人，就是再来十倍八倍的人，也不是他们的对手呢。"说着这就向欧阳朴一行人连连拱了几下手道："诸位请吧，这总可以放心了。"欧阳朴道："好！你请引路吧。"

这两个老翁果然将那些壮丁轰散开了，在前面引路。后面一行四人，各担着一份忧虑，紧随了二人走去。事情出乎他们意料以外的，便是这老人说的话，果然是事实，对他们一点儿戒备没有，如平常招待宾客一样。将他们引进到屋子里去，这二人自道姓名，最老的是黄华孙，其次是苗汉魂，他们将客人引到屋子里以后，也不曾敬茶，脸上就现出了忧闷之色。黄华孙先拱手道："昨日自四公去后，我们曾商议一阵，觉得四位来去飘忽，不是常人，要不然，何以这样封闭了二三百年的山洞，从无人到，只有诸位前来呢？我们料着诸位到了叛民那里去，他们一定会借了诸位的法力，更要作乱。不想诸位很明了这顺逆之分，并不曾和他们帮忙，这是我们十分感激的。昨天晚上，叛民大概是伤亡得不少，托天之福，我们这边因为事先防备，竟是不曾有什么受伤的，死亡却是一个也没有。这也叫顺天者昌，逆天者亡了。"他说着话时，用手摸着白色的长胡子，在忧闷的脸色上，表示出一番欣慰的样子来。

侃然笑道："你们在这山上住着，我们世外人，当你们是陆地神仙呢。自家也是这样你一刀我一枪，那是何苦，杀来杀去，无非是这样一个小小山头，被杀的不是亲戚，也是朋友。这也不算什么荣耀，依我说，你们和了吧。"黄华孙在那打着皱纹的脸上现出一层红光，分明是气极了。同时他那颗脑袋好像机器撼动着，那样抖颤不定，颤着声音道："诸位有所不知，我们容忍这些叛民不是一天了。他们的胆子，一天大似一天，现在损坏我们的庄稼，断绝我们的食盐，我们已经忍耐到了二十四分了，再要忍耐下去，恐怕他们非放火烧山不可。我们现在没有别的打算，只要把这一群恶鬼逐出山去，也就完了。但是他们不但不会走，今天恐怕还要拼了命杀过来，报昨晚上的仇呢。不管诸位会不会掌心雷，但是你们手上拿了一种放出烟火的东西，老远就可以打死人，这是我们亲眼得见的。你若肯把那放火的兵刃拿出来，替我们帮忙一阵，我们就可以把叛党消灭了。"

百川操着英语向欧阳朴道："他们自相残杀，与我们何干，他们所谓叛民，也不会背叛着我们什么，我们何故去杀那不曾侵害我们的人。"黄华孙虽是不懂英语，看他那情形，知道是有从中拦阻的意味，便道："诸位既是到敝地来了，彼此便是相得的朋友，朋友有难，怎能不救一救呢？"欧阳朴道："我们不是说不帮助你们，只是我们所带的那些兵器，都失落在山那边了。就算我们会放掌心雷吧，没有那种兵器，我们也放不出去。"黄华孙且不答复他们，回转头去向苗汉魂道："只要诸位肯这样答应我们，我们这事就好办了。"因向欧阳朴道："诸位答应帮我们的忙，那就是一家人了，我们知道在山洞外，你还有一批人在那里守候着。兵器大概更多，这就请诸位立刻到洞口去，把他们引了进来。"

这几句话，真是四个探险人所猜不到的。侃然情不自禁地已是抬起手来，连连地搔着腮上的胡子，表示那踌躇满志的样子来。百川是坐着的，这时也就突然地站了起来，用双手扯着胸前的衣襟，笑向黄苗二人道："你肯放我们走吗？"苗汉魂笑道："我们山里人还嫌着有多呢，能把四位留在这里不许走吗？只是求诸位大发慈悲，替我们把这些叛民驯服了，那就恭送各位出去。如其不然诸位眼望到那些叛民杀来，诸位也不忍心丢下不管吧。"百川笑道："我们帮你们的忙，你们说是慈悲，可是在山那边的人看来，也许说我们是残忍呢。"黄苗二老听他们的口音，依然是不肯援救，各人的颜色，就有些不好看。就是百川也料着得罪了主人翁，主人翁绝不能随便了事。

正估量着大家要怎样地对付主人翁呢，只见朱力田很匆忙地走了进来，向黄苗二人连连拱了几下手道："怎么好，怎么好，我两个孙女，让他们掳了去了，房子也让他们放火烧了。"说着掉过脸来向百川道："这都是为了各位先生的缘故，因为诸位到山里来，先歇在我家，后来又是我引见的，山那边的叛民以为诸位逃走，还要歇在我家。他们派了几十个人，也不知道由哪里冲出来，将我们两个孙女掳去，那还不算，又放火烧我的屋子，诸位出去看看吧，那火焰还没有熄下去呢。"大家听到连忙跑出屋来看，只见左角山凹子里，一阵青烟直冲云霄。朱力田脸上现出懊丧的样子，指着那烟道："因为我是孤零地住着一家，抢了就抢了，烧了就烧了，等到村子里人去援救，来的人已经跑远了。我这两个孩子，也不知道是有命没有命。"说着两行眼泪由脸上直流下来，他左手扶起右手的袖子，只管去擦揉眼睛。

百川脸色红着，直了眼睛的视线，右手捏了拳头，在左手的手掌心里，重重地打了一拳。跳着脚道："这些东西！实在可恶！"黄华孙道："现在诸位也知道他们可恶了。"百川道："三位先生，你们出山洞去，把我们的枪弹扫数带来。南京来的那两位听差，假使愿意帮忙的话，也可以把他们带了来。我们也不用杀那些无知的人，只要把蒲望祖捉到，拿去枪毙了。"他说着这话，不但声音高亢，连颈脖子也是僵直的，这不用说，他也是气极了。欧阳朴笑道："我还记得你的话呀，他们所谓叛民，也不曾背叛着我们什么，我们何故去杀那不曾侵害我们的人。"百川刚才说的公道话，到了这个时候，却不料成为一种话柄，他脸又红上了一层浓晕，勉强地笑道："话虽如此，彼一时也，此一时也。"说完了，没有别的可接着向下说去了，两手依然扯着胸前的衣襟，放出那怒不可遏的样子来。彬如笑道："百川这种态度，我们倒是赞成的。这位朱老先生待我们不错，尤其是他的姑娘，当我们被围的时候，还冒着危险和我们来说合着呢。到了现在人家有了危险了，我们能够不救救人家吗？"百川听说，情不自禁地就扑哧笑了一声。彬如道："我这几句话，不但是主张公道，而且还是百川一个同志，百川以为怎么样呢？"百川操着英语道："她的祖父在这里，不要说得太露骨了吧。"这样说着他们同伴一齐都笑了。笑完了，欧阳朴却板了面孔，用手不住地去擦下巴上的胡桩子，现出那踌躇的样子，在他那心里，似乎又发生了什么问题呢。

第十五回

义愤填膺救人重入谷
杀声遍野观战共登山

百川到了这时，他已是兴奋极了。假设敌人来侵犯这个村子，他马上就要拿着手枪迎上前去。他看到欧阳朴有一种踌躇不决的样子，便站起来道："这没有什么可犹疑的了，我们应当有和朱先生解决困难的责任。"欧阳朴伸着手，连连招了几下笑道："不要忙，不要忙，我们话还没有说完呢，我并不是说不帮忙。现在应谈到大的前提，就是我们到洞口去搬运枪械的话，人家不能相信我们一块儿都去吧。我们是谁在这里作质，谁去搬东西呢？"百川将胸脯一挺道："那自然是我在这里作质，三位先生去搬东西。"彬如道："这个我倒不解，突然之间你怎么会有了这种勇气？"说着嘻嘻地笑了。又道："假如我们走了，留你一个人在这里，你若是受了什么牺牲的话……"百川抢着答道："这也不会有什么牺牲吧。"黄华孙看他们这种情形，又怕会因这点小事不决，延误了大事。于是走向前两步，向大家作了一个揖道："这一层诸位不必为难了，我们既是请诸位援救，只有好意哀求，哪能留人在这里做抵押？我们相信诸位是千金一诺的，决不疑心的，诸位就请便吧。"彬如看看自己同伴，又看看山中人，却笑道："这样子看起来，这古国中人还大有古风呢。我们就是这样走吗？"大家心中都以为山中人既是要求援助，一定拼命拉住，不能放松的。现在他们很大方地让人离开，这倒使人感觉到主人贤惠，未便率尔而去。

大家都站了起来，现出踌躇不决的样子。黄华孙拱手道："诸位还有什么话说？我们这里人都也在生死关头了，什么也不敢爱惜的，只要

114

是办得到的。"侃然道:"这个时候我们还能和你们要什么吗?"苗汉魂皱了眉道:"既是各位不要什么了,就请快走吧。今天这一天,总是我们的难关,我们也想不到叛民哪时候会杀过来,只是望各位快去快回就好。"欧阳朴道:"老余,我看他们实在是出于诚意,现在我们就走吧。"口里说着眼睛望住他们,一步一步地向前走。

黄苗二人送几步,不过嘴里表示着希望他们早些回来。那朱力田不是以前那样精神矍铄了,笼住两只袖子,低了头在他们四个人后面,有一步没一步地跟着,口里似乎还不住地发出那哼哼唧唧的调子来。他们四人初以为他不过是相送几步,后来百川看到他只管跟着就停住了脚问道:"老先生,你还有什么话说吗?"朱力田这才站定了,向他拱了两拱手道:"诸位肯回来救我一救,那是千好万好。设若诸位不回来,请各位把那放掌心雷的兵器送我一个,我要去打死蒲望祖那畜生,才能出我这口气。不管怎样,就是这山上只剩下我一个人,我一个人也要和他拼个你死我活。"百川道:"你放心,我们一定回来的。你若是不放心,可以跟了我们一路走出山洞去看看。"说着掉转脸来向欧阳朴望道:"我想让他跟了我们去,也没有什么关系吧?"欧阳朴笑道:"大概连你都疑心我们三人是去而不回的了,这种见义勇为的事,难道就只许你这样青年人去做吗?"说着伸出手来,只管拍百川的肩膀。侃然笑道:"大概他是把那小时以前的自己来揣度我们。但是我们决不能因为长了几岁年纪,那朱家小姐曾帮助过我们,我们就不报答人家的。"说着他将两只肩膀抬了两抬。彬如笑道:"我想这位朱先生,看在你这一部兜腮胡子上,会相信你是一位义士的,因为你这部胡子,便不像虬髯公,也像周仓呢。"百川觉得这个时候时间宝贵,绝不是说笑话的时候,不肯和他们拉扯下去,挺了胸自往前走。

朱力田因为不曾把问题解决了,也就紧紧地随后跟着。有朱力田在一处引导,走起来是非常容易。不多大一会儿,就到了洞口那丛小树林子边,远远地就望见同行的两个工人在树林子里探头探脑,及至看清楚了,有六个人飞奔迎上前来。口里只叫:"好了好了!"他们见朱力田穿着宽襟大袖的衣服，头上又满蓄着头发，便有一个工人拉着彬如到旁边去，低声问道："先生，那位是神仙吗？"彬如笑道："也许是神仙，现在来不及说了，我问你们怎样到这里来的？"工人道："我们老等着各位不来，心里也是很着急的，就试探着走进洞来看看，到了这里来并不见动静，我们又不敢再进去，只是在洞里跑来跑去两边地看。"侃然道："为什么两边地看？难道洞外还有什么变卦吗？"工人笑道："古言道得好，洞中方七日，世上已千年。我们都怕在洞里过老了，进来一会儿就出去看。洞外边是不是有了变化了。所幸我们跑来跑去地看着，洞外倒是没有变，那么古人的话也靠不住了。"彬如两只手背在身后，连连地点着头道："你们这种话，倒很是富于诗味的。"百川跳着脚道："徐先生，你怎么了，救兵如救火，我们还不应当赶快地预备着回去吗？"

百川自从随着三位先生旅行以来，向不曾重声音说过一句话，这时忽然向彬如顿起脚来，这是一件反常的事，不由得大家惊异起来，都睁眼望了他。他虽是有此感觉了，但是时候已经紧逼了，实在来不及去和徐先生道歉，就和工友道："我们那几支枪和大小几盒子弹，都在外面保存着吗？"南京来的那个听差答道："不曾动。"百川大喜，竟是率着工人们首先走入洞口，出山去了。那朱力田看着百川这副情形，自然特别努力，越发紧紧地跟了他，这里洞口剩下三位大学教授，不免相视而笑，莫逆于心。侃然道："这件事，我们不能当着儿戏，应当考虑一下子。我们果然照着百川的办法办去，将子弹去打那些拿刀矛弓箭的人，那也和猎夫猎野兽差不多，他们与我们毫无仇怨，我们这样会杀伤他，似乎于心不忍。"欧阳朴在他的衣袋里摸出烟斗来了，一切都来不及答复，先将烟斗衔嘴里，出了一会子神，然后摇了两摇头道："这话不是那样说，他虽与我们无仇，若论到他们的行为，无故称兵，自残同类，也就应该受法律的制裁。我们帮着这里的父老去平乱，也可以说是替天行道。"彬如道："那么，我们除了预备枪弹之外，还应当预备两面杏黄旗，好写上那句老口号。"欧阳朴取下那管无烟无火的烟斗，就正着颜色道："我们先别玩笑了，这件事果然得商量一下，依着这位百川同志，大概是非出这一支援兵不可。以他与朱姑娘的感情而论，他去出兵乃是应当的，只是我们站在百川站的这一方面，也不能不和他取一致的行动。实在地说，朱力田的孙女被人抢去了，房子被人火烧了，未尝不是吃了我们的亏，我们理应把这女孩救回来。至于这山里头人自相残杀，我们自然是不必管。但是能够把几个罪魁除了，把乱事早平息了，也是一件好事。"彬如道："我来一个结论吧，就理智上说，我们是不应当参加他们的内战的。就情感来说，我们简直有患难与共的关系呢。"这三位教授，他们也为这个问题迷惑了。要去无故用枪弹杀人，于心不忍。但是看到朱氏姊妹被蒲望祖抢去，置之不顾，也于心不忍。徐彬如虽是老早地下了结论，然而依旧是两可的。于是三个人站在洞口，只管继续地讨论下去。

不多久的工夫，只听到洞里面一阵吆喝声，接着工人挑着背着，带了许多东西进来。这时百川在这些工人后面督率着过来，身上挂了一支手枪，两手又握着一杆猎枪，脸色红红的，锐气正盛。他先道："三位先生，对不住，我做了主把洞外的东西都搬了进来了。"彬如笑道："看你那态度，有灭此朝食之概，再看你这举动呢，又有破釜沉舟之心。"百川勉强笑道："三位先生也有泰山崩于前，面色不变的勇气，做学生的人，可就学步不上。"他说完了这话，脸色又正了起来了。侃然笑道："百川心里真急了，我们不要说笑话吧。"说时在搬来的东西里面，取出一支猎枪颠了两颠，又拿了一管皮袋子套好的手枪，来挂在身上。欧阳朴道："老余，我们得检点检点，还有多少支枪，百川拿了两支，你又拿两支，我和彬如呢？"侃然将头一缩笑道："我陪着百川下山救人，这是性命交关的事情，不能不多找一点儿保护之物。你身上有一支手枪，这里还有两支猎枪，三支来福枪，这还不够分的吗？"欧阳朴指着两个听差道："我想把他们也带了去。"一个年长的听差早是红了脸，把道地南京话急了出来，将舌头卷着说："窝不敢克，野人国啰哩克得嗻？"两只手和一颗头同时摆了起来。原来在洞外搬取东西的时候，百川已经把山里的情形说过一番了，彬如笑着向听差道："南京是什么地方，你是南京人，应该这样吗？"那听差还没有答应，这搬夫里面有二个叫老王和小张的挤上前来道："四位先生，你们如肯带我们去的话，我愿跟着你们走一趟，我会放来福枪。"百川听说，早就抢上前一步，握了他们的手道："我真想不到，你们愿去。真谢谢你们了！"于是他将二支来福枪交给了他二人。欧阳朴徐彬如都取了猎枪，剩下一支来福枪，百川交给朱力田道："老先生，不管你会放不会放，你也拿枪。我们再饱餐一顿，就同着你去。"

彬如低声笑道："我们这位贤弟，真个是义愤填膺。"侃然一手扶了枪，一手搔着胡子，只嘻嘻地笑了起来。彬如道："山贼，你自己说了是性命交关的时候，怎么又嘻嘻地笑了起来？"侃然将枪掉了过来，用枪把子遥遥地指着彬如道："你看你这副样子，岂不会笑煞人。"大家看彬如时，他把一条做裤带的皮带在外面横束着，将穿的长衣摆前后撩了起来，塞在皮带里。头上的那顶瓜皮小帽，向后脑歪戴着，露出前面额顶一截头发来。拿着猎枪的两只手，都高高地卷起二三寸袖子，活像个上海江湖朋友。大家不注意就也罢了，一注意起来，便觉是这位诗人，大大地反串。就是朱力田在十分忧闷的时候，也不能不微笑起来。彬如两手拿了枪，故意横着眼睛，望了人咬了嘴唇道："我要杀呀。"说着两手拿枪，抖擞了一阵。百川纵然是满怀义愤，然而到了这个时候，见着一个活跳的小丑，也就不能不笑了。朱力田见他也笑起来了，很怕他们会拖延时候，于是放下了枪，站在许多人中间，只管作罗圈儿揖，口里不住地央告着道："请诸位快些起驾吧。"大家看他那样子实在可怜，将干粮咸菜分吃了一顿，然后大家装好了子弹，叮嘱两个听差小心在洞门口把守，于是一行七人，再向山里走去。

这一行自然是朱力田在前面走，百川紧紧地在后面跟着，约莫走了半里路，便听到咚咚一阵鼓声，震得山谷四面相应。好像各处都有了战事，把一行人围困在中心。朱力田站定了脚侧了耳，四向听着道："这是我们告急的鼓声，恐怕是叛党已经杀过来了，我们赶快走吧。"他说着拔开两条腿，只管向前奔走，一口气奔到第一个村庄时，只见村庄里的男女，各拿了兵器，纷纷地在村子外排班，这其中有个三十上下的汉子，穿着短衣，高卷两只袖子，拦腰横束了一根蓝色板带，在带子里斜插了一柄板刀，一手拿了一支长枪，一手拿了红旗，站在高坡上，左右张望。他在高坡上看到百川这群人，连跳带跑地迎上前来，向他们就深深地作了几个揖道："难得诸位这样仗义，果然来了，我们村子里人有了诸位，犹如老虎添了翅膀一样，那些叛民我们更不在眼睛里了。"说着将手上的旗子和长矛，同时高举起来，高声喊道："诸位，好了，山外放掌心雷的各位先生来了，有各位和我们放掌心雷，还怕不能把那些贼子扫光吗？"那些村农听到了这几句话，立刻啊啊啊叫了起来，表示着欢迎的意思。

朱力田向欧阳朴道："这就是我们忠勇军的指挥使袁超，所有我们这里的武备，都是他一人经手训练的。今天的战事，他早知道躲不了的，连夜就布置好了，这是他自己亲自带的游击队呢。"大家看那些农人，不分男女约莫有百十人上下，各人的衣巾虽不一律，但是腰上束了蓝板带，板带里各插着单刀，手上各拿了长矛，人丛中树立起七八面旗子，有的写着吊民伐罪，有的写着除暴安良，有的单单地写着斗大的袁字，那旗角被风吹着卷来卷去，刮刮作响。在队伍前面，两面木桶子蒙着牛皮的粗鼓，木架架好了，用人抬着，又是五六只竹筒挖的大梆，挂在人胸前，掌旗和打梆鼓，都是一些年老的妇女在那里工作。

欧阳朴却轻轻叹了一口气道："他们这样全体出动的勇气，倒是可以佩服，只可惜用着是杀自己的人。"侃然还是手扶了枪，搔了胡子斜眼看着，只在这时那袁指挥使首先举起了旗子，向边境走了去。这百十多人，排着一字形，拉着纵线向前面走。黄华孙苗汉魂两个老者，不知由哪里出来，后面随着七八个老男女，手上各拿着竹梢，分明是一种督阵的样子。这时不但这探险队不知道要怎样进行工作，就是朱力田也站在一旁，不知怎样着手。

那黄苗二人就抢了向前，口里连道："感激感激！"不知高低，只管作揖。欧阳朴道："我们来了，要我们做些什么呢？"黄华孙拱手道："我们怎样敢胡乱要诸位先生上阵，一来兵凶战危，怕连累了诸位，二来诸位的掌心雷放出来时，也怕伤人太多。现在只请诸位随我们一起，在队伍后面跟着，若是我们把叛民战胜了，诸位和我们放几下掌心雷，助助威也就是了。若是敌叛民不过呢，这可没有法子，只得……"他说到这里，仿佛觉得这话不好直说下去，望着四个人，把声音顿住了。侃然道："这个你放心，我们既然来了，就不能袖手旁观，但是我们也并不要多伤人，要知道你们彼此离不开亲戚朋友，我们和他们也都是中国人呢。"黄华孙微微叹了一口气道："惭愧。"他怔怔地立着，有话又不能向下说了。

那七八个老人中，跑来两个人，舞着手道："快去吧，快去吧，前面阵线上已经交手了。"果然，那梆子的声震天震地地响着，如潮水汹涌一样。有人喊着杀呀杀呀，在梆声鼓声乱响之中，震撼着山谷，早就感到这环境异乎寻常，现在索性杀声大作，也不知何故，会引着人身上的温度突然增加。黄华孙指着前面的山岗道："那下面就是战场，和诸位一路观阵去。"他舞着手上的竹梢在前面相引，大家加紧了步子，不多一会子，就跑上了那山岗。这山岗下有一带野竹林子，直达山河边，河那边就是蒲望祖的国境了。这边的袁指挥使，果然是懂得一些兵法，他除了将山脚下的竹林，留了一层隐藏自己的人而外，却把沿山河的野竹矮树一齐砍倒，显出一大片平地来。这里到河岸边，约有半里来路，正是一片好战场。这时河那边的叛军，在丛竹子里，纷纷地挑出大小旗帜，也有百十来人，已经渡过了河拥到平地上。这边的守军并不出战，只在竹林子里飕飕飕放出箭去。那些人因为脚下随处都是竹根树枝，不好抢上前，被箭射着无可躲藏，又退下河岸去。这边的人看到他们退了，就鼓梆声完全停止。

百川见了，就向黄华孙道："这样看来，你们是取守势了，设若他们由别的地方绕攻过来，你们怎么办？"黄华孙道："这个我们也顾虑到的，我们这河岸两边，只有四五个口子好来往走人。其余的地方，爬起来很费事，所以我们只守了这四五个口子。其余的地方，顾全不了只好由它。万一他们爬过来了，再去接杀。这个地方呢，是两边往来的所在，离叛民的巢穴又不远，我们由昨夜起，就在这里布阵，所以他们的人也多半在这里，我们的人分作两股，一股把守这山岗子，一股留作游击，只要他们由哪里杀过来，我们就由哪里迎了上去。我们料着他要急于报昨夜的仇，必定不能久等，只是取以逸待劳之势。"百川道："设若他们不攻过来呢？"苗汉魂道："他们怎能够不攻过来，就是这个地方，他们已经冲锋了好几次了。"

话犹未了，河那边突然鼓声大作，在河岸下的人便又冲了上来。这边虽是在梆子声里，飞蝗也似的放出箭去，但是那些冲锋的叛民，却不退回去。就是对面林子里的那些旗帜，也纷纷地出动，直迫到溪边，口里只喊着杀呀杀呀。这个时候，这位诗人徐彬如手上拿着枪，可起了一种感想。人生在世，都是为了三餐一宿，这个问题并不十分地难解决，何至于要杀了别人，才可以活命。平常觉得无故宰杀一头牲口，图那一饱，已经有些不对，于今却为了自己的饱暖，要整群地来杀人，这更不是人类所应当的事。他如此想着时，那喊杀声，更是相逼得近，已经有二三十人，去竹林不远了，就在这时山岗上咚咚几阵鼓响，这边的把守队伍，已经有几十人口里叫骂着迎杀出去。因为步队已经接触了，箭就停止射放。因为箭已经停止了，那边冲锋的人，更是蜂拥上前。这边的人也是预备好了的，等到那边人来了这竹林里，也增加几十人上前去迎敌。

他们由河那边冲了过来，步伐总是散漫的，这里出来接杀的人，整整齐齐地迎接着，总占着优胜的地位。他们凌乱地在这里摔倒七八个，就向后退。百川站在山岗上，正替着这边的人暗地里欢喜。但是远处梆声乱响，别个地方又在接触着，分明蒲望祖也就用了那声东击西的法子了。

121

第十六回

外力可凭鸣枪便退敌
同情尽失放火欲烧山

在这个喊杀纷乱声里，黄华孙跑了过来，扯着百川的手道："这些叛民，也狡诈得很，他们晓得这总口子上冲不过来，他们只是在这里进出不定，牵扯住了我们，却用了充分的力量，在别个口子攻过来，抄我们的后路。各位先生，快跟我去，堵上那边口子，这个地方，我看是不要紧了。"百川对于他们这里的地势，却是茫然，看他扯着人说话，两只袖子乱抖，这就向他道："若是他们的人到了，光靠我们几个人也无用，设若去救那边，这边他们又攻过来了呢？"黄华孙还不曾答复着这个问题，只听到轰然响着，一阵青烟射到山岗子下阵地上去，那边进攻的人，就有一个躺下。同时其余进攻的人，口里喊道："他们放掌心雷了！"只这几声，那边的人毫不顾忌，掉转头各跑各的，真个如鸟兽散。

这边山岗上的朱力田两手横着，拿了那支来福枪，只管发愣，却是作声不得。百川笑道："你怎么放枪了？"朱力田望着他道："我看到那人追过来的样子太凶猛些，我学诸位的样子，把这枪对着他们，试上一试，我也只把枪上的钩子，随便按了一下，不想倒是真有力量，糊里糊涂，就把那家伙打死了。这倒是造孽，我长这么大哪里亲手杀过人。"黄华孙笑道："这就好了，请各位再放两雷，这些东西，就会一齐滚开的。"百川这四人对于这件要求，当然不无考量，可是那新近加入的两个工友，见枪这东西有这样大的威风，却是不可失了机会。一先一后，对了那逃跑的敌人，便是轰轰两枪，偏是这两枪过去，又有一枪中了。那边的人，被他们的国王把掌心雷夸耀得太神奇了，他们心里头，受了先入为主的作用，仿佛这枪的响声发出人就必倒。而且有事实在这里证明，已经有两个人躺下了，所以在后来两枪响过以后，敌人全数逃回对岸，一个也不曾留着。

但是远处的梆声，这会子敲得更急了，杀声随着涌起涌落，黄华孙张了大嘴，好久急出一句话来，他道："各位走吧。"拉着百川怎么也不放，百川究竟年轻，不能忍耐，而且这里敌人跑了，料着无事，于是胁下夹了枪，跟了黄华孙就走。因为他既走了，其余的人也不得不走。大家顺着山麓，跑了有一二里路。只见前面山嘴头，纷纷地簇拥了许多人。黄华孙两手拍着，人身一跳，却被山上的野藤绊着，摔了个觔斗。彬如看到，就低声笑道："你看这岂不是老戏台上过关的杨四郎，来个吊毛。"那黄华孙生长在山上，却毫不为意，早是跳了起来，口里喊道："这可了不得，那些叛民抢过口子来了。快放雷，快放雷吧！"他这样说时，大家依然继续地向前跑。快到了山嘴子边，这就看得清楚。

这边的人都退到小山上，用箭向下猛射。那边的人，约有二百名在前，各拿了一面藤制的圆盾，护住了上身，各舞着杂乱的兵器，直拥到山脚。后面还有几十人带了旗帜，纷纷地渡那山沟。其间有一个穿了黄袍，头上戴着黄头巾的，当然就是这里拥有土地与民众的国王蒲望祖。在他背后高高地撑起了一把伞，还有两面黄旗，也是高叉着。在事实上说，这当然是御驾亲征了。这边向山上进攻的人，因为国王来了，也更是起劲，举了盾牌，只管向山上进逼。看看山上向下射的箭快要失去效力。因为敌人太逼迫近了的时候，根本上就来不及射到了。

这边探险队的人，在另外一条山麓上走，正好斜斜地对了敌人。山上人招架吃紧，和山下人进逼猛烈，都看得十分清楚。百川实在忍耐不住了，见四五个舞盾牌的，已经走了一半山麓，端起手上的猎枪，对准了第一个砰地射去。在第二声发出去之后，身边有人啊哟一声，原来朱力田两手拿了枪，只管抖颤着，口里又道："去了一个，去了一个。"那边进攻的几个人，见雷响烟发之下，第一个倒了，大家都愕然站住。欧阳朴觉得事外之人不应该多事，但是看到进攻的人，受着打击，锐气

123

受了挫折，这是千载一时的机会，如何可以放过？跟着也是一枪。这枪虽没有打中人，但是攻上山麓去的几个人，摸不着这枪声是哪里来的，掉转身向山下便跑。但是这里的人是有组织的，虽是有几个人跑归了大队，却并不能摇动他们的阵线。加之他们的国王，又带了御林军在后面督率着，压住了阵脚，也不让人退缩。因之这一排人顿了一顿，看着山岗上并不见得有怎么重大的压力，鼓着勇气，在梆子声里却列成了一字长蛇阵，又齐齐地向上冲着。

山上的人，似乎也感到情形紧张，箭和石头块子，像雨点一般向山下飞了来。这山下的人，冲上几次，又退下几次，始终在山脚下支持着。这个时候，蒲望祖也看到山嘴子边有一丛人在那里观望，放掌心雷的人必定藏在那里，要扫除战事上一重障碍，必须先把那些人消灭了，才可以冲上山头去。于是将后队的人分了一半，呐喊着，也向这边猛冲了过来。欧阳朴望着那边山上的情形，已经和大家相约着，各人在枪上装好子弹了，静静地等着机会。而且预备着绕到山边去，截断敌人的后路。正这样准备着，见一群盾牌已经冲向这里山岗子上来，他将身子闪在一块石头后，把枪架在石上，大喊着一个字："放！"除了朱力田两手捧了那支来福枪抖颤着不知如何是好而外，其余的六支枪，青烟直射，向人队里飞了去。这六支枪的响声与一两响的枪声不同，轰天轰地，四围的山谷送转回声来，自然是宏大而且众多。那进扑的人随了这声音，已是有几个倒的，没有倒的也觉猛吃一惊，呆了移脚不得。在这个时候，上面的人已又把枪药装好。欧阳朴先将右手举了起来，然后又喊一声："放！"哄咚咚再放了第二排枪。这次，朱力田鼓着十二分勇气，糊里糊涂地，也把枪放出去了，枪响之后，敌人当然又有倒下的。其中有个人，正在山坡上倒下去，随着山坡如滚西瓜一般滚了下去。

朱力田放枪出去的时候，是把眼睛翻着的，并不曾向那个人瞄准，及至响声过去了，才睁开眼来望着。他见着那个人在山坡上滚着，以为又是他打发的，心里吓得乱蹦乱跳，同时两只手扶了枪把，抖颤个不定。口里呼喊着道："唉，我又杀了人了！我又杀了人了！"他口里如此说着，人扶着一棵树，站立不定，就向下赖了下去。可是其他放枪的人，却顾不得他了，见战势已占着优胜，索性跟着放下去，陆陆续续地只管放枪。百川杀得兴起，已经不管什么人道不人道了，见敌人已经退下山去，自己飞跑上前，对着那些人的后影，连连放了放手枪五响。彼此相隔着，不过是三四十步远，一个人这样大的目标，没有什么打不中的。欧阳朴见他一人上前，恐怕有失，大家也就跟着追上前去。

那些蒲国王手下的兵将，已经认得山外来的几位放掌心雷的人了。这时见是这班人拥出，而且还多了几个，再要和他去对敌，非全死不可。因之都一齐向山涧那边奔走，将国王带过来的御林军先冲散得不成队伍。攻那边山头的人，看到后方这样凌乱，当然是慌着向后退去。驻守山头的人，得了这样的便宜，如何不追？那个号称指挥使的，两手握了一根竹矛，带着几十个人，像倒山一般，由山头上倒将下来。山上四五处所在，鼓擂着分不出响声，只是一片咚咚之声。竹矛所到的地方，逃跑的人排班似的向下倒着。不到片刻时候，所有过了口子的叛民，完全退回山涧那边去了。

百川手举了手枪，跳起来叫道："呔，你们应当冲过河去呀！冲过去吧！"他这样叫着，什么也不曾顾忌着，早有三四支箭，射到了他的身边，有一支箭穿透了他的袖子，将他的袖子射了一个大窟窿。这一下子可把他的脾气逗发了，将手枪揣到衣袋里去，两手端了那支猎枪，向着树林子里突、突、突不分高低胡乱地就放将起来。彬如由后面跑了出来，两手扯住了百川的衣襟，问道："百川，你这是怎么了？你以为这是猎野兽吗？我们是事外之人，只要把这边的危险挽救过来，也就完了，难道我们还要替他们把叛民斩尽杀绝吗？你不看看这位朱先生。"百川被他拉住了，这才清醒过来，回头看时，那朱力田脸上带了凄惨的颜色，已是空着两手，随在大家后面，他向人摇着头道："惨！惨！我们这山上，从来没有杀伤过这些个人，像这样……"他那句话说不下去，只管是摇着头，许久才道："也太惨了！"这批探险队员，谁又是看过杀伤许多人的？经过朱力田如此一叹气，大家都软了这股子劲了。

可是山上那个袁指挥使，得了这一支外力兵，将叛民在半小时之内就杀得大败，这是他圆成武功的绝好机会，如何可以放过？立刻带了山上的人摇旗呐喊，跟着追过河去。黄华孙究竟有些见识，拍着手道："这如何追得？他们的兵力都聚结在一处，我们只有几十个人，倒深入敌境，若是他们回杀过来，还是抵不住的。各位既然助了我们一臂，索性请跟了去一趟。"说着，脸上带了苦笑，只管拱揖。这个时候，百川那一股勇气完全是挫下去了，看看山坡下被枪子打倒的人零碎地躺着，已在二十人以上，有几个不曾断气，兀自在地上打滚，猪一般地哼着。自己看了，心里固然是老大不忍，但又不便说这些人可怜。既然说可怜，为什么开枪打他呢？他在犹豫不决的时候，只好回转头来，看同行的人。

侃然皱了眉道："这件事已经办得势如骑虎了，哪里中途抛得开？百川，你的意思是要救出那两位姑娘；这边山上的人呢，也不一定要把那边的人完全杀绝。不过要他们屈服罢了，我们不妨根据这两个目标，向前去调停调停，若是那位国王接受了，岂不省事？"百川被侃然说着，他的私意也成了战事的一个大前提，未免有些不好意思。就笑道："我是无所谓的。"彬如点头道："这个办法比较妥当，我们就是这样办好了。我们到了这里，要做个隔岸观火的人，事实上也不可能的，所以欧洲大战牵涉了许多国家，其中也是不得已。"黄华孙听说他们肯走，心中已是落下一块石头，立刻向苗汉魂道："我们前面走吧。"你看这两位道貌岸然的老者，在战事得了胜利的时候，我们主张要贯彻了，也并不亚于少年人那样的高兴，掀起两只大袖子，把衣襟提了起来，塞在丝条带里，迈开大步，跳了向前走。百川向朱力田道；"老先生，我看你这样战战兢兢的样子，你是去与不去呢？"朱力田犹疑了一会子，然后一顿脚道："我的两个孩子在那里面呢，怎样地不去？"于是大家说着话，将枪带上着子药，陆续地渡过山涧去。

就在这时，便听到战鼓声咚咚地还是向前进。苗汉魂回转头来向大家笑道："听听，我们的兵正追着上前呢。"彬如叹了一口气道："只是这样一个山头，也要用人血来争夺，宇宙有了生物，就有了竞争，除非这宇宙是属于一只生物的，这就不用得流血了。"侃然笑道："百川，你记着吧，将来你写下来，用标点记得清楚了，这是一首绝妙的新诗。"百川这时心里只悬想着朱家的两位姑娘究竟是生是死呢，眼睛朝前望着，恨不得一脚便追到了那战线上看看，哪有心说趣话？所以他紧紧地跟在两个老者之后，飞跑着向前。不久，追到了袁指挥使的队伍了。

这里已是那蒲望祖的皇宫前面，他们的军队都闪躲在树竹里面，零零碎碎向外面抛射着石头和冷箭。这蒲望祖却并不是认为一鼓而可以定全山的，在他这皇宫之前，树林之内，叠了丈来高的矮堡，退回来的人都隐藏在堡里面。这国王的皇宫呢，恰是顺了这山坡，层层而上的，在那上面可以看清这树外旁人的行动。他在山上指挥着堡里人放箭抛石来抵御敌人，却极是便利。

当百川这班人跟上了大部队伍时，这些人都站在野田里，对了这山上的皇宫指手画脚，却看不出来是作战的情形。可是那位袁指挥使却带足了尚武精神，两手的袖子卷得高高的，把那根竹矛插在泥田里，用手扶着。他本穿的是大襟短衣，更在腰上束了一条宽板带。在板带里斜插了两柄短斧，益发是现得雄气勃发的样子。他见了探险队来到，拱手施礼道："多谢诸位赞助，将来事定之后，我们全山人都要九顿首以谢。"欧阳朴忽然笑着摇头道："我们此来，不为着要受感谢，也不为着要图报酬，只是看到你们都是一家人，何必这样残杀？"袁指挥使不等这话说完，两手按了腰间两个板斧头，摇着头道："我们不是好杀，乃是除暴安良。若不把这些暴烈的顽民除掉，我们这良善百姓没有安身的法子。你想，我们吃的盐，他封锁了；我们种的田，他也侵占了。今天还抢人烧房，步步地进逼。有了他们，我们就不能活命了。下为子孙，上为祖先，必定要把这一群贼寇扑灭！"他说着这话时，两只眼珠外爆，充满了红筋，脸上的颜色，由红还变到紫。黄华孙在旁边看到，觉得他对于这几位活神仙，过于不给面子了，便笑道："事到如今，我们实在也是忍无可忍了。"袁指挥使左手捧了右胳臂，却在半空里举着，叫道：

"没有什么话说，我们把这矮城冲破，捉到了蒲望祖这贼子再说，杀！杀！"跟随他作战的那些男女，自然也是一般的得意，各把兵器举起，在偏西晒来的日光里，只管挥动着。于是他站在队伍前面，带了人向树林子边冲去。

那树林里立刻梆子乱响，飕飕飕，箭飞了出来。大家扑了两阵，依然扑不上去。袁指挥使退到原处来的时候，身上的衣服破了七八处。头巾落下，乱发披到脸上。他喘着气，瞪了两只大眼，向山上望着。他叫道："我们真没有法子吗？点着火来，烧他娘的！烧他娘的！"彬如站在人后，就淡淡地低声道："本是同根生，相煎何太急！"百川忍不住了，便道："火放不得，这里面也有好人，难道一齐把他烧死不成？"袁指挥使指着偏西的太阳道："诸位不看见这个，天色一晚，我们退走，他又要作怪。最好就是今日，必定要把这些叛民降服过来！"欧阳朴道："阁下是打算降服他们的，这就好办。我们的意思，可以先派人去劝说他们，让他投降。只要他们自认过失，你们总是由祖先共患难到现在的，还有什么不能讲和呢？"那指挥使虽还不曾答应，但是黄华孙倒也想适可而止，便道："哪个又肯去讲和呢？"袁指挥使摇着手笑道："不必谈这个了，我们那边的人也来了，这就可以把这贼巢围了起来，怕什么？"

说时，这边堵总口子的人又来几十个，大家气昂昂地走路，为首一个就问："袁指挥使，怎么不冲过去？总口子上现在是一个鬼毛也没有，我们等不及了，所以也来帮忙。"袁指挥使道："这贼都缩到矮树里去，拿箭来射人，我们冲了几次，冲不上前。我打算放起火来，烧这树林子。"那人拍了手道："好极了！好极了！这风正是往那边吹，不烧死他们，也要把烟熏死他们。"他说着，连连地跳了几下脚。袁指挥使两只手互相搓着光手臂，微笑道："我们受这贼的欺侮，也受够了，这一回，要让我们痛痛快快地来报一下子仇。找草，找火种来，放火！"他说声"放火"，所有拥护他的几十名男女，像疯狂了一样，跳着，笑着，指了山上骂道："你们都快完了！"朱力田这就跑到大众面前，高

128

举了两手，喊道："慢来！慢来！我两个女孩都在这里面呢，你们放火烧山，不把她们也烧死了吗？"袁指挥使道："事到于今，我们也顾全不了这许多，非放火不可。现时兵权在我手里，就应当听我的话。"朱力田皱了眉道："我的两个孙女，那不死得太冤吗？"袁指挥使笑了没有作声，他左右站着的人异口同声地只叫"放火放火"，黄华孙苗汉魂二人，虽不赞成这事，却也皱着眉站在旁边，作声不得。大概对于军人的话，尤其是胜利时候军人的话，没法去违抗。于是事外之人，面面相觑，都默然了。这时，却有一道火光，射到袁指挥使的头上，哄然一声，他身边的树上落下许多树叶，正是强中还有强中手呢。

第十七回

有故而来议和登敌堡
至死不悟求使保君权

原来这样趾高气扬的军人，山中人虽是敢怒而不敢言，但是康百川并不是山中人，用不着这军人的力量，他怕些什么？于是掏出手枪来，对袁指挥使头上的树枝放了一枪。手枪放到了头上来，他不能不知道这种厉害，因之人呆了一呆，望着这探险队的人，作声不得。百川手上还拿着手枪，瞪了眼睛喝道："你这个人，怎么这般心毒？就是世界上不同种族的敌国打仗，打胜了只让打输了的投降也就完了。你们这山上人，祖先都是同患难来的，你们不但是亲戚朋友，简直是一家人。蒲望祖这班人打你们不过，躲起来了，自然是自己知道不行，他要解这个围困，必然会想出一个转变的法子来。自古以来的王法，也给人一种自新之路。就是不给自新之路，也不过办为首的一个人……"彬如不等他说完连连摇着手笑道："我们和他说上许多做什么，他也未必了解，干脆一句话，就是不许放火烧山。哪个放火烧山，我们这里就先开枪打死他。"他口里说着，两手端起那支猎枪来，比了一比，他这支枪口正对了袁指挥使。那袁指挥使怕是要开枪打他，吓得倒退了几步，大石子绊着，摔了个四脚朝天。但是彬如并不发笑，索性装出架子来，将手枪向大家扬着道："你们哪个敢说放火，我们是这样地办！"这里虽有百十人各拿了武器，知道枪的厉害，谁也不曾作声。

欧阳朴总觉自己的同伴少，万一把这些人怒恼了，他们拼死命争斗起来，这七八支枪未必就抵敌得住。倒不如趁此机会就收了场。因之走向前两步，将枪靠着放在怀里，然后举起两只空手来，向大家摇了几摇道："这话不必争论了。依我看来，杀别家十个人，自己纵然胜利了，也许要死两三个。同是这一山的人，何必大家死拼？现在大家吃点辛苦，还是在这里围住，晚上就多多再预备灯火，也不见得就会上蒲望祖的暗算。现在可以派个胆大能说的人，冲到蒲望祖那里去，劝他投降，他万一不投降，明天再来计较他也还不迟。有我们在这里帮你的忙，只要围了他不放松，不怕他不投降，就是放火烧山的事，做是做不得，不妨也说了出来，恐吓恐吓他，再不用得伤人。把这事平了，岂不是更好吗？"苗汉魂由大袖子里伸出手来，连连地鼓了几下手掌道："这就很好，这就很好。"那袁指挥便叉了两手，远远地望着他，淡淡地笑道："哼！你们哪个敢进去说和？"只这一句，果然大家又面面相觑起来。

百川将胸一挺，向前站了一步道："我不怕，我替你们去，谅那蒲望祖不敢将我怎样！"侃然用手搔搔连鬓胡子，口里咽了一下气，微笑道："你不应当考虑考虑再说吗？"百川道："考虑什么！当日我们和这边人对抗的时候，不是这里朱家大姑娘挺身而出和我讲和吗？只凭这一点，她现时被困在敌人里面了，我们也应当去救她。"百川这种表示，虽是太露骨了，然而他却说得极有道理，如何可以驳他？他说完了，用手牵扯了两下衣襟，拔脚就要向前走。彬如用手扯住了他的袖子道："百川，你如何这样大的胆？现在天色已经有些昏黑了，你往这皇宫里走，他可不明白你是什么用意前去的，也不会知道你是什么人，不等你有开口的机会，就放出箭来乱射，你这亏就吃大了。依我的意见，你须要得着一个保障才走。"欧阳朴和余侃然都赞成彬如这个主意，拦着他不让走。百川道："请问，怎样得着什么保障呢？现在两方消息不通，我们还能打电报去征求蒲望祖的同意吗？"这句话倒把彬如提醒了，他一拍手道："我倒想起一件事情来了，上古阵上交换消息，常是用书信缚在箭头上，射入敌人阵地，我们何妨也用这个法子。若是蒲望祖赞同派人前去讲和，一定也会用箭射着回信过来。那么，你就可以得着保障了。"百川踌躇着道："这样办虽好，但是今晚上怕来不及了。朱家这两位小姐，在他们那里，不会受着虐待吗？"彬如微笑道："凡事不能万全。这件事只好是等一晚再说。"侃然道："百川，你忘了我们在南京动身时候说的话吗？"说着，走近前两步，用手拍了他的肩膀，微微笑道："你不觉得你前程远大吗？你不觉得你一个青年所负的使命，不仅是救两位姑娘就算了的吗？"欧阳朴道："老弟台，我看你还有许多地方未曾想得透，信义虽然是好德行，但是应当归到大众，不应当只为了个人。你不明白，现在的年头，与以前的道德观，那完全是两件事了吗？"百川虽是一定要去救学敏学勤，但是三位先生同时劝告着，他也不能不听。于是叹了一口闷气道："那么，姑且就再等一晚吧。"

黄华孙在一旁已听得清楚，便过去和袁指挥使商量："这几位山外来的先生，都要讲和，我们都是违拗不得。"袁指挥使站在这里，又何尝没有看到百川的动作，觉得他有发雷的能力，什么事都敢做，不能得罪的，借此收台也好，便笑道："讲和本来是我最心愿的，就怕蒲望祖这班人不肯。既是可以先射封信去问问，那就很好。"大家这样议定，一面派人去写和书，一面派人多预备干柴干草，在几条路口上分别堆着燃烧起来。外面这样围宫的兵，就分着几组，在火光下把守了路口。探险队的人便在蒲望祖这条宫门口大路上守住，都把枪上装上了子弹以备万一。

晚上山顶上的温度虽然很低，好在人藏在大树林下，并淋不着露水。而且两大堆干柴草烧着大火，望了那熊熊的火光，也就觉着热气扑人。等到讲和书已经写好了，因为怕一封信不能达到的缘故，就誊写了多封，分着各路，向蒲望祖的皇宫射了去。这样的办法，谁也不敢相信就有了什么效力。可是到了次日早上，居然在林子外捡得了对方的回信了。那信上说着，有人来讲和，他很愿意，来的人请带着一面红旗，作为记号，免得彼此误会了。百川听了这消息，先表示着欣慰，他笑起了道："这就好了，蒲望祖有信回过来，欢迎讲和，想必掳去的人没有加害。"他说时，见朱力田在身边，就向他拱了两拱手道："老先生，你大可以放心了。"彬如笑道："我想你放心了，这位老先生也就自然地放心了。"说着，就低了声音，微笑着向侃然道："这就是叫着真情的流露了。"百川知道这三位先生有那说幽默话的毛病，除了事情十分紧张的时候，是免除不了这个毛病的。现在前线的情形又松懈下来了，他们闷住了二十余小时不曾说幽默话，心里当然很是难受，所以于现在情形较为和缓之下，必定要说几句话心里才能够痛快，这是他们行为上的必然性，也便无须乎去注意了。

他就向黄华孙道："事不宜迟，我马上就去，你去预备一面红旗，给拿了来。你们讲和，有些什么条件，可以告诉我，我可以去和你们转达。你们这里的事原来都是九老会做主，黄先生就是九老会的首领，说的话自然可以算数的了，你的意思怎么样？"黄华孙道："我们商量过了，没有别的话说，就是他们在山上造过了反，留他们在山里迟早还要生是非，他可一齐要出境。不过这次要他们出境，并非是由山壁上跳下去，是要他们由各位来的那条路向外走，而且他们自己的东西一律让他们带去，我们并不留下。"彬如笑着代答道："这个条件虽然觉得苛刻一些，但是为了这山上一劳永逸计，让胜利的占据了这山头，失败了的出去，这倒是个办法。"黄华孙虽觉得他这话有些刺讥，但是心里有愧，也就不和别人计较了。他去拿了一面一尺见方的大红旗，交到百川手上，然后笼着袖子，深深地打了一个拱道："康先生，我们很敬服，我们这一山的人蒙你大恩得救，将来必有重报。"彬如道："卖弄你有家私，倒要看看将来是怎样的重报。"

百川接过那红旗，向三位先生道："我这次去，多少有些冒险性，假如过了二十四小时，还不出来，大概就不能回来了，回到了南京以后，请三位先生宣布我已死亡。"彬如笑道："不至于的。到了这时，你只管前去，一切不必顾忌。"他这句话，却把朱力田激动了，他跳了出来道："我也去！"山里人就有许多人望着他。他道："诸位以为我老了，不敢去吗？我以为我们山上的事，本来就不该累着旁人，我自己孙女的事，更不该累着旁人。我有了这两重原因，我必得陪了康先生去走上一趟。"黄华孙道："本来我们自己应该有一个人去，只是为了两方是仇人，怕去了那边容不得，所以不敢去。既是你为了孩子愿意去冲一冲，有这位康先生保着，那么，也许不要紧，你就放心去吧。"于是百川手上举了那面红旗，高高地摇着，一直向皇宫里走。

这时，太阳已高升起来，苍松翠柏的杪上，都抹了一层淡黄的光。长尾巴的鸦雀在树枝上跳着，并不因为有人怎样地躲闪，一切又恢复了自然的状态，不像是战神光临过的地方了。在百川摇着旗子的空间，并没有一点儿什么阻碍，很平静地过去，当他走到了门首时，他还不曾有什么表示的时候，那两扇木柱钉的栅栏宫门便是吱呀一声地开了。百川是个都会上生长大了的人，究不敢贸然进去，还在门外边挥着红旗等了一等，但是朱力田是一路平安走来的，到了门边，当然就放了胆子进门，哪里还会考虑些什么？百川看到他自己走进了门去，自己不能独在门外站着，因之掏出了手枪向前扬着，然后将身子闪着对了那门缝的斜角，果然里面没有什么设备。朱力田却站在门里等着呢。百川看着，是无甚关系了，这就大了胆子，也侧身进了门去。他进了门之后，背贴了门壁，脸朝着里面，手端了手枪，做个要防备人进迫的样子。但是他面前虽站着有几个拿武器的人，但是他们都把武器抱在怀里，并不曾有袭击人的态度。于是站定了，向他们扬了一扬手枪道："我手上拿的是掌心雷，但是我是来讲和的，决不会无缘无故地打死你们。现在我是来了，有话和你们讲，蒲望祖呢？"

到了这个时候，这皇宫里面已没有以前那种威严，来宾纵然是不叫国王，也不以为耻辱，都瞪了眼睛向百川望着，放出一种呆相来。百川于是向朱力田道："我们已经进来了，就不必害怕，你在我前面走，我有掌心雷，可以保护你。"说到"掌心雷"三个字，那声音格外地重，让站在四边的人都可以听到。那些人听了这话，还是笔直地站着，并无一点儿回声。二人再向前走，过了上次朝见的那个皇宫，不由百川愕然一惊，原来这里挺挺地站着两个人，见着来宾，直扑向前，啊哟一声地道："祖父来了！"这正是朱学勤朱学敏两位姑娘。她们虽是当了俘虏，但是那欢悦的颜色，却比现在来的人还要欢喜许多，百川真是大惑不解的一件事。朱力田一手挽了一个孩儿，望了她们问道："你们怎样在外面站着?"学敏道:"我们初来的时候,是关在一间屋子里的。昨天半夜里,蒲望祖亲自到那屋子里来和我说,仗已经打败了。今天外面有人来讲和,托我们两个人同讲和的人谈谈,不想来的就是祖父,而且……"说着,伸了一个食指向百川指点着。在她这样指点的时候,眼珠转着,带着一种媚人的微笑。

百川看到这种情形,几乎忘了他是踏入了敌人的阵地,也笑道:"我听到令祖说,两位姑娘被掳了,心里十分不安。不知道蒲望祖为什么这样大方,又把二位放了出来呢?"学敏道:"他觉自己当面来说,外面人看了他就要生气,有话说不拢来。再说他有些话也说不出口,让我们自己人来说,事情就好办些了。"百川道:"这样说打仗以前的国王和打仗以后的国王,那简直是两个人了。"学敏道:"现在这边的人都埋怨着他呢!说是好好地在山上过活着太平的日子,都是蒲望祖无事生非,要做国王,闹成了这种结局。山外来的人那掌心雷非常厉害,碰到了就死,拿性命拼了去打仗,打胜了,是蒲望祖一人做国王,与大家有什么好处?打败了,大众是白送性命,那是何苦!因为这样,他们大家都不愿意打了。但是不打的话,又怕外面的人会杀了进来,所以他们极愿意投降,只愁着没有投降的机会。现有人来讲和,那真是救苦救难的菩萨下凡了。"百川道:"他们居然觉悟了,这真省了我们不少的废话。那么我就不客气,在这宫里宝座上坐下,请二位姑娘把蒲望祖叫了出来。有什么话,我们只管当面来说,我既是事外之人,决不会难为他的。"说时便高高地坐在正面那把白木椅子上,指着旁边一把枯木凳子向朱力田道:"这个时候的国王,不如狗屎,他的宝座也就贵重不到什么地方去,你就随便坐下来吧。"朱力田虽觉得这话是实,但是这在敌人的家里了,这样藐视他们的九五之尊,也许会惹起什么意外,因之走上那几层石阶的皇宫,脸上还带了一种不可言喻的苦笑,只在宝座旁边站定,未曾坐下。

这二位姑娘倒是忠人之事,去了许久,却引着蒲望祖来了。今天他已不是接见外宾时那般尊严,也不是受俘时那般威风,那件表示着特殊阶级的黄布袍子，却把袖子垂了下来，脚步也不像以前，好像是按了尺寸走的。如今只是垂着头，两脚拖了几十斤铁链也似一步一步挨上前来。他偶然抬头，看到百川高踞在他宝座上，眼睛瞪了起来，好像有点儿诧异。但是他只把脚步顿了一顿，却不敢有什么表示，依然慢慢地走上了他自己尊崇自己的皇宫里来。百川按着桌子站定，望了他道："朋友我现在第一句话要忠告你，就是不必再做那称孤道寡的迷梦。我和你是一样的人，说起话来也是平等的，你不必求教我，我也不能命令。你是做错了事了，应该受罚的。但我是事外之人，哪里不是积德处？讲和的第一条，就是绝不伤害你的性命。现在那里的人，还是把你这村子前后围困住了，说不妥，你们还是打，总有个结账的日子。现在你说打算怎么样？"蒲望祖又深深地施了一个礼道："寡人……"百川不等他说完，将桌子一拍道："到了现在，你还是要称寡人，我的话就无从说起了，你还是去做你的寡人，他们还是征他们的叛民，我就不必做这种不相干的议和人了，我们走吧！"但是他口里说到那个"走"字，眼睛可望着朱氏姊妹，好像很悔他这句话说得孟浪似的。

蒲望祖却是不觉得，听说百川要走，他首先慌了，立刻抢上前两步，向百川连连地作了两个揖道："康先生，难得你来的，你多少要给我们圆一圆场再走。"百川道："听你说话，你还要自称寡人，连国王这一点儿假名号你都舍不得丢了，请问别的事情要你丢开你如何舍得？这只有让你和他们去打，打到哪里就说到哪里。"蒲望祖道："我到了于今也不想和他们那边为难了，以后就把这条山沟作为两国的界线，我们不到那边去，他们也不到这边来。"朱力田瞪了眼睛望着他道："你这话说得真是便宜！打赢了，你可以独霸这全山；打输了呢？你还不蚀本，依然做你的国王。我问你，你把这里的盐井一个人封锁了，以后我们要吃盐怎么办？"蒲望祖想了一想道："这总好办，我吩咐我的百姓，让你一个日期来挑盐。"他这样说着，脸上表示那诚恳的态度，好像他这已经是十分让步的了。却不料这宫门石阶下，齐齐地有人叫道："哪个是你的百姓？你这畜类！"

大家向外看时，有十几个拿了武器的人，声势汹汹的样子要上来。百川倒有些吃惊，立刻拿着手枪向宫外扬着道："你们有话就在下面说，不许上来。有上来的，我就放掌心雷打死他。"那些人听到，立刻向后退了两步，但是蒲望祖并不以为百川是保护了他，他知道那小小几寸长的东西发出火光、放着响声就能要人的命，眼光注射那小东西，脸上也就变了颜色，过了约莫有五分钟，他心里这就明白了，这是自己一重保障，为什么自己倒吓呆了？于是也就正了颜色，向那些人道："康先生是来和我议和的，干系你们什么事？你们不是我的百姓，是哪一个的百姓？"他越说嗓子就越提高，到了后来，脸上一红，两眼圆睁，又不免放出他那国王的威仪来。百川就想着，这种人至死他也没有觉悟的日子，实在可恶。心里如此想着，手上的那支手枪不觉朝了那屋檐下的直柱就放了一枪，不偏不倚地对了直柱中间就穿了一个洞。这砰然一声，力量虽不大，可是把这宫内宫外的人全吓得两眼发愣，挺着身躯，鼻息都不敢透出来。百川道："蒲望祖，你这人好不明白事理，刚才我和你说什么来着，叫你不必称孤道寡，你倒更进一步，说他们是你的百姓。他们只是父母的儿女、儿女的父母，和你一点儿不相干，你鼓动他们拼死命和你抢王位，他们应该说你是骗子才对呢。现在你失败了，正是他们出头的日子，你倒还想利用他们做牛马呢！"那皇宫外的人，做梦想不到百川会和他们说这一篇不平的话，于是哄然一声，大家叫了起来。

第十八回

百姓共擒王嫔妃侧目
九卿皆变贼宫殿成墟

　　蒲望祖心里也曾想着，康百川和朱力田来讲和必然是站在中间人的地位，所以把自己的意思完全说了出来。不料，自己一番要求，所得的结果却是百川那一手枪。心里刚刚有些惊慌，偏偏宫殿下的人又喊叫起来。百川也就不管国王怎么样了，自己站在台阶上，举起手来道："你们不要啰唣，打算怎么样，先说出所以然来。"那些人叫道："我们愿意和，只要他不伤害我们的性命，叫我们怎么样就怎么样。"百川道："你们还要国王不要呢？"大家同声道："不要了！不要了！"百川道："怎样处置你们的国王，你们管不管呢？"只听到那些人答道："不管不管，杀了他我们也不管。"这时在台阶下说话的人越来越多，纷纷地议论着要求和。不知人丛中是谁伸出一只手来，向蒲望祖指了一下，这一指不打紧，那人丛中的手犹如蜈蚣脚一般，猛可地整排伸了出来，向蒲望祖指点着，喊叫着："把他先打死那就好和了，我们都上了他的骗了，他站在那里装呆呢，该死的东西。"有两个人挤出了人丛，索性跳上两步台阶，向蒲望祖指骂着。

　　百川原来觉得蒲望祖这样的妄人，应该让他得些教训，现在是这些人来势汹涌，越发地向前逼，假使再不拦阻，众怒难犯，他们打上来了，这国王就不好办。因之迎下台阶去，将大家的来路阻断，扬起手来喊道："你们听着，我既是给你们讲和来了，自然要给你一条生路。而且你们向外边人都讲和了，家里人倒又打了起来，那未免不像话了。你们听我的话，就安安静静地站着，让我来讲和，若是不听我的话，我就不管你们的事，外面再有人打进来，你们就不容易自保了。"这些人听他这种话，又看看他的颜色，见他手上捏着一柄发掌心雷的东西，只管向半空里举着，像是要发作的样子，于是走上了台阶的人，突然地倒退了两步。那些站在后面的人，看他这情形，以为这位能发掌心雷的神仙，又有什么举动，跟着这个势子，也向后退了去。其中有两个退得猛一点儿，脚被石头绊着，便摔倒两三个，其余的人也就哄然一声。百川看了他们那种神情既是可笑，又是可怜，就忍住了笑。

在台阶上站着停了一停，这才回转身来向蒲望祖道："你看看这情形，他们都要打你了，你还想做国王？"蒲望祖不作声，望了百川，只管发呆。百川道："你若是再犹豫，他们拥了上来，把你绑住了，你打算怎样？恐怕就在这台阶上杀了你，也不费吹灰之力吧。"蒲望祖将头低下顿了一顿，才道："我现在有什么话说？只是我做过国王的人，现在降为庶民便是求生，又有什么脸面。"百川点点头道："你为人总算很有志气，荣华富贵，都已享受过了，如今又落为平民老百姓，实在是活着没有什么趣味，不如我一枪把你打死吧。"蒲望祖吓得身子往后缩着，两手连连地摇着道："啊啊啊，不不不，你听我说，我还要活着呢。"百川笑道："你一想还活着，二想还做国王，三想把这全山都统治过来，四想我这个掌心雷你也会放，你说是不是。其实也不必想许多，只要会放掌心雷，什么事都好办了，我会放掌心雷，这么办，你这国王，让我来做吧。"蒲望祖拱着手道："好极了，好极了，你做国王，封我做列侯吧。"

百川听了这话，这一股怒气，真个由头顶心里冒了出来。已是不愿再和蒲望祖说话，却回转头来向朱力田道："我看这事我们办不好了。走吧！"朱力田站在一边，早是看得呆了，现在百川和他说话，他才急急忙忙地笼了两只袖子，弯着腰深深地作了一个揖，微摇着头笑道："君子成仁之美，我们既然来了，总要把这件事办成功了。这个时候我们就走，这些人鼓噪起来，如何是好？"百川道："那要什么紧，我们走了他们再推一个人出来做国王。现任的国王，至少还可以闹个列侯做做，山里人的见识真是不差，知道除了国王，还有列侯。我看这列侯，总还可以做个两三百年的吧，我们又何必来破坏人家的好事呢。"说时，向朱力田丢了一个眼色，人就慢慢地向台阶下走。朱力田会意，也就向学勤学敏道："我们都跟了康先生走吧。"于是一同向台阶下走着。

那台阶下几十人如何不看得清楚，都喊了起来道："打死蒲望祖这东西！他还要做皇帝，把讲和的神仙逼走了，打死他！打死他！"百川便低声向朱力田道："我看那蒲望祖还是执迷不悟，我们哪有许多气力和他去说废话，不如快刀斩乱麻的法子，让他们自己的人来解决吧。"于是高声喊道："你们若是诚心求和，闲话也不用说，把蒲望祖绑了，把大门大大地打开，我在前面走你们在后面跟，我准保你们无事。"说着便一阵风似的，跑下了台阶。朱力田祖孙三个，大袖郎当的，跑起来周身衣摆飞舞，如何能够快？蒲望祖看到事情有些不妙，直跑上前，一把捞住了朱力田的衣后摆，叫道："这样来议和，你们不是有意苦我一个人吗？"百川叫道："和他客气些什么？打倒他就是了。"这些蒲望祖的子民，把话可听错了，以为是叫他们动手呢。于是一拥而上，把朱力田先拉开了去，百川站在台阶下，只见许多人围在一处，却看不见蒲望祖，只听到一片打打之声，便上前去道："你们可不能将他打死了，打死了你们一样地有罪。这和议还是讲不成功。"于是就有人道："那就把他捆起来。"跟着这句话，又是一阵纷乱。

后来大家都散开了，却见两个人将蒲望祖由地上扶起。他头上戴的那顶黄布头巾，已经不知道到哪里去了，身上穿的黄布袍子，却成了挂穗子的漏花袍子，全身都是布片，满头的头发披到肩上，脸上也全是大大小小的泥土痕迹。他的两只手，已经向后反着了，颇有那人物图画中，诗翁构思的意味。下面一只脚穿了方头履，一只脚可是光的，这把一位九五之尊的真主糟蹋得成了一位疯魔道人。他将头垂在肩上，不住地哼着，被两个他的子民扶着向台阶下走。他也抬不起头来看，只将眼睛向百川斜瞟了一眼，哼着道："康先生，你何必这样对待我，但得有一块土安身吃饭，我也不一定要做王侯之位呀。康先生你何不放我一条生路呢？"说着话时，身子向下蹭着，竟是直挺挺地跪在百川面前。百川觉得他这一国之主，忽然这样屈辱起来，却是特别含有趣味的事情。便笑着将他搀扶着道："你起来，你起来，这是你的好百姓，不满意于你，与我什么相干？"蒲望祖依然跪着道："康先生若不答应给我一条生路，我决不能起来。"百川想着，他的百姓和他的感情，已经是这样，他的敌国仇人，不知道要怎么地对付他呢？自己可就不能当了许多人替他保险，心里想着，便踌躇没有答复出来。

　　就在这时这些叛民哄然一声，又喧哗起来。看时他们簇拥着五六个女子出来，其中一个也是穿了黄色的衣服，反缚了两手，满脸都是泪痕。此外几个女子，远远地站定，斜了眼睛看着蒲望祖并不作声。百姓中就有人指着她们，告诉百川："那个穿黄衣服的女子是皇后，其余的都是妃子，这皇后的权威，比蒲望祖还要厉害。不依她的御旨办事，就要打人。"那皇后听到有人指摘她的坏处，看了蒲望祖还跪在地上，料着事已不妙，哇的一声哭着也跪了下去。哀告着道："神仙神仙，你饶命吧！"百川看她时，泪痕带了头发同在脸上粘贴着，塌鼻梁之下，张开一张血盆大口。两条吊眉下，一双胡桃眼睛，只管流出泉水般的眼泪来。他心里就想着，这也是皇后。再看那些妃嫔时，依然是斜了眼睛，看看这国王夫妇，虽然不见得欢喜，却也绝不可怜他们。百川因回头向朱力田道："到了患难的时候，就可以看出人心来了，你看这些妃子，都也受过蒲望祖的好处……"他这几句话，恰是被妃子们听见，有一个人就垂着泪道："我们受着好处吗？"于是指着学敏学勤道："你二位是造化呀，若是他打了胜仗，你们能这样地自由自在吗？"百川道："你这话怎么说？"那人说："也是要抢了她来做妃子的。"百川听说，早是怒从心起，大声喝道："蒲望祖！你这东西，死有余辜，来！把他推了出去，我包你们可以议和成功。"那些百姓们听了这话，将皇帝皇后拖了起来，就向外走。

　　蒲望祖被人拖了走时，口中还不住地埋怨着道，"早知道这样，我就不该议和，议和是死，不议和也不过是死罢了，也免得我受这样的屈辱。"他这样地不平，跟在他身后那位皇后，更是哭哭啼啼，犹如奏着国乐送国王出境一般。一路行来情形大变，已经不见一个人执干戈卫社稷了。便是那城堡门口，虽然远远地看到城门是关闭的，然而却没有一个人在那里把守。似乎这全城的人民，都加入革命团体了。大家拥到了门边，可也没有谁来拦阻，早有人将两扇堡门大大地开着，放了这群人出去。百川远远地看去，见树林子外面，还有不少的旗帜，在那里飘荡着，于是抢到这些人面前，转过身来将手摇着道："你们站住，不用朝前走了，我们这里四个人先走了过去，把话都说好了，再把你们引了过去。要不然许多人向前拥着，他们不知道来者是何用意，恐怕又会打了起来，你们都是没有带武器的，恐怕要吃亏吧。"到了这时来求和的人，还有什么话说，无非是怎样说怎样好了。因之大家都站住了脚，静看百川向前走着，引了朱氏祖孙三个人而去。

那树林子里这些人，自百川去后，大家都眼睁睁地向城堡里望着。百川是否能安然出来，可就不得而知。不过大家也就想着，纵然是议和成功了，也不见得马上就可以解决，及至城门口拥出许多徒手的人来，大家也不免愕然相向。想着这都是为了什么，及至百川领着朱氏三人慢慢地走近了，探险队里的三位先生揩干了一身汗，便一齐迎上前来。彬如看了朱氏双姝，向百川道："你是有志者事竟成了。"百川连连点着头笑道："总算不辱使命。"说着将身子又晃了两晃，表示他那番得意的情形。侃然道："只要朱家二位姑娘回来了，这件事我们就算成功了十之八九。"学敏在这个时候，已是逃出了虎口，而且百川对她这番意思，她也完全明白过来。到了现在可以说是两重欢喜，这就向大家跳着笑道："我是蒙康先生救回来了，但是这也算不得把事情做了十之八九吧。"侃然道："怎样算不得？老实告诉你，康先生就是为了救二位姑娘，才冒了这样极大的危险，去和蒲望祖议和，就是我们这事外之人，留在这里开了杀戒放枪打人，也无非是为了二位姑娘。"学敏就笑问百川："这话是真的吗？"她这样一问，却闹百川难于答复。因为谈及了爱情问题，这就是一件神秘的事情，一涉神秘，这话就不应当公开地来谈。所以百川听了她的话，只好红着脸，嘻嘻地向她笑着。因为承认不得，可也是否认不得，否认了，就前功尽弃了。欧阳朴见了他那为难的样子，便向学敏道："贵山里人，当然比我们山外人要直率些。但是论到男女一处的事，我们山外人，就不如山里人这样地老实。总是含而不露，不大说出来的。"彬如笑道："老朴，我的诗瘾发了，记得元曲上，有这样一句'冲冠一怒为红颜'。"百川向来是讨厌这三位先生说幽默话，可是到了现在高兴之余，颇也觉得幽默言语可喜。

可是山上两位老领袖黄华孙苗汉魂眼睁睁地见敌人捆缚巨酋而来，正当想着怎样地处置，偏是这位议和专使走回来之后，一个字也不提，只和他们的同伙说些风凉话。旁边看到真有些急人，于是皱了眉只管远远地向百川一班人看着，看他这风凉话说到何时为止。而且不时地发出苦笑，又咳嗽几声，好容易等着百川回过头来向他望着了，这才抢着向前，对他作了一个深深的揖，然后问道："康先生，蒲望祖现在怎样说了，肯和不肯和呢？"百川笑道："你看，我们回来了，先只说些不相干的话，把正事都忘记了。我告诉你们吧，大事算完全办好了，那边的人只要能保全性命，什么也不再计较了。现在他们已经把蒲望祖夫妻捆着送了出来，听凭你们发落吧，他们都在那里，不敢过来。"说时用手向那堡门口一指。黄华孙道："这是蒲望祖自己愿意吗？"百川笑道："他还想做列侯呢，怎能够自愿这样，这都是他的臣民推罪魁祸首的意思。"那个战胜者袁指挥使听了这话，就叫起来了，他跳着脚道："蒲望祖一个人认了罪就算完了吗？他手下的九卿都是贼，一个也饶恕不了。你们想，蒲望祖做皇帝，他们就是什么上大夫，中大夫上卿下卿，蒲望祖做了俘虏，他们依然是太平百姓，若不办一办他的罪，世上的人都会去做坏人。"他这样地嚷着，百川便向欧阳朴道："我看这件事不与我们什么相干，我们也该休息休息了，让他们自己去办理吧。"彬如笑道："我早已在那山溪边预备下一块青草地，一条流水沟做了你的功臣第，你就去休息休息吧。"百川也觉到了现在不会有什么大问题，随着彬如向那青草地上睡觉去了。

真个是白云如蓝，碧草如茵，睡得很熟。蒙眬中听得那娇滴滴的声音，连连喊着："康先生。"百川睁开眼睛来看时，却是学敏姊妹笑嘻嘻地站在草边，正等着他呢。百川一个翻身站了起来，向她笑道："什么事吩咐呢？还要朱姑娘亲自来叫我。"学敏道："现在议和的事，完全都清楚了，就是待康先生去吩咐一声，因为康先生是个原来议和的人。"百川想着，不管是否如此，却要去看看如何了结的。于是同彬如一路，跟随学敏走去，到了目的地时，便是蒲望祖的故宫。

那两扇大堡门，一扇烧着有焦痕，一扇推倒在地。进了那门便是路，两旁的树木，也砍倒了不少，直走到那当日迎贤宾的大殿上，屋却拆倒了，满地都是草屑木块。还有两处宫殿，都是一片焦土，那最妙的便是当着景阳钟的那口大锅，并不曾打碎，仰口朝天，放在废殿中间。在那锅的四周，跪了一圈人，除了蒲望祖夫妻而外，还有九个男女，每人背了一支白纸标，上面写了伪国卿某贼某人。百川看了，这就明白，便是所谓的九卿了，这还不算，将原来打锅底的那个木槌子交给了他们，每个人拿了那木槌子，将锅敲上一下，骂自己几句，然后把这木槌子交给第二个人，第二个人也是如法炮制着。百川看时，正有一个白胡子老头，在那里敲锅口里骂道："我是个狼心狗肺，骆驼骨头的老贼，我这样大的年纪，土在头边香了，为什么还要叛国叛祖去做贼？我若早死一年二年，就是一个人，现在是一条狗了。我现在死了，还可以算是一条狗，可是舍不得这条老命，还要自骂自来求活，我真是狗也不如，狗也不如。"他说到这里，声音颤抖着，眼泪顺着胡须秒流将下来。百川看到，心里想着，这人真是不如一条狗，这样的话都说得出来。见黄华孙在身边，笑道："老先生，你也这样大年纪了，看这老头子骂得多可怜。"黄华孙道："这贼生定了是一副贱骨头，我们不过说，他们要自骂一顿，哪个骂得顶痛快，就先放哪个，他只图先放，所以口里不择辞了。"彬如将头摇晃着微笑道："这真是一篇绝好的幽默文章。"便走向前问道："喂，你这位上卿，今年多大岁数了？"他诚惶诚恐跪在地上作揖道："七十二岁了。"彬如叹了一口气道："七十二岁，你还要这样子做人，骂吧，活该！"欧阳朴笑道："好一个'活该'两字，幽默之至呀！"

144

第十九回

皇帝做奴才偷生不易
家庭成泡影易宅犹欢

这一幕趣剧，在探险队的人看来，都感到非常之有味。尤其是徐彬如，戴着一副诗人的眼光，看到这批九卿跪在这里，只求免他一死，什么丑态都发挥出来了，于是向众人道："我们笑什么？大可不必。据我看来，这是我们外面文明社会的缩影。假使把一批和九卿相等的人，搬到这个地方来，我想他们那一副形象，也不在九个人以下吧？"彬如说得高兴，不免指手画脚起来，黄华孙这班人看得呆了，只管听探险队里人讨论一些社会问题，关于面前九个人跪在这里求生讨命都不曾理会。

百川究竟是为了这件事而来的，不便丢了正事尽管去闲谈，偷眼看那人丛中的蒲望祖时，见他两手反缚在背后，跪在地上，他的头几乎垂到怀里来，并不说话，也不看人，好像什么都不管，只听其自然了。国王固然是不希望保留，就是列侯，也就不想再得一个。在这个时候，自然是无用到了极点。可是回想到当日，他在皇宫里大宴佳宾的时候，当着来宾，高居宝座，吃的是大鸡大肉，看的是美女歌舞，多么高兴！在那个时候，也曾受过人家的好处，于今眼睁睁看人家跪在地上，毫无办法，似乎也有些不忍，便向他周身上下打量了一番，然后向黄华孙道："我和他们议和的时候，已经说明白了，必定饶他们一死。现在你们若是把他处死了，这却是让我大大地失信，我们山外人，把信用两个字看得十分重的，若是有人自己失信，那就该自杀。可是让别人逼得失信的，一定要杀死那个相逼的人。"彬如正了脸色道："对了。我们山外的人现在最考究的是一个信字，你可不能轻视了。"那黄华孙看到蒲望

145

祖这些人如此可怜的样子，本来也就觉得可以把他们释放了，只是这不是自己一个人可以主张的，便是这位打了胜仗的袁指挥使，也不能不和他商量一下子。于是掉转身向他拱了两拱手，然而黄华孙还不曾开口，他就先发表意思了，他道："我们这山上，相传几百年下来，安居乐业，本来是个天国，就只因为他一人想要做皇帝闹得我们自己残杀起来，若是这样罪大的人都不办他，以前那些打仗死了的人想起来都有些冤枉了。"他这几句话，说起来也像很有理，黄华孙虽然可以算是这山上的政治领袖，但是袁指挥使现时却成了有功之人，不应该将他的话完全抹杀，所以他合拢来拱揖的两只手，仿佛是受了一种催眠，依然合拢住，好久不分开来。

百川心里他就思忖着，照着蒲望祖这种行为论起来，那诚然是死有余辜，但是自己去劝他投降的时候，说好了是免他一死的，于今要是把他杀了，倒好像是骗了他到这里来受死。在责任上，也有些说不过去。便向袁指挥使道："照着蒲望祖人格说，你们贵山上有贵山的法律，我们管不到；但是我赶到他们寨里去讲和的时候，你们一切都说定了由我做主，现在我允许了他不死，你们还是要杀他，以前何必答应我去讲和呢？你们干脆攻打了进去，不就少了许多麻烦吗？"这小小一个山国，情形却也不能和普通国家例外，政治领袖怕军人，军人又怕外宾。探险队几个人，在这里有那发掌心雷的天外本领，叫人不能不害怕。所以百川说了这一篇话之后，袁指挥使跟着黄华孙之后，就也默然。但是他那双含有怒气的眼睛，可就横着向蒲望祖身上看来，不但指挥使如此，跟着他身后的许多人，也是眼睁睁地向蒲望祖看了去。蒲望祖跪在地上原来是不住地偷着向人看了去的，现在见人都睁了凶眼望着他，不由地把头低了下去。

侃然站在人群里，不住地将手去摸着他的连鬓胡子，眼睛向跪着地上的人一一地看了，也不知道他有了什么感慨，先是点点头，然后又摇摇头，那副样子大有欲说不得的意味在内。彬如笑道："凭你这把胡子，就有做山大王的资格，当然你是对蒲望祖表示同意的，你觉得怎么样？"

侃然依然手抹了胡子，微微地叹了一口气道："宇宙间的生物，由极小的虫豸，以至于我们这人，都是带了一种杀机的。"欧阳朴道："这个杀机，也是原始时代就带了来的，而且是必须的。你想想看，假使这里面不起杀机，就没有了优胜劣败的事实发生，没有优胜劣败了；没有了优胜劣败，就失掉了这宇宙的生存。"百川笑道："现在我们不必管宇宙是否生存，还是研究研究这几个人是否可以生存吧。"说时就用手指了这地面上跳的几个人来问着。欧阳朴首先不好意思讨论这宇宙生存问题了，便道："他们是敌国，我们算是国际联盟，我们可以给他们仲裁一下子。"百川觉得由宇宙生存扯到了国际联盟，对本问题还是不怎样接近，便笑道："这件事，我来勉强做主一下子吧。"就告诉自己队里的工人，把缚着跪在地上的人一齐都松了绑。

这些工人脑筋都很简单的，眼前看到这些人是这样跪在地上叩求活命，也就够可怜的，这时苦苦地要他们的性命，好像有些过于严厉，都站在旁边看着，有些不平的意味。现在百川开了口，说是可以释放他们，这正合了他们的意思，也不须探险队里别位先生同意，几个人抢了上前就把跪着的人一一都松了绑。不过那些人被捆绑得惯了。好像已经很适意，将他们松了绑放起来，倒感到手足无所措，站在当地也是不敢动，暗地里不住地向袁指挥使偷看着。那蒲望祖夫妇更连袁指挥使也不敢偷看，只在低头的时候，眼珠左右地逡巡着去看他同伴的下半截。

那袁指挥使手扶了一根长矛插在地上，一手撑了腰，圆睁两眼向这班人望着。他扶了矛杆的那手不住地抖颤，抖得那矛杆上的红缨只管掀颤。看他那样子，好像要将这一枪尖插入蒲望祖的心窝。百川看了这情形就操着英语向三位先生道："你看，他们在面子上虽是不说什么，心里头可是恨极了，假使没有我们在这里，我想着这就流血了。"彬如笑道："中国书上说的，有怨毒之于人甚矣哉，谁叫他以前想做皇帝，预备统一全山。人家以前吃过他的大亏，现在人家将他打倒了，报仇乃是本事，我想蒲望祖若是打了胜仗，呵呵，我不能说了，在这个时候我说出这种话来，未免和他火上添油了。"于是掉转身来向袁指挥使点了两点头道："照说呢，你这种生气的样子，好像是一点儿恻隐之心也没有，但是仔细一想，他犯了这样大逆不道的罪过，应该处罚他的，只是我们的康先生已经答应了赦免他在先，好像简直不顾我们心里也是很不安的。我以为他的死罪已免，活罪难逃，可以把他夫妻两个拨到我们手下，让他和我们挑挑拿拿，出一点儿力气。"袁指挥使道："你们是要他去当奴才吗？"彬如还不曾答复呢，侃然用手搔着连鬓胡子，向欧阳朴笑道："东方的卓别林，你觉得我们大诗翁这一举不有点儿幽默意味吗？"

百川心里倒明白，就背朝了袁指挥使，低声操着英语道："我想山上对于蒲望祖过去的事不会忘记了的，假使我们早上离开这山，晚上他就要被杀。"欧阳朴道："你这话倒也很有理。不过你还打算着离开这山吗？"百川道："这是什么话！我还能丢开了文明世界，到这里来生活吗？"欧阳朴道："那么，我要问问这位朱家大姑娘，愿不愿和我们一同出山？"百川怕他们把这件事情又拉扯长了，便摇着手道："现在也不是讨论这一件事的时候。我们先把蒲望祖这班人发落了吧。"于是走到蒲望祖身边，低声道："你若是想活命的话，那么我们无论说什么，你都应当答应。我说这话完全为的是你，信不信由你了。"百川只说了这两句话，事实上已不容他抢着再说，彬如已是和袁指挥使站在一处，也用手握住了他的矛杆，轻轻地说了许多话。看那样子，好像告以利害问题，由不得他不连连点了几下头。

彬如走过来，向蒲望祖道："你到了现在，应该明白，除了什么好处，你都得不了而外，恐怕你的性命难保。现在是两条路，由你自己去挑选：或者是受死，或者是吃苦。你愿意死，我不去管你，听凭你山上人怎样来处罚。老实说，那也是你份所应得。你若是愿意吃苦，你来看。"说着，就用手指着跟来的二个工人给他看道："你就跟他们一样，和我们搬搬东西。我们若是出山去，你也就跟着我们走，现在你说……"他还不曾说出一个字来，站在他身边的那位皇后就抢着过来，向彬如弯腰一个礼道："我们愿意吃苦，你们到哪里，我们跟到哪里。"

蒲望祖觉得自己一国之君，不免为人去当奴才，这实在是一件难堪的事，因之紧皱了双眉，垂着手捏了两个拳头，几乎是可以由拳头里面滴出汗来。但是除了如此，却没有别的生路，只将眼睛看了他的皇后。自己为了要做一山之主，丢了这条性命，却也反悔不得。只是这位皇后，是自己生平所看到最好的一个女人，若是连累她也牺牲生命，实在是老大不忍，而且有这样好的女人，也舍不得抛开了她去寻死。顷刻之间，心里变幻了好几回，于是那捏着紧紧的拳头，也不知不觉松了下来。眼望了这女人，微微地叹了一口气。百川这就明白了，他为了女人，也就不能死了。

于是再回转身向那九卿道："你们明白了没有？现在两条路在这里，受死可以不必吃苦，不死就要吃苦。"那些人到了此时，哪里能像旁人可以随便说话？不说话呢，又怕别人会发生误会，不得已个人挣命似的说出了两句话，嗓子眼里嗡嗡地发出声来，却听不清楚他们究竟说的是些什么。百川就向黄华孙道："好了，现在你们这些叛民，都算是归顺了，用不着我们在这里打搅。请你们给我们找个地方，让我们先休息一下。"黄华孙正也感到他们在这里有些碍手碍脚，送掉一部分闲人，那是很好的事情。这就向他拱手答道："好，好，我们早就预备了。我看朱力田兄和各位先生最为交厚，就请各位先到他家里去歇息，等我们把这里的事情料理清楚了，再来好好地款待。"欧阳朴道："你把这款待的事情交给了朱先生，这就是十分妥当。而且我们康先生以至于我们这班朋友，都愿意在朱先生家里歇息的。"百川笑道："何以还要把我单独地提了出来说呢？"彬如笑道："因为你有这个资格，我们才特地地把你提出来。"说时，他侧过脸向朱学敏道："康先生去，你们总是欢迎的吧？"学敏道："'欢迎'，这什么意思？"彬如道："'欢迎'这句话，就是高兴他去的意思。"学敏道："就是他一个人去吗？"彬如道："我们自然也要跟了去。不过我们一下子轰了这多人去，恐怕府上安插不下来，到了那里，我们还要劳你的驾，给我们找个地方，分开来歇息。"学敏道："不过这几个人，我们家里可以坐得下的。"说时，她一双眼睛已经向百川脸上瞟了过去。彬如偏是已经看出来了，就向她道："自然的，康先生这次为了二位姑娘出力不少，你二位姑娘应当在家里款待酬劳他的，他并不和我们一样，要分开了出来住的。"百川笑道："各位先生说话，总要把我特意地加重一笔来说着，这让我很感到一种惶恐。"侃然整大把地将胡子由嘴上向下搂着，连连摸了三四把之下，这才笑道："这种惶恐，只有你可以得着。"学敏一手拉了百川的衣襟，一手捏了彬如的衣袖，向前走着道："那我们就走吧！爷爷，你去请着那几位随后来。"她口里如此说着，人便是向前跑。

百川在她这种领导之下走着，心里可也就在那里想，这山上的女子虽然也是知道爱情，但是她们的爱情却是直率公开，不带一些儿虚伪，这样好虽是好，不过爱情这东西是有神秘意味的，必定要知道秘密才感觉到一些趣味。像现在她这个样子，丝毫不顾人言，跟随了她走，有些害羞，不跟随她，反映出自己不大器，越是要引得同伴们说笑话。所以在这种尴尬情形之下，他却没有别的法子可想，只有低了头随着她走去。一直到了朱家门口，她才放了手。而且伸开了两手，遥遥地做个推送的样子。

彬如走进她家首先拱揖道："大姑娘，你是应该欢迎这位康先生的。至于我们，不过是在一边凑凑热闹，哪里受得了大姑娘这样看待。"学敏笑道："各位先生都是侠客，请坐吧。"百川也没有说什么，忽然呀了一声道："我们这就不对了。"这连彬如也有此惊异了，就站起来问是什么事。百川道："我们来的时候，虽然是匆匆地由这里经过，但是我很记得，不是这个样子。"学敏不曾答复，脸上先有些惨然了，因道："康先生没有听到说，我的家已经是火烧了的吗？"百川道："不错，我们听到令祖说，府上让人烧了，二位又被人劫掳了，这又是谁的屋子？"学敏道："就是这里的叛民跑到山河那里去，剩下来的房子。本来派不到我们来住，因为九老会要让我们来款待各位，沾了各位的光，我们就住到这里来了。这里什么都现成，我们省力不少，若是叫我们来重新安排这一份家，一个月也办不好呢。当康先生睡觉的时候，我就跑来了一趟，我已经很高兴了。"她口里说着，就用手拍拍桌子摸摸凳子，笑眯眯的眼睛斜着了百川，而且腮上浅浅地印出两个笑窝，很有几分妩媚。百川便道："府上烧得干干净净了，才换了这个地方住，这也不算什么便宜。大姑娘何以这样快活？"

正说到这里，朱力田也就引着第二批来宾进了屋。他在路上就解释了所以然，因之大家进来之后，也就不免向屋子周围来打量着。学敏并不晓得招待客人，由大袖子里伸出两只手来，反了手背，十指交叉着，放在胸面前，向大家笑道："各位看看，这地方比我原来的家要好一些吗？"这些人哪里会知道她有什么心事。侃然道："我看也不见得比以前的屋好到哪里去。一个人对于他用惯了的旧东西，总是有些恋恋不舍的，我想大姑娘要搬到这里来住，也是不得已吧。"这一篇话说了出来，把学敏脸上的笑容就收拾得干干净净。还是朱力田看出来，赶快替她打圆场，便道："现在没有工夫说闲话，赶快去收拾茶饭吧。你去，你去。"他说着，只管挥手，学敏才噘着嘴走了。

百川在一边看到，心中倒有些不解，她本有一个完整的家庭，一把火成了泡影，她见了这个新屋子，把以前的旧屋就不放在心上，大大地高兴起来。她这高兴的缘由是出发在哪一点，这倒有些可以研究了。他坐在长凳子的一端，手托了头，正在那里揣想着。余侃然悄悄地走了过来，挤在他身边坐下，手按了他的肩膀，向他的耳朵叽咕着道："刚才我这几句话，我自己觉得很是周到的，难道这几句话会把她得罪了吗？"百川道："这一层我也不大明白，正在这里纳闷想着呢。"侃然一手托了手肘拐，一手揉擦着胡子，因道："连你都不明白，这事就更觉得有趣了。"

他说时，见朱学勤脸上还带了一些笑容，手拿了一块揩布，在擦抹桌面。心里想着，这孩子尤其是天真烂漫的，在她口里，或者可以打听出一点儿实情来。于是向她招了招手，将她叫到面前来。学勤左手揪住了右手的袖子，右手露出一大截光手臂，慢慢地走向前来，大声问道："有什么话说？"侃然觉着也无所谓其秘密了，便笑道："依你说这个地方比你原来的家好些吗?"学勤道:"这房子虽是大些,没有我们原来的家好,但是我姐姐到这里来喜欢得很。"侃然道:"为什么喜欢呢?"学勤还不曾答复出来,朱力田手摸了胡子,眼睛望了她。她就笑道:"我不说,我不说!"于是跑了。

第二十回

瘦竹清泉幽怀来好伴
干柴烈火趣语谑同人

　　朱家的家庭，到了这时，一点儿踪迹都找不到。就是康百川也和他们有些伤感，现在见他们都是喜欢的样子，也有些不解。虽然学勤对于这个缘故，露了一些口风，然而在百川还是不解。因向侃然笑道："余先生或者能研究出一点儿理由来，不然，为什么搔着胡子？我见余先生没有办法的时候，常是能在胡子里去找出路的。"侃然连连地搔着连鬓胡子道："了不得，了不得，你跟着我们这三个人在一处没有多日，居然把俏皮话说得很好了。"百川笑道："本来我就是三位先生的学生，学的日子就久了，怎么说是没有多日学的呢？"彬如对他望望，又对侃然望望，微微地笑着。

　　百川看他这种情形，知道这里面有原因，问道："徐先生要说什么？"彬如笑道："你别忙，快到发表的时机了。"百川听说，越发是不解，正待要问，无如学敏姊妹已经搬上了饭菜来，由朱力田起身，请大家入座。他们办了两席饭，屋子里一桌，招待几位先生，屋子外一桌招待工人。大家也是饥渴得够了，谁也不曾谦让，坐下来，扶起筷子来跟着就吃。朱氏爷孙分着两班，爷爷在外面招待，孙女却在里面招待，都是很殷勤的。

　　在这山里的居民，因为生活的转变，男女之间，朝夕共同工作，本是没什么界限的了。不过情感这样东西，人类最为丰富，两性之间，只要是彼此有点儿爱慕了，他们的动作，那就会有些失常。就是当事者，自己极力地镇定，在旁人也是会看得出来的。这个时候，学敏坐在百川对面的座位上吃饭，却不时地将眼光向他身上来射着。百川恰是没有她那样大方，他总是低了头，不敢向学敏望过去。彬如笑道："大姑娘，我看你今天很高兴。"学敏道："大家死里逃生出来，这还不应当高兴吗？"彬如道："大姑娘，你知道你能死里逃生，是哪个的功劳？"学敏向在座的人都看了一眼，笑道："自然是各位先生的功劳。"彬如摇摇头道："不对，不对，不是有一个人要拼命去救你，我们是不会同着去救你的，你又知道这个人是谁？"学敏两手捧了筷和碗，既不能指，嘴里咀嚼着饭粒，也不能说，她却笑嘻嘻地眼珠转着，将嘴对百川一努，彬如且不理会她，回转头向欧阳朴笑道："这一下子，里面很有一种'烟士披理纯'。"百川听到这位诗学大家，把女子一努嘴，也当了诗文来看，含有"烟士披理纯"，这未免说话太不离本行了，心里一阵好笑，无论如何也忍不住，扑哧一声，回转头去，将口里的饭喷了满地。彬如一点儿也不介意，望了他道："这有什么奇怪？要你笑得这个样子。"侃然也觉有趣，想找一句俏皮话来打诨一下。然而匆促之间，又想不到一句恰当的话，他只在踌躇着，就不免到连鬓胡子里去找出路。自己是刚刚抬起手来，挨到那蓬蓬的虬髯了，忽然又想到刚才百川还笑来着呢，于是立刻将手缩了回去。但是百川已经看到了，方才要停止不笑的，觉着又笑了起来。究竟是欧阳朴能掩着他的坏处，便道："百川，你这是怎么了？不怕别人有机会报复你吗？"百川这才有点儿恐慌，板了脸不笑了。这回他们当面取笑，虽然有一句译音的"烟士披理纯"，然而他们没有说一个英文字，学敏看那形状，已明白了大半，因是低了头，也不再说什么了。

　　将这餐饭吃过，天色便已昏黑。门外一片白光，如涂了银漆一般，月色非常之好。朱力田搬了几条竹凳，放到门外空场子里，让大家都在月光里坐着谈天。百川看两个笔架似的山峰，在月光里隐隐插着，景致很是好看。再看看月亮，晶光一团，在蔚蓝色的天空里，配着深青色的山影子，幽静极了。心想，想不到会在这种地方来赏月的；更也想不到在这种地方，会遇到了这古装现代姑娘，而且她是那样健美，是那样天真，我不得不爱她了；可是我爱了她，能带她出这个山圈子去吗？不能带她去，我忍心就这样走了吗？我不走，能离开现代社会，在这里做个半开化的人吗？人有了爱情，苦恼马上就跟着来了，这真叫人没有法子来排解。他心里有了苦闷，面前坐着许多人说闲话，他都没有听到。也是坐着苦闷不过，于是站起身来，随着月亮下的白路，不知不觉地走了出去。也不知走了有多少步路，却有一条浅水山涧，将路截断了。在山涧边，正有一块光滑石头，于是坐下了。石头附近，是一丛瘦竹子。月光斜照着，将影子横倒在流水上面。这里并没有乱石头，水只顺了沙湾流去，水中间放了几块大石，是搭着行人走路的，水从从容容地溅着那石头，发出一些潺潺的响声。月光，水声，竹影，互相映辉着，耳目之间，真有一种说不出的感觉。同时便联想到徐彬如说的"烟士披理纯"来。

静静地只管在这里享受这幽僻的情况，却有一阵瑟瑟的响声。看那瘦竹的影子，正摇动得厉害，并没有风，何以会这样震动？不要是出了什么毒蛇猛兽？回头仔细看着，由那里钻出了一个人，自己还不曾分别出来是谁，那人先说话了，她道："想吓你一吓，你倒看见了。"这正是朱学敏姑娘。想不到她会来，百川道："你怎么知道我在这里？"学敏道："我看到你走了来的。"她说着话，已经走近了身边。百川便站起身来，有让她在石头上坐下的意思。但是山里姑娘，却不解这文明礼节，她直走到水边蹲了身子，用手去划着水响。百川虽是在情场上有过经验的人，然而这里的姑娘在打破男女界限之下，又有点儿古礼存乎其间。既不新，又不旧，这倒叫他难乎措置。他正这样地踌躇，一时却说不出话来。默然了一会儿，只有风弄竹叶声，水触大石声，很寂寞的。学敏突然站立起来，向着他问道："吃饭的时候，你们是笑我吗？"百川笑道："你应该早明白了，我们就是喜欢这样问着玩的。"学敏道："分明是笑我，可是我不知道他们为什么笑我，你告诉我。好不好？我知道了，以后就不让他们笑了。"百川道："他们并不是坏意，他们是喜欢你的意思。"学敏道："他们喜欢我？"百川道："不，不！"学敏道："那就是他们不喜欢我，才笑我的呢！"百川道："他们是喜欢你。"学敏偏着头想了许久道："你们山外人说话，不大容易懂。又说是喜欢，又说是不喜欢，我听不出来你是什么意思。"百川将头脑冷静一下子，也觉得自己说话，有些颠三倒四，顿了一顿，才道："其实他们因为我喜欢你，他们跟着也喜欢你，所以他们就笑了。"学敏笑道："你喜欢我，我倒是有些看得出来。你性命都不要，到山里头去救我，那还不是喜欢我吗？不过我也喜欢你，你知道不知道？"说着，她就咯咯地笑了起来。

百川在这月亮下面看不到她脸上带了什么容颜，不过在她这笑声里面，听出那是由心窝里直发出来的，并无半点做作，因道："我问你一句话，你老实告诉我，你们这山里头有做媒的人吗？"学敏道："做媒的人？什么叫做媒的？我不懂。"百川低声道："喂，喂，你不要这样大声音说话，我同伴那几个人听到，他们又会笑的。"学敏斜了身子在那石头上坐下了，望着百川道："这有什么可笑的？我看你们山外人，真喜欢笑。"百川道："这不管他了，你真不懂做媒这一句话，我可以解说给你听。"他说着，也就坐了下来，两个人都是斜了身子的，恰好面面相对。百川道："譬如说吧，东家有个小伙子，没有娶亲；西家有个姑娘，也没有配人。东家的小伙子很想娶这个姑娘，就托人到西家去说……"学敏笑起来一拍手道："我明白了，我明白了，书上有这种话的。但是我们山上没有。"她说话一高兴了，就要叫起来。百川不能句句都压住地，不许她叫，也只好由她去了。便说道："我们这山上的老人家，把话相传下来，也说到这件事，说是我们祖先在山外的时候，婚姻这件事，都是靠媒人一张嘴骗成的，但是我们山上，大家天天见面，谁也骗不了谁的。"百川道："那么，这山上的婚姻是怎样联成来的？"学敏道："这有什么不懂？两个人说得来，就算配成了。"百川觉得她这话，倒真是婚姻的真义，不过结婚的手续不能这样子简单，便问道："这里面还要经过一些什么手续呢？"学敏道："我不懂你这句话。"百川道："我说，两个人说得来了，以后要用什么手续，才得到相当的结果?"学敏笑着摇了头道:"我还是不懂。"百川道:"你是真不懂呢,还是假不懂呢?"学敏道:"我实在不懂。"百川道:"无论什么事,总有一个阶段,由这个阶段,连到那个阶段,这里面总有过程。我问的就是这过程。"学敏听了这话,只是咯咯地笑,百川道:"你这算是懂了?"学敏道:"你的话我越听越不懂了。"百川道:"唉,这怎么办,这……""嘿,你说上这么些个新名词,人家怎么会懂?你把新名词取消了,人家也就懂得了。"

在那里竹林子里,忽然发出这种苍老的声音,把百川学敏都吓了一跳。接着钻出一个人来,便是余侃然。他笑道:"我本来不应当在你们中间打岔的,但是我听你说的话越说越远,急得要命,我情不自禁,就喊出来了。对不住,对不住。"到了这个时候,一切都不容百川否认的,便笑道:"这也无所谓。"他只说了这五个字,以外就不能再说什么了。在学敏一方面,就很少晓得什么叫害臊,见百川已是坦然处之,她也是毫不介意,向侃然笑道:"你们这些人里面,要算这位老先生最为有趣。"侃然笑道:"我怎么最为有趣呢?"学敏道:"你长了这样一大把胡子,还有些像小孩子一样。"侃然笑道:"你不要弄错了,我并不是来听你两个人说话的。因为我听到这里有唧唧哝哝的声音,我想偷着来看看,到底是什么人。"百川道:"这样说,你就算不是来听我们说话的,也是要来偷听别人说话的。"侃然笑道:"我们这两个字,未免太响了。"百川只好一笑,不便跟着向下再说什么。侃然道:"大姑娘,他要问你的什么话,你真的没有明白吗?"学敏道:"我实在没有明白,余先生讲给我听听看。"百川道:"怎好叫余先生讲给你听呢?"学敏道:"不能让余先生对我说的吗?"侃然道:"对了,又怎好不叫我讲给她听呢?大姑娘,你别忙,我再譬喻一说,你就明白了。好像大姑娘自己,现在已经到了出嫁的年岁了,假如你和一个小伙子说得来了,这婚姻……"学敏笑道:"不,不,我还没有呢,我还没有到岁数呢。"侃然道:"这个我早知道,不过我是这样比喻说。到了那个时候,大姑娘自己是情愿了,是不是还要问问大姑娘的父母呢?要不要问问九老会的

157

人呢，要不要叫小伙子拿出一些东西来呢？这一些事情，就是百川问的手续，现在你应当明白了。"学敏笑道："我没有。"说着，她横拦那大袖子遮住了脸笑着。

这是百川第一次看到山上姑娘不好意思，总算侃然问得盘根到底了。侃然道："这也是你们山上一种不同的风俗，我们很愿打听的。"学敏道："你若是问别人的事，我可以告诉你，我们这里规矩，男女两下愿意了，回去对父母一说，等到……"说着，手指着月亮道："等到月亮圆的日子，请了全山的人到空场上吃酒，男女就拜堂了。"侃然笑道："难道不要一些什么东西吗？"学敏道："老人家传说过，以前祖先在山外婚配，男女两家都要预备许多东西的。不过我们在山里住，各家的东西差不多都是一样，家家也都有，所以我们这里婚配，什么都没有的，不像书上说的，有那些礼节，还要费那些事，拜了堂就是夫妻了。"侃然道："如若两下愿意了，父母或者不答应，或者不中意，怎么办呢？"学敏道："不会的，若是两家父母有一家不愿意的，在男女初来往的时候父母先就要商量了，到了对父母说的时候，那就只要预备拜堂了。"侃然手搔着虬髯，连连哦了几声，他不管这一对男女在这里是怎样一副情形，他拍着手向朱家门口走来，口里连连叫道："这里真是好地方，我要带着家眷搬到这里来住家了。"

在月亮下闲话的这班同伴，现在并没有散开，欧阳朴道："老余，你什么事这样快活？关于地质方面，你发现恐龙了吗？"侃然道："这个社会，你与其说他是个不开化的社会，不如说他是个最进化的社会，实在是太合于我的脾胃了。"欧阳朴道："你所谓最合脾胃的，倒是哪一点？"侃然笑道："与其说是合于我的脾胃不如说是合于百川的脾胃吧。"说到了这里，他突然改用了英语，将刚才偷听百川的话，以及学敏所说的话，从头至尾都翻译了一遍，又用英语道："一根毫毛也不用拔，就可以讨个老婆，没有结婚的男子，实在应该到这秘密谷来的呢。"彬如道："我本来觉得这件事，有和他们促成之必要，但是据我看来，还不是今天所应谈到的问题，不料他们在今天晚上，立刻就谈判起来，真是特别快车了。"欧阳朴笑道："我记得《今古奇观·乔太守乱点鸳鸯谱》的判文上有这样两句话：以干柴而就烈火，无怪其然。我们都是中年以上，而且饱经经历的人了，这不算什么。密斯脱康呢，他现在正需要这一种安慰。"

朱力田坐在他们一边，对于那大套英语当然是莫名其妙，然而知道他们要有这种毛病的，动不动说出一套不像人话来，这也不足为奇。至于后面说到干柴烈火那番话，自己却揣摸得出来，无非是一点就着之意。但不知什么事情一点就着，因之忍耐不住了，急于要打破这个哑谜，这就向侃然道："你们说哪个人脾气这样暴烈呢？蒲望祖这东西，是天生的恶人，各位就不该和他讲情，把他除了，这山上就永远太平无事了。"彬如道："提到了他，我倒有一件事要和老先生打听，你们这山上，男女不分，一样做事。那个女子也不负累男子，当然是一夫一妻的制度了。那蒲望祖自封了国王，有了皇后，又有了妃子，他还要抢山上的女人，这样显然不是把女人同样看待了。怎么女人也就愿嫁他呢？"朱力田道："有哪个愿嫁他？都为了他带许多人逼一个，人家不能不从，他又骗人家什么东宫、西宫，为了名字好听，人家也就勉强答应了。我们因为祖先上得山来，只有这些后代，哪个也不愿绝了后嗣，男人娶两个，女子嫁两家，倒也有，总是要传后而已。好像我就只有两个孙女，玄孙是不会有的，但是我就把两个孙女当了孙子，可以招赘了孙婿进门，将来添了孩子，先给一个我做玄孙，以后才能让孙婿添孩子同他自己姓。"彬如听了这话，就轻轻道了一句英文："这样看来，这干柴烈火未必可以点着吧。"朱力田道："怎样，诸位觉得这个办法不好吗？"侃然道："好是好，遇到了干柴烈火这种人，那就很感到穷于应付了。"

这时，他也就看到百川在月亮地里慢慢地走到身边来了，这干柴烈火四个字射进了百川的耳朵里，不像山上人没有看过《乔太守乱点鸳鸯谱》这篇小说，不知所云，他是很明白的，这不是一句好话。因之悄悄地在人圈子外面一块大石头上坐着。彬如想到朱力田招赘孙婿的这种主张，倒是有让百川预知之必要，就不妨先探探他的口气。因笑道："百川，你说句良心话，这山上的生活怎么样？"百川听到他忽然问起这种话，虽不明他用意所在，然而必是有些用意的。想了一想道："这个地方是世外桃源。假如不想做现代社会上的一个人，当然是这里好。"彬如道："在都市上，不过得着一种物质上的享受罢了。可是这里有两个问题。其一是我的家庭，他们不会跟了来的，我又丢不下；其二是这山上人，为了人口增多，才分出守山出山两派，引起了战争，岂可以让我们山外的人再向里面搬吗？"百川突然地哦了一声，在月光下见他身子挺着，胸脯一张，显然是有豁然省悟之意。接着道："我倒没有想到这一点。"那余侃然细细地哼着他江南人读书的调子："以干柴而就烈火，无怪其然。"彬如和欧阳朴都被他引着笑了起来。侃然道："中国的线装书，虽然是应该丢到茅厕里去的东西，可是你要把那上面的字句取下来当消遣品，那总是有趣的。臂如这个'然'字吧，可以当了'燃烧'的'燃'字看，也可以当这样如此的意思解释着。"彬如道："老余刚才你对于燃烧这一点有什么发现吗？"百川听得他们所说，未免太难堪了，便用英语道："三位先生，若是再这样开着玩笑下去，让对方知道了，有些不大方便，我要提抗议了。"侃然不用英语答复，却用土腔哼着文调答复道："以干柴而就烈火，无怪其燃嘘。"这便是康百川自己，也不能不随着大家呵呵大笑起来了。

第二十一回

忍俊不禁含羞邀说客
无辞可对点首许情人

这场月亮地里的趣话，在朱力田听了，他还以为是意中事。可是在康百川听了，便有一种莫名其妙的感觉在内。他心想，假如这回探险出山，带着这样一个古代装束的妻子回去，那是一件奇闻，恐怕轰动社会，有点儿招摇。不过这话又说回来，假如我真爱她的话，我就不必顾虑这些。这山上的人，有那强健的体格、率直的天性，是很好的新妇女，若能再传授她一些相当的知识，那可了不得了。他正沉思着这未来的幸福呢，朱力田却说到山上的规矩，没有儿子的人，姑娘是要招赘的，这可为难了。自己还能够牺牲一切，招赘着做山里姑爷吗？

那位诗人徐彬如却和他有同样的感想，便笑道："老朴，你念过《浮士德》这部书没有？"欧阳朴道："你何以突然提到这外国古董上面去了？"彬如道："这是最摩登的呀。怎么说是古董呢？那书上说了，宇宙间最伟大的力量，就是爱。"余侃然在一旁搔着胡子道："我懂了，我懂了。徐先生的意思，劝百川不必回南京了，就在这山上办一个模范小学，实行剪发易服。"欧阳朴笑道："美男子，别再说笑话了，我们应当谈一谈正事。"侃然道："那么，你为什么说笑话？"欧阳朴笑道："我没有说笑话呀，你不愿意接受美男子这个称呼吗？"彬如道："关于这一层，将来再讨论吧，什么是正事呢？"欧阳朴道："从明天起，我们要分头去工作了，我和侃然出去采集矿植物。彬如可以找九老会的人，查一查山上的文献。百川呢，请你出去和朱家大姑娘谈三天话。"他说到这里，连侃然极喜欢开玩笑的人，也觉得他有点儿唐突，何以当了人家祖父的面，叫一个少年去和人家姑娘谈三天话？但是欧阳朴丝毫无所感觉，依然继续地道："关于人情风俗这一些事情，都可以去问问她的。"

百川明知道他是开玩笑，可不敢驳他，就是朱力田自身，也有些明白了，不过他们这山上的百姓，以前的祖辈不过一二百人，大大小小，就是家人父子一样，无所谓买卖婚姻，多半是男女青年相处得很好，到后来，家长就把他们的婚姻办成了。朱力田看到学敏和百川那样的形迹亲密，便料到他们可以成婚姻的。加之这群游伴，常是露些口风有了促成他们婚姻的意思，他也觉得这种趋势，迟早是会提出来的。山里人不懂得近世文明社会的应付手腕，他心里横搁下了这个问题，当时虽不好说破，但是他已不能再行忍耐了，当时就向欧阳朴道："说到山上的掌故，明天我就可以和你先生仔细地谈一谈。此外，我还有几句话说。"欧阳朴知道是问题来了，就问道："还是找我全部的人谈话呢，还是找我一个人说话呢？"朱力田道："请一位谈谈就行了。其实我就不说出来，欧阳先生也知道。"欧阳朴一想，这老头子简直说破了，若是这事。大家都赞成呢，一拍就合，那自然是好；但是说了之后，若是还有问题，那就未免形势太僵，于是向他答道："今天夜已深了，哪个不累？我们明天再谈就是了。"话说到这里，他们这个无目的的座谈会算是告了一个结束。

可是另外一组的谈话会，依然畅谈正酣，便是他们由南京带来的工友，以及在山底雇的那些夫役，他们到了这一个奇怪的山头上，又经过了昨天那样狂风骇浪的战事，大家都感到这里是个富于趣味的所在，讨论个不了，这就有人道："这地方太好了，一不用当差，二不用纳税，水旱无忧，没有盗匪，种田过日子，娶老婆，养儿子，什么都完了。若要说到世界上总有仙家的，这山上人就是仙家啦。不懂他们为什么还要打仗，打仗不就为的是图舒服要饭吃吗？可是这两种，山上也不短少。"又有人道："这还不为的是有人要做皇帝？做仙家舒服，做皇帝更舒服。"那南京来的听差就插言道："我的意思不是这样，以为若是在山

162

上做皇帝，不如到南京去当听差。他们在山上住一辈子，是只知道月亮由圆变到缺，则缺变到圆罢了，可还知道别的什么呢？"

百川在那边谈话会闭幕之后，虽默然不发一言，可是他心里又在那里想着，假如朱力田非招赘我的话，我就答应了吧。南京上海那样龌龊的社会，我何必还要去留恋？这时又听得那些工友的话，说是在山上做皇帝不如到南京去当听差，而且说山上人所看到的，不过由圆变缺、由缺变圆的月亮，这话也不假，我自己很鼓励自己，要做一番事业的，我能够为了一个山上的姑娘，把我的前程完全牺牲了吗？那几句不相干的闲话，送到了百川耳朵里去，他又突然地受到了一番感动，他那番追求山女的热情，不免减除了一半。不过他心里又想着，朱学敏对于我，可以说是心愿意愿，千肯万肯的事。若是我说，她应当跟了我出山，她绝不至于拒绝的。我就是这样办，娶她，一定娶她！但是我并不住在山上。这样一来，我什么问题都解决了，只要我坚决地不肯招赘，学敏又非嫁我不可，最后的一条路，当然只有归到了我带她走。他自己出着难题，将自己为难了一阵子，结果，还是自己来解释。于是自己心平气和，也就到朱力田所预备好的客房里安歇去了。

这个客房里，沿了墙的四周，摆下四条竹床，作为游历先生下榻的所在。百川的床，正好和欧阳朴相连，当屋子里熄灭了灯火以后，百川睡在床上翻来覆去，直转得那床咯吱作响，欧阳朴道："百川你还没睡着吗？我心里很乱，你只管这样转得床咯吱作响，我心里更乱了。"百川不敢作声，忍住了不敢再翻身。欧阳朴叹了口气道："女人，无论到什么地方，总是害人的。"百川就在这时，用那算数催眠的办法，由一数到两万一千二百，还是清醒白醒的。他想这个办法，却是根本不灵，于是翻了一个最后的转身，才开始模糊了。他也不知道模糊了多久，而且太阳早出来了。回转头看欧阳朴时，他鼻子里呼呼作响，倒睡得正香。他心想，这位老先生岂有此理，他和人家约好了今天去谈话的，怎么到了这个时候还是这样好睡？于是坐了起来，用很大的声音咳嗽了几下。这咳嗽倒是真有效力的，欧阳朴听到这咳嗽声，就昂起头睁开眼来看，他见咳嗽的是百川，也没有作声，手扯了盖被，扭转身又躺下去了。百川笑道："欧阳先生累倒了吗？怎么今天这样倦？"欧阳朴道："起来也没有事，何必早起？"说着，将头在枕上挨了两挨，好像是要想睡得更安适一点儿。百川心想，这位先生真是没法，大概他知道我着急，存心捣蛋，我偏不说，看你能睡到几时起？于是自己一赌气，自起了床。

就是同屋的另两个人，没有人催，也都起来了。百川在屋子里呆站了一会儿，向欧阳朴望了有十几分钟之久，见他沉睡不醒，只得脸上带了三分火气，很重的脚步，走出了屋去。可是自己负气，也不能久，在外面仅仅只耽搁了三四分钟，却又转身走了进来。见欧阳朴还是面朝里睡着，这就笑道："欧阳先生，您该起了，这儿有点儿事情要请求您啦。"欧阳朴哈哈大笑，两手掀了盖的被，坐着起来，因道："百川虽然在南京长大的，倒说的一口好北平话，只是这个您字，可以见得你是恭敬之极。"一面笑着，一面下床，望了百川道："你对我这样地客气，自然是有求于我，你说吧，有什么事相求？"百川笑道："那朱老先生不是约了今天有话说吗？"欧阳朴笑着向前，伸手连连拍了他几下肩膀道："你也未免太急了，他说的是今天，可没有说今天早上，更没有说一下床就谈话。今日一天，日子还长着呢，你忙什么？"百川一想，这话也对，朱力田并没有说一早就谈话，何以自己这样子地性急？于是向他笑着，没有答复。欧阳朴笑道："他虽没有提到是早晨，但我想到，无论一个什么问题能早早地解决，那就更好，可以免除了许多人着急。"彬如笑道："你这话有语病，怎样有许多人着急呢？"欧阳朴道："怎么没有，百川和朱家姑娘那是不必说，朱老头子自然是要说出他的心事。我呢，也急于要知他的心事。由你二位以至于其他的来人，谁不愿意知道这婚姻到底是怎样的结果，成不成呢？假如这件事，将来有人编成小说，到了这个关节要知道究竟的，那就更多了。你想，将来读小说的，有个不愿朱学敏嫁给康百川的吗？假如编制了电影……"彬如笑道："你这已经胡扯得够了，你要再向下说，那不使百川为难吗？"欧阳朴这才笑了起来，因道："其实百川老老实实地对我把心事说了，我一早就会起来，和他去做说客的。偏是他要假充正经，不肯露形迹，要我起来，并不叫我起来，只是乱咳嗽一阵。你想，我们这类人物，是肯受人暗中利用的吗？"百川笑道："得啦，这回算是我的错误，我现时向欧阳先生道歉了。"欧阳朴将一个食指，左右摸着他鼻子下的小胡子，只是微笑。

这时，学敏进来了，笑道："茶水都预备在外面了。"欧阳朴道："大姑娘，你有什么事要我帮助你的吗？"学敏道："不，厨房里有我姊妹两个，是够了。"欧阳朴道："不是说这小事，你有什么极大极大的事，大得不得了的事，要我帮忙的吗？"学敏点了头笑道："哦，哦，我明白了。这件事有我祖父和你说，你肯帮忙，和我祖父说吧。"说毕，她笑着去了。欧阳朴鼓了掌道："你看看，朱家姑娘是多么爽直！这婚姻大事，应该正正当当去进行，为什么害臊？"百川笑道："无论什么人，遇到了各位先生这样成天地取笑，脸皮纵然再厚些，也不能不害臊吧？那么，我不害臊了，请你老先生就去做媒吧。"这一来，欧阳朴就不能推诿了，便笑道："既然谈到做媒，媒是要成双的，现在我要找个同伴，谁去？"侃然道："我去行不行呢？"欧阳朴笑道："我们这一对宝贝什么时候拆伙，考查地质和生物学，我们可以互相发明。做媒也用得着我们互相发明吗？"侃然道："那么，彬如去吧，他是文学家，可以文绉绉地说上一阵子。"彬如道："好，我就答应了，我们总要办得诸事顺利，不让男女两方有一点儿不快。"他拍了欧阳朴的肩膀，两个人笑着去了。

百川他很相信这两位先生必能忠于所事的，自己很坦然地和侃然坐在门外空地里，喝着淡茶，闲谈心事。约有半小时，这两位先生带了平常的颜色走来，并没有一些笑容。彬如首先过来，一手捏住百川的手，一手拍了他的肩膀，很从容地道："你不用懊丧，天下事失败即成功之母。"百川脸上红着勉强笑道："他们完全拒绝了？"彬如坐在他一条凳子上，将他也拉着坐下，因道："拒绝是不曾拒绝，这条件很难了。第一，她是不能出山的；第二，你招赘在这里以后，也不能出山；第三，尤其是你所不能办到的，就是要两年以后才能够结婚。因为他们山上的规矩，女子是必须到了二十岁才许出嫁的。"百川道："我想这位老头子是没有诚意吧。"欧阳朴道："他搬出了山上的规矩来和我谈，我就没有办法。这山上是一国，那规矩是他们的宪法，我们为了娶他一个姑娘，叫他破坏宪法吗？所以我们对于这三个条件一个也没有答复，说是要来问问你。现在你的态度怎么样？"欧阳朴在他对面凳子上坐了，两手撑了大腿，向他脸上望着。百川道："我得去问问学敏。"欧阳朴向彬如道："我说怎么样，必定是这一着棋。"彬如笑道："百川，你这个办法对的，你只有这个办法将她说好了，等我们下山的时候偷偷地跟了我们去。他们反正不会追到山下去的。"百川道："我倒并不是这样想，我以为学敏果然是同意于我的话，以这山上人的性格而论，就是她祖父，也不能拘束她的。"彬如点点头道："好吧，你去试试看吧。"

百川觉得这事是公开了，也无须羞涩。抬头一看，见学敏在对过山坡上捆束柴草，一口气就跑上山坡去，学敏老远地就向他招着手，到了面前，向他笑道："恭喜你了。"她腰上束了一根带子，将衣襟翻起来塞在带子里，两只袖子高高地卷着，露出两只圆藕似的手臂来。只看她这种样子，便直率得可爱。而且她不施一些脂粉，在紧绷绷的面皮上，透出一些红晕来，街市上那种爱运动的女子，也不能健康得这样好看。于是向她点点头道："你随我来，我们找个地方去说话。"百川将她引到昨晚谈话的地方，再让她坐着，她一面扯下塞在带子里的衣襟，放下卷起来的袖子，一面笑嘻嘻地向百川望着。百川道："你为什么恭喜我？"学敏道："你不是托那个小胡子去说媒的吗？"百川道："虽然是去做媒了，那不见得就成功。你祖父说，不许你下山，也不许我下山，而且还要两年后成喜事。"学敏道："你真的要带我下山吗？我不敢去。我嫁了你，你又怎能走呢？这话是应当的呀。至于等两年。"说着，她先笑了，又道，"那要什么紧，不过是个名罢了，而且也用不了两年，过了那个年头，就可以的，你忙些什么？"百川道："这些我都不忙，我来问你，你祖上不是由山外逃来的吗？怎么不能出去？你说怕山外的人，那是笑话了，我也是山外人，你为什么不怕呢？"学敏道："你很好的，我怕你做什么？"百川道："山外人不都是和我一样的人吗？孙女总是跟祖父的日子少，跟丈夫的日子长，你怎好守住祖父呢？人在世上几十年，没有看过的，应当看看；没有吃过，应当吃吃。山外头那城市里面，有蚂蚁队那样多的人，有山样高的楼房，有整里路长的火车，自己会跑，用不点火的电灯，有隔了几百里可以对面说话的电话，这些我都和你说过了，你难道不想去看看吗？"学敏将她束腰的带子拿了起来，慢慢地挂着疙瘩，拴了一大串，然后又慢慢地解开来。

百川道："自然，你也会有些舍不得你祖父的，这算不了什么，将来你这个山头，还闭得住吗？恐怕你们不出去，山外的人也要慢慢地挤进来了，到了那个时候你若是想着祖父的话，我可以送你上山来，至多半年上下，我可以送你回来一趟的。难道你离开祖父半年都舍不得吗？这山上不过是碟子大一块天，天天看到，你不生厌吗？你是想看看花花世界呢，还是想死守在这山上？"学敏没有一句话，只是解带子系带子。

百川道："你要相信我，我绝不是拿话来骗你，你想想，你让蒲望祖捉了去的时候，我可以舍了命一个人跑进去救你，假使我没有真心待你，我肯这样子傻干吗？我的意思，是想把你带出去。你祖父要舍不得你，一定会跟着你的。那么，你全家都在外面享福了，那多么好呢？我这绝不是假话，要不然，我就在山里不出去，也不要紧。但是一个人生在世上，总要轰轰烈烈做一番事业，若是跟着你在山里，我不过做一个山里种田的人，伴着几块土到老罢了，还有什么指望？"山外的人，无论如何不会说话，也要比这山里人会说话得多，经了百川这一大篇话，学敏只有同了他一路出山去，乃是千妥万妥的事。本来她为了好奇心，也想到山外去看看，现在百川又说到下山有许多理由，她更是一个字也驳不得。半天的工夫，向着百川微微一笑。百川道："你觉得我的话并不是骗你的吗？"学敏依然解着带子，点了点头。

百川道："我说了这一大篇话，你怎么不答复我一个字。"学敏默然了一会儿，才向他笑道："你说的话都对了，我还说些什么呢？"百川道："假如你愿意跟我走，你祖父不许你走，你打算怎么样呢？"学敏道："他是绝不肯放我走的，不过我若是让蒲望祖捉住杀了呢？祖父到了现在，又来留谁呢？"百川道："这个样子，你是愿意跟着我出山的了。"学敏向他看了一眼，微笑着，连点了几下头。百川道："只要你有这番心事，那就很好，现在我们也不必露出什么样子来，还是像平常一样，到了我走的日子，你就偷着跟我走。至于走的时候，怎么样子走法，我们慢慢地再商量好了。"学敏脸上带了笑容，只管点头。百川道："你怎么今天只管点头？"学敏答复的这一句话，却是很妙，她道："叫我除了点头，还有什么话说呢？我心里已经是快活极了呢！"百川听了她这句话，也是乐不可支，他们这一层婚姻好像是得到完全圆满地结束了。

第二十二回

阶下乞怜痴情恋故土
门前劝驾危语系芳心

　　康百川把现代物质文明极力地渲染了几回，朱学敏的心可就被他打动了。她自己想着，这山上现在和外边已经打通了，我就是出山去了，有什么要紧？我想祖父的时候，就回来看看好了。她心里有了这样一个转念，所以就不再犹豫，预备跟了百川逃走。朱力田呢，他心里虽然感激这一批探险队的人员，然而他长到五十几岁，所受的都是山上教育，过着山上的习惯，他的思想，也不会跳出这个圈子去。他觉着，他的孙女，那是不会违背他的意思的。在次日上午，这里有个莫大的证明，就是那失去了自由的蒲望祖，他表示着容许他在山上的话，他也不愿出去呢。原来这山上的九老会中人，将这些叛民首领捉到之后，把他们捆绑，关在屋子里。至于怎样处治他们，却是拿不定主意。在这山上二百多年以来，就没有杀过人，绝不能用那种重刑来办他。若是照向来的习惯，将他们由悬岩上抛出境去呢？探险队的人却提出了反对。他们的意思，以为要把人治死呢，一下治死，倒也干净。由悬崖上把人丢了下去，若是不能够治死的话，死不能死，活不能活，有很多痛苦，那就太残忍；若是只要他离开这山头，探险的人就可以带他们出去，更不必下毒手了。论到这一点，这就应当考虑一下，现在山门口是封锁不住的了。假使他们带出山去了，又跑了回来呢？这可叫谁去对付他们呢？因为如此，所以九老会的九个首领，就在会所里办了三桌酒席，恭宴这四位队员，还有袁指挥使和朱力田作陪。

　　他们这九老会的会议厅，颇有点儿趣味，在一个土台子上，盖了个敞着前面的屋子，须要爬上九层土阶，方始到那会议厅里去。会议厅后面，四扇白木屏门，也不曾让它空立着，在上面用黑的和绿的颜色，涂了些云彩，中间就簇拥着一轮红太阳。在会议厅中间，摆了三张长方桌子，面前都露了绿罩子红底的桌围，品字式的，疏疏地摆着，倒有些旧戏台上三司大审玉堂春的那种局势。这三张公案，现在都摆了酒席，正中一桌，便是这四位探险队员，山上主人翁在两边相陪。这四位队员，由苗汉魂这老头子引导进来以后，余侃然在土阶下老远地看着，他忍不住先就笑了，因道："老朴，怎么回事？他们引我来登台票戏吗？这高的屋子，摆了那三张公案，你瞧，不像戏台吗？"欧阳朴低声道："这可别闹着玩，我看这样子，他们仪式是很隆重的，我们要在这里开玩笑，恐怕有点儿惹人家不喜欢。"

说着话时，九老会的最老一人黄华孙，由土阶上跑步下来，一拱到地，口里连说："请，请，请。"徐彬如是喝过旧墨水的人，他知道这是根据古人下阶相迎的大礼，主人三让客三辞的那一大套。料是这两位博士对地质学和原始生物，一开口能追溯到几十万年以上，对于这千百年最近的古典，恐怕还是茫然。于是他就抢上前一步，拱了手连说："不敢当，我们不懂山里的规矩，一切都随便吧。"黄华孙哪里肯，毕恭毕敬地不住地拱手，口里只管是说："请。"探险队里的人也有点儿明白了，这种礼节，大概是非接受不可的，所以也就都跟了彬如学样，"请请请"地一路上了台阶。

最妙的，就是他们已经登阶入室的时候，外面咚咚作响打起鼓来。欧阳朴低声笑道："老余这个样子倒好像是演打鼓骂曹。假如你穿上了这山上人的大衣服，更配上你那一部尊须，你想这台戏的主角是谁？"百川到了这时，心里本也是坦然，看到这种情形，听了这些趣话，也就忍不住笑了。在鼓声中，黄华孙将那竹筒杯子斟满了酒，两手高高举起，奉到正中桌上，而且移移凳子，还用大袖子掸掸灰，这做得更活像一出戏。

大家彼此打个照面，都有些笑容，不过在主人翁一方面，他们虽然

170

脸上也带了些笑容，可是那笑容并不自然，显然是装作出来欢迎来宾的。大家倒是受了这假笑的限制，把真笑收了起来，然后就座。黄华孙坐在左手边桌上，将竹筒杯向正中拱过了三次，然后就轻轻咳嗽两声，发言道："敝山不幸，同类相残，幸亏各位鼎力相助，得平大难，今天预备这点薄酒，一来是敬谢各位，二来呢还有一件未了的事要向四位请示，就是那蒲望祖虽已投降，山上人可都不敢留住他，若要把他严重处死，可是又对不住诸位，若是把他逐出山去，难保他不再回来。我想当了诸位的面，将他叫来问问。"说毕，站起来一拱手。欧阳朴道："我们不是提过了，我们再在山上玩两天，就把他带了一路走吗？我们到了山外，随便也可以安插下去，让他有饭吃，有衣穿，有事做，他既然有许多同党，在这里大大地失败过了一回，他再要一个人回来，有什么能力？就算山里头还有人帮他的忙，只要他一进山，你就把他捉了起来，他也不能生出什么祸事来吧。"黄华孙道："虽是那样说，但是总不如他永不回来的好。"侃然笑道："这个办法，在山里人的立场而言，却也是应该的。只是我们没有那工夫，可以永久看守着蒲望祖不回来。"黄华孙这就向对面坐的袁指挥使摸了两摸胡子，缓缓地道："这个样子，还是照我们议定了的话那样办吧。"说着，就望了厅外台阶上站的几个壮丁道："把那贼子先带上来。"

只这一声，不到五分钟的工夫，那几个壮丁簇拥了蒲望祖上来。他这时不是像国王那样雄赳赳的神气了，两只大袖子被缚着反背在身后，一条粗绳子由肩上拦着双股纹，再相交叉地缚捆到了腹部。头上固然没有了黄冕，就是一方蓝布头巾也无。满头的粗糙头发一半挽了个牛屎髻，堆在头顶里。一半短些的，挽束不住，披到脸上来。脚上是光光的，在长衣服下露出来。加之他脸上那种哭笑不得的神气，见了人，分外是惨然了。那袁指挥使这会子就神气来了，指着厅外大声喝道："姓蒲的，你死在眼前，为什么见了我们还大模大样地不跪下来？"世上有落井的，就也有下石的，只这一喝，两个壮丁抢了上前就将蒲望祖一推，他两只手是不能动了，脚又被长在摆裹住了，但不是跪下，早是推

171

金山、倒玉柱似的整个地躺在地上。虽是土地，却也哄咚一下响。

侃然看到，首先觉得有些不忍。心里想着，照着蒲望祖的脾气来说，必然破口大骂，殊不知他摔下去了，只将身子扭了几扭，因为他手是被缚的，却爬不起来。过去两个壮丁，抓住他的衣领将他揪起，他并不两脚站立，两膝着地，竟是在土阶上跪下了。侃然看着，倒替他抽口凉气。他先朝着上面开口了，央求着道："饶了我吧，现在我认错了。"黄华孙道："你这种不孝的子孙，本来就要治你的死罪，念在你是投降的，放你一条活路，你可以跟着这山外的先生一路出山，以后永远不许回来。若是你回来了，我们就要你的命！"蒲望祖没有手出来，不能趴着磕头，只管不住地弯着腰道："各位老人家不要那样了，那比治我死还厉害了，我离开了这里，要想念家乡一辈子，倒不如死了，也不想，也不念，还干净多了。"袁指挥使瞪着眼道："你愿意死吗？那容易，就把你了账。"蒲望祖又连连弯着腰道："我不愿死，我不愿死，我不过想出去以后，过了几年许我回来一趟，若是不放心的话，在山外面先让人捆绑了我再进来。我并没有什么别的意思，我只是舍不得我这个好家乡呀。"

百川不由得皱了眉向同伴道："这个人的乡土观念怎么这样深？"欧阳朴道："唯其如此，所以想在山上做皇帝。"侃然道："既然他乡土观念很深，为什么烧他乡土上的房子？杀他乡土上的人？"在探险队员这样低声讨论着，觉得他这话有些矛盾，然而他的乡土人，听了他这种话，倒都被他感动了。苗汉魂先插言道："若是他果然说的是真话呢，也觉得他这意思不坏，各位看是怎么样？"袁指挥使用手摸摸下颏道："这贼子他还算没有忘了祖宗田园，以后许他五年回来一次，在山里只许过一天为限。"蒲望祖连连弯着腰道："多谢，多谢，大家有这个意思，我就放心出去了。"黄华孙道："这可是当了诸位先生的面说的，你不许后悔，你要后悔，我们就要你的命的。"蒲望祖央求着道："我改过了，以后决不再犯法了。"袁指挥使对壮丁道："把他带下去，我不愿看他这副嘴脸。"那壮丁齐齐答应了一声，就把蒲望祖带着走了。

百川心想，这样看起来，学敏倒是真看重了爱情的。别人顾念乡土，只有她不顾念乡土，不过她和乡人志趣不同，这件事更要秘密行动，不能让朱力田知道了。他吃饭的时候，就有了这样的意思，脸上可也得意得很。侃然道："百川，我看你脸上，不住带着笑容呢，什么事，你这样地快活？你以为那蒲望祖得了生路，和他高兴吗？"百川低声道："回头我再说。这件事，也有和三位先生商量之必要的。"彬如伸了头过来，低声道："你的意思，要我们在这里和你做起媒来吗？"百川道："不用这个办法了。"说着，他又是一笑。

朱力田在一边看到，他料想着多少总和自己孙女的事有些关系，可不能不说了，于是先咳嗽了一声，然后又向山中各主人作个揖，再向探险队员作两个揖，直着颈脖子，又咳嗽了两声，这才慢吞吞地道："我有一件事要报告的，就是……"又咳嗽了两声，这才道："就因为孩儿学敏和这位康先生，他们很……我想大家也知道，我想两家若是结为秦晋之好，那也很好，只是我们这里的规矩，山外人大概不知道，康先生是要走的人，又不能入赘，且我孙女也还没有到出阁的岁数，所以我觉得很对不起。"他这样夹七夹八的言辞，虽不能完全说出来，但是大意是很可以明白的。

首先便是把百川闹窘了，当了许多人，碰他一个钉子，这话怎么说！彬如看他脸色，很有些不自在，这就代答了，因大声道："这个请各位不必介意，你们山里有山里的规矩，山外也有山外的规矩。无论如何，婚姻这件事，不能勉强，那可是内外一样。我们这位康君，既然很赞赏这位朱家大姑娘的，他那求婚的意思，自然是不会假。不过那是没有知道这里规矩以前的事，后来知道，要在山里等一年之后，才可招赘，他就把意思变了。他不能入赘到山里来，那也正和山里人不愿出去的理由是一样。再说康君有老母在堂，他也不能抛开的，我们两方都有了这些难处，都不用抱歉，也不必向下说了。"他这几句话，总算说得不卑不亢，把百川的面子挽回不少。不过在席几个老头子，却看出了来宾已不十分高兴，黄华孙就道："这事从缓。好在学敏出阁的年限，还有一年多哩！以后山里山外通了往来，诸位再来，可以再提。请酒请酒。"他说着将竹筒杯捧了起来。大家就在请酒声中，把这边话遮盖了过去，这件事当然也不能再提。

可是这里，恼坏了第三个人。这台阶下的壮丁有个叫黄有守的，是黄华孙的孙男，他便是数年来和学敏最相得的一个男友。离着求婚的那件事，也就相去不远了。他虽然也看出来了，百川和她是很接近，不过他料到彼此是两样的人，那不过偶然意气相投，谈不到婚姻上去。山里这些女子，为环境关系，变得和男子差不多。男女多朋友，也就习以为常。所以是不曾放在心上，今天听了大家酒席筵前所说的，他一听说果然如此，他立刻就联想到，蒲望祖可以由他们带了走，朱学敏又有什么不能走？她肯和山外人订婚，就可以跟了山外人走，这件事不可轻轻放过，必得去问问她。他如此想着，也不等散席，一个人就冲到朱力田家里来。

学敏心里想着，在两三天之内就要偷着跑走了，这里的山峰、树林、泉水，相亲得像家里人一样，时时刻刻都在眼睛耳朵里。如今要分别了，应当仔细看看。她如此想着，就在门框边靠了站定，望着对面一个山峰，只管出神。忽然回头看到黄有守来了，她想着，这也是多年的好朋友，现在要分别了，于是向着他先笑了一笑。黄有守穿了赭色长袍，外面束着腰带，领子敞开一部分来，头上扎了蓝布包巾，鬓角上斜插了一朵红山花，两只袖子卷得高高的，在那圆脸浓眉毛下，睁了一双大眼，直走到学敏身边。他虽不曾说什么，已可以知道他是满怀不自在的了。

不过在今天，学敏是要特别地原谅他，因为要分手了。便笑道："这几天我太忙，简直没有工夫去和你谈天。"他两手露了胳臂，原是环抱在胸面前的，现在可就渐渐地垂了下来，也挂下了眼皮，很和缓地道："你还记得我？"学敏笑道："这几天多忙，你有什么不知道？今天，你不也是忙吗？你怎么来了？"有守道："我特意来问你一句话。刚才酒席上，你祖父说，本来要和外面来的那位康先生联婚，因为他不能招赘到你家，这事只好算了。"学敏道："我早知道这件事了，你来说什么？"有守道："但是我祖父说，这事不忙，将来他们还可以到山里来的，难道你倒愿意……"说着，他退了一步，将一条腿蹲在石头上，一手叉了腰，向学敏很注意地望着。学敏沉吟了一会儿，才道："我想他们不会来的。"有守道："我也想了他们不会来的。不过我又有些疑心，你是不是会跟他们一块儿出去呢？"学敏猛然被他猜着了心事，却答复不出来，将身子在门框上挨蹭了几下。有守道："你要跟他们走，他想明走是不行的，你逃了走，那句话不好听。刚才蒲望祖说，他死都舍得，就是舍不得离开这山头，难道你还不如他？你在山上，到处都是熟人熟地方，你到山外去了，可是生人生地方了。你舍得这家乡吗？你舍得偌大年纪的祖父吗？你舍得这里许多熟人吗？到了外面去了，你举目无亲，能回来不能回来，恐怕那就由不得你做主了。"学敏被他猜中了心事，简直无话可说，只有低头不作声，顺手摘了身边一枝树枝，将两手来扯着。

　　她既不作声，有守越是猜到这里面更有原因，就把刚才蒲望祖留恋故乡的一段情形现身说法，加倍地形容了一顿。刚才在座的诸公既然都被他的话打动，妇女的心向来是比男子要懦怯些的，学敏怎样地不动心？望望对面的山峰，望望四周的田园，再看看家门，有守道："还有一层，你当知道的。你和他姓康的认识不久，你怎知道他在山外是怎样的一副情形？而况这回出去，还有蒲望祖一党人跟了走呢，到了外面去，他们若是要欺侮你，你有什么法子？"学敏越听越有理，便道："我不过是这样地想着，还没有决定了去。"有守道："你真要走，你祖父能放你走吗？山上这些人又放心你走吗？"学敏无话可说，只是摇摇头。有守道："你要逃走，我是决不会和别人说的。只是我真为你以后的事担心，你一个人这样跑出去了，无依无靠，将来知道是怎样的下落呢？你要把这件事仔细想上一想。"他说毕就坐在石头上，两手抱了胸口，只望了学敏的脸。

　　她忽然兴奋起来，将手上的树枝丢在地上，便抬了头望着他道：

"你说得有理，其实我并没有打算走。你想，我能够舍得我的家吗?"有守见自己三言两语就把她挽回了转来，十分高兴，就走近一步来，向她微弯了两下腰，很诚然地道："你要明白，这多年来，只有我是真心真意对你，你让蒲望祖掳去了，我没有来救你。可是全山的人，谁又有那种本事可以去救你呢? 这一层你是不能怨我的。"学敏道："我也没有怨过你呀。这多年来，我们像兄妹一样，彼此很好的。到现在我对你还是那样，并没有改。"只说到这里，耳边一阵喧哗，朱力田带了探险队员回来了。第一个就是康百川，这话当然被他听去，毋须说得。

第二十三回

行止难两全呜呜哭耳
贤愚都不舍望望去之

　　这一着棋，是百川做梦想不到的。原来学敏在这山顶上，已经有了情人。她对于下山这件事，犹豫了许久，不一定是为了祖父阻拦，恐怕这情人的来往未断，多少有些关系吧。心里想着，眼看到和学敏站在一处说话的，正是刚才在酒席筵前的那个卫士。那么大家在席上所说的话，他也必定来报告了学敏的，禁不住脸上突然地泛了红紫。

　　随着大家走进门去，朱力田进内去张罗茶水，学敏就到堂屋里来招待客，侃然和她坐得相近，就低声问道："山外边那些好玩的事情，百川和你说过没有？"学敏只听他的语气，就知道是别有意思的。就笑着点点头道："我听到说过了。"侃然道："不想和我们去看看吗？"学敏却也不答复，笑着向百川看了一下。侃然回着头四处看看，他低声道："这里没有什么外人，我告诉你，我们决定了明天一早就走。"学敏两手按了板凳的两端，做个很努力的样子，将上牙咬住下嘴唇，微微地摇了两摇头，似乎觉得这摇头的表示不大妥当，又改着点了两点头。她这样一来，真让在座的人，感到莫名其妙。

　　百川看她那样子，彼此订的约会，显然是有些动摇了，不免接连着向她身上探视了几回。学敏在对黄有守说话的时候，觉得山上可爱，祖父也可爱，绝不能离开这山头跟了百川走。现在看到了百川，觉得他这一表人物，和他待人那一番义气，也很有让人舍不得的地方。所以几下夹攻着，除了默然无声，她实在不知道说什么好。彬如在一旁冷眼看得明白，他忽然笑道："假使我没有家眷，我不出山了，我在这山里头，可以把这班人民根本训练起来，组织一个新的社会。我在这里就可以做个新的政治领袖，把我理想上的政治就可以试验起来了。"欧阳朴笑道："你突然说出不愿离开这山头，我倒吓了一跳，及至你说出来是想当政治领袖，我倒干了一把汗。要不然，你也陷百川在现时这个境地，我们这委员会你们有了半数，你们决议一下子，永久驻在山上，我和侃然也有家归不得了。"

百川手捏了拳头，脸上做个兴奋的样子道："三位先生放心，我绝不能单留在山上绊住了各位不走。"他说这话并不向学敏看着，也不顾她会做什么感想，然而她斜坐在那里，可就红了脸儿。彬如又操着英语道："奇怪呀，这口吻可是决裂的表示呢。"侃然又操着英语道："这个我明白了，刚才我看到大门外有个青年同朱姑娘在说话，也许这里面有什么缘故吧。"欧阳朴笑道："你们说这些话，也未免太唐突，百川心里……"他这句话还没有说完，百川已是站了起来，口里突然说出四个字来："那是笑话。"欧阳朴看他那激昂的样子，仿佛连同伴的朋友，他都对之有些不满。因此将两个指头摩擦着小胡子道："你说的那是笑话？究竟是哪一个的笑话？"百川也没有怎样地思索，随口答道："我说我自己的笑话，他说的可是中国话。"

学敏自是听得很清楚，向百川远远地看了一眼，她心里也就有些明白。她偷眼向门外看去，见黄有守不知在什么时候已经走开了。但门外正有一条大路，他若是向远走去，在堂屋里可以看得到的，现今不见有守在前面露影，料想他必定是由后转到祖父那里去，向祖父说什么去了，祖父听得了我有逃走的意思，今天一定就要加紧防备我起来的，我倒要小心点。她心里在这样地思索，态度自然也就呆定了，不注意到别人身上去的。百川见她发了呆的神气，以为她是心虚了，无话可说，更是增加了不快活。倒是欧阳朴看了不过意，有心从中找到了许多闲话来说，学敏一时觉悟过来了，也觉得很窘，只有听着人家说话，不时地发出浅笑来勉强地应付这个环境。

正在为难着呢，学勤由里面跑出来，远远地站住，咬了嘴唇，带了强笑，向她连连地招了几下手。学敏料是祖父相招，就跟着进去了。到了房里朱力田走上前来，两只手都握了她的手，连连地摇撼了一阵，颤着声音道："孩子听说你有和他们逃的意思呀。我这样大的年纪，你把我丢得下来吗？我是快死的人了，你忍心……"说到这里，他哽咽住了，有话也说不下去，只是那眼眶里的水扑扑簌簌落下来，在那苍白的胡子杪上，倒垂有几粒珠子。学敏本来心里就有些摇动了，再看到祖父这种样子，她哪里还有话说，也只是垂着泪。朱力田见她不能说话，更疑心她要逃走，依然握了她的手道："可怜，你父母丢得你们太早，我一个人既当祖父，又当保姆，把你们带大，你们念我这功劳，也不该把我抛了呀！"这一说学敏的心更软了下去，简直哽咽着转不过声音来，索性放了祖父的手，伏在椅子上号啕大哭。朱力田坐在一边，只管望着她，许久许久才道："你既是这样舍不得我，你就听我的劝，不用再三心二意了。"学敏哭了一阵，才擦了眼泪，向她祖父道："这必是有守告诉你的话，说我要逃跑。可是我不能那样糊涂呀！"朱力田看到她已有了很明白的表示，自然是放心得多，也就扶起袖子来，抹去脸上的泪痕。学敏道："你放心，我是不会走的，不过外面来的那几位先生，大大地救了我们家里几个人，他们明天就要走了，我们还要好好地款待人家，外面没有人陪客呢，我还得出去。"

她说着话擦擦眼泪出来，不想来得猛一点儿，在那板壁拐角下站住的百川，竟是不曾来得及躲开，两个人四目相射，竟是不曾说一句话，各自到前面堂屋来。当然，学敏的眼眶子还是红红的，三位老先生也是对她愕然相顾，没有话可以说得。她摸摸鬓发，扯扯衣襟微微地咳嗽了两声，大家都知道必是跟着有一番议论出来，少不得都互相看了一下，学敏这才坐得端端的，正了颜色道："据各位所说山外那样地好玩，我是很想跟了去看看的，只是我祖父这一大把年纪，我若是抛开他，于心不忍。所以我和他说起来我就哭了。"百川听了这话，首先将脸微偏过去，两手连扯了胸襟两下，那自然是避开话锋来的意思。但是他虽然这样做作，也不能禁止学敏说话，她继续地道："人同此心，好像各位到我们山里来了，可也急着要回去，不就是为了家里还有人吗？因为这样，自然我也离不开我的家。"侃然道："我们很明白，我们和两家做媒的事，知道有许多困难，现在也不必提了。"学敏低着头，默然了许久，忽然说出两个字来："假使……"她只说了这两个字，又忍了回去。这叫百川不得不回转脸来看看她了，但是他虽望了学敏，却始终保守了沉默，并不说一个字出来。彬如点着头笑道："这假使里面，是有无穷尽的文章的，大姑娘，你不必说了，我全明白了。"欧阳朴笑道："你又来那一套，你是个诗家，她只说了假使两个字，你就懂得有许多文章在内，我们不是诗家，不说出来可不知道这里面有什么文章。大姑娘，你说吧，假使怎么样，又怎么样呢？"

学敏先笑了一笑，才低声道："我的意思……"于是再咳嗽了两声，接着道："就是假使是各位多在山上玩几天呢……"她依然不能把话说完，又笑起来了。侃然伸起手来搔搔胡子，做个很踌躇的样子，点着头道："要论起这件事来，我就很明白了。无非是各有苦衷。"欧阳朴笑道："你这话，也许等于没有说。不是各有苦衷，还不至于闹得这样牛头不对马嘴呢。现在要讨论的，就是怎样能把这苦衷洗刷了。百川你说是也不是？"百川将头向天上看看，也没有作声。彬如笑道："其实这是很好解决的问题。或者朱大姑娘下山，或者百川不下山，这事就妥当了。若是两下里都有点儿难于办到，这话也就不用再说，简简单单的，就是这几句话。二位说是不是？何必只管把笔直文章，转了许多弯去。"百川这才回答道："倒是这几句话对了。"他只说了一句，并不曾加得什么批评，那不平之气，也就情见乎辞了。欧阳朴站起身来，两手高举伸了一个懒腰，笑道："我们到外面看看去。百川，你在这里等等，怕是我们雇的那些工人会来。你应当知照他们先到山口子上去清理东西了。"侃然彬如两个人会意，这次他们并没有什么议论发生，跟着就走出门了。

百川坐了是没有动，等他们走远了，于是回转脸来向学敏看着，自己要说的几句话，还不曾说出来呢，学敏倒先开口了。她笑着向百川道："我和我祖父说的话，你都听见了吗？"百川点着头道："我听见了，可是我并不是想到你说这一件事，才去偷听的。我们在这里坐着，听到后面哭得很厉害，想必这里另有缘故，若有为难的时候，我还是可以帮忙的，所以偷去听听。不想你倒是为了我要你下山，你不舍得祖父哭起来了，但是我没有勉强你下山呀！"学敏对他没有话说，只是呆呆地站着，百川道："无论如何，我是能原谅的，你不走也好，我可以永久地在心里头想着你。"学敏先是咬了她的大袖子口，后来眼圈儿红着，竟是哇的一声哭了出来了。

百川因她突然变志，心里头十分不快，现在看到她哭了起来，心里也就先软了三分。不能绷住了脸子和她说话了，因道："你也不必为难，人心都是一样，假若我是你，我也是舍不得下山去的。"学敏本想说并非舍不得，可是除了说这句话，也没有别的话来抵补，只好伏在椅子上呜呜咽咽地继续哭了下去。百川这倒没了主意，不知如何安慰她才好。又是她的哭声将别人惊动了，学勤很快地由屋子里出来，向她招着手，而且是两只手同时地抬起来向她乱招，犹如那初飞的燕子，只管摇着它的两只小翅膀。学敏站起来一跺脚道："哭也不许我哭吗？管我许多闲事做什么！"一面跺着脚，一面向屋子走进去了。

百川看她那情形，也不见得就是完全抛弃，多少是受了环境的支配，不得不转向她祖父那方面去了。在封建思想的环境里，那当然是骨肉之爱，战胜那男女之爱的了。他心里有了这样一个转念，也就不由得把怨恨学敏的心思减轻，只是背了手在这草堂里走着，由西到东，由东复西。他也不知道走了有多少次数，仿佛这样地走着，就可以走出一个什么道理来一样。

远远地就听到两个博士的争论声，又重复到了面前，就听到说："将鱼放到这山沟里来那也绝不容易生存，因为这里的环境不同。"又听到一个说："美洲一个地方，是没有麻雀的，自从放过七千头麻雀以后，于今是麻雀到处都有。这不见得大自然间的动物，不是人工不能提倡的。"那两个博士，面红耳赤的，争论着走到了堂屋里，还对望着有些不肯干休的样子。彬如在他们后面用手一指道："这里有个最高等动物的生殖问题，就没有解决，秘密谷的鱼，美洲的麻雀，放到第二步去讨论，以为如何？"

百川虽是心里十分不快，听到这种话，也就不能不笑起来了。欧阳朴笑道："怎么样？她的态度软化了吗？"百川笑道："我又没有压迫她，怎么说得上软化两个字呢。不过问题是解决了，就是山上人依然住在山上，山下人还是请下山。"侃然道："难道蒲望祖也不跟我们走？"彬如笑道："你这人问话，就不在行。在百川的眼光里，这里的人民，只有朱学敏是人，其余都是一种动物。"欧阳朴道："百川，你没有什么犹豫了吗？我们明天下山了。"百川道："最好是今天晚上就走。"说毕叹了一口气，大家听了他的口吻，不愿更引起他的不快，把这话从此搁起。四人合班，向九老会的主持者告辞了一番。黄华孙苗汉魂代表了九老会的全体，又陪他们在朱家晚餐，朱力田虽也出来作陪，可是他那两位姑娘，就都不见影踪了。山上人是安歇得早的，饭后说了几句闲话，宾主各自分手。

百川睡到半夜，略略听到门外有些响动，他心里一动，莫非是学敏到底真舍不得，在门口等我。自己一骨碌爬了起来，不敢让人知道，悄悄地开了门出来。他心里想着，学敏必然是单独的一个，不是斜靠在树干上，就是独坐在石块上。不料打开门来，却是乌压压的一层黑影子，挤着在门外空场子里，这倒不由得吃了一惊。为什么有这些人呢？正发呆时，却听到苗汉魂的声音由人丛里发出来道："哪位先生起来了，我们在这里已经恭候多时了。"百川这才知道是山里头人来送行的，就也不能缩了回去，只好走出门来，倒和他们客气几句。只因他一谈话，把屋子里的人惊醒了。当大家到门外来会面时，天上还是鱼肚色，不青又不白，在黑影中看到蒲望祖夫妇两只大袖放在大腿上，低了头，坐在树下石头上。他二人身旁却也有两个布包袱。苗汉魂就向欧阳朴拱拱手道："这两个人，有劳各位带出山去了。我们对他，君子不念旧恶，也给了他们几件换洗衣服，几升干粮，总望他以后好好做人。"欧阳朴笑道："到了外面去，他不好好做人，那也会把他饿死。那你放心，不会再有皇帝给他做了。"说话时，朱力田扣着衣纽，也挤进来话别。

依着欧阳朴的意思，趁今朝一日的工夫，必定赶到有村庄的地方去安歇，在这里不能多作周旋。好在各人除带了一支枪而外，并没有别的啰唆行李，说走就走，也没有什么纠缠。只有百川个人，对着这山，好像有一种特别的情感，所以在那朦胧的晓色里抬了头，只管四面张望。望到最后，是向朱家大门里看去。他们门口，尽让看蒲望祖出境的人塞住了去路。人一排排地堆着，那后面是不是还有个朱学敏姑娘呢？他虽不能叫起来问，不过他性子已急起来，直走到那些围看的人面前去，搭讪着和他们说话，就把眼光向人缝子里面搜索了去。那些看热闹的人虽猜不出他的用意来，可是同行的人看他那样子，已经知道他是什么目的了。欧阳朴觉得他这个样子究竟不大合适，就走近前来，拉着他的手道："那边还有些人和你告别呢！"百川以为他这是递个暗号，说是学敏在另一边呢，因之也就随了他牵着走将过来，又是不住地向前面张望。欧阳这才靠近他的身边低声道："傻子，就算让你看到了她，当了许多人那又说得了什么话！到现在她还没有出来，这里面定有什么缘故。你又何必在这里呆等呢？"说话时，几个夫子押解着蒲望祖夫妇已经在前面走，山中拥送的人成了半个圆圈也是跟在后面，逐步地跟随探险队的人围在这半个圆圈以内的，那就不得不走。

百川身上背了一支枪和一个旅行袋，手上倒拖了一根圆木棍子，落在众人后面，低了头，无精打采地走着。正走着呢，忽然轰的一声大家叫了起来。原来蒲望祖走到一块高石头旁边，脱离了别人的监视，向石头上一跳，就直走到石头最高的顶上去。山上送别的人以为他跑到那上面去，不是逃走，也就是自尽。大家情不自禁，所以就都叫了起来，他倒不怎样地仓皇，从从容容地站定，回头向山里面只管左顾右望。这时，大家渐渐围了拢来。有几个人便跟着走上了石头去。他笑道："我没有什么意思，不过是舍不得家乡。爬上来看看。"说着，向石头下面的人作了一个圈圈儿揖。笑道："各位虽然恨我，我倒有些舍不得家乡人。再见了，再见了。"他说时，脸上虽然还带了那淡淡的笑容，可是他嗓子眼里已经有些枯涩了。相送的人，看到了他这种情形，也就突然改变了态度，都向他呆望了，表示一种惋惜的样子。蒲望祖跳下石头来，叫道："走就走了吧，嘿！人生百年，哪有不散的筵席。"他叹完了这口气，第二个字也不发，再低了头，跟着探险队向前走。

百川在暗中点了两点头道，"这事是对的，谁不念家乡呢，我当然不能勉强她所难呀。"侃然笑道："百川，你怎么还念着她，我说句扫兴的话，你大可以把她忘了，你临走的时候，她送都不送你一送，这还有什么感情，值得你来留恋哩。"百川听了，却不由得脸上一红，勉强正了脸色道："这个也许不能怪她，因为她的环境不同。"他虽是这样地替学敏解释着，然而他的语音很低，似乎他也没有那股勇气，可以把学敏这回不送的理由给说出来，所以他只能说到这里为止，不能继续地往下说了。

这群走的送的人，慢慢地朝前走着，不觉就到了山洞口，山上人似乎受了一种天然的约束，大家望了洞口，远远地就止步了，探险队这一行人，自然也就回转身来向这些人点头告别。然而蒲望祖却与以前的态度又不同了，在押解人的前面，首先就进了这出山的洞口，头也不回，他的妻子马氏，曾称过马皇后的，刚要进洞的时候，还回转头来看看。蒲望祖拉了她的衣襟就向洞里头拖，叫道："争过这一口气，我们就也走开了。"这在探险队的人，也就觉得他有些可怜，紧随着他由洞里钻出，到了山洞下，那些留着没有进洞的几个夫子迎了上来，争着报告道："这山壁上有个女人对下面望着，有好久了。我们怕她由山壁上落下来，只管和她摇手，她也不肯躲开呢。"百川听说，立刻倒退着，昂了头向石壁上望着。

只见一棵歪悬的老松树下，正有一个女子。他看得清楚，那正是朱学敏，不由得啊哟了一声，叫起来道："千万小心，若要落了下来，那就没有命了。"口里说着，两只手就同时举起来，向着学敏乱摇。她挥了一只大袖，答应着道："不要紧的，我抓住着这棵树了，我不能送你，

184

你可不要见怪呀！"百川道："你站向里面去一点儿吧。"探险队的人都昂了头向上望着，都异口同声地喊着："叫她向里边站一点儿。"她又将袖子向各人挥着道："各位先生，我不能送你们，你们不要怪罪呀！"她这样地大声向下面喊着时，却又回转头去向身后看了去，有个低声向人说话的样子，分明她身边还有人看守住了她呢。百川跳起脚来，将头上的帽子取下来高高举着，口里可就叫道："大姑娘，你转身回去吧。"学敏挥着袖子答道："将来……"她只说到这两个字，在身后跑出来一个人，拖了她一只手就拉过去了。仿佛听到她叫喊出来，叫喊的是些什么却听不出来。

百川昂了头呆望，哪里望得出什么形迹来？他还不肯死心，见隔岸有个斜坡，可以站得住脚，掉转身就向斜坡走去。彬如跑过来，一把拉住他的手，又在他肩上拍了两下，笑道："你难道不如蒲望祖吗？他知道望着究竟没用，连他的女人也不让回头望了呢。"百川被他拉住了手，怅怅地立了许久，于是叹了一口气才完事。

第二十四回

几日驰名居然天上客
一生了账死矣道旁儿

古人说得好："黯然销魂者，别而已矣。"康百川在秘密谷里惊天动地地干了一番，当然一大半是为了朱学敏姑娘。学敏呢，早是一见倾心，处处都给予了百川一种情爱的暗示。百川那样兴奋，都是被她所引诱的，照说彼此就当结合起来才不辜负这番际遇。却不料后来是学敏自己退缩了。既是退缩了，也就把这事告一段落吧，偏是学敏还要表出恋恋不舍的样子，这证明她不跟了出山乃是不得已了。尤其是那在悬崖上站着，若是一不小心摔了下来，就要粉身碎骨，可是她始终是向崖下的人话别，并不介意，这叫百川心里真难受。现在学敏的影子虽看不到了。不过百川希望她再来，只管昂了头望去。欧阳朴就向前挽了他一只手臂，向怀里一带笑道："还没有到南京呢，我们这旅行团不会解散，你还得守我们的规矩，不能因为你一个人，我们都等着你。"百川被带着，只好跟了大家走。

当天晚上大家就赶到了山脚下那杂货店里寄住。这一群人，中外古今合参的服装，这里店老板首先就看了个眼花缭乱。他听说蒲望祖是山里头带出来的国王，也感着这事太新鲜，只管问长问短。不到两小时，消息传遍了前后许多村庄。整千整百的人要来看山里的古人。旅行团的人，互相商量一下，这事很觉得招摇，叫蒲望祖夫妇改了装束。但是蒲望祖长了满头的头发，死也不肯剪。侃然笑着出了一个主意，就是让他留着头发也好，因为将他带到南京去以后，依然叫他将古装穿上，让南京人看看，发现了秘密谷这件事，并不是假的。现在只要他在头上包一块布，大概也就不会再让人注意了。大家觉着这办法是对的，于是要蒲望祖照办，他现在离开了自己的群众，事事都要依靠欧阳朴这班人的。在相当压迫之下，他也只好服从。次日一早离开了山麓，在雾散日出之后，他在人群里面，首先大叫了一声，向他妇人笑道："好大的天呀！"在他这样看着，还不过惊讶这宇宙之大而已，可是他这位皇后，眼见这平原一望无穷，恍惚四周绿树包围着，在绿树上面，那就是青天白云，看这青天像个大罩子一般，把大地罩在下面。这要径直向前，岂不走到天脚下去吗？她吓呆了，一阵头晕眼花，人倒了下去。大家始而还不知道她为了什么原因，突然得了这种的病症，将她放在草地上，让她好好地休息了一场。及至她醒过来，睁眼向四处看看，立刻又把眼睛闭上。她说，山下的天实在太大了，看了害怕，愿意回山去。大家这才知道是天大把她骇糊涂了，便是心里十分不快的康百川，也忍不住哈哈大笑。自然旅行团的人，也不能因为她害怕天大就不要她上路。折中的办法，将彬如带着未用的一副墨晶眼镜，给她戴上了，还是继续地走。

他们到了安庆，学界中一有来往，这消息便已隐瞒不住。当他们到南京的那天，还在轮船上，已经来了无数的人在码头上等候了。因为大家曾在报上看到，秘密谷的探险队员成功回来了，而且带了那里的国王皇后回来。好奇的人都不免跑到江边来，抢着要看一个新奇，但是他们所要看的蒲望祖，这时不想山上了。他终日所看见的，所听到的，所尝到的，全是新奇。到了安庆，看到街道上那些房屋，那些人民，已经疑惑是在梦里，后来被人带上一个长形的几层楼房，竟会在大江里跑，这真是怪事。这大江有这样的长，这大楼只管跑着，并跑不完。他惊奇到无以复加的时候，便是终日地和他的皇后笑道："太好玩了！知道山外面有这样的好法，我们早就该出来呢！"欧阳朴这班人也就把他的形态做个旅行时的消遣。

到了南京下关，他初次看到满江的轮船，岸上有那叠山似的楼高房，他听说将来就是在这里安身立命了，快活得几乎要发狂。在山上也曾幻想着，上天做神仙，那是最快活不过的事。但是绝没有想到山外会有这样的好。欧阳朴看到他的态度，那是有点儿失常的，怕他会被遗失了。轮船靠岸之前，就把他关在官舱里。这时，那敏捷的新闻记者听说有个国王到了，虽不比迎接欧洲英国太子、亚洲哪国亲王的重要，但是占了一个王字，总得要请他发表一篇谈话。因之早有一二十人，首先拥到官舱里，有认得三位教授的，问过两句话，就要求着和国王见见。侃然站在一边笑道："我想不见得有什么意味呢。"新闻记者哪里肯依允，非见不可。

侃然于是将舱门推开，先伸手一拉，拉出一个人来，他头上包着一块蓝布巾，由鬓边到领下，绕上一匝半尺长的黑发，上身穿了青布短夹袄，倒有两个补丁，下身蓝布裤子，外套青长筒厚布袜子和双梁头鞋，活像个是乡下老农。侃然笑道："这就是国王陛下了，各位感觉得和乔治亚历山大有什么不同之处吗？"说毕哈哈大笑。蒲望祖见有许多人包围着他，不知是什么缘故，也只是踌躇着不响，只管搓了两手，勉强地对了人苦笑。新闻记者先也是愕然，不过他们的目光是锐利的，在蒲望祖的头发和胡须上，再看这衣服，显然不同时代，必是改装的。于是有人就开始着问："你是国王吗？"蒲望祖道："若不是你们山外的人去帮他们的忙，那我一定可以做下去的。"记者问："你到这里来，感想怎么样？"新闻记者访问人的时候，至多到第三句，就该轮到感想怎么样这句话了。可是薄望祖自出娘胎，不曾有这种训练，哪会答复印象极佳这句话。瞪了大眼向新闻记者望着，然后又望望侃然，侃然笑道："他们问你，到了山外面来，你心里头怎样地想，你以为这是好呢，还是不好呢？"蒲望祖一拍手道："那自然是好啊！我做梦想不到山外边有这样好。"记者笑着问："你到这里来了，打算怎么样过活呢？"这句话问得很浅近，他便懂得了，用手搔搔头道："你们这里地方太大了，我决不再想争天下坐了。不过我愿意样样都试试，还请各位扶助我一把。"说着拱拱手。在他这种做作里，十足地表示他是一个九五之尊的人物，大家都哈哈大笑起来。

欧阳朴挤到众人面前，就摇着手道："轮船靠了岸，我们都急于要回去。这里人太杂乱，也不宜于谈话，在五天之内，我让这位国王换了原来的朝服，将山里带来的东西一并陈列出来。到那时候再请诸位参观，我想一定可以感到趣味。"大家一看这官舱里，旅馆伙计和挑夫们，正是波浪似的拥进拥出，实在也没有法子谈话，方始叮嘱五天之内，一定要将这事公开出来。旅行团的人将这批新闻记者敷衍走了，对于岸上的群众，那就很容易遮掩，只说是带来的国王已经在上游由小轮渡上岸去了。大家只看到四个旅行团的先生，带了几个仆役，上岸登车而去。其余的便是行里铺盖，在这里面，绝不会有要人。所以大家也就对蒲望祖失之交臂了。

这三位教授，只有彬如的家在南京城里，所以蒲望祖夫妇随着欧阳朴，暂寄住在学校里。康百川是为了失恋，一怒而离开南京的，他心里也曾想着，能够永远不回南京来，便是好事。可是并没有多久的工夫，又回到南京来了。去的时候，是糊里糊涂的，现在随了大家回来，却依然找不出一个目的。原先是寄居在朋友家里的，难道到现在，还寄住到朋友家里去吗？当然轮船还没有到南京的时候，他就有了这种感想，不时地忧形于色。欧阳朴看到，便向他道："百川，我和你相处了这样久，我是把你的心事看出来了，你跟着我们到秘密谷去，乃是为了一个女人，那女人……"百川立刻皱了眉，显出不愿向下听的样子。欧阳朴笑道："对于这件事，你是不愿意听，我也不愿意说。不过我觉得你再要住到从前的那个地方去，那很是难堪。你也搬到学堂里来，同我们在一块儿住着，大家有了工夫，就说些闲话，不比那孤独生活好得多吗？"百川听了这话，在他没有主意之中，倒多少有点儿办法。于是也就依了欧阳朴的话，跟随着他们搬到学校里去住。

这大学里教授学生们，在这黄梅时节，正苦于无法消遣，现在本校的教授和同学，有这秘密谷这样一个新鲜玩意发现，大家就不约而同地来起哄。开欢迎会是不必说了，此外史地系的人，要借这现代的古人，研究明代史料；政治系的社会科学家，又要剖视这封建社会的遗形；地质系生物系的人，也不用说，他们有了两位教授出去，这时候捧场，乃是天职；便是文学系的人，对这件事好像没多大关系，然而这又是个借题发挥的好机会，至少也可以在刊物上发表几篇内容充实些的稿子。因之在这些关系方面，百川的同学们是全体动员，自然无论什么人见了百川也愿意和他谈谈，就是女同学们以前对于这个穿破学生装的人不屑于一看，如今相遇的时候也就目灼灼地望着了。百川这次回南京来，恰是增加了无限的感慨。由现在这一份热闹，证明以前那种受了冷落，更是心里好笑。他就和三位先生商量了，讨着招待蒲望祖这份差事，在学校花园里假山石后几间冷静的屋子里藏身。学校当局要把蒲望祖当个研究学问的资料，自然一切的供应，都可以予百川一种方便，百川也就很安适地当这个大学生了。

在一阵欢迎会忙过之后，便是招待各界的展览会。学校当局为了这事，特意提出了公款三千元来铺张一切。在大礼堂的讲台上布了一个秘密谷的房屋背景，请蒲望祖夫妇都换了在山上所穿的原来衣服。当探险队人员讲到在山上观见国王的那段故事，便让他两口子到讲台上布景里去坐着。这样讲来，当然是有声有色，观众增加了无限的兴趣。对于这秘密谷国王，也就不胜信仰起来，大家抢着和他摄影。过了两天，所有南京上海的报纸，都登着他的御容。谈文学的人陆续地来和他谈话，要和他作小传；广播无线电台要请他去播音。同时，上海出了一种香烟，那名目就是秘密谷国王牌。这一番热闹，自然不是简单地可以形容尽致。只是蒲望祖全都莫名其妙，谁要利用他都可以听便，绝不要人家一文钱。百川招待他们一个月之后，慢慢地觉得事情减少，受了先生们的劝，继续去念书。

在这个时候，学校所需要蒲望祖之处，感觉到没有了。学校里无故养两个闲人，而且为这个闲人，还要派一个人招待，这也太耗费了。于是通知探险队原来几个人，请他们将蒲望祖带出学校。大家一商量，只有徐彬如在南京有家庭，暂时就把这两人寄住到徐家去。彬如总是不失那诗人敦厚之旨，把这两个离开现代社会的人物，引到他那物质文明的家庭里去。但是南京的房屋，始终是拥挤的，彬如所住的乃是一幢上海弄堂式的房子，一楼一底，外带一块一丈见方的草地，总算诗人之家，不能过于平凡，在草地中间，栽了七八棵小竹子，石阶上摆了几盆花。好像屋子里是很宽裕的。其正楼是他一家五口住了，楼下的客厅还带做书房，后面两间，一间是厨房，一间是两个女仆睡着，再加二个人，实在没有地方安插。始而他让那皇后和女仆在一处睡，国王就在书房的地板上日卷夜铺。

不过这也发生困难，彬如有时看书看到很晚才睡，国王只好坐在一边打盹，等彬如上了楼再摊开地铺时，已经有一两点钟了。蒲望祖生平是早起早睡的人，已是不惯，而且女主人徐太太，她不肯养两个闲人，辞掉一个女仆，派皇后抵了缺。六七点钟就要国王起来扫院子、擦地板，工作倒没有什么，蒲望祖弄得每日只睡四五小时，实在不能够维持精神。彬如上课去了，他就在客厅里坐着也睡，靠着也睡，终日昏昏的。加之他虽穿着工人的衣服，他可是还蓄了一头的头发，在顶心上挽了一个髻，胡子又是连鬓的，他每次进出弄堂，都惹人家注目。那些好事的青年和半大小孩子，总喜欢围了他问山上的事情，所以每到下午，徐诗人门口就是整群的人。

又是一个月，徐太太也有些烦腻了，她向彬如提出抗议，家里不是租界，不能容留这两个政治犯，也不能供给衣食住三件大事，若说他们两人曾用劳力来换取的，那就宁可花钱雇个会做事的工人，犯不上用这种笨人了。她这种抗议，彬如还不曾答复，蒲望祖就早已把态度决定了。他逐日和弄堂里来往，他已经知道主人翁是用奴才的待遇对付他，自己生平所喜欢的，就是人家来抬举着，现在派他夫妇做男女仆人，这和他生平大志完全相反，他如何能忍受？现在听到徐太太说，不能容留了，他心里就大为气愤。心想我凭了出力气，混着你家三餐一宿，已经是二十四分的委屈，你还不愿意，要叫我们走开吗？他一怒之下，就向他夫人商量着，不必人家说话先告辞走了吧。

那皇后跟了国王来观光上国，以为虽不必像在展览会一样老受着那盛大的欢迎，可是她想着，在学堂和百川住在一处的时候，冷冷静静的，已不成体统了。现在变到做女仆，而且还是和国王分居，这有什么意思？不过这南京城里什么都感觉有趣，便是在天井放开自来水管看水流，晚上看屋梁上的电灯，没有一样不带着神秘的意味。偶然得着机会，随了人上马路看看，那两旁高大的楼房，五颜六色的市招，路上飞来跑去的各种车子，都让人看了舍不得走。再说他们自出山以来，就觉得天地这样大，先吃着一惊，如今又经过了一条江，便是想回家去，也不知道这路要怎样地走。因之蒲望祖向她提到走的话，那是十分地赞成，然而要向哪里走呢？这可不知道。蒲望祖道："那位年纪轻的康先生待我们不错，而且和他相处得很熟，若去找他，他或者会找个地方安顿的。"他的皇后在这徐家，别的还罢了，最痛苦的是替女主人倒马桶这件事。早离开这里一天，就少倒一天马桶。自己正苦于无法可想，既是丈夫说找康先生可以想个妥当的法子，那就去找康先生吧。

他二人更没有多时间的考量，当彬如已经去授课，徐太太又在说闲话的时候，蒲望祖就对她说："太太你不用发脾气了，我们自己也觉得在这里吃着闲饭很是不对，我们即刻告辞，不在这里打搅了。"徐太太正觉这两块废料放到什么地方去也不会妥当，倒不料这两个人竟自动地告辞了，这就向他们道："离开这里，你们还有什么地方可去？"蒲望祖本想告诉她找百川去，转念一想，转来转去无非找的是他们同党，这倒让她笑话，就答道："我们回山去。"徐太太以为他们也是社会上其他的人一样，只要肯走路，全中国的地方都可以去。便点头道："你们自己愿回去，那最好不过，但是你们应当候一候徐先生回来，交代清楚。"蒲望祖道："我们性子很急，说了走坐不住的。"只道一声"多谢"，他二人已经掉转身来，走出大门去了。

走出大门之后，蒲望祖这才觉得发生问题，只知道百川住在学堂里，到这学堂里去，应该走些什么路，可是不知道。他只记得由学堂到这里来的时，经过了一道桥，这里向西走，不远便是一道桥，那么出门向西走就是了。殊不知道过桥以后，就是一个十字街，再应该取哪条道走呢，可是不知道。他倒很平民化，并不雇车子坐，来解决这个困难，只是在十字街头上徘徊着，就在这时，来了一辆汽车，向他面前直冲过来。蒲望祖到都会上来了这久，他已经知道这汽车的厉害，不等车子赶到面前他手扯了女人，赶快向旁边一条路上闪去。车子去了，他便是顺了那路走。于是乎在这一带街上，永远不发现御踪了。

到了次日上午，彬如跑到学校里来，把这事告诉大众，说是蒲望祖夫妻于昨宣言回山去了，自己不在家，未曾拦得住，深为遗憾。朋友们听了这消息，也不过当一种闲话，他又不担负保管蒲望祖的责任，走了就走了，谁又来干涉他呢？不过在百川得了这种消息，他却另有一番感触，觉得人情冷热，便是到了知识世界也难免的。当蒲望祖初到南京的时候，大家都要利用着他，就那样盛大欢迎；现在用不着这种人了，就是走掉了也并不听到有人叹息一声。这样看起来，越是都会里的人，越失去了天真，却不如山上人那样恩怨分明。这两个人在南京，和社会就这样隔离的，还是隔着一道长江呢，怎样能够回山去？预算着他们的命运，必定是在街上流落了。为此，他却在满街找了两三天，但无踪影，只算罢了。

一个多月之后，学堂放了暑假，百川已经很厌腻这南京的生活，就决定了回家去。这一天由中山大道上经过，却见路边空地里围上一群人，纷纷地说碾死一个人力车夫，最奇怪的，这人力车夫蓄的是满头的头发，大概是个穷道人呢。百川心里一动，立刻分开众人，走向前去看来，啊呀！这人可不就是秘密谷国王蒲望祖吗？只见他弯曲了身体，半侧睡在地面上，想到这人也曾做过一番富贵之梦，不想是这样地死在文明都会里了。一阵心酸，不由得发了怔，落下几点泪。旁边正有巡警看守着，见他这样，便走向前来问他："认得这个车夫吗？"百川把他的身世略说了一说，因道："他是不认得路径的人，何以会拉车了呢？"巡警道："你说了这话，我倒想起一件事，这大路上，还有个和他同样的人拉车，只是年轻些，那必是一路的人，等他再出来，就可以知道了。"百川见了此事，老大不忍，立刻向学校通了电话，请公家拿点钱来收殓了。全学校里人听了，这又是一件奇事，立刻取了公款二百元派专员来收殓。学生们是三三五五成群地来看这路旁国王。

在这天下午，把另一个蓄头发的车夫找着了，他不是男子，就是皇后呢。据她说，她夫妻二人那天迷失了路，晚上睡在僻静的空草地里，整天找不着饭吃，后来撞到草围子茅草棚里，是一群车夫家里，才得了一饱。车夫们知他们是没有职业的，也介绍他们拉车，因为不认识路，只拉这中山路上的买卖，钱要得少，路又跑得快，每日勉强可以糊口。她虽是女人，力气和男人一样，所以也就安然地做下车夫来了。不想天气太热，丈夫碾死了，这消息传到一班学生耳朵里去了，各种刊物上便有了好题目。有的诅咒人类残酷，有的批评探险队员太不负责。既带了人家来，就应该和人家找个安身的所在。有的说，学校当局也是不对，以一校之大，无论如何也可以安顿这两人，何至于驱逐他们出去，保至于饿死。还有些人大发恻隐之心，即日发起募捐大会，和蒲望祖筹办善后。

欧阳朴在这时已很是抱歉了，看了这些文字，更是不安，就联合探险队的原来四位同志，开个联席会议，把皇后也请了来列席，征求她的意见。一共五个人，正好分据了一张大餐桌子，由欧阳朴坐了主席。他首先道："蒲望祖君已经死了，我们是很抱歉的，不过死的已经死了，我们就是抱歉，也不能有补于今日。现在还有这位蒲太太的生活是我们所应当负责维持的事。把蒲太太的生活解决了，我们心里才比较地可以安慰些。现在我想了两个办法，其一，是由我们筹一点儿钱，交给蒲太太自己去过活。其二，是蒲太太愿意在什么地方过活，我们等着机会可以相当地介绍。"在他说这话时，他话里另含有一种意思，就是她要嫁人，大家也可以从中撮合的呢。

那妇人一挺胸脯子，将脖子一扬道："就请诸位把我送回山去吧，这个地方，没有钱就买不到饭吃。我在这里不会找钱，我不愿在这里了，我们山里多好，凭我们自己的力量，什么都可以得着，不像你们这里，走路都是要钱的呢。"余侃然道："你回去倒是一条大路，只是山里的人现在能容你吗？"蒲太太道："他们所不能容的，不过是我的男人，现在他已经死了，我一个人回去，他们总可以收留的。就是他们不收留，我死也愿意死在自己的山里。你们积德，放我回去吧。"欧阳朴听着这话，向大家望望道："诸位的意思怎么样？"彬如道："她是个寡妇，非同别个，是和现代社会不相接近的，让她一个人在这里，那不是更叫她现出孤苦伶仃来吗？别人苦到极顶，也不过是短少五亲六眷，她可是失了人群，若是再出了什么意外……"他觉着这话，不便直说了下去，顿住了，更低声向欧阳朴道："你当然可以想得到这趋势是怎样的。"欧阳朴道："大家的意思既然都赞成她回山去，我也很同意，但是一层，她自己是不认识回去的，派人送她，一来也不识路，二来也不能代她和山里人说话。最好是我们这一行去过的人，再同她去一趟，那就千妥万妥。只是哪个去呢？以前同我们去的两个工友，他能不能胜任呢？"

百川当着他们在讨论这个问题时，他只是两手扶住了桌沿，微低了头，但听人家说话，这时，他突然站了起来，正着面孔道："我送她去。暑假期内，我要回家去看看家母的，既然缺少这样一个护送的人，我就来承认了吧。蒲太太，我送你回去，好不好？"蒲太太在南京这样久，也知道一点儿文明社会的仪节了，她知道对于一件事表示极端的欢愉时应该鼓掌的，因之就扇着两只巴掌，啪啪地打了一阵响。欧阳等人想不到她这样一个人居然也会鼓掌，正是一件很有趣的事，再想到百川此去，另有他极大的任务，也是可以恭贺的。大家相视之下，莫逆于心，一同鼓起掌来。在鼓掌之中，百川向大家望望，带了一点儿微笑，这微笑在他脸上，和未曾发现秘密谷时一样，那是很有些神秘意味的呢……

玉交枝

第一章

青黄不接卖粮时

公历的五月，大概是阴历的四月，这是扬子江下游的农村黄金时代，所以诗人翁卷说："绿遍山原白满川，子规声里雨如烟。乡村四月闲人少，才了蚕桑又插田。"不过这个黄金时代，是极其短小的，至多不过一月，接着就是普遍的农家苦日子。因为他们在上秋收藏的粮食，到这时已吃了半年，而一切穿着费用，也在粮食上打了半年的主意，主要的农产品稻谷，已消耗完了。春末虽然也收些豆、麦，而扬子江一带的农家，是把这个当副产品，收割不多，不能有什么帮助。因之在农忙之际，大吃大喝过一个时期，往往无以为继了。稻子插下田去不久，这日子还是青苗。杂粮如高粱、玉蜀黍、番薯，也都没有到成长的日子，所以俗言叫着五荒六月，青黄不接。不过多数人叫苦，也就有少数人叫甜。因为青黄不接粮价升涨，那仓库里囤着大量粮食的地主，这时分批地卖了出来，就大发其财了。这有个现成的事情来证明。

在蔡家村庄门外，停放了二十多辆的车子，那都是向这里一个大地主来贩买稻谷的。庄门外一大片树林子，尤其是那杨柳树，高高地拥着翠浪到半天云里去，在地面散下了整亩地的大浓荫。推车子的人，把草帽当了坐垫放在打麦场上，坐着休息。有两个人各拿了一只鲜嫩的青黄瓜，咀嚼着解渴。

这时，有个人穿了蓝纺绸裤子、白竹布对襟短褂子，大摇大摆地走了出来。他手上拿了一支长可五寸的乌骨烟嘴，上面插了一支纸烟。他将右手五指做了个兰花式，举着烟嘴吸了一口，后又放下，站在一个白粉墙、八字门楼的前面，大声地喝道："你们讲理不讲理？我们菜园里新出的黄瓜，自己都舍不得吃，你们怎么就可以随便摘我的?"

那两个吃黄瓜的人，有个站起来道："大老爹，我们是在路上买的，没有敢动你菜园子里的东西。我们都在这里等你的回信啦，卖一批稻给我们吗?"那大老爹掀动着嘴唇上的小八字须，摇摇头道："五荒六月，我哪里有这样多粮食出卖? 二十多把车子，要载上百担稻。"这个吃黄瓜的人迎上前来，笑道："哪个不晓得蔡大老爹为经，是这一乡的大财主? 每年收六七百担稻子，我们这几把车子能运得了你多少?"

蔡为经听到人家说他有大批稻子，先是掀动着胡须笑了一笑，然后正了颜色道："你们知道什么? 说是说收到几百担租稻，既完钱粮，又摊公费、马干、兵夫、壮丁费、保甲自治费，摊派钱的名目，说不清数不清，哪笔款子不出在这点儿租稻上? 何况十佃九欠，租稻总是收不清的。我空顶一个财主的名声，实在没有什么钱。"

贩子都随了他这话，附和着笑道："大老爹没有钱，有稻，有稻就有钱。你要钱我们可以给你凑个数目。我们大远的路奔了你来，你让这批稻给我们吧。"蔡为经摇摇头道："不行。你们推贩粮食的人，最是诡计多端。看到这几天行市不大好，就把车子摆长蛇阵一样地推到我家来。你们把我的便宜稻子买了去，十天半月，把米做好，就推到镇上去卖大钱。这边赚我的，那边赚米行里的，便宜都是你们占了。我的稻子放在仓里，不臭不烂，我不会过十天半月再卖?"说着，他把烟嘴子衔在嘴角上，背了两手向大门里走去。

在门里大天井里，两个大小长工正在收拾一乘家里自备的小轿。为经问道："又预备轿子，三姑娘要出门吗?"大长工道："三姑娘说，明天是刘家姨父的生日，她要去拜寿。"为经道："她偏记得这些。我们住在乡下的人，就过乡下日子，何必学城里人这些虚花应酬? 人都有个生日，一年一次，算得了什么? 哪里是拜寿，就是要糟蹋钱。"他把那支纸烟吸完了，右手拿了烟嘴子，在左掌心上慢慢敲着。他的态度是悠闲的，显然也不是持着坚决的反对。

隔了天井的短粉墙，有女子的声音答道："我们常常到姨父家里去打搅，现在姨父过生日，我们倒反是不去，这话怎样交代得过去？"蔡为经叫道："玉蓉，你来，和我把租稻账记一记。"

随着这话，玉蓉出来了。她是十八岁的乡下姑娘，但在乡下姑娘里面，她是最摩登的。这里前前后后，一二十个村子，没有烫头发的。因为烫头发是乡下办不了的事，必须进城去烫。非有钱而又有闲的人，那是做不到的，而玉蓉姑娘却是烫头发的一个。飞机式的几个烫发，业已被淘汰，而她就是烫着飞机式。这时，头顶心的机身，让生发油涂抹得发光。左右两个飞机翅子，高高地蓬了起来，这显着那张长圆的脸是格外的白。她穿件翠蓝色的标准布长衫，这是在乡下当着织金缎子着的衣服。尤其是特别的，脚下蹬着一双橘色皮鞋，乡下人在皮鞋上照例加个洋字称呼着。大姑娘穿洋皮鞋，这是惊人的装饰。

为经看到这样事瞪了眼问道："这个样子，你马上打算走了。这个家，是我的，也是你的，你就不当照应一点儿吗？门口放了那样多的贩稻车子，我正在这里做抬价功夫，若是卖成了，少不得有一盘零碎凑起的账。你若是走了，我又要找别人。"玉蓉道："姨父是明天的生日，我今天一定要去。上午走不成，下午去也可以。不过你要卖了稻，得分笔钱给我。现在不冷不热，正是出门旅行的时候，我要和姨母到苏、杭二州去玩上一趟。"为经笑道："哈哈，你要玩苏、杭二州？我们家有人开了银行吗？"玉蓉道："这个时候，不和你说那老远的话。姨父家里的礼，你怎么样的送法？你答应送礼，我就和你记账。你若是不肯的话，我马上就走。"说着，她扭身就向内室里走去。

为经向大长工道："你看你们三姑娘这气焰还了得，害我是两个儿子都死了。若是有儿子，我也不让这位千金这样骄傲。我在这里和车贩子抬稻价，她倒催着我卖稻。"大长工还没有答复呢，大门口拥了几个车贩子进来，都笑了道："大老爹，你不要抬我们的价呀。大行大市，我们不叨你的光，你也就不要让我们吃亏吧？"

为经被他拿住了话把子，没有什么可说的，把空烟嘴子衔在嘴角上，只是微笑。车贩子于是成群地拥了向前将他包围着。有的含了笑讲情，有的抱了拳头拱揖。为经将烟嘴子在嘴上取下来，又敲着另一只空手，笑道："你们这些米蛀虫，实在也是不好惹。大行大市，我听听你们的价钱。"车贩子就报告了是八万元一担。为经将脸色一板道："你以为我是在这里卖古董，预备我望天讨价，你们先就着地还钱。稻价早就打破了十万大关，你们还打算拿大斧子来砍我吗？天气还早，你们趁早去别家村子里问问。"说着一扭身子、奔回他的书房去了。

蔡大老爹的书房，那是个名，实在有异于普通读书人的书房的。一间白石灰糯糊刷的砖墙屋子，朝南有个钉死的直柱木格子窗户，糊了绵料纸。拦窗放了一张三屉长桌，桌上的红漆全裂了龟纹，年岁也比主人大得多。桌上放了一把算盘、一块砚台、一只瓷笔筒，七八本账簿叠在一处。桌子横头有个杂货铺的小货架，代替了书橱。货架上下三层，上层放着茶壶水烟袋、几只洋钱瓶和纸盒子，唯一的大老爹时代享受，就是一只两磅热水瓶，乃是画有着美女装潢的。下层放了些衣袜。只有中层放几部书，乃是《聊斋志异》《三国演义》《施公案》《今古奇观》《时宪书》《玉匣记》《康熙字典》《酬世锦囊》《陈修园十七种》《六法大全》。他的治家处世哲学固然都在里面，就是他求知识的深造也在里面。长桌子面前，他所坐的不是椅子，乃是个立体的长木柜，这叫钱柜。柜子上有盖，除了暗锁，还有扣搭上的明锁，这钥匙都在他裤带子上拴着的。

此外有一张木架床，挂了白夏布帐子。老式木架床，除了三方有木板围了小半截，正面左右，都有雕花格扇，再加上帐子，这里面的空气是十分安定的。但大老爹对于这床却是感到相当的享受，他家有的是稻草，这个他十分浪费，堆着将到一尺厚，紫标布的褥子、蓝色印花布的被条，铺在这上面，比之上海人睡的那弹簧床绷，他毫无愧色。

此外这屋子里有两把黑木椅子和一个茶几，还有个大木橱。床头边还有一只腰桶，这里面放着大老爹享受的茶叶纸烟还有冰糖、红枣、云片糕之类。这样，屋子里也就差不多满了。摆椅子的地方，墙上有一副拓本黑纸白字对联："惜花春起早，爱月夜眠迟。"对联中间，有一轴小中堂，乃是画的人物画：关羽读《春秋》图。主人平常治家休息，以及和密友谈心，都在这里。

这时，他进了书房，想到玉蓉说的姨父明天过生日。这位连襟刘绍仁，颇是混得出去。在乡下是个绅士，出外去也混点小差事，大小总是个官。他的生日，应该是个好日子吧？于是把书架上的《时宪书》拿出来，翻着明天的日子，果然是个黄道吉日，注明了"宜祭祀婚嫁出门"一大行字，他自言自语地道："什么都是命里注定了的，人家生日，就是好日子吗！"

这时门外有人插言道："大老爹，你说哪个呀？你的八字也不错哇。"他道："啊！曹四老爹，请进来坐吧。"曹四老爹是这附近一个社交人物，他虽没有绅士派的蓝纺绸裤子，却有一身漂白布褂裤，手上总是提着一柄青布伞。乡下人由戴草帽子到撑洋伞，这在生活和身份上，有个很大的距离，而曹四老爹有了这些，还穿着一双充礼服呢的鞋子和花线袜子。乡下人穿洋袜子，也是个了不得的排场，尤其是这夏季可以打赤脚的时候。曹四老爹也就凭了这身穿着，常来往于绅士之门。

他进来了，首先把布伞挂在书架上，向蔡为经笑道："我无事不登三宝殿。那些车贩子，要我来和大老爹讲情来了。"为经道："四老爹，你不要信他们的话呀。他们只出八万的价钱，还是一个月以前的行市呀。"四老爹是长长脸，嘴角上有颗黑痣，好像特意表现那张嘴技能很高似的。他先不答话，在口袋里摸出了一盒纸烟，先敬了主人一支，然后在椅子上就座。主人是不大用火柴的，窗台上有个小泥墩子，上面插了一支佛香。随时吸烟，随时点火，比用火柴经济多了。他取下香来，主客各点着了烟，佛香仍归原位，他坐在钱柜子上相陪。

四老爹架了腿笑道："当然不能依照他们胡说。不过依大老爹的意思，打破十万大关，似乎也太多了一点儿。他们把我拖了出来，要我和大老爹讲情，算九万一担。"蔡为经不等他说完，站了起来，两手一拍道："那还了得！每担少卖一两万，这笔稻子卖了，我去年的粮要白收了。"曹四老爹看了他这样子来势很凶，就含笑吸着烟不说什么。就在这时，大长工在外面叫道："大老爹，你出来，我有几句话和你谈谈。"

蔡为经出来了，大长工垂了两手，脸上现出神秘的颜色。等为经走近了，他低声笑道："大老爹我们这批稻，可以出手了。余家村去了五把车子，他们是九万一千一石成交。因为他们的稻子不多，这里的车贩子虽然知道这消息，还没有肯去。若是这消息传到别个村子去了，大家会跌价的。"正说着小长工又跑进来了，他道："小王村知道了我们这里有车贩子，派人来叫了三把车子去，让到九万一石。"为经跌脚道："你糊涂，你拦着他们不要走哇，快去快去。"说着，连连地向他们挥着手。

他们走了，玉蓉却左右两手各提了一个包袱出来，经过他父亲的面前。为经道："你这孩子，怎么这样不听话？两个长工，要在家里量稻，不能抬了你走。"玉蓉道："你卖你的稻，我在村子里另外找两个人抬轿子。"为经道："你疯了！家里有大小长工不用，你花钱另外找人抬。何况这笔稻账不在少数，你也当帮我算算。你要走，下午走也不晚啦。"玉蓉道："我听到说，你还在和车贩子抬价，知道你什么时候可以卖成？"为经气不过，半歪了身子，奔向女儿面前，将脸望了她的脸道："你，你，你真疯了！有稻子不愿多卖钱？"

那曹四老爹提了那柄布伞，也由书房里走出来，笑道："三姑娘，你令尊大人说得对的。把稻再留半个月吧，怕不会卖到十一二万。大老爹，我告辞了。余子诚家有百十石稻等着卖，也免不了要我去讲盘子。"说着，他笑了一点头。蔡为经两脚乱顿了几下，红了颈脖子叫道："你们都来逼我，什么意思？"曹四老爹笑道："不敢不敢。我和大老爹作价，一开口就碰一鼻子灰。这又不是买田置产，做中的可以分几个中资。我何必呢？"蔡为经道："不是那话，车贩子杀我的价，杀得太凶一点儿。这还没有到吃大户的时候吧？"

大长工在外面又跑了进来，一路叫着道："大老爹，车贩子都要走。他们喊出了价钱，是八万五，他们就等了开仓。若不肯让价，他们就走了。有几把车子，已经推出了村子。"蔡为经一拍手道："走就走吧，

204

我也不等钱用。"玉蓉板了脸："怎么不等钱用？明后天我回来，就要二百万。家里的事看不惯，我还是去上中学读书。"

曹四爹看这情形，微笑了一笑，提着布伞，默然地要走。蔡为经一把将他抓住，笑道："老兄，何必如此？中午预备下四两酒，家里还有点儿咸鱼，煎几个鸡蛋，我们对喝两杯。"曹四老爹将舌尖舔了两舔嘴唇，笑道："你们自己酿的酒很是不错，我愿意扰你两杯。"蔡为经道："那么这个中人，请定了你了。请你和我去做主，和余家村子一样，就是九万一千吧。"曹四老爹将一个食指指了鼻子尖道："你得给我曹老四一点儿面子，这零数你让了。"蔡为经道："一担一千，十石一万，五十石就是五万。"

玉蓉两个布包袱放在地上，现在又提了起来，问道："爸爸，你到底是卖不卖？你若开仓量稻，我就等你一上午。不卖，我要走了。你哪里就不花几万块法币，只管啰里啰唆耽误时间。"蔡为经道："好吧，九万一担，我忍痛卖了，请四老爹去把车贩子都叫转来。"曹四老爹点点头，把布伞交给大长工，他出去了。

为经向玉蓉道："孩子，你把包袱放下来，下午准放你走。卖完了稻，你和我算算账，我的算盘不怎么好。算完了，你用笔算再和我对对数。是我的钱，也是你的钱。"他亲自接过两个包袱，玉蓉也就跟了父亲走到书房里去。她的目的，是和父亲商量送姨父生日礼。

他们刚进书房门，天井有人叫着大老爹。为经道："是王玉清吗？你父亲又不来，派你来，进来吧。"随着这话，进来一位姑娘，穿着蓝花布短褂子、青布裤子，全都打着补丁。头发剪短了，后脑是个月牙形。她长圆的脸，大眼睛，和玉蓉的面貌竟是八九分相像。她左手提了两只绑了脚的鸡，右手提一篮子半黄半青的豌豆，都放在地上，先叫大老爹，后叫三姑娘。为经问道："这是送我的吗？一不送新，二不过年，平白地送我什么东西？"玉清道："我爸爸说，欠大老爹的稻息，实在拿不出来，这个送你煨汤吧。"为经道："两只鸡、几升豌豆就能折十石稻的稻息，你父亲王好德老糊涂了。他也不老呀，你给我拿回去。"

玉清垂了头道："我父亲也晓得不够,这是他一点儿孝敬大老爹的意思,明天他会来和大老爹算账。"玉蓉瞪了她一眼道："我要和我爸爸说话,你到外面堂屋里去等着。"玉清看了看玉蓉的颜色,也没有敢多说,只好走了出去。

这时二进堂屋和大天井里,站了十几名车贩子。曹四老爹站在屋檐下向大家笑道："你们该知趣一点儿了。九万一石抹零还是人家三姑娘做主的,到底便宜一千元啦。你们又要大老爹贴一餐咸菜午饭,你以为这是一升米半升米的事情,我不好和你们去说。"一个车贩子指了出来的玉清道："三姑娘来了,我们索性求求三姑娘吧。"玉清听了,身子向里一缩,她倒不好意思说,人家认错了人。车贩子跟着追上来,叫道："三姑娘,好事做到底,不要躲开呀!"他们这叫喊声惊动了里面书房里的玉蓉,就种下了两玉之间更深的裂痕了。

第二章

炊烟有味引闲人

这位蔡玉蓉姑娘虽然是生长在乡间的，可是她在城里念过两年女子中学，已变得和城里姑娘一般无二，再加上了她家庭的富有、父亲的宠爱，她实在没有把乡下那位姑娘看在眼里。人家要把她和乡下其他的姑娘打比，当然是看不起她。再要说到她和王玉清相同，那更是损了她的地位。王玉清的父亲王好德，不是她家的佃户吗？偏偏玉清这位姑娘简直和她模样相差不多，常是被人家这样提着，她就恨极了。

这时车贩子叫着三姑娘，玉蓉在里面屋子里听到，还以为人家叫她出去讲情呢，就直跳了出来，连忙问道："什么事？什么事？你们买稻子也不能追到我家内房来讲价钱啦。"车贩子看到又是一位蔡三姑娘出来了，却都是一愣。而这位三姑娘，不但是脸上粉敷得雪白，而且头发也烫得蓬蓬松松，这当然是一位财主姑娘的本色，就都向她叫三姑娘了。其中一个嘴直些的，就迎向前笑道："三姑娘，刚才我们认错了人。我们看到那位穿花布褂子的人以为是你呢，你看她和你长得多么相像，在不认识的人看来，一定认为这是一对双生姊妹。"

那位王姑娘听了这话，远远地站在过道的角落边发着微笑，自然，那是承认双生姊妹这个拟议的。可是蔡玉蓉听了这话，立刻把脸子气得通红，她先是瞪了双眼向这群车夫望着，随后使劲向地面啐了一口痰，接着指了大家道："你们在这里胡说八道。你三姑娘是个人，你把我比什么？比小猫小狗吗？算了算了，我有稻子卖得到钱，你们有钱，也买得稻，请吧请吧。"说着，她挥了两只手像乡下婆子轰鸡轰狗似的，将大家轰了走。

那些车贩子虽然不满意她的举动，可是她是个女孩子，也不能和她计较什么。有两个人叫着："不卖就不卖吧，轰我们做什么？"说着，大家都跑出去了。玉蓉还是忍不住胸中那股怒气，反转身来，板了脸色道："王玉清，你为什么冒充我出去和车贩子说话？"玉清这才离开了那夹道的角落，两手扭了衣襟角，慢吞吞地走向前道："三姑娘，我没有敢冒充你呀。我走到前面堂屋里，他们就围了我乱叫，我有什么法子呢？"玉蓉道："我没有那闲工夫和你说话，你走远一点儿。你父亲有什么事商量，他自己应当来说，你到这里来什么意思，有心出我的相吗？"

王玉清红着脸，原是想驳她两句。可是她想到她父亲是自己的东家，她又比她父亲还能做主，这是不能得罪的。不然的话，他们父女要起租稻米，全家都受罪，玉清想到这点，什么勇气都没有了。倒是她搓着衣襟角的两只手，便觉得有劲。她缓背转身去，向外走着。玉蓉还指了她背影道："今天若不是我要到二姨妈家里去，我一定把王好德找来问问。他常常叫他的女儿冒充我蔡三姑娘，那是什么意思。打肿了脸装胖子，也要脸皮受打呀。"玉清不敢理她，只是向前走。到了大门外，她想着，这不是太冤枉吗？哪个冒充过她呢？看她那副神气，恨不得要打人。穷人就是这样不值钱吗？她越想越委屈，走到一棵大柳树下，靠了大树兜子，低了头只管沉思着。

曹四老爹原来想给车贩子把这批买卖说成，顺便就叨扰蔡家一餐中饭。现在车贩子全被三姑娘轰走了，大家全不欢喜，他也就不好意思再等着饭吃了。他将那把布伞收卷着像根手杖似的，提着走了出来，见王玉清靠了柳树发呆，便走到她面前低声问道："你不走，还打算怎么样？"玉清看了他一眼，又低下头了。她将脚上的鞋尖，翻了地上土，缓缓地道："四老爹，你看见吗？我也并没有招惹哪个，受人家这样一顿痛骂，我心里难过得很。"说着话，流起泪来，她掀起一片大衣襟，擦着自己的眼泪。曹四老爹道："不是我说你不懂事，还是我为你好。财主人家门口，黄土有三尺香，他们的忌讳就大着呢。你在这个地方哭，他们却认为是倒霉的，无论蔡家哪个看到，都会不高兴的。你要哭，大路上可以哭，回去也可以哭，你对了人家的大门流什么眼泪？走吧，我送你回去。"说着，他将手上的伞横伸过来，代了手推她，那还算是避开男女授受不亲的一点儿说法。

王玉清借这个势子扭转身去，委委屈屈地走去，曹四老爹在她后面跟着，看看前面几个村庄，都在树杪和屋顶上，冒起了几条直烟。这意思表示乡下人家已经在烧煮午饭了。他身上虽然穿了一套白布褂裤，可是他肚子里的情形怎么样，他自己知道。早上在家里喝了两碗红米粥，没有菜，只是两个腌的臭萝卜。而且这种吃法，已是连续了一个月之久。好菜不想吃，颇想吃顿好白米饭，也想煮碗青菜豆腐，里面多放一点儿油。若是到王好德家里去谈谈，也许顺便掠他一顿午饭，豆腐不现成，青菜绝没有问题，他家养了不少的鸡，必有很多的鸡蛋，怕他不会拿出几个来待客。

如此想着，就开始运用着他的政治手腕，随着她身后，缓缓地道："王家大姑娘，你们家还欠有东家的租子吧？"玉清道："唉！不要提起，我也就是为了这事到东家那里去的。没有要紧的事，哪个愿意到有钱的人家去看他们的颜色？"曹四老爹道："你们欠他多少租稻？"玉清道："大概是六七担稻子。"曹四老爹道："那不是个小数目了，你们家应该交多少租呢？"说着话，他将布伞撑了开来，笑道："太阳很大，大姑娘，你撑着伞吧。"于是就把伞送过去。玉清闪着身子道："不敢当，不敢当。"曹四老爹道："没关系。我们男子汉比你姑娘家皮肤老练得多，我们受得住晒，你们受不住晒，撑着吧。"他这样地说，伸了手不肯缩回去，玉清只好将伞接着。

曹四老爹又追着问道："你们家应该向蔡家交租不少吧？"玉清道："一年是三十六担租稻。本来我父亲一个人是忙不过来的，蔡家也知道我父亲种不了这多田。因为我们是老佃户，种他们家田有三十多年了，就说是两代吧，在我爷爷手上就种起的。他要收我们的佃，也要顾到这样多年的交情。"曹四老爹很兴奋地道："收佃，那是随便的一句话吗？

没有那样容易的事。种田种了两代，和他们家也出了不少的血汗。就说押庄钱吧，假如当年是十块现洋，三四十年，利上翻利也不得了。何况你们家种了三十多担租子的田，当年至少也交了百多块押租。"玉清道："不过蔡老爹是常常把这话吓我们的，说我家把他的田种瘦了，年年欠交租稻，他要请请地方上的绅士，和我家讲这个理。有租交租，没租他收佃。现在五荒六月，他不能开口。今年秋季，我家若不能把新旧租子一齐开交出来，那是有事情的。"

曹四老爹道："你们又何至于年年欠租呢？"玉清道："一来我家自己没有一亩田，种的都是人家的土，先就家里没有底子了。蔡家的田，不怎么好。丰收的年底，也收割不到七十二担子，照东佃各半的话，就吃亏了。一年的辛苦，人工、耕牛、种籽，哪里不是本钱，交清了三十六担租稻，抛除花销，我们也落不到一二十担稻子。我妈有个气涌的老毛病，去年冬天，几乎送了命，花了不少的钱医治。我哥哥前些年让日本鬼打跛了一条腿，出不得苦力，只好做点儿小生意，糊不到口，家里还要补贴他。我是个女孩子，也只是坐在家里吃。只有春季收点儿杂粮，拿来度荒月。家里养了两口猪，也要到秋天才肥得了膘。现在的零用钱，全靠家里养了二十多只鸡，每逢赶集去卖鸡蛋。我父亲有时捞两网鱼，送到县城里去卖几个钱，但来往三四十里，也太苦了，去年冬天欠下的租，今年就交不出来。陈粮当然是没有了，有也不会欠租。稻米越来越贵，东家叫我们折钱还他，那不是要命吗？"

说着话，走上了一道小河堤。堤上有一排大柳树，有着很浓的树荫。南风由田野上吹来，把那掩着很长的柳条，吹得像绿浪似的荡漾，人站在堤上，却是很凉快。曹四老爹身上一舒适，肚子里早晨装下去的两碗红米粥，更是消失了。眼前一片水田，稻秧长得尺多高，绿油油地曝在日光里。田那边一带树林子，露出了四五排屋脊，有草房，有瓦房，屋顶上有三个烟囱在冒着午饭的烟。烟下几间瓦草相间的房子，就是王玉清家了。他笑道："王家大姑娘，你真伶俐，家务事你谈得这样入情入理。"玉清本来是一肚子委屈，人家这样地称赞她，她忍不住微笑了，摇摇头道："乡下姑娘，懂得什么呀？"曹四老爹道："大姑娘今年贵庚？"她笑道："翻过年去就二十了。"曹四老爹道："才十九岁，聪明聪明！蔡为经那个女儿也是十九岁，不，二十岁了，我和她算过命，属马的，枉然进过学堂念过书，简直是个大浑蛋。我们虽穷一点儿，但是大小是她一个长辈，她哪里会把我们看在眼里呢？大姑娘，你就太知情达礼了。好了，你到了家了，回家去不要把生气的事告诉你爸爸。伞交给我吧，我也回家了。"

玉清拿着他的伞，可不肯交还，笑道："你都走到我家门口，怎不再坐一会儿走？"曹四老爹指着人家屋脊上的炊烟道："你看，我也该回去赶午饭了。"玉清道："就在我家吃午饭得了。别的菜没有，干鱼还有几条，炒两个鸡蛋，也是家里现成的。"曹四老爹心想，她果然中计，益发把她稳住，别脱了鱼钩，笑道："不叨扰你们了，这荒月哪家不是苦的。今天和你谈了这几句话，倒引起我一件心事。你爸爸是老实人，怎样对付得了这样一位调皮的东家？他言前语后，倒是打着你们的算盘的。天一天二，叫你爸爸到我家里去谈谈。晚半天没事，我煨上四两大麦酒，招待他一下。曹四老爹在家乡下，爱管个闲事，但是吃亏的人都喜欢我，我打尽了人间的抱不平。大姑娘，把伞交给我。"

玉清更是将身子一闪，笑道："四老爹，你嫌弃我家不干净吗？你既有话和我父亲谈，正好就到我家去，怎么又改日子让他去呢？请吧。"她说着话，下了堤，步过跨着两岸的一条木板桥。四老爹站在堤上，跌了脚道："我不该交这把伞给大姑娘，倒是做了押账了。木桥上我还是不便抢这把伞，我只好跟着你走了。"玉清见把这位小绅士请到了，这是自己的胜利，这就带了笑容，在前面引路。

玉清的家门口，是一块干菜地，她父亲王好德，在这里种了些豇豆黄瓜，上午闲着，乡下人不肯休息，拿了几根草绳，在菜地里捆绑黄瓜架子。玉清撑了伞跑到面前去叫道："我们家有贵客，曹四老爹来了。"说着，低了声音道："他有要紧的事来和你商量，我留下他吃饭了。"王好德上身穿件短袖的白粗布褂子，一顶破草帽，还遮不了整个脑袋的阳光，衣服都让汗湿透了，他也正需要着凉爽一下。这就离开了菜地，在路头迎着来宾道："四老爹有工夫光降到我茅棚子来，真是请不到的呀，请家里坐，请家里坐。"曹四老爹点个头："王二叔，你是勤快人，一刻也不闲着，草是刚刚耙过去，也可以休息几天。种庄稼人都像你这样，天下太平，五谷丰收。"王好德见他相逢就是一阵夸赞，也很是高兴，笑道："承你老看得起我。无用的人，也只好多卖一点儿力气吧。"说着，将曹四老爹向家里引。

这是几户人家合住一幢庄屋，王好德开了个便门正对着菜园。进了便门，是个过堂，摆下了砻子、磨子、风箱，屋横梁上架着水车，算是个农具陈列室，也是做米的工厂，屋子中间摆了一张四方矮桌、两条矮凳，也算是客厅。他下穿蓝布短脚裤，束了根青布腰带，裤带子上倒挂着旱烟袋和一个小葫芦做的烟盒子。这就都取了下来，先在旱烟斗上装了一袋烟丝，将手掌揉擦了一阵烟袋嘴，笑道："四老爹，先来两袋旱烟，我给你找纸烟去。"他们家黄土墙上有个大竹钉子，挂了一圈蒿草绳子是终日燃烧着的，代替了火柴。他顺手也取过来，都交给了来宾。四老爹笑道："王二叔，你不用张罗。我是来和你谈心的，不是来打搅你的。我生平有个习惯，不吃寒苦人家。你叫你们大姑娘泡上一壶清茶我喝就行了。"王好德听了他这话，更觉得人家是抱了同情心而来，越是高兴，走到隔壁厨房里去叮嘱了一番，方才出来。

曹四老爹抽着旱烟，闲闲地谈着。心里一方面打着主意，本来此行并无问题，如何找得出要紧的话来。但没有要紧的话，平白地到人家来候着吃一顿午饭，那又太不像话。他和王好德抱了矮桌子角坐着，将蒿子香挂在桌子角上，不时地取来烧旱烟袋头。王好德倒是忍不住了，问道："听我们女孩子说，四老爹由我们东家那里来。蔡大老爹谈起了我的欠租吧？"曹四老爹点点头道："是的。你家大姑娘，不是为了这事到蔡家去的吗？不过他现在只是和你们要欠租，别的说不出来。你再拖他四五个月，到了秋季新稻登场，他新账旧欠，一齐和你要。你若不照他的话办，他就站在有理的地方收你的佃。虽然那是四五个月后的事，

212

临时想法，那怎样来得及？我今天来的意思，也就是这样，你马上就想好了法子，让他整不住你。"

王好德伸手乱搔着头发道："我的天！我现在吃饭，还是三餐吃两餐杂粮，让我想法子这个时候还欠租，那不是说空话吗？四老爹，你是前朝军师诸葛亮、后朝军师刘伯温，替我想个法子。"说着，他抱起拳头，连拱了几下。曹四老爹笑道："我既出来打这个抱不平，当然我会和你出点儿主意。现在第一层我是在你东佃两边，多跑几趟路，把你们的感情先搞好。第二，我就要他少收你一点儿欠租，你也多少交出一点儿。你不是有两口猪吗？这上面总可想点儿主意。"

王好德听了这话，觉得他也没有什么出奇之处，可是他存了一番好意来，总不能说他出的是坏主意，也就随了他的话敷衍一阵。不过他的女儿对曹四老爹的印象非常之好，已烧好了一锅开水，把自己家里收藏的茶叶末子泡了一瓦壶茶，提了出来。另手拿着两只粗饭碗都放在桌上。先斟了一碗茶，两手捧着，送到来宾面前，笑道："四老爹，先喝碗茶吧，你为我们的事受累了。我洗干净了锅烧的开水，碗也洗干净了，茶里准没有油腥味。"曹四老爹欠身道谢。

玉清走开向厨房里去了。曹四老爹笑道："王二叔，你这位大姑娘聪明伶俐，实在是好，你有福气。"王好德叹口气道："女儿好有什么用，年一年二，就是别家的人了。我也是因为她在家是个帮手，没有向她婆家提过喜事。但是女大不中留，也留不住多久了。"

曹四老爹正是感到谈欠租的事，有些词穷，话提到别的方面去了，那就很好，接着问道："姑爷家很好吗？"王好德道："也是庄稼人，然当比我好些，自种自食的田有几亩，不过还是不够吃。也就为这个，我办不起嫁妆，他们家也办不起喜事，耽误了两年。有是有这话，今年冬天，他们要娶过去。我打听打听，他们只养一口猪，还不如我呢。这喜事怎么办？"

说到这里，玉清不知在哪位邻居家里找了几根纸烟来，跨过门，听到这话，她又缩脚回去了。但没有一分钟，她还是将纸烟送到桌上放着，笑道："四老爹，这烟不大好，你勉强吸吧。"然后回转头来，向她父亲瞪了一眼，低声道："你谈欠租的事，就说欠租吧，乱扯些什么。"王好德道："是啦是啦，我不乱扯了，我也不过是因话答话。"玉清把脸子绷着，上眼皮垂着，噘了嘴道："因话答话？哼！"说着，她还是进厨房去了。曹四老爹看她这样子，竟是不愿谈婚嫁问题。自己用了许多政治手腕，才博到这位姑娘欢喜，可别得罪了她。

厨房正在隔壁，正传来一阵腊猪油煮小白菜的香味。这个日子吃老豌豆、新莴苣、半老黄瓜，天天不换样，口也吃得腻了，小白菜就成了很好的东西，尤其是腊猪油煮的，他首先咽了一阵口水，然后兴奋地拍了一下桌沿道："王二叔，我和你想得一个主意了。"

第三章

兴风作浪小绅士

这句话，当然是曹四老爹故作惊人之笔。但是王好德听了这话，就不免瞪了眼睛向他望着，静等他的下文。他笑道："有钱的人，算盘是打得很精的。你现在不是没有稻子交欠租吗？他那个老收租子的老地主……"王好德向他摇摇手笑道："四老爹，你千万不要谈这个可怕的名字。我们蔡大老爹，就怕人家说他是地主。"四老爹笑道："这是新来的摩登名词呀。他怕听有什么用？县政府，县参议会，口里说，笔下写，动不动就是地主、佃户、贫农、中农、自耕农。"

王好德给四老爹在粗饭碗里斟上了半碗茶，然后在自己碗里也斟了大半碗，那布满了粗网纹的手，一把抓起碗来，向口里倒着茶，咕嘟一声，把碗里的茶喝了个干见底，然后放下碗来将手按了一按碗沿，笑问道："贫农中农，那名字我猜想得出。像我吧，总是个贫农了。什么叫自耕农呢？"曹四老爹道："那就是我们一句俗话，自耕自食的庄稼人。自己有田，自己种着，这就叫自耕农。"王好德一拍桌沿道："哦！这就叫自耕农。人家读书做生意，都是想升官发财，但是我王好德没有这个想头。只要做个自耕农，有这么一天，叫我坐金銮殿做皇帝我都不干。"

曹四老爹笑道："做个自耕农，还不是苦人儿一个。为什么有皇帝都不愿意做呢？"王好德道："四老爹，你是没有给人种过田，你不知道这个滋味。单说我们这江南地方的庄稼人呢，正月尾上浸种，二月尾上种秧田，三月里放水，四月初里插秧，亲手把一粒粒的稻子变成了绿满田园，那不是我们一把血汗？那时，下过几场好雨，晒过几天好太阳，秧长得一尺多长，先就是一阵高兴。年成好，五六七三个月，田里是肥杆子、绿叶子，一天比一天长得好看。直到八月中秋前后稻穗子长了四五寸长，看了心里真是好受哇。打下了稻子，整担地向仓里挑了去，真是人生吃喝穿戴，什么不出在里面？可是到了东家到门，一算租稻，这就让人心里凉了半截，那堆在仓里黄澄澄的玩意儿，至少人家也得了一半去呀！人家的田，人家也要还粮纳税出派款，自然不能说人家不应当挑去。不过一手养出来的东西，让人家分走了一半，当时心里总有说不出来难舍难分的味道。若是我自己的田，我种多少收多少，说到还粮纳税，那是老百姓应尽的本分"又不要一把拿了出来的"更比交租的数目要轻得多了，我虽没有做过自耕农，我想收稻子进仓的那阵子高兴，想到今年这阵汗没有白流，那实在是比坐金銮殿还有味。"

曹四老爹笑道："你没做过自耕农，你也没有坐过金銮殿呀。你怎么知道那滋味不如这滋味呢？"王好德道："话扯远了，不要去做那个梦，还是谈本等的话吧。你说我没有稻子交欠租，应当怎么办？"曹四老爹取了一支纸烟，口里衔着，伸到桌子角上，就着蒿草绳子上的火吸燃了，抬头喷出一口烟来，三个指头捏了纸烟转动着。他笑道："你穷，我知道，前后村子里人知道，蔡为经有什么不知道的。他现在逼你要欠租，一来呢，要一升是一升，要一斗是一斗。二来呢，也怕你陈租不清，新租又欠。你若是现在给他写下一张欠条，约明到了新谷登场，新旧租稻，一并交付，他也就不和你为难了，而且这个日子和他写下欠条，还可以请他抹一点儿零。"王好德道："我真是交不出来，他也不会为了几担租稻和我打官司，写张欠条，也许交代得过去。到了新谷登场，新旧一把交，那不又把我交个精光吗？"

曹四老爹将右手一个食指，指了自己的鼻子尖道："乡下要我们这班人做什么的？到了那个日子，你少不得摆下一桌请东酒，找上几个绅士做陪客，然后和他一讲情，一借二让，总可以留下一点儿东西给你。做东家的人，也真不能把佃户饿死。现在你写张欠条，得自在两三个月。要不然，你今天送鸡，明天送鸭，后天送荞麦豆子，东西去了，他在账上，没有刨除你一粒租子，你是明暗两吃亏，你想我这话对不对？"

王好德听他说得头头是道，不住点头。一会儿玉清出来，擦抹桌子，接着送上菜碗来。曹四老爹猜个正着，正是一碗干鱼，一碗韭菜煎鸡蛋，一碗小白菜，一碗煮老豌豆，另外一只小瓦壶，四周粘有草灰，正是由灶笼里煨热了酒取出来的，送到桌上，就有一阵浓烈的酒香袭人。曹四老爹搓着两只巴掌向她笑道："大姑娘，真是打搅你了。这菜都是你做的？你看，做得多快，又多干净！"

玉清虽明知道他这话是溢美的。因为四只碗，就有三只粗陶器，黑黝黝的，谈什么干净。不过这话由绅士一类的人说出来，那究竟是受听的，这就站在桌子边微笑道："怎谈打搅这句话？请都请不到的呀。我们的事还得请四老爹多多维持呀。"曹四老爹已是被王好德斟上一杯酒，他左手先端着陶器杯子抿了一口，又香又热和，右手拿了毛竹筷子，夹了一块韭菜煎鸡蛋，送到嘴里咀嚼着，真是香咸可口，这和城里人吃清蒸鱼翅是一样流芳齿颊的。他高兴极了，偏转头来向王好德笑道："你看，你家大姑娘多聪明，还能说句维持的新名词呢。她要是念上两句书的话，那还了得？"王好德笑道："我儿子都没有钱念书，更谈不上女儿了。"曹四老爹道："那是谁说的，女儿比儿子有用的，古往今来，也不少哇。"王好德道："她娘婆二家全是穷庄稼人，她是怎么个好法？"

曹四老爹又抿了口酒，又笑着说了句那是难说的。玉清因父亲提到了婆家，她就不愿站着，依然回厨房去了。曹四老爹也不一定要恭维她，她既走了，就转过话锋，恭维王好德，弄得王好德益发地尽情招待，小壶酒完了，再添大半壶。酒后，曹四老爷是吃了三碗饭，最后，还加了大半碗锅巴粥。酒醉饭饱之余，曹四老爹又谈了一会儿，许下了许多愿心，要过了布伞，方才告辞而去。

这时，已是太阳偏西了，曹四老爹将布伞撑着，顶在肚脐眼上，挡了阳光，口里念着千家诗："因过竹院逢僧话，又得浮生半日闲。"很高兴地回家。不过他这样搞到的酒醉饭饱，也就是一餐，而且许了王好

217

德的愿心，也必得还。要做个管闲事的先生，自不能一次完事。过了两日，想得了个机会，在半上午的时候，向蔡为经家走去。照着普通烧午饭锅的习惯，这该淘午饭米了。到人家去吃饭，不可太接近了开饭的时间，那就形迹太显然了。曹四老爹一路盘算着，向蔡家走了去。

在蔡家大门口左边，有口椭圆形的池塘，四周有好几棵大柳树和半圈杂树，这时，全是布满了嫩绿色的叶子，太阳照着树，反映得塘水碧绿。那不大有劲的东南风，由柳条子里穿过来，在水面上拂着，水面起了层层的鱼鳞纹。蔡大老爹今天上午，也许是算盘打得太累了，需要轻松一下。他正是背了两手在身后，沿了塘岸，在柳荫下面踱来踱去。

曹四老爹走向前拱了两拱手道："大老爹，今天上午得闲啦。"蔡为经笑道："一年三百六十日，都是这样子，无所谓闲不闲，我估量这塘的水怎么样？假如再下两场大雨，田里的水够了，用不着把这口塘放干，我就买几百头鱼苗放下去了。"曹四老爹拍了手道："妙极妙极，这原是有意栽花花不活，无心插柳柳成荫，我正为此事而来，我路上有两个鱼苗贩子，正托我找销路呢。"蔡为经听了他这话，想到心中一件事，不由得嘻嘻地笑了。

原来曹四老爹，是四十以上的人，虽然赶上了新教育，但他儿时，新教育依然没有打进农村。他念过一套四书，半懂不懂，又念过诗经书经，却是始终没有和书的内容发生联系。只有一本《千家诗》和一本《增广贤文》，念得滚瓜烂熟，而对贤文，犹能运用自如。乡下人把《增广贤文》的形容词，变成了书的简名，叫着增广，而且有个歌诀是：读书不讲，如念增广。蔡为经到底是有钱子弟出身，念过私塾，也进过几年旧制中学，肚子里是比曹公的墨水装得更多。遇到曹公卖弄文学，就忍不住笑了。曹四老爹何曾解得，便问道："大老爹，你何以发笑？"蔡为经道："我觉得这样好的天气，不能游山玩水，老是在家管着这些柴米油盐，有点儿俗不可耐。"曹四老爹道："府上的账，不都归大姑娘管吗？"蔡为经叹了口气道："真是一言难尽。她现在也为自由平等的话宣传得醉了，说个自助自立。这些家庭小事，哪里肯管。不过这样也好，我没有儿子，望她能和我做个儿子，支持门庭，我也就由她。据她说，她打算竞选县参议员，将来免不了还请四老爹帮忙呢。"

他一听这话，将手拍着大腿，大叫一声道："赞成之至，将相本无种，男儿当自强，谁说姑娘就不能竞选参议员。西洋有个什么国，就是女子做皇帝。内阁总理是小姐，各部部长，有太太也有小姐，人家就是强国呀。据说就只有陆军大臣海军大臣用的是男人。"蔡为经道："这是哪一国？"曹四老爹正色道："真有那一国，报上都登着的。"说到这里，他走近了一步，低声道："大老爹，你家非有一个参议员不可。你这么些产业，大老爹自己又不大跑县政府，有起什么事来，政治上是缺少一点儿靠山的。大姑娘要竞选参议员的话，我和她跑腿。"

蔡为经站着出了一会儿神，摇摇头道："恐怕不行，她年纪太轻了，而且这笔运动费恐怕也很是不少。"曹四老爹道："要花钱干什么？多有几个人跑路就行了，这话不是三言两语可以说完的。上午大老爹没事吗？我陪你谈谈。"他说着，也不管主人是否同意，他竟是走在主人面前，引着他向屋子里走。蔡为经也是因长日无事，很觉无聊，既然有个人来谈谈，倒也可以解闷，就陪着客到他那间身兼数职的书房里去。

曹四老爹放下手上的布伞，又做了沉重的颜色，问道："大姑娘真是要弄个参议员做？"蔡为经笑道："我是说着玩的罢了，终不成二十岁的姑娘都去当参议员，把乡下这些绅士都放到哪里去？有些亲友，倒是和我商量过，让我出来。大家也都说了要支持我，不过人家不会白支持的，总要送些礼。钱少呢，无所谓，我就搞着玩玩吧。不过真是让我搬出整捆的钞票来谈这个事，那我又犯不上了。"他说到这里，也就提起了情绪，在那书架子下层杂货摊上，找出了一盒纸烟和一盒火柴，放到账桌上来敬客，他自然是坐在那钱柜子上。

曹四老爹原是要来谈卖鱼苗的，有了大题目，哪还谈小事，他横头坐在木椅子上就谈起选举县参议员的事来。这段事情，正是曹四老爹这路闲人的话题，一天也不知道谈过多少次，当然说得情形透彻，蔡为经也听得很是够味，最后，他指出，有一千五六百张票子，可以当选。蔡府上本家，一定支持本姓大老爹，可以收到三四百张票子，蔡府上亲友方面，也可以拉两三百票子，本保上可以出三四百张票子，这就差不多了，只要再想法拉别保一二百票子，就万事齐备了。本保，有几个人跑跑路，没什么不成的，别保呢，姓曹的就可以想法。

四老爹交代了个八成，伸头看看窗子外的太阳影子，就站起身来扑扑身上的烟灰，笑道："谈着有趣，把大事都忘记了，我该回家吃饭去了。"蔡为经笑道："这个时候，当然在我家里吃饭，我也没有告诉家里预备什么菜，不会费事的。"他说着话，站起身来，伸了一只手横拦着，倒是有相当的诚意。曹四老爹半歪了脖子望了他笑道："我真的打搅大老爹？"蔡为经笑道："这有什么真假？一顿饭也算不了什么。何况我还是真有话和你谈。"曹四老爹两手一拍，笑道："你看我只管谈竞选的事，把另一件正经事忘记了，就是贵佃户王好德，到我家去过，他说欠你老的租子没给，一直要拖到新谷登场，那太不像话了。他说愿意为着借条，多少认点儿息钱，新稻出来，新旧一并奉还。我当时就痛骂了他一顿，说他这太不对了。去年的租稻，放到这时不给，这要借几个月，收租的人，压下了一年稻子不卖，是那几个少数的利钱，补得起空子来的吗？"

蔡为经听他所说，完全站在自己一边，很是高兴。因为拿出来的那盒纸烟，已经是吸完了，又在杂货架子上杂货堆里摸索了一包烟出来，抽出一支，含笑送到他面前。曹四老爹一想在这里吃饭，是绝无问题的了，于是高高兴兴地坐下，凑合着主人的意思说下去。主人也在高兴之下，否认王好德写借条的行为。他吸着烟沉思了两分钟道："王好德这家伙，外号叫王好老。他老婆又是长年多病，一点儿治家的经济原则没有，还是真穷。不要他写借条，问他要租子，他有稻子交出来吗？"

曹四老爹眉毛皱了两皱，口里吸了一下响，表示了他踌躇的样子，而他还有些悲天悯人的神气。这就又带了三分愁苦的样子向主人道："我到他家去过，他家的确是穷。现在说他们还可以盘出钱来的，只有他家两口猪。可是这猪还不到三四十斤重，做不了什么大事。大概到了秋季收割的时候，这猪也就勉强可用了。"蔡为经道："这倒让我想起了个办法，他写借条就写借条吧。但是他必须在借条上赘明一句，他一定是把猪养得肥大了，就卖猪还我的租子。"曹四老爹心里跳了几下，眼睛又盯了主人一眼，微笑道："这个办法很好。不过他家有两口猪的事，大老爹不要说是我说的。"蔡为经哈哈一笑道："他家到我家这样近，他家喂了两只猪，我都不晓得吗？"

说着话时，蔡家的小长工，来请主客吃饭，主人就问煨了酒没有？小长工道："煨了两壶呢。"曹四老爹立刻闪动着两条眉毛，笑道："酒不必了，酒不必了。以后我和大老爹跑腿的事多着呢。必须遇茶喝茶，遇饭吃饭才好。"口里说着，跟随主人上小堂屋。究竟财主人家，作风不同。桌上摆下六七只茶碗，除了素菜不算，中间就有一碗黄瓜段烧肉、干鱼鸡蛋，这样大户人家更是有的。宾主共坐下来，主人提了小锡壶和客斟着酒。这个不速之客，端着小瓷杯子，唰的一声，干了那杯。然后举了空杯子道："我还没喝酒，不是醉话。我就是蔡府门上一条狗，大老爹有什么事，只管叫我，我是一呼就来。还有什么人欠租欠款，你都交给我，我全盘和你老代催，还是银钱不过手。你就是我们这一乡的一尊活佛，我们不能不拥护你老呀。"

这样说着，连站在一旁的小长工都张了嘴笑着。曹四老爹向他正了颜色道："小兄弟，你不要笑。你是人在福中不知福，你能在蔡府上做长工，你是造化。不说别的，单是每天这一粥两饭，现在我们乡下，有几处人家可以照办？你们在蔡府上做工，要多多费力才对呀。"这话说得主人非常的受听，不住地点头。

曹四老爹笑道："大老爹，有道是近水楼台先得月。王好德离府上最近，他有了钱，绝让他躲不了。就是明天吧，我先到他家和他说说，让他把借条先写好。下次我下午来了，免得又打搅你的中饭。"蔡为经笑道："一顿便饭，你不要太认真了。上次卖稻子，买卖没有做成，你也就不吃饭走了。我家三姑娘就埋怨我没有留你呢。"曹四老爹道："哦！我还没有见到她呢，该向她谢谢。"蔡为经道："她去拜姨父的寿，还没有回来呢。她就喜欢在她姨娘家，一来呢，他两口子都喜欢她。二来呢，他家到县城只有三四里路，买什么东西都是便当的，小孩子顺脚溜着就到城里去玩玩。我总劝她少去，她哪里肯听？"曹四老爹道："至亲骨肉，那又何妨？三姑娘若在县里念书，令亲也多个照应。"蔡为经道："下半年，我那姑爹中学毕业了，也许他们家要提到办喜事。孩子们就是结了婚以后，一路到南京或北平去念书，这也好，省掉我许多心事。"他说心事，也就真有了心事，端起杯子要喝不喝的，只管出神。

　　曹四老爹以为他还是惦记王家的欠租，隔了桌面，竖起巴掌，正了颜色道："王家的事，我一定上心，要不，我今天下午就去一趟吧？"主人见他如此上劲，复又笑了。

第四章

数日奔波一借条

　　乡下的绅士们奔走各庄，挑拨是非，也和解是非，他们的第一个目标，自然是弄几个钱花。第二个目标，就是随时去白吃白喝。这样既可以省掉家里一顿，而且还可以增加些营养。吃人家事主的，总比吃自己的好些。所以曹四老爹在蔡家吃饭时，他又约着要到王好德家里去。这样，他又可以在王家吃一餐了。当午又是个酒醉饭饱，和蔡为经说到太阳偏西，方才回家。

　　次日，又在烧午饭的时候去见王好德。这老农是刚由田里耘草回来，两条腿上兀自黄水淋漓，夏天在水田里工作的人，穿衣服是热，不穿衣服是晒，于是在肩膀上搭了一块蓝布围巾，和头上的草帽相配合，遮盖了半截身子。王好德走到便门口，站在一棵柳树荫下，将耘草小耙子靠了树干放着，那块蓝布围巾汗湿透了，像是水洗过似的，他拧着那围巾上的汗，像漏斗眼里的水向下淋。然后手拿了草帽，在胸脯面前扇着。曹四老爹收着他撑的布伞，慢慢地走到面前，笑道："王好老，辛苦了。"王好德听他的称呼，又客气了一点儿，显着彼此交情进步了，笑道："四老爹，你大概又为我们的事忙着了，快请家里坐。"

　　曹四老爹一听这话，人家就有相敬相亲之意，于是笑道："我们至好，跑几步路算什么。"说到这里，他走近了两步，对着王好德的耳朵，低声道："有钱的人，脾气大，话也难说。为你这欠租的事，我到蔡家去了两次，可以说我是说得舌干唇焦。到了昨天下午，总算有点儿眉目。唉！这种地主，真可以叫声打倒。"他说到这里，还表现了他意志的坚决，将脚在地面上重重地顿了两下。王好德看他这样子，当然是十分同情的人，也就满脸表现了兴奋的颜色，向他抱着拳头，连说四老爹你是好人，你是好人。他说过第一句，想不出第二句来换着话说，所以第二句还是那四个字。第二句说完，第三句依然变不出花样来。还是曹四老爹不肯失掉机会，点了头道："我们到里面去谈吧。隔墙须有耳，窗外岂无人？"他又抖了一句文。当然，这种文言，王好德是懂得的，就引了曹四老爹进门。

他的作风，和上两次有点儿不同。他坐下之后，就将蔡为经大骂了一顿。王好德坐在旁边，倒不好说什么。直等他骂了二三十分钟，王好德笑道："四老爹，你也不必生气，我欠他租子，乃是真情。我只能说我没有钱没有粮还他，我并不想赖他的。"曹四老爹点了两点头道："王二叔是天生公道人，肯说这种话。不过在他那意思，你光是承认欠他租子，那还不行，你得和他办点儿手续。"王好德连点了几下头道："那意思我明白，上次四老爹也和我说了，无非是让我写一张欠条，我就照写给他吧。"

曹四老爹见他这样慷慨地答应了，倒为之默然。今天王家没有预备纸烟招待，只是主人取下腰带上挂的那支旱烟袋，放在小桌子角上。曹四老爹对于这种招待，倒是将就了。取过旱烟袋，在旱烟袋上挂的烟荷包里，撮上些烟丝，慢慢地在烟袋头子上放着，他是在借了这个缓慢的动作腾出工夫来想心事。王好德取过墙上挂的蒿草香绳，给他点着烟，笑道："为了我们穷人的事，老是让你们这样费神，我们将来是怎样地报答你呢？"曹四老爹笑道："言重言重。我在乡下，承大家看得起我，遇事都要我跑一两趟腿，我怎能不尽力而为。借条，我今天先和你起个稿子，念给你听。等你同意了，我再拿去给蔡为经看。他没有话说了，然后我亲自带你到蔡家去当面画押。"王好德哎呀了一声道："那要四老爹跑多少次路呢？"他摇摇头笑道："那倒不要紧，我又不种庄稼，什么时候，也是闲着的。不过这样一来，少不得又要叨扰蔡家和府上两餐饭。"王好德笑道："那也太值不得说了。四老爹为我们的事跑路，难道还要你饿肚子吗？不过没有好的吃就是了。"

曹四老爹一听这话，这样的饭食算也有了着落，大为起劲，就叫王好德到邻居家去借了一副笔砚和一张草稿纸来。他伏在桌子上，口中念念有词，起草了一张借条，连涂带改，费去了三十分钟的工夫，然后放下笔来，将手一拍桌沿道："这一张借条，写得四平八稳，你们两方，都没有什么过不去的。我念给你听。"于是两手捧了纸条念道：

　　为立借条事，立借条人王好德。兹因去年应交东家蔡大老爹印为经名下租稻，欠有七石五斗整，理应早日交清，奈以家中用途不凑，将租扯用，至今未曾交割，十分抱歉。现经中保说合，一俟秋谷登场，一并交还。在拖欠期间，当按租周息二分起息。家中养猪两口，可作保证。空口无凭，立此为据。

　　　　　　　　　立借约人王好德　　保人曹虎翔

　　王好德在一旁静静地听着，问道："四老爹，怎么把我两口猪也拉扯在内呢？"曹四老爹笑道："这不过一句空话，譬如我也写在上面作保，你交不出租来的时候，蔡大老爹还能拉我去当租稻吗？"王好德点点头道："四老爹说的是。借条上只写了把猪作保，并没有把猪抵钱，猪和人一样，只是作保罢了。不过这二分起息，从哪时起呢？"曹四老爹笑道："你什么日子立借约，什么时候起息，这还用得着问吗？"王好德又点了两点子头道："不过四老爹说可以抹零，现在并没有抹零啦。"曹四老爹笑道："你真是个老实人。在字面上，你落得君子些，到了交租的时候，你请上一桌酒，邀上几位中人。世界上绝没有做中人偏着东家的，那时候大家和你一说合，当然是东家大大地推让一番，岂但是抹零而已。"

　　王好德手摸了下巴，想了一想，问道："这样子办，自然是好。但是四老爹的借条上都说了，口说无凭，这将来和东家办交涉，口说有效吗？"曹四老爹将身子一扭，扭得连头也转了两个圈子，笑道："那丝毫没有问题，我姓曹的给人做一件事，一定前前后后，都顾个周到。"说着，先伸手拍了两下胸脯，然后又竖出个大拇指来，半昂着头，脸色板得端端正正的。王好德看他这副神气，也就很是相信。

正好玉清提了一篮子菜回来，脸上晒得红红的。她将头上搭的一条湿手巾取下，一路叫着好热进门。看到了曹四老爹在座，立刻笑着相叫。曹四老爹笑道："大姑娘，你看，我又赶着吃午饭到你家，少不得要打扰你家了。你脸腮上晒得这样红，快去凉凉吧。"

玉清站着出神了一会儿。她把菜篮子放在面前地上，将脚踢了一下篮子，正了脸色道："为洗这篮子菜，真倒霉。"说着，她又扑哧地笑了。王好德道："你遇着了什么事？"玉清道："我在塘里洗完了菜，提着篮子回来，遇到两个人，倒也是绅士的样子。有个五十上下的人，只管对我望着。我看他那么大年纪，嘴上一把黑胡子，也没说什么，我低了头走我的。另外有个人三十来岁，穿了短衣服走路，手上还搭了件长衫，是个斯文人了。他倒和我点了个头说：'三姑娘，你真勤快呀。这位老先生姓冯，我们到府上去拜访蔡大老爹的。'我才想起他们认错了人，那个冯老头子准是蔡大老爹的亲家翁。我一扭头就说，我不姓蔡，我姓王，我也不再理他们就回来了。"曹四老爹道："那个黑胡子，是长方的脸，额角上有个大黑痣的吗？"玉清道："对的。"曹四老爹两手一拍道："这家伙是个酒坛子，和我比过两回酒，真不错。他会亲家来了，少不了大喝两场，我找他去。"王好德道："你在我这里吃午饭呀，虽然我没有蔡府上的菜好，我倒是诚意的。"曹四老爹红了脸笑道："我并不是去赶他一顿吃，我和姓冯的有话交代，下午去，恐怕他走了。我这就去，顺便也可以把你们的事解决了。"说着，他把写的那张借条揣进衣袋里，然后将放在桌子边的布伞捞起，起身就走。

王好德因他来了，很出了一番力气，茶也没有喝一碗，甚不过意，直送出大门外来。曹四老爹想到冯老头来会亲家，蔡府必是盛大招待，自必鸡肉鱼虾好菜全有。中午虽来不及炖鸡汤，而他们家子鸡也不少，这时候新辣椒正嫩着，必然是炒辣子笋鸡，还有瓠子烧肉块。他心里幻想着这可口的好菜，眼望天上的白云，就像一块大肥肉，早是魂飞到蔡家的饭桌上。后面有人相送，他并没有理会。

他一口气跑到蔡家大门口，就遇到小长工提了小篮子向外直跑。问道："匆匆忙忙，要向哪里去？"小长工道："我们亲家老爷来了，上镇市上去买些新鲜肉回来。天热，案子上，肉不会多，去晚了，怕买不到呢。"他说着话，更不停留地走了。曹四老爹心里暗暗叫了声活该有口福。奔到蔡为经书房门外就叫道："大老爹，你吩咐我的事，我已经办来了。这些佃户没有一个成人的。我和他说了多少话，他才……"说着话，他已走进了屋子，看到一位长方脸黑胡子的人，立刻将布伞向旁边一丢，抱了拳头，深深地作了三个揖道："冯二老，彩堂先生，冯参议员，我们的民意代表。"这位冯彩堂县参议员经他这一番恭维，也就有礼相还，笑道："幸会幸会。我给你介绍，这是刘百立参议员。"他说着，指了一位同来的中年汉子。曹四老爹又是一阵揖，笑道："难得，遇到两位民意代表，我得多多请教。"他周旋了一阵，也不问主人是否相留，就坐下来了。

蔡为经对于这位县参议员亲家，倒是钦佩非凡的。他这时在屋子里陪客，并没有工夫谈欠租问题。但看到冯彩堂对姓曹的很是客气，他也就不置可否了。好在曹四老爹在乡下是个万事通，两位来宾无论说什么，他也可以帮腔，南天北地，足谈了两小时。主人除了茶烟供客，还有干果碟子佐茶，说久了也并不淡口。接着就是大长工来相请，到堂屋里去午饭。曹四老爹这才打了个哈哈，站起来道："只管和冯刘二公说话，把时间也忘了，我当告辞。"蔡为经道："你当和我陪客，怎么说走的话？"

曹四老爹把丢在墙角上的布伞拎了起来，笑道："不，我回去还有点儿事，我也得把正务交代交代。"说着，把口袋里写的那张借条草稿取出，递给蔡为经道："大老爹，你看，还有什么不妥的地方吗？我原来写得比这还要切实些，王好德那家伙狡猾得很，他虽然不认识字，他要我一句句地念给他听，我只好改成这样子。"蔡为经看了看，点着头笑了。冯彩堂问道："曹先生什么大手笔？亲家看了，甚为赞成。"蔡为经就递了过去给他看。

冯彩堂看过之后，手里拿了纸条，另一只手摸了胡子，微微地摇摆了头道："将猪作保，这是创举，不必了。佃户若是好佃户，将来和他理论起来，这借条倒见不得人。人家看了，说是东家太凶，连佃户两只猪都计算在内。"蔡为经笑道："这原不是我的意思，这笔就免了吧。"曹四老爹笑道："二位可说宰相肚里好撑船，宽宏大量。见了王好德我当宣布二位的德意。好吧，我明天引他来写借条画押，告辞告辞。"说着，连连拱手。蔡为经笑道："全乡下的人，都吃过午饭了，你打算到哪里去？你若是走了，不是客气，倒是见外了。"曹四老爹提着手上的布伞，摇晃了几下，做个沉吟的样子，笑笑道："好吧，那我就叨扰吧，改天我也得请请两位民意代表。冯刘二公在这里多玩两天吗？"冯彩堂道："我们是路过此地，顺便就看看我们亲家。"说着话，大家一同走到堂屋。

堂屋正中间，拉开方桌子，将椅子围着，桌面上摆满了菜碗，碗里的菜，都是堆起来的。桌角上放了一把瓜式锡酒壶，四老爹嗅到一阵肉香，又嗅到一阵酒香。他也不知什么缘故，嘴里的清涎立刻充满了，他咕嘟一声，伸着脖子咽了下去。

主人一阵谦让，引客入座。曹四老爹扶起筷子，嘴里没工夫说话，倒反是安静了，他准有十五分钟不曾开口说话。还是那位刘百立参议员引起了话锋，他笑道："我今天到这里来，几乎闹了个笑话。我把一位洗菜的姑娘当作蔡小姐招呼。我在县里，遇到过蔡小姐的，本来她是个学生装束，怎会乡下打扮呢？但我当时没有想到这是错了。"冯彩堂笑道："我这位未过门的儿媳，我也见过两面的。连我也认错了，何况你呢？"

曹四老爹正想说什么，蔡为经先抢着答道："十八九岁的女孩子，相貌身材，大致总是那样。亲家，你那儿媳妇非常地好强，她就怕人家说她和乡下姑娘一样。她的理由，乡下姑娘都是没有知识的。"冯彩堂微笑着，点了两点头道："若根据这一点，倒是说得通的。现在时代是变了，不要瞧不起乡下人啦。"曹四老爹举起酒杯来道："好！冯参议思想平民化，恭贺一杯。"说着端起杯子来先干了，冯彩堂当然也就陪着他干了这杯。他自提着酒壶，将杯子满上了，又对刘百立道："先生当参议员是我们这一县之福，年富力强自不必说了。光是先生的大号，百立两个字，就适于建国，恭贺一杯。"刘百立道："兄弟不会喝酒。"曹四老爹笑道："那么先请用点儿菜再喝。"他拿起筷子，对菜碗里连连指点了几下。先夹了一块半肥半瘦的肉吃了，然后又夹了一块鸡吃。见别人还是不喝，他笑道："刘参议员随便，兄弟先干了。"说毕，把杯子端起来一饮而尽，而且表示了他的努力，将杯子喝得唰的一声响。但是桌上人只有报之一笑，并未同干一杯。

曹四老爹觉得今天这顿午饭，是整个月不遇的良机，他并不放松，在四面八方逢迎主客之下，闹了个酒十醉，饭十饱。饭后，冯刘二人，倒真是要赶路，只谈了会子话，也就告辞。蔡为经笑道："我们两亲家，几个月不见面，见了面又不能多谈。"冯彩堂道："我没有什么事。不过你那女婿，为了下半年考大学的事，也许要来和你谈谈。现在孩子赶高中毕业的功课，分不开身。二来孩子又没过门，总是难为情，暑假的时候再说吧。"蔡为经知道是一句闲谈，也就随声附和着，把客送出大门而去。

曹四老爹还等那借条的结果，依然在书房里坐着。蔡为经回来了，他向主人连拱了几下手，笑道："多谢多谢，这顿好菜好酒，吃得我晕过去了。食君之禄，忠君之事。关于王好德欠租的事，你老意思怎么样？我明天把这事办结束了。"蔡为经道："好，就照着你的话办。我亲家公说了，拿猪作保的事大可不必，我也就大方些吧。借条上他亲笔画了押，又有四老爹作保，也不怕他再短租的。"

曹四老爹今天是心服口服，将那张草稿要回来，道谢而去。次日，他不便再吃蔡家的午饭。过些时候，到了王好德家，见了面就说："王二叔，我不便常打搅，你家吃什么给我添双筷子就行，什么也不必预备

229

了。吃完了饭，我们赶到蔡家去办完那件事。我昨天为什么赶了去，就是借了他亲家公当面给他说情，让他驳不下来。我说人家欠你粮食，并不欠你的猪肉，将猪肉作保的事给免了吧。他先是不愿意，后来我说，他不肯，我就不管这事了，他才答应了。老实说，我们做小绅士的人，是替穷人说话的。"王好德听说，着实道谢了一番。

他们家里原是吃大麦糊，就另外焖了一小锅饭待客。没有菜，也炒了两个鸡蛋和一碗小毛鱼干。酒是王家储藏的，也煨了一小壶。这是曹四老爹奔走借条最后一次收获了。饭后，双双到了蔡家，当着蔡为经的面，写好一张借条，由王好德画好了押。四老爹作保的人也画了押，将借条双手交给蔡为经。他将借条从头看了一遍，点了头道，"这事就这样解决了。王好德，这是四老爹的面子，要不然，我是不能答应的。到了新谷登场的日子，我是根据这借条说话，那是不能再打擂台的。你把我的田种成什么样子了，我做到理直气壮，就要收佃的。"王好德见了东家，向来就没话说，口里连称是是。他心里想着，东家有了这借条只有更厉害，这借条反造福于他，是不会有这个幻想的。

第五章

几番见面总生嫌

蔡为经大老爹做了地主两代，什么样子的佃户，他都有法子对付。他家里谷米成仓，并不等了收租吃饭。租子收回来，卖了稻是放息，把稻子存在佃户那里，他也可以生息，所以并不争取时间，这时取得了王好德一张借条，他倒是认为满意的，这就把这位老实佃户放到一边去了。王好德虽然明知到秋收的时候，要加重八九石稻的负担，但眼前总免得受东家的啰唆，心上倒是轻松多了。正赶着下了几天大雨，塘堰和田里，水都满了，至少是二十天以内不用忙田里水，更是精神饱满。

这日天又阴着，满天飞了像烟似的细点，雨落到地面，没有响声，但是门外的树叶上滴滴答答向下滴着大水点。屋檐下也不时卜笃一声，落下积水来。天上的乌云几乎低压在村庄树头上，屋子里阴暗暗的。他没事，和大儿子玉发坐在小过堂里打草鞋。乡下人打草鞋的工具是很简单的，板凳头上插着一根分岔棍子，人骑马似的跨着板凳，将稻草搓了细条子，就可以在棍子上编织起来。这对于那个跛了一条腿的玉发做起来，尤其是称职。父子两人各跨一条板凳，说着话，努力地工作。玉发道："爸爸，趁着天阴无事，我们多打几双吧。天晴了，我送到镇市上去卖，换些油盐回来吃。"王好德坐在他身后，看了他一下腿，叹口气道："我有工夫，还是让我去吧，你还是喂这群鸭，鸭大了，恐怕都看守不了。"

玉发还没有答话呢，门外有人道："王好老在家吗?"那是个女子的声音，王好德问了句哪位，伸头向耳门外望了去。他哎哟一声，立刻站起来。那正是东家的三小姐蔡玉蓉来了。她穿了件肥大腰身的新蓝布大褂，光了腿子穿双紫皮鞋，手里正收着青布伞，洒脱伞上的水点，向里面点了两个头道："我听说你们家里养了一群鸭。"王好德笑道："不正提着这事吗？阴雨天，三姑娘有工夫出来，请到家里坐吧。"说着，就伸手接过她的伞。

他虽是满脸笑容，可是心里就想着，这样的阴雨天，她不会无缘无故地来到佃户家里。已经不过租了，难道她反对写借条要退回来？他一面想着，一面带了笑容向屋里让着小东家。玉发跛了一腿条，手扶了矮桌子，笑着叫三姑娘。玉蓉走到屋子里向两条打草鞋的板凳看了看，随身坐在王好德的工作地方。但她怕脏了自己的衣服，立刻又站了起来。王好德昂着头向里面的厨房里道："玉清，三姑娘来了，我们烧锅水泡茶呀。"玉蓉一摆手道："不用。我想和你们要两对小鸭子玩玩，多少钱将来作租上扣吧。"王好德笑道："这太不值什么了。鸭子在后面小塘里，三姑娘自己去挑，要哪只我们给你捉哪只。"

玉蓉见他父子两人都是站着的，尤其是那跛子，斜了身子站着，她觉得这样说话不好，将手在板凳上虚抹了几下，又坐下了，笑道："不忙，我也是阴天无聊，出来看看，小鸭子等天晴再捉吧。王好老，我听说你有一位亲戚是个医生，本领怎样？"王好德正是在矮桌子档上取下了他挂着的旱烟袋。他左手拿了烟袋杆，在右手心里一拍，叹口气道："唉！是有这么一位表弟，他是什么医生？买些草药，熬炼了几张膏药，做些不干不净的事。"

玉蓉听了这话，脸上泛起一点儿红晕，笑道："说是他内外科都行啦，还能治妇科的病。"王好德摇了两摇头道："三姑娘，你是一位姑娘，话也不便对你说，他医的妇科是损德的事。除非谁生疥疮，腿上长疖子，这和他要点儿药搽搽，倒也不伤脾胃。"玉蓉笑道："正是我姨母家里，有人生疥疮，想和他讨点儿药，他住在哪里呢？"王好德道："他好找，他住在小李家庄，外号百事通，只一问他这外号，没有人不知道。他真名实姓李国才，倒有些人不熟。不过这种人，最好是不要惹他。"玉蓉道："我又不找他。我那姨父找他，有什么要紧呢。"说着话，她把王好德接过去的伞取了过去，起身就向外走。

王好德不解她来去匆匆是什么意思，家里没什么招待的，也不敢挽留她，跟着后面送出门来，问道："天阴路滑，三姑娘向哪里去，让我送送吧？"她撑起雨伞来，头也不回，随便答道："我回家了。"王好德站在屋檐下，看了她真是向回家的路上走，也就不送了。回到屋子里，玉清手里纳着鞋底，靠了门框站着，笑道："什么意思？她冒雨来了，问了几句不相干的话她又走了。我就怕见她，有钱的人，衣服角可以打倒人。她对别人还好些，就是见不得我。我也不知道和她有什么仇恨，她见了我就翻白眼。"玉发笑道："那有什么不明白？人家都说你长得像她，她不服气。吃喝穿住有钱的人可以占便宜。长得好看，这是父母生的，有钱的人可以霸占吗？"玉清笑道："我也长得不好呀。"

玉发坐下来编草鞋，低了头笑道："村子里还给你们编了一句话呢，叫作二乔争艳。"玉清扑哧的一声笑道："不要瞎说，三姑娘听了，她当面就会喷你一脸吐沫，她是太要面子了。"玉发道："要面子？那才奇怪呢！她会打听百事通的医道。那是卖打胎药的走方郎中，谁不知道？"

她们的母亲刘氏，这时在隔壁厨房里，听了这话，便插嘴道："玉发，你当了自己妹妹，也是这样乱说呀。我是身体拖不动，不然，我刚才应该出来陪三姑娘谈谈，大阴天她跑了来总有意思。"王好德道："不管了。她有事找我们，过一半天还会来的。"玉清道："她不是和我们要两对鸭子吗？"王好德道："天晴了，我和她送去，有事再说吧。遇到这样的东家我们只有忍耐一点儿。"玉清噘了嘴道："这是你们不争气，若是由我做主，蔡家这个田我就不种。"刘氏在厨房里插嘴道："不种这个田，我们这家喝西北风过日子吗？"玉清道："为什么喝西北风，我们砍柴的砍柴，打鱼的打鱼，帮工的帮工，难道不能糊这张嘴？"刘氏道："还有我们住的这房子，也是蔡家的庄屋呢。我们不种人家的田，人家还让我们住在这里吗？你有本领，立刻在哪里去找个落脚的地方，你说！"玉清道："怕什么？要争这口气，破庙里、桥洞里，都可以藏身。没有藏身的地方，露天里也可以过活。"王好德道："你还是纳你的鞋底子吧！若是可以争气的话，不等到今日，早把蔡家的田丢了。"

说到这里，屋子外有人插了嘴道："好哇！五荒六月，你们要丢佃哩。"好德听得出这声来，这是蔡为经家里的小长工，就迎了出来叫道："是二哥吗？请进来坐一会子去吧。"那小长工头上戴了个大斗笠，回转身来将手指着道："我是来找三姑娘的，她回去了，我也不坐了。好哇，你们在家里没事，道论东家过阴天。你以为东家的田会荒了没人种呢。"说完，他打了个哈哈，径自走了。

王好德站在门口，倒是呆了阵子。玉发跛着跳了出来，皱了眉道："爸爸，你站在雨烟子里发呆做什么，话是让人家听去了，后悔也没有用。"王好德两手一拍道："我怕什么？做了一辈子庄稼，过了无数的大荒年，我还活着。怕的是你们娘儿三个，没一个伸得直腰的，不是病人，就是小姑娘。"说毕，叹了口气回屋子再去打草鞋。

这一下子，他们都有几分懊丧，就全不说话了。不过王好德心里是老想着，假如小长工回去和蔡为经一说，他一定生气，虽然不会为了一句闲话就收了佃，可是平白地得罪这位东家干什么呢？打着草鞋全不是心事，勉强把那只草鞋打完了，就走到大门外来望望，望着也是东家庄屋那个方向。心想，这时也许东家在生气吧？阴雨天反正没事，看看他去吧！不过无缘无故去看东家，不也是招人家疑心吗？玉清在屋子里叫道："爸爸，你怎么又到雨里站着呢？"他答应道："我看看田里的水。"玉发道："不用看，准够半个月用的。进来吧。"

王好德无精打采地走回去，也不打草鞋了，拿着旱烟袋，默然地坐在板凳上吸着。心里又在想着，东家也许正在生气吧，那小长工平常就爱说话，这还不是加起许多酱醋作料，蔡大老爹听着，必是气上加气，这笔账记起来，到了秋天，借收欠租为名，那就有词收佃了。他慢慢地吸着烟，把这事想了下去，又坐不住了。二次走到大门外，还是呆呆地站着，向蔡家看了去。

234

玉清站在他身后，叹了口气道："你为什么这样怕东家？得罪了他，也没有剐罪吧？为了小长工那句话，你弄得坐立不安。痛痛快快，你就到蔡家去认罪吧。"王好德道："我认什么罪，我是出来看水的。"玉清拉了他的衣襟，向屋里引着，笑道："好好地打草鞋过阴天，过出了你的心事来，不要紧，有什么大祸，我给你们抗去。"王好德嘀咕着道："你也是说大话救命吧？"他坐到板凳上，又是默然地吸旱烟了。家里人也知道他年年为了欠租和东家办交涉，已经办怕了，说也无用，就不睬他。

他纳闷了一下午，次日却是天气放晴了。清早起来，趁着笼里的小鸭还没有放到塘里去，他就捉了两对，将小篮子装着，悄悄地送到蔡家去。走到二进堂屋里，就听到蔡为经在大声骂人。他吓了一跳，心想，果然东家在发脾气了。他站在屋檐下怔了一怔，只听到蔡为经骂道："我做一辈子人，都让你毁完了。这事情你母女二人，要给我一个了断。这丫头惹了这祸事，她自己去了断。"

王好德这听出来了，是东家骂他女儿，与自己无关。但东家气头上，倒不好进去碰钉子，又站着听下去。蔡为经又道："她在哪里惹下来的祸事，到哪里去了，她就在姨父家里做一辈子生日吧，她不应当回来。"说着，咚的一声，似乎是在拍桌子。

东家是越骂越生气了，他出了一会神，转身却待要走。正好大长工由里面出来，看到他篮子里装了几只小鸭，问道："送我们东家的？"王好德陪了笑道："昨日三姑娘亲自到我家去要的。"大长工向里面一指，低声道："你不听听，东家正在发她的脾气呢。"王好德道："大老爹最是疼三姑娘的，为什么发这样大脾气？我还是第一次遇到呢。"大长工道："谁知道是什么事。三姑娘是前日由亲戚家回来，少不得是花多了钱吧？小鸭子你放下，现在他父女们正是吵得不了的时候，哪有工夫玩小鸭子。"

王好德想着，既是他们家在闹家务，也就不会管到佃户身上来，放下鸭子，可就提了空篮子走去。在半路上，恰好遇到玉清牵着一条水

235

牛，顺着田埂上的小路，慢慢地走了来。王好德道："路还没有干呢，让你大哥去放牛吧。"玉清光了一双脚，穿着两双旧青布鞋子，她抬起一只脚来笑道："你看，我像打赤脚一样，天阴好几天，天晴了，还不赶快把牛牵出来溜溜吗？你把小鸭子送给了东家，人家说几句好话了吧？"王好德摇摇头道："不要提起，东家家里吵翻了天了。"因把刚才所遇到的事，对玉清说了。玉清笑道："这样的姑娘，也该管管。"她很淡然地说着这句话，自牵了牛走过去。但是她走了几步，却动了好奇心，就顺着绕住蔡家庄的一条小路，慢慢地走着。果然还断续地听到蔡为经的叫骂声，她站着听一阵，却是不大清楚。走到蔡家的墙根，这里是他们的后门，正掩着半扇，可以在外面看到里面的菜园子。玉清伸头张望了一下，她自然是悄悄地行动，偏是她后面跟的这匹水牛，不肯老实。他们这后门外，堆了一堆黄豆杆儿，上面还有些豆荚。水牛趁着牵的绳子松了，伸了颈脖子，就把黄豆杆儿嚼了一顿。玉清回转身来，将绳子牵得直了，喝道："你倒是不客气，遇着什么吃什么。东家知道了，宰你的肉吃。"

她这样地叫喊着，惊动了门里的人。门呀的一声开着，正是蔡玉蓉。她见玉清穿着一件蓝底子印白花的单褂子，长平膝盖，光了两只圆手臂在袖外，短头发松挽了两个小辫子，发边还插了两朵新开的石榴花，便不由得哼着冷笑一声道："一个乡下丫头，还要学摩登，梳着两条小辫子呢。"玉清由昨日起，就有气了，便站住了脚笑道："三姑娘，我这算是摩登吗？"她虽然带了笑容说的，可是脸上红了。玉蓉靠了门框站定，瞪了眼道："怎么不是摩登，乡下哪个女孩子梳两条辫子？你这不是学着我的吗？"玉清笑道："梳两条小辫子的人多了。乡下没有，街上也没有吗？我和哥哥进城卖鱼，哪样摩登的打扮没有看见过？"玉蓉道："无论如何，这附近只有我梳过两条小辫子。你是学我，以后我不许你学。"玉清道："我根本没有学你。"

说着话，向玉蓉身上看了去，她还是穿了昨天那件腰身肥大的蓝布大褂，好像她不愿人对她身上看着，所以她对于别人向她注目，她是很敏感。玉清向那里看去时，她立刻低了头，把腰微弯着，而且很快地掩上门，把身子藏在门后，然后她抬起头来瞪了眼道："王玉清，你放牛怎么放到我后门口来了？"玉清道："这里是紫禁城不许走吗？"她让玉蓉一再地见逼，实在是不能忍了。玉蓉道："虽然不是紫禁城，这究竟是我的门口，我可以做主。你是遇到了我，你若不是遇到我，你还不让牛把我这堆黄豆杆子都吃了吗？你不用赖，你的牛嘴里还在嚼着呢。"玉清道："我不赖，它是吃了一口。"说着，指了牛道："这条牛是我家和刘家合养的。养它为什么？和你们家种田。你家在它身上，一年要收进多少钱，它吃你们一把黄豆杆子有什么要紧？我知道，人家都说，我长得比你漂亮，你不服气，见了我就要挑眼。这有什么法子，长得漂亮，是父母生养的。有钱，你也买不到漂亮呀。我漂亮，你管不着。"说着，她将手一指脸上，很得意地扬着眉毛嘻嘻地一笑。

这一种反击给玉蓉的刺激太大了。她已来不及用言语来反驳她，在地面上捡了一块砖头，就向玉清砸了过来。玉清早就看到她弯腰在地面上捡东西，很快闪了开去，这一砖头劈来，就砸在牛腿上，砸得那牛凭空一跳，绳子带着，把玉清带得反是向后一闪。她站定了脚，偏过脸来向玉蓉反瞪了眼过去顿了脚道："你这是什么意思，你想把我砸死吗？我告诉你，你不要以为你家有钱，不要以为我是你们家佃户，就老是欺侮着。你打死了我，我们家就不要你偿命吗？"她这么大声一说，早又惊动门里另外一个人。那人喝道："你真不在乎呀。我在家里要找你算账，你倒在后门口和人吵上嘴了。"

玉清听得出这声音，正是东家蔡为经说话。她对于蔡玉蓉的压迫，毫不在乎，至少是心里有那抵抗的勇气，可是对这位东家大老爹，不知道怎么着，自始心里头，就有几分含糊。这时听到蔡为经由屋子里叫喊到后门来，她就不敢再在这里挺下去了。直牵着牛绳子，对着牛道："走吧，这地方不许我们站住。"她说着，慢慢牵了牛走。

蔡为经随了声音，追到后门口来，见是玉清牵了牛过去，就回转脸来，问自己女儿道："怎么和她争吵？"玉蓉道："她牵牛吃了我们的黄豆秆。"蔡为经瞪了眼道:"你不为的是这个,你为的是她长得像你。你见不得她,你见了她你就嫉妒她。你呀,哼!根本就不如她,你还有脸说人呢。"

　　玉清走得不远,这些话都听到了。她想着,这不是太阳打西方出来的事吗?蔡为经会帮着佃户的女儿说他的小姐。于是站住了脚回头向这里看了一眼。玉蓉由门缝里伸出一只手来,老远地指了她道:"你这贱丫头,你不用得回头向我这里看了来,三姑娘总有一天把你驱逐出境。"玉清见东家老爹还隐藏在门后面,有话可不敢直接地答复着过去。她有个默然的抗议,所走的地方,是小沟渠边一道小矮堤。堤上除了几棵小柳树,大雨之后,沿堤两边都生着茸茸的绿草,正好放牛,她就手扶了小柳树站着,松了牛绳子让它吃草。可是她回转身来,就面对了蔡家的后门。她心里正是在想,我偏要向你蔡玉蓉看看,你又其奈我何?

第六章

贫富之间看父女

　　王玉清这个战术，终于是战胜了蔡玉蓉。因为她所站的地方，去蔡家后门，有百步之遥。她纵然是向蔡玉蓉看了去，她也可以否认是有意斗气。她站在这堤上放牛，她是对任何一个方向站着都可以的。蔡为经见女儿还是在后门边站着，他扑通一声将门关了，瞪了眼喝道："你给我滚回去，我还要和你算账。"玉蓉对父亲看了一眼，嗷了嘴道："你逼着我干什么？我是病。"蔡为经道："你是病，你是见不得人的病。我是个绅士，家里哪天没有人来客往的。你是病也好，你不是病也好，你这个样子，我家里不能容你，你给我滚出大门去。"说着将她身上穿的那件肥大腰身的蓝布大褂衣襟使劲牵扯了两下，顿了脚道："你这病不是在家里得的，你治好了病，你再回来。你若治不好这病，你就永久不用回来了。"玉蓉道："你不用说这种话，我有我的自由。"

　　这后门里面就是蔡家的菜园子，这日子黄瓜上了架，支着黄瓜藤蔓的小竹竿，正有两根竖立在他手边。蔡为经拔起一根竹竿子举起来要向玉蓉砸去。玉蓉还不曾闪开呢，早是奔过来一个人，将竹竿夺过去，然后发出怪叫道："哎呀！你真要她的命吗？"说话的是蔡大老爹的老婆张氏。她吃得白白胖胖的，乡下太太，英丹士林是当缎子穿的。她穿上一件崭新的蓝大褂，露出两只粗肥的手臂，将竹竿儿扯住。蔡为经瞪了眼道："你又来了，气死我。"说着，将脚乱跳，张氏绝不放那竹竿，板了脸向他道："有话好说，有账好算。你前门骂到后门，堂屋打到菜园，你到底打算把她怎么样？"蔡为经道："事到于今，你还问我把她怎么样吗？我不能留着这种丢脸的人在家里。"

239

张氏趁他不提防，把那竹竿子夺了回来，远远地丢到菜地里去。然后站在他和玉蓉的中间，低声和气地道："你不要叫，这门外就是人。这件事情，我是猜想的，也许是真正地病了。"蔡为经对她脸上使劲呸了一声道："你简直浑蛋。病就是病，祸事就是祸事，说什么也许是病。"张氏回头向菜园子里看看，又伸头向后门口看看，这就扯了玉蓉的衣襟，咬了牙道："丫头，这里除了你父母，并没有外人，你到底是怎么回事，好好儿地变成弥勒佛这个样子。你两个哥哥不幸是短命死了，我和你父亲，就是你这么一个人，我还真能让你父亲把你逼死吗？无论是什么事，你得说实话，你这是逼得我多难受呢？"说着哽咽了嗓子就哭起来。她眼泪落下来，人也就变了样子，立刻弯了腰，看到后门里横着一块台阶石，她就蹲着身子坐下去，掀起一片衣襟擦着眼睛，呼哧呼哧地哭了起来。

玉蓉也哭丧着脸，向后退两步，离开了她父亲。对她父亲看了一眼，这才道："你伤心什么？我还没有死呢就是要我死，我也不怕，家里容我，我就在家里，家里不能容我，我就走开。五湖四海，我哪里不能安身。"说着，她一扭身子跑了。蔡为经也不去追她的女儿，在菜园子里顺了地沟，绕着几块菜地，只是转圈子。他将两只手背在身后，把身上一件旧纺绸短褂子，挤得歪斜在肩上。低了头，只是摇晃着颈脖子，口里是不住地叹气。

张氏将衣襟掀起，擦抹着眼泪，望了他道："你何必这个样子呢？我们都是半百之人，生下两个男孩、三个女孩，两头丢个干净，就剩这一枝花。难道你都不愿留着，真把这个女儿也取消了，我们可就断子绝孙，孤老一对了。"蔡为经脑子里只有两件大事。第一件事是要有钱，第二件事是要有后，张氏提到这个女儿死不得，他心里就软化了。他默然地还是在菜地沟里转着圈子，最后，长长地叹了口气道："就为着只有这个女儿，就把她惯坏了。好，我也不管她了，看你有什么法子把这事做个了断。家里人来客往，我就让这位弥勒佛似的大姑娘代我挺相吗？"张氏也只坐着揉擦眼睛，却不说什么话。蔡为经转了几个圈，实在是感到无趣，也就回到内室去了。

张氏独自坐在后门口很是出了一会儿神，想着女儿的脾气，想着女儿的面貌，想着女儿的知识，她想着这么一个女孩子，老是在外面不回来，这绝不能没有问题的，还是找着她问个清楚明白吧。于是站起身来，走向女儿房里去。

蔡玉蓉在家里是相当享受的，这享受正因为她有了一点点歪曲的新知识，尽量地发展她的个人主义。她自住的那两间屋子，铺上了地板，按上了玻璃窗子。她绝不肯像父亲居处那样简单，有书桌，有座椅，墙壁糊得像镜面子似的，光滑雪白。窗子外面，将短粉墙围了个小院子。依墙种了几十根竹子，绿莹莹的，把院子都罩着了。在竹子下面，用青石和鹅卵石，砌成了一个小池子，里面长着绿茸茸的青苔，清水浸着漂荡起来，原掩藏着十几头活鱼，这时放下四只黄绒羽毛的小鸭子在水面上漂浮着，不住地将头伸到水里去，要啄那些小活鱼。

玉蓉伏在窗下的书桌上，隔了玻璃，正对了那个小池子看得出神。张氏走了进来，玉蓉是不觉得，她坐在书桌子边，玉蓉也是不觉得，张氏这就伸出一个食指来，指点了她的脸道："你真是心宽呀。我们都在为你着急呢，你倒是这样地心闲，还在看小鸭子呢。"玉蓉回过头来向她看了一眼，也不说什么，依然对窗子外望着。张氏道："你看我一看做什么。我说这话，你听着不入耳吗？"玉蓉将鼻子哼了一声。张氏又指点了她的脸道："我们真为你急死了呀。"玉蓉道："为什么和我急死呢？我也没有犯下哪样滔天大祸。"

张氏对她脸上仔细地看了看，因道："没有犯下滔天大祸？我来问你，你到底是什么病。"玉蓉道："我不是医生，知道是什么病。"张氏道："你不要装糊涂呀。我是你的亲生娘，你是我肚子里出来的，你的事，也就是我的事，你有什么了不了的问题，应当告诉我呀，我多少可以和你拿点儿主意呀。"玉蓉将头一摆道："不要紧，我的事我自己可以了断，你不用替我心烦。"张氏对房门外张望了一下，扯着她的衣襟道："你只管坐下慢慢地谈。我来问你，你到底是病不是病？"

玉蓉坐在书桌正面的桌子上，呆板了脸，向窗子外望了青天白云，态度是满不在乎，淡淡地道："你说不是病那是什么呢？"说完了，她还微微地笑了一笑。张氏道："你倒是真不在乎。"玉蓉点着头哼了一声。张氏将手托着头，撑住了桌子对她脸上看看，又对她身上看看，然后含笑问道："你是病吗？"她脸上那点儿笑意也极不自然，是极力地挤着肌肉，要挤出嘴角上笑的皱纹来。玉蓉道："这句话，你问了我一百遍了，我也答复你一百遍了。你老是问着，我不知道我怎么答应了才好。难道要我答应你我不是病，你才可以放心吗？那么，我就答应你，我不是病吧。"

　　张氏两手按了桌子，突然地站了起来，脸色也变得发紫，身子是微微地抖颤了道："你果然不是病啦。这……这……这不是要人的命吗？"她说着这话，身子连带着嗓音也抖颤起来了。玉蓉道："你看，我说是病，你就老追问着我。我说不是病，你又吓成这个样子，那叫我怎么办呢？"张氏对她女儿仔细地看着，脸上表示了恳切的样子，微微地点着头道："孩子，做娘的没有坏心呀。在半个月前我就有些疑心了，因为你这半年以来，在家里的日子少，我摸不着头脑。但我看你，举止动静，总有点儿异乎平常，每次回家总要病几天，睡几天，我也就不能不留心了。这回你由刘家回来，突然换了几件腰身肥大的衣服，我就不顺眼，我还不敢声张。偏是你爸爸也注意了，一问你，你就是吞吞吐吐的，脸色很尴尬。假如你真是病，你还能忍耐到今天，你早就吵着把城里乡下的医生请遍了。"

　　玉蓉将身后坐的椅子，突然地推开，站在屋子中间，向她母亲道："你不用问我，我明天自己去找医生。治不好病，就依着爸爸的话，我永久不回来了。你不用再问我什病话，我什么话也不会告诉你的。现在我要去睡觉了。"说着，她跑到里面的那间卧室里去，倒身就睡在床上了。

　　张氏自昨晚上起就不嫌麻烦的，只管在她面前絮絮叨叨，总想问出她一句实话。她老是这样，不能切实地说出什么病，她又不能坚决否认不是病，不问她，她态度是相当软化，问急了她，她又强硬起来了。她分明料着家庭没奈她何，但是她又像很带几分忧愁，想解决一个问题似的。张氏越看越难安心，就决定了不再犹豫，一定要问她个水落石出。这时见她横着侧了身子睡在床上，就搬了个凳子，坐在床沿外，伸手握了她的手道："我把一把你的脉。"玉蓉微闭了眼让母亲按着脉。

张氏按了手脉一阵，她指尖上的触觉只告诉她玉蓉的脉在跳动，此外她是毫无所知。她假充着内行，点了头哼着一声道："这个脉不是病脉，让我摸摸你身上，是不是在发烧。"她由手臂上抚摸到胸脯上，逐渐地向下摸。玉蓉突然地将她的手一拨拨得远远的，猛可一个翻身坐了起来，翻了眼道："不要乱摸。"张氏道："你是我肚子里生出来的，我哪里摸不得。你不许我摸，你就是毛病。"玉蓉道："毛病就毛病，你能把我怎么样？"张氏道："好哇！你倒强横起来了。我不能把你怎么样，但是你的老子不能依你。"玉蓉道："不能依我，又把我怎么样？他真能把我打死吗？打死我他也要偿命。"

张氏默然地坐在她面前，正对了她脸上望着，很久很久才慢慢地道："照你这个说法，你的事，我已经十分明白了，这是谁害得你这个样子？"玉蓉并不答复，斜靠了床上的叠被坐着，右手抬起左手，低了头只管看手上的金戒指。张氏道："我不是外人，母子连肝，你的事，也就是我的事。你得把实话对我说清楚了，应当找了那人和你消灾消难啦。"玉蓉突然跳下床来，拖了张氏道："不要和我絮絮叨叨，我到你房里去说清楚。"张氏看她这样起劲，以为是真的，就跟了她走出门去。玉蓉等母亲出来了，反而回身走进屋子，扑通一声响，将房门关闭了。她隔了门道："你不用再啰唆，我要睡觉了。"说毕，床铺一阵响，声音就寂然了。

张氏隔了房门无论说些什么，玉蓉在屋子里也是不理。她呆站了一会子，也只好走了开去。到了吃午饭的时候，女佣工去请玉蓉吃饭，她是闭门不出，只是叫把饭送到屋子里去吃。午饭是如此，晚饭也是如此。蔡为经夫妇，以为她不好意思出来，也就随了她去。张氏想着过了一两天，慢慢地和她谈，总可以谈出一些情形来，好在这也不是急着一两天的事。

到了次日早上，洗过脸以后，到玉蓉房口去看看，却见房门是开的，走进屋子去看时，屋子里却是无人，出来到别间屋子里去找找，也是无人。她觉得这有点儿情形不对，莫非这孩子寻了短见了？二次复回到玉蓉屋子留心看看，见外面书房里小桌上，将铜尺压住了一张字条。张氏虽然不认识字，却知道这是玉蓉的笔迹，立刻拿了，直奔蔡为经的账房里去，叫道："你看，你看，玉蓉写下了一张什么条子，你拿着看看。人不在家，就是丢下这张字条，你看这是什么说法。"

蔡为经听到女儿不见了，丢下了一张字条，脸色也就为之一变。接过那字条，手还不免抖颤着。可是等他把那字条看完时，他的脸色，又变得青紫不定了。将那字条向账桌上一丢，叹了口气道："果不出我所料。"张氏看他的脸色，是生气的样子，便道："她字条上说的是些什么？"蔡为经道："你以为她会跳河吗？她会在树林子里吊颈吗？不会，她到刘家去了。我把那字条念给你听吧。"说着，将那字条拿在手上，捧了念道："父亲母亲：我到刘家治病去了。我相信，刘家一定会请到好医生，把我的病治好的，我若是病不好，我就不回来了。过几天叫人把我的衣服给送了来。放心吧，我是要面子的。女儿玉蓉上。"张氏道："她还是要面子的人哩。"蔡为经道："你也知道说这种话，你叫我怎么不生气呢？她走了倒好，我用不着说鬼话了。你生的好女儿，为我们蔡家增光呀。"

张氏呆了脸坐在凳子上，很久不作声。蔡为经叹了口气道："我是两个儿子死得可惜了，我若要有一个儿子还在，我也不能容留这样丢脸的女儿在家里。哼！说不定连她的娘我一齐撵了走。"张氏站起来道："呀！你还越说越有理呢。是我生的，是你养的，还是你教的呢。我说女孩子用不着念书，就是念书，认几个字，能管管家账就行了，谁看过女人中状元吗？你要来个新鲜，送她进女学堂。若是关在家里，一手让我带大，我决不能让她出这些岔子。"

蔡为经望了她，把脸直伸到她面前来瞪了眼道："你这是猪八戒倒打一耙呀，她在女学堂里会出什么事，不都是常住在你妹妹家里出的岔子吗？我饶不了你的妹妹和你的妹丈。"他说话时还一顿脚，两只手互相卷着袖子，张氏看他这样子，简直是要打人，她一扭身就跑掉了。蔡为经道："跑？大家都跑不了，我要慢慢地和你们算账。"说着话，在屋子里乱转着圈子，终于忍耐不住，他又走出庄屋来散步。他是没有目的地的，背了两手在身后，顺了庄外一条大路，信脚走了去。

这时太阳已经很高了，随便地出门，也不曾戴得草帽，走着走着，觉得身上有些热烘烘的。眼见前面有两棵小树，就立刻走到树荫下面去。他直着眼睛向前，什么东西，都不会加入他的眼光。耳边听得有人从从容容地叫了声大老爹，回头看时，树棵下站着王玉清呢。她笑嘻嘻地点着头，手扶了树微微地向后退着。她头向下低，将牙咬了下嘴唇皮，似乎有些不好意思，她在脚底下放了一把大瓦壶、一团蒿草香。蔡为经道："玉清，大清早的，你在这里等谁呀？"她向田里一指道："我爸爸在这里耘草呢。"

隔了一丘田，王好德手里拿了一支长柄的耘刀，拨弄得水田里哗啦着响，他头上戴有草帽子，正挡住了眼界，并没有看到东家来了。蔡为经向玉清道："你爸爸耘草，还要你陪着吗？"她道："大老爹，你不知道，他昨天受了一点儿凉，身体有些不舒服，我们原是劝他不要下田。他说，下过雨，天大晴了，田里水草长得厉害，找不到工，自己的田，自己慢慢来耘吧。啊！我说错了，哪里是自己的田，这是大老爹的田呢。我不放心，怕大太阳一晒他栽在田里了，在这里陪着他。我这里还有树荫呢，他有病的人，还是站在水里晒太阳呢。"蔡为经点了点头道："不错，你还有点儿孝心。"说着，向她身上看了去，觉得这位姑娘身材相貌，实在有几分和自己女儿相像。

玉清见东家打量她越是低了头，将脚拨弄着路旁的绿草。蔡为经道："你与其在这里陪着你父亲，你不会也找把耘刀来，帮着你爸爸耘草吗？"她这才抬起头来道："我是要帮他的，但是他不许我下田。"蔡为经道："他为什么不许你下田呢？现在姑娘们都是大脚，不是一样地做庄稼吗？"玉清微笑着，却没有答复这个问题。

王好德在水田里偶然一抬头看到东家在这里，赶快就迎了向前，笑道："大老爹，天气好，也出来看看庄稼？"他点头哼了一声。玉清哟了一声，弯腰下去，在王好德光腿上钳了一只蚂蟥，向地上丢着，将脚踏了两下，地上一个血印。王好德将手在腿上搓搓，笑道："这蚂蟥要喝人血，倒是不论老少。"蔡为经笑道："你不要看我乡下长大变老，蚂蟥这东西像鼻涕似的，我还是怕动手去捉它呢。你不要你女儿下田帮着你，也是怕蚂蟥叮她吗？"王好德道："那倒不是。她在家，也不过周年半载的事了。姑爷也是庄稼人，出阁了，还怕少得了下田吗？在家她也没闲过半天，够了，分外的事，我也就不要她做了。"蔡为经不由长叹了一声道："不错，你家上人像上人，儿女像儿女，我做东家的比不上你，差远了。"说毕，又叹了口气。

第七章

为他人试嫁衣裳

王好德父女哪里知道东家这番心事，见他称赞之后，又是叹气，都只睁眼看了他，不能说什么。蔡为经也就明白了他们的意思，因道："我有我的心事，现在我也无须对你说，不过我觉得你们家虽是过穷日子，倒是过得顺心的。"王好德听了，心中大为奇怪。东家老爹向来不认为佃户是穷的，穷的人家。一切是不顺心的，一切也是有钱的人看不入眼。他这时说佃户穷了，佃户家上人是上人，儿女是儿女，他也看得顺眼了，这是从来不会听到耳朵里去的。他不知道应当说什么是好，只有望了东家微笑。

蔡为经算是今天把好人做定了，又向王好德笑道："你还送了我们两对鸭子，谢谢你呀，这是你预备将来卖钱的东西呀。"王好德笑道："不值什么，那是送给三姑娘玩的。"提到了三姑娘，蔡大老爹就是一肚子不高兴，把眉毛皱了两下，他径是走了。

王好德站在树荫下，看到东家走远了，这才低声道："我们东家老爹今天是怎么了，对我们父女倒是这样的客气。"玉清笑道："你不知道，我知道大老爹和他女儿闹脾气呢，他哪里是对我们表示好意，只是他自己发牢骚罢了。我们少管他们的闲事，免得招许多是非。有钱的人，不闹点儿家务，大长天日子，那是怎样地过呀。蔡玉蓉那样的姑娘不生在他们家里，他们那不义之财，怎么得穷呢？"王好德笑道："你还忘不了蔡玉蓉？"她道："我怎忘得了她，她拿吐沫喷我，她拿石头砸我，她还说要把我驱逐出境呢。我倒要看看，她是怎样地把我驱逐出境。"王好德笑道："你年轻，太沉不住气。在乡下土生土长，对着绅士们不能忍住几分气，就能活下去吗？你回家去吧，也好帮着你妈做饭，过一会子，我也就回家了。"说着，轻轻地在女儿肩上拍了几下。玉清道："在这田坂上说话，哪里就会让东家听到了，你是怕我为你惹下祸事。"王好德道："你知道你老子怕事，你就少管闲事了，尤其是蔡家的事，我们提也不要提。"玉清道："好吧，从今天起，我就不谈他们的事了。我回去做饭，免得你不放心。你以为这大田坂上，东家都有耳报神呢。"说着，她笑了回去。

果然的，自这日起，她就把蔡玉蓉给予她许多难堪都忘记了。而且这日起，蔡玉蓉恰是不在村子里，玉清出门也不会遇到这个对头。乡下人眼睛里所看到的稻田，由几寸长的稻秧变到两尺长的稻禾，绿色是把高低的田完全遮盖起来了，眼界里没有一块水的白色。这是最明显地告诉人，乡村已完全踏进夏季了。村子外的大树，已停止布谷鸟的狂叫，绿荫浓浓地遮了一片。当正午太阳光正是猛烈的时候，那新蝉在树枝的最高层，嘶嘶地叫着，代替了布谷鸟类似割麦栽禾的声音。

玉清正在过堂里迎着南风头上绩麻，突然听到这嘶嘶的新蝉声，她抬起头来向外望着道："知了都在叫了，我这件夏布褂子还在绩麻杆上呢。"这时，有人在门外叫道："王好老在家吗？"玉清将手上的披麻搭在小竹竿上，起身迎了出来。却是蔡家的大长工，他手上还提着一个花布包袱，便道："我爸爸下田去了。"大长工笑道："他不在家不要紧，你在家就行了。这里有几件衣服，大老爹说让你试一试。"说着，把包袱一举。玉清道："什么，东家送衣服给我穿？"大长工一伸颈脖子，做了个鬼脸子，笑道："送给你？哪有这样便宜的事哩。"玉清道："那拿衣服来给我试试，什么意思，拿我穷人开心吗？"

玉清的母亲刘氏在屋子里，听到就战兢兢地扶了墙壁走出来，向大长工道："六哥，你不要开玩笑，有什么话直说吧。"大长工进来，先将包袱放在小桌上，先向玉清看了一看，向刘氏笑道："不是开玩笑。我们三姑娘，不是到亲戚家去了吗？一直在那里养病，没有回来。今天，三姑娘婆家送了几件衣服来了，不知道合适不合适，要三姑娘试试。我们大老爹说你家玉清和我们三姑娘身材差不多，她试得合适，三姑娘也就合适了。"

玉清听了这话，将脸一板道："你这还不是给我开玩笑吗？你们三姑娘，就和我前世有冤有仇一样。见了面就要骂我，甚至还要打我呢。她婆家送来的衣服让我先穿，她将来知道了，那还了得，把我们的房子也许都要拆了。我也不是人家的丫头老妈子，和人家试什么衣服？"刘氏立刻摇着两手拦住她，也板了脸道："你怎么不知道好歹。大老爹叫你和她姑娘试试衣服，那正是看得起你呢。六哥，"她叫了一声，回转头向大长工道，"不过她的话，一半也有理。三姑娘那脾气，大家都是知道的。她要是和三姑娘试了衣服，将来三姑娘回家怪罪下来，我们一家都要吃不了兜着走。"

大长工在他的腰带上，取下了旱烟袋和烟盒子，坐在板凳上装上一袋烟，刘氏赶快点了一支蒿草香送将过去。他点着烟袋斗吸烟，笑道："玉清不等我说完，就放爆竹似的批评我一顿，我也插不下嘴去呀。玉清说的这话，蔡大老爹也是见到的。他说，玉清一定怕招惹三姑娘，那不要紧，是他的主意，他等着我的回信呢。"玉清站在矮桌子边，摇了头道："我不管。又不是我的衣服，我试试算什么意思？"大长工拿了旱烟袋抱着拳头拱了两拱，笑道："喂！玉清姑娘，山不转路转，你就把衣服拿到屋子里去试试吧。我的面子小，不算事，难道大老爹说的话，你也不听吗？"玉清摇了头道："我不试，我穷人没有那福气试好衣服。"

这时，屋子外有人接嘴道："我就知道玉清这孩子不肯照办的。"刘氏说了句东家老爹来了，抢着迎到门口来。蔡为经脸上，今天很难得的，竟是有了一些笑容。他站在墙荫下向刘氏点了头道："你们的话，我已经听到了。你告诉玉清，只管把衣服穿着试试。这事，也没有人去对玉蓉说。就是玉蓉知道了，是我叫她穿的，玉蓉敢怎么样？我家里有人等着，我也不进去了，我就在这里站着，你叫她把衣服穿好了，走到门外来我看看。这不过一会儿的工夫，有什么要紧？"刘氏连连点头道：

"好的，好的，我叫她去穿，东家老爹请到屋子里来坐坐。"蔡为经道："你不用客气了，我家里还有人等着呢。"说时，将眉毛皱了两皱。

刘氏也不知道东家是什么用意，见他有些不耐烦的样子，只好赔着笑道："那就委屈你老人家在墙荫下站一会子了。"她赶快地走到屋里去，扯着玉清的手，低声道："东家老爹站在门外边等着呢。"玉清也知道蔡为经在门外等着，虽不知道人家为什么要这样办，但料着也没有什么恶意，只得提了那包袱同母亲到卧房里去。她打开包袱来一看：是一件花绸长衫，白底子，印着蓝色的菊花，还有金黄的颜色点缀了花心呢。她不知道这是什么绸料，只觉摸在手上软绵绵、轻飘飘的。另外是一套条子绸的小褂裤，还有一双长筒肉色丝袜子和一双紫色皮鞋。这袜子和皮鞋可是旧的，那皮鞋就看见玉蓉穿过。她检点了一下，向母亲道："叫我试试衣服，怎么把鞋子袜子都拿了来呢？"刘氏道："你穿一穿，也不会少掉身上一块肉，你就都穿着试试吧，我到外面去等着你。东家老爹在大门外呢，不要让大老爹站久了。"

玉清究竟是一位姑娘，哪位姑娘不爱好呢？她对这些衣服鞋袜看了看，自言自语地道："管它呢，我就穿着试试。"她情不自禁地打了盆冷水来洗了把脸，又匆匆地脱了衣服擦上一把澡，就把新衣服都穿好了。屋子里只有一面豆腐干似的小镜子，放在桌上。她远远地对镜子窥探了几下，见镜子里花团锦簇，光耀夺目。于是点着头叹了口气道："有钱的人是好呀。"将手摸摸袖子腰身，又回转头来看看后衣摆，点点头道："完全合身，可惜这不是我的。"刘氏在窗子外问道："玉清，你把衣服换好了吗？"玉清答应着笑了出来，又缩着脚步，退回屋子里去了。刘氏道："出来就出来呀，东家老爹还等着呢。"玉清在屋子里只是咯咯地笑。刘氏道："傻里傻气，笑什么？"玉清道："穿得这样好，我长了这么大，还是第一次，怕人家见了笑我，我倒怪难为情的。"刘氏道："你也太爱怪难为情了。难道我们生定了穷命，就不许穿好衣服的吗？"说着话，她就进屋子去，把玉清拉了出来。

到了过堂里，玉清摔开母亲的手，绷着脸子向外走。大长工还坐在板凳上呢，他啊了一声，站将起来。但玉清也不理他，径直地走出门口，果然蔡为经还在墙阴下站着。他一见之下，也像很吃惊似的，身子震动了一下。然后，偏转头向她周身上下看了两三遍，点了头笑道："你和玉蓉的身材相貌，简直是姊妹一对。"刘氏在一旁接嘴道："那可比不上。"蔡为经道："现在也不说这些客气话了。玉清，你同我到我家里去一趟，让我内人看看。"

玉清低头向自己周身上下看了一遍，笑道："我不好意思出门。"蔡为经道："哪位姑娘不穿好衣服呢，走吧。"说着，他就把手挥着。刘氏怕引着东家的不耐烦，就用手虚推了她，笑道："走吧。我的手脏，可不能挨着你的衣服。"玉清看看大老爹的脸色，已经退下笑容去了，便道："我得把自己的衣服带着，好穿了回来，难道我把这新衣服老穿着吗？"蔡为经道："你先去了再说吧，叫蔡老六和你送来就是。"大长工答应着出来道："我会送去的，玉清你先走吧。"玉清无可推诿了，只得随着蔡为经向蔡家走去。

这位大老爹今天的行为有些奇怪，他绕着道，把玉清由后门引进去。后门这时仿佛是开着候人的，他也是由这里出来的。他将玉清引到内房，蔡大奶奶张氏含笑迎了向前，拉着她的手道："你这孩子，简直和玉蓉长得一样，这衣服是多么的合身啊。"说着，把她拉到卧室里去，蔡为经自向前面账房里去了。张氏带了笑道："有点儿事情，要委屈你一下，其实也不委屈。你当我一下女儿，还有什么要紧吗？我告诉你，"说着把声音压低了一点儿，笑道，"玉蓉的婆家，和她要做几套衣服，说是她公公由上海回来，带了些衣料送人，送别人，也不能把自己没过门的儿媳忘了。他们一要好，又太好了。说是他们村子里，有南京回来的裁缝，衣服做得好。前些日子，把玉蓉的旧衣服拿去做样子，今天，先做好了一身，由那裁缝亲自送来，要看玉蓉穿得是不是合适。玉蓉到她姨妈家去了，临时也接不回来。我们也不愿意说她不在家，就想到你和玉蓉的身材差不多，让你代她试试，回头我们一路出去见那裁缝。"玉清红了脸道："这不大好吧？"张氏答道："这有什么不大好呢？你见了人什么话也不用说，让那裁缝看看衣服就行了。孩子，我不能让你空顶这一回名额，回头……"她说到这里，打开身边的衣橱，在里面取出一卷蓝夏布，笑道："这是细蓝布，送给你做两件褂子，好不好？"

玉清就是想一件好夏布褂子，不是在家里赶着绩麻吗？这就先笑了，摇头道："那不敢当。"张氏道："有什么不敢当，你不是暂算我一回女儿吗？等一会儿，你就拿了回去。"玉清心里也是想着，他们蔡氏夫妇一要好，也就太要好了。东家这样拉拢，倒不好拒绝，怪不得连丝袜子皮鞋都借给我穿了，原来是要我冒充一下。他的女儿不在家，对婆家人交代不出去，拿我装幌子，我一个姑娘家可以做这样的事吗？心里考虑着，站了默然无声。

蔡为经就在房门外大声叫道："玉蓉把衣服穿好了吗？带她出来给裁缝师傅看看。"张氏拉着她的手，就向外面引了去。玉清心里虽有一百二十个不愿意，可是拘了东家夫妇的面子，不敢说是不去，也不好意思说不去，就被人拉着，径直地走到账房里来。果然，这里预先坐着一个四十上下的男子，旁边桌子上，放了剪刀尺，那大概是裁缝师傅了，他倒是首先就站了起来。张氏笑道："李老板，你的手工太好了，做得完全合身。"那裁缝站在玉清对面，向她周身上下打量了一番，笑道："我拿了三姑娘的旧衣服，估量着放的放、收的收，这尺寸不敢说对。现在看起来，倒是完全对的。三姑娘看着，哪里还有应当改的地方吗？"他说着话，望了玉清的脸。

玉清心里明白是二十四分的委屈，人家当了东家面叫她三姑娘，答话是不愿意，不答话又无此理，她急得红了脸向张氏道："你老看怎么样？"那裁缝倒是很谅解，以为她是见了婆家来人有些不好意思，也就向张氏道："若是没有什么地方要修改的话，我就照这个样子做了。"蔡为经站在旁边，知道玉清十分受窘，笑道："行了，这就顶合适，没有什么商量的了。李老板老远地来，我留他喝两盅，你们去预备一点儿菜吧。"玉清听了这话，首先走出账房来，张氏随后跟着，还是引她到室里去。

玉清到了她屋子里，伸手就去解长衣服的纽扣，问道："蔡老六把我的衣服取来了没有，我赶快脱下来吧，不要把这好衣服弄脏了。"张氏想了一想，又对玉清身上看了一看，笑道："你也就在这里吃了午饭回去。"玉清道："我还要赶着回去绩麻呢。"张氏笑道："你等一等，不忙不忙。"说着，又在橱子里取出来玉蓉一套小褂裤、一件长衫，都放在春凳上，笑道："孩子，你先换着吧。"说着，她首先走出去了。

　　玉清看看这衣服，是白褂裤和蓝底花布长衫，还有一双青布便鞋，这都是半新旧的。她心里想着，不能再穿了这新衣服回家去，尤其是这双皮鞋，穿着很是不像个样子。她伸手拨弄了几下衣服，也就把衣服换过了。二次张氏走了进来，拍着手笑道："你把玉蓉的旧衣服穿上，老远地看看你，简直就是她在家里了。"说着，拉起玉清的手来，反复地看了一看，笑道："就是你事情做得太多了，把手弄糙了。"玉清道："东家奶奶，多谢你心疼我。做姑娘的手糙，有些人看起来是不好的。不过在我们穷人看来，那也是好的。因为这样，那是说这个人并不偷懒。"张氏点点头道："你这话很有理，我也不是不愿意女孩子们做事呀，我们玉蓉是她老子惯坏她了。"

　　玉清听了她也不满意女儿，心里又高兴一点儿，便牵了两牵衣襟，笑道："我该走了。三姑娘回家来，你老可不要把今天这事告诉她呀。"张氏道："你不要走。我实对你说了吧，那李裁缝没有走，说不定还有什么话要找我们说，你索性在这里多等一会子吧。玉蓉在这两三个月里，不会回来的，等她回来，这件事早就过去了。"玉清道："马上快到暑假了，暑假她还在学堂里吗？"

　　张氏听完了她的话，脸上就有些犹豫，好像后悔说得太快。现在玉清又追问了，便偏头想了一想，笑道："她这半年来，就没有上什么学，是她姨妈要带她去游上海，游苏杭二州呢。"玉清笑道："怪不得做好了衣服没有人试穿了，这都做的是些夏天衣服吧？三姑娘回来的时候，那就秋凉了，这些新衣服不都要等到明年穿吗？"张氏听说，先叹了口气，然后又笑了一笑，她倒是不再说什么。但是她拦着门，依然不让玉清走。玉清也明白了，这是蔡为经夫妇小心之处，怕是那李裁缝要见三姑娘，拿不出人来抵数，既然来了，就索性人情做到底吧。

她陪着张氏谈话，吃了一顿很好的午饭，直到半下午，那李裁缝走了，方才被释放回家。除了满身穿了玉蓉的衣服，手上还拿了一卷蓝夏布回家。这回倒走的是大门，张氏亲自送出门来，握了她的手道："我在家里，也是闷得慌，你若有工夫，只管到我这里来玩。"说着，回头四面看看，见身边没人，这就低声向她笑道："今天这件事，你不愿意玉蓉知道，我也是不愿别人知道的呀。你回去对你妈说，不要告诉别人。改天，叫你妈也到我这里来坐坐吧。"玉清本来觉得今天的事很有点儿尴尬。现在东家奶奶这么一叮嘱，她就更有些疑心了。

第八章

田主的威风

王玉清穿了这身衣服，回到家里，首先是她的跛脚哥哥已由镇市上卖小鱼回来，望着她哎呀了一声道："大妹，你这是怎么回事？发了财呀？"玉清笑道："不要提，连我自己都有些莫名其妙呢。"刘氏迎了出来，忍不住向前，牵了她那花裥子衣襟看了两遍，还用手摸着，笑道："我一直不放心，到蔡家去打听好几次。这衣服是东家奶奶给你的吗？留着慢慢地穿吧。"玉发道："这不是太阳由西边起山的事吗？留心一点儿，不要上了人家的当呀。"玉清红了脸道："上什么当，我们有什么东西会给财主讹着吗？"玉发道："你不要生气，我是好话。无缘无故，东家给你穿的，又给你吃的，蔡为经夫妻发了疯病吗？"

玉清本来想把今天所遭遇的事慢慢地对母亲说了，哥哥这一提，和自己所疑惑的就不谋而合，这话可不好跟着向下说，默然地走回自己卧室里去，把这身衣服全换下了。将换下的衣服找个旧包裹包着，送到小过堂的矮桌子上，指了道："哥哥，请你给我送回蔡家去吧。"她说着话的时候，可是板住了脸。

玉发站着望了那包袱，有点儿踌躇，缓着声音道："何必这样忙呢？"玉清道："不忙，你又怕上当呀，惹出了祸事，将来说是我连累你，我担当得起吗？"玉发也生了气，绷着脸道："我是好意。信不信由你，蔡家是好人，早一个月也不逼我们写下欠租借条呢。几件旧衣服就买动了你的心，那也太不值。"这句话让玉清承受不起，她眼圈儿一红，立刻流下眼泪来。玉发就怕妹妹哭，跛着腿，溜出大门去了。

到了太阳下山，王好德扛着一把锄子，由田坂上回来。看到儿子坐在门外草地上，望了瓜架子发呆。进得家来，女儿绩麻的架子，放在小过堂里，静悄悄的没个人。他放下锄子走到厨房里，刘氏是默然地在灶门口烧火，便问道："玉清还没有回来吗？"她道："还没回来，那还了得，她睡觉了。"

王好德拿了旱烟袋，坐在矮板凳上，叹口气道："玉清这孩子，还是这样娇气，一不顺心，先哭，后睡觉，这准是她由蔡家回来，你们说了她吧？那有什么法子呢？东家有话，我也要敷衍敷衍，漫说是她一个小姑娘呀。"刘氏道："我哪里说了她，是玉发多嘴。"王好德点着头道："他已经和我叽咕几回了。多一事不如少一事，以后我们把今天这件事忘了，不要提起。"说着低了一低声音道："那不怪他，就是我也不赞成。我们这大女孩子，给人家做偷梁换柱的事，什么意思呢。将来让人家知道了，不是怪难为情吗？我们人穷志不穷呀。"刘氏道："那我明白，还不是你说的话，东家的吩咐，我们总得敷衍敷衍。"

王好德默然地吸着旱烟，却不答复她的话，连吸了两袋旱烟，他才叹上一口气。刘氏道："真没想到东家家里闹这回笑话，倒搞得我们一家不顺心。"王好德皱了眉道："不提了。我已经声明过了，不用再提，你怎么又提起来了呢。"刘氏一看这样子，是真不能提了，也就不再说到。

玉清直到吃晚饭的时候，才出了房门，也绷着脸子，垂了眼皮，什么话也不说，她如此，家里人也就只有忘了蔡家今天这件事。为了大家下着戒心，这一出小小的喜剧，全村子就没有人知道。王玉清原猜想着蔡玉蓉若回家来，免不得要大大地吃一回醋，可能再受她一番侮辱。可是过了十天半月，没听到她回家的消息，直过了两个多月，已是中秋将近，还没有听到玉蓉回家的消息，这么一件小笑话，自也淡忘了。

农历七月尾，稻田里的稻禾已经长到四尺多长，黄黄的颜色，谷穗子已长得有五寸过去，弯弯地勾着头，在稻禾上更遮盖上了一层黄云。做庄稼的人，看到了这种东西，比少年人看到了他的爱人还要高兴。王好德手里握着一支旱烟袋，一只手背在身后，在田埂上绕了几亩已成熟的稻田，兀自转着圈子。那时，太阳落到山顶上不高，照着田坂上一片金黄的光彩，淡淡的西风，由短堤上的大杨柳梢吹拂过来。

乡下人不知道什么叫已凉天气未寒时，也不知道什么叫天凉好个秋，不过这样地走着，太阳并不晒人，风吹了粗布褂子飘荡了衣襟，身上没有了汗，也不凉，说不来精神上是一种怎样慰快的滋味。他手扶了旱烟袋在嘴里吸着，很久很久，吸上了一口烟，正自十分高兴着，忽然身后有人叫了一声王好老。回头看时东家蔡为经穿着崭新的蓝布大褂，扶着一根文明杖，口里衔了一支纸烟，也在看秋收呢。他勾了头笑道："东家老爹，也出来看看庄稼，今年的年成倒是不坏。"

蔡为经慢慢地走上前，二人同站在一条田埂上。这里正有两三棵小柳树和一棵小梓树，那柳树的叶子，倒是绿油油的，绿里透着黑色。那小梓树却不然，已是由绿变到黄色，而且叶子也不是那样重重叠叠，而是挺长的叶柄，挂着一片很厚的叶子，叶子被风吹着，就在半空里做鹞子翻身，叶叶相撞，带动着斜阳，闪闪有光。蔡为经看了这景致点点头道："秋高气爽，这时候在乡下过日子是最好不过。"王好德道："果然是最好不过。"

蔡为经咳嗽了两声，又抬头向天上看看，笑道："今年秋天，没有什么淫雨。"王好德道："是的，这些日子都很好。"蔡为经将手里的文明杖，对着周围田地里一指，笑道："不用说，这些田里的收成都是很好的吧？"王好德自然是位老庄稼人，这位蔡大老爹，可也是位世袭地主，年成有几成，彼此的眼睛一望，都是十分明了的，东家这样一问，王好德倒不能说年成不好，便点点头道："总算不错吧。不过……"蔡为经一摆手道："不要做文章下转笔，既是年成不错，也就没有多话说。今年下半年，我的女孩子，恐怕要做喜事，要多多地花钱。同时，乡下朋友、城里朋友，都也赞成，我竞选县参议员，请客应酬，哪里不花钱。我的钱，都出在租稻上，这不用我说，你也是知道的。我今年不同往年，田里一割稻子，我就要收租的。你算算，还有多少日子，可以把田里稻子都收割了。"

257

王好德一听东家这口风，先就关上了让租的大门，而且日期还要提前。他也来不及考虑，先挑选容易答复的说出来。便道："这日子很难说定啦。我今年下的种子，很不一样。为了赶快搞点儿粮食吃，种了几亩田八十天黄，这在明后天就可收割了。其余的田分作两股，一股种的是普通种子，一种是晚稻，到八月中秋后才能……"蔡为经向他连摆了几下手道："你不要说这些行话，我也不是城里来的人，有什么不明白。无论如何，你先得在三天之内，给我十担稻子。我要你交这些稻子，丝毫不过分。你借了我七担多稻，连本带息，就该有九担稻，你包点尾数，凑个整，这不应当吗？"王好德赔了笑道："当然是不过分。不过这三天之内割的新稻子，恐怕总数就不会超过十担。我也应当留点儿新米尝尝，这一节还差着许多油盐杂货账呢，也应当把账结清了。"

蔡为经将手里的文明杖在地上连连地顿了几下，瞪了眼道："这是你说的公道话？欠下了油盐零碎账，你打算还用了。欠着我的租子呢，你就不给了，多话不消说，你明天割稻，就在田里把稻打下了，我亲自带了斗来，在田里量租。"王好德道："大老爹，你何必这样急？"蔡为经道："我不是告诉了你，我等着钱用吗？"王好德道："你老爹一乡的富户，也不在乎我这点租稻。"蔡为经道："你说的一偏之理，一家佃户的租不在乎，两家佃户的租我又不在乎，佃户都说我不在乎，我还收什么租？"王好德道："不是那样说，你老收别家的租子，不曾像收我的租子这样紧。"蔡为经鼻子哼了一声道："收你的租子是紧一点儿，那也就为的你太拖疲。你已经拖欠我三年租子了，堆积到今年，你自己也不过意，写了一张借条给我。借条上写得明明白白，新稻登场，本息一并清还，怎么着，到现在，你又不算数了。"王好德道："白纸上写了黑字，我怎能说不算数呢？"蔡为经道："算数就好，明天割稻还我欠租。"说着，他又把文明杖在地上连连地顿了几下，扭转身就走了。

王好德站在田埂上发了一阵呆，对田里稻禾上垂着的长穗子看看，又对东家那大庄屋看看，叹了口气，也就慢慢地走回家去。他走到小过堂里，见打稻的大木桶，已拂去了灰尘，斜靠了墙放着，三四把割稻的镰刀，也放在木桶边。他淡淡地笑道："预备割稻了。"玉清由里面迎了出来，笑道："我们种的那八十天黄，明天该割了。一来怕天，一天二天变，下雨怕湿了稻，起风怕洒了稻穗子，二来也怕鸟吃。明天一天，我们全家下田，我也帮着，过几天，我们就吃新米了。"王好德道："你要吃新米，我们这八十天黄，大概能打下几多稻？"

玉清还没有答言，玉发由厨房里跑出来，笑道："我天天都到田里去看看，估计一下，总可以打个七担八担的。"王好德道："哦！七担八担，你忘东家了。"他说着，将旱烟袋嘴子放在口里衔着，将桌子角上的蒿草香取过来，就向烟袋斗子上点着，这才看到烟斗子里还没有装上烟叶，他放下蒿草香，伸了两个指头，在腰带上挂的烟荷包里只管掏着烟叶，却不装烟，呆板脸，不作声。玉清笑道："爸爸又在想什么心事？"玉发道："爸爸是说东家也要新稻，那我们就先送两三石给他吧。"王好德道："我知道你们忘了那件事了。三个月前，东家催讨欠租，我们没有写张借条给人家？连本带息，十担将近。刚才东家老爹对我说了，明天我们割稻，十担欠租要一齐挑了去。我们把熟了的稻子都给了人家，还嫌不够呢。和我说话的时候，神气还是十分厉害，我分辩两句，他气着就跑了。看这样子，明天非来挑稻不可。你们一头高兴，打算男女老少全下田去割稻，那不叫是梦想吗？"玉清道："若是那么着，我们就不下田，让它风吹雨打鸟吃。"

玉发已经接过他父亲手上的旱烟袋，坐在屋角的板凳上，慢慢地吸着烟，身子半俯着，眼望了地面，板住了脸子不作声。玉清站在屋子中间，指手画脚地说完了，他才道："你倒是说得很痛快，一年的辛苦劳累，就让它算了。你没有下田，也送茶送水来过吧，就是这样算了？"玉清道："那么，我们就全家都去。妈去了，我们这带病的人都下了田，他们好意思把我们割了的稻子都挑了去吗？"王好德道："也只有这个法子吧，稻子不能不割，东家到田里去挑租稻，我们也无法拦阻。我们家的粮食快完了，人心都是肉做的，东家老爷也不能看着我们饿肚吧？"大家在无可奈何的讨论下，就商得了这样结果。

到了次日早上，大家抢着喝了几碗热粥。王好德和玉发抬着那只打稻的敞口方木桶，扁担、镰刀、绳子、竹箩都放在木桶里。玉清提了一只大瓦壶，托了几只粗碗，在后面跟着，径直地向田坂上走去。东升的太阳照着田里熟了的稻米，更是金晃晃地闪耀着人的眼睛，玉清站定了脚，笑着感叹了一句："稻子长得真好哇。"玉发道："稻子长得真好不是？可是全是人家的。"

　　王好德在桶里提起一把镰刀，首先跳下田去，举着镰刀道："少说闲话，动手吧。"说着，左手揪住了稻棵，弯下腰去，右手挥动了镰刀，沙啦，沙啦，就将稻棵割了起来。七月底的田里，水早是干了的，虽泥土潮湿着，却还可以下脚。姑娘玉清、跛子玉发，也都跳下田来帮着割稻。他们在凉爽的早晨，工作得很快，不多大的工夫，就割完了两丘田。玉清由东边田埂，直割抵了西边田埂，一口气穿过了一丘田，把腰伸直着，嘘了一口气，回转头来看了看，笑道："妈还没有来。"

　　但是他的母亲刘氏没来，东家蔡为经可来了。他手撑了一柄青布伞，缓步而来。看这样子，是预备在太阳底下做长期行动的。在他后面，就有几个挑空木筒的人跟着。玉清一看，心里就十分明白，这就是东家到刀口上来抢收租子了，王好德也割着稻子，走到了她的面前。她低声道："爸爸你看，东家带着箩担挑稻来了。"王好德站起来回头看时，蔡为经可不就到了田埂上了吗？只好丢了镰刀，迎到他面前来，赔了笑道："大老爹，你真来了？"蔡为经绷住了脸子道："你这是什么话，我们也不是三岁两岁的小孩子，能随便和你开玩笑吗？"在他后面是三副箩担，三个壮汉挑着。他家大长工蔡老六扛了一支大斗在后面紧紧跟随。他笑道："王好老，东家今天预备了一顿好午饭，有酒有肉，上我们那里吃饭去呀。"王好德向他看了一眼，微笑道："这酒和肉是预备给我吃的吗？"蔡为经道："虽然不是专门预备给你吃的。但是的确算了你一股。你儿子女儿在这里我也都请了。请你们尝新。"王好德道："稻子还在田里呢？"蔡为经笑道："难道我就是收你一家的租？也就只有贵佃户一家种早稻？"王好德笑道："这么说东家都已经收了租子了，今年可是收得早。"蔡为经道："我不是对你说过了吗？今年秋天，有好几件事等着要用。"说着，他指了三个挑空箩担的壮汉道："他们割，你们帮着打稻，早点儿完事，我们好挑了走。"玉发可忍不住了。他突然地将腰伸了直来，手里还握着镰刀呢，他望了蔡为经，表示着那恳切的样子问道："东家老爹，我们这田里有多少，你就挑去多少吗？"蔡为经道："我有言在先，今天只要你们还我欠租十担。其余的你们割去尝新。"玉发无精打采，低声说了句："我们也割去尝新？"说毕，弯下腰去，又接连不断地割着稻棵。那三个挑空箩担的壮汉倒是很受蔡为经的指挥，将木桶抬到田里安放着，就分别拿着稻棵向木桶里拂打。他们是分站着木桶的三方的。当他们高高地举着一束稻禾，向木桶边上打时，稻穗子打在木板上，是咚的一声，那稻粒子落将下来，又是沙的一阵响。三个人轮流地打下去，那声音倒是很合拍的。王好德弯腰在田里割稻，心里想着，随你们搅去。我一家人在田里这样地苦干，你把我们的稻全割了去，那也忍心吗？他这样想着，只是割他的稻棵，头也不回过了来看一眼。玉发玉清虽不像他那样决绝，但是也仅仅只回头偶然看一眼，并不作声。

蔡为经撑了那柄青布伞，也随着走下了田来，缓着步子跟了过去，缓缓地笑道："王好老，你女人的病好了，你又轻了一层累了。她身体康健的时候，她也是很能帮助你的呀。"王好德答应了个是。蔡为经道："你儿子虽然跛一只腿，庄稼上有些事他倒是能做的。"王好德又答了一声是。蔡为经道："大概半个月工夫，你的稻子都割完了吧？"王好德还只是答应了一个字，是。蔡为经站住了脚，对他全身望着，眼睛瞪着像两个核桃似的。但王好德只是弯了腰向前割着稻去，东家给他什么颜色，他并不看见。蔡为经就大声喝道："王好德，你什么意思，我和颜悦色和你说话，你竟是这样爱理不理的。我知道，你以为你今天第一日割稻，我就来收租，你不痛快。难道要等你把稻子挑回家去，过十天半个月，我到你家去收租子，你才舒服吗？"

王好德被他一声喝着，固然是已伸直腰来。就是他一双儿女，也都伸直了腰，手提了镰刀，向东家呆望着。蔡为经横了眼光道："你们不要糊涂，以为我收租子收到田里来，未免太急。你要知道，我收的不是今年的租，我收的是去年的租。去年的租，你们吃着变了粪，粪下了肥料，又变成今年的粮食了。你在田里是还我的租，挑回去在家里放个十天半月，还是还我的租，你少不了我的，我也不多要你的，迟早有什么分别。蔡老六，把斗拿过来，把桶里的稻先量量，当了他父子的面，先挑两担回家去。给脸不要脸，对这种人不用再客气了。"

那蔡老六倒是忠于他的主子的，把斗提了过来，放在王好德面前，两手叉腰，淡笑着向他说了三个字："过斗吧。"王好德对他这个态度，觉得比东家的态度还要难堪，恨不得举起镰刀砍了过去。

第九章

弱者的抗议

这些激昂的情绪也就只有在心头上发泄出来，若是叫他见诸行动，他却是不敢。他手握着那柄镰刀，垂在大腿边，汗珠子由手掌心里透下，随了镰刀柄向下淋着，镰刀柄在手里滑溜的，竟是有些把握不住。他瞪了两只眼睛，只是望了蔡老六，却不说话。蔡老六将脚踢了两下木桶道："王好老，怎么着？过斗呀。"王好德道："六哥，你就量吧，我在这里看着。"

玉发兄妹听到东家开始量稻，都停下了镰刀，直着腰向这里看来。王好德一挥手道："你们看什么？割你们的稻吧。还清了欠租，也干掉自己一身汗。"蔡为经淡淡地笑道："你这算明白过来了，反正也没有欠钱不还的规矩吧？"王好德拱了拱手笑道："东家老爹，你老说得太远。我们欠租还租，也没说半个不字。"蔡为经道："你又怎能说半个不字呢？"他们正在这里辩论，那个扛斗过来的蔡老六，又在身旁空箩里，取出一把大木铲子，在打稻的木桶里，大铲子含着稻子，向斗里加了去，加足了一斗，就向空箩里倾倒了去。王好德摇着手道："六哥，不忙呀。你这样过斗，地面上要撒多少稻子，哪粒稻子，不是我们血汗变成的呢。请等等，我回家去拿个筐子来垫着。"说着，放下镰刀，起身就向家里奔了去。蔡老六笑道："还是他这样做的好，我们做东家的，不就是照租收租，难道还会在租外加一成二成？"

玉发听了这话，向他淡笑了一笑。蔡老六道："跛子，你笑什么？"玉发道："六哥，你和我一样，也是卖力气吃人家一碗饭，哪里就是东家了呢？我们都要做东家，天底下还有穷人吗？"蔡老六红了脸道：

"我这是替东家说话，不是自称东家。"蔡为经道："那也难说呀。你蔡老六多卖点儿力气，十年八年积下钱来，也是一样地发财买田。"玉发哼了一声道："那除非永远不借债，反过来，还有几个钱借给别人。放钱可要放阎王账，九放十收，半月加一，若是放稻息的话，刀口上收进来，五荒六月卖出去，一个变几个，你怕穷人不发财？只是一层，千万不要有良心。"

蔡为经站在旁边听着觉得他这话，是很有些讽刺意味，让人听到有些扎耳。可是他并没有提到东家一个字，东家也不能硬把这放阎王账的臭名，向自己头上盖，只有瞪了眼向他们看着。玉发心里想，你瞪我就瞪我吧。反正我今天割的稻子，你都要收了去的，再进一步，你也不过收我的佃。我一家人全会出力，不种你蔡家的田，我们照样地活下去。他想破了，胆子更壮起来，丢下了镰刀，坐在田埂的草皮上，抽出裤带子上的旱烟袋，长嘘了一口气道："休息一会子吧。"蒿草香和烟叶盒子，都放在田埂上现成，他半偏了头，斜伸了那双跛腿，慢慢地吸着烟。

蔡老六和他带来的几个人，都觉得这稻田上的气氛有点儿恶劣，大家默然不作声，有的也是抽出旱烟袋吸烟。蔡为经是感到无聊，撑了伞在田埂上走着。好在不多大一会子，王好德已经由家里扛着一只大箩筐来了。他将箩筐放在田里，笑道："来呀。大家还是割稻的割稻，打稻的打稻，量稻的量稻。"玉发摆了摆头道："不，我得问问你老人家，今天割的稻，我们分得多少去尝新？"王好德道："你没有听到东家老爹说吗？今天要我们交出十担稻子。我们这几丘田，全都割了打了，也不会有十担稻，分明交给东家还不够呢，我们能分到多少？"玉发道："忙了一年，忙到今天收割，自己还吃不到一粒米，这也太叫人扫兴了。大长天日子，我回家睡觉去，我不割了。"王好德道："你不割我割，你回去吧。"

玉发站了起来，跛着腿向田埂上踏，偏了头道："你割什么？不是东家要我田里的全部新稻吗？他们带的家伙齐全，割了打了挑起走吧。

反正是没有我们的份，我们在这里等什么？"蔡为经道："你这小子说话好野呀。你做佃户的人不管割稻，它自己会走到家里去吗？"玉发两手环抱在怀里，淡淡地道："东家老爹，你是圣明的，稻是不会自己走到家里去的。到了家里，它也不会走到口里去，看到满箩满筐子的稻一粒不能吃，那心里是更难过的呀，就不如不向家里挑了，更也用不着收割了。"说着，他慢慢地放着步子顺了田埂走去。

蔡为经瞪了眼道："这小子好野！不用和他们多说了，你们量稻吧。"蔡老六看这样子，东家是和王好德父子决裂了，自己当然是站在东家一边。他也不多言语，一斗一斗地在大桶里量着稻，就向空箩里倒了去。三担竹箩倒满，那三个壮汉将扁担伸进绳索，打算挑着要走。

这时，田坂上发生了一声惨叫。大家看时，是王好德的女人刘氏来了。她扶了一根木棍子当了拐杖，一路哆嗦着走了来。她抬起一只手来，老远地指着道："东家老爹，不能这样做呀！我们由春天下种，忙到今天，望到今天眼睛都望出血来了。好容易，今天望到割稻了，你全把我们的稻子挑了去，我们这不是白忙了一年吗？"越说越近，也是越说声音越大。老是说着不能这样做呀，伤天害理呀！

这样叫喊着，蔡为经可就生了气了，迎到她面前，大声喝道："你这是什么意思？好不顾体统。怎么是伤天害理，难道我们做东家的，不应当收租？"刘氏道："做东家的当然要收租，作佃户的也要吃饭呀，你们收租可以慢慢地收，不能我们在田里一动镰刀，你们就全收了去呀。"蔡为经道："慢慢地收，再过十年八年收吗？今天收的稻，就是你们去年的欠租，还有前年的租尾呢。你还叫我慢慢的，那就不用收租了。"

刘氏奔到田里，见割的稻棵已经打拂过了一半，大木桶里刷下来的稻粒，几乎量完，全已装进那三副箩担里去了。再看附近几丘田，只有两小丘不曾将稻子割。这就抓住一副箩索，向那挑箩担的人道："大哥，你也是庄稼人，你不要偏向哪家，说句公道话，我们今天第一天割稻，东家就要全挑了去，这不太过分一点儿吗？实不相瞒，前半个月，我们家就断粮了。东拉西扯，借了些大麦小麦，每天做两餐糊吃，才熬到今天，我们就不应当磨点儿新米，做两顿白米饭吃吗？看了这样黄澄澄的稻，大担小斗向东家送去，我们这一年的辛苦，都沾不着一点儿边，嘴里馋，心里是多么难过呢。"说着说着，哽咽了嗓子，就流下眼泪来了。

那三个挑担子的壮汉，正都是佃户，刘氏这样说着，大家也都心软下来了。其中一个道："王嫂子，你不要叫喊，你们慢慢地和蔡大老爹商量吧。"蔡为经已收下了他撑着的那柄布伞，当了手杖使用，看那样子，好像是预备武力对待。他态度是越发地强硬起来了，立刻将头一偏道："什么话？三年的欠租，到了今天，我还不应当收吗？纳粮完税，我是一天也不能拖欠官方的，他们佃户不给我，我由天空里变着粮食来交款交粮吗？你看他们一家人什么样子？一看到我带了箩担来挑稻了，那颜色就十分难看，我和他们说十句话，不理我一句。王好德那个跛腿儿子，尤其不是东西，他连稻不割就走了。你以为这样强横，我就不收你的租子了，我偏偏要收个一干二净。随便你，公了也好，私了也好。充其量，你不过是到县政府去告我一状，就说我做东家的压迫你佃户。你若有本领说到我应当不收租，那我就认输了。"说着，他将伞尖在田土里连连地插了几下，在田土里插下去几个小窟窿。好像这田土就是王好德父子的身体，也被他搠了几个窟窿了。

王好德站在一边，本来是没有作声。东家这样地指明了向他责骂，他也就忍不住了。他将手上握的镰刀向地面上一丢，也瞪了眼道："东家老爹，你收租就收租，说这些话做什么？你也知道我们做佃户的怕打官司。没有钱也没有势力，打起官司来准输，你老就把这话来吓我们。那何必呢？怎么着，不算两代的东佃，我们还是一个村子里的人呢。不要我们吃饭，我们不吃饭也就是了，何必还要把话来吓我们？"蔡为经道："你那意思，就是不让我把稻挑了走。只要我收租，我就有一百个不是。我没这些闲工夫和你说废话，你们把稻挑了走。"说着，对那三个挑稻的将手一挥。

这三个壮汉，看到这位蔡大老爹把脸色沉下来，大概是没有什么情理可讲了，各人挑起扁担就要走。其中一只竹箩，让刘氏抓住了箩索的，挑扁担的人就不能起步。蔡老六向前两步，对刘氏一摆头道："大嫂，放手吧，反正强打强要，也不能把事情解决。"刘氏两手一拍道："你这是什么话，我们倒成了强打强要的了，是我们伸着手向东家讨什么求什么来着吗？我们就是蔡家一条狗，给东家看了一年大门，也该给我们一点儿吃的。我们做佃户，种了一年的田，到了秋收的时候，我们那不指望几餐新米吃吃。于今东家要把我们今天割的稻子，完全都要挑了去，我们说句公道话，这算强打强要吗？"蔡老六道："人家做东家的并没有要你分外的。漫说十担八担，就是一百担八十担，他挑走了也是国法人情答应的。"

刘氏听他说到国法人情，正想驳斥他这句话，一回头，见那三担稻子，全让壮汉们挑走了。自己是有病的人，也不能追了上去，就转过脸向王好德道："你这人也是实在太老实了。为了今天可以割新稻，高高兴兴地起了个大早，昨日就赊下了一斤肉，预备今晚上酬劳酬劳自己。忙了半天，一粒米拿不回家，赊的肉可要给人家钱。田是东家的，东家要收稻，那有什么话说？但是没有田出不了五谷，没有人力牛粪，也出不了五谷，不知道东家明白不明白？既是我们今天没份了，还出什么力气，抬着家伙回去吧。"说着，捡起地上的镰刀，扯着王好德的衣服让他走。

玉清本也就停止了割稻，呆站在田里了，这就插言道："妈说的是，我们少出点儿力气，回去就少吃点儿东西，大家走吧。"王好德听了这话，也就转身要走。蔡为经将卷起来的布伞横伸了出去，喝道："你们不许走。你们要走也可以，我明天就凭中收你们的佃了。"王好德又回转头来问道："收我的佃？那也不是时候吧？有在这秋收的日子收佃的吗？"蔡为经道："诚然是没有，但是有东家在田里分租的时候，佃户丢了镰刀回家的吗？"王好德道："东家老爹，你要租，我们就交租，这说不过去吗？今年我不欠你一粒租，你不能收我的佃。"

蔡为经将伞尖在田土里连连地撅了几下，咬了牙道："我也是一样。

你今年应分的稻子，我一粒也不要你的，我只收我名下的，你又为什么不给我割稻？你不给我割稻，我就可以收佃。"王好德听到说东家要收佃，当然有三分胆怯，但是他表面上绝不示弱，向蔡为经点了点头道："那凭东家了。但是三条大路，东家一条大路都不给我走，我也没有法子。"蔡为经道："怎么是三条大路？"王好德道："东家吃肉，我们喝汤，这是一条道。东家放本，我们交息，这也是一条道。东佃两方，公平交易，多收多交，少收少交，还是一条道。但是你老爹一概不问，今天要定了我的欠租，你老也明知我这几丘田里，决计出不了十担稻，今天要这个数目，故意超过我田里的收成，那就是有意让我子粒无收。我们连弄个半升新米熬粥吃的希望都没有，我们还在田里割稻啦？"说着，他又缓缓地移了步子。

蔡老六看这个样子，倒是个僵局。偷眼看看东家的颜色，似乎有点儿犹豫，这就向他一招手道："你不可以这个样子，王好老。你就是这样走了，连稻桶镰刀你都不要了吗？"王好德道："留给你们用吧。我们不割稻，你们也不割稻吗？你们不割稻子，这稻穗子上的稻粒，可不会掉下来落到斗里去。"蔡老六道："嘻！你这老头子，怎么这样的倔？两代的东佃，交情就深着啦。也不能为了今天这一场交涉，就把交情打散了。东家呢，固然是不能这样收你的佃，你也不能就这样交了佃。"刘氏接了嘴道："为什么不能交佃呢？种田不为的是吃饭吗？没饭吃，我们还给人种田吗？"她说着话，可就一弯腰指起了地面上那个大竹筐子。她把这东西向头上一顶，淡笑道："没有房子住，顶了这东西，也可以躲躲风暴雨吧？"

这竹筐子有三尺多的直径，面积可不小。一个有病的妇人，顶着这个东西，摇摇晃晃的，就有点儿不稳当，七歪八倒，滚了下来。蔡为经站在身边，正好让这筐子边沿，重重地撞了一下，而且还撞的是脸腮上。蔡大老爹，天天吃着肥鱼大肉，脸上的肌肉长得臃肿起来，向来没有吃过这样的亏，撞得他哎哟一声，身子向后一闪，晃了两晃，幸是他手上提了一把收起来了的布伞，抢着在身后地面上撑着，才把身子稳住了。

他虽明知道刘氏无意撞上这样一下的，但是他正憋着一腔闷气，却是不能再为忍耐，将伞一挥，跳起来道："反了，反了，佃户女人打起东家来了。"他舞着这伞，本是助他怒气的姿势的，不料这伞横空一扫，碰在打稻的大木桶上，咚的一声，将这把布伞，打了个两半截。他祸不单行，遭了这么一个损失，更是怒上加怒，跳着脚道："这不行，我得请请地方上的绅士，来评这个理。你就是不交我的租，也不要紧，你不能打我。好！租稻我不要了，我找人去。"说着，扔了半截伞，他顺了田埂就径直地奔回家去。

东家一走，王好德也没有了主意了，呆呆地站着，望了田里许多人，说不出什么话来。蔡老六道："王好老，你看，这事情怎么办？东家是气着走了。田里丢了许多家伙，我们就这样地呆站在这里吗？"王好德道："那是我们女人误伤着他的，事情已经发生了，公了私了随东家的便吧。"

刘氏见东家被撞着走了，也是呆站着没有了主意。这回醒过来了，淡淡地道："没有关系，东家是我撞着的，受打受罚，由我去吧，这和王好老没有关系。"正说着，那三个挑稻去的壮汉，挑着空箩回来了。蔡老六道："大老爹哪里去了？"其中一个道："大老爹原来要去找保甲长，我们劝着他回去了。他说王大嫂子拿箩筐子砸了他一下，我想不会，到底是怎么回事呢？"

玉清本已走到田埂上去了，这时跑了回来，红了脸道："有钱的财主，反而讹我们穷人吗？我们有理讲理，有情讲情，向来不会打人。我们也没那大胆，到太岁头上去动土。"蔡老六笑着伸了颈脖子，一做鬼脸，吐了舌头道："姑娘，你还有这样一大套呢。我就看到东家脸上青了一块，就算是误伤的，你一句好话不给人说，就算是你们有理吗？"刘氏道："丁是丁，卯是卯，我撞伤了东家我去赔礼。我们这收租交租，是另外一件事，回头再谈。"说着，起身就要向蔡家走去。

王好德上前，扯着她的衣襟道："不忙不忙，你一个妇道人家，言语不知轻重，得罪了蔡大老爹，那是罪上加罪。"玉清站在旁边，本就是脸子红红的，这就鼓了嘴道："爸爸，你这话我不承认。男女不都是一张嘴，怎么女人说话就不知轻重呢?"王好德一摆手道："我们自己不要抬杠，我也无非是想大家好。"蔡老六道："这话对，我们坐下来谈谈吧。"说着，将田埂上的草皮抚摸了几下，弯腰坐了下去，向大家招了招手。于是三个挑稻的壮汉和王家三个，蹲的蹲，坐的坐，围着蔡老六开了个露天座谈会。

王好德本来就没法对付东家。刘氏是撞伤了东家的脸，心里先有三分惧怯，也不敢再说什么硬话。只有玉清这位小姑娘孤掌难鸣，只是噘了嘴，坐在田埂上。蔡家的长工和三个壮汉带吓带劝，在比较合算的看法上，还是由王好德父女割稻，他们帮着割，帮着打，帮着量。蔡老六从中做好人，叫王好德到东家那里去给东家赔个不是。然后答应请东家把今天割的稻，留下一两担给他们吃。不过王好德要负责，第二次割稻，首先就得把那十担欠租还清了。王氏夫妇埋怨那竹筐惹下了祸事，也只有屈服了。

第十章

意内风波意外了

说话之间，太阳已经当顶，蔡老六带着三位壮汉，到蔡家去吃午饭，要王好德也跟了去。他伸手抓了几抓光腿子，摇摇头道："我现在怎么能去？我得罪了东家，没有给他个情亏礼补，倒去吃他一顿，那也太不识相了。假如他见面先就骂了起来，我送上门去碰钉子，我可下不了台。"蔡老六道："有什么下不了台呢？大老爹是个绅士，处处总要顾着体面的，就是说你几句话，有我们大家在，当面和你一打圆场，也就一说一了。你一定要等到时间拖久了，大老爹找出了地方绅士来做中，圈子兜大了，那倒不好含糊了事。"

王好德踌躇着，倒不知道是进是退。刘氏在一边看到，挺了胸脯子道："我也去，什么话不说，给大老爹弯弯腰，我就出来。一来免得王好老代我受罪，二来我是个有病的女人，蔡大老爹总可以高抬贵手，三来也免得你们去了我不放心。"蔡老六看看她面黄肌瘦，枯燥的头发，半蓬在头上，身上穿着一件补丁缀满了的蓝布褂子，简直和身体脱了关系，飘飘荡荡地挂在身上。这就点点头道："那也好，可以去试试。"于是他们让玉清一个先行回家，他们一行六人带着家私，向蔡为经家里来。

王好老一面走着，心里就一面怀着鬼胎。心里想着蔡为经见了面，一定跳着身高三尺，破口大骂，尤其是他脸腮上碰出来的一块青紫伤痕，那是一望而知的，他家里人看到，也不会饶恕了这事。想着想着，也就走到了蔡家门口。只见一乘空轿子，放在第二进堂屋里，另外还有一挑行李，还没有解开绳索呢。在行李上放着一只小皮箱子，上面贴了一张英文字条。虽然那字写得七颠八倒，但乡下人一照眼，就知道不是中国字。蔡老六首先哟了一声道："三姑娘回来了。"他丢开了众人，直奔了主人的账房。见蔡为经气得面如白纸，半偏了头坐在竹椅子上，只是默然地吸着纸烟。

蔡老六站住了脚，先吸上一口气，然后低声下气地道："你老不要生气了。王好德他夫妻两个自己知道是错了，虽然是误伤，他们也愿意和你老赔个不是。"蔡为经向他一摆手道："不要提他了。"蔡老六道："你老也不必计较小人之过。"蔡为经长长地叹了口气道："我自己的事情都管不了，哪有心管这些闲事？"蔡老六一听，这事太新奇。财主收租，这会是闲事？便站着怔了一怔道："田里的稻还没有打完呢，打完了，还是都挑了回来呢，还是……不过王好德夫妻两个人，总想你老……"蔡为经道："没有问题，给他们留下两担吃的。怎么样子解决这个问题，你和那三个挑稻的商量一下。今天我的心里乱得很，我没有心谈这件事了。"

蔡老六看他这样子，倒不是为了王好德生气，便道："他夫妻两人在外面堂屋里呢。"蔡为经表示着十分不耐烦的样子，站了起来，乱摇着手道："这是小事一件，随便怎样解决都行，不必再来麻烦了。你就陪了他们吃饭，还有由刘家来的三个人……不，我另外开饭他们吃，你还是和你们那几个人一桌吧。"说着，挥了手，让他走出去。

蔡老六虽然对这事十分奇怪，可是也料到东家，必有比收租十分不顺心的事情发生，所以把王好德夫妻的错误放到一边去了。他到了二进堂屋里，大家正坐在长板凳上等着回话，他笑嘻嘻地一摆手道："没事了，东家叫我招待大家吃午饭。"刘氏道："东家怎么说，我得去见见他呀。"蔡老六道："不用不用。东家说这是小事一件，过去就算了。益发告诉你高兴，东家说，今天割的稻，可以先分两担给你们吃，欠租二次再结账。你若是不愿意，再和我们商量商量。我想，一场大祸，风吹云散，还商量什么呢？"王好德道："你这是真话？"说着，望了他的脸。蔡老六道："当然是实话。东家老爹性情一大变，连我也有些莫名其妙。"说着，回头看了一看，见身后无人，低声笑道："一定是我们这位三姑娘回家来，又惹下了什么祸事。好几月不回家，也许是游了苏杭二州之后，搞了一屁股带两胯的债。东家灰心之极，把收租就当小事。"

王好德站起来，伸头向里面看看，微笑道："既然如此，我们也就不叨扰东家这顿午饭了，各自回家吧，午饭以后，我们田里见。东家有什么话，回头我们再说。"蔡老六道："东家绝没有问题了。你那几丘田，也不过打个六七担稻。对半分，你也不过三担多稻。东家答应你挑回去两担，你还的欠租，也就有限了。不必再商量，就是那么办。你不吃这午饭也好。"说着，他伸出右手三个指头，摇了两摇头道："这位回来了，就是魔神临凡，我们先就头痛，说不定回家来讨不到钱，还有一番热闹呢。"

王好德夫妻本想着这是来赴鸿门宴，进门以后，要大费唇舌。现在一点儿波折没有，就把这档子事完全揭过去了。这样王好德喜出望外，这么一个九十度转弯的局面，在他这种顺直线走路的人，也不解应当怎样对付，只有望了蔡老六发呆。他拍了王好德的肩膀，笑道："你回府吧，没事了，也让你家里人知道放心。"王好德连说是是，笑着拱了拱手，和刘氏称谢而去。

蔡老六自招待着三个挑稻的在外面吃午饭，那小长工向外送着菜饭，脸上颇带些尴尬的微笑。大长工蔡老六道："你还高兴呢，三姑娘回来了，她可会磨人。"小长工笑道："回来之后，她就躺在房里了。磨的是女用人，磨不着你我。你就是要巴结去侍候，东家奶奶也不要呢。"大长工听了这消息，更是透着新鲜。吃完了饭，他就缓缓地走到内室里去，隔着张氏卧室的窗户就叫道："大奶奶，三姑娘回来了吗？听到说她有些不舒服，我看看她去，她在哪屋子里？"

张氏由屋子里赶快迎了出来，摇着手道："你随她去吧，她不要人打搅她，据医生说，她这个病，要在屋子里静养一两个月，什么人都不能见。"蔡老六道："什么人都不能见，难道父母也不能见吗？"张氏道："见是能见，不过越少见人越好。"蔡老六道："莫不是害了眼睛，见不得阳光？"张氏点了点头道："眼睛也有毛病，大概她身上的毛病很多吧。"蔡老六看这情形，自是有些神秘，这话不能向下说，也点点头道："请你老对三姑娘说，我不去看她了。"张氏连声说着好，起身就把他向外送着，手虚伸着，几乎要推人出来。

蔡老六心里想着，这事很有点儿奇怪，非探听个究竟不可，当时且不作声。到了晚上，前后院落，都关闭了门户了，他就悄悄地摸到玉蓉卧室外那间小院子里来。他们那窗户纸，是灯光照耀着通亮的。老远地就听到张氏埋怨着的声音。她道："你的父亲，差不多已经气死过去了。自你到家以后，他就病倒了。"这时就听到玉蓉答道："这件事，他不是早已知道了的吗？"张氏道："他当然是早已知道的，但是眼不见为净。你在刘家住着，他心里不向这上面想，也就算了。现在你挺了这么一个大肚子回家，这一块冤孽，还要在家里消除呢，你想，他心里不难过吗？"

蔡老六听了这话，心里先呀了一声，他想，这几个月来，大家暗里的传说，果然不错，我们三姑娘没有出嫁先要生孩子了。他这就弯了腰，轻轻悄悄地走到窗户下，在墙根下一蹲。这是夏天夜里，以平常而论，当然是窗户洞开的，现在却是关闭得紧紧的。只有中间嵌着两块玻璃的地方，放出了光亮。他昂着头，伏在窗户台下，找着一个纸窗户格子的窟窿，贴了脸向里张望。正是玉蓉手扶了竹椅子靠背，半侧了身子，避着桌上的灯光站着。但是由窗窟窿里看去，依然看得很清楚。她穿了件白花布短褂子，肚皮伸出去尺来高，把褂子顶得和腰间脱了关系，临空飘悬了衣襟。头发蓬着，脸子黄黄的垂下了眼皮，虽然不是病容，却也有一层很重的忧容。张氏坐在床上，两手环抱在胸口，也是两只眼睛，直射了她女儿的肚皮。

蔡老六看着，心想，这样大一个肚囊子，怕不是已经怀胎八九月了？我们东家要把姑娘关在家里先添外孙了，是什么时候看这台戏呢？他这样地想着，屋子里面也就谈到这件事了。张氏望了女儿的肚子很久很久的，就问道："你弄成这个样子，怎么好意思回来？你在刘家住到现在，结账的日子也就快到了，为什么不再多住一个月？"玉蓉低了头道："我当然不愿回来，我不知道回家之后，爸爸会和我过不去吗？但是我在刘家实在住不下去了。"张氏道："在刘家住不下去，这是谁惹下的祸事？没有什么话说，明天我们一路到刘家去。他若不容，我就把命拼了他们。你姨妈不念我和她手足之情，我也不顾什么亲戚的面子了。"

玉蓉手扶了椅子背，在屋子里转了半个圈子，低声道："姨妈姨父的意思都很好，若是不好，能容我住到现在吗？你杀我，我也不能再去。"张氏道："那你为什么回来？这件事，他刘家太对不住我了。把你害到这种样子，送回来就能了事吗？"玉蓉低了头，摆了几摆道："表嫂不容我，一天到晚，指桑骂槐，冷嘲热讽，实在叫我住不下去。本来吗，我一个做亲戚的，怎么能在他们家养病？"张氏瞪了眼道："养病？你这病是由哪里得来的？"玉蓉道："这实话能对表嫂说吗？原来姨妈对表嫂说，我这病是在城里得的，没有法子回家，商量好了，在他们菜园子里，临时盖两间草屋，让我住下。表嫂说是丧气，已经是老大不愿意了。近来，她大概已看出了情形，和表哥大吵了两场，表哥跑掉了。她就一天到晚乱咒乱骂，明是骂着表哥……"

张氏坐着原来就周身发抖了，突然站起来向她脸上呸了一声，咬着牙低声道："你也太不顾廉耻了。事到如今，你还左一声表哥，右一声表哥呢。"说着话，她可站了起来，走到玉蓉面前，将手对了她的脸，乱点乱指着。有时，还把眼睛向窗子外看上一眼。蔡老六觉得东家奶奶的眼光，正是射在自己身上，立刻将身子一伏。他对于这事情的大致，总算可以猜得大半，也就不用再向下听了，在地面做狗爬了两步起身，赶快离开了这小院子，就回到自己卧室里去了。他心里想着，这事情关系蔡家的全家颜面，自己是蔡为经远房的一个侄子，自己有这么一个没出嫁在家先养孩子的妹妹，也不见得就不招人家的笑话。自己心里纳着闷，可也就不敢另对别人说。

蔡为经家里共有男女四个佣工，蔡为经是每日一大早就到账房里来，茶水全由女佣工料理。平常是不要两个长工到他账房里去的。次日一大早，女佣工却传话把蔡老六引到账房里去。昨晚，东家就睡在账房里床上的。这时，半侧了身子睡着，身上还搭了一条夹被呢。他脸子黄中带着灰色，病容又带着愁容。蔡老六站在床面前，问道："你老不大舒服吗？"蔡为经呆着脸有两三分钟，然后叹了口气，说出两个字，"气的。"蔡老六眼珠转动了一下，问道："什么事呢？王好德的事，你老已经揭过去了。"蔡为经道："唉！你哪里知道？这件事不用瞒你，也瞒不了你，还得你帮我的忙呢。"说着伸手指了房门。蔡老六掩上门，还是轻轻地不带响声，然后他又缓缓地走到床面前来。

　　蔡为经对窗子外看了看，在枕头上正着颜色道："家门不幸，我出了个丢丑的女儿，你出了个丢丑的妹妹。"蔡老六故意身子一震动，呆了脸问道："玉蓉借了不少的债？"蔡为经道："借的是孽债。我也不用多说了，她顶了个大肚子回来了。这件事，家里几个人总是瞒不了的。小长工李虎子，嘴最是不稳，我今天打发他到江西去一趟，把他调开，只要你遮掩一点儿，这事暂时也就没人知道了。将来呢，那总是瞒不了人的。"说着，他又叹上了一口气。蔡老六道："这倒想不出，家里会发生这么一件事。那不是大家的面子吗？我决不会说出一个字的。"蔡为经含笑着点了两点头，也没说什么。

　　蔡老六看他脸上已有了喜容了，弯弯腰道："你老想吃什么？我到镇上买去。"他道："我不想吃什么，我并不是什么病。找两部闲书看看，我也打算十天半月之内，不出大门了。"蔡老六道："收租子的事，你老不用烦心，只要你老吩咐一句话，我就照办了。比如王好德的租子，不就很顺利地解决了吗？"蔡为经道："他家的租子，收不齐也不要紧。他家里养了一群鸭，又喂了两口猪，他不交租，在这里面找钱，还怕找不出来吗？"蔡老六站着出了一会儿神，便告退出去。他心里想着，有钱的人家，也就是外表好看，内容是万万不如穷人家干净。我们这里的风俗，姑奶奶在婆家生上三个四个外孙，也不能挺着大肚子到娘家来，更不用说在娘家生孩子了。这可反常，没出嫁的姑娘带了大肚子，大模大样坐轿回家。

他一面想着，一面昂了头看天，不知不觉地走到了大门口，却和人撞了个满怀。哟了一声，低头看着，乃是王好德的女人刘氏。她手臂上还挽着一只小竹篮子呢，便点了点头道："大嫂，来得早哇。"她看了门里，低声道："昨天我们回家，大家商量一阵，总是我们不对，我们做佃户的，和东家较量高低，那总是不对的，我还是见着东家赔个不是吧，就是见不着东家，见着东家奶奶也是好的。听说三姑娘回来了，我送几个新鲜鸡蛋给她吃吧。"说着，她在黄瘦的脸上，挤出不自然的笑痕。蔡老六摇摇头道："你不用进去，他家三个人全病了。"刘氏道："是呀，我听说三姑娘不大舒服，我也要去看看她。"蔡老六向她周身上下望了一眼，笑道："你穿了金盔金甲来了，你有那个碰钉子的瘾，要去碰她的钉子？你也是病刚好的人，何必去看她？"刘氏道："我去见见东家奶奶。"蔡老六自言自语地问着："你去看她？"

刘氏见他又是先前那个样子，抬头看着天，她想，天上出了什么新鲜玩意儿吗？也就昂着头向天上看着。天上是蔚蓝色的晴空，虽然飘荡了几朵白云，那也是稀薄的几块棉絮，这并没有什么奇怪之处。她笑问道："这两天天气很好，大家抢着把稻子割了吧。"蔡老六道："大奶奶心里十分不耐烦，这……"他看到刘氏脸色一动，笑道："你莫多心，绝不为你们的事。收租的事，大老爹交给我了，我们还不好说话吗？他要养几天病，根本不必问他，天一天二，我到你家去谈谈吧。"说着话，他是拦住了大门站定，总不让刘氏前进。她料着绝通不过这关，只好把竹篮子交给蔡老六，托他转交。蔡老六向她笑道："要像你今天这样对待东家，彼此还有什么谈不好的？东家正有心事，对你们的租子无心细算，不会让你们过不去的。至多你把一群鸭两只猪垫在里面，今年还不是太太平平，交租过年。"刘氏当时听了这话，也没有仔细考虑，自走回家去。

这时，太阳晒着成熟的稻田，金晃晃地闪耀着人的眼光，田坂上防

277

堵着大小河的长短堤，疏一截、密一截地长着杂树。杂树里面，要算杨柳最是高大，秋深了，柳条是像堆山似的堆着浓绿的叶子，远远地看去，是像田坂四周，堆了许多小山，这些小山的空隙里，在堤上露出了几根罾架子，那正是跛腿的王玉发，在那里打鱼。因为这地方，正是一条可通小船的内河，在收割的前夕，玉发已经把罾收起来了，预备帮同着父亲忙过秋收。昨天他由田里生气走了，决计不再割稻，就又去扳罾打鱼了。

刘氏走开了蔡家，正想着蔡为经的态度变得奇怪，不免停步想出了神。她站着一堵高田埂上，向那柳树的空隙里看去，见那罾网不时由堤下举了起来，就知道玉发正在打鱼。她忽然省悟过来，玉发虽是个跛子，能打鱼，能养鸭，而且也能帮着做庄稼。她想到了养鸭，就又想起蔡老六说的话，租要交不清，一群鸭、两只猪，都要拿去抵账，那么，这件事并没有了结呢。东家病了，东家奶奶也病了，刚回来的三姑娘也病了，天下有这样巧的事，那一定是蔡为经还生着气，所以全不照面，预备对姓王的佃户大大地为难一番吧？那也只有跟着跛腿儿子一样，大家去做河上生意，不种这受气的田了。她向河堤上张望张望，又回头对蔡家的庄屋望望，无精打采地走回家去。

耳朵下有人叫着妈，她才站定脚，正着眼光向前看去，正是女儿玉清由家里迎了出来。她道："我叫你不要去吧，你又受了人家一顿气了吧?"刘氏道："受气倒没有受气，我跌在云里雾里，有些莫名其妙了。"说着，她一直摇了头走回家去。

第十一章

不如意事却频来

刘氏到了家里，王好德首先就迎着她叹口气道："穷人巴结财主做什么？命里注定了穷，就穷到底吧。这不是多去碰一鼻子灰？"刘氏道："你怎么知道我是碰一鼻子灰呢？"王好德道："我看你是丧气的样子走回来，一定是让东家赶了出来了。"刘氏两手一拍道："他赶我？这年头还不定谁赶谁呢。他们家里天天吃肥鱼大肉，全家吃病了了，我去了，没见着人。不回来，我硬闯进去吗？"

王好德听说蔡家人全病了，虽是不必怎样放在心里，却也不能全不挂心，他还是那个老动作，坐着矮板凳上偏了头吸旱烟，呆板着脸，默然不语。刘氏倒也不把这事扯着向下说。但田里放着将熟的稻子，那是不能忘记的。她不住地走到大门口，向天空上看看云彩，揣测着这晴朗的天气还能维持几天。她在厨房里烧火做饭，想了天气和收割的关系，就走到便门口，靠了门框，对天上看着。她回转头对屋子里道："天上的云彩，慢慢地多了，恐怕要下雨，要割稻子，还是趁早呀。玉发这孩子，穷脾气还是不小。昨天一闹架，索性打鱼去了。"屋角上却有人哼着答应道："不用埋怨，鱼也不打了。"

说着话，玉发垂了头转过了墙角，手扶着墙走了过来了。后面两个同村子的人，和他提着鱼篮子，扛着罾网，一串地走着。刘氏远远地看着玉发的脸子，就是苍白带着青色。他本来就为了跛腿，走得很慢，现在却是一步一顿地走将过来。刘氏哎哟了一声，抢着向前，两手将玉发搀着，望了他的脸道："孩子，你这是怎么了？"玉发摇了两下头，连哼了两声，眼定了神，望着母亲道："糟了，我病了。"说着话时，还连连打了两个冷战。刘氏道："你是怎样得的这个病呢？"玉发道："在河下扳罾，正打了两网好鱼，身上打了个冷战，就觉得有些头晕，人是支持不住了。勉强再扳了两罾，站立不稳，我就坐下了。正好四哥五哥由堤上经过，就把网收起来，引着我回家来。"

王好德在屋子里，也听到他这样说话了，立刻跑了出来，接过罾网鱼篮，向两位扶送的人道谢。人家看到他家有病人，自然不肯多坐，各自走了。王好德把打鱼家具收好，刘氏已经把玉发送到床上去了。王好德也赶到屋子里来，见玉发已是侧了身子睡在床上，头偏枕在枕头上，脸腮上发了红，两只眼睛是紧紧地闭着。他伸手去抚摸着他的身体时，还不曾接触着他的肌肤呢，就觉得有一股热气向身上一冲。摸着他的头，真是像炭一样地烫手，便问道："玉发，你怎么样了？"他依然只哼了一声，并没有睁开眼睛。王好德又问道："孩子，你哪里不舒服？"他还是不作声，只闭着眼睛，再哼一声。王好德回转脸来，向站在床边的刘氏问道："这孩子的病来势很凶，这倒不可耽误，我们要赶快去请位医生来给他看看。"

刘氏皱了眉头子，十个指头互相交叉着抱在怀里，只是呆望了床上的病人，连摇着几下头。约莫四五分钟的时候，她才低声说了一句："恐怕是昨天吓倒了。"王好德站着发了一阵呆，他也不和刘氏商量了，走出屋来，把玉清拉到一边，低声问道："你哥哥病势来得太猛，我要去请医生，家里有钱吗？"玉清道："家里哪里有钱？昨天买斤肉吃，不还是赊的吗？你若是去请医生的话，只有把粮食去换一点儿款子了。就是粮食，我们家里也没有，还得到田里去现割呢。东家不是还要我们再还他几担欠租，才能算今年的账吗？"

王好德站着出了一会儿神，昂着头望了屋瓦下面的样子，突然，一转念道："事到头来不自由，不管他了，救病人要紧。你可以拿着镰刀先到田里去割稻去，我去请医生。"玉清道："医生到了，就得给人一个红纸包，我现在去割稻，又要打稻，打完了还要量，量了再向东家挑，我一个人有多少只手，可以办得了这件事呢？"说着，她还高伸了两手给人看，这话算是把王好德提醒了，点了头道："我为了玉发的病着急，人都糊涂了。你就在家里帮着你妈照应病人吧。我另外去找两个村子里的人来割稻打稻，索性就托人家把稻谷挑到集市上去卖了。"玉清道："送上门的货，哪还买得到什么价钱？"王好德道："我们还谈什么价钱呢？能换到钱去买药，去开发医生的脉礼，那就很好了。你你……你……"说着话，连连地向玉清点了手指头。话也没有交代完，他就扭身走出去了。

玉清看到玉发病势这样沉重，也就屋子里进进出出，不去管田里的事。但农村社会，凡是劳动阶级的人，他们还保持了守望相助、疾病相扶持的一种老习惯。一家有急事，只要供给来人一顿粗茶淡饭，仅仅向人恳求一下，没有谁不放下自己的事和人来帮忙的。所以王好德到村子里去，和左右邻居说了一遍家里的情形，这就来了三位壮汉，自带了一切收割的家具，也不必在王家烦神，径直就到熟稻田里给他们收割，王好德自放了心去请医生。

乡村里都是中医，也都是些念旧书出身的人改行的，他们并不在家门口挂什么应诊的牌子，也不用挂牌，乡下人害小病，照例弄点儿丹方吃，很少找医生。大病躺在床上，就不向医生家里就诊了，总是请了医生到家里来看。去请医生的时候，或者是自备一乘轿子，或者是自备一辆独轮车子，管接管送，医生到了家里，看过了病，招待一顿饭，然后自动地给医生包一个红纸包。照着银币计算吧，大概总是约值五毛银币的纸币，给包在纸包里，双手捧着交给医生，有些以绅士的身份出面行医的，那就不要脉礼，庄稼人对于这种人，也不敢把这小数的脉礼去引他好笑，总是等到三节的时候，重重地给送上一份厚礼，但这种绅士医生，不大好请。所以王好德请的是前一项靠行医为职业的医生。因为医生家相距不过两三里路，他没找轿子，向邻居家借了一辆独轮车子，自己推着到医生家里去相请。

乡下医生，不像城市里医生每日都出诊，在家里的时候居多，所以一请就到。王好德请的这位乡医，是个老童生，已有七十高龄，虽生平

281

所看的不过陈修园那几种医书，但他有三四十年看病的经验，乡下人患的一些普通病症，他倒是多少摸出一些门径。他到了王家，给玉发诊过了病，说是风邪之症。看看王家之贫，开了个方子，没叨扰他的饭就要走去。王好德哪里肯，一定要留医生吃饭。医生说："你家这个病人，不是一天两天看得好的，我大概天天要来，你天天留我吃饭，那就了不起了。"王好德自是很感激，但同时心里也拴上了一个疙瘩，玉发的病是三两天不会好的。将玉清包好了的一个红纸包拱拱手送给医生，又把车子送着医生回去了。

好在那几位帮忙的邻居家肯出力，把他田里的稻割了收了，又代挑着卖去了四担。王好德夫妻见玉发的病并没有什么转机，全副精神都在儿子身上，关于租稻的事就没有放在心上。混了六七天，玉发吃了四五剂药，病是稍微地好了些，王好德算是心头上轻松了些。他坐在后门口一块大石臼上，口衔了旱烟袋，正对了面前一片田坂出神。东家家里的长工蔡老六可就放缓了步子，一面张望田坂，一面走了过来。走到了面前，向王好德带着笑，连连地点了两点头道："王好老，今天的精神好得多了。前两天我在路上看到你，我都没有给你打招呼。玉发的病，好得多了吧？"王好德站起来要向屋子里引让，蔡老六道："不必进去了，免得说话吵了病人。"

石臼对过是条宽大人行道，道边一条很长很厚的草皮，下临割了稻的低田，路边上正有两棵丈来高的柳树，正罩着这里，倒是像茶棚里一条好板凳，他在树荫下先坐下了，拍了草皮道："这里坐，我们慢慢地谈谈。"王好德自然也就坐过来了。蔡老六身上现带着有旱烟袋，王好德把小葫芦做的烟盒子和蒿草香全送到他手边来。回转头叫了声玉清，那意思自然是预备茶。蔡老六一摆手道："不用张罗，你家有病人，不因为你家有病人，我早就来找你谈了。"王好德道："六哥，你有什么事吗？"

蔡老六将蒿草香火正点着旱烟袋，他把旱烟袋取下，在田埂的塞缺口石头上，敲打了几下铜烟斗，笑了一笑道："你是家里有了病人，急得把大事都忘记了吧？今年的租子，东家是一粒未收，就是你的欠租，也就差下好几担呢。你老倒是自在，把稻子自收自卖，就这样算了吗？"王好老道："我为了玉发治病，卖了四担稻，这不会卖到东家名下去，今年收割下来，我名下决不止得四担稻吧？"蔡老六道："那当然不止，但是你一收割，就卖了这样多，你还有一年的日子要过呢。"王好德道："我知道，但是我不能对玉发的病坐视不救呀。"蔡老六道："我说这话，也是提醒你一句，以后要省着一点儿花，你若是弄成几个大窟窿，将来是填补不起来的。"王好德听说，也没有什么话可答复，只是叹了口气。

蔡老六连续地吸了两袋旱烟，呱哒呱哒，反拿了旱烟袋，将铜烟斗在石头块敲着响。眼睛望了天，像是个出神的样子。然后把旱烟袋向腰带上一插，站起来道："好吧，过两天我再和你谈，大概今年的租稻账，东家不能再含糊了事。我再提醒你一句，你找两位地方上的绅士出面，和东家商量商量吧。我完全是好意，你听不听随便，再见。"说着，他溜着步子缓缓而去。

王好德站起来相送蔡老六也没有回头。王好德是一层心事没了，一层心事又来，回到家里，见刘氏煮了一碗挂面，两手捧着，向玉发屋子端了去。她脸上笑嘻嘻的，点了头道："玉发的病总算是好了，他已经想吃东西了。我摸摸他身上，已经全退了烧了。"王好德心想，她刚是有点儿笑容，东家老爹要把租稻结账的话，就不便和她说，点点头道："那很好。你辛苦了这多天，今天晚上好好地睡一觉吧。"刘氏道："玉清到菜园里去拔菜去了。你向灶里塞一把火，那锅粥，还得用大火熬它一熬呢。"王好德答应了是，就到厨房里去添火。

他们向来烧的是干柴棍，这几天没有工夫去上山找干柴，在邻居家要了两捆柴棍子来，都堆在灶门口。这柴棍子全是些枯树枝，丫丫权权的，占了很大的地方，乡下人的灶，尽管只烧四五口人的饭食，也必须安上三个灶笼，放上大小三口锅。这为了忙时可以做多人吃的伙食，并须有一口大锅隔日煮上喂猪的食料。三个灶门总是半环形，这样，坐在

283

灶门口的人，就把三个灶门都照顾到了。他们家今日晚饭，煮的是中间那口不大不小的锅。外面那口小锅，刚才是煮过挂面了。里面那口大锅，靠着黄土墙，是煮猪食所用，这时是冰冷的。新借来的柴梱，占着地面太多，把这大锅灶口都塞住了。王好德坐下来烧火，还把这柴梱推了两推。

这时，玉清也提着一篮新鲜菜到厨房里来了。她道："爸爸，你过来，让我烧火吧。"王好德道："不，你洗净了菜，切好了，就在外面小锅里炒着吃吧。你妈服侍你哥哥这多天，实在也太累了，今天让她休息一晚吧。"玉清道："猪食还没有煮呢，明天一大早，就要喂猪的呀。"王好德道："吃完了饭，这就归我了。"玉清对于父亲这个提议，倒没有反对，她就依着父亲的话，洗菜切菜，继续着炒菜。

王好德坐在灶门口，算是烧着两口灶。刘氏看玉发把那碗挂面吃完了，也就到厨房里来了。她看到王好德还坐在灶门口烧火，这就笑道："我只叫你烧一把火，这天气还热着哩，你热着两个灶笼的火，那不热得很吗？"王好德道："六月三伏天，你们不都是天天烧火吗？我烧一次，又算什么？"刘氏道："六月三伏天，你们在水田里下蒸上晒，那个罪比我们就更难受了。"玉清在灶台上炒着菜，便道："爸爸，你起来吧。种田我们没有你内行，烧火呢，可是你也没有我内行呀。你的火烧得大一把小一把，炒菜也是怪不合适的。"

王好德打了个哈哈，站将起来，笑道："我也承认我烧火不怎么内行，不过灶口上你们把柴梱堆得这样乱七八糟，吃完了饭，你们还是收拾收拾吧。"他说着话时，看那刘氏身穿一件蓝布短褂子，是半歪在身上，因为胁下的纽扣，有两个扣错了。脸上黄黄的，眼睛皮全部垂下来，那睡意是很浓的，便望了她道："我看你吃完了饭就去睡吧，你两只眼睛都快要合上缝了。"刘氏掀起衣襟来擦了两下眼睛，笑道："今天的事，今天总要做完呀。天黑了，点上灯吧。"王好德点点头，把墙上的竹子灯架就取了下来。

扬子江中游，很多地方的农村还点着老式油灯。这种老式油灯，点煤油的灯，是个扁圆的小油壶，伸出个长嘴子来，里面插上一根灯草。另外一种灯是点梓油的。梓油是梓树子炸出来的脂膏，平常凝结着，很像冻的猪油。这类灯，是个小瓦碟子，将梓油盛着，在里面压上两根灯草，也像点菜油灯似的，只伸出一小截灯草头燃烧着。这种灯，和菜油灯的作用是同样的，在乡下的草屋子下面，为了安全起见，凡是草屋子里，照例是点着梓油灯。

王好德这间厨房，就是草盖的，他们家里总是点梓油灯，所以这时候玉清在墙上取下来的灯，就是梓油灯。一个竹骨架子，上端支了个瓦碟儿，里面盛了半碟梓油。她送到灶门口，刘氏将火钳夹了一根燃烧着的柴棍子，把灯草点着了。玉清吁了一声道："这只有半盏子梓油了，还要添油吧？"说着，她将灯架子挂在灶头的土墙上。刘氏道："家里已经没有梓油了，你就点着煤油灯吧，做菜的时候，也照得亮些。"玉清也不反对这个办法，就到卧房里去取了一盏煤油灯来。她将煤油灯亮着，也挂在土墙上，随手将手向梓油灯扇了两扇，那灯草就熄了。她趁着煤油灯光，把鲜菜和咸菜都做熟了。

一家三口，就在厨房里矮桌上喝粥。还吃着晚饭呢，刘氏懒洋洋的，将筷子尖缓缓地挑着粥向口里送，就连打了两个呵欠。王好德向她道："吃了饭你就先去睡吧，玉发要什么，我去照应他。你放在他床面前那张竹床，不用搬走，拿床被子我就在那里睡了。"刘氏道："我真支持不住了，洗锅碗的事交给你了。猪食呢，明早天亮起来再煮。"玉清道："你睡吧，不用烦心了。"刘氏放下筷子，扯下墙钉子上一块手巾擦了两擦嘴，精神一松懈，弯过手臂，斜摸了桌沿，又打上两个呵欠。玉清道："你看，你两只眼睛都快合上缝了，你就先去睡吧。"刘氏道："我觉得儿子的病已经好了，也就放心去睡了。"

王好德饭后，将小提桶打了半桶热水，放到矮桌子边，先把手巾送到桶里搓揉了几把，擦抹过了脸，自己就在桌子下摸出一双便鞋，然后坐在矮凳上，两只脚跨着提桶梁，伸到桶里去洗，这是做庄稼人，每日最舒服的一段时间了。玉清将碗筷都放到小锅里，舀了大半锅水，站在灶边洗刷锅碗。王好德洗着脚儿，和女儿闲话，叹口气道："家里病人的病是松了，可是债就紧了。"玉清道："一件事接着一件事发愁，还愁不了许多呢。你去掩上大门，也陪着大哥睡觉吧。让我一个人慢慢收拾厨房，你不要打岔。"

王好德提出脚来摔了摔水点，也没说什么，提着水桶走了。玉清继续地收拾厨房，收拾完了，她将煤油灯取下来，放在灶头上，盖上锅盖也待要走。嗷的一声，一只花猫跳到灶上。玉清将手一挥道："去吧。野到这时候才回来，什么吃的都没了。"她轰走了猫，走到灶门口，弯身向里看看，只有几个火星星，也不理会，随手将墙上的梓油灯取下，在煤油灯点着，吹熄了煤油灯，带了梓油灯进房去。她觉得梓油灯只剩了小半盏油，睡觉的时候，将灯放在桌上，听其自灭，就不用起身吹灯了。她照着这个偷懒计划，就回房去安歇了。累了一天，钻进垂下了的蚊帐，就在木床上倒下，什么也不知道。忽然几声大叫，"不好了！起火了！"她睁眼一看，满屋通红，可不是着火了嘛。

第十二章

寒家又遇无情火

这失火的喊叫在乡村是很少有的，也唯其少有，喊叫起来是非常惊人。王玉清一个翻身滚下了床，也来不及穿鞋子了，光着脚就向屋子外面跑。她的房门外，是个小天井，那通红的火花，卷着紫色的浓烟，滚滚地向小天井里冲下来。小天井那面就是厨房，厨房是草盖的，虽然四面是黄土墙，但是这黄土墙开了几个窗户，正对着天井。火焰由窗户眼里横冲出来，不但火光照耀，就是那股热气，也冲着人不可忍受。那天空里火光高照，四周的树木，都看得清清楚楚。火星像过年的花炮一样，四处乱飞，那正是屋顶上的草茎焚化以后，被火力冲散出来的形势。

玉清这看清楚了，是自己家里厨房里失了火。这是她生平不曾经的灾难，不但不知道怎样去扑灭这灾难，而且也不知道怎样去逃避，她手扶了房门，周身发抖，满嘴的牙齿嘚嘚嘚互相撞击。就在这时，刘氏已撞跌了出来，拖着玉清一只手道："快快逃命吧。"玉清要走，两只脚却是移不动。正好王好德夹了一床被子，由隔壁屋里抢出来。他另一只手夹了玉清，连拖带扯，就向后门口走。玉发是个病人，他倒比玉清母女的腰腿还硬朗些，扶了墙向外走着。刘氏见有两个男子在前，胆子壮些，抢着开了后门，大家拥将出去。王好德不说一字，回转身就向家里走，直奔了厨房。那只洗脚的提桶，还放在厨房门口的天井屋檐下。他提起桶来，站在厨房门口，就把水向火堆浇了去。

他已看清楚了，火是由灶门口那堆干柴上烧起，火焰径直上升，已把厨房的草顶烧去了大半边。厨房紧隔壁是猪圈，也是草屋顶。风向正对那边吹，猪圈上的草顶已开始燃烧了。他手里的提桶，只有半桶水，浇出去，丝毫无济于事。他待舀第二桶水，水缸在灶边，火焰已罩在上面，不能过去。他提了一只空桶，奔向后门外。玉清母女站在路头上，望了火头，号啕大哭。王好德道："这不是哭的事，火是扑灭不了的，快抢东西吧，我去救猪。"说着，他绕过了屋角，奔到屋后菜园里去。

这里的土墙并不大高，他就想爬墙跳过去。到了这时，他可想起来了，手里还拿着一只空提桶呢。他丢下了提桶，就跳着抓住墙头上的草，向上乱爬乱挣。也不知道一股子力气由哪里来的，只是身子几下耸动，就到了墙头上。这时猪圈里两只猪，像被宰时那样狂叫，呜呀呀地发出尖锐而又凄惨的声音。王好德跳下了墙，直奔猪圈门，将门闩一拔，首先一只猪狂窜出来。虽然是在他身边斜擦过去的，兀自撞着他倒退了两步。他也不顾这只出了圈的猪了，伸头向门里看去，猪圈顶上完全烧着，那草顶连着竹架子，成了三四块，都落到圈里头。另一只猪虽也在圈门口躺着，它已被火光烟焰把猪毛烧焦了，呼咤呼咤，只能微微地喘气，已烧得快要死了。正好猪头朝外，他弯腰抓着两只猪耳朵，拼命地向菜园地里拖着。猪拖到空地里了，他伸直了腰，在火光下面，看到那只窜出来的猪，也在菜园另端一棵桑树下躺着。

他正是想说句完了，耳边才听到呱呱乱叫。他来不及说完了，想到猪圈间壁，那间堆柴草的屋子，现在除了柴草，关着一百多只鸭子，这屋子不但是草盖的，而且更矮。他赶快跑向前，将门打开。这屋子倒是没有成火网，只是烟焰已充满了屋子，门开了，烟带着热气，向人身上一冲，人都向后要倒。这屋子里那些带毛的鸭子，怎样受得了？门开了，鸭子在上面飞，在下面跑，翅膀扇得呼呼作响，配了那呱呱的惊慌声，全冲门而出。这鸭圈里虽也有火光照着，可是那烟焰太浓，却不能睁开眼去看。这时满菜园子都是群鸭乱飞，王好德也无法去收束。他抬头一看，向北的几间草屋虽都已烧着。可是火光在夜空里照着，那向南的几间瓦屋，还是好好的，只是火光烤着那高出草屋的黄土墙，全都变了红色，不过那火焰却是没有穿过墙去。王好德想着，这是不幸中之大幸，正屋还不曾烧着，赶快到前面去抢救吧。

出去是比进来容易，开了菜园门，又奔回到后门口去。他这所庄屋，共住了七八户人家，早已被这火光和嘈杂的声音惊醒。各家男子拿了竹竿水桶，围着王好德家救火。这几间草屋向东南，是王好德的瓦屋，黄土墙把火封去了。夜里有些微微的东南风，帮着王好德把火焰向西北角扇着。西北角是菜园，菜园过去，也是几间黄土墙围着的瓦房。所以两边都还没有延烧，有几个年壮的男子已爬上了屋顶，用竹竿将草屋顶向地面打。一面又有人将大粪勺舀着水向火头上浇泼。村子里人也越来越多，不多二十分钟，男男女女来了一二百人。大家一阵抢救，已把火势扑灭。

王好德本人，不知什么时候，拿了一把小锄子在手上，这时，还呆呆地站在后门口，这把东家老爹蔡为经也惊动了，由蔡老六提着一只四角灯笼引路，已把他引到了王家后门口。王好德见灯笼后面，东家穿了蓝绸长夹袍，扶了手杖，七搠八搠走到面前，就弯腰向前道："蔡大老爹来了，你看，我这是倒运不是？家里病人没好，火神爷又光顾了。"蔡为经道："你手里拿把锄子，什么意思？"王好德啊哟一声，省悟过来，将锄子放下，向东家拱了拱手。蔡为经道："火算下去了，大概不会再烧，烧了几间屋子？"王好德道："刚才我又进去看了看，正屋总算没动，只把后面四间草屋子烧了。虽是烧了草屋，可是我两只猪一群鸭都完了，大半年的辛苦，火神爷一笔勾销了。"蔡为经道："你收的稻子放在哪里？"王好德道："那是在我睡觉的屋子里，用篾席圈起来围着的，没有受伤。"蔡为经道："那倒罢了，那差不多全是我的呀。"

王好德心想，这家伙一点儿人心没有，我遭火烧了，他不安慰我，只挂记着他的租稻。心里如此，口里可不敢说什么，但也不愿随东家的口气，叹了口气道："我再辛苦三年，也恢复不了元气。两只猪，一群鸭，四间草屋，我……我……"他说不下去了，只是搓着两手。蔡为经道："这个我知道，我原来的庄屋，是没有那几间草屋的，这都是你的力量盖起来的。你既可以搞一回，何妨搞第二回。你还照原址修理起来好了，我决不说一句话。"

王好德心想，你倒是完全做好人。我给你种田，自己带了房子来住吗？他心里这句话，早是被刘氏答复了。她跑来蔡为经面前，深深地行了个鞠躬礼，央告着道："东家老爹，你要救我们一把呀！我们是多灾多难呀！"蔡为经道："慢慢地说吧。"玉发靠了黄土墙坐在地上，看到母亲去央告东家，心里大不愿意，可是他的病今日才完全退烧，本来四肢无力，刚才被大火惊骇着跑出来，就是一时的神经兴奋使然，现在兴奋过去了，人是极度的疲劳，他将背靠了墙，借着残余的火光，正望着这些来救火的朋友。见了母亲当众求人，他一百二十四个不愿意。因为要叫又叫不出来，便重重地哼了一声。

玉清最是了解她哥哥的意思，就由旁边跑过来，拉着刘氏的衣襟道："现在火熄了，我们也该回去看看，还站在这里发呆吗？"说着话，就把刘氏向家里扯了去。王好德见村子里的朋友，还在继续地挑水泼水，向那残余的火场里扑灭火焰，自己不能闲着，找了一副担桶，也在附近塘里挑着水过来。同庄屋的人有一个代接了担桶，望了他道："你不要发傻呀，火已经熄了，用不着你泼水，你应该回去收拾收拾。"王好德道："我慌了，什么东西没拿出来，就是夹出了一条旧被子，已经送回去了。家里倒反是好好的，什么没动。"那人道："猪圈烧了，你也该……"这句话把他又提醒过来，他啊呀了一声，又向菜园里跑。

这时，那三间烧过了的草房，屋顶全塌在地面，剩了一堆灰，高低的黄土墙，将这些火焰围着。还有四五个矮火头，在灰堆里冒出一二尺高的火苗。倒是烧着了的东西，被水不断地浇泼着，四处散着青烟。借了那几个火光，向菜园里一看，两口猪全躺在地上，跑出来的那口猪，还在哼着，拖出来的那猪，声息全无。弯腰伸手摸摸，倒是有热气，然而顺手摸了一手焦毛。那群鸭子三三五五地在菜园里散着若干堆，但听到田里也有呱呱的叫声，大概跑到外面去的也不少。

他在菜园子里转了几个圈子，也不知道由哪里下手，复又跑到前面人群里来，拍着手道："完了，完了，两口猪死了，一群鸭子跑了。"

跌着脚不住地叹气。蔡老六手上还提着那四角灯笼呢。他在王好德面前举起光来，照着他的脸道："王好老，我给你出个主意。你今晚上就不用睡觉了，趁着猪还活着，放两刀血。朋友们大家帮忙，借着尖刀腰捅来，把这两口猪漏夜宰了，明天一大早送到街镇上去，还可以换回来一笔钱。那群鸭，不要紧，晚上走不了。天亮了，把它们集拢起来，就是走散几只，那也是有限的。"王好德说了句只好那么办吧。邻居们围绕了他，许多人答应着帮忙。王好德挑着几位要好些的邻居邀集到家里，大家商谈着一阵，就照着蔡老六的计划行事。

全家人都熬了个通宵，没有合眼。天亮了，王好德把收拾鸭子的事交给了玉清，他邀合了邻居，挑抬着两只宰杀了的猪，到镇市上卖。直到太阳落山，他才带了三分懊丧的样子，缓缓地向家里走来。走到小过堂里，见玉清将小木盆舀了一盆凉水放着矮桌上，弯了身子，正在洗抹头颈上的汗珠。脸子固然是红红的，一把头发也干燥得蓬起来了，便问道："你放鸭才回来吗？"玉清道："你把这件好事交给了我，我找了一上午，许多鸭子都钻进人家稻棵田里去了。我们要找回鸭子，人家说鸭子吃了稻，还直不依呢。死了十几只，跑了十几只，三股丢了一股，赶回来，也没个地方安顿，我只好跟了鸭子一天。现在鸭子在割完了稻的田里，一直看守到现在，妈看了不过意，到田里把我换班回来了。"王好德道："你哥哥呢？"她道："他昨晚上累了一晚，今日又发烧了，睡了一下午了。"王好德摇着头叹了口气。

玉清将湿手巾不住地擦抹头发，两只手来回地抚摸着耳朵边的乱发，微笑道："你还叹气呢。这几十只鸭子，东赶西跑，西赶东跑，比打苍蝇还要麻烦，我明天不管了，把它们卖了吧。"她说着话，放下了湿毛巾，伸着两个手掌，按着自己两片脸腮，皱了眉道："脸皮子都给太阳晒破了。"王好德道："这当然是个麻烦，那间厨房烧了，今天晚上，就不知道要把鸭子关在哪里是好。鸭子没有肥，卖又卖不出好价钱。两口猪，卖得蚀本到了家了。鸭子再蚀一回大本，我们欠人的债，不用打算还了。你也应当做点儿事，将功折罪。"

玉清道："我有什么罪？"王好德道："你惹了这场大祸，自己还不知道吗？昨晚上是你最后离开厨房，煤油灯没收进房，又不给猫吃的，准是猫撞翻了煤油灯，也准是灶里的火没有弄干净。油泼在柴上，灶里的火，引上了灶门口的柴，火就起来了。不然，真会有天火烧我们吗？"玉清道："火是怎样起来的，我也不知道，你不也烧了半餐饭的火吗？"王好德道："我怪你也没用，算我运气不好吧。两只猪也没有一点儿病，今天挑到镇上去，只当了死猪肉卖，卖不到好肉一半的钱，那还罢了，肉托人家店铺卖，现款又是不到一半，算赔光了。不谈了，不谈了，我去看玉发的病去。"说着，连摇头带叹气地走了。

玉清站着想了一想昨晚上的事，果然和父亲的推测不错，全是自己的大意，灶里的火是没有扑灭，煤油灯和灶口上那柴，相处得太近。淘气的那只猫，又不曾将它轰开。她想着想着，就在矮板凳上坐下了，手靠了桌沿，撑住自己的头，沉沉地想了下去。耳朵里一阵呱哒呱哒的响声，母亲手里拿着引鸭的长竹竿，把这群鸭子都赶进了小过堂。玉清站起来道："把鸭子向这里赶吗？"她只这么一起身，鸭子回头又向外走，跌跌撞撞，拥着一堆在便门口。刘氏丢了长竹竿，两手乱挥，口里叫道："玉清，你让开呀，我好容易把鸭子才赶回来的。再出去了，天一黑，我就没法子赶它们了，你还要和我们捣乱哩。"

玉清听母亲的口音，也觉得这把火是自己引起来的。她也不愿多加分辩，自走回卧室里去。因为她是这样大的姑娘了，她在家里有一个单独的屋子。这屋子在母亲的西厢房里，她回到屋子里倒是不听到别人说话。墙上有个小窗户，正对了小天井，天井那边，就是烧掉的几间草屋了。天色已近黄昏了，母亲就在那个没有烧掉的土灶里点起火来，做着晚饭。虽然那四周的黄土墙，还围着那个厨房的轮廓，可是屋子上面没有顶，金红色的云片，在那当顶遮盖来，火烤过的黄土墙，格外地照出了一番凄凉的病态。那找归宿的昏鸦，三三两两地、不带声音地掠空而去。偏是西北风由那废墟上吹过来，兀自带着一种焦煳的气味，这就感到这个家是经过一番浩劫了。

昨天这时候，屋子还是好好的，今天就情况完全两样。玉清伏在窗户台上，向这里望着，就觉得昨晚上一时的疏忽，闹成家里这个大乱子，这项错误是不可饶恕的了。她越想越觉着难过，就在一张小竹椅上，斜靠了椅背打瞌睡。睡意蒙眬中，听到父亲在隔壁屋子里算账。他道："这四间屋子，若没有东家帮助是盖不起来的。几千斤稻草，就算不用花钱，大大小小，总要二三十根木料。竹篾钉子，还有人工，哪里不要花钱呢？除了房子，再谈屋子里，锅盆碗盏，连筷子都烧掉了，这岂不要重置？家里这些稻子，除非不纳东家的租，才可以办得了。"玉发带着哼病的声音道："若不是我害这场病，也好些。无论如何，我总可以打几个钱来补贴。现在我不但不能补贴，反是用掉了四五担稻子，真是叫人发愁。昨天晚上在火场上，蔡大老爹不问我们烧得怎么样，就只惦记他的租稻烧掉了没有。这两天我们在难中，他也许不好意思来收租。过几天等我们家里安定一点儿了，就要来挑租了。"王好德道："不是昨晚上一把火，我也就打算今明天找中人请东家了。昨天下午，蔡老六已找我特意提这件事了，真是一件事跟一件事逼人。"玉清听着，这是父亲和哥哥说日子不好过呢，不敢搭话，也就没有敢出去。

　　吃晚饭的时候，天色还没有全黑，玉清才悄悄地走下厨房。那间小过堂，已让了鸭子，厨房里是空的，没个坐处，大家各捧了一碗粥，在小天井屋檐下站着喝。刘氏也没有做菜，每人粥碗上放着一截咸黄瓜。那个生病的玉发，也没有例外。不过他特别受着优待，是坐在房门的门槛上，靠了门框当椅子的。玉清看了他几次，见他喝着粥，不住摇头。心想，他一定是埋怨着我，也就不说什么了。她在家里向来是不肯在口舌上饶人的，现在是见着家里人只有撩着眼皮看人家一下，低头就走开了。晚饭后，她点了一盏梓油灯，在自己屋子里纺线。脚下踏着纺线车，手里拿了棉花条，扯的扯，转的转，都是没有脑筋管制。她的脑筋却是在想着怎样才能够帮助父兄度过这段噩运呢。

　　她纺了半晚的线，在纺线车上，并没有想出一个什么办法。到了次日早上，天不亮就起来，洗了把冻水脸，拿了竹竿，就把小过堂里那群鸭子赶到田坂上去。这样，离开了家，暂脱愁城，也总算给家里帮了忙吧。吃饭的时候，把鸭子赶到门口。吃完了饭，她又赶着鸭子走了。一连是四五天工夫，家里那几间烧去的屋子，依然没有补修的希望。这日中午，她赶着鸭子，正要回家去吃午饭呢，却远远地看到蔡老六走向家门。她暗叫一声又是不幸，东家催租来了。

第十三章

烦恼都因喜讯来

蔡老六本来和王好德约好了的，过两天来商量租子，他现在临门，当然就是那件事。王玉清觉得过去听他们的交涉，都是伤脑筋的事，倒不如不回去。因之她就在一棵大树荫下，将鸭群赶到那割了稻棵的空田里去。她手上拿的这根赶鸭长竹竿，头上系了一撮穗子，是棕树叶撕碎了代用的。她将竹竿插在大树杈子的空眼里，斜斜地伸了出去，那竹竿子上的树叶穗子，临风飘荡，倒有些像村酒店里的卖酒招子。

玉清坐在地面拱出来的老树根上，顶起了两腿，两手抱了膝盖，昂了头望着那棕叶穗子出神。那蔡老六却由自己家门口叫了过来。也不叫玉清了，一路地叫着大姑娘。始而玉清还不知道他叫着谁，一直等着他奔到了面前，还是朝着人叫大姑娘。玉清站起来笑道："为什么这样客气？我不知道你是叫我，所以我没有敢答应。"蔡老六笑道："你本来是大姑娘，这并不算客气呀。"

玉清对他看看，见他今天并不是平常做庄稼的样子，上身穿了件青布短夹袄，下穿蓝布裤子，还套上了袜子鞋呢。玉清道："六哥代东家到哪里去收租吗？"他摇摇头道："这几天，哪个庄子的租都没有收，大老爹也没有工夫管这个。"玉清道："大概今天由我家里收起了？"蔡老六道："大姑娘，你不要多心，我不是为收租到你家的。我们大奶奶请你去吃晚饭，让我来请。"玉清将手指了自己的脸道："请我吃饭？这是奇事。你不要开玩笑。"蔡老六将手摸了额头道："我跑了这样满头大汗，我会是和你开玩笑？"玉清道："我不去，我也不配让东家请我去吃。"蔡老六道："真的，东家奶奶有话和你商量，你去一趟吧。"

玉清道："你忘记了蔡玉蓉恨我吗？我到你们家去，她不会拿棍子打了我出来？"她说着这话时，就把腮帮子鼓起来了，而且是瞪了眼睛看人。

蔡老六倒是一味地赔笑。他道："她不行了，出不了房门。她决计不敢和你见面。"玉清头一偏，说了两个字："鬼话。"说到这里，刘氏也赶来了，她笑道："六哥一定要你去，你就去一趟吧。我也随后就到。"玉清道："这不是一件奇事吗？他们会请我吃饭？"刘氏道："请吃饭是随便一句话，你到他家赶上吃晚饭，他能不叫你吃饭吗？叫你去总有事吧？让你帮着裁两件衣服呀，做个针线活计呀，也不会就完全用不着你。"

玉清还是犹疑着。蔡老六满脸是笑，只管弯腰，再三地说东家奶奶是诚心请她去。玉清道："我还得看守这群鸭子呢。"蔡老六道："那太没有问题了。你全给我吧，我给你看一下午。"玉清对他脸上呆望了许久，问道："你为什么这样地客气呀？"蔡老六伸手搔了两搔头发，笑道："你到我们家去和大奶奶一谈，你就明白了。多说也是无用，反正我不骗你就是了。"说着，又再三地催着玉清前去。刘氏见蔡老六那种特别客气的样子，若是只不肯去，也是怪难为情的，这就向玉清道："你去一趟吧。等一会儿你若不回来，我就去接你。"

玉清低头想了一想，又牵扯了几下她自己的衣襟，先摇摆了几下头，然后笑道："这不很奇怪吗？蔡大老爹在收租子的时候，不找爸爸谈租稻，倒要我去谈闲话。"蔡老六又在旁边劝着："去吧去吧！"玉清道："我先去问问我爸爸。"刘氏道："他到田里割晚稻去了，没有回来呢。你到东家家里去，也用不着问他。"玉清道："我去问问哥哥。"刘氏皱了眉道："你又问他做什么呢？女孩子的事，他也不知道的。"

玉清还是站在树荫下面踌躇着。蔡家一位女佣工李大嫂，也是放快了步子，奔到了面前，她且不对王氏母女说话，先指了蔡老六道："东家就知道你请不动客，又派我来了。"然后向玉清笑道："没有什么要紧的事，东家奶奶要你去帮着裁剪两件衣服。大概要好大一下午才能回来，你就在我们那里吃晚饭吧。"说着，牵了玉清一只手，向刘氏道：

"我们走了。"她一面说着，一面就拉了玉清走去。

玉清心里也就想着，家里也正用得着找东家帮助的时候，去找点儿机会说话有什么不好？房子是自己烧了，由自己手里把房子修起来了，那才有面子。心里这样一转念头，也就大为活动了。但她想不起东家为什么要找自己，问问李大嫂，她也说是到了那里自知。

等她见了张氏，一谈起想找原因，这却非同小可，那是她做梦都想不到的事情。原来在王家失火的前一天，蔡为经想着，老是在家里生闷气，也不是办法，干自己的正经事要紧，还是算算各处佃户的租账吧。在账桌上摊开账本，摆好了算盘，开始算账。还不曾算完两处呢，蔡老六由外面跑了进来，叫道："大老爹，来了稀客了。胡月中桂立仁两位老爹来了。"蔡为经一听这两个人的姓名，他就是心里一动。这两位全是疏远亲戚，也是两位小绅士。在七八年前，经他两人做媒，把自己的女儿玉蓉许配了冯彩堂的儿子冯少云。这两个媒人，虽然有时也见面，但双双地光顾到家里来，这却是少有的事。不用多猜，这是为着女儿的婚事来了。不过女儿现在背着一个问题在身上，这时来提婚事，可以向圆满上去猜，也可以向破裂上去猜。他镇定了颜色，迎将出来。

这两位媒人倒是一个装束，全是新蓝布大褂，头上顶着一顶酱色新呢帽。见了蔡为经，也是同样的行礼，深深地各作了几个揖。看他们后面，第二进堂屋里，各歇了两乘小轿，小轿上还各有一块红毡子。这是喜事的象征，那么，这是向圆满路上走的一条路径，他心里先安稳了三分，回着揖将两位媒人引进了他的账房。他分明知道这两人同来，为的是什么事。不过他是女家，女家而又正带着问题，他就不说婚姻这件事了。只是招呼家里人预备茶水伙食招待客人，彼此坐着，只说些闲话。

这位胡月中先生年纪大些，已留有两撇八字小须。他手里捏着一个卷好了的干毛巾，左右上下的小胡子上抹了两下，然后向着主人顿了两顿身子，笑道："今天我和桂先生一路而来，这意思，大老爹应该是不言而喻的吧？"蔡为经点点头道："烦动两位月老，当然是冯府上请来的。但事先亲家那方面并没有通知我一声，我也只能猜个大概吧。"桂立人虽是小绅士，他却粗鲁些，粗眉大眼，一个黑脸蛋，说话也就不怎么考虑。他笑道："你小姐身上的事，你还有什么不明白吗？有道是男大当婚，女大当嫁。这年头，做父母的，是不可耽误儿女的婚期。耽误了儿女的婚期，父母是要负责任的。"

蔡为经听他这话，倒是脸上通红了一阵。夹了一支烟卷送到嘴唇里吸了两口，舌头卷着哩啰哩啰地说不出什么来，只是勉强笑了一笑。胡月中怕是桂先生失言，立刻接嘴笑道："诚然，是先要通知蔡府，我们这就是通知来了。冯彩堂先生说，他的大公子，下半年要到南京进大学了。现在若不给他完婚，也许会延到大学毕业后，那日子就太多了。冯府的意思，征求蔡先生的同意，秋天就把喜事办了。"蔡为经踌躇着道："秋天就给他们办喜事，那太急促一点儿了。我家里是一点儿什么都没有预备，可不可以延到今年冬天呢？"桂立人连摇了几下头道："那怕困难。冯先生的意思，正是让他的少爷结了婚以后去上大学，这意思蔡先生也应该明白。年轻的人到了花花世界，那就是浮云野马的。可是结了婚，那就把这野马加上缰绳了。"蔡为经笑道："那也不尽然。"

胡月中将干手巾抹抹胡子道："不管冯府的理由怎么样吧，男方既要办喜事，照我们这地面的规矩，女方总是依允的。要由冯先生的意思，就把择定的日期通知过来了。但是兄弟为了礼节周到一点儿，和冯先生说，还是让我两人先来一趟。我们也知道蔡大老爹膝下就是这位令爱，当然有些舍不得，这没什么关系。完婚以后，冯少先生是要到南京去的。那时，你把令爱接回来就是。而且冯先生说：今年秋天完婚，也是蔡先生的意思，上半年，你就说嫁妆全预备好了。"蔡为经道："上半年，我倒是有这意思。不过现在才通知我，我觉得急促一点儿，让我和内人商量商量吧。"他这样说着，但两位媒人，却不肯做延期的表示。

蔡为经心里有几分恐慌，又不肯坚决说不办婚事。磋商了许久，只得了个折中办法，要求两个媒人转商冯家，把喜期择后一个半月，理由是要到南京上海去办点儿嫁妆。两个媒人料着他是推诿之词，但为了什么推诿，却猜不透。背着蔡为经商量了一阵，答应把他的意思转告冯彩堂，但明日是个好日子，一准明日双双送日子过来。两个人的表示，好像喜期延长一个月，是没有什么问题的。

蔡为经留着两位媒人吃过一顿午饭，就送着他们走了。他心里想着，这两位媒人，虽是帮着冯府说话的，但是冯府也没有赶着要儿媳妇的必要。自己又说是为女儿到上海南京办嫁妆去了，这也是好意，料着冯府也不能不答应。所以当日和张氏商量一阵，也没有固定的主张，只是等到了次日媒人来了，再为决定。

可是到了次日中午，两位媒人再来时，这形势就大大出乎他夫妻意料了。因为胡桂两人说明了，今日是送日子来的。这在乡下的规矩，是不能径直把媒人引到小客厅里去的，必须在堂屋里招待，以表示郑重。所以蔡为经在第三进堂屋里摆了桌椅，披上桌帏椅靠。大门外是用竹竿挑着长串子爆竹，派人把守着。看到两乘轿子到了，立刻噼里啪啦，就放起爆竹来。蔡为经穿了长衫，加上马褂，斯斯文文地走到大门外站着，等了两位媒人下轿，就彼此各作三揖，然后客客气气引到第三进堂屋里来。这种仪式是表示事情极端的郑重，绝不能含糊。到了堂屋里，正面是蔡家祖先的神堂，神龛下，已点上了两支大红烛，也燃上了一炉香。两个媒人站在堂屋中间，各向祖先深深三个揖，由胡月中向蔡为经作了个深揖，在长衫的袖笼里抽出一个大红纸封套来，笑嘻嘻地交给了过去。照着地方风俗，主人就要当着媒人的面，把封套里面的红纸全帖抽出来一看。这全红帖分着几个段落，每段有一套客气话，中间就写着择定了的喜期。那上面写得清楚明白，是农历九月初一日。

蔡为经看过，心里一跳，连全身的肌肉都跟着抖颤了一下，口里也就随着啊哟了一声，但这是不能有什么反抗表示的。昨日不该约着二媒人今日正式送日子来。今日若是用昨日那简单随便地接触，那就不受什么限制，现在当了祖先，在香烟缭绕之下，能把男家择定的喜期驳回吗？在平常不能驳回，就委屈办喜事吧。这是八月十七，到九月初一，还有两个礼拜呢。可是他想到女儿玉蓉，也正是在这一个礼拜前后，要做小婴儿的母亲。纵有千钧的压力，他也不能让女儿如期出嫁呀。他看到了喜帖，心里大大地惊动一下。但立刻也想到惊动是无补于事的，相反，也许引着媒人的疑心，就要坏事了。他照着规矩，将封套筒好，捧着向祖先神位作了个揖，供在神龛香炉下，然后引着两位媒人坐下。

他先笑道："我昨天烦二位转达亲家，把日期延长，不想倒把日子缩短了。"胡月中拱拱手道："这请原谅。不是我两人不和蔡大老爹说话，是冯少先生在九月半的时候就要到南京去，依着冯老先生说，九月初一，本来就晚了。好在少先生已把大学考取，迟到几天，也没大关系，但太迟不得。若照大老爹意思，再迟一个半月办喜事，那就到冬初了，这学期还能读书吗？冯老先生说，少年人第一步进大学，不要太误功课。至于大老爹说为姑娘办嫁妆的事，冯老先生说，时代不同了，不必守那些古套。大老爹疼爱姑娘，一定要办，也可以事后补办。"蔡为经听了他这些话，真是哭笑不得，忙中无计，也想不出什么推辞的话。同时，他预先约好着几位陪客的大小绅士也都来到，他当了大众，更是说不出什么话了，媒人是依然扰了一餐午饭就告辞而去。他们曾再三问到，在办喜事的仪节上，有什么吩咐没有。蔡为经根本就想不到这新娘临时如何交卷，怎能谈什么仪节？口里只说听冯府的便。送媒人到大门口的时候，媒人再问一遍，他也是照样答复一遍。

媒人走了，陪客也走了。蔡为经呆坐在堂屋里半小时，料着大家都已远去，他就一拍桌子，由堂屋里直向张氏屋子里跑去，叫道："我看这事是怎样得了，到日子我拿什么人交出去？要我的老命了。"张氏正也是为了这事，坐在屋子里发呆。蔡为经叫着跳进来，这就站起来相迎道："你叫什么？你怕知道的人太少了？"蔡为经道："你看这件事怎么办？只有十几天的日子了。"说着，背了两只手在身后，只管在屋子里转来转去。走着路的时候，而且是不住地摇头。

张氏看到桌上放着水烟袋，顺手提了过来，在抽屉里抽出一根纸煤儿，正待起身向厨房点火去。蔡为经一把将她扯住，瞪了眼道："我和你说话呢，你不要躲开我呀。"张氏道："我躲开你做什么？你让我抽两袋烟，慢慢地想主意。"蔡为经道："不用想了，你去问你那丢丑的女儿，她打算怎么办？她总知道冯家送着日子来了吧？"张氏也不去点火了，捧着无火的水烟袋，在椅子上坐下去了，望了蔡为经道："她有什么法子呢？你愿意她活着，你就让她活下去。你不愿她活着……"

蔡为经跳起两尺高，顿了脚道："我喂猪似的，关着屋子里养她，我还不愿她活着吗？你也几十岁的人了，你看我们这地方，有什么人家把没出嫁的大姑娘供养在家里添外孙的？"张氏皱了眉道："唉！你就不要喊叫了。事已至此，除了弄死她……"蔡为经道："弄死她也交不了卷。那挺着大肚囊子的死尸，我送到哪里去？"张氏道："昨天晚上，我和她谈了半夜，她说若是在一个月以后，那就有法子了，她估计几天之内，那孽障可以出世。那时，她就满月了。"蔡为经昂头冷笑了一声道："是满月了，你这外婆，还打算办满月酒呢。"

张氏捧了冷水烟袋在怀里，望了他道："话总是这样说呀。你尽管怪我有什么用？做父母的不都有管教不严的责任吗？她也说了，冯家这婚事，也没有什么了不起，你就向冯家说，彼此把婚事废了吧。"蔡为经拍了桌子道："你母女简直是一对糊涂蛋。离婚？你早干什么去了？这个时候和人家去谈离婚，那不说明了是临阵脱逃？若说父母做主的婚事不算数，早就该说。除此之外，我找不出冯家什么错处。解除婚约的话我说不出口，就是说出了口，冯彩堂也不是好惹的，他若到法院去告我们一状，我们自己心里就屈着理呢，敢和人家去对质吗？"张氏道："我是转说玉蓉的话，我也不能糊涂透顶到那种程度。"蔡为经道："哼！你以为你不糊涂透顶呢。"

说着这话，他在张氏对面椅子上坐下来，长长地叹了口气，将头垂了下来。他将两只手环抱在怀里，头垂下来，下巴几乎是和手臂相碰了，然后连连地摇撼了几下道："说得糊涂透顶，连我也是包含在内的。"他坐的椅子，紧靠了方桌子的，他将右手一个食指，不住地在桌面上画着圈，最后，他将手一拍桌子道："我这本卷子实在没法交出来，只有十几天了。"张氏在抽屉里找到了一盒火柴，点着了纸煤儿，终于吸上水烟。她连吸了几袋水烟，将烟袋抱在怀里，纸煤儿插在烟袋底和左手掌之间，竖斜了起来。她右手捻着纸煤儿，沉着地想心事，纸煤儿是捻了又捻，最后她向蔡为经笑道："我倒想得了个办法，说出来了，怕你不赞成。"蔡为经道："只要能解决困难，什么法子都可以，你说吧，是什么法子呢？"于是张氏伸着两个指头，说出她的妙计来。

第十四章

重币甘言说佃农

这位东家奶奶张氏虽是个知识很有限的人，但她也受有相当文化的熏陶。这文化是什么呢？就是乡下的徽班戏和大家传说的鼓儿词。张氏看到蔡为经十分无奈的样子，她就逼出了个主意了，这就沉吟着道："我倒是有了个主意，不知道你看着行不行？我们来个二仙传道吧。"说着伸了两个指头微微一笑。蔡为经道："我都气疯了，你还笑得出来呢。"张氏道："我是想我出的这个主意不怎么高明，说出来了，你会好笑的。"

蔡为经那个在桌上画圈圈的手指，依然不住地画着，也就沉吟了道："三个臭皮匠，抵个诸葛亮，你就说出你的主意来听听吧。"张氏道："我也是听鼓儿词听了来的，是一段什么鼓儿词上呢，说到这么一件事。到了姊姊上轿的日子，姊姊不愿去，就换着妹妹嫁过去了。还有一段鼓儿词，姊姊不愿嫁，由弟弟扮个新娘子嫁过去了。"蔡为经道："你这不叫废话。我们家里，哪儿去找这样一个妹妹和弟弟去？"张氏道："当然是没有。我却想起了一个人了。王家的玉清，长得和玉蓉一样……"

蔡为经跳着站了起来，两手乱摇着道："不要谈你这个屎主意了，你以为可以叫玉清冒充玉蓉代嫁了过去？无论冯家识破了，那是个更大的麻烦。你想想，王玉清凭什么肯和你女儿做替身？而且我听说她也早有婆家的了。"张氏道："你不要性急，我不过是出这么一个主意，也不是说办就办。再说事到头来，我们总要想个主意，可行不可行，大家商量了再看事行事。"蔡为经道："你以为你出的主意，还值得商量

303

吗?"张氏道:"我也仔细想了一想,这事恐怕不行,那就不必再提了,让王家知道了,事没成功,倒让人家说上一顿,那也就怪不好意思的了。"夫妻两个人讨论一阵子,也就叹着气分手。

蔡为经知道这件事是日子拘束着的,想不出办法,也得想办法。不然,到了九月初一,冯家把花轿抬来了,没有人坐了回去,那就是一场官司,而且面子也十分地难看。他想着这事是坐立不安,茶饭无味。到了晚上,一个人在账房里发着呆吸纸烟,桌上摆的几部《三国演义》《水浒传》之类,虽然是看熟了的,但实在感到无聊,不免在煤油灯下又翻上了一翻。在看不下去的时候,吸着纸烟,又在屋子里散步消遣。在屋子里散步腻了,就走到堂屋里转着圈子。正是大半轮残月,高出了屋檐,由天井里照过来,在堂屋里地上,印了一片月光。他那烦闷的心事觉得轻松了一点儿,也就情不自禁地走到大门外来。看到眼面前一片清凉,月亮照着远近的村庄树木,成堆地顶出模糊的青影,那垂老的青蛙,在有水的田沟里,还偶然发出咕咕的几声。这寂寞的原野里,西风在村庄树林子里带了一些瑟瑟的响声,正是可以添着人的一些兴致。

忽然几声怪叫,由不远的地方传出来,向那地方看去,一阵火光上冒,月光下涌出整团的浓烟,这是村庄发火了。他也随了怪叫的声音,把家里人叫出来。蔡老六一看,就说是王好德家里。为了怕出意外,蔡老六就打着一个有蔡字的四角灯笼,引着东家到王家去看火。这灯笼并不在照亮,而是要表示绅士的排场。他在火场上看火的结果,觉得那灯笼并没有引起乡里人多大的注意,他回来的时候,心里暗自忖着,是大家在救火,没有工夫来敷衍我这位绅士呢,还是我家里的丑事,已经让大家知道了,对我有些轻视呢?若是现在就轻视我的话,和冯家的婚事闹决裂了,不但是本村子里人,这一乡,甚至这一县的人都要瞧不起我了。

于是王家这回失火,又引起了他许多的疑心,闷了两天,去冯家迎娶的日子又近了两天。他在家里烦不过,就不分早晨上午黄昏,老是在田坂上散步。遇到了乡村里人,人家总是拱拱手,或者点点头笑道:

"恭喜呀，三姑娘快将出阁了。"有人还说："三姑娘是老早就准备做新娘子了，好久在家里不出门。"他听了这些话，都觉人家是有意讽刺，尤其是人家老远地放下笑脸来，他觉着这里面，有不少的嘲骂包含着，所以对村子里人相遇，他全是不感兴趣的。不过他看到王家人总是愁眉苦脸的时候，他便想到他们正需要帮助，那是可以利动的。但又想到玉发和玉清的态度，总是不服气的样子，又觉得倒也未必可动。他曾几次到王好德门口，想找他谈谈。可是将到他门口时，他想着这话怎么和他说呢？于是顺着路又绕开了他的屋子了。

有一次下午，下了决心要去找王好德了。在打稻场上，遇到了玉发坐在稻草堆边晒太阳。老远地就向他点了个头，脸上还带了笑容呢。玉发手扶了稻草堆站起来，脸上没有一点儿笑容，望着人家点了两个头道："大老爹，有什么事找我父亲商量吗？"蔡为经想着，难道我的意思，他已经知道了？笑着连连地摇了两下头道："没有什么事，我在田坂上散步，顺脚走到你这里来了。"玉发道："请到家里坐坐。"蔡为经看他脸上依然没有笑容，也就不想进去了。他错过了这个机会，也还不能把念头完全抛却。

到了次日正午在田坂散步的时候，远远地看到玉清赶了一群鸭子下堤来。这堤在小河边上，堤里有一片水田。割完了稻，太阳照了几寸高的稻桩子，浸在白光荡漾的浅水里。那群鸭子伸长了脖子在水田里找螺蛳水虫吃。堤上一排垂杨柳，很长的柳条，低低地垂着，微微的风吹来，那柳条直像道士手里拿的拂尘似的，只管在水田上拂来拂去。玉清穿件花布褂子，被柳条罩在绿荫里，她那苗条的身材，遥看去也像是很美丽的。他就远远地向那边堤岸上连连地招了几招手，玉清将垂柳条分了开来，把身子露出，向这边也点了几点头，也像是回礼的样子。她没有作声，也没有要走过来的样子。

蔡为经一想，她这种点头的姿态，好像也是不大愿意。他想着，也许昨天和玉发说话，他们已看出了找他们的形迹了。这又不敢向她走近，径自走了。但这次相遇，玉清和玉蓉的相貌相像，又给了他一个很深的印象。他回家之后，仰身躺在床上仔细想了一想，他算了算花轿来接人的日期只有六七天了，实在不能再有什么延误。他突然地将床铺一拍，叫了一声道："罢了，重赏之下，必有勇夫，我就费他大大一笔费用，料着他不答应，也不至于……不，不，我另有办法。"

他像发了神经病一样，立刻把蔡老六叫了来，将手乱挥着道："你去把王好德给我叫了来，我有话和他说，我有话和他说。"说着，将手乱挥了一阵。蔡老六以为他是要找王好德收租了，这件事大，不敢耽误，满田坂去寻找，不到一点钟，把王好德找来了。王好德看到蔡老六那急急忙忙寻找的样子，他料着必有急事商量，那自然是租子了。但收租子何以突然急了起来，也许是东家愿意出点儿钱补贴修盖房子吧？心里存着不可捉摸的思想，脸上也就带了犹疑的样子，随蔡老六走进东家账房。

蔡为经靠了椅子背坐着，昂了头望着窗外的天色，口里衔了一支香烟，只管出神。看到王好德进门，他跳了起来，点头笑道："你来了，好极了，好极了，请坐请坐。"说着，向账桌边一把黑木椅子指了一指。王好德看到东家相当地客气，倒不是催索租稻的样子，搔了两搔头发，笑道："大老爹叫我来有什么事情吗？"蔡为经道："当然有事，我们慢慢地谈，先吸一支烟。"于是他在那百货架而兼书架的下层，于故纸堆中摸出一盒纸烟来。抽出了一支，送到王好德面前。他两手捧了接着。蔡为经先坐下了，指着黑木椅子道："坐下吧，不客气了，我们是两代的东佃了。这里没你什么事，你叫李嫂弄点儿荤菜，我中午和王好老喝两杯。你烧壶开水来，把我的好茶叶泡一壶好茶来。"说着，对站在一旁的蔡老六将手挥了两挥。他自然很明白，东家是为什么留着王好德说话的，悄悄地就走开了。

蔡为经和王好德抱了账桌子角坐下，并擦了一支火柴给他点着纸烟。然后笑道："我们宾东相处几十年，总也没好好地谈过一次。今天你在我这里喝两杯，我们慢慢地谈一谈吧。"王好德将手指夹了纸烟放在嘴唇里吸着，现出那不自然的样子，笑着弯了腰连说了两声是。蔡为经道："王好老，你不要客气。我们随便地说，你有什么事要我帮忙的，当然，我是尽力而为。"王好德实在没有想到东家老爹会说出这样一句好听的话，不管他是真心或是假意，这样的话总是十分入耳的，便将身子起了一起，笑道："那是太好了。我们……"

蔡为经见他是断章取义地答话，这很是不妥，于是又接着道："当然，我若有需要你帮忙的时候，你也不会推辞的吧？有道是鱼帮水，水帮鱼。"王好德看了一看东家的脸色，觉得是十分的自然，这就点了点头，用不太高的声音答道："那是自然，但是东家老爹还有要我们帮忙的时候吗？"蔡为经笑道："人生在世，都是彼此帮忙的，谁能够说不要人帮忙的话呢？你听过这样一个故事吗？狮子捉到一只老鼠，老鼠说，你别拿脚踏死我，将来我也有帮你忙的时候吧？狮子听了它这话，真是好笑，它说，我倒不必要你的命，不过你说将来要帮我的忙，那却是个笑话。你看你身体这样小，小得不够我一脚踏的，你能帮我的忙吗？它这样说着，还是含笑把老鼠放了。后来狮子让打猎的将绳子绑着了，绳子套在颈脖子上，狮子并没有法子去咬掉它。狮子尽管大肆咆哮，一点儿也没奈何。到了晚上，那个被放出来的老鼠，悄悄地跑到狮子颈脖子上，对了它的耳朵，轻轻地说：狮子先生，你还认得我吗？我就是你放走的那只老鼠呀。我不是对你说过了吗？我会帮你的忙的，我现在来救你了。说着它就跑到绳子上去，把绳子咬断了。狮子得了自由，老鼠就对它说：狮子先生，你现在相信了吧？我这样顶小的身体，也可以挽救你顶大的身体的。你看这段故事，不是说明了人生在世，彼此都可相救吗？"

王好德吸着烟，笑着连连地点了几下头。蔡为经将桌上的纸烟盒子拿起，又抽出一支烟来，放到桌子角边，向他笑道："王好老，你再来一支。"王好德正也和东家谈得高兴，这支烟既递了过来，也就拿起来在嘴里放着。蔡为经又擦了一支火柴给他把烟点着，笑问道："王好老，你听了我说的故事，你相信也可以帮我的忙吗？"王好德两个手指头夹了这支烟放到嘴唇角上，使劲吸了两下，也点点头道："东家老爹，我相信你这话。走个路呀，跑个腿呀，我总也可以行呀。"蔡为经微微地摆了几下头道："不仅是这样，你救我命的时候，也许都有呢。你看那老鼠不是救了狮子吗？你绝不是老鼠，我也比不上狮子，所以你一定是可以帮我们的忙的。"

王好德觉得东家的话是越说越好听，也就更透着高兴。同时，也就觉得东家不是那样神圣不可侵犯了，微笑说："说起要人帮忙起来这倒是真的，我烧掉的那几间房子……"蔡为经不等他把话说完，立刻接了嘴道："那没有问题，你稍微出点儿工，所有的料子都归我出钱办理。我说的工，是指粗工，泥瓦匠的工资，都归我出，就是伙食，也算我的。"王好德突然站起来道："哎呀！东家老爹！"蔡为经笑着招招手道："坐下坐下，你和我种田难道还要自己带着房子来住吗？"

王好德真想不到东家找来谈话，竟是这样的好事，而且连佃户心眼里的话都说出来了。嘻嘻地笑着坐下去，正不知道要用什么话来感谢东家。蔡老六就用大瓷壶泡了一壶茶来了，蔡为经拿过两只瓷杯，首先就斟了一杯茶，送到他面前。王好德两手捧着，起了一起身子。蔡为经笑道："我们自己老弟兄，你客气什么。"蔡老六放下茶壶，又走了。蔡为经起身，掩上了房门，后又坐下。呷了两口茶，又咳嗽了两声，然后笑道："盖房子的事，你不用烦心，全都交给我了。你挑回去的稻子，只管卖了用，将来我们再算账。日子长着呢，今年还不清，明年后年再后年，总有一天还清的时候呀。"王好德抱了两只粗糙的拳头，拱了两拱道："东家老爹，你太好了，你太好了，我怎样报答你呢？"

蔡为经提起茶壶来，向佃户杯子里斟着茶，答道："自己老弟兄，说什么报答的话？我有什么事要你出力的话，你也给我出点儿力气就行了。"王好德道："那是一定。东家有事的时候，只管对我说。"蔡为经说好的好的，连连地点了几下头。接着，他们说了些闲话。蔡为经说来说去，总是给王好德许多好处。当然，王好德也就很高兴地谈下去。

一会儿蔡老六将一只大木托盘，托了午饭来。共是六个饭菜，计是米粉肉、煮鲤鱼、韭菜炒鸡蛋、小虾子煮豆腐、什锦咸菜、小白菜，在王好德看来，几乎样样都是精致的，另外还有一锡壶酒，都放在账桌上。蔡为经笑道："没有第三个人，我们就在这里吃吧。谈起话来，也方便些。"王好德站起来，只是向东家拱拱头。蔡为经笑道："我已经和你说过了，彼此不要客气，你怎么还客气呢？坐下坐下。"说着，将他让着在账桌上对面坐下了。提起酒壶来，就向王好德面前的杯子里斟下酒去。王好德重又站起来，却给按下去，他实在没有法子和东家客气下去了。便笑道："东家，这样吧，酒壶交给我，我爱喝多少就喝多少。你老喝，也自己斟，这就省事多了。说得高兴，自己就可以斟两杯。"蔡为经道："好哇！就是这么办吧。"说着，先端起杯子来，比齐了鼻尖，向王好德邀上一杯。

王好德见东家和自己成了忘形之交，也就很高兴地对斟对饮起来。蔡为经举着杯子喝了一口，嘴唇皮吸着杯子沿，唰的一声响，然后将杯子放在桌上，用手掌按了，然后向王好德点了个头笑道："老哥，你我有事可以互助，有话也可以多商量。你我借酒遮了三分丑，无话不说，你觉得我的日子，比你过着舒服得多吗？"王好德点点头道："你这样一份大家财，自然是很操心的。"蔡为经道："家财那无所谓，钱这样东西是人挣来的。只是儿女的事情，实在让人心里拴上了疙瘩。"王好德道："你老脚下，不就是一位姑娘吗？"蔡为经叹了口气道："一位姑娘，唉！就是一位姑娘坏了。"

王好德几杯酒下肚，胆子自然是壮些了。看了东家的脸，点了两点头道："她自小是娇生惯养的，又在学堂里念书，免不了多花你老几个钱。"蔡为经道："花钱？她把我一份家财全花空了，我也不怪她。"说着话，他放下了筷子，将手一拍桌沿道："她这一下子，几乎送了我的命。"王好德向他又看了一看，笑道："嫁女儿那总是一笔大开销，你老就是一位姑娘，在她身上就多花一点儿吧。"蔡为经摆了两摆头道："我说了不为的钱。你不说嫁女儿也罢了，你说到嫁女儿，这顿饭我就吃不下去。"说着，他还是真的站了起来，在屋子兜了两圈子走着，那两道眉毛几乎是皱着合到一块儿去。王好德也就不能喝酒了，放下了杯筷，向蔡为经望着。

　　他二次入座，两手按了桌沿，伸过颈脖子来，向他放出很诚恳的样子道："王好老，我的女儿，一千个一万个不如你的女儿。"王好德笑道："你老客气，我那个黄毛丫头，算得什么?"蔡为经道："我不说，你不明白。我这个女儿，简直……"说到这里，他回过头去，将掩上的房门又看了一看，才低声道："我糟心透了，我这个女儿是嫁不出去的。"王好德听了这话，也是一呆，望了东家道："你老这话怎么讲?"蔡为经昂起头来，长长地叹了口气道："她不学好，害了一种不能见人的病。"王好德略微有些理解了，还是望了东家，呆仰了脸不能作声。蔡为经道："我说了借酒遮丑，我就径直告诉你吧。"于是他就把玉蓉实在的情形一一说了出来。

第十五章

投奔廿里送财来

关于蔡玉蓉的事，外面自然是有些风言风语，王好老还在疑信之间，现在倒想不到这话由东家口里来证实。他默默地举着杯子喝了两口酒，向东家点点头道："这实在难怪你老烦神，喜期又太近了，你老想出了什么好主意吗？"蔡为经道："这有什么主意，预备打一场官司，把婚事取消了吧。不过这样一来，我们这一乡，可出了大新闻了。我一世英名，从此付于流水。你想，这官司还打得赢吗？我这件丑事还瞒得了人吗？"王好德点点头道："的确是这样，这只有个法子，派人去对冯家说，三姑娘害了急病，把喜期延长一两个月。"蔡为经摇摇头道："这个法子，我已经想过了，那是不行的。你说有急病，人家若请个医生来看病，你能够拒绝人家吗？"王好德道："这话倒是，但除此之外，还能有什么法子吗？"蔡为经道："法子倒是有一个，我正想着这个血心帮忙的人呢。"说着提起酒壶，对王好德杯子里注上一杯酒。接着道："只要有这个人，我的大难就可以脱掉。这个人只要和我出面帮一天一夜的忙，我一辈都忘不了他。"

王好德道："要怎么样一个人呢？"他举起杯子来喝了一口。蔡为经道："我也仔细想了，这只有这样一个偷梁换柱的办法，到了喜期，找一位年纪差不多的姑娘，代替着嫁了过去。在那边拜过堂，新娘就装起重病来。到新房里去躺下，请新郎不要进房，我这里派一个亲信的人跟了去陪伴着。到了第二日，新郎新娘双双回门，我把新娘留下，留在家里养病。养过了一个月，我这个丢丑的女儿，也就可以真的抬过去了。人不知鬼不觉的，这个困难问题，就可以解决。"王好德道："这法子虽然也可以试试，但是冯家人认得你们三姑娘吧？若是看了嫁过去的人，和原来面貌不对，那不要质问的吗？就是瞒过了，将来三姑娘自己去，又和原来新娘不同，迟早要露马脚的呀。"蔡为经点点头道："你这话顾虑得是。后事不谈，第一关就难过。玉蓉喜欢在外面跑，冯家人当然是见过的，而且也拿过相片去过了。"王好德道："是了，这就更不好了。"他举着杯子喝了口酒，沉吟着将筷子伸到菜碗里去缓缓地拨着菜。

蔡为经对他脸上注视了一下，微笑道："倒还是有一个救星的，找一个相貌相同的人，代替了进去，不就没有破绽了吗？"王好德听到此，心里大为明白，他是说到了王玉清了，对蔡为经脸上回看了一眼，没有作声。蔡为经突然放下了杯筷，走到桌子外，向王好德作了个揖道："老大哥，这事只有求你了。你的姑娘，长得和玉蓉八九不离十，你若愿意和我帮这个忙，你要求什么条件，我都可以考量。"王好德也站起来了，答道："哎呀！这事困难，玉清是有婆家的呀。"蔡为经道："这个我知道。这件事，只要你我两人保守秘密，有谁知道？玉清又很聪明，也很有作为。让她扮了新娘嫁过去，装病呀，对付冯家人呀，她一定可以做得丝毫不露痕迹。第二日回门，换了衣服，悄悄地就由后门回家，什么事就没有了。坐下来喝酒，我们慢慢地说。"

王好德心想，怪不得对我这样客气，原来要我父女和他去做一回大骗子。他心里的省悟反映到脸上，现着有些不愉快的样子。蔡为经就知道他不大愿意，就赔了笑道："我很明白，这件事让你很为难的，但是我在钱财上，决计大大地帮助你一下。痛快地说，你从今年起，三年可以不交我的租子，而且以前的欠款，一概都免了。你烧去的三间草房，我负责给你盖起，对于你女儿，我另外有笔报酬，这都不算，马上我给你二十担稻子价钱的现款，你也好去添置东西，重整烧后的家庭。老大哥，这是一件很好的走运机会，你要想想呀。"

王好德吃着人家的酒饭呢，东家又说了许多贡献，他心里一百二十个不愿意，也不好说着太决裂的话，便沉着了脸色道："你老说的，怕不是好话。不过这件事，我不能完全做主，我要回去和家里人商量商量。"蔡为经点点头道："那自然是要大家商量的，不过你总可以做一大半的主。我给了许多好处，我想你女人一定也愿意的吧？"王好德把他面前杯子里最后半杯酒，端起来一饮而尽，然后放下杯子来，手按了桌沿，望了东家道："我们当然是穷，可是也不能见钱眼开，什么事都答应干呀。"

蔡为经对他脸上看了看，见他并没有什么喜容，于是收起了不断的笑容，正色道："王好老，你不要想扭了。我给你这么些个好条件，你若是不答应，那我们就向坏处做了。第一，你得给我新旧租子。第二，你还有一张借条在我这里呢，欠的租子，可是按月二分息呀。第三，曹四老爹口头作中说过的，你欠租不给，是那两口猪作抵呀，现在你两口猪可都没有了。你还能找什么东西出来抵账呢？人都是谈个交情，你不和我谈交情，我自然也就不和你谈交情了。你自己想想，还是彼此谈交情的好呢，还是不谈的好呢？"王好德赔笑道："当然是彼此谈交情的好。"蔡为经道："既然如此，吃完了饭，你且慢走，我们详细地谈谈。"

王好德看这情形，东家的态度，是有点儿变卦。酒是不喝了，陪着东家吃过这顿午饭。蔡老六又重新泡了一壶茶来，而且又把老板的糖瓷面盆，好白毛手巾，舀了一盆水来洗脸，在将洗脸盆拿到他面前桌子上的时候，向他递了个眼色，低声道："东家请你帮忙，你就量力而为吧，东家也不会亏了你。不然的话，你也就不能有亏东家的呀。你欠的那些债，你也心里明白吧？"说着，他又递个眼色，然后走去。同时，自言自语地道："吃不穷，用不穷，算计不通一世穷。"

王好德在这账房里洗脸喝茶吸烟，混了一些时间，看东家的脸色，却还是板着的，一时也找不着什么话来说，只是坐了默然地吸烟。蔡为经手上端了一杯茶，架了腿坐着，望了王好德沉吟道："你今年大概要交我多少担稻子呢？"他这本账是烂熟的，立刻答道："二十五六担吧。"问道："欠租呢？"他道："还了三担，还差个七担。"问道："你用了几担了吧？"他道："四五担。"蔡为经淡笑道："那么，你是四十担稻的出账了，你收割回去的有多少？"他道："也就不到十六担吧。"蔡为经道："那么，你还清了欠租，再盖房子添家具，你还能剩多少食粮过冬？我说老实话，你既不念交情，也就不能怪我无情。你欠我的，你得还我。我们闹翻了，也不过是一场官司。我打一场官司是打，打十场官司也是打。"他说着话，一拍大腿，表示了他的决心。

王好德一看这情形，东家要翻脸了，便带了三分无可奈何、七分笑容，向东家一点头道："你老有所不知。我家的事，我可以做主。别家的事，我不能做主，我那女孩是有了人家的。假如我答应东家，让玉清冒充一次，反正是一天一夜的事，也没什么。不过这事让李家知道了，他们不依我，我又怎么办呢？那也是玉清终身大事呀。"蔡为经道："你若是顾虑这一层，我倒也是同情的。这个我也和你想到了。我听说，玉清很不愿意她的婆家，有这事吗？"王好德道："李家倒是有意早完婚，也为了彼此都穷，把喜期就延迟下来。"

蔡为经带了微笑道："也不光为这个吧？我知道你女儿是许给李家第二个儿子。那孩子放了庄稼不做，跟了镇市上一班小流氓瞎混，还很爱赌钱。玉清是个力争上流的女孩子，对于这亲事就老大不愿意。你们对李家的事都不敢提呀，提了玉清就生气，是不是？"王好德道："这些事，你老都知道？"蔡为经道："同村子里的人，谁又不知道？李家的事，你放心，我可以派人和他去商量。假如李家答应了，你们应该没什么说的了吧？"王好德道："李家若肯答应，我们自然更没说的。"这样一说，蔡为经脸上又有了笑容了，点点头道："只要你有这样的活动看法，事情就好办。我们的话，说到这里为止。你还在我处坐一会儿，谈谈闲话，把你这颗心先安定了，今天你回家去，一个字不要提，明天下午，你到我这里来，我有完全妥当的办法告诉你的。"王好德也不知他葫芦里卖的什么药，猜不透他有什么好办法。他想着冯家的喜期，就是这样几天了，拖他几天，事情就过去了，那时候，出了什么乱子，东家也不能见怪了。他心里镇定过来，又和东家谈笑如常，高高兴兴地回

314

家，蔡为经还送到大门口呢。

蔡大老爹回到了账房里，蔡老六跟了进来，问道："王好德这家伙，好像还不大愿意呢。这回事，他要不帮忙，我们真不必和他客气了。"蔡为经笑道："不要紧。现在是半下午，赶二十里路路程，天还不黑。不要对人说，你马上跟我到小河口镇上去一趟。"蔡老六道："那什么意思呢？那里找不到什么帮忙的人呀。"蔡为经道："我们走在路上慢慢地谈吧，天机不可泄漏。"蔡老六倒想不出东家和王好德一带话会有了什么更好的妙策。依着东家的话，代预备了一只小旅行袋，就出门而去。

他们到了小河口镇市上的时候，太阳还是刚刚下山，找了个客店的房间住下。伙计进来送过茶水，问要预备晚饭吗？蔡为经道："不忙，晚上我也许小小地要请回客呢。我和你打听一个人，有个李家村的李端才，今天来到镇上吗？"伙计摇摇头道："不知道这样一个人。"蔡为经道："他父亲叫李茂源，在这市上开过小酒店。"伙计笑着哦了一声道："你说的是李二狗，这是镇市上一个小混子，他找人，人家还躲着他呢，你先生倒要去找他。"蔡为经笑道："什么人也有用，小混子也不见得就没有用呀，你能不能替我们找他一趟？"伙计笑道："那容易。这几天晚上茶馆里有人说《水浒》，他准在场。"蔡为经道："他也听个评书？"伙计道："听什么评书！他便帮着人家收钱，每天晚上抽人家几文，说不定已经在茶馆里先等着了，一上灯就开书的。"蔡为经道："那很好，请你引我们这位同伴，先去和他见见。"说着，指了在一边坐着的蔡老六。伙计一看这位蔡先生是个大绅士模样的人，也就乐于做跑腿，立刻将蔡老六引走。

这镇市是个小水码头，相当繁荣，在十字路口，有家大茶馆，秋凉稻熟鱼肥，正是茶客上座的日子，这时晚灯未上，已坐了大半堂人。伙计走到门口，向屋檐下一指道："他不在那里？二狗，有朋友找你呢，晚饭你有了办法了。"说时，一个二十上下的小伙子，在茶座上站了起来。那小伙子虽是乡下人，头上却留着四五寸长的分发，上身穿件青布

315

短夹袄，将正中一排纽扣敞着，露出了里面草绿色衬衫，口角上斜衔了大半截纸烟。他将手夹下了纸烟，指了自己的鼻子尖道："老胡，哪里出了事？要我帮拳。"老胡指了蔡老六道："这位远路来的朋友找你。"蔡老六向前，点点头道："李二哥，你大概不认得我，我是蔡庄来的，我叫蔡老六。"

二狗正是独占了一张茶桌，就让出座位给二人喝茶，老胡有事走了。蔡老六就和他坐下，二狗向堂中一招手道："伙计，泡碗茶来。"蔡老六笑道："这倒不必客气，这样反叫我不安了，我还得好好地请请李二哥呢。"李二狗将一脚抬起来蹲在板凳上，露出了他的深蓝布新裤子，裤脚管的下面却还是两只旧皮鞋呢。他笑嘻嘻地道："老哥，你是我岳父家里来的人，我得向你低头三尺。"说着，在衣服口袋里乱摸索一阵，摸出一只夹扁了的纸烟盒子，他伸着两个指头在里面掏摸了几下，却是毫无所得，蔡老六倒是在衣袋里掏出烟来反敬他。茶房泡着茶来了，喝着茶彼此客气了几句。蔡老六笑道："你是个精明少年，在你面前，不用耍花样。我和我的东家，今天到这镇市上来，就是来向二哥商量一件事情的，你若是答应了，可以发个小财。"

李二狗夹了烟卷在嘴里吸上一口，然后喷出烟来，像一支箭似的，向空中射着，笑道："财神菩萨走到屋子里来了，财神菩萨特地来挑我发一注财，我还不是鞠躬欢迎吗？有什么话你尽管说吧。"蔡老六道："你若不是社会上耍得开的一位朋友，这话我也不和你说。我得先反问你一句，王好德对你的感情如何？"李二狗道："你问这话，我就明白了十之七八。"说着，把头伸过来，就着蔡老六的耳朵道："王好德的女儿，长得不错。大概是有人看中了，要我出让。那没什么，有钱就行！"

他说着笑了一笑，又把纸烟送到嘴里吸上一口，将眼光射着蔡老六的脸。他笑着摇手道："不是不是！但也和她有些关系。"李二狗道："实对你说，王好老对我没什么，他也说不出什么。只有他女儿，说我做流氓，不做庄稼，很想悔婚。前年我就想把人接过来，一直推到现在，还是不肯将就。当然我很穷，我也办不起喜事。拖着就拖着吧，我一条烂绳子系死一条牛，反正我不松口，他女儿也嫁不了人。不然的话，我们就是一场官司。他女儿还没到二十岁，据懂法律的人说，她的婚姻还不能自主呢。我也想了，中秋总在年里，明后年她有二十整岁，大概就该和我闹了。闹就闹吧，反正我不能白放手，漂亮老婆个个都想，我为什么……"蔡老六笑道："二哥，你完全猜错了，你以为我们东家吃饱了饭没处消化，要管你们这闲事，这个全谈不着。"二狗道："你们特意找我来，又说和她有些关系，那是什么事呢？"蔡老六道："茶馆里人多，我们到酒馆子里去找个小单间，慢慢地谈谈心。"李二狗站起来拍了肚子笑道："晚饭正没有着落，扰你财神一顿也好。对过四仙居，后楼小房间临着河，就好谈心，走！"说着，腿就跨过了板凳。

蔡老六心想，这家伙只要有好处，倒是一拍就上。于是代付了茶钱，随着他走进对面酒馆。要了后楼临河的一个小单间，后壁一排吊窗洞开，看到河堤外小船的灯火，断断续续地在暗空下排列着，河风微微地由堤上吹来，这里倒是很开敞。正梁悬下一盏草帽罩子梓油灯，下面是四仙小桌。李二狗笑道："六哥，这里没人打搅，你随便谈吧。"于是蔡老六先要了两个冷荤碟子一壶酒，和二狗抱了桌子角吃喝。二狗先举着杯子干了一杯酒，两手按了桌沿向蔡老六笑道："我打听打听，能发多大的财？这财又是怎样地发起来？"蔡老六道："你不要急，说起来话长。"因把蔡为经的计划，对他详细说了一遍，只是把玉蓉不能出嫁的缘故，推说是害病。

二狗只管慢慢地喝酒，把蔡老六的话听下去，却没有说什么。等老六把话报告完了，他打了个哈哈笑道："这法子很好。可是冒充新娘子的人，危险得很。洞房花烛夜，不许新郎进房，这事情可能吗？不可能，就是这一晚，我也亏吃大了。话说开了，有钱能使鬼推磨。这个女人，是悬梁上的美丽鹦哥，我这只丑猫，看得着，够不着，将来未必是我的老婆。能在她身上发一笔小财，我趁早捞了现的，有什么不好。我说句不好听的话，肥猪拱门，我也不会把它推出去。"说着夹了碟子里一大块卤肉，向嘴里一塞，就像吃了那肥猪一样。蔡老六笑道："好譬喻！二哥就要开刀吗？"

二狗举了杯子喝上一杯酒道："那是当然。"蔡老六默然地喝了两口酒，点点头道："二哥倒也痛快。你索性痛快说出来，你要多少报酬呢？"二狗道："我先说我的条件。我可以写封信给你东家，我愿和王家离婚，请他去说。王家答应，我也不要王家什么，回我一封信就完了。王家不答应……"说着他摇摇头道："没有那事，王家求之不得呢！不过万一不行，你东家得把这封信还我，我还可以做第二笔生意呢，有钱我怕娶不到老婆。多了不要，少了不行，你东家给我一条金子。"说着，竖起了右手一个食指，和鼻子成平行线。蔡老六笑道："你真要发洋财，这样多？而且乡下哪里找金子去？乡下谈金子买卖，我还是第一次听到。"二狗道："租人家女儿代替出嫁，你又是第二次听到吗？什么买卖，什么行市。若是你东家没有金子，我活动一点儿，拿法币和粮食折合都行。但少了不要谈，这酒东由我会了。说着，挺起胸脯来，表示他态度的坚决。

第十六章

势迫利诱奈若何

蔡老六虽是个庄稼人，就他的性格来说，和李二狗为人也很相近。在李二狗这番表示之后，对于这事情的前途如何，他已是十分明白了，便笑道："我不过是代东家传话的，至于可以拿出多少钱来，这个我不能做主，反正也不能不让二哥称心。"李二狗端着杯子，只管喝酒，喝完了杯子里酒，便又斟上，板着脸子不作声。蔡老六陪着喝了几杯酒，上过几道菜，看看二狗的表示，依然是无价可还，这就叫了伙计来，当着李二狗，先交了一卷钞票给他，说是酒账先行交柜。伙计去了，蔡老六笑道："二哥，你一个人先喝两盅。我把东家邀了来，和你当面谈话。"李二哥见酒账已付出去了，可以安心吃饱，这就笑着点头道："那样最好！"

蔡老六看穿了这家伙，无非是要钱。到了客店里，将话告诉蔡为经，把他引到酒楼上来。他早有了一套兵法在心，见着李二狗，笑着拱拱手道："我猜想李二哥就是一位行侠仗义的青年，今日一见，果然如此。来，我先敬你三大杯。"说着取过酒壶，就向二狗杯子里斟酒。然后借了蔡老六的杯子也满上了，就举杯相邀。二狗见财神这样恭敬，先有三分愿意，对干了一杯。伙计来添上了杯筷，蔡为经在主位相陪。把《施公案》《七侠五义》上那些奴才式的武士，将二狗一比拟，他听了却是十分愿意。蔡为经笑道："我早知道李二哥是这样一位慷慨人物，早就该来拜访了。见过之后，我们岂不是早早地放下了心中一件大事？"说着，对旁边坐的蔡老六望了下，老六也不住地点头，连说是是。

把这顿酒饭吃完，蔡为经又邀着李二狗到小客店里去密谈。叫伙计泡了一壶好茶，送到房间里来，叫蔡老六出去。然后向李二狗一拱手道："二哥，我的困难，老六已经都和你说了。你若救我一把，只要二哥开口，我在物质上帮忙，那是尽力而为。不过乡下收租过日子的人，虽然说是有点儿金子，也不过首饰而已，别的可找不出来。这样吧，从这里不远，我有个庄子，可以收到二十多担稻子，我开张条子，把这稻全拨给府上吃。不足的数目，我再补上。今天身上带的现款不多，先送二哥喝杯茶。"说着，在身上掏摸了一阵，掏出两沓钞票放在小桌上。然后把手指上戴的一枚金戒指取了下来，压在钞票上，然后向二狗深深地再作一个揖，笑道："老弟，这点儿东西，不成敬意，送你做个纪念吧。"

二狗看那金戒指，厚厚的、大大的一个圈，怕不有三四钱重。虽然曾开口向蔡老六要一条金子的报酬，这一条金子，究是多大的东西，就没有看见过，也不能想象到，倒是这枚金戒指让他看到，心里一动，他正在想着这老家伙真大方呢。蔡为经已将钞票金戒指一把捏住，送到二狗手上来，二狗情不自禁地接住了，笑道："我们还没有和大老爹出一点力呢，先就受赏，这这……不好意思。"蔡为经将钞票金戒指放在二狗手上之后，还按了两下笑道："这绝不能算是报酬。今天已晚，明天我和你老弟到我那庄子上去，跟佃户说明，把租子都拨给你，当然我还得出张字据。那字据我就在庄子上三面当面写了交给你，你看好不好？"

李二狗手里拿着人家的贿赂，神智都糊涂了，他又特别地面软，受了人家的东西，听了人家的好话，再也提不出什么进一步的条件，只是笑嘻嘻地向蔡为经说："这事情好商量。"蔡为经道："老弟台，你今晚有什么要紧的事吗？"他笑道："我有什么事，每天到了晚上都是坐茶馆。"蔡为经道："那很好，我们一路烫个澡去，在澡堂子里可以细细地谈。"说着，向李二狗拱拱手，又一路带他到澡堂子里去。躺在澡堂子里的木炕上，足谈了两小时，蔡为经对他什么亲近的话都说过了。最后，他说，若不是年岁差着一大截，真愿意和李二狗拜个把子。李二狗倒也明白，这老家伙要人下水，所以什么话都肯说。但他又想着，认识这么一个财主，有什么不好呢。往后赌输了钱，就不愁没有找赌本的地方，当晚彼此说得十分投机而别。

到了第二日早上，蔡为经又约着李二狗在茶馆子里吃早点。然后，由蔡老六引路，带到附近的庄子上去。蔡为经说的话完全照办，在佃户当面写了一张拨租的字据，三方面都签字画押。李二狗长了这么大，哪里白捞过二十多担稻子，当时是心服口服，也不要蔡为经再说半个字，就把那封请他代办废除婚约的信写了。李二狗倒是不瞒人，当了那佃户的面，就在信上画了押，把信交给蔡为经的时候，他还笑道："大丈夫一言既出，驷马难追，我决不反悔。将来有什么差错，在场的人都可以做证。"蔡为经左手抓住二狗的手，右手拍了他的肩膀，笑道："老弟你真有侠客的胸襟，我真是相见恨晚呢，过两天我再到镇上来奉邀。你要什么，不必客气，尽管去找我。"说着，大笑而别。

那李二狗得了蔡为经许多好处，听了许多好话，他就把要一根金条的话不曾再提。他也不会把那根幻想中的金条，和现在所得的来比重。临走，蔡为经还许了有事尽管去找他，二狗也就不必顾忌，高兴地分手。他心里想着，身上有的是钞票，赶快到镇市上去大赌一场。他和蔡为经背对了背走，走得是更快。

蔡为经很顺利地把李二狗收买了，算着嫁女的日子更是逼近，当日就赶回家去。到家是黄昏时候了，他又叫蔡老六悄悄地约了王好德来吃晚饭。他倒是比东家还着急，见面时就深锁了两道眉毛，呆板了脸子，向蔡为经一抱拳道："大老爹和我提的那件事，我想了两天，可没有和家里人提一个字。"蔡为经不等他说完，就一摆手道："你不用为难，你的女婿答应了。"王好德道："我的女婿？大老爹在哪里见着了他？"蔡为经道："你不要性急，我们还是坐下来慢慢地谈，我还是预备下了半斤酒和你慢慢地喝着。"说着，他还是笑嘻嘻地掏出身上的纸烟盒子来，向王好德敬上一支。他看着东家的颜色，见他扬着眉毛，不断地发笑，这就点了两点头道："只要东家有办法，我自然是十分愿意的。"他这是随口说的一句话，并没有指出是哪点愿意。蔡为经抓住了这句话尾子，连连地鼓了几下掌道："那就大事成了，坐下来喝酒，坐下来喝酒。"他还让着老佃户，面对面地在账桌边坐下。

蔡老六送上六碗菜一壶酒两副杯筷，将梁上悬的草帽罩子煤油灯点着，东佃二人说笑把盏。王好德见东家这样高兴，倒不知道有了什么办法，用不着玉清了吗？用不着玉清，他何必还这样客气相待？心里想着，却不住地向东家偷看。蔡为经喝了两杯酒，脸上有点儿红晕了，笑道："老哥，天下没有钱走不通的路呀。你那女婿，不怪你女儿不喜欢，你也不见得十分愿意吧？"王好德手按了酒杯，点点头道："他是有点儿不争气，但是他父亲和我很要好，我们是两个孩子七八岁时候定的婚事，那还有什么话说。"蔡为经道："你愿意，人家还不愿意呢。闲话少说，我这里有证据。"于是在衣袋里掏出一封信来，举着先一晃，然后笑道："你那女婿跟我走了一二十里路，在我田庄上写的，这信纸信封，也在镇市上先就买着揣在身上了，这是一百二十分诚心，我念信给你听。"于是抽出一张八行信纸，捧了念道：

蔡为经大老爹尊前：

　　启者无别，晚自小和王好德老伯女儿玉清订的婚，年来多次想成亲，都难成其好事。王府大概有何异心，晚也不愿结这门亲了，请转告王府，彼此两免，任凭王氏女另找门当户对之人，晚我李端才不要她了。此据，敬上财安。

晚李端才拜上

王好德听了这信上的话，脸红着过了脖子，情不自禁地骂了声狗才。蔡为经依然把信纸塞在信封里，送进衣袋，笑道："这可不是我骗你的话。"王好德低头想了想，望了东家道："李二狗这家伙，认不到几个字，这信是他亲笔？"蔡为经道："当然是他亲笔。你说他不认识几个字，你不知道他终年终日在小河口镇市上混，混也混出一点儿知识来了。这样的信，难道我还敢私造不成？"

322

王好德身上有点儿抖颤，望了东家道："他……他……他说出什么理由来，要和我女儿退婚。"蔡为经笑道："我不是说了吗？世上没有钱走不通的路。实不相瞒，我去找了他一趟，说明要借他的未婚妻出嫁一天，问他要些什么条件，大概他赌债太多，急于要钱用，要钱要得很少。倒是我过意不去，送了他二十多担租子。他一口答应了，给我写了这封信。他倒不是一定要退婚，借未婚妻出嫁，这话不好用黑字写在白纸上，无非是表明这个女人他已不要了，我可以随便借用。老哥，你不要傻呀。他都白发了个小财，你为什么不方便我一下，自己也方便一下？我把这关过了，你王李两家愿意婚嫁，照旧婚嫁，我这封信交回给李二狗。你若是不答应，我那二十多担租子，可不能给姓李的。你打破了他一笔财喜，他恨死你了，你女儿不能做我一天女儿，也做不了李家一辈子的儿媳妇吧？我的话说得很直率，彼此是老东佃，用不着三转九弯地说话，你现在仔细地想想。"

王好德端了杯子慢慢地喝着酒，点点头道："李二狗这家伙，他做得出来，我女儿还没有嫁过去，他就出卖她。嫁过去了，她还有命吗？"蔡为经笑道："你这算明白了。对于这件事，你还有什么考虑的吗？只要你点点头，给你的好处，总比你女婿好处要多得多。你可不要做那厨房里的屋梁，望着大鱼大肉，一点儿油水沾不着。"蔡为经倒是不说什么了。王好德喝过了几杯酒，深深点了头道："这狗才既然不仁，我就不义。我就冒点儿危险，让玉清和你走一趟，也无所谓。只是这件事我还不能做主，她若不去的话，我不能强逼了她上轿。就是强逼了她上轿，她一喊叫出来，那不都完了吗？"蔡为经道："只要你愿意了，你女儿的话，让我家里的和她商量。她和我家里的感情相处得不错，准可以劝得动。明天你和你女儿一路到我这里来吃午饭，我们就可以把这大节目给商量定了，以后就可以把事办得万无一失。"

王好德喝着东家的酒，也只有随声附和着，答应不出什么。饭后，他带了一份沉重的心情，辞别了东家向家里走。他想着东家的逼迫，那是可怕的，真要是和东家弄僵了，他为什么不收佃呢？李二狗这家伙，得了蔡家二十多担租子，就把没过门的老婆出卖了。本来，这小流氓哪里又发过这大的财？自己房子烧了，债是欠了，儿子的病没好，猪死了，鸭损失了一半，下半年的日子不知怎么去过。若是能够得着一笔好处，这些窟窿也就都可以补齐了。他一路行来，在星光的路下，觉得几囤黄澄澄的稻谷、两只大肥猪、新盖的三间草屋，都呈现在眼前。这并不是幻想，只要女儿冒充一下新娘子，所想的事情都可以得着。李二狗那小流氓他倒发笔意外的财，我女儿也犯不上去和他争这口气。

他一面走一面想着，手拍了一下大腿，自言自语地道："答应了吧。"他看到树底下的一块星灯光，是自己家里的墙上窗户。由那里吱唔唔发出纺线车转动的声音，那正是女儿在纺线。他到了门口敲着门，玉清提了一盏竹架子煤油灯出来，开了门，引着父亲进去。她将灯举起来，向父亲脸上照了一下，问道："爸爸在哪里喝了酒？好浓的酒气。"王好德道："东家那里喝的。"玉清道："东家又请了喝酒，有什么事找你吗？"王好德一看女儿站在自己面前，一身布衣服，穿得整齐干净，短头发也梳得一丝不乱。他想，她是个好孩子，怎么可以让她去做骗人的事？便答道："东家没和我说什么，也许有点儿事。他约了我明天上午再去，你去不去看看东家奶奶？"玉清道："我去做什么？他们家三姑娘见我一回恨一回，省点儿事吧，穷人不要和有钱的人过往得太密，他会疑心别人是沾光去的。"

王好德听了这些话，就不敢再说什么了。到了屋子里，偷偷地把事情告诉了刘氏，这却引出了刘氏一身的毛病，在床上翻来覆去，一夜不曾睡稳。次日上午，玉清出去放鸭去了，玉发也在门外晒太阳，刘氏和王好德在厨房里相对地坐着，各自默然无言地，望了矮桌面。王好德口里衔了旱烟袋望望窗子外的太阳，皱了眉道："发呆有什么用处？该去做午饭了。"刘氏道："东家不是约你去吃午饭吗？"王好德道："我不能答应他的话，我怎么去？"刘氏道："去总是要去的，我们对东家得罪不起呀。"王好德举着旱烟袋伸了个懒腰，皱了眉道："这件事真是为难死人，叫我们怎么办呢？"刘氏道："你只管去。玉清这孩子，比我们还会出主意，你让我和她慢慢商量一下吧。"王好德道："她那个脾气不好谈。"

夫妻两人正自犹豫着，蔡老六却在门外叫道："王好老，你预备呀。东家今日要挑租子，所有的租子，都要挑了去。"王好德迎了出门，见蔡老六叉了腰站着，神气十足，脚边上就放了他家量进不量出的一只大斗。问道："这话是真？昨晚上东家还没有和我谈过呀。"蔡老六笑道："东家到佃户家挑租子，那也是例行公事。就是我也和你说了好几次，东家有工夫就办，难道还要三请四催不成！"王好德一看这情形，就是东家翻了，便道："不是那话，我得事先知道，开囤子铺席子。"蔡老六道："我这不是通知你来了吗？挑租的人下午来。我也知道，你今年是一身亏空，量了租子，吃的不够，房子也盖不起来。有话当和东家去商量呀，闷在心里，救得出急来吗？"

刘氏由屋子里跑出来，见蔡老六笑着，闪了肩膀全身摇动，便推着王好德道："去吧，去和东家说呀，你老糊涂。"王好德听到东家挑租就没法自主，新租旧欠，这担子太重，情不自禁地向东家庄屋走去。那蔡老六见他走着，就没有把斗放下，扛着斗，也跟着回去了。王好德到了蔡为经账房里，还没有开口，东家就迎着道："王好老，你想了一夜，想通了没有？你想不通，我想得通。我们什么也不必再谈，把九月初一这关过了，我收你的佃。现在先解决第一步，你欠我的租子，今天我先收。"说着，伸出一只巴掌来，向他做个索讨东西的姿势。

王好德向后退了两步，脸上表示着乞怜的样子，颈脖子歪倒在肩膀上，眼望了东家，却说不出什么话来。蔡为经瞪了眼道："只有三四天工夫了，我可不能等你拖下去。"王好德见东家脸上红中带紫，已不是昨天那样和气的样子了，便低微了声音道："我正是来和你老来商量。"蔡为经大声道："还有什么可商量的，你就是一句话，答应不答应吧？你若是不答应，你就回家去，我们不谈交情了，我今天要挑租，少我一粒稻子也不行。"说着，他将厚肉巴掌在账桌上重重地拍了一下。

王好德呆站了四五分钟，才低声道："你老不要生气，我答应了，只是我还没有和我女儿去说。她的话，恐怕也不大好说。"蔡为经道："那没关系，你女儿的话，让我女人和她去商量。到了紧要的时候，至多是让你女儿当面，你表明态度就行。"王好德道："那是自然，难道我还能在东家当面说两样的话吗？"蔡为经道："那就好，你在我这里吃午饭，我们再喝两杯。先把你女人找了来和她也当面说明，到了下午，我就有办法降服你女儿了。只要你答应，我们的交情依然存在。收租的事，那就不必提了。啰！来支烟。"说着，去身上掏出烟盒子来，敬了王好德一支烟，他立刻又转变得宽厚了。

第十七章

一言应得密斯约

　　他们东佃这样地商量了，刘氏也就悄悄地来和蔡为经面谈过了。玉清在外面放鸭群，哪里知道有这些人在她身上打主意。当她那日下午到蔡家去见着张氏的时候，这些人的圈套都全已布置好了。张氏迎出房门口来，执着她的手，双双地走到屋子里去，然后向她脸上端详了两遍，点头笑道："可惜你不是我的女儿，你若是我的女儿，玉蓉这东西，我就不要她了，这个活祸害东西！"玉清摇摇头道："你老不要说这话，我不敢当！"张氏道："你不知道我一肚子苦水，你若是知道，你就敢当了。"于是先掩上了门，然后拉着玉清的手，同在一条春凳上坐下，把自己家里这件事，详详细细地告诉了她。然后低声道："天下事有这样凑巧，你就和玉蓉长得一样。你和玉蓉长得一样，我们也不能随便在你身上打主意呀。偏巧李家那孩子有一封信给大老爹，和你家翻了脸，愿意退婚。"

　　玉清先听到张氏对玉蓉怀孕的报告，只是抿了嘴笑，听了这话，收住了笑痕，两腮通红，鼻子里呼哧地响了一声。张氏按了她的手道："你先不要生气，等我把这话说完。李家大概也很知道你不愿意这门亲事，不然，为什么到现在还不能把你接过去呢？他想着，反正是接不过去的，乐得在你身上挣一笔钱，所以他和大老爹商量着，要去了我们小河口庄子上二十多担租子，写了一封休书给大老爹转交。"

　　玉清突然地站起来问道："休书？"张氏拉了她坐下，笑道："你不要慌，听我说，我说得急了。他李二狗什么东西呀！敢写休书休你。他的意思，也只是想那二十担稻子，写了一封信，要大老爹转交你父亲，说明你老不嫁过去，是有意赖媒，他也就不要你了。这样，你就不受李家什么拘束，愿意帮我们忙的话，就可以帮我们的忙。帮了忙以后，那封信也就烧掉它吧。你算没有过门，就帮他发了个小财。"玉清道："我帮他们发个小财？那小流氓太不要脸了。这信呢？"张氏道："在大老爹身上收着呢，你爹妈都见过了。姑娘，你听到很生气吗？你想穿了，也就犯不上和他们争那口闷气了。他会在你身上打主意，难道你自己不会在自己身上打主意？你家庭穷得很啦，可望你能帮家里一个大忙。"

玉清笔直了视线，望着窗子外的青天白云。约莫发呆有三分钟之久，然后问道："请大老爹把那信给我看看。我不认得字，大老爹可以念给我听。"张氏笑道："哟！我的姑娘，你还不相信呢。别的事情可以撒谎，这种事情怎么可以撒谎呢？我去叫他来。"于是她到账房里去把蔡为经引到，大老爹看到玉清，满脸是笑，向她深深地点了个头道："大姑娘，现在我求着你了，你可不要搭架子呀。"

玉清红着脸，两只乌眼只是定了神地向蔡为经望着的。蔡为经和她打招呼，她是勉强地笑了一笑，只是在嘴唇皮里，略略地露出几个白牙齿。蔡为经笑道："大姑娘，你生我的气吗？"玉清这才笑道："那我怎么敢？不过这消息是大老爹带来的，我总也要向大老爹当面请示一下。"蔡为经也不多说了，又在身上把李二狗那封信掏了出来。他当门站住，先拦着玉清的去路，然后两手捧了那张八行纸念着。玉清瞪了两眼，站在屋子中间，把这话听下去。

蔡为经把信念完了，她一跺脚道："姓李的这小流氓，太没有廉耻，为了二十担租稻就把我出卖了。"说毕，哇了一声哭了起来。人坐在春凳上，掀起衣襟，只管揉擦眼睛。蔡为经慢慢地将信收到小褂子衣袋里去，他不慌不忙，向她连连摆了两下手道："姑娘，你是很有志气的人，怎么一点儿主意没有就哭起来了哩？他虽然是你的未婚夫，这条身子可是你的，你的身子，你当然可以做主。他出卖你，你就让他出卖了吗？"

玉清听东家老爹这句话，倒是很入耳的，这就擦干了眼泪向他点了两点头道："当然我不能让他出卖。只是他这封信写得太是气人。"蔡为经见她已是不哭了，这就态度更和悦了些，笑着向她点了两点头，对张氏道："拧把手巾来，先让大姑娘擦把脸。"张氏果然去拧了一把热手巾来，双手递给玉清。她说句不敢当，站着接了。蔡为经坐在她对面椅子上，只是吸着纸烟，并没有说话。玉清将毛巾擦过了脸，张氏又斟了一杯热茶递到她手上去。她接了那杯茶坐下慢慢地喝着。

蔡为经看她的脸色，已是平和得多了，这就笑道："一个大姑娘，无论是怎么一个人，听到信上这样的话，谁也会生气的吧？何况你又是这样人才出众的人呢？这话又说回来了，像李端才这样人物，他根本不成材料。我的话可直率一点儿，你若是真出阁到李家去了，就成了那俗话，一朵鲜花插在牛粪上。"

张氏斜坐在一边，一手斜靠了桌沿，望了他两人，这就插嘴笑道："这还用得着你说呢。也就为了这个，把大姑娘青春耽误了。依着李家，早把大姑娘接过去了。从小订的婚姻，真是不好。"蔡为经道："既然如此，那我们正巴不得他肯写这封信了，为什么还生气呢？要不然，王府上想和李家退婚，那还不是一件容易事吧？"张氏道："李二狗这封信，也不过是写出来骗你那二十担租稻罢了，他真肯退婚吗？"蔡为经道："有了这封信，先是个把柄，只要李府上把手段做得绝绝的，这婚事也没有什么退不了的。"

玉清虽没有说什么，但是听到他两人一唱一和，话多少是有些入耳。端了那杯茶，慢慢地抿着，就把话听了下去。张氏向玉清横扫了一眼，然后向蔡为经道："怎样叫做得绝绝的呢？"他道："那就是让李家没法子反悔。你不是写信说要退婚吗？就退婚。无奈婚姻大事，不是三天两天可以成功的，要不然，立刻和大姑娘另说成一头亲事，这就……"张氏道："你不忙，我就拦你一句话了。我们这里现成一个局面，将计就计，就辛苦大姑娘一趟，到九月初一，和我们到冯家去当回代表，李家知道也好，不知道也好，简直就告诉他说，你把王家姑娘出卖二十多担租子，王家自己不会捞这笔财喜吗？"蔡为经道："不！若是大姑娘真肯帮我这回忙的话，我一定要在银钱上多多地帮王好老一点儿吧。二十担稻子，那太少了。大姑娘，你有所不知。我那个亲家是位县参议员，下届还有参议长的希望，我怎么敢得罪他呢？只要能圆成这个局面，我拼了花半场家产是不在乎的。"

玉清听到这里，自己打破自己的沉默，微微地笑。蔡为经道："我这不是什么假话，什么优厚的条件，都对你父亲说了，他和你母亲，都千肯万肯，因为我和你家解决困难不少。第一，你家的欠租我不要了；今年应交的租，我也不要了。第二，我负责给你家盖上那三间烧掉的草屋，那屋不是你烧掉的吗？还让你给家庭盖起来。第三，我另外送你父亲十担租子。至于对你呢，所有和玉蓉置的出嫁衣服首饰，都归你，这和你家大有帮助呀。"玉清哦了一声，笑着还没有说话呢。王好德却在窗子外插言道："姑娘，你看可以做吗？你若是不肯去，东家和我们的交情，可就丧失了。那也不好办不是？"

玉清听着，垂了头约莫想过四五分钟之久，然后一拍桌子突然站了起来道："好！我去走一趟。我不去，李二狗的财喜也没有了，我家里的财喜也没有了，东家的祸事也抗不过去，将来少不了都和我算账。但是，我也不能白去，那点儿衣服首饰，算不了什么。我听听东家的，能够给我多少钱？"她说着话，可把两手叉了腰向蔡为经望着，两只腮帮外也就鼓起来了。蔡为经看她那神气，倒是去定了，便点着头道："大姑娘，你说吧，只要我力量办得到的，我一定照办。"玉清道："我不要租子，今年吃了，明年还吃不吃呢？你写张送字，送我爹二十几亩田，让他可以养一辈子老，你干不干？只要你答应了，我从即刻起，就不回家了，在你家里等着做新娘子，你看痛快不痛快？"蔡为经道："痛快！姑娘，我也回答你一个痛快，就送你家二十亩田，这田不挑远不挑近，就是在你家佃种的田里分出二十亩，这送字我今天就写。"

玉清站着出了一会儿神，又很沉重地点了两点头道："好吧，这事情就是这样办。据我想，我和三姑娘的相貌，很是有点儿相像，瞒是可以把人瞒过的。不过装病以后，冯家让不让新娘子在家里养病，那可是难说。"蔡为经道："也没有什么难说。新娘子回到了娘家，我就可以做主。不过，那天晚上，可要大姑娘你自己做主呀。"

玉清没有回答这句话呢，窗子外她的母亲刘氏又插言了，她道："只要东家老爹肯让我做伴娘送过去，我保险，姑娘能做主。"说着话，刘氏可不像王好德那样拘谨，侧着身子，就由房门口挤了进来了。玉清对母亲看了一眼，哦了一声很长的语音，又把头连点了几下道："原来你们瞒着我，早就商量好了的了。这件事，我本来不愿做，但是我为了要出我这口气，我就冒险试上一试。好吧，我在这里冒充新娘子等着花轿来，不回去了，你们都发财吧。"

王好德这时由房门口伸进头来，强笑着道："孩子，我们也不见得是愿意的呀。东家老爹再三地和我说着，你看我有什么法子老不答应呢？"张氏见所想的事，已是完全办到了，千斤担子算是落下了地，不要说闲话把事弄僵了，这就向王好德笑道："不要说这些话了。彼此帮忙，我们总算是走上一条路了，大家都到前面账房里去坐着，我好好地做一餐晚饭大家吃。"

玉清倒是坐着没动，等大家都走出去了，这才向张氏笑道："东家奶奶，我倒要问你一句话了，现在我是答应给你们去当回代表了。可是你们三姑娘，到底是什么意思，我可不明白。她本来提起我的名字就头疼的，现在让我去当她的代表，她愿意吗？"张氏道："打着灯笼哪里求这样的人去？她还能说不愿意这句话吗？"玉清道："东家奶奶虽是这样说了，我还是不大相信，我要求你引着我去见她一见。"这个要求叫张氏感到相当的困难，向她笑着摇摇头道："她怎么好意思见你呢？"玉清道："那不行，我们迟早是要见面的。若是到事后见面，三姑娘那个脾气，还说我顶着这号买卖做呢，那就难说了。"说着，她噘了嘴，闷坐在春凳上。张氏偏着头，想了一想，笑道："我也不敢违拗你的意思，等我先去和她说一声。"玉清道："我想，她现在不会像以前见了面就骂我了。先不去通知她，也没什么关系。"张氏道："她还骂人呢，我们见了她，少骂她两句也就够了。好孩子，你等我一等，我去叫

331

她去。"

玉清还没有答言，张氏手上拿了一把钥匙走了，像是去开锁似的。一会儿工夫，她真领着蔡玉蓉来了。玉蓉穿了件特制的蓝布短夹袄，腰身肥大，那肚皮囊子像是在胸前垂了个包袱似的。她走了进房，完全改变了以前的态度，向前握着玉清的手道："我妈说，托你帮忙的事你完全答应了。这是下井救人的事，难得你这样有义气，我不知道要怎样说谢你才好。"她一面说着，一面摇撼了玉清的手。脸上不是羞，也不是发愁，分明是在笑，而又紧锁了两道眉头子。

玉清在这几年以来，就没有见过她有这样和蔼的面貌。手还让她握着呢，又不能猛可地抽了回来，这就也带了笑容道："我也是没有法子呀。东家老爹和东家奶奶老是说着，我怎么推辞得了呢？三姑娘，你以后见了我，不拿口沫喷我吗？"这句问话，把玉蓉逼得是更觉两脸通红了，连颈脖子都涨红了。同时，两只眼睛的眼皮都羞涩得垂下来，要睁不开了。这才收回了手去，扯着玉清的衣服道："你坐下来我和你谈吧。以前的事，你不要提了。我也是为了父母两人的面子，只好由他们去搞，若是依我的意见……"张氏立刻瞪了眼向她望着道："依你的意见？还依你的意见，那就全完了。你父亲本来是要多多联络几位绅士，搞一个参议员，还指望着冯家大大帮忙呢！玉清，你不要和她说什么，她已经不是我的女儿了。"

玉蓉挺了个大肚囊子站在屋子中间都觉得有些不稳当，手还扶了桌子角呢。本来她和玉清说话的时候，就不住地抿了嘴，好像把无穷尽的怨气，都要由口里顺着口沫咽了下去。眼皮垂下来的时候，眼角里就有泪珠在转动着。这时张氏一喝骂，她实在忍不住了，嘴唇皮一阵哆嗦，两行眼泪由眼角里一齐滚了出来，几行泪线在脸腮上牵挂着。张氏将手连连地挥了几下道："你哭什么？我为你是哭都哭不出来了。若不是玉清担了这血海干系帮上一阵忙，老实说，你父亲就要上吊。"玉蓉带着哭音道："上吊就上吊，我的婚姻，有我的自由。"张氏道："婚姻是有你的自由。你有本领，你满中国自由去。为什么花家里的钱，吃家里的饭？这还不算，你肚子里那块孽障没有地方卸掉，为什么还要到家里来啊？你只是口里说得硬，惹出了祸事乌龟缩头，还是躲在家里，让别人给你顶石磨。"

玉蓉突然地将身子一扭，就向门外跑，一面骂着道："你骂我干什么？你做上人的，根本家教不良，不能管教你的儿女。你叫了人来，当面侮辱我，你这就有了面子了。"她一面说着，一面就向外跑。张氏也是气得涨红了脸，手扶了桌沿，瞪眼望了窗户外面，口里连连地说着，你看你看。很是有了几分钟，她才回过脸来向玉清道："你看她这个样子还是这样放肆，这样的女儿，要她做什么？"玉清笑道："你老若是心里和口里一样，那就好办了。你反正是不要的女儿了，你管她这回事怎样地交代呢？你让她自己去抵挡，大不了是退婚吧，赔人家几个钱吧，也就不必花上这么些个钱，找着我们父女说上几天几晚的好话了。"

张氏见玉清先是带了笑容说着的，慢慢地将笑容收了起来，把腮帮子就绷着了。她就笑道："大姑娘，你还有什么不明白的，我们还不就为的是这个吗？"说着，她伸手摸了两摸面皮。玉清点了头笑道："你老这话说得有理。不过这事若是办得不好，我们姓王的可就大大地没有面子了。"张氏道："所以啰！这事我们要小心谨慎地去做。办得不好，我们不更是糟糕了吗？不说了，不说了，陪我到厨房里去做晚饭去。"说着，拉了玉清就走。

张氏的卧房门外是一道长的小天井，在天井另头，是个双合门，关着个小院子，那就是玉蓉所在的特殊地域。她正是站在那小院子中间，手扶了一支竹子，昂了头在想什么。玉清看到就问道："那间院子就是三姑娘享福的地方？"张氏哦了一声道："我还没有关上这院子门。玉蓉，你为什么不到屋子里去，你还要现宝？"玉蓉望了她一眼，鼓着腮帮子没有作声。玉清点了头笑道："小宝宝大概快出来了，准是又白又胖的一个小宝宝。"张氏唉了一声，手还是拉了玉清走。玉清偏不走，她向玉蓉的大肚子看着，笑道："我什么都长得和三姑娘相像，只是这个肚子不像。现在三姑娘和我长得大为不同了，用不着见我就吐口沫了。"说着咯咯咯地狂笑，笑得肩膀上下乱耸。

玉蓉手上始终是扳了那根竹枝的。竹枝是弯得像把弓一样，这时她猛可地一放手，那竹枝向天空里一刷，呼的一声响，她变着脸子正待有话要说了出来。张氏赶快跑了过去，扑通响着把双合门关了，立刻将挂在门环上一把大锁锁着，然后回转身来向玉清笑道："大姑娘，你何必还挖苦她，这罪也够她受的了。"说着，还是走过来牵了玉清的手。玉清笑道："本来是真话嘛！以前见了三姑娘，她就拿口沫喷我，我穷人家女孩子不配和她长得相像，现在还是靠了我这穷人的孩子救了你们一家的面子呀。"张氏轻轻地拍了她的肩膀笑道："好了好了，你已经出气了。"玉清得不着她们的反攻，也就只好一笑了之。

第十八章

已是今宵更可怜

　　王玉清在蔡家尽管出着气，蔡氏夫妇都是笑着忍受了。要什么东西，他们没有回答一个不字，也完全接受了。玉清要凭据，蔡为经更不考虑，当晚就写了一张二十亩田的送字，交给王好德拿着。玉清长了十九岁，实在没有这样舒服过。只是一层，不敢回家，王好德夫妇也劝她不要回家。所以劝她不要回去，倒不是怕东家不放心，为的是家里那个跛脚儿子话不好说，还只有瞒着他呢。当然，王好德说是留女儿在蔡家赶嫁妆衣，玉发也没有什么不相信的。

　　玉清住在蔡家，既是不出门了，从头至脚，都换了玉蓉的衣鞋。到了九月初一，藏在张氏卧房后的厢房里就不出来了。亲友到门，她是一概不见。但是她换了新娘的嫁衣，半侧了身子朝里坐着，有人隔了窗户向里探望，新娘子活龙活现，人家也没有什么疑心，只是说姑娘害臊而已。半下午的时候，花轿来到，玉清照着老规矩，盖上了头巾，然后才由张氏扶着，走到堂屋里上轿。亲友们虽然觉得新娘子在出嫁的前期，不和贺客见面交谈，有些违背人情，可是蔡玉蓉三姑娘那个脾气，无人不知，这回准是她闹别扭，也不曾想到别的事情上去。夫家看到新娘子上轿，那绝没有错误，也丝毫不去猜想意外。玉清的母亲刘氏得了蔡为经夫妇的许可，另备了一乘小轿将她抬着，抢先赶到冯家去和女儿布置防务。新娘一出门，蔡氏夫妇总算过了一关，但听下文了。

　　那位做新娘子的王玉清，先是要出一口气，后来又受着许多利益的引诱，慨然地担任下了这个新娘代表，倒是心里很痛快的。可是到了八月三十晚上，她想着明日就要坐花轿了，这若是嫁过去让人识破了，怎么下台呢？若不识破，是不是可以照预定的计划，第二日可以回来呢？心里上上下下，很是有些害怕。不过一切事是车成马就了，现在说是不去，那可是不行的。这晚上，照乡下规矩，是新娘母亲伴宿。张氏外表做得活像，老早地就和她在厢房里坐着，再三地安慰她，又许了事后认她为干女儿，又给她戴上高帽子，说她是位能干姑娘，绝对办得不露马脚。玉清又被英雄主义鼓励着，更说不出退缩的话了。

九月初一，是五更鸡叫就起床。洗澡理发换衣服，全是张氏刘氏在旁照料。日出以后，送亲的亲友来了，张氏叫玉清将厢房门关上，说是新娘子在八字上忌见生人，不许说话，亲友们可以隔了窗房看看。这在封建迷信的习惯上，也是有的，也没人敢勉强要和新娘子说话。大家隔着窗户，看了新娘的侧面和身材，一点儿没有错，甚至连玉蓉半年多有毛病的谣言，也证明是不确了。

玉清坐在屋子里，虽然知道房门关着，人是进不来的，但是心里总那样想着，万一有人撞开门进来呢？这些人里面，也有熟人。蔡玉蓉变成了王玉清，那岂不糟糕？她越想越害怕，也越不敢回头向窗子外看。她倒有些变态心理，希望花轿快些来，好坐了走开。熬到下午，花轿来了，张氏进来和她穿上了嫁衣红袍子，盖上了头巾，她倒是心里好笑起来。这是哪里说起，平白地做起阔新娘子来了。自己是位穷人家姑娘，乡下规矩，穿件红衣服，无声无臭的，找两个人抬乘小轿，也就出嫁了，哪里有这份风光？及张氏将她搀扶着，引到堂屋，锣鼓喇叭在前院响起，先对蔡家的祖先拜上了八拜，作辞祖礼。她一面拜着，一面心里好笑，你蔡家祖先不也在上面好笑吗？这蒙头巾可以骗人，也可以骗鬼吗？拜过了祖先，耳朵听到音乐，脚下可看不到路，糊里糊涂，让人家扶上了轿子，随着也就抬走了。

她坐在轿子里，由蒙头巾底下向四周张望着，黑漆漆的，什么都看不到。她料着是四围不通风的，也就掀起蒙头巾一角左右张望着，果然是内外隔绝的，索性就把它取了下来，两手抱在怀里闷闷地想着，说也奇怪，我居然坐上花轿了。这是多少乡下大姑娘所痴心妄想不到的。不是有钱的娘家、有钱的婆家，哪里有花轿坐？在前几天，做梦不会想到尝尝这个滋味。这滋味现在尝到了，像是坐在闷葫芦里似的，这有什么意思？奇怪得很，许多大姑娘自从懂事以来，就想坐这乘花轿，坐了花轿，又怎么样，还不是像我这样糊里糊涂做瞎让人抬走。

她闷想着，只觉身子被抬着微微地颤动，有时身子前后俯仰，可想到是轿子上坡下坡。除了这个，什么也不知道。不明白到了什么地方，也不能估计走了多少时候，将手抚摸了轿子的四方，都是硬板子，虽然左右有两块玻璃窗户，也都是轿外的红布给它遮盖了。轿板子也有几条缝，有几条太阳光，由轿板缝里射进来，黑暗中移着银色的线，这是唯一可解闷的玩意儿。轿子前，一队古老的音乐队，呜呜啦，咚咚呛，有一阵没一阵地奏着。有时，听到轿子外一阵喧哗，知道是经过一座村庄了。这样的情形下进行着，玉清始终是在糊涂中。

忽然一阵爆竹声，那队音乐，也就吹打得有些拍子了，轿子前后就人声如潮涌。她知道是到了冯家了，心里有些怦怦乱跳，赶忙就把捏在手上的蒙头巾，把头来遮盖上。仿佛中是轿子停住了，但听到说话、笑声、叫喊声、吹打声，闹成一片，也不知道轿外搞些什么。

随后轿门开了，就有两个女人走到轿门边来。因为在蒙头巾下，可以看到来人的下半身衣鞋。这里有个人说："新娘子，随我来吧。"于是就被两个妇人挽下了轿子。自己虽明知一切是假的，可是到了这个时候，就得假戏真做，由人引着。自己低了头，在蒙头巾下，看到周围全是人的下半身。脚下看到了大红毡子，身边站着一个男子了。四围都是笑声的时候，在红毡子上站定了。旁边有人喊着："先拜天地，后拜祖先。"玉清就被挽扶的妇人轻轻按着，跪了下去，她又明知道这是在拜堂。虽然觉得这事情是人生只一次的，然而这回并不能算数，也不应和一个无关系的男子同做这回事。然而她不能稍稍抗拒，只有受着人家的引导，拜了又拜。有人喊着，拜父母。上面似乎又来两个人坐着。

玉清想着，这才奇怪呢，我对这两个不相识的人下拜。可是那扶着的妇人，还对了耳朵轻轻地说："公婆在上，恭恭敬敬地拜呀。"她自然也就拜了。最后，那个喊的人就喊着夫妻交拜了。她被人扶着转了身，面对了同拜的那个男子。欢笑的声音就四周叫喊起来了："新郎跪下，新郎跪下。新娘不要动呀。"在大家乱叫声中，有人发言了，像是个长辈，他道："文明点儿，让他们相对鞠躬吧。"玉清也不知道对方拜没有拜，但被旁引的人，扯着衣襟微弯了几下。有人又喊着："新郎新娘入洞房。"洞房这两个字，在乡下女孩子听来，真是可以让人心跳一下的事情。但也不容她多所考量，大家像众星拱月似的拥着进了新房，进新房，这也是她理想着的。因为她鼻子里嗅到一种新的油漆气味，又是一些香气，这不就是一种新房里的陈设品发出来的香味吗？她迷糊着被人引在一把椅子上坐了。接着就有人喊叫看新娘子呀，新郎快挑头巾。

说着，她在头巾下，看到有人过来了，伸着一柄秤杆到了头巾下。她知道这是要和生人见面了，同时，自己也是急于要看着这是怎么一个环境。眼前一亮，头巾是被挑开了，她随着一低头却又很快地向对面横扫了一眼。她也不解是何缘故，尽管这个挑头巾的新郎，那是和自己无关的，然而总不能不把这个人丢开不管。她首先所注意的就是这个人，也正和那个人一样，也是急于要看新娘的。两个人不约而同地，四目相对。

玉清是首先吃了一惊，这位新郎五官端正的一个长方脸，两只英光射人的眼睛。头上的分发，乌缎子似的罩着。身穿一件蓝绸夹袍子，风姿翩翩地站在面前，看去也不过二十开外的一位青年。她没想着新郎是这么一位英俊少年，她理想着好像蔡玉蓉这种女子，就不会有好丈夫，一直到拜堂，还是这样想着。现在看到这个人，完全是和理想相反，这倒和新郎表示同情，这么一位青年，怎么和蔡玉蓉这样一个女子结婚呢？她在想的时候，不免又撩着眼皮，看了新郎一下。

新郎倒是见过玉蓉的相片的，新娘子穿了新衣服，再加上化过了妆，比相片还要年轻些呢。心里一高兴，脸上都带着笑容。在新房里的贺客，大家就鼓掌叫了起来，新娘子好漂亮，新郎官都笑了。于是新郎索性地笑道："你们笑得更厉害，那就不说了。"有人说："现在笑得厉害算什么？晚上我们闹新房，绝对闹个通宵，那才是笑了。"又有人说："何必晚上，现在我们就闹呀。"

那新郎见事不妙，笑着就要跑出去。但是这喜剧并没有完，接着是被人拥着新人在床上同坐，喝交杯酒，撒果子让小孩子抢。这屋子里始终拥满了人，不断地喧笑。足闹了二小时，玉清是糊里糊涂听人摆弄。最后新郎逃跑了，笑声停止，玉清的神志才恢复过来。母亲刘氏穿了件新的毛蓝布褂子，已是悄悄地站在身边了。她改了口了，轻轻地道："三姑娘，我在这里呢。"

玉清向她看了一眼，表示着知道了。这时，她在不抬头的姿态中就向这屋子四周打量着，见墙壁粉刷得雪白，红色的木器，雕花的木架床，床上是花布被罩、红绫子被褥。细夏布的帐子，面前挂着绣花的帐帘，还挂彩色的丝线穗子。条柜上摆了玻璃花罩、大时钟。梳妆柜上摆着紫漆雕花嵌罗钿的梳妆盒、大的瓷瓶、小的白铜罐，看去都是光耀夺目。她心里就想着，这大部分是蔡玉蓉的嫁妆，小部分是冯家代办的。但无论怎么样，玉蓉将来会舒舒服服在这屋子里住着了。

她想着的时候，脚踏到了地板，她又觉着这也是舒服的一种。乡下人一万家人里面，也难找到一家有地板的。她在赏鉴这屋子，也就不住地在想着。天色是慢慢地黑了，那方桌子上一对白锡烛台插上的两支龙凤花烛，正是燃烧出三四寸高的火焰，只是在空中摇晃，于是屋子里的人影，也就跟着有点儿摇晃。她正沉静地想着，洞房花烛夜已经来了。不管是真的是假的，自己是新娘子，而又在洞房里，原来所定的计划，怎样来实行呢？只是屋子牵连不断的，都有人看新娘子，除了见人站起，然后坐下，她照着封建社会的习惯，是不开口的，她也就没有工夫和坐在身边的母亲商议什么。好容易等着了个机会，外面有人叫，各位客人请入席呀，于是在屋子里的贺客都走开了。

刘氏一看屋子里没人，抓了玉清的手，低声道："孩子，你觉得怎么样？"玉清道："我心里慌得很！"刘氏道："我们不是说拜堂以后，你就装病吗？现在可以装起来了。"玉清道："我简直弄得六神无主，连装病都忘记了。妈，你看，这人家多么有钱。"刘氏道："那是自然，新郎也是很好的一个人，咳！可惜，我们是假的。"

玉清对这话还没有回答呢，新郎却好是进来了。他已不穿长衣，换了一道浅蓝色的西服。他带了笑容向刘氏一点头道："这位伯母，你也去入席呀！"玉清看着新郎进来，早是低了头。新郎和她母亲说话的时候，她在椅子上半扭了身子过去。谁知新郎穿了洋装，就和乡下普通新郎不同了。他低声笑道："蔡小姐，你是个受过教育的女子，怎么也是和乡下新娘子一样呢？为了家庭的逼迫，这旧的仪式可以完全交代了。现在可自由点了，你不必守那些老规矩，吃点儿喝点儿，都可以。"

玉清听到他以女学生相许，这倒不可马上就露出了马脚，于是扭正身子来，抬头向新郎看了去。可是生平第一次的事，根本就不知道怎样开口。加之母亲又站在面前，更是透着尴尬，她忙中无计，对人忍不住一笑，又立刻低下头去了。刘氏在旁看到姑娘这情形，觉得有些不妥，只把眼风飘了过去，可是玉清并没有理会。

玉清将纽扣上掖的手绢取下来，又掖上去，然后牵牵衣襟。那新郎站在面前，又不肯走，三个人都僵着没有说话。这时，房门外一阵哄笑，男女来了一大群。有人喊着"新郎偷着和新娘说话了，罚他呀！罚他呀！"新郎笑道："你们胡闹什么？我是来请这位老太入席的。"他说是这样说了，冲出重围就跑了。有人就笑说："这也难怪，郎才女貌，你看这是多么好的一对！怎么不找着机会说话呢？"

贺客们说笑着去了，屋子里又剩下了刘氏母女二人。她就悄悄地向玉清道："孩子，你快装病吧。我看，今晚上闹新房，他们一定是很厉害的，你犯得着去做这傻事吗？"玉清道："闹也好，闹到天亮，那不就不用得我们担心了吗？"刘氏道："他们冯家有上人，有年长的亲戚，也不会让大家闹新房闹到天亮吧？"玉清道："到了那时候再说吧。立刻叫我装病，我还是装不来呢。"

刘氏看看她女儿，也就没说什么了。大家吃过喜酒以后，男女一群拥到新房来闹新房。刘氏早抢着吃过了喜酒，紧紧地在女儿身边陪伴着。可是做伴娘的，只能和新娘略事招架，绝不能拦着人家不闹。她心里唯一的打算，就是玉清赶快装病，偏是玉清受着任何的吵闹，她绝不装病。像闹新房的老套，最难过的两关，在床架上插着一朵花，要新郎抱了新娘去摘下来，又将一块银圆，放在新娘子嘴里咬着半边，要新郎用嘴衔着在外的半边拖了出来，新郎新娘也都做了。刘氏在旁边看，心里十分地不好受。养了一位十八九岁的大姑娘，可以和一个陌生的白面书生做这些事吗？然而贺客说了，不这样做他们不散，新郎新娘就为了这个条件所屈服。

刘氏看到表演了最后一幕，暗中不住扯着玉清的衣襟。而她侧了身子坐在床角边一把椅子上，只是低头不语。这时，有一位老太太来了，大家喊着姑奶奶。照乡下规矩，乃是送房的。这人出马，贺客就非散不可。姑奶奶站在屋子中间，向大家笑说："好了，大家可以休息了。闹新房有三天呢，明天再闹吧。新娘子累了一天，也该休息休息了。"年长的听说，自然走开，年轻的被姑奶奶连推带扯，也扯走了。然后她向刘氏道："没什么事了。老太太，你也到外面去喝碗茶。"刘氏听说，连答应是。她站在玉清身边，又暗暗地扯了她的衣襟几下。然而她不装病，她也不理。反之，她竟是把腰身一扭，姑奶奶笑道："老太太，你出去吧，交给我了。"刘氏没法可赖在新房里，只好出去。

新郎见屋里没人，不好意思，假装也要走。姑奶奶一把将他抓住，笑道："过了子时了，新郎不能再出洞房，我给你带上门。"说着，她退身出去，将房门带上。在外面叫道："把门闩插上，窗子关好，仔细人家偷新房。"新郎倒是听话，就这样做了。

屋子里没有第三个人了，玉清抬头一看，桌上那对龙凤花烛，已烧去了三分之二，条桌上那时钟，当当响了两下。新郎坐在椅子上，抚摸着西服的领带。她见到新郎是那么英俊年少，心里一动，要笑出来，赶快又把头低了。新郎起身走过来，低声问道："你该累了吧？"她撩着眼皮看了一眼，没说话。新郎道："你可以先休息了，我得看看房外还有人没有。"玉清这才抬头看了他，摇了两摇头。新郎道："没有人了。"玉清扑哧笑了，又摇了两摇头。新郎见她穿件粉红色的夹袍，脸上又带了三分红晕，笑着露出了两排白牙齿，红烛光下，照得越发地妩媚，便笑道："不要害臊了。你是个受教育的女子，何必还做出这小家子相？"她还是一笑。不过她不低头了，望着新郎有点儿出神。新郎道："蔡小姐，你对这婚事的感想怎么样，还满意吗？"

玉清先是呆着不说话，但又像要说话的样子，犹豫了好一回，叹了口气道："谈什么满意不满意，不过就是今天一晚上的事罢了。"新郎听说，倒吃了一惊，望了她道："这话怎么讲？"玉清道："唉！我实在不能不说了，随便你怎样办吧。"

第十九章

这骑良骏属谁家

这位新郎冯少云，以前是看过新娘的相片的，也偷看过新娘本人的。在这乡下，有这样一位美妻，而且知识水准也相当够格，那是可以满意的。只是传说着蔡小姐相当放肆，也相当挥霍，不免心里有些疑惑。现在看起来，新娘不但不放肆，而且还很拘谨，可想闻名不如见面，而会花钱的这个说法，也就不可信了。于是到了洞房里，他相信这婚姻将来是美满的。这时玉清说只有一天的事，他大为不解，问道："这话怎么个讲法？"玉清道："你以前见过我吗？"

冯少云就在床沿上坐下了，斜了身子向她望着，微笑了道："除相片不算，我由芜湖回来的时候，总到县立女中附近去转转，看见过你两回。"玉清道："是瘦一点儿还是胖一点儿？是白一点儿还是黑一点儿呢？"少云道："差不多吧。我觉着你还漂亮了些。"玉清道："你没有看走眼吗？"少云道："没有，我对你很满意。你为什么说出只有今晚一天的话？你也不像对我有什么不满。"玉清笑道："对你不满，我哪里找去？你再仔细地对我看看，我是相片上那个人吗？"少云笑道："怎么不是？这还假得了吗？"玉清叹口气道："我没有在你家那福气。老实告诉你，我是假的，我不是蔡玉蓉。"说着这话时，她两只眼珠对定了新郎望着。

少云对她仔细地看着，问道："这是什么话？我不懂，你不要给我开玩笑了。"玉清道："今晚上是什么日子，我能和你开玩笑吗？我本来想不告诉你的，但是我看到你很好，我不忍骗你。你看看房外有人没有，让我把话详详细细地告诉你。"

少云见她面色是那样郑重，果然依了她的话，打开房门来巡视了一遍。然后关上房门，坐在原处，笑道："我们安歇了吧，放下帐子，在床上轻轻地谈，不会有人听到。"玉清摇摇头道："不行，我不是真的新娘子呀。先让我把话告诉你吧，望你不要生气。"于是把蔡玉蓉分娩在即，不能出嫁，又因为自己长得和玉蓉一样，蔡为经连吓带买，把自己抓来冒充的计划都告诉新郎了。玉清又道："我本来是要照计装起病来的，但是我和你拜过堂、坐过床、喝过交杯酒，我看你又很好，我就不愿骗你了。现在把话说明了，随便你怎样办。不过我是蔡家的佃户，我又欠他的租，不久前，我哥哥病了，我家烧了房子，我全得东家帮助，我不敢得罪他。准指望明天回门，把你骗过了，我就把我家救了。但是这半天的工夫，我和你有了感情了，我实在不愿让你受人家的骗，自然我也就不能再来骗你。你在这上面，原谅我一点儿吧。"

冯少云听了这话，一拍大腿，正要喊句怪事。可是怕这话喊出来让人家听去了，又把这话忍了下去，低声道："蔡家这种行为，实在可恶。他女儿在家里生私孩子，不嫁我也不要紧，为什么要这样地骗我？"玉清道："一来是不愿丢这个面子，二来你家有钱有势，他不愿丢这门亲戚。偏偏又有我这么相貌相像的人可以冒充，他就落得冒充一下，我现在很后悔不该来。但是我认得你了，也不算白来。你饶恕了我吧，等我明天回家了，你再和蔡家算账。那个伴娘就是我妈，大概她十分不放心，你出新房去吧。我没别的话说，我是请你多多地原谅我。"

少云道："我当然原谅你，而且我也感谢你。要不你照着他们的计划装起病来，我还蒙在鼓里呢。"玉清道："我的话都告诉你了，你随便怎么办都可以。你看还是我装病呢，还是你出去？"少云道："我出去，这事就闹穿了。对蔡家我一点儿也不顾惜，可是我新郎不准进洞房，人家问起来，我说你是冒充的，你在我家里怎坐得住？半夜三更把人送到哪里去？我家里这些个客，我父母的面子也不好看，这只有暂时忍着的好。"玉清道："今天晚上忍着，明天让我走吗？"少云笑道："那么，就是按着你那句话，我们认识，只有今天一晚。"玉清道："当然只有今天一晚，以后我们哪里还有见面的机会？有机会，见了面也怪难为情的。"少云道："以后我们永远在一处不好吗？"玉清看了他一眼道："永远不分开？"

少云握了她的手道："你不懂我这句话的意思？"玉清点了两点头道："我懂是懂的，可是我不认识字，我也不漂亮，而且是穷人家的姑娘，我恐怕不配吧？"她虽然谦逊着，那让少云握着的手，她可没有去摆开。少云道："穷人家的姑娘有什么要紧？你比有钱人家的姑娘干净多了。不漂亮？你不是说你和玉蓉长得相像吗？老实说，我就是因为她还漂亮，才肯结婚的。你像玉蓉你就漂亮。"玉清道："不认识字怎么办呢？"少云道："谁是天生就认得的？字慢慢学就会了。"玉清笑道："对！我一点儿褒贬都没有呀！"少云道："我觉得你对我很好，我也当对你很好。我姑妈说了，你累了一天了该休息了。"说着，拉了她向床边上去。玉清扭着身子道："不，我坐一晚。"少云道："你听，脚步响，人来了。"

于是有那姑老太的声音了。她道："少云，夜过子时，该安歇了。明天早上，还要拜客呢。"少云回头向窗子外道："这就歇了。"说着，他赶快地放下雕花床架下的蚊帐，将新娘子推到帐子里去。那位姑太太在窗子缝里张望，玻璃窗里的花布窗帷，也有遮不完全的地方，由那里可以看到新娘那只花红鞋，在帐子下面露着，新郎也在脱西服了。她手上提了一盏灯笼，自行走开。

走到通客房的巷子里遇到刘氏举了个油纸捻走来了，她笑道："老太，你不用去了，新娘子安歇了。"刘氏道："新娘子安歇了？"她原是用很惊讶的声音发问的。可是话问到舌头尖上，却把声音缩小了。但是她不肯止步，依然向新房走来。

乡下的房子本是没有玻璃的，因为冯家学时髦，特地在新房里加设了一个玻璃窗。这窗户是新加的，新木框子和旧窗台不能完全吻合，就有了缝。新房里有两只大红烛，又有大的煤油琉璃罩子灯，就有光线由窗缝里射出来。刘氏吹熄了油捻子，首先就在暗处发现窗台上的几根光线。她由这条光条上向窗子里张望，洞房里已没有了新郎新娘，床上的喜帐，深深地低垂，帐子下摆着一双红鞋、一双紫皮鞋。桌上两支红烛，光焰烧得三四寸高，红光摇撼着满屋子。她想着，这是喜气洋洋吧？

她站在窗户外面，出了一会儿神，心里暗叫着一百声糟了。但是她有什么法子，姑娘不肯装病，做伴娘的，没有那权利干涉新郎进洞房。她站着向窗缝里探望，探望之后，又在窗子外站着出神。然而她正不会孤独，年轻的小伙子，三三两两，不断地前来听房。

这窗户外是个小天井，幸有别间屋子里的灯光，由门窗里放射出来，可以照见天井的人影。要不然，她还只管被人撞着呢，她是看到人影子过来，就闪开了。几批听房的人来过了，全无所得而去，因为新人说话的声音非常地低微，什么话也听不见。刘氏看看听房的，又看看洞房的门紧闭，她不能说什么，也想不出什么办法，带了一份沉重的心情，自回预备的客房里去安歇，心里想着，原来就觉得东家想的这条计十分冒险，但没想到自己姑娘根本不照计行事。本来也就难怪，十八九岁的姑娘真的做新娘子，真的入洞房，新郎官又是这样一位白面书生，新房里又是那样好，她有个不动心的吗？今晚上是没法子管这件事了，明天必定要问问姑娘，为什么这样做？这一台戏越唱越难，怎样地收场呢？她这样地想着，倒是一晚在床上翻来覆去，在枕头上打个盹，迷糊了会子就醒了。

天已大亮，她也不愿再睡，立刻披衣下床，匆匆地漱洗了，先就到新房外去探望一下。照规矩，新娘不天亮就起来的。她看到房门还是紧闭，窗户也没有开，只好踅回来。她暗叫着玉清这孩子糊涂呀，就是真的新娘子也该起来了。不怕人笑话吗？她回到客房里，坐不到五分钟，她又走出来了。她二次到新房外，门已开了，冯家的女工正送着一盆脸水进去。

刘氏走进房时，玉清正对了梳妆台在梳理头发。她看到母亲进来了，疏了神，站起来，低声叫了句妈。刘氏立刻大声笑道："姑娘，恭喜呀!"这算把玉清提醒,不觉羞得涨红了脸,依然坐下,对了梳妆台理发。刘氏站在桌子边,低声问道:"新姑爷起来了吗?"玉清回转头向垂下的床帐,努了努嘴。那个送水的女工已经走了,刘氏就了玉清的耳朵,低声道:"你怎么没有照计行事呢?"玉清向她母亲看了一眼,沉了脸子道:"我不能老骗人家。"刘氏对女儿脸上仔细地注意着,姑娘却是不介意,自到洗盆架子边去洗脸,垂了眼皮,沉着脸腮,好像是不高兴母亲这一问。刘氏手扶了那窗户前的梳妆台,倒是呆住了。

玉清拧了一把手巾走过来对着镜子擦脸,看看窗户,又看看床上,然后低声道:"这件事,你就不用管了,有我和床上那个人做主。早上,人家招待你吃果子茶,吃早饭,你就舒舒服服吃上两顿。"说着,她微微一笑。刘氏在她这一笑中,就知道木已成舟那句话是千真万确。但她放下了这边,却放不下那边,低声问道:"今天还回门吗?"玉清道:"那是规矩,怎么不去?"

刘氏还要问时,女仆工又来了,随后来的人渐多,新郎也起床了,她只好走开。她心里想着,玉清这孩子好大的胆,就这样弄假成真下去,以后怎样对付蔡家呢?又怎样对付自家的老头子呢?女儿嫁这么一位姑爷,怕不是好,可是这是假的。她想到这一切,觉得比昨天晚上还要精神恍惚,人家招待坐就坐,人家招待吃喝就吃喝。但是看看自己女儿,却是态度自然,新姑爷呢,虽然还是像昨天那样客气,却是更显着一番恭敬。相见之后,总是笑嘻嘻地弯着腰叫声老太。新姑爷这情景,她自然也莫名其妙,见了这位新姑爷,好像就格外亲热似的。人家叫着,也是笑嘻嘻地向人家回礼。她也就想着,他们两个人全不着急,自己又何必着急,且看他们怎么办。于是就沉住了气静等回门。

吃过了午饭,新郎新娘还有刘氏,一共三乘轿子,抬到了蔡家。刘氏的轿子在后,她下轿的时候,却看到玉清在堂屋里靠了柱子站着,头垂在肩膀上,愁眉苦脸的,却不作声,看那样子是生病了。刘氏想着,这是什么意思?天大的事都算完了,现在还要装病?可是玉清越装越像,靠了柱子却是不走,既然这样做了,刘氏也只有跟着办。于是跑向前，抢着将她搀扶了。但是蔡家是个绅士人家，排场是不肯忽略的。大门外放着万头的爆竹，祖先堂上，设了香案，蔡为经夫妇高高在上，左右分张，摆了两把披红椅靠的椅子，扶了椅子站住。这里新夫妇二人，走到第三进堂屋，在红毡子上，先拜过了祖先，然后拜见岳父岳母。

玉清始终是摇摇欲倒的样子，由刘氏扶着行礼。拜过了，还不曾站定呢，张氏就抢着向前，将她挽住了，问道："孩子，你不大舒服吗？"玉清道："昨天一过去就病倒了。"蔡为经道："那么，赶快扶到屋子里去休息，先养养神吧。"于是张氏刘氏夹着玉清，把她扶到里面去。来道贺的亲友这时正拥挤了满堂屋，大家都觉着这事太煞风景。主人蔡为经虽然脸上也是表现了忧愁的样子，但是并不怎样紧张，依然叫家里人在堂屋里摆上三桌茶点，招待新姑爷入座。

新姑爷冯少云很镇静地受着招待，不带笑容，也不带什么愁容，只是将一番客气的样子，周旋着各亲友。大家安坐已毕，蔡为经亲自陪着姑爷坐一桌，问道："小女在这半年以来，身体老是不大好，恐怕是昨天受了一点儿热。"少云点点头道："当然。昨天行过婚礼以后，令爱就说身体不大好了。这旧式的结婚仪式，实在是不大好。新娘衣服穿得不多，头两天就不吃不喝，加上花轿又是四围不通风的，闷也把人闷坏了。我想好好地休息一两天，屋子里让空气流通，自然也就会好的。"在桌上的亲友，有年老的，点点头说："这是有的，老风俗叫着新娘晕轿，一半天就好的。"蔡为经听说，也就装着宽心的样子。坐了一会儿，他也就到内室里去看新娘。

这时，玉清睡在张氏床上，放下了帐子，盖着被子，虽然满屋里都是吃喜酒的女眷，可没有谁看到新娘子，也没有什么人和她说话。不过大家是亲眼看到她进房的，那并没有什么疑问。蔡为经走到房里来，见张氏坐在床沿上，压住了帐子，便问道："孩子怎么样？"张氏道："病势来得很凶呢。若是今天还要抬走的话，那我很不放心。"蔡为经点了两点头，见刘氏也坐在屋子里，就向她看了看，眼光里好像告诉了她一句话："照计行事没有错吧？"于是他又回到了堂屋里来。大家问新娘怎么样时，他只是摇摇头，自这时起，他装了着急的样子，不断地向内室里去打听新娘子的病。

吃过了招待新姑爷的午酒，太阳就偏西不高了。冯少云站起来向蔡为经道："岳父，我要告辞了。晚上，舍下还有客。"蔡为经正了颜色道："少云，你坐下，我和你商量商量。"少云坐下了。蔡为经又向在座的亲友们拱了两拱手道："兄弟有几句话和各位商量一下。就是小女的病来得很猛，恐怕不能再坐轿子了。我的意思，暂时把小女留在家里养病，等她病好了，我夫妻同送她到冯府上去，不知道姑爷意思如何？"

冯少云微笑了一笑，笑得两道眉峰伸长，好像就知道岳父有这个要求似的，他没作声。蔡为经又向他望了问道："少云，你的意思如何？"他道："岳父当然疼惜令爱的，这话在岳父说来是可以的。不过我们家乡还很少这个前例，舍下的宾客全没有散，小婿今天一人回去，这话可没法交代。尤其是家父家母是守旧的人，发生了这样的事，恐怕不大愿意。"蔡为经道："少云，你这话是对的，不过事出非常，也可以从权，各位亲友以为如何？"但是这些亲友全部是守旧的，觉得新娘子第二天回门就留下来，这话也不好说，都说，向新姑爷商量吧。少云笑道："这件事，晚生不能做主。若说不能坐轿，既然可以抬来，也就可以抬去。若说在舍下养病，岳父岳母不放心，请岳父派人跟了去照料。蔡府上小姐，既然到了舍下，从昨日起，那就是冯家人了。好呀歹呀，都应当由冯家负责，留在蔡府，这事可不好向下说。"他说着话时，面孔板了起来，声音也越说越高。在座的亲友也都不好说什么，只有望着他们岳婿。

有个年老的长亲就说："新姑爷虽说可以坐了轿子来，也可以坐了轿子去。但不知道现在蔡小姐的病势怎样，我想最好让蔡小姐也拿三分主意。"少云道："那也好，我们同去问问蔡小姐。"于是邀了两位长亲，岳婿们随着，同到张氏屋子里来。张氏指了指垂下来的帐子道："她躺在里面呢。"少云就站在屋子中间，大声道："蔡小姐，你令尊要留你在家里养病，让我一人回去，这件事，我难于承认，回去我对父母交代不了。你生是冯家人，死是冯家鬼，你能不走吗？"说着，望了在屋子里的女眷道："各位亲友，我这话不过分吗？昨天拜堂，今天新娘就留在娘家，这话说得过去吗？若说养病，难道我冯家请不起医生？蔡府怕我家不能好好地医治，在座亲友哪位同去监视，我都欢迎。"说着，又高声道："蔡小姐，你想明白一点儿，不去可是不行，我家满堂宾客，我一人回家，我没脸见人。"

玉清睡在帐子里可是不作声，掀着帐子露着半面坐了起来。少云指了玉清向两位长亲道："请看，这个样子，也不至于不能坐轿子呀。"亲友们面面相觑，可不便说留住新娘子的话。张氏怕亲友看出了玉清的本相，早是把帐子又掩上了，脸上是红一阵白一阵，说不出什么话，连声只叫怎么办。亲友们都觉冯少云的话理由充足，都劝蔡为经夫妻还是让姑娘走。冯少云对帐子里道："蔡小姐，你起床吧，我扶着你上轿。"说着，奔到床边，伸了一只手到帐子里去，由帐门里拖出一只红绸夹衫的衣袖来。这时，玉清突然由床上帐门里钻出，很快地穿起踏板上的鞋子就向外走，口里连叫着走吧走吧，于是她被少云牵着出房门了。

第二十章

高朋引约河边出

王玉清这么一向外走，蔡为经夫妻和刘氏都是瞪了眼望着，一点儿主意都没有，而蔡大老爹这条移花接木的妙计是根本砸了，他们是情不自禁地都向外跟，可是玉清径直地向前走，到了第二进堂屋，那抬新娘的小轿早已预备好，两名轿夫扶了轿杠等着呢。玉清一上轿，人家将轿杠移上肩膀，就抬着走了。冯少云在后，倒是很从从容容地，依然向满堂亲友一一告辞，才坐着轿子走去。

刘氏呆呆地站在人群里，心里是喜又是愁，暗想女儿嫁了这么一位姑爷，怕不是好。可是就这样嫁过去了，不能那样简单，这里牵扯四家人家的关系呢。蔡为经夫妻也是愁容满面，无心招待亲友。亲友们看到事情无趣，又天快黑了，大家一哄而散。只有刘氏还在张氏屋子里坐着。

张氏送着客进房来，刘氏首先迎了她道："东家奶奶，这怎么办？我的女儿可真的嫁出去了。你们姑爷拉她走的时候，你怎么不拦着？"张氏道："新姑爷要新娘子回家，做岳母的能够不让他拉吗？你的女儿装着病就不该起身呀。"说着话时，蔡为经一路喊着糟了，走进屋子来，看到刘氏拱拱手道："这事也不能全怪我夫妻两人。你是看到的，冯少云拉着你女儿，她跟了他走了。"刘氏道："东家，你讲理不讲理呀？新娘子回门，要新姑爷拉了走，还打算不走呢，那不马上是场官司吗？你这条计根本就想得不周到。我女儿回来了，你不让她躲开，你又让你女婿到房里来见她；装病可以装得像死人一样，谁装得出来呢？活跳新鲜的一个人，你能叫她不跟新郎走吗？不走，就得把实话说出来。你们

351

老夫妻俩愿意吗?"

张氏看看屋子外没有人,拉了刘氏的手道:"大嫂子,你不知道,我还含着一包苦水在肚子里呢。我家那个现世的丫头,下午已经发动了,不是今晚,就是明日,大概她要生产了。你想,这个时候,留着冯家人在我这里,那岂不是有意让人家看戏?现在虽是没有把包袱调换下来,倒是这件事还遮瞒住了。好在李家已不要你女儿了,你女儿嫁了这么一个丈夫,你也不吃亏。吃亏的是我们,既赔了嫁妆,又赔了钱,亲可结不成。"刘氏道:"东家奶奶,你能保险冯家要我女儿吗?你又能保险李家不来向我要人吗?我那家女婿可是个流氓。"

蔡为经伸手乱搔了头发,在屋子里乱转了圈子,口里连说真糟、真糟!刘氏皱了眉道:"谁说不是呀。王好老在家里正等着我带了女儿回家呢。我一个人回家,他一定和我不依。我几十岁的人带着女儿会给丢了,这不是笑话吗?"张氏道:"老嫂子,你就人情做到底吧。"说着,把声音放低了一低道:"若是那现世宝今晚上要出世,还得你帮忙呢。"刘氏也是愁着回去对丈夫交代不了,也就乐得在这里再混一晚。

果然,蔡玉蓉这晚像要分娩了。张氏打开了小院子门的锁,直引了刘氏进去,秘密地商量这个问题。可是上灯以后,却听到王好德在外面叫了起来。刘氏只得到东家账房里来和他相见。王好德手上提了一盏白纸灯笼站着发呆,蔡为经正在和他解说呢。他道:"事情弄到这个样子,全是我倒霉,你没什么吃亏的。干脆,你们就和冯家结亲得了。"王好德摇摇头道:"不行,我儿子不依我,他说这件事做得太不漂亮,原来我们是瞒着玉发的,只说玉清在你这里帮忙。我想,今晚上,玉清总可以回去的。刚才我听说你府上新姑爷把新娘子拉着上轿了,并且有人看出来了,上轿去的,不是蔡小姐。我想,那不是把玉清又拉走了吗?玉发看到我得了村里人说的消息,坐立不安,他就逼着问我,我只好实说了,他在家里暴跳如雷,说是没有人回家,他就要拼命。"

刘氏一脚跨进门,听了这话那只脚放在门外就跨不进去了。她扶了门框问道:"他和谁拼命呀?"王好德道:"他还能找到冯家去吗?冯家是受骗的人家呀。你回去吧，你不回去，他真会闹到这里来。"刘氏看看丈夫，又看看东家老爹，皱了眉道："这我就回去一趟吧。东家老爹，这事你还得和我们做三分主。"蔡为经道："我现在忙中无计，尤其是今晚上，我家里还遭难呢。王大嫂，你回去劝劝你儿子，你们家一个姑娘嫁一个姑爷，有什么吃亏的。至于惹下了什么麻烦，我们慢慢地商量。玉清已经抬到冯家去了，这是抬不回来的，发急也是枉然。"王好德道："你知道今天抬去了，不能抬回来，今天就不应该让他们再抬了去。"蔡为经道："你问问你女人，是我要她走的吗？你女儿和冯家的孩子手牵手地走上轿去的呀。你女儿把我的计划完全打破了，我还更糟心呢。王好老，你先回去，安顿着玉发，我们再慢慢地商量。无论如何，今天晚上，或明天晚上，你不能让他到我这里来。我这个意思，你总可以知道。"王好德道："我为什么不知道？若是不知道，我帮你老这样大一个忙吗？今晚上我可以拦住他，明天那只好再说了。回去吧，你我都是见钱眼开的家伙，弄得这事收不起场来。"说时，他举了灯笼，高高地照着刘氏的头。刘氏也是怕玉发追着来了，就跟了王好德这盏灯笼匆匆地回去。

家里的便门是洞开着，由里面放出灯光来。到了那小过堂里，见玉发口衔了旱烟袋，跨了凳子坐着。父母进来了，他并不理会，只是看了一眼。刘氏道："玉发你还没有睡？"他站起来，对母亲身穿的蓝布夹袄、青布夹裤看了一眼，笑道："发财了，你老这一身新。"刘氏道："做喜事吗，总得穿一点儿新的。"玉发道："我们家有钱做新衣？"刘氏道："你明知故问，你又发了你那犟脾气。"说着，她向屋子里去。玉发道："妈！你慢走。我问你，妹妹怎不回来？"

刘氏只好站住了，见他将旱烟袋头子不住地墙上敲着，瞪住了两眼。刘氏道："你少管闲事。女儿长到一百岁，也是给人家的。我生的姑娘由我做主，你问不着。"玉发拍拍手道："好哇！你老恼羞成怒，倒打我一把。不错，是你生的女儿，可是不能给我们王家做丢脸的事。你和爸爸贪图刘家二十亩田，把妹妹出卖了，这个我也不该问吗？"

王好德自取下了他腰带上挂的旱烟袋，在嘴里衔着坐在磨架子上，一手扶着烟袋杆，一手向挂的烟荷包里将两个指头掏烟丝，老是这样地动作着，却没有说话。刘氏道："你这孩子说话，就是这样整个的。女孩子长一百岁……"玉发道："我给你说了，总是人家的人。你还有什么理由没有？是人家的人，要光明正道地嫁出去，要她自己愿意地嫁出去，谁让你们伙同着行骗。"

刘氏也就坐下来了，是要和儿子做长时间谈判的样子。她蹲了身子，拖着坐下的矮竹椅子向前移了两尺，低声向玉发道："你叫些什么？我们这样做，自然有不得已的缘故。"玉发道："什么，不就是怕东家为了欠租要收佃吗？收佃就收佃，也不至于要人的命吧？你们做了这样的事，我无脸见人，这个家我不要了。"说着，捏了拳头在矮桌子上一捶。刘氏瞪了眼道："怎么回事，你越说越来劲？"玉发捏了拳头在桌子角上钻着，咬牙道："你们做的好事，恨死我了。"

王好德这算把那袋旱烟装上了，伸了旱烟杆，在墙上挂的梓油灯焰边，对了烟斗吸着。他这算是起身了，靠近了玉发身边，顺手就扯了他的衣襟道："去睡觉吧，有话明天慢慢地说。"玉发道："还有什么商量的？女孩子嫁到人家去了两天了，说什么也是晚了。"

王好德又坐到磨架子上去了，慢慢地吸着旱烟袋嘴子，带了三分丧气的样子道："既然是晚了，你还发急干什么？"玉发道："现在满村子里全知道了，明天出去，我们年轻小伙子，把什么脸见人？"刘氏道："你打算怎么办呢？你有本领，到冯家把你妹妹叫了回来。"玉发道："米做成熟饭了，叫她回来，将来她怎么办？"刘氏道："那么，你和我老两口子拼了，是我们出的主意。"玉发叹气道："你们自然是中了财迷，可也是蔡为经逼得没奈何。"刘氏道："那么，我们又得罪你，你这样气不服地找谁？"玉发跳了起来道："冤有头，债有主，我找蔡为经去。今天夜不成事，明天找他去。他有钱什么人都买得动，他买不了我王跛子！他买不了公道！"说着，他举起了一个拳头，大声地叫。

王好德将旱烟袋指了他道："你……你疯了！"玉发道："我疯了，

354

我也是你们气疯的。人穷了，穷得一点儿骨头都没有，什么事都肯做。"刘氏扯了他的手道："去睡吧去睡吧，明天再说吧。"说着，把玉发向屋子里拉。

玉发看到老两口子全都屈服，也就只好躺到床上去生闷气。听到老两口子也是唧唧哝哝地互相埋怨着，他觉得对这对老可怜虫辩论是没有用的，也就默然地睡在床上，但是心里却不住地咆哮与咒骂。天不亮，他就起身了。一个人悄悄地开了大门，就向田坂上走去。他觉得空了手不大好，顺手在门角边掏了一根锄头柄，就扛在肩上。他走到田坂中间，站定了脚，四处张望着，首先就是看着蔡为经那庄屋出神。他咬了牙向那庄屋点了两点头，自言自语地道："我总得和你们算算这本账。"他说着话时，就把肩上扛的锄头柄向空中一捣。

田坂有人叫起来道："王玉发，你发什么神经？"玉发回头看着，是打鱼的伙伴张胖子和周老四，便哼了一声道："我发神经病？我要打人。"说着，两手拿了锄头柄在空中舞了个圈圈。张周两个人看到，跑了向前，围着他问道："玉发，你一大早起来，这样生气，有了什么心事吗？"玉发道："二位老哥，你是明知故问，我家里出了这件不体面的事，你们难道不晓得？"张胖子道："听到说的，说是昨日蔡玉蓉回门以后，没有到冯家去，抬去的是你妹妹。本来她两人长得有些相像，也许大家看花了眼？"玉发道："你只知其一，不知其二，蔡玉蓉在家里生孩子，根本就是玉清代表去拜堂的。我家为什么愿意这样干呢？一来是蔡为经逼的，二来是两位老人家财迷心窍。事前我一点儿不知道，我若是知道，汗里打出血来，我也不能让玉清上轿。我要去和蔡家算账吧？自己也有短处，玉清是十八九岁的人，又不是小孩，谁让你自己上轿的。二位老哥，你看这事怎么办？"说着，他将左手扶了锄头柄插在地上，右手在头上乱抓。

周老四摇摇头道："这事的确不大好办。玉清是位聪明姑娘，和蔡玉蓉还不好得很呢，她为什么愿意去代表？"玉发叹了口气道："这也难怪！她的未婚夫李二狗是个流氓，本来她就不愿嫁。二狗这东西，也

355

让蔡为经收买了，他先给蔡家写了一封休书转交给我们。她一气就要报复二狗一下，恰好冯家这新郎是个白面书生，她嫁过去了，有什么不上算的。"说着，只是摇头。

周老四长削的脸，黄皮肤上有两道剑眉，显着这人会出主意。他两只手操住系着破青布短夹袄的腰带，紧了一紧，一晃身子道："这件事，一怪蔡为经，二怪李二狗，可以找这两个人算账。但是你自己有短处，你们不能先动。"玉发道："你说着，还有人找我们吗？"周老四笑着闪动了他的嘴唇，嘴边上一个黑痣，也跟了闪动，指了鼻子尖道："你不相信我？那李二狗，无事他还要生事呢，现在有事他不找财主？"玉发道："他没了把柄了，找不着我。"因把蔡为经和他接洽的经过再说了一遍。

周老四道："二狗写的那封信，那是骗蔡家的租子的，那不发生效力。第一，他没有交到你们王家人手上。第二，你王家也没有回他的话可以退婚。还有个第三，那家伙是个流氓，他就打了手模脚印，也会赖你一个干净。现在玉清是到冯家去了，她就算和李家无关，还顶着冯家一个名字呢，他会不找一块肥肉咬上两口？兄弟，你不要忙，我们去打一上午鱼，下午到镇市上把鱼上了行。多少换他几个钱，在茶馆里泡碗茶，三朋四友，大家谈谈，三个臭皮匠，抵个诸葛亮，说不定想出个好主意来！"玉发道："那不是事情越闹越臭？"张胖子道："事到如今，你还想瞒人不成！"

玉发将锄头柄在地面上一杵，发狠道："我去告他们一状。"周老四道："废话，穷人和有钱人打官司，你输到底。"玉发道："我至少也找地方上几个人和他们讲讲理。"张胖子笑着两眼一合缝，拍了他的肩膀道："你算找小鬼和阎王讨债，你上当不拣日子。"玉发道："据你这么说，那我们穷人就没有路走？"周老四挽了他一只手臂，把他的身子带转过来，笑道："走吧，回去扛了网来，一路打鱼去。穷人不会没有路走，穷人有穷人的路。"张胖子道："对！穷人有穷人的路，穷人不要去走财神的路，一百个财神，就有一百零一个是坏人。"周老四道：

356

"怎么会多出一个来了？"张胖子道："你怕没有双料的？"两人说着哈哈大笑，拉了玉发走去。

玉发就依了他两人的话，在家里扛了网出来打鱼。他们的罾架子，是在河堤上不撤走的，打鱼的时候，将网挂上就行。打鱼的所在，是个河湾子，三架罾，约莫相距到半里路。偏是玉发的罾在最下游的所在，打了半上午的罾，只网着两斤小鱼，他索性停了罾，在堤沿草皮上躺着，将草帽子里了一卷青草当了枕头，仰面躺着。上面是大柳树的树荫，初黄的柳叶，被河风刮着，断断续续地向下坠落，他看了只是出神。那黄叶只管翻了觔斗歪斜着落到草皮上，一点儿声音都没有。他想着，玉清就像这柳树的黄叶似的，一点儿响声没有地落了下来呀。他对柳树缝里的天空望着，简直不知道动作。

忽然张胖子叫道："怎么了？早就躺下了。"玉发见他提了一只大鱼篓子过来，问道："有十来斤吗？我今天鱼不上网，不到两斤，不上街了。"张胖子放下篓子，在草皮上坐下，推着他道："起来。吃饭喝茶，我和周老四会东，把罾洗洗，存在堤后刘麻子家里，我们三人就上街。我扳了罾替你想心事，你这事真不好办，但怎样我们也不应当放过这有罪的人。"玉发听着，他将两手比了个筒子，放在嘴上，对了周老四扳罾的所在大声叫着。

在堤上望了那柳荫下的罾架子已经停着，过了一会子，周老四将捞鱼网的长竹竿，一头挑着网，一头挂着鱼篮子走了来。竹竿子挑着上下颤动，一路笑了来道："行！二十多斤，够做东的了。"玉发坐在草皮上摇了两摇头，望着两位朋友，却没有作声。周老四道："吓！小伙子为什么这样垂头丧气？胖子，你和他收了罾，我们拖了他走。武松不打虎，一辈子过不了景阳冈。"玉发听了这话，跛着腿跳起来道："好！凭你这话，去打着老虎试试，打不了给老虎吃。"周老四道："我保险不会。一个人打老虎，老虎比我们神气，我们一群人去打老虎，我们就神气了。我把罾送到刘麻子家里去，送鱼上行，我在街上等你，快来呀。"周老四闪颠着竹竿走了，张王二人照着话，处理罾网，各提着自己的鱼篓，奔到相距五里路的小镇市上来。

这里有鱼行，他们送鱼去，随时可脱手。卖得了钱，照例是奔上十字路口那两三家茶馆，随便挑一个座位坐了。喝碗粗茶，吸两支纸烟，这是他们最好的享受。秋收以后，农人勤快的，不肯闲着，就都奔上了打鱼这条路，打得的鱼，总是要到小镇上来推销的，所以茶馆里的茶客，下午总是满座。周老四先来，还是挤在临街的一副座位上。看到了张王二人，就连连地向他们招手，在一桌坐着。他先抓了玉发的手，向他低声道："你看看，这三家茶馆，我们自己的弟兄不少呀。和他们说着，多少总会想出一条计来和你出口气。"

正说到这里，一位坐小轿来的绅士，扶着轿杆跳下来，跟了轿子走过茶馆。这原是乡村最大的礼节。周老四就拍了玉发的肩道："你看见吗？这里穷人多了，大绅士也只好客气客气呀，人多我们就行了。"

第二十一章

夜深戚叟过门时

　　周老四这个举例倒是让玉发动心的，三人泡了三碗茶，围了桌子谈起心来。玉发向三家茶馆都看了看，见满堂满座的人，影子乱摇晃着，轰轰的人声喧达了满街，这就伸着头隔了桌面向周老四道："四哥，你看这件事能在这里谈出来吗？你看，远远近近的人一传了开去，这不丢面子丢大了吗？"周老四道："唉！老弟台，你简直地想不通，现在事情都坏到底了，你就是不说，人家日后还会不知道吗？你还谈什么面子？面子是假的，那和做好人全没关系。蔡为经这人有面子吧？他是那种人，心肝五脏全都是坏的。你等我想一想，怎样去通知这些弟兄们。"说着，他在身上摸出一只扁纸烟盒，里面有刚买的三支零烟，三个人分而吸之，他取了一支衔在嘴角里，偏了头吸着，将一只脚抬起来，放在板凳上。他看看同桌的王玉发，又看看三家茶馆里的坐客，心里有着许多话，却像一团乱麻，一时找不出一根线头来。

　　正在这时，玉发对着街上，很惊讶地呀了一声。看时，在这斜对过通河边的巷口上，有个小伙子，取下头上的灰色新呢帽，脸上笑嘻嘻的，不住地向这里点头。这人穿着一件芝麻呢布夹袍子，没有一点儿皱纹，乃是崭新穿上的。手里提了几个大小纸包，还有两只酒瓶子，像是个送礼的人，周老四张胖子都觉着这人为什么向这里打招呼。玉发叫道："二狗，你怎么到这地方来了？"周张二人才知道他正是李二狗，可没想到，会在这里遇着他，都呆了一呆。

　　李二狗笑着迎上前道："王大哥好亲热，还记得我的小名。"玉发道："当面叫你小名，那比身后骂你要好得多吧？"李二狗倒是不见怪，抢着走过来，放下手上的东西，两手抱着呢帽，向在座的人作了几个揖。玉发只好请他坐下喝茶，并给周张二人介绍。四个人坐了四方，把李二狗让在上座。他向玉发问道："庄稼都忙过去了，岳父在家里吗？"

玉发和周老四坐在对面，二人听了这话，彼此对了一下眼光。李二狗继续着道："我是特意来看岳父的。"玉发冷笑一声道："你还这样地称呼吗？你有一封信给蔡大老爹托他转告我们要退这门亲了。我们正在想着有什么不对呢？退就退了吧，于今的婚姻，那也不是可以勉强的。"李二狗听到这里，突然站了起来，向玉发作了三个揖，笑道："这是我的错。我也正为此事而来，要向岳父岳母正式道歉。"玉发道："道歉？晚了！"周老四立刻向玉发使了个眼色，阻止他不向下说。

二狗依然站着，问道："怎么会是晚了呢？"周老四笑道："李二狗，坐下来慢慢地谈吧。"二狗坐下来向周张二人点点头道："我自知我的理屈，我想，岳父岳母也不会计较我的。"周老四笑道："我们不大明白这件事。"二狗道："照说呢，也不能说我一个人短理。早两年就和王府上谈过喜期的事，一直到于今并不能决定，当然是舍下穷的缘故。我想这样拖延着，哪是个了局呢？所以写了那封信。那也是年轻人一时冒昧，多年的亲戚了，倒不可这样一口气就闹翻了。"玉发笑道："你以为人家十八九岁的大姑娘是一条狗呢，要就叫着来，不要就轰着走。"二狗笑道："玉发，你不要这样说话呀。一只碗碰不响，我写信是有原因的。"玉发道："什么用意？老实告诉你，你和蔡为经接洽的经过，蔡为经都和我们说了。你贪图二十多担租子的好处，把我妹妹出卖了。写上那封信给他，好让我妹妹死心塌地去当代表。你现在必然是打听得明白，知道我妹妹让人家逼着走了。你又反悔你写的那封退婚书，向我们要人，交不出人来，你就再讹一笔钱。你那心里的诡计，是这样不是？再老实告诉你，要钱没钱，要人没人，我有拳头两只。"说着，真把右手捏了个拳头竖起来，比齐了自己的鼻尖。

李二狗是个久混小镇市上的流氓，没事还得生些事出来，正是不怕这些。他互相卷着两只袖子，瞪了眼道："跛子，你以为给我一个下马威，我就怕你吗？"李二狗接着道："我要去见你父母说理，我不和你说。你有法否认我不是你王氏门中的女婿，你们就可以不交人给我。你们卖女儿发财，倒反说我贪财吗？"

玉发正在他上首，更不说话，对着李二狗右腮就是一拳。他偏了过去，这拳打在他肩上扑通一声响。二狗反手一把将他的手臂抓着，瞪了眼道："你要讲打？姓李的久闯江湖，可不怕这个。"玉发又把另一只手伸了过去，隔了桌子角，两个人就揪起来了。张胖子早是跳了向前，将两个人隔开，摇了手道："有理可以讲得清，何必动手？"李二狗叫道："到了你们家门口，倚仗你们人多吗？李端才见过这个，你打听打听。"说着互相又卷了两只袖子。周老四道："李二哥，这话你就失言。我们做朋友的，只是从中劝说，还能帮拳不成？你可不要说动众怒的话。"

他们四个人一喊叫，喝茶的人就都围上来了。玉发道："各位都来了就很好，我也不要这个虚面子了，给大家讲讲这个理。"说着，由凳子上了桌子，先抱了拳头作个罗圈揖，然后道："我一点儿不隐瞒，请大家评这个理。我家两代种蔡为经的田，是个穷佃户，这两年蔡家不肯推让收成，欠了东家几担租子。五荒六月，他逼收欠租，逼得我家写了一张欠字，还认月息二分呢。稻子一黄，他就在田里收租，而且新旧都要。碰巧，我病了一场，花了一点儿租子，接着，我家烧了三间草屋，就用得租子多了。蔡家趁了这个机会，老说要收我们的佃，我父亲害怕极了。蔡为经有个女儿，叫玉蓉，长得和我妹妹相像，年岁也差不多。她倚恃她有钱有势，说我妹妹不该像她，见了面就骂，用口水喷她。可是她自己不学好，肚子里有私孩子了。她是许聘冯彩堂的儿子冯少云的，碰巧人家就在她临生的日子里要娶她过门。蔡为经想做参议员，不敢得罪这门亲，就逼了我妹妹去冒充新娘。原是说拜过堂就装病，只要等到第二日以后就不去了，同时又许了许多好处。我父母也不好，为了救穷，答应和他们行骗。可是我妹妹还不肯，怕这事太冒险，她是许了这李二狗的。因为李二狗不务正业，不愿嫁过去，原是望他学好，并无恶意。蔡为经就拿了些钱，又给了他二十石租子，要他写封休书，把我妹妹休了。这小子贪那笔财喜，就照办了。我妹妹见了休书，当然生气，就答应蔡家的要求。她是心想，李二狗都拿她出卖，她自己为什么不去找几个钱来救家里的穷呢？谁知道冯家把这事识破了，回门是回门了，他们依然要把假新娘子抬走。蔡为经还不肯说真话，由新郎把我妹妹拉走了。我自己知道也理短，正要请教乡下的公正人，怎样把这事来收场。不料李二狗装着麻糊，今天故意来探亲，想和我们要人，要不着人，就好讹钱。请大家评评这个理，这四家人家，谁的理最短，谁该受罚。只要公平，我姓王的没假话说，抄家坐牢，全都愿意。不过我有句话要声明，我父母是为穷所逼，我事先是一点儿不知道，要知道，绝不能丢这个脸。我说完了，请大家罚我。"他说着话，又拱了两个揖，然后爬下桌子。

这么一来，在场的茶客都很同情他。有几位向来和人排难解纷的，就把李二狗引到另一张桌子上，分作两边，和王李二家谈论这件事。谈了两小时，大家讨论出来一个道理。蔡为经是第一无理，李二狗是第二无理，王好德是第三无理，冯少云是第四无理。今日天色晚了，要谈判来不及，明天上午，推十个代表，陪了王李二家的人到蔡家去讲理。劝李二狗也不必到王家去了，就在这小镇市客店里住下，把情理讲妥了，再去通知冯家。千不该，万不该，冯少云不该将错就错，只要他当晚上不和新娘同房，第二日将新娘送还，这件事不好办得多吗？李二狗对这些讲法，虽然心里不满意，可是在大众的议论下，也抗不过这个理字去，也就接受了这个办法。

他们在茶馆里议论的时候，王好德因为儿子一天没回家，四处打听，据人说，他打了鱼，送到镇市上去卖了，他也就赶了来。他到了街上，天色已经昏黑，满街议论纷纭，说是发生了一件假新娘子的新闻，他心里吓着就是一跳，于是就在僻静处溜到茶馆后身去听。这时茶馆里已上了灯，他在暗处，恰是没人看到。他听了个仔细，盘算着当众讲理，这绝不会占着什么便宜，又立刻跑回家去，把经过情形对刘氏说了。刘氏呆了半天，因道："玉发这孩子真是胡闹，家丑不可外扬，怎么可以把这事弄到街上去吃讲茶呢？他们和蔡家算账，那活该，我们管不着。和我们算账，我也不怕，我们是穷人，算来算去，老命两条。只是冯家是我们自己的人了，玉清有这样一个婆家，我们老两口子愿意他散了？姑爷是个读书的人，亲家又是个大绅士，他们总有主意对付，你冒夜去报个信吧。"

王好德正是踌躇地站着，不知道要用什么话来应付这件事。听到这里，他忍不住笑了，搔着头皮道："你倒认了亲家了。"刘氏道："那没错，冯家他不能不认我们是亲家吧？女儿嫁了他家，他和我们可就有祸同当了。"王好德站着想了想，点头道："这也有理。我这个拿不出手的亲家翁，黑夜打了灯笼去会亲吧。"说着，倒是打了个哈哈。他虽是这样说了，却还不肯示弱，洗过脚，穿上布袜子布鞋，然后换了一件半新旧的蓝布大褂，打着灯笼，就奔冯家去。

十多里路，也够他走两小时的工夫，到了冯家，在乡下已是小半夜了。他亮着一盏白纸灯笼，到了他们庄屋外面，便引起了一片狗叫。他将灯笼举得高高的，迎着狗叫声走过去。到了冯家门口，两三条狗围着他叫。他大声道："你们不要叫，我是来报信的。"院墙里面就有人问道："什么人说是报信的？"他向了墙里道："我是蔡府上来的，我叫王好德，请你去对少先生说，我有要紧的事来报告。"

墙里叫了等着。不多大一会儿，门里面亮着灯火，有几个人的脚步声，又有人隔看门问什么人，王好德答应了，这就听到玉清的声音道："是我爹，让他进来吧。"门打开了，一个小伙子掌着煤油灯，冯少云夫妻双双地迎着。玉清见了他又叫了声爹，少云却是深深地向他鞠了躬，口称老伯。

王好德听着，就是愕然一下，心想，怎么都说明了？少云道："老伯这样夜深来，一定有要紧的事，不忙，请到里面坐，让我把家父请出来，恐怕他已经睡了。"王好德道："不必，我和你们说说就行了。"于是少云夫妻将他引到小客厅里去。

363

这不过是喜事的后门，墙壁上倒还是高挂着喜幛喜联。满屋子陈列着红漆的桌椅，玉清由里面捧出一盏大玻璃罩子的煤油灯放在桌上，在乡间已是满屋通明。看到自己女儿穿件崭新的花格子长夹袄站在当面，手指上圈了黄澄澄的金戒指，他点了两点头道："你们很好。"少云也就要张罗着茶点招待，正和家里一个佣工低声商量。他一摆手道："夜不成事，我也不是为打搅你们来的，连夜还要赶回去呢。"少云于是将佣工引了开去，向王好德笑道："你老有什么话只管说吧，我们这里对这件事情完全明白了，家父家母对玉清也很好。"

王好德倒是有点儿难为情，坐着摸摸下巴颏，但是究竟事关重要，他踌躇了一会子，就把刚才在小镇市上听到的情形详细说了一遍。玉清道："我们也正是尽夜商量着，这件事迟早要说破的，得想个妥当的法子，既是李家先动手，那就让他们先动手，天大的罪，都是姓蔡的，与冯家无干，与父母也无干。"少云也笑道："你老放心，李家那小子亲笔写的退婚书，还在蔡为经手上，他也不能怎样讹人的。今晚上不必冒夜回去了，家里还有一点儿剩菜，烫上一壶酒，我和你老喝个半夜，明日天亮再走。不过是透着不恭敬，但是谈心却是好不过的。"王好德道："改日再来打搅吧。我家里那位老太太，还等我的门呢。我把你们这里的情形告诉她，也让她好放心。"

少云望了玉清道："他老人家冒夜跑了来，连杯新鲜茶都没有喝，我们这过意得去吗？"玉清是和他坐在一排椅子上的，就瞅了他一眼道："若是把他老人家当个亲戚，他老人家进门的时候，大门口也不应当放过爆竹吗？这就只当是蔡为经家里一个老佃户来报信吧。"少云向她拱了拱手笑道："罪过罪过！"

王好德一看这情形，他两口子竟是和睦得很，脸上也就带点儿微笑，便站起来道："大概还没有惊动你们堂上二老，我也不去拜见了。早点儿赶回家去，明天有什么情形，我恐怕不能来报告你们，最好你派两个人到蔡家去等着。"少云笑道："你老放心吧，没有什么了不起，打场官司，也没有人能把令爱在我家抢了走。"王好德连说很好，把吹熄了挂在墙上的灯笼点着，起身要走。少云道："我找个长工送你老回去吧，明天就让他看了情形回来报信。"王好德对于这个办法倒也赞成，就提了灯笼站着等。

少云找人去了，玉清就低声向她父亲笑道："他们冯家人待我很好，我也不想别的什么了。不过这样一来，人家不会说我是嫌贫爱富吗？"王好德道："那自然是难免的，谁会知道我们是逼上梁山的呢。"玉清笑着摇摇头道："这里可不是梁山。"王好德道："现在也不必辩论这些了，但看明天大家怎样对付蔡家，又怎样对付李二狗。你放心，我二老拼了这条老命，也要顾到你夫妻两人的前途。姑爷怎么样，他不嫌我们是个穷人？"玉清笑道："你想的正相反，我一时也说不清，你久后自知。"说着，她又笑了。王好德看这样子，女儿是由心里头喜欢了出来，自也不再说什么。

一会儿工夫，少云提了一只篮子出来，里面是装满了大小纸包，还有一大刀肉。他放在一边，有个佣工打着灯笼来了。少云就把篮子交给他，笑道："你跟王老爹去，打搅他，就住在他那里了。这只篮子，你带了去吧。"王好德正要拦着，玉清道："他为人很实心的，绝不会作假，拿出来了，那是不肯收了回去的。"说着，向少云一笑，少云也就向她回了一笑。老人家看这对少年夫妻，竟是掉在快乐的海里，自也很高兴地跟了长工走着，小夫妻两个直送到大门外来。

两个人走路，虽然是深夜，却也不寂寞。王好德快到家的时候，见蔡为经庄屋里，灯火通明，由上向下射，射着树叶底下，成了阳面，这很可证明蔡家人还不曾睡觉，就向那里迎了上去。当他们走到蔡家庄屋前的时候，有一盏灯笼由那里出来。正好彼此碰个对着。乡下人走夜路，正面相遇，最习惯的喜欢问是哪一位。王好德首先问着时，那边来人，听出了声音，他道："是王好老，这样夜深，还忙着呢。"王好德道："说话的是曹四老爹，不用说，是由蔡大老爹家里来。"说着话，彼此走到了一处。

曹四老爹打着灯笼在前，后面跟了个妇人，手里提了只篮子，将一个包袱皮盖着。曹四老爹抓了王好德的手，低声道："你猜得着篮子里什么东西吗？"王好德笑道："还不是蔡家三姑娘的事情发表了吗？是男是女，是死是活？"曹四老爹道："是个男孩子，当然是活的，我送到十里路外一个地方去养着。"王好德道："四老爹一辈子都是做积德的事。这种事，你也肯帮蔡家的忙。"曹四老爹道："王好老，你不要说这话，这回我帮你忙不小哇，你有了阔亲家了。"王好德道："哼！这戏还有得热闹呢。明天上午，我们到蔡家去谈谈，四老爹也可以移步吗？"曹四老爹道："我当然去。蔡家有事，没有我在里面扇着，就会砸锅的。"王好德哈哈地笑了一笑。曹四老爹道："你看，你将来还少不得请我多喝两壶呢。"王好德嗯了一声。四老爹没答话，那提篮里面，却哇哇地发出儿啼声，这倒是他害怕的，说声再见，摇晃着灯笼走了。

第二十二章

谁能怜悯私生子

　　王好德这是证明了曹四老爹的言语是真的，蔡为经将这个包袱卸下了，总算减少了一些丑事，不知道他明天的态度怎么样。反正他是个诡计多端的人，明日总当处处留意。他回到家里，把冯家长工安顿着睡了，把见了玉清的话告诉刘氏，又把蔡玉蓉已经产生一男孩的事也说了。刘氏道："蔡家那样有钱有势，他们不会把这么一位好姑爷给我们啦。他女儿没病了，他若是要各归原位，那怎么办呢？"王好德道："我看玉清的样子，在冯家是十拿九稳地住下了。冯家是个要面子的人家，他们就是不和我们做亲，也犯不上要蔡玉蓉这种人吧？我还是和玉发商量商量，叫他不要太闹脾气。"刘氏道："和他商量什么？他根本没有回来呢。我真不知道他是什么意思，妹妹有了好婆家，他反是不愿意。"王好德也连连地点着头，说冯家很好，姑爷也很好。

　　两人提到这一点，就陶醉到女儿享福的事情上去，把明天要应付一个难关的事都忘记了，转而商量明天一早，怎样招待冯家来的这位长工。王好德说："姑爷给那篮子东西，里面有肉有挂面，招待人家吃早点，竟可不花钱，那实在过意不去，决定天不亮起来宰一只鸡煨汤。"主意决定了，刘氏只上床打个盹，天不亮就点灯起来做招待阔亲家的特使。

　　天刚亮的时候，就听到田坂上一阵杂乱急忙的脚步声。她心里连跳着一阵，想着不要是事情就发生了。跑出厨房，一看，只见一大群小伙子顺着大路直奔蔡家庄，远看见一个步履不良的，跑得身子耸上耸下，那不就是玉发吗？刘氏赶快把王好德由床上叫了起来，因道："可了不得，他们整群的人都到蔡家去了。领头的人就是玉发。难道，我们自己没有错吗？他那小伙子不知高低，不要搬石头压了自己的脚呀，你快去吧。"

王好德舀着冷水洗了把脸，赶快就向蔡家跑了去。到时，蔡家已是大开大门，这里十来个人拥进了堂屋。蔡为经并没有出来，蔡老六板着脸子站在堂屋中间，瞪了眼望着大家道："太阳还没起山，你们捶开大门拥了进来，什么意思？好哇！李二狗王跛子你两人也跟着来了。"说着手指了人群中的两人。周老四一拱手向前笑道："六哥，这没你的什么事，你不必多管。他们王李二位请了十位中人，邀蔡大老爹到镇市上去吃吃讲茶。"

蔡老六看看来的人，都是附近村庄上的穷小伙子，料着他们也做不起多大的事来，于是两手叉了腰，在堂屋的屋檐下走来走去，半歪了颈脖子道："有什么话，诸位现在就可以说，为什么要到镇市上去吃茶再说？"周老四道："六哥，难道你不懂吃讲茶的规矩，无非是当了大众，讲出一个道理来。你代表不了蔡大老爹，你请他出来说话。"蔡老六道："出来就出来，难道还怕你们人多不成！不过他还没有起来。"张胖子叫道："摆什么架子？他自己心里该明白，我们也无非是出来和你们几家了事。你们有钱，动不动拿二三十担租子吓人，我们吓不倒。"蔡老六道："胖子，你为什么出言伤人？"

张胖子将衣服分向两边，袖子卷了几卷，把颈脖子一歪，将两只眼睛一瞪，大声答道："你有什么言语……"周老四将他身子一扳，抢上前道："老六，这没有什么事，将蔡大老爹请出来就得，你何必在大路上拿着竹棍子为难？"蔡老六看这情形，已经不是自己拦得住的，向来的人都拱拱手道："我身站在旁人身边一样，但讲公道话，若说姓蔡的好不好，你们一定讲我偏着一边说。现在请各位在堂屋里落座，再烧茶请各位喝，再请大老爹出来，直接谈判。"来人都纷纷地喊道："请大老爹出来就得，烧茶不必。"

老六看这些乡下人脸色，不是自己一个人讲得下来，只得向各位看看，也有坐的，也有站着，也有站着说话的，人多话杂，也不明白安顿哪一个好。自己来了一回罗圈揖，就告罪向蔡大老爹书房里来。昨晚上，蔡为经正是缺觉，正好睡得熟，蔡老六就隔了帐子叫了两三次。最后靠近了帐子，叫道："你也该起来了，王玉发李二狗各领了一班人，找上我们一家来了。"

蔡为经自从冯少云硬把王玉清拉走以后，心中老大的一个疙瘩，弄得寝食俱废，好像得了神经病，其实是受了大刺激，再加上昨天晚上，蔡玉蓉养孩子，搞得一夜没睡，此时正在迷糊之中。经蔡老六一阵狂喊，问道："你说的什么话？"说这话时，已披衣起床。蔡老六道："王李二家已各领上大批的人找上门来了。"蔡为经已把长夹袍袖子穿起，但没有感觉，正自抖着两只袖子，口里喊道："你把我藏着的呢夹袍子拿来着。"蔡老六道："大老爹身上穿的不是。"蔡为经低头一看，才明白了。这蔡为经是个老奸巨猾的人，为何如此失魂落魄，因为他上一晚已没有睡，所以脑筋昏乱。昨天在晚饭刚刚吃过时候，蔡为经点了一支烟，在手指上夹着，把烟就向嘴唇吸了几口，嘟的一声，吞下那口烟。他吸过一支又一支，他的脑中思潮起伏，想想自己女儿将来如何结局，想想王好德女儿，弄假成真，我变成偷鸡不着蚀把米，越想越没有主意，脑子有点儿昏昏沉沉。

就在这时，张氏放快了脚步，直奔为经房门，但到了门口又放轻了脚步，缓缓地送过她的影子，投进为经房门。又把件长灰布夹袍拎起来，挥掉上面的灰，扶着门框站住。蔡为经明知道她来，特地装成不知道。张氏扶着门看了他两眼，发出两声咳嗽，然后道："她放出最后通告了！"蔡为经望了张氏道："她放出通告，你怎样办？"张氏道："臭虽臭，究竟自己身上的肉，我看她脸上那一种悲苦的神情，不能再拖延的样子。"

蔡为经吸着纸烟，又绕了两个圈子，便道："好吧！丢丑就是这一回，叫老六来。"张氏看到为经脸上有开放两条人命讲情的表示，连忙口里说好，找老六，找老六，一直喊了出去。不大的工夫，蔡老六应着进房了。蔡为经翻着眼看着他问道："师娘叫着你进来了?"蔡老六不知道谁喊的，垂了两手答应着是。蔡为经这才止步，将手上香烟头指着他道："赶快去找曹四老爹，对他说，他村子上曹老娘，当场可以演一场好戏了，请她马上就来，去是单独地去，来是你和两个伙伴来，多话也用不着说，曹四老爹明白。"

蔡老六对大姑娘怀私孩子的情形，比谁也清楚，自己不必对大老爹多所顾忌，打着灯笼走了。蔡老六一面走，一面想，这曹四老爹，是个白天吃太阳、晚上吃月亮的人，碰着这桩好差事，要大大地发一笔财香了。只为我家大老爹，会把他当作好人，人搀着不走，鬼搀着才跑。想着，自向曹家走去。蔡为经见张氏还靠门站着，问道："还有什么问我吗? 你还是去看看大姑娘，弄出了岔子没有，你纵然有话，明天也好问，后天也好问，偏偏要在今天?"

张氏有一肚子关于王玉清的话，一时也知问不清楚，捽着两只大衫袖子，直截向女儿房里来，心想，为了女儿，避免跟他冲突吧。这时，乡下人晚饭已过，就开始睡觉。玉蓉房里哪怕有一点儿小声音，也格外清楚。张氏刚跨进小院，只见女儿玉蓉穿了黑绒夹袄、红绸灰裤，在屋子里疼得乱转，在桌子边站站，在凳子上坐坐，有时疼得厉害，口里很沉重地叫声哎哟! 弄到坐立不安。这屋里共有三个女人。一位是杨家嫂子，张氏在娘家还没出门就雇用了她，对于她无所谓秘密。第二位是个接生婆赵氏，出了大价钱请来的，见到这项好买卖，只好凭她良心，打发她，要多少给多少了。

玉蓉疼得急了，向床前一趴，那赵氏把青布夹袄里两只手同时伸出，将她扶住，脸上露点儿淡笑，从容道："还早呢。"玉蓉两手已被赵氏接住，身子半俯状。杨家嫂子端了一只空杯在手，站在房门边，说不出话来。张氏也不怪她，站在门边向玉蓉努努嘴道："还早呢?"眼望了赵氏等答复。赵氏道："至少还有三个钟头呢，虽然有了浆水，那些在裤子上点点滴滴的，还只是头趟信。人生一个儿女，不是容易的事，真个是不容易啊。"

张氏看见玉蓉在赵氏挽扶的当中，缓缓地转过那口气来，便道："是的，让我到祖宗面前点上香烛，求求保佑。"蔡玉蓉究竟进过中学，连忙皱着眉道："妈！您不用去，去也无用的，还是守着我。"张氏点点头，就没有走，说道："由我这里起，就没下过毒心，要把小孩子弄死，大老爹的话，透着难说，七歪八搭，说也像是说通了，这就去叫蔡老六叫曹四老爹曹老娘一块儿来。曹四老爹现在的谢礼呢，你想那还少得了。就是曹老娘也还少不得私下塞几把，以后孩子大了，求人家的事还在少吗？"

　　说着话，见房里的人，脸上的颜色变成和平常一样，四仙桌下首，是把太师椅子，杨家嫂子悄悄地将茶杯放在桌上。张氏当然四平八稳向太师椅坐下，一面取茶，慢慢地喝着。玉蓉道："妈！养下这孩子，将来要是有出息的话，少不得报你的恩。"她已撒开赵氏双手接住的手，在乡上唯一少见的宁波大床的床沿坐下来。张氏喝完茶，冷笑一下，她的答话还没有说出，玉蓉忽又双眉紧皱，连叫不好，又向赵氏跑去。赵氏又伸出两只手接着她，笑道："生人岂是容易事，我们坐着吧。"她让蔡玉蓉坐下，微微地牵扯着她那件短袄，一手还拉了她的手，让她轻轻坐下。

　　玉蓉的生性，一辈子要强，不肯受人拘泥，要坐下，便坐下。这回便不受赵氏的嘱咐，要行动自由，她对于赵氏略微拉着的右手，强力地反抗了一下。玉蓉口里说道："还看不出来，简直要我的命了！还逼着……"说着，气都接不上来。赵氏道："行了，紧了一步了。"她牵着玉蓉的手，微微地抚摸了几下。自这时起玉蓉的身体上一块肉，觉得是多余的，站着不合适又坐一坐，坐了一坐还不合适，又站起来，接连几次，肚子疼得格外厉害，紧着眉头。玉蓉想着还是自己疼死，倒也痛快，这样地活着多难受。两只手捏紧了胸脯上一块短夹袄，就恨不得撕破了它。

　　赵氏这时看守得更厉害了，两只洗净了的大手，只是在玉蓉的腹部连着胸口揉擦。就在这时，从外面的小跨院门，立刻就砰通一声响，接着就有一阵脚步声音，人声随了这人的脚步交代出来道："蔡家妈在家啦。"说着话，一脚踏了进来，说话的就是曹家妈。穿一件蓝布夹袄，梳一个元宝头，五十多岁年纪，既尖又瘦的脸，脸上有几点小白麻子，在座都全是熟人，进房来站定了脚跟，全称呼着蔡家妈、赵家妈、杨家嫂子，到了玉蓉这边，还加了称呼，大小姐。瞄着眼睛，对她一笑。这一笑不打紧，却把玉蓉笑得把头低了下去，抬不起来。

张氏起来张罗过，请曹家妈就坐在太师椅的横头，杨家嫂子忙着倒了一碗茶。玉蓉站在床面前，手扶着帐子，仍然低着头说道："曹家妈，我们少见，老实说，我是换过了一个人了。"曹家妈举着茶碗，看了碗沿道："可不是，能和大小姐常见面，总是透着亲热。"玉蓉听了暗喜，正有一句话要接着说出来，偏偏又是一阵怪疼攻入肺腑，望赵家妈身子边一钻，脸上红中透青，嘴里哎哟不止。赵家妈右边扶着她，说道："曹家妈是老内行，帮着换裤子吧。"蔡家房间里的人听了赵氏的话，都动员起来。

这屋里的消息由杨家嫂子两边传，经过房间里一度骚动之后，张氏见这儿用不着许多人，房间里人只是包围着也不中用，便道："你到前面账房里去看看，大老爹睡了没有。若问这里情形，就把实在的情形告诉他吧。"杨家嫂子答应着是，往前头来。

原来蔡为经哪里睡得着觉，虽然玉蓉是不争气的女儿，但是年将半百，膝下只有这一个骨肉，平时女儿爱花描一点，以为这都是小孩脾气，爱管不管，惯坏了她，直至玉蓉大着肚子的事弄穿了头，这才大为失望。然而一看这和房屋相齐的粮食，夫妻两个人一百辈子也吃不完，还不是留给她享受，若不是她消受，满田坂找人来顶这个缺，世间上没有这种大傻瓜，自己的女儿虽有点儿胡作非为，等老两口子归天，她准要尽她的孝心，不惜金钱，办理一桩桩有场面的丧事。俗语说:女婿有半子之靠，冯少云这家伙，我是靠不着他了，亲生的女儿，就不能代替子职吗？想到这些心中觉得宽了许多，所以生育消息刚传的两天，他夫妻两个给她铁桶也似的隐瞒着，这晚坐在前面账房里等消息，蔡为经桌上放着整盒的上等香烟，泡上一壶雨前茶，慢慢地品着好茶，吸着好烟，把连日紧张的心事变成了悠闲。

就在这当儿，堂屋里一阵灯光，接连着人声，有人说道："大老爹放得下眼界，放不下女儿，准没有睡觉。"蔡为经在屋子里答道："是四老爹吗？"曹四老爹已和一个虔婆式的曹家妈进来了，笑道："我掐指一算，今晚你准要找我，所以这顿晚饭，我就留在我三姑那里用了，果然不出我的所料，你家六哥，就点着火照到我家里来。"说着话，进了账房，曹家妈蔡老六跟在后面。蔡老六熄了灯笼，蔡为经对老六说："好了，你可以去休息休息，到了有事要喊你的时候，我一定会叫你的。"蔡老六答应着是，休息去了。

曹四老爹穿了件半旧的老蓝布长衫，伸出了右手在头上搔了几下痒，笑道："我们谈谈天，曹家妈你到后边去看看。"曹家妈对两人一笑，径自走了出去。蔡为经一边赶出来，一边道："如果门是关的，你喊开门，她们会开的。"蔡为经回了进来，曹四老爹一拱手道："大老爹洪福齐天，恶事不出门，好事转千里，只要把小孩养下来，交给了我，没有把柄在别人手里，太平无事，大老爹你还怕什么。"说着，满脸的奸笑，等着蔡为经的回话。

蔡为经道："四老爹是位智多星，凡事也瞒不了你，凡事也少不了你，这件事，也只有你四老爹，才能放心拜托得下，这小孩子寄养的费用，只要你开口，说多少，是多少，我决不给你驳回。我们的交情，一天深似一天，若不见外，可以找一个好日子，拜把换帖子，好吗？"曹四老爹听一句，点一点头，听到末了，径自站了起来，说道："这要叫我少活几年，折煞我了。"

蔡为经的书案上，放着有一盏煤油灯，灯光照着书房，桌上摊开一本线装书，翻开着第一面。曹四老爹晓得蔡为经无事的时候看着，有心事的时候也看着，现在他有心事，当然看书，一看，是《三国演义》，故意道："大老爹看《三国演义》呀，把诸葛亮的本事，都全套学着了。"口里这样说着，人又摸在书桌边空位子上坐着。蔡为经道："看

《三国演义》，看过三小时，第一行还不知道有多少字。"说着走过来，在烟听子里抽出纸烟敬客。曹四老爹赶忙接着，蔡为经又擦着火柴替他点火。曹四老爹从来没有受过蔡为经这种荣宠，赶忙又站了起来，但是火焰又来不及等了，只得两个指头夹着烟，放在嘴唇皮上，对火焰上使劲一吸，烟着了，连说几句不敢当。

蔡为经又取了根火柴自己点着烟，对曹四老爹道："以往的事，我少不得有许多做错了的地方，以后要改过自新，对我不敢当的话，从今天起，要对我多打折扣。"曹老四听了这话吃了一惊，但这话是对的，他不敢用正面的话推翻他，便道："你老这话，未免太谦了，你老对人处世，向来就做得很公平，决计没有人在你老背后，指出一个短处来呀。"蔡为经把烟重重地吸了两口，叹了一口气道："人的交情，无非势利，人前背后，一转眼就会变，比如那个王好德，帮我小小的忙，我就看开点儿，分二十亩给他用，希望把事情做得圆满，谁知打昨天起，事情越闹越大，他的女儿真的嫁过去了，王好德虽然暂时没什么话说，但往后瞧，话不能没有的。我听见跟王家一路上的人说，我家的田，都是我祖父放的阎王账，滚起来的，分二十亩田，算得什么事。四老爹，你要听到这种话，你不会气死吗？人生百岁终须死，脚向西头一伸，两手也还是空空的，我因此也看开了。"

曹四老爹听着蔡为经丧气的话，随了话风，敷衍一阵，后来还是谈到参议员有人竞选，另外提起了话头，才把话风改辙。及至杨家嫂在外面叫着，蔡为经站起身问话，把话问明白了，就对他："你进去对姑奶奶说，曹四老爹来了，一切事都办好了，等孩子完全洗干净，将孩子塞在前天预备好的网篮子里，望外头一提，就没有你的事了。"说着望了曹四老爹一眼，曹四老爹吃这一捧，向杨家嫂嘻嘻嘻地微笑。杨家嫂看事情接洽好了，含笑而去。

从这时起，杨家嫂就不断来往报信，蔡为经虽是有几双儿女，不幸地都已去世，眼前只有这个女公子，他什么坏事也都忘记了，起卦、问卜，曹四老爹会拈阄，都抢着试过了，最后是听到消息，小孩即要落地了。玉蓉疼得身子一倒，杨家嫂正站在身后，两手抱了她的腰，曹家妈只管叫天爷，张氏只管向空中点着头，口里唧唧哝哝，不知说些什么，但可以看见嘴动。接生婆赵氏到她旁边坐着，伸出两手不时给她料理，这消息又让蔡为经知道了，也不忍坐下，只把纸烟衔在口里，想走进小院子里来。恰巧杨家嫂奔出来，叫道："孩子下来了！是个男孩呢。"蔡为经听了这话，抬头顺了一口气。经过两分钟，杨家嫂又来说，孩子胞衣也下来了。蔡为经拍着身上的长夹袍道："四老爷，你看我这才干了一身汗呢！"

曹四老爹赶忙办他的正事，在田坂上偏偏遇见王好德。蔡为经等曹四老爹走后，便脱了衣服，往床上一钻。究竟一夜没睡，正睡得甜，被蔡老六喊醒，弄得六神无主，想着怎样对付王玉发李二狗一班人，忽然前边人声大起，蔡为经吓得走投无路。蔡为经听见前面堂屋里人声嘈杂，似乎不止王玉发李二狗一班穷小子，吓得六神无主，软瘫在账柜上，动弹不得。如今且让他多受点儿惊吓，暂且按下不提。

且说王玉清二次到了冯家以后，冯少云便把其中经过，蔡为经怎样压迫王好德，使他的女儿代蔡玉蓉出嫁，蔡玉蓉怎样的苟且行为，怀了身孕，李二狗怎样的无赖贪财，出卖他的妻子，一情一节，告诉了冯彩堂。

第二十三章

斗争清算蔡为经

冯彩堂虽然是个参议员，却头脑很新，并不是贿选而来平素也颇有民主作风，绝对没有鱼肉乡里的事。听了这番言辞，连连说："为经岂有此理，岂有此理！既然他的女孩子有不端行为，尽管凭媒说明退婚，正大光明的事不做，偏偏要自作聪明，弄这许多玄虚，反而弄巧成拙。自搬砖头自磕脚，真是何苦。我看新少奶人很诚实，只要你们和好，不嫌她没有知识，我绝没有一句闲言。"冯少云道："我若有一点儿嫌弃她的意思，也不会来禀告爸爸。"

虽然不过两天工夫，玉清在冯家已经人缘极好。王好德乘夜报信的这晚，小夫妻商量了好久辰光。冯少云道："蔡为经这人，为富不仁，欺压农民，重利剥削，若不是从小定的亲，我早就不想娶他的女儿。我是赞成土地改革的，很想娶一位农家小姐，使我更深地了解农人疾苦，有如我实地耕种。蔡为经清算之期，已经不远，我们得帮助你哥哥玉发向他斗争。李二狗见财起意，也不是东西，也应该一同清算他。"

玉清听了"土地改革""清算""斗争"这许多名词，茫然不解，问道："你说的是洋学堂里的什么话，我有好多地方不懂，不过你的意思，我倒明白的，就是帮助玉发去找蔡为经算账。"冯少云赶忙把这几个名词，细细地解释给她听，一面又说道："为什么我说蔡为经清算之期已经不远呢？我在中学读书时候，已有同学加入共产党，考大学的时候，在南京又遇着比我高几班的老同学，他们已经是中共的地下工作同志，劝我加入，我正是无门可入，当然赞成，不过我还是个预备党员。"玉清道："共产党，我在乡下也听人说过，是专门帮助农人翻身的，我们应该跟着他走，不过你说就在眼前，哪有这样快？"冯少云道："人民解放军有雷霆万钧的力量，国民党的军队挡着他就垮，现在战事已经快到我们县城，说不定，今天就到。"

冯少云小两口子早晨起身，正说着话时，外面起了强大雄壮的歌声："东方红，太阳升，东方出了个毛泽东。"王玉清听着忙道："这不是你昨晚上教给我的新歌吗？"冯少云很兴奋地道："这是解放歌曲，解放军已经来到了。我去告诉爸爸。"说着赶忙走了进去，又兴冲冲地回来，拉了玉清的手，说道："我们应当去欢迎他们。"玉清道："好！"两人并肩走了出来，队伍在门口经过着，没有走完，后面是少云的中学同学，都拿着旗，唱着歌，欢迎解放军。他们看见少云立在门口，都招手叫他两个列入行伍。少云拉着玉清，两个人一排地参加。

走着走着，走到了蔡为经的大门口，恰巧王好德刘氏连冯家的长工三个人，因为放心不下王玉发怎样跟蔡为经讲理，赶到蔡家。在这时候，王好德和长工，一眼看见冯少云王玉清在军队后边跟着走，觉得非常奇怪。连里边的王玉发、李二狗、周老四等人，都一窝蜂地跑了出来，连蔡老六也跟在后面。冯少云一看，这是一个清算蔡为经的适当时机，便站到蔡家大门台坡边，大声地道："诸位同志，请慢着走，此地有个恶霸，我们应当清算他。"

这时，一班中学生和少数几位解放军，都站住不走，听着他说。他接着把蔡为经的刻薄成家的经过，和这回女儿出丑，拿王好德的女儿代嫁，很详细地说了一遍。大家听了异口同声地说："清算他，清算他！"冯少云再补充几句道："听说蔡家一向靠着有钱，买通了官府，有许多田，多年不完粮，这不是黑田是什么？"大家都嚷着，如果有黑田，更应该检举他。冯少云又接着道："诸位当中，倘若有人能把他的黑田报告出来，这是有功者赏。"

大家听了，面面相觑。万想不到，从人丛中挤出一个人来，一看，原来是蔡老六。这老六是蔡为经本家，论行辈是为经的叔叔，可是穷人跟富翁，谈不上什么长辈不长辈，有钱的不是长辈也可充长辈，无钱不是小辈也得算小辈。王玉发看见蔡老六肯出来检举，喊道："六叔，有勇气一点儿，走到上边来说。"蔡老六也站在门坡上，可是涨红了脸，不会当众讲话。冯少云见他窘态毕露，忙着把蔡老六的身份暴露给大家听，一面向蔡老六道："蔡家的黑田，不完粮的，究竟有多少？"蔡老六的话箱有这把钥匙一开，便胆子壮了一点儿，说道："我家大老爹，祖上传下来，不满一千亩田，到了他手里，重利盘剥，哄吓诈骗，现在已有了三千亩田。这当中，完粮的不过三分之一。虽然他对这桩事，连我也瞒过的，不过我们每天焦不离孟，他进城完粮，有时我也跟着，他想瞒着我，究竟我不是亮眼瞎子，识得几个字，任他怎样奸猾，我也能知道他的底细……"

正在往下说，人当中钻出一个曹四老爹，大声说道："六哥，你胡嘈些什么？被大老爹听着，你不怕气死他。"冯少云对于曹四老爹有点儿认识，便道："你是哪一位，别人报告恶霸，你为什么打断他的话头？你懂礼貌不懂礼貌？"曹四老爹他是十分认识冯少云的，说道："冯家大少爷！我姓曹，都赶着我喊四老爹。"少云咕噜道："什么大少爷、小少爷，现在还有什么老爷少爷？"

曹四老爹不管他，还是连着说下去，他道："蔡大老爹为人公正廉明，是我们一乡当中的人望，不久有当选参议员的希望，你这位冯大少爷是他的东床爱婿，怎么膀子往外弯？把空心甜头给蔡老六吃，叫他惹是生非，造出一片谣言。"冯少云微笑着道："你说蔡为经是我丈人，这是你白昼见鬼，这位才是我丈人呢。"说着，手指着王好德。又道："蔡为经的作恶多端，一乡的人都恨着他，敢怒而不敢言，现在共产党要解放全中国了，我们这儿已经解放，你还蒙在鼓里，还要说蔡为经要当选参议员，真是老糊涂蛋！不过话得说回来，你下劲地帮着蔡为经，对不起，也应该和他一齐清算。"

曹四老爹这才肚里雪亮，看见有几位军人穿的不是国民党军队的服装，顿时心中发慌，要想脚底下加油，滑脚逃走。冯少云看出他尴尬形状，笑道："不要慌，你没有多大的罪，只是蔡为经要你做证人的时候，你得出来当众坦白，不可再替他隐瞒。"一面向王玉发道："谁是李二狗？请出来说话。"

李二狗做贼心虚，想着这个大场面，蔡为经和冯少云两家的竹杠是敲不着了，弄得不好，还吃不了兜着走，存心想溜，却被玉发一把拉了出来，说道："李二哥，你在把势场中，久炼成钢的，什么也吓不倒你，希望你痛痛快快，把蔡为经如何耍手腕，用金钱买通了你，你就把我的妹妹出卖，当着大众，应该讲个明白。"

李二狗倒是不怯场的，走上台阶，向四方抱了一抱拳，大有江湖卖解的派头，然后从容地道："我不过穷一点儿，讨不起亲，王好老一向也没有退婚之意，我也和蔡为经素不认识，忽然间，有一天他带着蔡老六找到了我，叫我退婚，许我一点儿小好处，虽说是二十担租子，我并没有拿到手，退婚的信，应该写给王好老，送到王府上，没有交给蔡为经的道理，蔡为经压迫着我写，我蚀了一个妻子，什么也没有得着，请诸位替我主张公道。"说着，又向四面抱一抱拳。

冯少云还没有开口驳他，偏偏惹动了蔡老六，站出来说道："李二狗，好小子，好利口，赖得一干二净，你在茶馆里，亲口对我说，只要一条，我还不懂什么叫条，你还给我解释，说是十两重的金条。后来我们大老爹亲手给了你钞票洋钱金子，你财迷心窍，出卖老婆，你这无耻的东西，还在人前说得嘴响？"李二狗眼睁睁被他骂了一顿，要在平时，拔出拳头就揍他一个明白，目下站在这个立场，晓得不能乱动，只好低着头闷声不响。

冯少云对解放军同志道："诸位还有重要任务在身，我不敢因为这种小事来挽留诸位，好在有这许多我们老同学在此，还有本镇的公正人，这临时反霸公审，已可举行，谢谢诸位同志支持我们。"说着，向解放军举手行个敬礼。这几位解放军，就依旧向前进发，赶上前面的队伍。冯少云又道："蔡玉蓉刚在生产，她不过是意志薄弱，上了别人的当，我们不必去惊动她。那蔡为经，在这样长的时间，还装聋作哑，赖在里边不出来，实在可恶，请哪几位去找他出来说话？"

王玉发、周老四、张胖子三个人异口同声地："我去！我去！"一面三个人就向大门里走，跟着他们的还有十多个人，径直地到了蔡为经的书房。向来他是坐在钱柜子上的，几十年来，算是他的安乐椅，现在空空如也，哪有他的影子。再向床上看，也没有躺着。王玉发道："见鬼！他逃到哪里去了？"跛着脚，倒走得很快，往后门边去找，只见后门倒是虚掩着，开门一看，还是不见人影。玉发赶快地走到大门外，报告给冯少云听。冯少云道："这里没有什么交通工具，他就是逃，也逃不远。"

正说着，只见自己家里一个长工，跑着步，就要快到面前，指着向众人道："我家里打发人来，必有消息。"原来蔡为经听着前边人声嘈杂，想着双拳难敌四手，彼众我寡，就算不会挨揍，说也说他们不过，光棍不吃眼前亏，三十六着，走为上着，他们找不着主儿，还闹得出什么名堂？便把钱柜开了，值钱的东西都揣在身上，扎缚得很是谨慎，也不通知张氏，悄悄地自己开了后门，慌慌张张地走到镇市上，雇了一乘小轿，抬到冯彩堂家里。

冯彩堂正在看当天的一张地方报，封面第一行大字，印着"本城今晨解放"六个字。冯彩堂很兴奋地凝着神往下看，一个长工进来说："蔡亲翁亲自来了。"彩堂一手按着报纸，一手推一推老花眼镜，对面一看，正是蔡为经已经进来，脸上的神色很为难看，便抬身让座。蔡为经究竟见过世面，晓得必须先入为主，使这位亲家翁听我一面之词。先对冯彩堂一恭倒地，口里连说："我真该死！该死！"冯彩堂道："何必如此，请坐下详谈。"蔡为经道："我实在没有脸上贵府的门，现在事到无可奈何，不能不老着面皮，请你替我说句公道话，要不然，要被王玉发李二狗一班地痞把我逼死了！"

冯彩堂微笑着，抽出纸烟递给蔡为经，向书桌上去拿洋火。蔡为经的眼光跟着他的手往桌上看，忽然看见报上登着本城今晨解放，这不会是谣言，必然是事实，心中一块石头压着之外，又压上一块大石头，赶忙问道："报上的消息是真？"冯彩堂道："怎么不真？"蔡为经声音都带着抖，说道："竟是这样快，我这个大地主，眼见得要垮。"冯彩堂道："一个人只要有一双手，能够劳动，就会有吃有穿有住，要财产有什么用？"蔡为经道："这且不谈这种大道理，只是这班地痞赖在我家里不走，怎么办？"冯彩堂道："我叫个长工，到你府上去看看情形。"就立起身来走到外边，叫人去了。

冯少云指着的长工，正是此人。冯少云问走到面前的长工道："有什么要紧事没有？"长工道："蔡大老爹在我们家里求救兵，进门只差一跪，看他的情形，狼狈异常。"冯少云道："他要是早知道今日求人屈膝，何必当初趾高气扬，专门欺压穷人。既然蔡为经在我家里，天色还未过午，请诸位都到舍间吃中饭，马上就走。"说着，带头先走，一大群人像是上操一般，整齐的步伐，都跟着走。

到镇上，经过一家茶馆，吃茶的人也有跟着上来，不多一会儿，到了冯家。冯少云道："请诸位稍停一会儿，让我先去告诉家父，不要再吓跑了蔡为经。"回头对跟着的两个长工道："请你们先去堵住后门，不要放走他。"便赶快地进去，一进书房，就看见蔡为经和他父亲对坐着，正谈着此事。蔡为经看见冯少云，面红耳赤，站了起来，只管点着头。冯少云对冯彩堂道："爸爸，请到外间说一句话。"一面又看了蔡为经一眼。

父子二人走到堂屋，冯少云把早晨到蔡家庄的情形扼要简单地说了一遍，冯彩堂连点着下颏，说道："赶快都请进来，叫厨房另外煮饭。"冯少云几步就跑到门口，向外招着手道："请进！请进！大家都到前面大厅上坐下。"冯少云道："现在先请诸位用饭，饭后再找蔡为经，清算他。"

有几位性急的学生嚷着说："先找蔡为经，后吃饭。"有几位从清早饿着肚子出来，直等到中午，有点儿饥火中烧，便说道："吃顿饭，费不了多大时间，还是先吃饭，那么，清算时候长一点儿，也不要紧。"冯少云道："我去催他们开饭。"饭后，冯少云道："我们先把蔡为经应该清算的是哪几点，写将下来，使他无可辩驳，不要反咬我们一口，说

381

是倚仗人多压迫了他。"拿出一副笔墨，提笔写着：

清算蔡为经：

一、黑田两千亩，有蔡老六做证人。

二、欺诈王好德，重利削剥。曹老四写的借条做证。

三、欺骗王玉清。刘氏、王玉发、王玉清本人做证。

四、曹老四、李二狗，狼狈为奸，如何处理？

五、蔡为经囤积粮食五百多担，如何处理？

写好了，贴在墙上，问诸位还有什么意见，要修改不要修改。大家都说很对很好。冯少云便到后边，请他父亲冯彩堂和蔡为经一齐出来。

蔡为经跟在冯彩堂后面，心中还有一线希望，就是想冯彩堂替他帮忙。低着头到了大厅，四边一望，黑压压的都是人。再看墙上贴着的条款，件件都真，事事俱对，恨不得有地缝就往下钻。冯少云道："请推举一位临时主席，我也是当事人，决不能做。"大家便在学生当中，推出一个叫唐豪的做主席。唐豪立在一张方凳上，把为什么要清算蔡为经的大概说得很清楚，说完，问蔡为经有什么话，尽管来说，让你自己检讨。

蔡为经迟疑了半晌，对着冯彩堂连连作揖，请他上去讲话，冯彩堂连连摇头。待了一刻，还是蔡为经硬着头皮上去，先对大家一鞠躬，然后说道："诸位先生，五项条款，我看见了，简单地答复诸位。黑田是几十年相沿下来的事，不是我一个人如此，也不是我凭空想出来的办法。"唐豪道："我们只说现在，不说以前，你承认是有黑田，那就好办。"蔡为经又道："欺诈王好德，是他愿意写的借条，不是我强逼他。"唐豪道："这不能听你一面之词，叫曹老四说句公话。"

曹四老爹本想帮着蔡为经的，这时大家的视线都集中到他一人身上，觉得浑身都是错，心里念着十手所指，十目所视，可不是玩的，就走出人丛说道："蔡大老爹要收王好德的佃，我看着心有不忍，才想出写借条，虽然不是逼着他写的，如果不是逼着收佃，怎会有这借条？"唐豪点头道："曹老四听说他的为人不太老实，或许现在觉悟了，说的话还对。"蔡为经接着又道："欺骗王玉清，是她愿意代嫁的……"

话尚未完，王玉发已经忍耐不住，走到前边，说道："快不要听他的话，我家的人都在场，蔡为经屡次逼我父亲答应代嫁，不答应就收佃，这是铁的事实，任凭如何，不能听他抵赖。"唐豪道："蔡为经的答复，我把它总结一下。他是有黑田的地主；重利剥削农民；偷天换日，只图遮盖本人面子，捣乱别人的家庭。这三桩罪证确凿，丝毫没有冤枉他。至于曹老四、李二狗，怎样处理，和蔡为经的粮食应该怎样办法，请大家公决。"许多学生异口同声说道："曹老四李二狗，应该教育他们，改变他们的坏习惯。蔡为经囤积的粮食分作三成，两成献作公粮，一成分配给本村农民，按人口分给。他的田产，全部没收，候将来土改。他的房屋，改为合作社和义务学校。"唐豪道："诸位提议的都很对，我们等通过组织，就是这样办。"

话刚说到此处，再看蔡为经，嘴唇颤动，身体直挫下去，登时不能言语。冯彩堂道："啊呀！这是中风，赶快送医院吧，赶快送医院吧！"再看他左边嘴眼都有点儿歪，舌头也僵了，睁大着眼睛看着众人，有话无法说。大家看见他这样情形，尤其是冯少云夫妇，晓得他这两天受的刺激太大，所以突然中风，对他多少有些怜悯的同情心，张罗着把他送进医院。医生说："是慢性脑溢血，要三个月静养注射，才能出院。"好在他的动产都藏在身边，尽够他的嚼裹。病愈以后，过他的凄凉岁月，为人倒变好了许多。他的这场病暂时倒是他的救星，要不然，这么多受过他压迫的人，都要立刻去找他理论，他更受不了。至于究竟如何处分他，这是日后正式解决的事，现在还不过是大家予以监视罢了。

张氏和玉蓉从前是财主人家的排场，当然就有蜡烛脾气，既然如鱼失水，又在这个新时代中，也就发不出威风。日后玉蓉把个私生子领了回来，自己到工厂里做个女工人，倒能自食其力。这些善后的事，不必再去说它了。

图书在版编目(CIP)数据

秘密谷·玉交枝 / 张恨水著. — 北京：中国文史出版社，2018.3

（民国通俗小说典藏文库·张恨水卷）

ISBN 978-7-5034-9995-1

Ⅰ. ①秘… Ⅱ. ①张… Ⅲ. ①长篇小说-小说集-中国-现代 Ⅳ. ①I246.5

中国版本图书馆 CIP 数据核字 (2018) 第 010343 号

责任编辑：卢祥秋

整　理：澎　湃

出版发行：**中国文史出版社**

网　　址：http://www.chinawenshi.net

社　　址：北京市西城区太平桥大街 23 号　邮编：100811

电　　话：010-66173572　66168268　66192736（发行部）

传　　真：010-66192703

印　　装：廊坊市海涛印刷有限公司

经　　销：全国新华书店

开　　本：720×1020　1/16

印　　张：25.25　　字数：363 千字

版　　次：2018 年 3 月第 1 版

印　　次：2018 年 3 月第 1 次印刷

定　　价：75.00 元

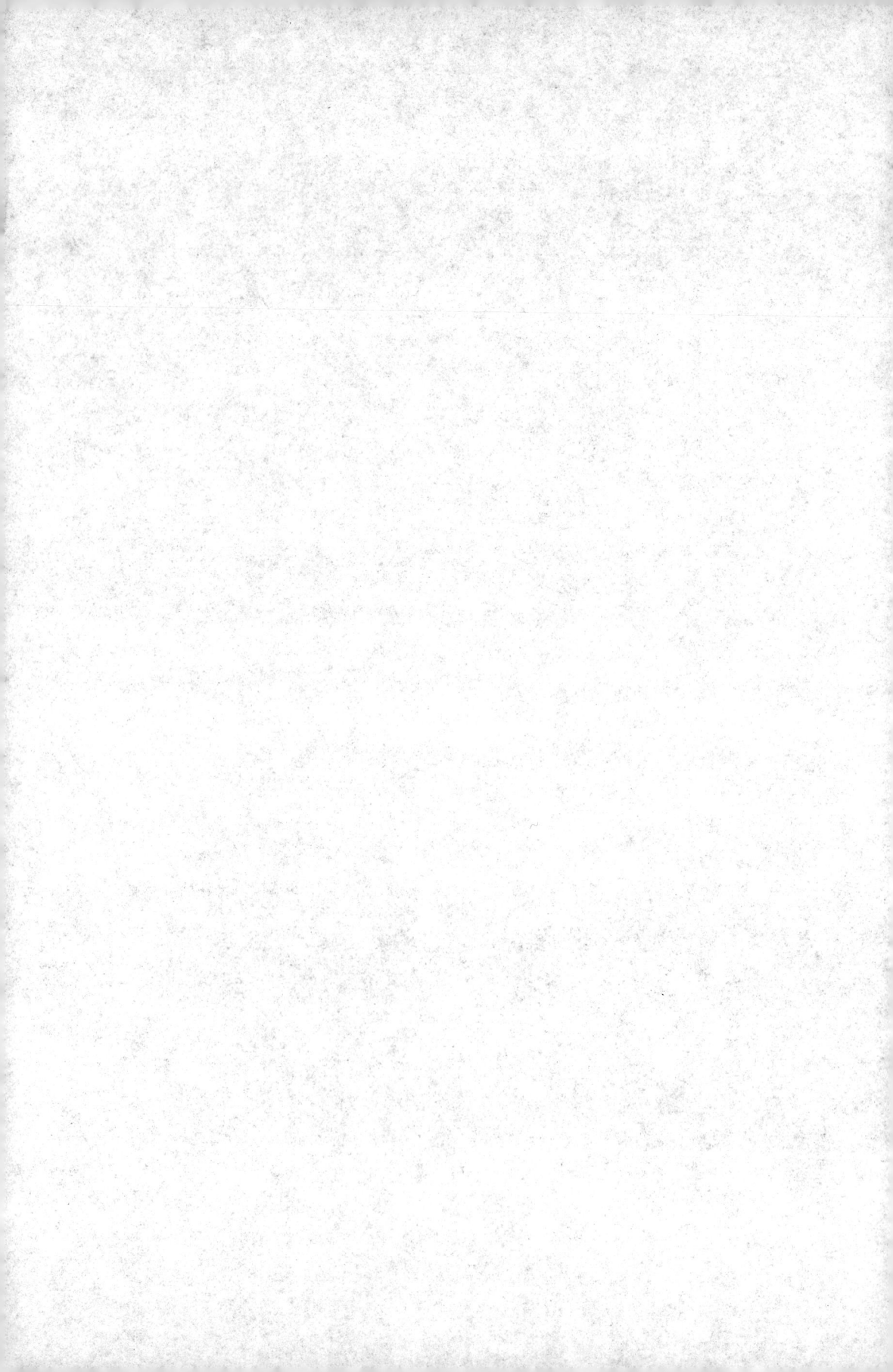